LA CITÉ ANTIQUE

DANS LA MÊME COLLECTION

Antoine Arnauld et Pierre Nicole, *La Logique ou l'art de penser*
Claude Bernard, *Introduction à l'étude de la médecine expérimentale*
Brillat-Savarin, *Physiologie du goût*
Émile Durkheim, *Les Règles de la méthode sociologique*
Camille Flammarion, *Astronomie populaire*
Pierre Fontanier, *Les Figures du discours*
Karl Marx, *Le Capital*
Emmanuel Sieyès, *Qu'est-ce que le tiers-état ?*
Sun Tzu, *L'Art de la guerre*

FUSTEL DE COULANGES

LA CITÉ ANTIQUE

Préface par
François HARTOG

Introduction par
Bruno KARSENTI

Champs classiques

ISBN : 978-2-0812-2390-5

PRÉFACE

par François Hartog

En octobre 1864 paraît *La Cité antique. Étude sur le culte, le droit, les institutions de la Grèce et de Rome*, l'auteur, un inconnu, jeune professeur d'histoire à l'université de Strasbourg ; le propos : faire « l'histoire d'une croyance. Elle s'établit : la société humaine se constitue. Elle se modifie : la société traverse une série de révolutions. Elle disparaît : la société change de face ».

La naissance d'un classique

Au cours de l'année universitaire 1862-1863, Fustel traite de « La famille et de l'État chez les Anciens »[1]. Le cours devient livre et au printemps 1864, la rédaction achevée, il se met en quête d'un éditeur, par l'intermédiaire de son condisciple et ami G. Perrot, plus introduit que lui dans les milieux parisiens. Le livre est finalement imprimé à Strasbourg chez Silberman, Durand à Paris accepte de le prendre en dépôt et l'auteur, lui, fait les avances (soit 1 843,70 F) ; on tire à 650 exemplaires : un début confidentiel ou presque.

1. Voir *infra* Annexe I, p. 627-640.

Perrot, tout à la fois son correspondant, son attaché de presse et un lecteur critique, ne tarde cependant pas à lui envoyer de bonnes nouvelles. « Durand est content de la vente, et ton livre, fort lu dans le monde de la Sorbonne et de l'École normale, est déjà très remarqué. Tu n'as pas à craindre de passer inaperçu. » Mais il lui reproche de ne pas séjourner quinze jours à Paris pour « présenter lui-même son enfant dans les bonnes maisons » : « le public ne lit que ce dont lui parlent deux cents personnes... [1] » Sur les conseils de Guizot, il postule pour un des prix Montyon de l'Académie française, qu'il obtient. Et Villemain, dans le discours de remise des prix, le présente comme « un érudit et un publiciste qui porte dans l'étude de l'Antiquité classique des vues neuves et le talent d'écrire ». La première édition s'épuise et, en août 1865, il signe un contrat avec Hachette (qui sera désormais son éditeur). Tirage : 1 000 exemplaires ; la notoriété reste modeste.

Mais dorénavant rééditions et réimpressions vont se succéder très régulièrement : douze en 1889, à la mort de Fustel, vingt-deux en 1912, vingt-huit en 1924 [2] et plusieurs traductions vont paraître (en russe dès 1867, la première édition anglaise, parue à Boston, est de 1873, une traduction espagnole en 1876 ; mais l'édition allemande ne date que de 1907 et l'italienne que de

1. Lettres du 28 novembre et 7 mars 1865 (arch. M. J. Baril).

2. On n'a malheureusement pas conservé les chiffres des tirages. On peut toutefois risquer une évaluation : selon que l'on prend pour base de calcul 2 000 exemplaires ou 3 000 par tirage, on arrive, en 1924, à une fourchette se situant entre 55 000 et 80 000 exemplaires vendus ; les retirages de 1920 et 1922 ayant été de 3 000 et celui de 1923 de 5 000 (semble-t-il), l'estimation autour de 80 000 paraît plus probable. Par la suite, à côté des rééditions de Hachette, *La Cité* parut aussi chez d'autres éditeurs.

1924). Après sa mort et les années passant, le nom de Fustel (qui a, au total, plus écrit sur le Moyen Âge que sur l'Antiquité) va peu à peu se réduire à celui de l'« auteur de *La Cité antique* » et ne survivre que par elle, insensiblement muée en classique : tout à la fois très connue et reconnue, mais guère lue, elle devient un élément du patrimoine littéraire de la France. Témoigne de cet embaumement le fait que, pendant des décennies, elle figure en bonne place parmi les livres de prix distribués chaque année dans les lycées de la République.

Ont également joué en faveur de sa diffusion sinon de sa lecture, sa présence dans le très connu *Choix des historiens français du XIXe siècle* (Hachette, 1896) de C. Jullian, élève de Fustel, ainsi que sa publication sous l'austère couverture des *Classiques Vaubourdolle* (Hachette, 1947).

Le livre, dont tout le monde s'accorde à reconnaître l'originalité, n'arrive toutefois pas dans un désert : les philologues allemands ont déjà beaucoup travaillé et plusieurs synthèses ont été écrites, voire traduites ; telle l'*Histoire romaine* de B.G. Niebuhr, disponible en français depuis 1830. La traduction du premier volume de l'*Histoire romaine* de Th. Mommsen paraît en 1863. En Angleterre, domine la grande *Histoire de la Grèce* de G. Grote (traduite en français à partir de 1865). En France même, le paysage est plus pauvre et seul Duruy s'est risqué à des ouvrages généraux : en 1862 paraît la deuxième édition de son *Histoire grecque*. J.D. Guigniaut (à qui Fustel avait dédié sa thèse latine), traducteur, adaptateur, commentateur de *La Symbolique* de F. Creuzer, règne avec A. Maury sur le domaine des religions de l'Antiquité.

Mais le propos de l'auteur est autre : il ne s'agit pas tant d'écrire une histoire de la Grèce et de Rome que de faire, selon l'expression de Renan, de « l'histoire antéhistorique », histoire rendue possible par la progressive découverte, depuis le déchiffrement du sanscrit (1784), du continent indo-européen, que philologie puis mythologie comparées s'emploient avec ardeur à reconnaître. En 1863 paraît l'*Essai sur le Veda* où E. Burnouf fait le point sur ces hymnes présentés comme « le plus ancien monument de *notre* race ». Aussi lorsque Fustel écrit dans son introduction que « les plus vieilles croyances des Grecs et des Romains sont celles qu'il nous importe le plus de connaître », car ce sont elles qui, très largement, rendent compte de ce qui est advenu après et qu'à défaut de textes pour le guider, l'historien dispose de la langue, des mots, des rites, qui sont autant de vestiges d'un âge depuis longtemps révolu, se place-t-il résolument dans cette perspective indo-européenne.

Plus largement, le livre participe de ce vaste mouvement d'études préoccupé de la question des origines, ou plutôt, au XIXe siècle, tourné vers la constitution d'histoires des origines. *La Cité antique* retrace l'histoire des origines de la vie en société des anciens Grecs et Romains, de même que la *Vie de Jésus*, parue en 1863 (et qui fut, elle, immédiatement un grand succès de librairie) se donne comme le premier volume d'une *Histoire des origines du christianisme*. Quelques années plus tôt (1861), J.J. Bachofen entendait dans son livre *Das Mutterrecht* retrouver les traces d'un matriarcat primitif, et H.S. Maine publiait son *Ancient law*[1].

---

1. « L'objet principal des pages suivantes est d'indiquer quelques-unes des idées primitives du genre humain, telles que les reflète l'ancien droit, et de montrer le rapport qui lie ces idées à la pensée moderne. » Fustel ne connaissait alors pas ce livre, traduit en français en 1874.

Comme Perrot l'écrivait à Fustel, il n'avait pas à craindre de passer inaperçu. *La Cité* n'est certes pas un *best-seller*, mais elle est un livre dont on parle largement. Les comptes rendus, nombreux et copieux, permettent de se faire une idée sur la manière dont on l'a lue. Tous les recenseurs s'accordent pour en louer le style sobre et net, austère mais sans raideur, entraînant et persuasif, qui rappelle la manière d'un Montesquieu ; quant à la démarche, elle est plus discutée, même si là aussi on évoque Montesquieu ou, plus proche, Tocqueville. « Cet exposé est systématique, écrit Taine (dans le *Journal des Débats*), mérite rare et presque sans exemple en ce temps-ci, où les monographies et les recherches de détail se multiplient à l'infini. Ce n'est pas un amas de faits qu'il nous donne, c'est l'idée même des faits, la conception originale et particulière d'où est sorti le reste. » Pour Ch. Morel, en revanche, le tour systématique, loin d'être un mérite, est une grande faiblesse et il conclut ainsi une longue recension (parue dans la toute nouvelle *Revue critique d'histoire et de littérature*) : « M. Fustel de Coulanges a soutenu avec habileté et éloquence, mais trop souvent en l'appuyant sur des paradoxes, la thèse exclusive qu'il voulait démontrer. Il a fait preuve de talent, d'originalité et même de science ; mais en somme il a échoué comme échoueront toujours ceux qui voudront construire l'histoire *a priori.* » G. Boissier, dans *La Revue des Deux Mondes*, et avec un balancement bien universitaire, parlera lui aussi de « système », avec « tous les mérites et les dangers » que cela comporte ; d'autres, d'histoire philosophique.

La question de la liberté chez les Anciens et chez les Modernes focalise, en deuxième lieu, l'attention. Challemel-Lacour, dans un compte rendu assez critique du *Temps*, où revient le mot de « système », s'y arrête : « Il est de mode, je ne l'ignore pas, à cette heure de répéter que les Anciens ont toujours été esclaves, sans doute pour nous donner lieu à nous d'être fiers de notre liberté. » Mais les enjeux réels de la discussion sont clairement exposés par A. Schnéegans (publiciste et homme politique) dans un article du *Courrier du Bas-Rhin*[1]. Commençant par citer Laboulaye, selon qui étudier l'Antiquité est utile, mais l'imiter « puéril et dangereux », l'auteur explique, à la suite de Fustel, que nous nous sommes forgés une Antiquité d'imagination. « Si J.-J. Rousseau eût mieux compris l'Antiquité, les hommes généreux qui s'inspirèrent de lui après 1789 n'eussent pas confondu la liberté moderne avec la liberté grecque ; essayant de nous donner des institutions parfaites, ils ne les eussent pas coulées dans le moule romain ; tentant un effort à jamais mémorable pour fonder la liberté, ils ne l'eussent pas seulement cherchée dans la souveraineté antique du peuple, qui ne se trouve être autre chose en pratique dans notre monde moderne qu'un asservissement commun de tous les individus à un État omnipotent. » De l'utilité donc d'une exacte connaissance des Anciens.

La religion est un troisième point sensible. À l'intérieur du livre lui-même, les spécialistes mirent en doute l'existence des deux religions fustéliennes, avec d'une part celle des ancêtres et du foyer, celle des forces naturelles de l'autre, et antériorité de la première sur la seconde. Globalement ensuite, un livre où il était tant

1. *Journal des Débats*, 11 novembre 1864 ; *Revue critique*, 1, 1866, p. 232-238, 252-258 ; *Le Temps*, 1er et 14 décembre 1865 ; *Le Courrier du Bas-Rhin*, 6 janvier 1865.

question de religion, qui de plus s'achevait sur les débuts du christianisme, ne pouvait être qu'une apologie de la religion. Ainsi L. Ménard, le dernier des polythéistes, lui reprocha d'avoir écrit « un plaidoyer contre l'Antiquité en faveur des sociétés chrétiennes ». « Je vois bien, lui rétorqua Fustel, que vous admirez plus que moi l'Antiquité, mais je n'admire pas plus que vous le Moyen Âge. Vous êtes plus païen que moi ; je ne suis pas plus chrétien que vous [1]. » Néanmoins l'argument porta, et il lui resta longtemps une réputation de clérical, dont il souffrit, comme en témoignent plusieurs pages inédites de ses notes, où il démontait l'argument et dénonçait le procédé. En 1878 encore, au moment d'obtenir la première chaire d'histoire médiévale à la Sorbonne, il fallut assurer Gambetta, le président de la Commission du budget, de son indépendance d'esprit (J. Simon, son ancien professeur à l'ENS et son collègue à l'Institut, joua aussi un rôle).

Dernier point enfin, celui de l'érudition et, plus précisément, de l'usage des auteurs allemands. On remarqua que le livre ne comportait aucune référence moderne, qu'aucune thèse contemporaine n'était ouvertement discutée, comme si le dialogue existait et existait seulement et directement entre les Anciens et l'auteur : le livre ne paraissait pas dans un désert, mais ne semblait-il pas faire comme si [2] ? Perrot, qui n'hésite pas à lui présenter des

1. Lettre à L. Ménard, 7 avril 1868 (E. Champion. *Les Idées politiques et religieuses de Fustel de Coulanges*, Paris, 1903).

2. Fustel connaissait-il l'allemand ? Dans sa première lettre à Warnkoenig (voir *infra* p. 637), il s'excuse de son « ignorance de la langue allemande ». Mais, dans son dossier administratif, on trouve des notices individuelles, où en face de la question « langues connues », il a inscrit « Allemand » ; de plus, dans ses notes de travail,

critiques sérieuses (sur la double religion), le félicite en revanche de ne pas « se perdre dans les citations » et de ne pas « se laisser envahir par les notes ». Au contraire, un compte rendu, au reste élogieux, paru dans la *Revue de l'Instruction publique*[1], se termine ainsi : « Les Allemands ont passé par là ; et Niebuhr et Mommsen et avec eux les jurisconsultes. Quand M. Fustel profite d'eux et quand il s'en écarte, pourquoi ne pas en avertir ? Il y gagnerait de faire voir qu'il ne procède pas par voie d'écart absolu, à la façon des fantaisistes, et qu'il est dans la filiation et dans la tradition de la science. Son originalité n'aurait rien à y perdre, et on le jugerait d'autant mieux un maître, qu'on le verrait en communication avec ses pareils. »

Louange d'un côté, regret de l'autre, et au-delà se dessinent deux conceptions du livre savant. Pour Warnkoenig, un correspondant allemand, qui lui demande s'il peut s'appuyer sur l'autorité de quelques modernes, Fustel retrace la genèse de son livre : comment, ne pouvant se rallier ni au système de Niebuhr ni à aucun autre, il prit la décision de lire les Anciens, tous les Anciens et rien qu'eux. « D'après cette résolution, je n'ai pris connaissance de quelques travaux allemands et particulièrement de ceux de M. Mommsen qu'après que mon livre était presque achevé[2]. » Enfin, à l'accusation de faire de l'histoire *a priori*, donc de ne

figurent des références (assez peu nombreuses) à des ouvrages allemands. On peut donc estimer qu'il le lisait, ou le déchiffrait, mais ne l'écrivait ni ne le parlait.

1. *Revue de l'instruction publique*, 7 et 14 septembre 1865, art. de F. Baudry.

2. Voir *infra* p. 638.

pas faire d'histoire véritable, il réplique : « J'ai surtout prétendu écrire ce livre en érudit »... mais « je me suis peu soucié de le paraître lorsque, croyant avoir trouvé le vrai, je me suis mis enfin à écrire mon livre. J'habite tout près du Rhin, Monsieur, mais du moins sur la rive gauche ; j'ai voulu écrire à la française, c'est-à-dire simplement et clairement... » La véritable érudition se moque de l'érudition.

Presque au même moment (1867), dans sa Préface à la treizième édition de *La Vie de Jésus*, Renan se sent obligé de s'expliquer sur le parti qu'il avait adopté d'écarter la bibliographie (« je crois avoir assez hautement proclamé ce que je dois aux maîtres de la science allemande... pour qu'un tel silence ne puisse être taxé d'ingratitude ») et annonce qu'il a augmenté le nombre des citations. En fait commence, en ces années, à s'imposer, surtout par référence à la philologie allemande, un nouveau modèle du livre savant, avec notes nombreuses, citations multiples et bibliographie complète. D'ailleurs dès la 2e édition (1866) de *La Cité*, les références furent plus nombreuses ; un chapitre fut ajouté, quelques paragraphes modifiés, les notes encore développées par la suite (1879), mais ce fut tout. En 1884 le projet d'une édition révisée et à jour n'aboutit pas, et les ébauches de préface rédigées par Fustel à ce moment-là laissent percevoir son embarras. Récrire *La Cité* eût été probablement la détruire.

Critiquée ou louée, *La Cité* devint bientôt, en tout cas en France, un livre de référence. En témoigne, par exemple, *Le Rapport sur les études historiques* (1867) où A. Geffroy, résumant la thèse de Fustel, la donne comme un acquis sûr de la science historique [1].

1. *Recueil des Rapports sur le progrès des lettres et des sciences en France*, Paris, 1867.

Fustel au travail

Quand paraît *La Cité antique*, Numa-Denis Fustel de Coulanges a 34 ans. Ancien élève de l'École normale supérieure et de l'École d'Athènes, il est depuis 1860 professeur d'histoire à l'université de Strasbourg. Il a soutenu ses thèses en 1858, latine sur le *culte de Vesta*, française sur *Polybe ou la Grèce conquise par les Romains.* Ce dernier ouvrage semble écrit par un Polybe, non seulement défenseur de l'aristocratie, mais aussi libéral. La force de Rome, c'est celle de son aristocratie qui a su ne partager que l'apparence du pouvoir avec la plèbe. Inversement, la faiblesse de la Grèce vient de ce qu'elle n'est plus que guerre civile, « un pays où il n'y a que deux villes, mais deux villes toujours en guerre », la démocrate contre l'aristocrate.

Alors que *Polybe* s'interroge sur la fin de la liberté grecque et du « régime municipal », l'étude sur *Vesta*, elle, scrute les débuts de l'association humaine. S'il est assez proche de Guigniaut dans son étude sur Vesta, la problématique est sienne : qu'est-ce qui fait lien social ? Telle est la question, celle-là même que l'on retrouvera au cœur de *La Cité antique* ; mais la réponse apportée, elle, se déplacera. Pour l'heure, le principe d'humanité et l'opérateur de sociabilité, c'est Vesta. On trouve déjà exposé ce mouvement conduisant de la famille à la cité, en passant par la *gens* et la phratrie, du foyer domestique au foyer commun, et cette vision de la cité comme une église où toute la vie n'est que religion (« la cité est pour ainsi dire une église ; la ville, un temple ; les lois et le droit, une religion ; les magistrats, des prêtres »).

Sans l'hypothèse ou plutôt, pour Fustel comme pour tous ses contemporains, le *fait* indo-européen, l'entreprise même de *La Cité* est inconcevable : il est ce qui légitime, fondamentalement, de traiter ensemble les Grecs et les Romains. « On (les) réunit dans la même étude... parce que ces deux peuples, qui étaient deux branches d'une même race, et qui parlaient deux idiomes issus d'une même langue, ont eu aussi un fonds d'institutions communes et ont traversé une série de révolutions semblables » (on est devenu depuis lors plus prudent) [1]. Le point de départ est le même : la famille indo-européenne d'avant la dispersion, quelque part en Asie centrale, elle-même constituée par la religion primitive. Cette commune origine suffit à garantir un comparatisme qui se contente, délivré de tout souci de chronologie, de piquer ici et là des ressemblances entre les deux peuples pour retrouver les premières étapes de leur semblable évolution. Mommsen, au contraire, parti lui aussi de cette communauté des origines, insistait (et ne pouvait qu'insister) sur « la divergence des voies parcourues ». Les Romains en effet surent conquérir une « unité nationale », à jamais inaccessible aux Grecs (mais pas aux Allemands).

Ainsi prendre ensemble la Grèce et Rome et poser la question de *la* cité, était une audace, mais au total plus naïve que réfléchie ; jamais la démarche ne doute de sa légitimité et ne s'interroge sur ses conditions de possibilité. Fustel toutefois ne se limite pas à la Grèce et à Rome, il introduit un troisième terme : l'Inde. Son comparatisme est-il du coup plus assuré ? Nullement. Il n'a jamais prétendu être orientaliste et l'Inde, comme il

1. Voir, par exemple, G. Dumézil, *Mythe et épopée I*, 1968, p. 15-16 ; « Entretien avec G. Dumézil », *Cahiers pour un temps*, Paris, 1981, p. 16-44.

l'explique à Warnkoenig[1], n'est pas tant le troisième terme d'une comparaison qu'un élément en plus, venant à point nommé confirmer une thèse déjà à peu près formulée : « … je me mis à étudier un peu les antiquités orientales… un mot du Rig-Veda me rappelait un vers d'Euripide ; un texte de Manou me reportait à une loi des Douze Tables ou à un passage d'Isée ou de Lysias…[2] » On trouve enfin, dans ses notes sur *La Cité*, quelques fiches intitulées « cité antique et rapports aux autres peuples », où il a rassemblé de brèves citations sur les Japonais et les âmes des ancêtres, sur la Chine et les ancêtres, sur les Indiens d'Amérique et les cendres de leurs pères…

Preuve qu'il était ouvert aux parallèles ethnographiques, mais indication aussi d'un comparatisme tous azimuts, plus préoccupé de collection que d'interprétation.

Soucieuse des origines, *La Cité* est aussi une manière de faire de l'histoire au présent, ainsi que l'indiquait déjà, dans les comptes rendus, la question de la liberté. Le projet est parfaitement explicite et le livre pourrait porter comme sous-titre : « Pour en finir avec l'imitation des Anciens ». Entre *eux* et *nous*, les Modernes, la distance est infranchissable et se méprendre sur *eux* n'a pas été sans conséquence pour *nous*. Fustel vise ici la Révolution et son usage de l'Antiquité. Les Jésuites, Plutarque, Rousseau sont les principaux responsables de ces illusions qui ne sont pas tout à fait sans importance, puisqu'elles

---

1. Voir *infra* p. 639.
2. Sur l'Inde védique, voir, en dernier lieu, Ch. Malamoud, *Dictionnaire des mythologies*, Paris, Flammarion, 1981.

ont finalement conduit à la Terreur[1]. « Nos 80 dernières années ont montré clairement que l'une des grandes difficultés qui s'oppose à la marche de la société moderne est l'habitude qu'elle a prise d'avoir toujours l'Antiquité grecque et romaine devant les yeux. » La tâche de l'historien est donc de faire *voir* exactement l'altérité radicale de ce monde à jamais révolu, en dégageant les principes qui le fonde, en déroulant l'exacte logique qui lui donne sa cohérence, en retraçant les étapes de sa constitution puis, révolution après révolution, de sa progressive dislocation. Pour être des ancêtres, les Grecs et les Romains n'en sont pas moins des étrangers, le démontrer et en convaincre le lecteur, c'est contribuer, pour sa part d'historien, à « la marche de l'humanité ».

De fait, l'opposition *eux, nous*, revient, comme un leitmotiv chapitre après chapitre (nous ne devons pas « juger les Anciens avec *nos* idées modernes », « pour *nous* la religion n'est pas là », « *nous* avons de la peine à comprendre le culte des ancêtres », « ces croyances qui *nous* paraissent bien fausses et ridicules », « il faut d'abord écarter de *notre* esprit toutes les habitudes de la politique moderne... »).

Ainsi Montesquieu lui-même (seul Moderne – avec Rousseau – à être évoqué) s'est trompé, justement pour n'avoir pas pris l'exacte mesure de ce fossé entre les Anciens et nous : loin que la religion soit assujettie à l'État, c'est « le contraire qui est plus vrai », ainsi que l'indique immanquablement la lecture de Tite-Live[2].

1. Voir *infra* p. 634-635 ; P. Vidal-Naquet, « Tradition de la démocratie grecque », préface à M.I. Finley, *Démocratie antique et démocratie moderne*, Paris, Payot, 1976.

2. *Cité*, p. 235.

Mais traquer les idées subjectives, mettre à distance, les décrire *eux* et non pas *nous* à travers *eux*, repose, au fond, sur une permanente comparaison : non plus nous par rapport à eux posés comme modèles que nous pouvons et devons imiter, mais plutôt eux par rapport à nous, vus dans leur différence et fixés dans une altérité que précisément dessine la confrontation (parfois explicite et toujours implicite) elle-même, eux qu'il n'y a tout simplement aucun sens à tenter d'imiter aujourd'hui, car l'humanité a progressé.

La croyance, fondatrice du lien social, n'est plus et, en même temps qu'elle disparaissait, se défaisait la société qu'elle avait façonnée. Écrire l'histoire de cette époque, c'est retrouver cette croyance primordiale, mesurer ses effets et suivre ses transformations. Car les croyances font l'histoire : « Il n'est rien de plus puissant sur l'âme. Une croyance est l'œuvre de notre esprit, mais nous ne sommes pas libres de la modifier à notre gré. Elle est notre création, mais nous ne le savons pas. Elle est humaine et nous la croyons dieu. Elle est l'effet de notre puissance et elle est plus forte que nous. Elle est en nous ; elle ne nous quitte pas ; elle nous parle à tout moment... l'homme peut bien dompter la nature, mais il est assujetti à sa pensée [1]. »

Telle est bien la démarche de *La Cité antique*. À l'origine, les antiques croyances, avant tout le culte des ancêtres, objet du livre I. Le livre II, lui, dessine les formes de sociabilité que, dans le même temps, présupposent et génèrent de telles croyances : la famille, mais aussi la *gens* (qui n'est, pour finir, que « la famille elle-même »). Puis vient la cité, dont l'univers, longuement

1. *Ibid.*, p. 190.

décrit au livre III, est rapporté aux principes qui le rendent intelligible.

Elle marque le terme d'une évolution inaugurée avec la famille indo-européenne et exprime l'extension maximale d'un lien social, enté sur ces vieilles croyances : elle est aboutissement ; mais aussi remise en cause ; le moment où tout bascule. Car entre elle et le régime de la *gens*, il y a au fond contradiction : la *gens* a conduit à la cité, mais la pleine affirmation de la cité passe par le démembrement de la *gens*. La *gens* est une forme sociale avec une hiérarchie mais sans exclus : on distingue entre les aînés et les cadets, entre les maîtres et les serviteurs (ou clients) aussi, mais tout le monde appartient à la *gens*, c'est-à-dire participe au culte. La société est alors constituée d'une collection d'Uns, comme autant de monades, chacune autonome et autarcique : « Ces milliers de petits groupes vivaient isolés, ayant peu de rapport entre eux, n'ayant nul besoin les uns des autres, n'étant unis par aucun lien ni religieux ni politique, ayant chacun son domaine, chacun son gouvernement intérieur, chacun ses dieux [1]. » Sans extériorité et même sans marginalité, une telle société ignore aussi la *stasis*, la guerre civile. Avec la cité au contraire (livre IV), c'est d'emblée l'expérience de l'exclusion et de la division, dont les cinq révolutions qui scandent son histoire sont autant de manifestations. Lutte des exclus, les plébéiens sans religion, contre ceux qui en ont le monopole, les patriciens ; avec eux commence la marche vers l'égalité : n'ayant rien, ils veulent tout ; puis, plus tard, à l'intérieur de la cité, guerre interminable des pauvres contre les riches, des démocrates contre les aristocrates, jusqu'à ce

1. *Ibid.*, p. 170.

que, au moment de la conquête, la Grèce entière ne soit plus qu'une ville, toute *stasis*, où, aveugles à toute autre considération, se déchirent les deux factions. Vient alors la fin du régime municipal (livre V), tandis que les effets des vieilles croyances, mortes depuis longtemps, achèvent de se déliter. Si le stoïcisme, en « fondant la liberté intérieure », avait « déjà rendu l'homme à lui-même », le christianisme, en en faisant « la règle universelle inébranlable », change les conditions du gouvernement « pour toujours ».

Mais revenons au livre I où se noue toute la démonstration, rigoureuse en apparence, de Fustel. Si haut qu'on remonte, la mort n'a jamais été envisagée comme « une dissolution de l'être », mais toujours comme « un simple changement de vie ». De cette antique croyance tout découle : la nécessité de la sépulture, le rituel funéraire et un culte des morts qui, sous peine de représailles à l'encontre des vivants, ne doit jamais s'éteindre. Or, il ne peut y avoir culte sans famille, c'est-à-dire sans une association religieuse, dont c'est justement la vocation première. La famille elle-même implique le mariage, pour assurer sa reproduction, et donc la perpétuation du culte. Qui dit tombeau dit famille, dit aussi propriété. Qu'est-ce en effet, à l'origine, que la propriété, sinon le champ où chaque famille enterre ses morts ? La propriété est la terre des morts, simple dépôt immobile et inaliénable entre les mains des générations successives qui, elles, ne font que passer. Tombeau, famille, propriété, sont, au total, trois modalités de la même croyance. Est-il même utile de préciser que ni l'archéologie ni les textes antiques ne corroborent cette vision des commencements ? Une famille par tombeau et un tombeau par famille, avec concession véritablement à perpétuité, ne relève pas du vérifiable[1].

Mais le point intéressant est que, pour Fustel, la mort est ce qui, originairement, fait lien, et la naissance d'une forme nouvelle de sociabilité doit d'abord passer par la reconnaissance d'un nouveau tombeau et d'un ancêtre commun, répétant depuis la famille jusqu'à la cité, à travers la *gens*, la phratrie et la tribu, le même cheminement. Or si un tel schéma de l'évolution des sociétés grecque et romaine n'est pas propre à Fustel, la mise en avant de la religion des morts, comme religion « la plus ancienne » ou « la première », elle, paraît bien une *découverte* fustelienne. On ne la trouve en effet ni chez Guigniaut, ni chez Maury, ses prédécesseurs immédiats, ni chez les Allemands[2], ni chez les auteurs anciens, ni même chez l'auteur de la thèse sur le culte de Vesta. Alors que, pour l'auteur de *La Cité* (six ans plus tard), tout commence avec la mort : « Avant de concevoir et d'adorer Indra ou Zeus, l'homme adora les morts, il eut peur d'eux, il leur adressa des prières. Il semble que le sentiment religieux ait commencé par là ! La mort fut le premier mystère. Elle mit l'homme sur la voie des autres mystères. Elle éleva sa pensée du visible à l'invisible ; du passager à l'éternel ; de l'humain au divin[3]. »

1. Voir S.C. Humphreys, *The family, women and death*. Londres, Routledge and Kegan Paul, 1983, p. 79-130, 136-143.

2. À l'exception peut-être de M. Hullmann, adversaire de Niebuhr, dont les positions sont résumées par P.A. de Golbery, dans le tome VII de sa traduction de *l'Histoire romaine* de Niebuhr (pp. 109-110). Il estime qu'il y a aux origines de la *gens* communauté des sacrifices et sépulture commune. Je remercie C. Ampolo de m'avoir signalé ce passage.

3. *Cité*, p. 51.

Un tel déplacement, que rien dans la documentation antique n'impose, s'éclaire plus d'un rapprochement avec le XIXe siècle et ses représentations de la mort : le développement d'un culte des morts et la question des cimetières, celle des revenants aussi. « Quel est le sentiment, se demande Fustel dans une note manuscrite, qui a donné naissance à ce culte des morts ? Je suis frappé de ce fait que les Anciens, comme les enfants, comme le sauvage, dont l'imagination est puissante et la raison faible, sont assiégés de la crainte de voir reparaître au milieu d'eux les âmes des morts. » Davantage, existent des similitudes entre la thèse de Fustel et les propos de positivistes, comme le docteur Robinet ou P. Laffitte, sur ces questions. Ce dernier, en épigraphe d'un opuscule sur les cimetières [1], inscrit deux citations : Auguste Comte d'abord : « les vivants sont de plus en plus gouvernés par les morts, telle est la loi nécessaire de l'ordre humain », le docteur Robinet ensuite : « il n'y a pas de cité sans cimetière ». Puis il montre comment la tombe, d'abord « institution de famille », devient par la fondation du cimetière « institution sociale ». Le culte des morts en outre « sert au perfectionnement de notre nature » : il est « le principe qui nous sépare le plus de l'animalité » ; « … il développe la vie suggestive, puisque nous nous représentons, en le pratiquant, des êtres que nous ne pouvons plus voir ». Un mémoire plus ancien mérite aussi d'être cité par le lien qu'il voulait établir ou retrouver entre le tombeau, la propriété et la patrie. Pour l'auteur en effet la société « doit inviter l'homme ordinaire à placer sa tombe dans les champs paternels »… Ainsi les sépultures

1. P. Laffitte, *Considérations générales à propos des cimetières de Paris*, Paris, 1874.

particulières réuniront « le double avantage de nous attacher à la famille, à la propriété, à la patrie[1] ». « Nous assistons, comme le notait Ph. Ariès, à la naissance du concept barrésien, péguyste, maurrassien, mais d'abord positiviste, de la patrie charnelle. » Les Anciens n'auraient-ils pas pratiqué spontanément, à en croire Fustel, ce que l'auteur du mémoire ne fait que proposer ?

Enfin traverse *La Cité* une nette inspiration antirousseauiste. Même si son livre n'est pas une réfutation argumentée du *Contrat social*, Fustel, plus proche des idées, par exemple, de F. Le Play, l'a aussi écrit, je crois, contre Rousseau : l'admirateur de Lycurgue et le zélateur de Sparte, alors qu'en fait il n'y a jamais eu d'aristocratie « plus oppressive », le principal responsable de cette imitation « maladroite » et « funeste » de l'Antiquité qu'ont cultivée la Révolution et la Terreur. Pour lui ensuite, la formation du lien social ne saurait résider dans une convention qui, par la dialectique de l'aliénation et de la liberté, transforme l'homme naturel en un homme civil et fait se muer la dispersion individuelle en un corps politique. Là où Rousseau posait le contrat comme opérateur du passage, lui pose la croyance.

Qui dit croyance dit culte des morts et tout aussitôt famille, mariage, propriété : le tour est joué ; il n'y a pas d'état de nature et l'on est toujours, d'entrée, dans le « civil » ; ou plutôt, la famille est à la fois d'un côté et de l'autre, ou encore « berceau » et produit de cette croyance, elle est le seul état de nature véritable, dans lequel ce ne sont pas les individus qui vivent isolés, mais les familles. « Pour la vieille religion domestique, la

1. Mémoire de J. Girard (Paris, 1801), cité par Ph. Ariès, *L'Homme devant la mort*, Paris, Seuil, 1977, p. 503-504, 534-535.

famille était le vrai corps, le véritable être vivant, dont l'individu n'était qu'un membre inséparable[1]. »

Naturelle, la famille ne l'est toutefois pas totalement, elle qui souvent ignore ou méconnaît droit ou sentiments naturels. Pourquoi ? Parce qu'elle est plus « une association religieuse que de nature ». Et l'histoire de l'Antiquité est celle de la progressive rupture de cette « chaîne » qui tient l'individu « esclave ». Le christianisme achève ce que la philosophie avait préparé : le père, ayant perdu son sacerdoce, ne conserve que l'autorité que « lui confère la nature », le droit se rapproche de « l'équité et de la nature » ; la propriété ne « découle plus de la religion, mais du travail ». Commence alors la société moderne et s'achève là « notre étude qui doit s'arrêter à cette limite qui sépare la politique ancienne de la politique moderne ».

Au total parcourt ce livre une indéniable force de persuasion qui donne au lecteur l'impression de comprendre l'enfantement, l'agencement et le fonctionnement de ce vieux monde à jamais révolu. Mais la rigueur, plus apparente que réelle, tient plus à l'entraînement de l'expression qu'à la précision des démonstrations, ou à l'enchaînement exact du raisonnement.

Au chapitre des apories de la théorie fustelienne elle-même, on peut encore verser la difficulté d'articuler ce qu'il écrit du tombeau et du foyer, qui sont et ne sont pas la même chose. Comment rendre compte des deux religions ? Plus profondément, sa machinerie sociale est dépourvue de mouvement : on voit comment mais nullement pourquoi la société change. Pourquoi est-on sorti un jour du régime parfaitement autarcique de la

1. *Cité*. p. 163.

gens ? À la question une seule réponse, ou plutôt il n'y a ni question ni réponse, mais la simple affirmation de la marche continue de l'humanité, la règle de l'évolution, la loi du progrès : sorte d'opérateur magique du changement, qui va de soi et qu'il suffit de nommer à chaque étape ; il est tout à la fois une loi universelle, extérieure à l'homme, et la force même de la nature humaine : l'intelligence humaine s'élargissant, l'homme change et la société le doit aussi.

Se découvre une tout autre scène cependant dès l'instant qu'est formée la cité, monde non plus de l'unité, mais de la division, où joue d'emblée un puissant facteur du mouvement : la guerre civile. Sitôt constituée, en effet, la cité est façonnée, mais aussi bien détruite par la succession des révolutions.

Signalons enfin son curieux usage des textes antiques. Dès l'instant qu'ils abordent le même sujet, sont rapprochés des auteurs que le genre et la chronologie séparent, au seul nom du principe qu'il faut avoir un ou mieux plusieurs textes ; à la limite Cicéron peut voisiner avec Homère et Porphyre. Fustel retient un mot, un membre de phrase, un vers, mais néglige complètement le contexte. Enfin les Tragiques, en particulier, sont généralement lus au premier degré, comme s'il s'agissait de descriptions réalistes, de pratiques effectives, funéraires ou autres : entre Eschyle et un lexicographe, nulle différence.

La Cité *malgré tout*

En écrivant *La Cité antique*, Fustel songeait à « la cité moderne ». Mais il y a deux façons de comparer : en s'attachant aux ressemblances, ou au contraire en pointant des différences. Sur ce terrain-là, il opta résolument pour la seconde. Dans les années suivant la publication de son livre (et en tout cas avant 1870), il conçut le dessein d'écrire le second volet, sous la forme d'une « cité française », des origines à 1789. Autre fut finalement le résultat ; mais tel était l'ample dessein initial [1].

Une fois critiquée de fond en comble, une fois soulignée son incohérente cohérence, *La Cité* demeure malgré tout un livre important : qui a fait date, en modifiant un champ d'études (en France à tout le moins), en posant de vraies questions, en créant un nouvel objet de pensée. Le *genos* ou la *gens* de Fustel [2] n'ont jamais existé sous cette forme. Reste que ce faux objet, qui a donné lieu à de faux débats, a attiré l'attention sur le rôle de la parenté dans la naissance de la cité et au-delà dans toute formation sociale, ainsi que sur celui des groupes constitués.

Le *fait* indo-européen, qui lui a permis de ne pas se laisser arrêter par le décalage chronologique entre les Grecs et les Romains, a rendu possible la construction, en mettant l'accent sur la dimension religieuse, de ce nouvel objet de pensée : *la* cité antique ; sorte de

1. *Histoire des institutions politiques de l'ancienne France*, Paris, Hachette, 1875.

2. F. Bourriot (*Recherches sur la nature du genos*, Lille, 1976), grand pourfendeur du *genos*, estime que *La Cité* a créé « pour ainsi dire l'archétype du *genos* » (p. 71). Sur cette question complexe, voir D. Roussel, *Tribu et Cité*, Paris, Les Belles Lettres, 1976 ; en dernier lieu, S.C. Humphreys, « Fustel de Coulanges and the greek *genos* », *Sociologia del diritto*, 3, 1982, p. 35-44 ; et *ibid.* A. Momigliano, « Fustel de Coulanges e la recente ricerca su Roma arcaica », p. 27-33.

« tableau de pensée » que l'on peut rapprocher de l'*ideal-type* webérien. Critiqué, retravaillé, reformulé, il restera en tout cas présent, non seulement dans le champ de l'histoire ancienne, mais aussi au-delà [1].

Fustel, que l'on hésite à qualifier de libre-penseur, mais qui n'était pas catholique, a conçu sa cité comme un monde structuré de part en part par la religion, qui est origine même du lien social. Ce sans quoi il n'y a pas de communauté possible. Vient à ce point le nom de Durkheim : élève de l'École normale, alors que Fustel en était le directeur, il fut marqué par lui et pensa, avec lui et contre lui ; en tout cas, à partir de lui, notamment sur cette question de l'importance du religieux [2]. Par-delà Durkheim et la sociologie, *La Cité* ne pourrait-elle être prise comme un *artefact* et utilisée comme un jalon pour une réflexion critique sur le religieux qui, aujourd'hui, fait sinon retour, du moins question ?

On peut lire enfin dans *La Cité* une définition de l'histoire, qui n'est pas restée sans écho, sur laquelle Fustel est souvent revenu : « L'histoire n'étudie pas seulement les faits matériels et les institutions ; son véritable objet d'étude est l'âme humaine ; elle doit aspirer à

1. Que l'on pense, entre autres, à G. Glotz, à A. Piganiol, actuellement à M.I. Finley ; ou au-delà à E. Masqueray, à J. Izoulet… Voir M.I. Finley, « La Cité antique : de Fustel de Coulanges à Max Weber et au-delà », *Mythe, mémoire, histoire*, Paris, Flammarion, 1981, p. 89-120.

2. S. Lukes, *Émile Durkheim*, Londres, Penguin Press, 1973 ; A. Momigliano, « La *Cité antique* de Fustel de Coulanges », *Problèmes d'historiographie ancienne et moderne*, Paris, Gallimard, 1983, p. 420-422. J.-Cl. Chamboredon, « Émile Durkheim : le social, objet de science. Du moral au politique ? » in *Critique*, juin-juillet 1984, p. 460-531.

connaître ce que cette âme a cru, a pensé, a senti aux différents âges de la vie du genre humain » : l'histoire, comme science historique de la *psychè*, ou des croyances ; l'histoire, « science de l'homme », mais de « ce qui change en lui ».

F.H.

Introduction

De l'historiographie ancienne à la science sociale : une nouvelle lecture de *La Cité antique* de Fustel de Coulanges

par Bruno Karsenti

Au XIXe siècle, l'histoire ancienne fut un savoir d'avant-garde, théâtre d'innovations décisives tant du point de vue de la méthode que de la scientificité de ce qu'on n'appelait pas encore les sciences humaines et sociales. Notamment, l'exigence s'est manifestée très tôt de croiser différents regards – anthropologique, juridique, sociologique, linguistique… – dans l'étude de la cité athénienne, de la Rome impériale ou de l'Inde védique. Ce qui est devenu pour nous une évidence à la lecture des travaux de Louis Gernet, de Marcel Detienne, de Pierre Vidal-Naquet et de Jean-Pierre Vernant, ne l'a certes pas toujours été. La convergence des approches ne va nullement de soi : elle suppose une articulation raisonnée, sur les bases d'une discipline elle-même complètement renouvelée. En retour, l'histoire ancienne a représenté une sorte d'épicentre des sciences sociales naissantes, source de réflexion et lieu d'expérimentation dont les effets se faisaient sentir dans un périmètre de plus en plus large. L'importance de *La Cité antique* de Fustel de Coulanges (1864) ne saurait à cet égard être sous-estimée. À près d'un siècle et demi de distance, il est frappant de constater combien la puissance heuristique de ce texte reste intacte, par-delà tous les correctifs, nuances et réfutations qu'il a pu connaître par la suite. La raison en est somme toute assez simple : par un coup de force qui étonne, et sans céder aux tentations d'une philosophie de l'histoire plus ou moins avouée, Fustel parvenait à traiter de la constitution d'un certain *type* de groupe – non d'un groupe déterminé, mais d'une forme commune à différentes singularités historiques –, des conditions de son maintien dans le temps, de celles de son érosion et de sa disparition. Par là, on peut dire que du cœur même de la pratique historienne, il introduisait un point de vue de nature sociologique. L'ampleur considérable du corpus n'était pas embrassée par une idée générale ou une vaste hypothèse évolutive, mais par une double opération d'analyse et de synthèse des éléments sociaux que les faits antiques permettent d'isoler, et par leur recomposition en un procès cohérent. En termes positivistes, on peut dire que l'histoire ancienne intégrait et combinait ce qu'Auguste Comte avait défini comme la « statique » et la « dynamique sociale » dans ses leçons des années 1830. Mais elle allait aussi plus loin, puisqu'elle pouvait en l'occurrence se passer du cadre abstrait d'une loi générale comparable à la « loi des trois états ». Si Fustel raisonne sociologiquement, c'est plutôt par anticipation que par héritage. Plus proche de Durkheim que de Comte, il se refuse à plaquer sur les faits une logique dont ils ne seraient pas eux-mêmes le foyer concret. Or il est notable qu'il le fasse avant que la sociologie ne s'institue en science à part entière et n'accède à la reconnaissance d'un savoir académique – ce qui n'adviendra que quelques décennies plus tard, dans les toutes dernières années du XIXe siècle.

Comment un tel coup de force fut-il possible ? Au regard de l'historiographie qui, sous l'égide de Niebuhr et de Mommsen, domine alors en Allemagne, celle de Fustel, comme l'a souligné Arnaldo Momigliano, se signale avant tout par son caractère résolument comparatiste [1]. *La Cité antique* rejoint en cela d'autres ouvrages majeurs qui lui sont presque contemporains, sans que Fustel en ait visiblement subi l'influence : l'*Ancient Law* de Henry Sumner Maine (1861), et *Das Mutterrecht* de Johann Jacob Bachofen (1861) [2]. Qu'il y ait dans cette avancée de l'histoire comparée l'instauration d'une nouvelle manière de penser, Durkheim se fera fort d'en tirer toutes les conséquences. Rappelons qu'en 1892, c'est à Fustel – et non à un philosophe – qu'il dédie sa thèse latine [3]. L'hommage n'est certes pas de convenance, le sociologue se posant en héritier d'une approche capable de s'extraire du donné empirique pour forger des « types abstraits ». Par là, des formes sociales différentes peuvent être dotées d'une cohérence interne, constituées en objets, mises en rapport scientifiquement. Et puisque la

1. Cf. A. Momigliano, *Problèmes d'historiographie ancienne et moderne*, Paris, Gallimard, 1983, p. 404.

2. Pour une lecture récente des trois ouvrages, sous le signe d'une « historicisation de la loi divine » rendue possible par l'accusation d'un contraste, voir R. Brague, *La Loi de Dieu*, Paris, Gallimard, 2005, p. 410-416.

3. Cf. « Quid secundatus politicae scientiae instituendae contulerit », traduction par A. Cuvillier dans Durkheim, *Montesquieu et Rousseau précurseurs de la sociologie*, Marcel Rivière, Paris, 1966.

thèse latine faisait de Montesquieu un précurseur en ce domaine, intercaler Fustel en maillon intermédiaire, voire en cause prochaine, paraissait en effet s'imposer.

L'innovation produite par *La Cité antique*, cependant, ne vient pas de nulle part. Elle est profondément enracinée dans son temps, dont elle entreprend aussi, à sa manière, de dénoncer les pesanteurs et les ornières. Comment est née l'intention comparatiste, dans la forme précise et contrôlée qui s'exprime dans ce livre ? De toute évidence, le comparatisme n'est devenu à proprement parler une méthode qu'à la faveur d'une sorte de réaction savante, sur fond de diagnostic d'une certaine impasse politico-idéologique liée à l'expérience de la Révolution et de l'Empire[1]. C'est pourquoi, chez Fustel, tout commence par une critique des illusions induites par l'interférence et le brouillage des temporalités. Le mot d'ordre, qui sonne comme une prophylaxie, est le suivant : il faut se débarrasser des faux mixtes, délier le passé du présent, l'appréhender comme passé à travers les traces que sont les textes et les inscriptions. Car l'histoire ancienne n'est pas *notre* histoire, mais bien celle des *sociétés anciennes*, dans laquelle ne doivent pas interférer nos propres schèmes d'intelligibilité. À la volonté plus ou moins avouée de mobiliser le prestige de l'antiquité à des fins politiques présentes doit s'opposer la pureté d'une démarche qui isole son objet à partir d'une position résolument distanciée.

En quoi consiste cette distanciation ? Notons que, pour Fustel, l'argument a un sens profondément *réaliste* : si les sociétés anciennes doivent être mises à distance et vues comme différentes, c'est qu'elles le *sont* réellement.

1. F. Hartog, *Le XIXe siècle et l'histoire. Le cas Fustel de Coulanges*, Le Seuil, 2001.

L'historiographie n'est pas un artifice cognitif, mais une approche qui respecte et rend mieux perceptibles les articulations et les divisions réelles des faits. Le comparatisme, pour être rigoureusement contrôlé, doit avoir son principe dans une scission assumée. En procédant ainsi, on peut espérer gagner en définitive sur les deux tableaux, aussi bien en termes de connaissance de l'autre que de connaissance de soi-même. En effet, la rupture d'un lien imaginaire conditionne le fait que l'étude de la cité antique puisse effectivement devenir, en retour, le chapitre ou le prélude d'une étude réflexive des sociétés modernes. À condition d'apporter une précision, qui est de taille : c'est que l'histoire ancienne ne constitue en aucun cas un modèle de distanciation pour s'envisager soi-même. Il ne s'agit pas de puiser dans l'étude de l'ancien – comme d'ailleurs du « primitif » – un modèle d'écart à soi susceptible de rendre le recul sociologique possible, selon la définition durkheimienne souvent reprise : « la sociologie, c'est l'histoire du présent ». Il s'agit seulement de refaire l'histoire du passé afin de rendre au présent sa véritable teneur – le rendre vraiment présent, c'est-à-dire, d'abord, *présent à lui-même*[1].

L'adhésion à soi reconquise n'a évidemment rien de la transparence immédiate. La coïncidence finale suppose un long détour, une opération d'analyse, de décomposition des faux alliages, de destitution des synthèses théoriquement trompeuses et pratiquement néfastes. Mais si le détour est long, l'enjeu politique n'en est pas moins clair : il s'agira de libérer le rapport à soi des sociétés

1. Sur ce point, cf. F. Hartog, *Le XIXe siècle et l'histoire*, *op.cit.*, p. 142.

modernes de la principale illusion héritée de la Révolution, la confusion de l'antique et du moderne, la réactivation de l'antique mal compris dans le seul but d'établir, d'un point de vue normatif, ce que doit être la modernité. Aux tentations « romaines » qui avaient transité par Rousseau et fortement pesé sur les préjugés des révolutionnaires, on sera désormais en mesure de faire pièce, sans ambiguïté aucune. Aussi Fustel place-t-il son ouvrage sous le signe de la fameuse distinction de Constant : « On s'est fait illusion sur la liberté chez les anciens et par cela seul, la liberté chez les modernes a été mise en péril [1] ». Mais, là encore, la reprise est une radicalisation. Car il ne s'agit plus seulement d'indiquer un contraste. Il s'agit d'opérer une *coupure*, celle qu'ignore la mauvaise histoire, source d'une politique viciée qui s'obstine à chercher inspiration et justification chez des ancêtres qui n'en sont pas. L'accusation ne s'adresse donc pas seulement aux revendications de retour à l'antique, mais bien à toute forme de parasitage, de conciliation ou de croisement entre les deux formes. En définitive, la coupure est si forte qu'elle débouche sur une pure et simple *inversion*. C'est dans le « caractère absolument inimitable [2] » des anciens que réside, négativement, leur intérêt pour nous. L'historiographie ancienne, science fondamentale de ce point de vue, est la condition nécessaire d'une autre politique, scientifiquement fondée, c'est-à-dire avant tout consciente des caractères absolument singuliers du type de sociétés qu'elle a pour vocation de régler – conscience acquise en

1. *La Cité antique*, Flammarion, « Champs », éd. 2009, p. 34. Cité C.A.
2. C.A., p. 34.

creux, par la restitution de l'ancien comme irrémédiablement dépassé.

C'est en évitant le piège téléologique et en se détachant de l'histoire prise comme devenir linéaire où le sens du passé est déterminé par le présent où il est censé s'achever, que l'historiographie vient rejoindre ce qu'il faut désormais appeler, avec tout le poids de l'expression, la *science sociale*. Isolées par la pratique historiographique, les sociétés anciennes sont considérées comme des totalités dont le fonctionnement obéit à une logique spécifique. Comment décrire cette logique ? Ici réside la seconde thèse de Fustel, qui conditionne en fait la première : pour saisir les sociétés anciennes en elles-mêmes, sans projection, il faut les appréhender sous l'angle *institutionnel*. Cette dimension les inscrit profondément dans leur temps, ce temps qui est bien le leur et non le nôtre. Non que la réalité sociale se fige en une stricte synchronie. Simplement, le partage de l'ancien et du moderne permet d'apercevoir une autre diachronie des sociétés anciennes : celle conçue comme le développement d'une totalité institutionnelle soumise à certaines lois de transformation qui forment, pour l'historien, un nouveau champ de positivité.

C'est pourquoi la critique ne s'arrête pas à la fausse conception de nos origines. Elle met en cause, de façon significative, le concept même d'*origine* tel que nous sommes enclins à l'appliquer à ces sociétés autres. En effet, ce que nous ne pouvons ni ne devons chercher à reconstituer, c'est un lent processus d'émergence, une période de formation, une apparition graduelle qui n'a jamais eu lieu. La cité antique existe *tout d'un coup*, se précipite, se fonde « en un jour », avec le dispositif institutionnel qui lui donne corps. « Les institutions politiques de la cité naquirent avec la cité elle-même, le même jour qu'elle ; chaque membre la portait en lui-même, car elle était en germe dans les croyances et la religion de chaque homme[1] . » Le moment de la fondation, dans ce qu'il a de fabuleux ou de mythique, n'exprime rien d'autre que l'efficace de la croyance inscrite au plus profond des sujets et portée par chacun d'eux, individuellement. « La religion de chaque homme », celle du groupe envisagé distributivement, revêt alors un statut essentiel. Si une ville ancienne, à l'image de Rome, peut prétendre avoir été fondée « d'un seul coup, tout entière en un jour[2] », c'est qu'un acte religieux est effectivement à son principe. Certes, on peut dire qu'il s'agit là d'une fable. Mais c'est une fable que le regard historiographique se refuse à dissiper. Car elle traduit exactement la solidarité objective qui existe entre croyance et institutions, et l'ordre social qui s'en trouve immédiatement et complètement produit.

On est en mesure, dans ces conditions, de comprendre le rôle assigné au fait religieux dans la science sociale naissante. Loin d'être une limite qui s'impose au savoir, il en figure plutôt le seuil. Il n'est pas un fait social parmi d'autres, mais celui qui, individuellement réfracté sur le mode de la *croyance*, structure la réalité sociale dans toute son ampleur et sa généralité. En ce sens, la religion s'incorpore à la science sans cesser d'être elle-même, c'est-à-dire sans se laisser dissoudre ou résoudre par elle. Plus encore, c'est sur elle que pèse entièrement la charge, épistémologiquement décisive, de la conjuration de la recherche égarée dans les mystères des premiers commencements. De nouveau, le rapport du présent au passé est reconsidéré, mais

1. C.A., p. 245.
2. C.A., p. 193.

cette fois-ci en un autre sens, inverse de celui qu'on a d'abord perçu. Le problème posé, à ce niveau, est plutôt celui d'un passé décliné au présent, d'un passé qui ne se dépasse pas, et dont le rappel joue comme la réactivation périodique d'une force. Aux origines lointaines dont la réalité se délite à mesure qu'on croit les approcher, l'historien oppose la fermeté, et surtout l'effectivité d'un principe constamment agissant, l'imposition d'un ordre qui, pour être pensé, suppose qu'on prenne place en lui, et donc qu'on l'envisage comme d'emblée complètement déployé. Dès lors, le présent n'est plus le terme ultime vers lequel pointe, au dehors, l'analyse historique, mais il a pour elle la valeur d'un postulat : celui d'un système *toujours déjà accompli*, dont la seule émergence pensable est la fondation instantanée, ou encore – ce qui revient au même – la *révélation*.

Il ne s'agit plus simplement, comme auparavant, de marquer la distance entre eux et nous. Sans revenir sur l'écart creusé, l'effet du « un jour » est de restituer à l'ancien une certaine forme d'actualité, ou plutôt d'actualisation, bref, de penser quelque chose comme une présence à soi du passé lui-même, qui tient à sa capacité à s'auto-engendrer dans la forme achevée et relativement cohérente qui lui a été reconnue. En célébrant le jour de la fondation, les anciens répètent un acte de constitution. Or cet acte n'est pas rejeté en arrière, dans une période reculée d'où la cité s'éloignerait chaque jour un peu plus. Au contraire, il se trouve pris à son tour dans une logique circulaire qui l'assimile finalement à une répétition, sous la forme curieuse, paradoxale, de la répétition de ce qui *aura lieu*, toujours et partout. C'est pourquoi le fondateur lui-même n'est pas à proprement parler un créateur, et peut même être défini sans contradiction comme un reproducteur :

> « Nous avons vu dans leur vie privée une religion qui réglait tous leurs actes ; nous avons vu ensuite que cette religion les avait constitués en société : qu'y a-t-il d'étonnant après cela que la fondation d'une ville ait été aussi un acte sacré et que Romulus lui-même ait dû accomplir des rites qui étaient observés partout [1] ? »

Ainsi, la fable dit vrai, tout en restant une fable. C'est que, *un certain type de croyance étant donné*, le dispositif institutionnel en découle intégralement et tout d'un coup, fait irruption dans une histoire dont il faut dire, non qu'elle commence en ce point, mais seulement qu'elle ne peut être racontée, écrite, et surtout comprise, qu'à partir de lui.

Avant Robertson Smith et avant Freud, on trouve donc chez Fustel une réflexion profonde sur l'événement archaïque, rapporté au phénomène de la croyance pris dans sa double dimension sociale et psychique. La thèse, en l'occurrence, plonge ses racines dans une longue tradition conservatrice. Par delà Comte et la philosophie positiviste, on y repère l'écho de la pensée contre-révolutionnaire de Maistre et de Bonald, précurseurs d'une pensée du social qui ne cessera de se préciser et de se consolider au cours du XIXe siècle, jusqu'à la fondation scientifique que lui donneront Durkheim et son école. De cette filiation, on retiendra surtout ceci : le vrai problème des sociétés humaines n'est pas celui de leur création – c'est la grande erreur des révolutionnaires que de l'avoir cru – mais celui de leur *conservation*, de leur fonctionnement durable et de leur maintien dans une unité de temps plus ou moins longue.

1. C.A., p. 195.

C'est donc aussi le problème de leur mort, sous l'angle des résistances qu'elles parviennent ou ne parviennent plus à opposer aux crises qu'elles traversent.

Entités à la fois naturelles et instituées, les sociétés vivent d'une vie propre qui les engage dans un vaste mouvement évolutif. Ce qui signifie, dans le langage de Fustel, qu'elles entrent dans une série de « révolutions » conçues comme autant de bouleversements auxquels un certain type social est voué en raison de l'instabilité qui l'habite, ne cesse de s'accuser et l'incline toujours plus vers sa fin. « Rien de plus solidement constitué que la cité antique ; et pourtant, elle a eu comme tout ce qui est humain ses révolutions. » Faites « pour être éternelles[1] », les institutions ne sont que solides, d'une solidité qui certes leur assure une persistance dans un temps long, mais ne les rend pas pour autant inaltérables et immortelles. C'est qu'elles sont *humaines*, exposées constitutivement au phénomène révolutionnaire, fait humain par excellence, au même titre que le fait institutionnel auquel il est rapporté. Le terme de révolution, dans cette topique, doit donc se lire au pluriel. Il qualifie les différentes étapes d'un processus d'ensemble, et s'affranchit par conséquent de la référence unilatérale à 1789. C'est que le mouvement décrit n'est justement pas celui de la formation d'une société, mais celui de la transformation d'un type enveloppant plusieurs sociétés à l'intérieur d'une configuration cohérente. À chaque scansion, une modification décisive est produite qui met en péril le système et accentue son déclin. Il s'ensuit que la société antique a bien une histoire, qui est son histoire et pas la nôtre. Cependant et pour la même raison – puisque cette histoire diffère de la nôtre – elle ne

1. C.A., p. 203.

peut être restituée que par la mise en lumière des lois positives qui rendent intelligible son processus de modification interne. C'est en ce sens que l'historiographie, contre-histoire en quelque sorte, tend à s'identifier avec la science sociale, science du devenir d'une totalité sociale donnée. Méthodologiquement refondée, elle garantit que nous puissions comprendre un processus étranger sans y participer – plus exactement, *dans la mesure où nous n'y participons pas.*

Mais encore faut-il pour cela que ce processus nous soit accessible. À la question « à quelles conditions l'historiographie est-elle possible ? », on n'a pas encore apporté de réponse. Si nous ne participons pas de la vie sociale des anciens, il est nécessaire d'identifier la faille par laquelle le regard de l'historien parvient à s'introduire et peut prétendre comprendre une telle vie, en dépit de l'étrangeté qu'elle revêt pour lui. En l'occurrence, la distance se manifeste avant tout au plan institutionnel, le seul qui soit perceptible en premier lieu [1]. La cité antique obéit à des règles, admet un type de régulation juridique et politique qui paraît dépourvu de sens tant qu'on s'en tient à une pure description objective. Il en va de même, d'un point de vue morphologique, de la structure sociale, du mode de répartition des groupes et de leur corrélation – qu'il s'agisse des relations internes ou externes des unités segmentaires que sont les différents foyers domestiques, ou encore du type de fédération qu'ils admettent au sein de cette entité qu'on appelle justement la cité. Ainsi, le niveau institutionnel, où l'on rassemble les phénomènes juridiques et morphologiques, se maintient dans une altérité radicale tant qu'il

1. « Regardez les institutions des anciens sans leurs croyances, vous les trouverez obscures, bizarres, inexplicables », C.A., p. 35.

n'est pas rapporté à l'élément crucial qui l'investit d'un sens propre : *l'élément religieux de la croyance*. La croyance joue bien le rôle décisif qu'on avait pressenti : elle rend intelligible ce qui, institutionnellement, ne peut pas l'être ; elle rend l'historiographie possible, non simplement à titre de recollection d'un matériau empirique, mais aussi d'interprétation sociologique de ce matériau. Plus exactement, ce qui devient intelligible, c'est le fait que, sur la base de telle croyance déterminée, une certaine forme d'institution s'impose comme seule manière d'être conforme à cette croyance. C'est donc l'adéquation, la congruence croyance-institution – et non la croyance en elle-même – qui représente le point de passage exigé. Comme l'a parfaitement résumé François Héran [1], la vraie thèse de *La Cité antique*, dans ce qu'elle a de véritablement novateur, n'est pas : « tout est religieux », mais bien : « tout est institution », l'élément religieux étant ce qui rend l'institution compréhensible, et renvoyant par conséquent l'analyse, à travers la réalité instituée, au principe instituant qui la sous-tend. En désignant la croyance comme fondement, on ne quitte pas pour autant le niveau institutionnel, mais on s'efforce de dégager son sens spécifique en dévoilant le principe qui l'articule intégralement. En elle-même, la croyance ne s'observe pas : sa détermination relève plutôt d'une attribution sur la base d'un donné institutionnel tel que les textes permettent de le décrire. Mais cette description, à elle seule, demeurerait insensée, si le donné observable n'était dépassé vers la croyance qui le sous-tend.

1. F. Héran, « L'institution démotivée. De Fustel de Coulanges à Durkheim et au-delà », *Revue française de sociologie*, XXVII, 1987. Du même auteur, « Le rite et la croyance », *Revue française de sociologie*, XXVII, 1986.

Une question se pose alors, qui pourrait bien constituer le point d'effondrement de toute la démarche. Si la croyance est l'élément auquel il faut remonter pour que les faits prennent sens, est-il pour autant ce qui, *du point de vue des sujets*, donne effectivement sens aux faits ? Est-ce parce qu'ils croient de telle façon que les citoyens romains vivent comme ils vivent ? À première vue, il semble qu'il en va bien ainsi, et que l'historiographie parvient à son but, non pas lorsqu'elle reconstruit analytiquement, à partir du dépôt institutionnel, une croyance qui vaudrait seulement pour l'historien, mais lorsqu'elle restitue une croyance réelle, celle du sujet vivant à l'intérieur de l'ordre social décrit. Et pourtant, il est clair que la question de l'écart entre croyance imputée et croyance réelle mérite pleinement d'être posée. Elle le mérite d'autant plus si l'on s'accorde à reconnaître, en suivant l'interprétation de François Héran, que l'histoire de la cité antique selon Fustel se déroule en fait principalement sur fond d'une « démotivation » de l'institution, d'une disjonction entre croyance et institution, cette dernière fonctionnant dans la durée sans que son principe instituant ait à être mobilisé à tout moment. En d'autres termes, s'il est vrai que l'institué vit d'une vie propre, c'est parce qu'il compose un ordre de réalité relativement autonome qui le soustrait au moins partiellement à l'impératif de reconstitution permanente de son sens. Ou plutôt, le sens qu'il a pour les acteurs est suffisamment réélaboré au niveau même du fonctionnement institutionnel pour que la mobilisation coûteuse de la croyance fondatrice ne soit pas en permanence nécessaire.

On notera alors le risque d'opacité qui pèse sur les institutions et les expose fréquemment à une remise en cause impliquant soit l'injection d'une nouvelle croyance, soit la réactivation de l'ancienne. D'un certain point de vue, c'est même cette opacification constitutive de l'institution qui la plonge dans le processus de transformation qu'on a relevé. Ou encore, c'est parce que le rapport entre croyance et institution est d'emblée traversé par une disjonction que les institutions sont engagées dans quelque chose comme une histoire. Mais cette histoire mouvementée, plusieurs fois « révolutionnée », se déploie sur fond d'inertie, de « routinisation », de répétition formelle de mécanismes institutionnels démotivés. À la limite, la croyance n'existe pas historiquement à un autre titre qu'à celui de passage d'une démotivation à une autre, d'une vie réglée à une autre vie réglée. La croyance, quant à elle, est à proprement parler *révolutionnaire*, ce qui veut dire qu'elle est invivable – que la vie sociale, dans son déroulement continu, se nourrit au moins autant d'elle-même que de sa conjuration comme croyance, c'est-à-dire comme principe actuellement instituant. La dialectique de l'instituant et de l'institué est telle que, si le second procède du premier, il se conserve cependant par sa dynamique interne, se révèle suffisamment consistant pour assurer à lui seul son propre maintien, du moins jusqu'à ce que son formalisme et son opacité soient dénoncés comme arbitraires. Mais cette dénonciation même ne vaut comme appel à une autre croyance, exigence de remotivation, que le temps très bref de la crise, laquelle, pour être surmontée, implique de nouveau un processus d'évidement. En radicalisant la belle intuition de Héran – nourrie de Saussure, et surtout de Weber –, on pourrait dire que c'est parce que les sujets sociaux ne croient pas à ce qu'on suppose analytiquement qu'ils doivent croire qu'ils peuvent effectivement vivre comme ils vivent. Et s'il leur faut croire autrement pour vivre autrement, il faut aussi qu'ils cessent de croire pour continuer de vivre.

Lorsqu'on affirme que *La Cité antique* fait de la croyance le fondement de la vie sociale, on ne décrit donc que très superficiellement le propos de Fustel. D'autant que le fondement religieux supposé n'a pas la forme qu'on attend. Considérée pour elle-même, la religion antique confine au ritualisme et paraît dénuée de presque tout contenu dogmatique. « Il ne faut pas perdre de vue que, dans les anciens âges, ce qui faisait le lien de toute société, c'était un culte[1]. » La dimension pratique d'obéissance à des règles instituées occupe le premier plan, au point que tout élément spéculatif ou doctrinal, sans être exclu, se trouve dévalorisé. De sorte que « le mot religion ne signifiait pas ce qu'il signifie pour nous[2] ». Il désigne avant tout un lien matériel, foncièrement contraignant, manifesté à travers des formules et des actes extérieurs considérés comme valides. De ce point de vue, il semble tout aussi difficile de parler de croyance, au sens subjectif et idéel que nous donnons à ce terme, et par un sociocentrisme qui le rabat trop vite sur celui de foi. L'analyse de la cité antique incite à attribuer à la croyance un autre sens, qui ne la sépare pas absolument de sa dimension objectivée, des manières d'être instituées où elle s'exprime – une croyance qui, en somme, s'avère inséparable de son objectivation institutionnelle :

> « Toutes ces formules et ces pratiques avaient été léguées par les ancêtres qui en avaient éprouvé l'efficacité. Il n'y avait pas à innover. On devait se reposer sur ce que les ancêtres avaient fait, et la suprême piété consistait à faire comme eux. Il importait peu que la croyance changeât : elle

1. C.A., p. 209.
2. C.A., p. 236.

> pouvait librement se modifier à travers les âges et prendre mille formes diverses au gré de la réflexion des sages et de l'imagination populaire. Mais il était de la plus grande importance que les formules ne tombassent pas en oubli et que les rites ne fussent pas modifiés[1]. »

Le recours conformiste à la tradition vaut comme principe d'économie. L'innovation n'est pas requise, il n'y a pas à reprendre la justification du rite et, d'un certain point de vue, il n'y a pas même à croire de nouveau dès lors que l'attention se concentre exclusivement sur la répétition imitative des gestes efficaces. D'où une variabilité de la croyance dont la seule limite est l'évidement progressif qu'elle suscite, et qui culmine dangereusement dans la prise de conscience de l'arbitraire du rite. Toutefois, si l'immuabilité du rite peut effectivement s'articuler à la variabilité des croyances, c'est qu'à un certain niveau de la croyance elle-même, une permanence est assurée, sous la forme minimale, mais nécessaire, de la croyance dans l'efficacité du rite comme tel. Il y aurait par conséquent, dans la croyance, deux niveaux : un niveau subjectif, représentatif, dogmatique, éminemment variable, et un niveau qui n'admet pour objet que la forme du rite posée comme intangible. La croyance fondatrice de la société antique est la croyance orientée vers le rite comme rite, c'est-à-dire comme pratique instituée. Quel type de croyance peut répondre à cette exigence d'objectivation interne, qui détermine ce qu'on croit à s'exprimer directement dans ce qu'on fait ? Que faut-il croire (subjectivement) pour que la croyance se résolve en un processus objectivé, pour qu'elle se résorbe intégralement dans le rituel ? En quoi peut consister une *croyance pratique* ?

1. C.A., p. 238.

On voit dans quelle direction pourrait se formuler la réponse de Fustel : la première croyance, la matrice religieuse se trouve dans la croyance en l'âme du mort, cette âme qui, à travers la mort, demeure d'abord attachée au corps et requiert des soins continus qui sont autant de devoirs impartis aux vivants. Telle est la pierre de touche de la religion de la mort « dont les dogmes ont pu s'effacer de bonne heure, mais dont les rites ont duré jusqu'au triomphe du christianisme [1] ». Dans ce culte, dont Fustel retrouve les traces en Grèce, mais aussi chez les Latins, les Sabins, les Étrusques, et jusque chez les Aryas de l'Inde [2], chaque mort est investi d'une sacralité qui le porte au rang d'un dieu. Que la mort soit « le premier mystère », source de tous les autres, cela tient au fait que l'impulsion religieuse, en l'espèce, a son siège dans un certain rapport du sujet à lui-même : « Les dieux de cette antique religion ne sont pas constitués dans la nature physique, mais en l'homme même, religion qui a pour objet d'adoration l'être invisible qui est en nous, la force morale et pensante qui anime et gouverne notre corps. » C'est en l'individu que la croyance a son premier objet. Faut-il pour autant conclure, du primat accordé au culte des morts, à l'animisme pur et simple de Fustel, comme le fit plus tard Durkheim dans *Les Formes élémentaires de la vie religieuse* ? Pas nécessairement, si l'on admet que la croyance primordiale, en l'occurrence, ne se formule pas indépendamment de la pratique qui la réalise. L'intériorisation ne trouve à s'exprimer que dans une pratique extérieure : elle est d'emblée un culte, quand bien même celui-ci assume un caractère foncièrement

1. C.A., p. 47.
2. C.A., p. 48.

autocentré, selon la double orientation primitive du tombeau et du foyer, du lieu où gisent les ancêtres et du symbole de leur pérennité dans l'intériorité domestique, organisée et maintenue autour du feu sacré. Du reste, il importe de remarquer que ce culte focal se double immédiatement d'un autre, foncièrement excentré. Plongés dans un monde naturel peuplé d'agents physiques dont ils redoutent la puissance, les anciens ont d'emblée forgé parallèlement un culte tourné vers le dehors [1]. S'il fut d'abord secondaire, relativement marginal, doublant le précédent sans entrer directement en conflit avec lui, son importance ne cessa de croître. C'est en lui qu'il faut voir le germe d'un universalisme qui devait finalement triompher du particularisme si marqué dans la religion antique. Sans impliquer la conception d'un dieu unique régissant l'univers, le culte des dieux de l'Olympe et du Capitole préfigure le renversement final du culte des héros et des mânes, précisément en raison de sa vitalité dogmatique. Alors que la première religion, celle des morts, « resta toujours immuable dans ses pratiques alors que ses dogmes s'effaçaient peu à peu ; l'autre, celle de la nature physique, fut plus progressive et se développa librement à travers les âges, modifiant peu à peu ses légendes et ses doctrines, et augmentant sans cesse son autorité sur l'homme [2] ».

C'est que l'élément dominant, dans la contradiction sourde qui le traverse, est bien celui de la ritualité. Par là se manifeste le caractère d'emblée institutionnel de la croyance antique, dont l'objet suffit à indiquer la visée essentiellement *conservatrice* : croire, c'est d'abord croire

---

1. « De ces deux religions, laquelle fut la première en date, on ne saurait le dire ; on ne saurait même affirmer que l'une ait été antérieure à l'autre », C.A., p. 178.

2. C.A., p. 178.

en l'âme, non pas tant en elle-même qu'en sa qualité de persister, de survivre au corps qu'elle gouverne. Car c'est la mort qui divinise l'âme, et non l'inverse[1]. De sorte que croire en l'âme, c'est croire en la nécessité d'assurer sa perpétuation par delà la mort. Si la mort est bien, comme le dit Fustel, « le premier mystère », c'est parce qu'elle semble rompre une continuité temporelle que la religion se donne primordialement pour tâche de rétablir sur un autre mode : celui de l'entretien du feu sacré sur l'autel et du tombeau des ancêtres où leur âme continue de vivre. Suivant le même principe, l'unité sociale fondamentale se trouve ainsi déterminée : il s'agit de la famille, comprise comme l'ensemble des « personnes auxquelles la religion permettait d'invoquer le même foyer et d'offrir le repas funèbre aux mêmes ancêtres[2] ». La famille ne doit pas s'éteindre. Tout l'ordre juridique de la société ancienne – l'agnation, le droit de propriété et de succession, le droit public lui-même – découle de ce principe et se trouve ainsi solidement ancré dans l'ordre d'une croyance que l'on peut qualifier, en dépit des difficultés qu'implique un tel concept, de croyance pratique, indissociable de l'institution qu'elle anime, intrinsèquement liée aux processus institutionnels dans lesquels elle se traduit.

Dans ces conditions, pourquoi parler encore de croyance ? Après tout, ne serait-il pas préférable de souligner une certaine indifférence à l'idée religieuse d'un côté, à la croyance en tant que telle, et un rigorisme pratique de l'autre, où le fait de croire se résorbe complètement dans le simple fait d'agir conformément à un précepte reçu, d'assurer une continuité toujours

1. Cf. C.A., p. 51.
2. C.A., p. 73.

menacée, et, en conséquence, d'obéir ? C'est ici que l'analyse de Fustel laisse affleurer les présupposés sociologiques de la nouvelle historiographie. S'il faut impérativement parler de croyance pour qualifier cette religion ritualisée, c'est que seul ce concept permet de rendre compte du mode d'obéissance qui s'actualise spécifiquement au niveau institutionnel, précisément sous la forme d'une *obéissance à des règles*. Obéir à une règle, c'est toujours croire, indépendamment du fait de savoir à quoi l'on croit. À cet égard, l'obéissance à une règle – en quoi consiste en somme le déterminisme social dans ce qu'il a de propre – se distingue du pur commandement extérieur, de la contrainte exercée du dehors sur le mode exclusif du commandement légal. Si l'objet de la *Cité antique* est moins la religion que le fait institutionnel, comme on l'a déjà relevé, c'est parce qu'à travers le fait religieux, l'institution est en fait déjà visée dans sa logique interne et quant à son mode opératoire.

En effet, la question posée par l'institution n'est pas tant celle de la réification, voire de la fossilisation d'un certain type de comportement ou d'action, que de la manière dont les sujets agissent en elle, lui donnent forme en même temps qu'ils sont informés par elle. Bref, comment les sujets entrent-ils dans un régime de détermination où le rapport causal, s'il est encore admissible, ne se laisse cependant pas ramener à une impulsion produite mécaniquement sur un sujet passif par une instance extérieure ? À nouveau, la fonction du facteur religieux et les raisons de sa primauté, dans l'analyse fustelienne et plus généralement dans la problématique qu'elle inaugure dans le champ des sciences sociales, se révèlent ici : en se référant à la croyance, et en reconstruisant son concept au point de jonction du dedans et du dehors, du subjectif et de l'objectif, c'est le mode paradoxal de détermination dégagée par l'analyse des phénomènes sociaux, c'est-à-dire institués, qui veut être élucidé. Réflexion qui se concentre dans un passage très dense, où Fustel construit véritablement la notion – banalisée depuis à tel point qu'elle en est devenue presque insignifiante – de *lien social*, telle que l'étrangeté des faits antiques est propre à en manifester la teneur :

> « Il faut bien penser à l'excessive difficulté qu'il y avait pour les populations primitives à fonder des sociétés régulières. Le lien social n'est pas facile à établir entre ces êtres humains si divers, si libres, si inconstants. Pour leur donner des règles communes, pour instituer le commandement et faire accepter l'obéissance, pour faire céder la passion à la raison, la raison individuelle à la raison publique, il faut assurément quelque chose de plus fort que la force matérielle, de plus respectable que l'intérêt, de plus sûr qu'une théorie philosophique, de plus immuable qu'une convention, quelque chose qui soit également au fond de tous les cœurs et qui y siège avec empire. Cette chose-là, c'est une croyance. Il n'est rien de plus puissant sur l'âme. La croyance est l'œuvre de notre esprit, mais nous ne sommes pas libres de la modifier à notre gré. Elle est notre création, mais nous ne le savons pas. Elle est humaine et nous la croyons dieu. Elle est l'effet de notre puissance et elle est plus forte que nous. Elle est en nous, elle ne nous quitte pas ; elle nous parle à tout moment. Si elle nous dit d'obéir, nous obéissons ; si elle nous trace des devoirs, nous nous soumettons. L'homme peut bien dompter la nature, mais il est assujetti à sa pensée [1]. »

On entre ici directement dans la reformulation du problème politique que les sciences sociales ont accompli au cours du XIXe siècle, en marge, mais aussi à l'encontre de la

1. C.A., p. 190.

philosophie politique. Car c'est bien d'un problème politique classique qu'il s'agit – disons, du problème central de l'obéissance comme obéissance à soi, de l'auto-contrainte, de la liberté civile au sens rousseauiste, thème auquel la Révolution a conféré une portée inédite en l'inscrivant au principe de son œuvre de refondation. Bien évidemment, on garde à l'esprit la prévention de Fustel : la cité antique est instructive pour nous dans l'exacte mesure où nous ne pouvons pas, où nous ne devons pas nous y reconnaître ni puiser en elle un modèle transposable. De fait, la différence s'éprouve ici sur le thème le plus insistant, sur le point, sinon de confusion, du moins de mcommunication le plus récurrent entre les deux formes de société : celui de la liberté. La reprise de Constant, le fait que l'illusion sur la liberté des anciens ait pu mettre en péril la liberté des modernes, se précise toutefois ici en un sens inattendu : l'obéissance à soi que le nom de liberté semble pour nous recouvrir apparaît à l'historien de l'Antiquité sous l'angle inversé des conditions de production d'un ordre stable, d'une « société régulière », sur fond d'une liberté incontrôlable qu'il serait illusoire de vouloir annuler par la force. La liberté ancienne telle que Fustel veut en retenir le sens, ce n'est donc pas du tout la liberté politique fondée sur la participation au pouvoir ; c'est la rétivité à tout pouvoir, la diversité individuelle, l'imprévisibilité, l'inconstance – caractères que l'on peut dire *sauvages*, en soulignant le geste qui s'annonce ici d'anthropologisation des classiques, à un moment où la catégorie de primitif n'est pas encore formée[1]. Sur fond de cette

1. Voir l'essai de A. M. Iacono « I Greci e i selvagi », in *I Greci*, vol. 3, Einaudi, Torino, 2001.

nature hétérogène, il est vain de vouloir obtenir l'obéissance par la force, comme il est vain de vouloir l'obtenir par la raison. Entre l'une et l'autre, entre l'exercice d'une contrainte extérieure et la constitution d'un régime juste sur la base d'une délibération rationnelle, la seule voie possible est celle d'un pouvoir fondé sur la croyance – d'un *pouvoir spirituel* exclusif de toute justification rationnelle.

Le thème du pouvoir spirituel, déjà central chez Comte, et qui reconduit une fois encore la tradition positiviste à son inspiration rétrograde – c'est-à-dire, précisément, aux sources d'une pensée éminemment religieuse – n'apparaît pas en toutes lettres dans le texte de Fustel. Mais il transparait assez nettement lorsque le ressort psychique de la croyance et la fonction de socialisation qui lui est assignée sont abordés pour eux-mêmes. En somme la croyance est l'opérateur de la seule contrainte possible : l'institution d'une autorité dans laquelle la pensée se lie elle-même, une autorité incarnant l'autocontrainte de la pensée, laquelle trouve en son propre fonds le principe de son aliénation. Il faut que l'esprit soit lié de l'intérieur de lui-même, et cette aliénation de soi par soi de l'esprit a pour nom croyance. La société antique nous livrerait par conséquent le témoignage d'un pouvoir inhérent à la pensée, d'une obéissance par croyance – et non par crainte ou consentement. Elle se tient aussi loin de la fondation contractuelle du pouvoir que de son établissement purement despotique. Ici, l'individu n'obéit qu'à lui-même, non parce qu'il se prescrit à lui-même sa loi, mais parce qu'il s'aliène lui-même, se donne une loi *comme n'étant pas de lui*. Le concept de croyance révèle alors un mécanisme psycho-institutionnel que son opposition rigide au rituel ne laissait absolument pas entrevoir : la production d'un lien où l'extériorité et l'intériorité s'avèrent inséparables, l'actualisation d'une contrainte qui tire sa force de son propre point d'application. En ce sens, la croyance est bien le noyau du concept d'institution. Et le fait religieux, reconduit à ce point central, revêt un statut heuristique qui s'impose à l'historien comme au sociologue.

Soit, dira-t-on, mais le texte qu'on vient de lire ne veut décrire que l'obéissance propre à la cité antique. La société antique révèle un mode d'obéissance que nous avons quitté, qui nous est radicalement étranger. Nous avons d'autres institutions, nous avons d'autres croyances. Plus exactement, nos institutions et nos croyances vivent d'une vie séparée. Ce n'est pas qu'elles sont dans un rapport d'inadéquation, c'est que leur manière moderne d'être adéquate l'une à l'autre est de se développer séparément. À l'incorporation antique succède le séparatisme moderne, qui est justement une nouvelle forme de congruence : les institutions sont au dehors, la croyance, ramenée à la foi, demeure au dedans – la foi chrétienne étant cet accomplissement subjectif de la croyance que célèbre Fustel à la fin de l'ouvrage. Et ce vis-à-vis du sujet et de l'objet repose sur des conditions toutes différentes de celles de la cité antique : une société régulière où les individus ont une conduite plus homogène et plus constante, une uniformisation rationnelle qui garantit que les passions individuelles soient d'emblée freinées. L'empire que le sujet exerce sur lui-même n'est plus de l'ordre d'une aliénation spirituelle religieusement constituée, mais d'une adhésion rationnellement fondée à un principe de conduite communément adopté. Et la pureté idéelle de la croyance est d'autant plus préservée que la vie dans les institutions repose sur une justification rationnelle de celles-ci – bref que les institutions elles-mêmes sont résolument *désenchantées*. Nous obéissons à un ordre humain, non parce que « nous le croyons dieu », mais en tant qu'il est humain, et dans la mesure où il est humainement, c'est-à-dire rationnellement, fondé. La dichotomie de Fustel veut être complète. Le peut-elle ?

L'analyse qu'on vient de faire permet d'en douter. Car Fustel dévoile en fait dans la croyance antique un opérateur d'obéissance dont il n'est pas certain que *toute institution*, quelle qu'elle soit, puisse se passer pour fonctionner. La croyance telle qu'elle se révèle chez les anciens, ce n'est pas simplement ce qui vient investir la pratique d'un sens, ce qui fait qu'une pratique est sensée, mais c'est aussi, plus simplement, *ce qui fait qu'une pratique est une pratique*, qu'elle existe sur un mode institué. Il faut souligner ce que la thèse de l'incorporation primitive de la croyance et de l'institution a de pertinent, au-delà de la description convenue des sociétés primitives et anciennes comme imprégnées de religiosité. Lorsque Fustel s'attache à analyser ce qu'il entend par croyance, il semble que son propos déborde le cadre qu'il lui a lui-même fixé : la croyance, c'est ce qui fait qu'une règle est obéie sans y penser, qu'elle est *régulièrement obéie*, et qu'elle n'a pas à être de nouveau refondée pour être obéie. Pour autant, son pouvoir ne lui vient pas d'une force qui lui serait pleinement immanente, mais seulement de l'investissement intellectuel spécifique dont elle est l'objet : investissement intellectuel qui est tout autant un désinvestissement, la pensée se liant à elle-même, s'assujettissant elle-même, et donc se déchargeant d'elle-même dans la règle.

Quant à celle-ci, elle est tout à la fois consistante et inconsistante, soutenue par le sujet qui lui obéit en l'interprétant, mais s'imposant à cette interprétation même comme une résistance à sa modification. Bref, obéir à une règle, c'est une opération intellectuelle qui, par son double lien, est mieux décrite par la croyance redéfinie par Fustel à propos de la cité antique, que par la fondation rationnelle des institutions qui est censée représenter l'acquis de la modernité, sur fond d'une séparation enfin garantie du politique et du religieux. À moins, précisément, que l'opération d'institution que la croyance permet de penser ne s'actualise dans le cadre moderne à un autre niveau : au niveau de la vie sociale régulière qui s'affirme désormais comme un donné, alors qu'elle était justement ce que la cité antique devait construire intégralement, à partir d'une inconstance première, d'une divergence absolue des individus. En somme, les cadres institutionnels pourraient se permettre d'être désenchantés dès lors que l'opération mentale spécifique à l'ordre institutionnel se trouve assumée à un autre niveau, désormais absolument coextensif de la vie ordinaire des sujets, considérés comme autant d'individualités discrètes. Ou encore, ce n'est pas tant la religion, comme on veut souvent le faire croire, que l'institution qui change de contenu et de forme, se déplace, fonctionne ailleurs, trouve une nouvelle matière et un nouveau plan d'existence.

B.K., septembre 2009

ÉLÉMENTS DE BIBLIOGRAPHIE

R. BRAGUE, *La Loi de Dieu*, Paris, Gallimard, 2005.

G. DUMÉZIL, *La Cité antique*, préface, Paris, Albatros, 1982.

M.I. FINLEY, « *La Cité antique* : de Fustel de Coulanges à Max Weber et au-delà », *Mythe, mémoire, histoire*, Flammarion, 1981.

P. GUIRAUD, *Fustel de Coulanges*, Paris, Hachette, 1896.

F. HARTOG, *Le XIXe siècle et l'histoire. Le cas Fustel de Coulanges*, Paris, Le Seuil, 2001.

F. HÉRAN, « Le rite et la croyance », *Revue française de sociologie*, XXVII, 1986.

— ,« L'institution démotivée. De Fustel de Coulanges à Durkheim et au-delà », *Revue française de sociologie*, XXVII, 1987.

A. M. IACONO, « I Greci e i selvagi », in *I Greci*, vol. 3, Einaudi, Torino, 2001.

B. KARSENTI, « Destin du culte des morts », in *Incidence*, 2, éd. M. de Maule, 2006.

A. MOMIGLIANO, *Problèmes d'historiographie ancienne et moderne*, Paris, Gallimard, 1983.

LA CITÉ ANTIQUE

Introduction

De la nécessité d'étudier les plus vieilles croyances des anciens pour connaître leurs institutions

On se propose de montrer ici d'après quels principes et par quelles règles la société grecque et la société romaine se sont gouvernées. On réunit dans la même étude les Romains et les Grecs, parce que ces deux peuples, qui étaient deux branches d'une même race, et qui parlaient deux idiomes issus d'une même langue, ont eu aussi un fonds d'institutions communes et ont traversé une série de révolutions semblables.

On s'attachera surtout à faire ressortir les différences radicales et essentielles qui distinguent à tout jamais ces peuples anciens des sociétés modernes. Notre système d'éducation, qui nous fait vivre dès l'enfance au milieu des Grecs et des Romains, nous habitue à les comparer sans cesse à nous, à juger leur histoire d'après la nôtre et à expliquer nos révolutions par les leurs. Ce que nous tenons d'eux et ce qu'ils nous ont légué nous fait croire qu'ils nous ressemblaient ; nous avons quelque peine à les considérer comme des peuples étrangers ; c'est presque toujours nous que nous voyons en eux. De là sont venues beaucoup d'erreurs. Nous ne manquons guère de nous tromper sur ces peuples anciens quand nous les regardons à travers les opinions et les faits de notre temps.

Or les erreurs en cette matière ne sont pas sans danger. L'idée que l'on s'est faite de la Grèce et de Rome a souvent troublé nos générations. Pour avoir mal observé les institutions de la cité ancienne, on a imaginé de les faire revivre chez nous. On s'est fait illusion sur la liberté chez les anciens et pour cela seul la liberté chez les modernes a été mise en péril. Nos quatre-vingts dernières années ont montré clairement que l'une des grandes difficultés qui s'opposent à la marche de la société moderne est l'habitude qu'elle a prise d'avoir toujours l'Antiquité grecque et romaine devant les yeux.

Pour connaître la vérité sur ces peuples anciens, il est sage de les étudier sans songer à nous, comme s'ils nous étaient tout à fait étrangers, avec le même désintéressement et l'esprit aussi libre que nous étudierions l'Inde ancienne ou l'Arabie.

Ainsi observées, la Grèce et Rome se présentent à nous avec un caractère absolument inimitable. Rien dans les temps modernes ne leur ressemble. Rien dans l'avenir ne pourra leur ressembler. Nous essayerons de montrer par quelles règles ces sociétés étaient régies, et l'on constatera aisément que les mêmes règles ne peuvent plus régir l'humanité.

D'où vient cela ? Pourquoi les conditions du gouvernement des hommes ne sont-elles plus les mêmes qu'autrefois ? Les grands changements qui paraissent de temps en temps dans la constitution des sociétés ne peuvent être l'effet ni du hasard, ni de la force seule. La cause qui les produit doit être puissante, et cette cause doit résider dans l'homme. Si les lois de l'association humaine ne sont plus les mêmes que dans l'Antiquité, c'est qu'il y a dans l'homme quelque chose de changé. Nous avons en effet une partie de notre être qui se modifie de siècle en siècle ; c'est notre intelligence. Elle est toujours en mouvement, presque toujours en progrès, et à cause d'elle, nos institutions et nos lois sont sujettes au changement. L'homme ne pense plus aujourd'hui ce qu'il pensait il y a vingt-cinq siècles, et c'est pour cela qu'il ne se gouverne plus comme il se gouvernait.

L'histoire de la Grèce et de Rome est un témoignage et un exemple de l'étroite relation qu'il y a toujours entre les idées de l'intelligence humaine et l'état social d'un peuple. Regardez les institutions des anciens sans penser à leurs croyances, vous les trouvez obscures, bizarres, inexplicables. Pourquoi des patriciens et des plébéiens, des patrons et des clients, des eupatrides et des thètes, et d'où viennent les différences natives et ineffaçables que nous trouvons entre ces classes ? Que signifient ces institutions lacédémoniennes qui nous paraissent si contraires à la nature ? Comment expliquer ces bizarreries iniques de l'ancien droit privé : à Corinthe, à Thèbes, défense de vendre sa terre ; à Athènes, à Rome, inégalité dans la succession entre le frère et la sœur ? Qu'est-ce que les jurisconsultes entendaient par l'*agnation*, par la *gens* ? Pourquoi ces révolutions dans le droit, et ces révolutions dans la politique ? Qu'était-ce que ce patriotisme singulier qui effaçait quelquefois tous les sentiments naturels ? Qu'entendait-on par cette liberté dont on parlait sans cesse ? Comment se fait-il que des institutions qui s'éloignent si fort de tout ce dont nous avons l'idée aujourd'hui aient pu s'établir et régner longtemps ? Quel est le principe supérieur qui leur a donné l'autorité sur l'esprit des hommes ?

Mais en regard de ces institutions et de ces lois, placez les croyances ; les faits deviendront aussitôt plus clairs, et leur explication se présentera d'elle-même. Si, en remontant aux premiers âges de cette race, c'est-à-dire au temps où elle fonda ses institutions, on observe l'idée qu'elle se faisait de l'être humain, de la vie, de la mort, de la seconde existence, du principe divin, on aperçoit un rapport intime entre ces opinions et les règles antiques du droit privé, entre les rites qui dérivèrent de ces croyances et les institutions politiques.

La comparaison des croyances et des lois montre qu'une religion primitive a constitué la famille grecque et romaine, a établi le mariage et l'autorité paternelle, a fixé les rangs de la parenté, a consacré le droit de propriété et le droit d'héritage. Cette même religion, après avoir élargi et étendu la famille, a formé une association plus grande, la cité, et a régné en elle comme dans la famille. D'elle sont venues toutes les institutions comme tout le droit privé des anciens. C'est d'elle que la cité a tenu ses principes, ses règles, ses usages, ses magistratures. Mais avec le temps ces vieilles croyances se sont modifiées ou effacées ; le droit privé et les institutions politiques se sont modifiées avec elles. Alors s'est déroulée la série des révolutions, et les transformations sociales ont suivi régulièrement les transformations de l'intelligence.

Il faut donc étudier avant tout les croyances de ces peuples. Les plus vieilles sont celles qu'il nous importe le plus de connaître. Car les institutions et les croyances que nous trouvons aux belles époques de la Grèce et de Rome ne sont que le développement de croyances et d'institutions antérieures ; il en faut chercher les racines bien loin dans le passé. Les populations grecques et italiennes sont infiniment plus vieilles que Romulus et Homère. C'est dans une époque plus ancienne, dans une Antiquité sans date, que les croyances se sont formées et que les institutions se sont ou établies ou préparées.

Mais quel espoir y a-t-il d'arriver à la connaissance de ce passé lointain ? Qui nous dira ce que pensaient les hommes, dix ou quinze siècles avant notre ère ? Peut-on retrouver ce qui est si insaisissable et si fugitif, des croyances et des opinions ? Nous savons ce que pensaient les Aryas de l'Orient, il y a trente-cinq siècles ; nous le savons par les hymnes des Védas, qui sont assurément fort antiques, et par les lois de Manou qui le sont moins, mais où l'on peut distinguer des passages qui sont d'une époque extrêmement reculée. Mais où sont les hymnes des anciens Hellènes ? Ils avaient, comme les Italiens, des chants antiques, de vieux livres sacrés ; mais de tout cela il n'est rien parvenu jusqu'à nous. Quel souvenir peut-il nous rester de ces générations qui ne nous ont pas laissé un seul texte écrit ?

Heureusement, le passé ne meurt jamais complètement pour l'homme. L'homme peut bien l'oublier, mais il le garde toujours en lui. Car, tel qu'il est lui-même à chaque époque, il est le produit et le résumé de toutes les époques antérieures. S'il descend en son âme, il peut y retrouver et distinguer ces différentes époques d'après ce que chacune d'elles a laissé en lui.

Observons les Grecs du temps de Périclès, les Romains du temps de Cicéron ; ils portent en eux-mêmes les marques authentiques et les vestiges certains des siècles les plus reculés. Le contemporain de Cicéron (je parle surtout de l'homme du peuple) a l'imagination pleine de légendes ; ces légendes lui viennent d'un temps très antique et elles portent témoignage de la manière de penser de ce temps-là. Le contemporain de Cicéron se sert d'une langue dont les radicaux sont infiniment anciens ; cette langue, en exprimant les pensées des vieux âges, s'est modelée sur elles, et elle en a gardé l'empreinte qu'elle transmet de siècle en siècle. Le sens intime d'un radical peut quelquefois révéler une ancienne opinion ou un ancien usage ; les idées se sont transformées et les souvenirs se sont évanouis ; mais les mots sont restés, immuables témoins de croyances qui ont disparu. Le contemporain de Cicéron pratique des rites dans les sacrifices, dans les funérailles, dans la cérémonie du mariage ; ces rites sont plus vieux que lui, et ce qui le prouve, c'est qu'ils ne répondent plus aux croyances qu'il a. Mais qu'on regarde de près les rites qu'il observe ou les formules qu'il récite, et on y trouvera la marque de ce que les hommes croyaient quinze ou vingt siècles avant lui.

Livre premier

Antiques croyances

Chapitre 1

Croyances sur l'âme et sur la mort

Jusqu'aux derniers temps de l'histoire de la Grèce et de Rome, on voit persister chez le vulgaire un ensemble de pensées et d'usages qui dataient assurément d'une époque très éloignée et par lesquels nous pouvons apprendre quelles opinions l'homme se fit d'abord sur sa propre nature, sur son âme, sur le mystère de la mort.

Si haut qu'on remonte dans l'histoire de la race indo-européenne, dont les populations grecques et italiennes sont des branches, on ne voit pas que cette race ait jamais pensé qu'après cette courte vie tout fût fini pour l'homme. Les plus anciennes générations, bien avant qu'il y eût des philosophes, ont cru à une seconde existence après celle-ci. Elles ont envisagé la mort, non comme une dissolution de l'être, mais comme un simple changement de vie.

Mais en quel lieu et de quelle manière se passait cette seconde existence ? Croyait-on que l'esprit immortel, une fois échappé d'un corps, allait en animer un autre ? Non ; la croyance à la métempsycose n'a jamais pu s'enraciner dans les esprits des populations gréco-italiennes ; elle n'est pas non plus la plus ancienne opinion des Aryas de l'Orient, puisque les hymnes des Védas sont en opposition avec elle. Croyait-on que l'esprit montait vers le ciel, vers la région de la lumière ? Pas davantage ; la pensée que les âmes entraient dans une demeure céleste est d'une époque relativement récente en Occident ; le séjour céleste n'était regardé que comme la récompense de quelques grands hommes et des bienfaiteurs de l'humanité. D'après les plus vieilles croyances des Italiens et des Grecs, ce n'était pas dans un monde étranger à celui-ci que l'âme allait passer sa seconde existence ; elle restait tout près des hommes et continuait à vivre sous la terre[1].

On a même cru pendant fort longtemps que dans cette seconde existence l'âme restait associée au corps. Née avec lui, la mort ne l'en séparait pas ; elle s'enfermait avec lui dans le tombeau.

Si vieilles que soient ces croyances, il nous en est resté des témoins authentiques. Ces témoins sont les rites de la sépulture, qui ont survécu de beaucoup à ces croyances primitives, mais qui certainement étaient nés avec elles et peuvent nous les faire comprendre.

Les rites de la sépulture montrent clairement que lorsqu'on mettait un corps au sépulcre, on croyait en même temps y mettre quelque chose de vivant. Virgile, qui décrit toujours avec tant de précision et de scrupule les cérémonies religieuses, termine le récit des funérailles de Polydore par ces mots : « Nous enfermons l'âme dans le tombeau. » La même expression se trouve dans Ovide et dans Pline le Jeune ; ce n'est pas qu'elle répondit aux idées que ces écrivains se faisaient de l'âme, mais c'est que depuis un temps immémorial elle s'était perpétuée dans le langage, attestant d'antiques et vulgaires croyances[2].

C'était une coutume, à la fin de la cérémonie funèbre, d'appeler trois fois l'âme du mort par le nom qu'il avait porté. On lui souhaitait de vivre heureuse sous la terre. Trois fois on lui disait : Porte-toi bien. On ajoutait : Que la terre te soit légère[3]. Tant on croyait que l'être allait continuer à vivre sous cette terre et qu'il y conserverait le sentiment du bien-être et de la souffrance ! On écrivait sur le tombeau que l'homme reposait là ; expression qui a survécu à ces croyances et qui de siècle en siècle est arrivée jusqu'à nous. Nous l'employons encore, bien que personne aujourd'hui ne pense qu'un être immortel repose dans un tombeau. Mais dans l'Antiquité on croyait si fermement qu'un homme vivait là, qu'on ne manquait jamais d'enterrer avec lui les objets dont on supposait qu'il avait besoin, des vêtements, des vases, des armes[4]. On répandait du vin sur sa tombe pour étancher sa soif ; on y plaçait des aliments pour apaiser sa faim[5]. On égorgeait des chevaux et des esclaves, dans la pensée que ces êtres enfermés avec le mort le serviraient dans le tombeau, comme ils avaient fait pendant sa vie[6]. Après la prise de Troie, les Grecs vont retourner dans leur pays ; chacun d'eux emmène sa belle captive ; mais Achille, qui est sous la terre, réclame sa captive aussi, et on lui donne Polyxène[7].

Un vers de Pindare nous a conservé un curieux vestige de ces pensées des anciennes générations. Phryxos avait été contraint de quitter la Grèce et avait fui jusqu'en Colchide. Il était mort dans ce pays ; mais tout mort qu'il était, il voulait revenir en Grèce. Il apparut donc à Pélias et lui prescrivit d'aller en Colchide pour en rapporter son âme. Sans doute cette âme avait le regret du sol de la patrie, du tombeau de la famille ; mais attachée aux restes corporels, elle ne pouvait pas quitter sans eux la Colchide[8].

De cette croyance primitive dériva la nécessité de la sépulture. Pour que l'âme fût fixée dans cette demeure souterraine qui lui convenait pour sa seconde vie, il fallait que le corps, auquel elle restait attachée, fût recouvert de terre. L'âme qui n'avait pas son tombeau n'avait pas de demeure. Elle était errante. En vain aspirait-elle au repos, qu'elle devait aimer après les agitations et le travail de cette vie ; il lui fallait errer toujours, sous forme de larve ou de fantôme, sans jamais s'arrêter, sans jamais recevoir les offrandes et les aliments dont elle avait besoin. Malheureuse, elle devenait bientôt malfaisante. Elle tourmentait les vivants, leur envoyait des maladies, ravageait leurs moissons, les effrayait par des apparitions lugubres, pour les avertir de donner la sépulture à son corps et à elle-même. De là est venue la croyance aux revenants[9]. Toute l'antiquité a été persuadée que sans la sépulture l'âme était misérable, et que par la sépulture elle devenait à jamais heureuse. Ce n'était pas pour l'étalage de la douleur qu'on accomplissait la cérémonie funèbre, c'était pour le repos et le bonheur du mort[10].

Remarquons bien qu'il ne suffisait pas que le corps fût mis en terre. Il fallait encore observer des rites traditionnels et prononcer des formules déterminées. On trouve dans Plaute l'histoire d'un revenant[11] ; c'est une âme qui est forcément errante, parce que son corps a été mis en terre sans que les rites aient été observés. Suétone raconte que le corps de Caligula ayant été mis en terre sans que la cérémonie funèbre fût accomplie, il en résulta que son âme fut errante et qu'elle apparut aux vivants, jusqu'au jour où l'on se décida à déterrer le corps et à lui donner une sépulture suivant les règles[12]. Ces deux exemples montrent clairement quel effet on attribuait aux rites et aux formules de la cérémonie funèbre. Puisque sans eux les âmes étaient errantes et se montraient aux vivants, c'est donc que par eux elles étaient fixées et enfermées dans leurs tombeaux. Et de même qu'il y avait des formules qui avaient cette vertu, les anciens en possédaient d'autres qui avaient la vertu contraire, celle d'évoquer les âmes et de les faire sortir momentanément du sépulcre.

On peut voir dans les écrivains anciens combien l'homme était tourmenté par la crainte qu'après sa mort les rites ne fussent pas observés à son égard. C'était une source de poignantes inquiétudes [13]. On craignait moins la mort que la privation de sépulture. C'est qu'il y allait du repos et du bonheur éternel. Nous ne devons pas être trop surpris de voir les Athéniens faire périr des généraux qui, après une victoire sur mer, avaient négligé d'enterrer les morts. Ces généraux, élèves des philosophes, distinguaient peut-être l'âme du corps et comme ils ne croyaient pas que le sort de l'une fût attaché au sort de l'autre, il leur avait semblé qu'il importait assez peu à un cadavre de se décomposer dans la terre ou dans l'eau. Ils n'avaient donc pas bravé la tempête pour la vaine formalité de recueillir et d'ensevelir leurs morts. Mais la foule qui, même à Athènes, restait attachée aux vieilles croyances, accusa ses généraux d'impiété et les fit mourir. Par leur victoire ils avaient sauvé Athènes, mais par leur négligence ils avaient perdu des milliers d'âmes. Les parents des morts, pensant au long supplice que ces âmes allaient souffrir, étaient venus au tribunal en vêtements de deuil et avaient réclamé vengeance [14].

Dans les cités anciennes la loi frappait les grands coupables d'un châtiment réputé terrible, la privation de sépulture [15]. On punissait ainsi l'âme elle-même, et on lui infligeait un supplice presque éternel.

Il faut observer qu'il s'est établi chez les anciens une autre opinion sur le séjour des morts. Ils se sont figuré une région, souterraine aussi, mais infiniment plus vaste que le tombeau, où toutes les âmes, loin de leur corps, vivaient rassemblées, et où des peines et des récompenses étaient distribuées suivant la conduite que l'homme avait menée pendant la vie. Mais les rites de la sépulture, tels que nous venons de les décrire, sont manifestement en désaccord avec ces croyances-là : preuve certaine qu'à l'époque où ces rites s'établirent, on ne croyait pas encore au Tartare et aux Champs Élysées. L'opinion première de ces antiques générations fut que l'être humain vivait dans le tombeau, que l'âme ne se séparait pas du corps et qu'elle restait fixée à cette partie du sol où les ossements étaient enterrés. L'homme n'avait d'ailleurs aucun compte à rendre de sa vie antérieure. Une fois mis au tombeau, il n'avait à attendre ni récompenses ni supplices. Opinion grossière assurément, mais qui est l'enfance de la notion de la vie future.

L'être qui vivait sous la terre n'était pas assez dégagé de l'humanité pour n'avoir pas besoin de nourriture. Aussi à certains jours de l'année portait-on un repas à chaque tombeau [16].

Ovide et Virgile nous ont donné la description de cette cérémonie dont l'usage s'était conservé intact jusqu'à leur époque, quoique les croyances se fussent déjà transformées. Ils nous montrent qu'on entourait le tombeau de vastes guirlandes d'herbes et de fleurs, qu'on y plaçait des gâteaux, des fruits, du sel, et qu'on y versait du lait, du vin, quelquefois le sang d'une victime [17].

On se tromperait beaucoup si l'on croyait que ce repas funèbre n'était qu'une sorte de commémoration. La nourriture que la famille apportait était réellement pour le mort, exclusivement pour lui. Ce qui le prouve, c'est que le lait et le vin étaient répandus sur la terre du tombeau ; qu'un trou était creusé pour faire parvenir les aliments solides jusqu'au mort ; que, si l'on immolait une victime, toutes les chairs en étaient brûlées pour qu'aucun vivant n'en eût sa part ; que l'on prononçait certaines formules consacrées pour convier le mort à manger et à boire ; que, si la famille entière assistait à ce repas, encore ne touchait-elle pas aux mets ; qu'enfin, en se retirant, on avait grand soin de laisser un peu de lait et quelques gâteaux dans des vases, et qu'il y avait grande impiété à ce qu'un vivant touchât à cette petite provision destinée aux besoins du mort.

Ces vieilles croyances ont persisté longtemps, et l'expression s'en retrouve encore chez les grands écrivains de la Grèce. « Je verse sur la terre du tombeau, dit Iphigénie dans Euripide, le lait, le miel, le vin, car c'est avec cela qu'on réjouit les morts[18]. » – « Fils de Pélée, dit Néoptolème, reçois ce breuvage qui plaît aux morts, viens et bois ce sang[19]. » Électre verse les libations et dit : « Le breuvage a pénétré la terre, mon père l'a reçu[20]. » Voyez la prière d'Oreste à son père mort : « Ô mon père, si je vis, tu recevras de riches banquets ; mais si je meurs, tu n'auras pas ta part des repas fumeux dont les morts se nourrissent[21]. » Les plaisanteries de Lucien attestent que ces usages subsistaient encore de son temps : « Les hommes s'imaginent que les âmes viennent d'en bas vers les dîners qu'on leur apporte, qu'elles se régalent de la fumée des viandes et qu'elles boivent le vin répandu sur les fosses[22]. » Chez les Grecs, en avant de chaque tombeau, il y avait un emplacement qui était destiné à l'immolation de la victime et à la cuisson de sa chair[23]. Le tombeau romain avait de même sa *culina*, espèce de cuisine d'un genre particulier et uniquement à l'usage du mort[24]. Plutarque raconte qu'après la bataille de Platées les guerriers morts ayant été enterrés sur le lieu du combat, les Platéens s'étaient engagés à leur offrir chaque année le repas funèbre. En conséquence, au jour anniversaire, ils se rendaient en grande procession, conduits par leurs premiers magistrats, vers le tertre sous lequel reposaient les morts. Ils leur offraient du lait, du vin, de l'huile, des parfums, et ils immolaient une victime. Quand les aliments avaient été placés sur le tombeau, les Platéens prononçaient une formule par laquelle ils appelaient les morts à venir prendre ce repas. Cette cérémonie s'accomplissait encore au temps de Plutarque, qui put en voir le six centième anniversaire[25]. Lucien nous dit quelle est l'opinion qui a engendré tous ces usages. « Les morts, écrit-il, se nourrissent des mets que nous plaçons sur leur tombeau et boivent le vin que nous y versons ; en sorte qu'un mort à qui l'on n'offre rien, est condamné à une faim perpétuelle[26]. »

Voilà des croyances bien vieilles et qui nous paraissent bien fausses et ridicules. Elles ont pourtant exercé leur empire sur l'homme pendant un grand nombre de générations. Elles ont gouverné les âmes ; nous verrons même bientôt qu'elles ont régi les sociétés, et que la plupart des institutions domestiques et sociales des anciens sont venues de cette source.

Chapitre 2

Le culte des morts

Ces croyances donnèrent lieu de très bonne heure à des règles de conduite. Puisque le mort avait besoin de nourriture et de breuvage, on conçut que c'était un devoir pour les vivants de satisfaire à ce besoin. Le soin de porter aux morts les aliments ne fut pas abandonné au caprice ou aux sentiments variables des hommes ; il fut obligatoire. Ainsi s'établit toute une religion de la mort, dont les dogmes ont pu s'effacer de bonne heure, mais dont les rites ont duré jusqu'au triomphe du christianisme.

Les morts passaient pour des êtres sacrés [1]. Les anciens leur donnaient les épithètes les plus respectueuses qu'ils pussent trouver ; ils les appelaient bons, saints, bienheureux [2]. Ils avaient pour eux toute la vénération que l'homme peut avoir pour la divinité qu'il aime ou qu'il redoute. Dans leur pensée chaque mort était un dieu [3].

Cette sorte d'apothéose n'était pas le privilège des grands hommes ; on ne faisait pas de distinction entre les morts. Cicéron dit : « Nos ancêtres ont voulu que les hommes qui avaient quitté cette vie fussent comptés au nombre des dieux [4]. » Il n'était même pas nécessaire d'avoir été un homme vertueux ; le méchant devenait un dieu tout autant que l'homme de bien ; seulement il gardait dans cette seconde existence tous les mauvais penchants qu'il avait eus dans la première [5].

Les Grecs donnaient volontiers aux morts le nom de dieux souterrains. Dans Eschyle, un fils invoque ainsi son père mort : « Ô toi qui es un dieu sous la terre ». Euripide dit en parlant d'Alceste : « Près de son tombeau le passant s'arrêtera et dira : Celle-ci est maintenant une divinité bienheureuse[6]. » Les Romains donnaient aux morts le nom de dieux Mânes. « Rendez aux dieux Mânes ce qui leur est dû, dit Cicéron ; ce sont des hommes qui ont quitté la vie ; tenez-les pour des êtres divins[7]. »

Les tombeaux étaient les temples de ces divinités. Aussi portaient-ils l'inscription sacramentelle *Dis Manibus*, et en grec θεοῖς χθονίοις. C'était là que le dieu vivait enseveli, *Manesque sepulti*, dit Virgile[8]. Devant le tombeau il y avait un autel pour les sacrifices, comme devant les temples des dieux[9].

On trouve ce culte des morts chez les Hellènes, chez les Latins, chez les Sabins[10], chez les Étrusques ; on le trouve aussi chez les Aryas de l'Inde. Les hymnes du Rig-Véda en font mention. Le livre des Lois de Manou parle de ce culte comme du plus ancien que les hommes aient eu. Déjà l'on voit dans ce livre que l'idée de la métempsycose a passé par-dessus cette vieille croyance ; déjà même auparavant, la religion de Brahma s'était établie, et pourtant, sous le culte de Brahma, sous la doctrine de la métempsycose, la religion des âmes des ancêtres subsiste encore, vivante et indestructible, et elle force le rédacteur des Lois de Manou à tenir compte d'elle et à admettre encore ses prescriptions dans le livre sacré. Ce n'est pas la moindre singularité de ce livre si bizarre que d'avoir conservé les règles relatives à ces antiques croyances, tandis qu'il est évidemment rédigé à une époque où des croyances tout opposées avaient pris le dessus. Cela prouve que s'il faut beaucoup de temps pour que les croyances humaines se transforment, il en faut encore bien davantage pour que les pratiques extérieures et les lois se modifient. Aujourd'hui même, après tant de siècles et de révolutions, les Hindous continuent à faire aux ancêtres leurs offrandes. Ces idées et ces rites sont ce qu'il y a de plus vieux dans la race indo-européenne, et sont aussi ce qu'il y a eu de plus persistant.

Ce culte était le même dans l'Inde qu'en Grèce et en Italie. L'Hindou devait procurer aux mânes le repas qu'on appelait *sraddha.* « Que le maître de maison fasse le sraddha avec du riz, du lait, des racines, des fruits, afin d'attirer sur lui la bienveillance des mânes. » L'Hindou croyait qu'au moment où il offrait ce repas funèbre, les mânes des ancêtres venaient s'asseoir près de lui et prenaient la nourriture qui leur était offerte. Il croyait encore que ce repas procurait aux morts une grande jouissance : « Lorsque le sraddha est fait suivant les rites, les ancêtres de celui qui offre le repas éprouvent une satisfaction inaltérable[11]. »

Ainsi les Aryas de l'Orient, à l'origine, ont pensé comme ceux de l'Occident relativement au mystère de la destinée après la mort. Avant de croire à la métempsycose, ce qui supposait une distinction absolue de l'âme et du corps, ils ont cru à l'existence vague et indécise de l'être humain, invisible mais non immatériel, et réclamant des mortels une nourriture et des breuvages.

L'Hindou, comme le Grec, regardait les morts comme des êtres divins qui jouissaient d'une existence bienheureuse. Mais il y avait une condition à leur bonheur ; il fallait que les offrandes leur fussent régulièrement portées par les vivants. Si l'on cessait d'accomplir le sraddah pour un mort, l'âme de ce mort sortait de sa demeure paisible et devenait une âme errante qui tourmentait les vivants ; en sorte que si les mânes étaient vraiment des dieux, ce n'était qu'autant que les vivants les honoraient d'un culte [12].

Les Grecs et les Romains avaient exactement les mêmes opinions. Si l'on cessait d'offrir aux morts le repas funèbre, aussitôt les morts sortaient de leurs tombeaux ; ombres errantes, on les entendait gémir dans la nuit silencieuse. Ils reprochaient aux vivants leur négligence impie ; ils cherchaient à les punir, ils leur envoyaient des maladies ou frappaient le sol de stérilité. Ils ne laissaient enfin aux vivants aucun repos jusqu'au jour où les repas funèbres étaient rétablis [13]. Le sacrifice, l'offrande de la nourriture et la libation les faisaient rentrer dans le tombeau et leur rendaient le repos et les attributs divins. L'homme était alors en paix avec eux [14].

Si le mort qu'on négligeait était un être malfaisant, celui qu'on honorait était un dieu tutélaire. Il aimait ceux qui lui apportaient la nourriture. Pour les protéger, il continuait à prendre part aux affaires humaines ; il y jouait fréquemment son rôle. Tout mort qu'il était, il savait être fort et actif. On le priait ; on lui demandait son appui et ses faveurs. Lorsqu'on rencontrait un tombeau, on s'arrêtait, et l'on disait : « Toi qui es un dieu sous la terre, sois-moi propice [15]. »

On peut juger de la puissance que les anciens attribuaient aux morts par cette prière qu'Électre adresse aux mânes de son père : « Prends pitié de moi et de mon frère Oreste ; fais-le revenir en cette contrée ; entends ma prière, ô mon père ; exauce mes vœux en recevant mes libations. » Ces dieux puissants ne donnent pas seulement les biens matériels ; car Électre ajoute : « Donne-moi un cœur plus chaste que celui de ma mère et des mains plus pures[16]. » Ainsi l'Hindou demande aux mânes « que dans sa famille le nombre des hommes de bien s'accroisse, et qu'il ait beaucoup à donner ».

Ces âmes humaines divinisées par la mort étaient ce que les Grecs appelaient des *démons* ou des *héros*[17]. Les Latins leur donnaient le nom de *Lares, Mânes*[18], *Génies.* « Nos ancêtres ont cru, dit Apulée, que les Mânes, lorsqu'ils étaient malfaisants devaient être appelés larves, et ils les appelaient Lares lorsqu'ils étaient bienveillants et propices[19]. » On lit ailleurs : « Génie et Lare, c'est le même être ; ainsi l'ont cru nos ancêtres[20] » ; et dans Cicéron : « Ceux que les Grecs nomment Démons, nous les appelons Lares[21]. »

Cette religion des morts paraît être la plus ancienne qu'il y ait eu dans cette race d'hommes. Avant de concevoir et d'adorer Indra ou Zeus, l'homme adora les morts ; il eut peur d'eux, il leur adressa des prières. Il semble que le sentiment religieux ait commencé par là. C'est peut-être à la vue de la mort que l'homme a eu pour la première fois l'idée du surnaturel et qu'il a voulu espérer au-delà de ce qu'il voyait. La mort fut le premier mystère ; elle mit l'homme sur la voie des autres mystères. Elle éleva sa pensée du visible à l'invisible, du passager à l'éternel, de l'humain au divin.

Chapitre 3
LE FEU SACRÉ

La maison d'un Grec ou d'un Romain renfermait un autel ; sur cet autel il devait y avoir toujours un peu de cendre et des charbons allumés [1]. C'était une obligation sacrée pour le maître de chaque maison d'entretenir le feu jour et nuit. Malheur à la maison où il venait à s'éteindre ! Chaque soir, on couvrait les charbons de cendre pour les empêcher de se consumer entièrement ; au réveil, le premier soin était de raviver ce feu et de l'alimenter avec quelques branchages. Le feu ne cessait de briller sur l'autel que lorsque la famille avait péri tout entière ; foyer éteint, famille éteinte, étaient des expressions synonymes chez les anciens [2].

Il est manifeste que cet usage d'entretenir toujours du feu sur un autel se rapportait à une antique croyance. Les règles et les rites que l'on observait à cet égard montrent que ce n'était pas là une coutume insignifiante. Il n'était pas permis d'alimenter ce feu avec toute sorte de bois ; la religion distinguait, parmi les arbres, les espèces qui pouvaient être employées à cet usage et celles dont il y avait impiété à se servir [3]. La religion disait encore que ce feu devait rester toujours pur [4] ; ce qui signifiait, au sens littéral, qu'aucun objet sale ne devait être jeté dans ce feu, et, au sens figuré, qu'aucune action coupable ne devait être commise en sa présence. Il y avait un jour de l'année, qui était chez les Romains le 1er mars, où chaque famille devait éteindre son feu sacré et en rallumer un autre aussitôt[5]. Mais pour se procurer le feu nouveau, il y avait des rites qu'il fallait scrupuleusement observer. On devait surtout se garder de se servir d'un caillou et de le frapper avec le fer. Les seuls procédés qui fussent permis étaient de concentrer sur un point la chaleur des rayons solaires ou de frotter rapidement deux morceaux de bois d'une espèce déterminée et d'en faire sortir l'étincelle[6]. Ces différentes règles prouvent assez que, dans l'opinion des anciens, il ne s'agissait pas seulement de produire ou de conserver un élément utile et agréable ; ces hommes voyaient autre chose dans le feu qui brûlait sur leurs autels.

Ce feu était quelque chose de divin ; on l'adorait, on lui rendait un véritable culte. On lui donnait en offrande tout ce qu'on croyait pouvoir être agréable à un dieu, des fleurs, des fruits, de l'encens, du vin[7]. On réclamait sa protection ; on le croyait puissant. On lui adressait de ferventes prières pour obtenir de lui ces éternels objets des désirs humains, santé, richesse, bonheur. Une de ces prières qui nous a été conservée dans le recueil des hymnes orphiques, est conçue ainsi : « Rends-nous toujours florissants, toujours heureux, ô foyer ; ô toi qui es éternel, beau, toujours jeune, toi qui nourris, toi qui es riche, reçois de bon cœur nos offrandes, et donne-nous en retour le bonheur et la santé qui est si douce[8]. » Ainsi on voyait dans le foyer un dieu bienfaisant qui entretenait la vie de l'homme, un dieu riche qui le nourrissait de ses dons, un dieu fort qui protégeait la maison et la famille. En présence d'un danger on cherchait un refuge auprès de lui. Quand le palais de Priam est envahi, Hécube entraîne le vieux roi près du foyer : « Tes armes ne sauraient te défendre, lui dit-elle ; mais cet autel nous protégera tous[9]. »

Voyez Alceste qui va mourir, donnant sa vie pour sauver son époux. Elle s'approche de son foyer et l'invoque en ces termes : « Ô divinité, maîtresse de cette maison, c'est la dernière fois que je m'incline devant toi, et que je t'adresse mes prières ; car je vais descendre où sont les morts. Veille sur mes enfants qui n'auront plus de mère ; donne à mon fils une tendre épouse, à ma fille un noble époux. Fais qu'ils ne meurent pas comme moi avant l'âge, mais qu'au sein du bonheur ils remplissent une longue existence[10]. » C'était lui qui enrichissait la famille. Plaute, dans une de ses comédies, le représente mesurant ses dons au culte qu'on lui rend[11]. Les Grecs l'appelaient le dieu de la richesse, κτήσιος[12]. Le père l'invoquait pour ses enfants et lui demandait « de leur donner la santé et une abondance de biens[13] ». Dans l'infortune l'homme s'en prenait à son foyer et lui adressait des reproches ; dans le bonheur il lui rendait grâces. Le soldat qui revenait de la guerre le remerciait de l'avoir fait échapper aux périls. Eschyle nous représente Agamemnon revenant de Troie, heureux, couvert de gloire ; ce n'est pas Jupiter qu'il va remercier ; ce n'est pas dans un temple qu'il va porter sa joie et sa reconnaissance ; il offre le sacrifice d'actions de grâce au foyer qui est dans sa maison[14]. L'homme ne sortait jamais de sa demeure sans adresser une prière à son foyer ; à son retour, avant de revoir sa femme et d'embrasser ses enfants, il devait s'incliner devant le foyer et l'invoquer[15].

Le feu du foyer était donc la Providence de la famille. Son culte était fort simple. La première règle était qu'il y eût toujours sur l'autel quelques charbons ardents ; car si le feu s'éteignait, c'était un dieu qui cessait d'être. À certains moments de la journée, on posait sur le foyer des herbes sèches et du bois ; alors le dieu se manifestait en flamme éclatante[16]. On lui offrait des sacrifices ; or, l'essence de tout sacrifice était d'entretenir et de ranimer ce feu sacré, de nourrir et de développer le corps du dieu. C'est pour cela qu'on lui donnait avant toutes choses le bois ; c'est pour cela qu'ensuite on versait sur l'autel le vin brûlant de la Grèce, l'huile, l'encens, la graisse des victimes. Le dieu recevait ces offrandes, les dévorait ; satisfait et radieux, il se dressait sur l'autel et il illuminait son adorateur de ses rayons[17]. C'était le moment de l'invoquer ; l'hymne de la prière sortait du cœur de l'homme.

Le repas était l'acte religieux par excellence. Le dieu y présidait. C'était lui qui avait cuit le pain et préparé les aliments[18] ; aussi lui devait-on une prière au commencement et à la fin du repas. Avant de manger, on déposait sur l'autel les prémices de la nourriture ; avant de boire, on répandait la libation de vin. C'était la part du dieu. Nul ne doutait qu'il ne fût présent, qu'il ne mangeât et ne bût ; et, de fait, ne voyait-on pas la flamme grandir, comme si elle se fût nourrie des mets offerts ? Ainsi le repas était partagé entre l'homme et le dieu : c'était une cérémonie sainte, par laquelle ils entraient en communion ensemble[19]. Vieilles croyances, qui à la longue disparurent des esprits, mais qui laissèrent longtemps après elles des usages, des rites, des formes de langage, dont l'incrédule même ne pouvait pas s'affranchir. Horace, Ovide, Juvénal, soupaient encore devant leur foyer et faisaient la libation et la prière[20].

Ce culte du feu sacré n'appartenait pas exclusivement aux populations de la Grèce et de l'Italie. On le retrouve en Orient. Les lois de Manou, dans la rédaction qui nous en est parvenue, nous montrent la religion de Brahma complètement établie et penchant même vers son déclin : mais elles ont gardé des vestiges et des restes d'une religion plus ancienne, celle du foyer, que le culte de Brahma avait reléguée au second rang, mais n'avait pas pu détruire. Le brahmane a son foyer qu'il doit entretenir jour et nuit ; chaque matin et chaque soir il lui donne pour aliment le bois ; mais, comme chez les Grecs, ce ne peut être que le bois de certains arbres indiqués par la religion. Comme les Grecs et les Italiens lui offrent le vin, l'Hindou lui verse la liqueur fermentée qu'il appelle *soma*. Le repas est aussi un acte religieux, et les rites en sont décrits scrupuleusement dans les lois de Manou. On adresse des prières au foyer, comme en Grèce ; on lui offre les prémices du repas, le riz, le beurre, le miel. Il est dit : « Le brahmane ne doit pas manger du riz de la nouvelle récolte avant d'en avoir offert les prémices au foyer. Car le feu sacré est avide de grain, et quand il n'est pas honoré, il dévore l'existence du brahmane négligent. » Les Hindous, comme les Grecs et les Romains, se figuraient les dieux avides non seulement d'honneurs et de respect, mais même de breuvage et d'aliment. L'homme se croyait forcé d'assouvir leur faim et leur soif, s'il voulait éviter leur colère.

Chez les Hindous cette divinité du feu est souvent appelée *Agni*. Le Rig-Véda contient un grand nombre d'hymnes qui lui sont adressés. Il est dit dans l'un d'eux : « Ô Agni, tu es la vie, tu es le protecteur de l'homme… Pour prix de nos louanges, donne au père de famille qui t'implore, la gloire et la richesse… Agni, tu es un défenseur prudent et un père ; à toi nous devons la vie, nous sommes ta famille. » Ainsi le feu du foyer est, comme en Grèce, une puissance tutélaire.

L'homme lui demande l'abondance : « Fais que la terre soit toujours libérale pour nous. » Il lui demande la santé : « Que je jouisse longtemps de la lumière, et que j'arrive à la vieillesse comme le soleil à son couchant. » Il lui demande même la sagesse : « Ô Agni, tu places dans la bonne voie l'homme qui s'égarait dans la mauvaise... Si nous avons commis une faute, si nous avons marché loin de toi, pardonne-nous. » Ce feu du foyer était, comme en Grèce, essentiellement pur ; il était sévèrement interdit au brahmane d'y rien jeter de sale, et même de s'y chauffer les pieds[21]. Comme en Grèce, l'homme coupable ne pouvait plus approcher de son foyer, avant de s'être purifié de sa souillure.

C'est une grande preuve de l'antiquité de ces croyances et de ces pratiques que de les trouver à la fois chez les hommes des bords de la Méditerranée et chez ceux de la presqu'île indienne. Assurément les Grecs n'ont pas emprunté cette religion aux Hindous, ni les Hindous aux Grecs. Mais les Grecs, les Italiens, les Hindous appartenaient à une même race ; leurs ancêtres, à une époque fort reculée, avaient vécu ensemble dans l'Asie centrale. C'est là qu'ils avaient conçu d'abord ces croyances et établi ces rites. La religion du feu sacré date donc de l'époque lointaine et obscure où il n'y avait encore ni Grecs, ni Italiens, ni Hindous, et où il n'y avait que des Aryas. Quand les tribus s'étaient séparées les unes des autres, elles avaient transporté ce culte avec elles, les unes sur les rives du Gange, les autres sur les bords de la Méditerranée. Plus tard, parmi ces tribus séparées et qui n'avaient plus de relations entre elles, les unes ont adoré Brahma, les autres Zeus, les autres Janus ; chaque groupe s'est fait ses dieux. Mais tous ont conservé comme un legs antique la religion première qu'ils avaient conçue et pratiquée au berceau commun de leur race.

Si l'existence de ce culte chez tous les peuples indo-européens n'en démontrait pas suffisamment la haute antiquité, on en trouverait d'autres preuves dans les rites religieux des Grecs et des Romains. Dans tous les sacrifices, même dans ceux qu'on faisait en l'honneur de Zeus ou d'Athéné, c'était toujours au foyer qu'on adressait la première invocation [22]. Toute prière à un dieu, quel qu'il fût, devait commencer et finir par une prière au foyer [23]. À Olympie, le premier sacrifice qu'offrait la Grèce assemblée était pour le foyer, le second pour Zeus [24]. De même à Rome la première adoration était toujours pour Vesta, qui n'était autre que le foyer [25] ; Ovide dit de cette divinité qu'elle occupe la première place dans les pratiques religieuses des hommes. C'est ainsi que nous lisons dans les hymnes du Rig-Véda : « Avant tous les autres dieux il faut invoquer Agni. Nous prononcerons son nom vénérable avant celui de tous les autres immortels. Ô Agni, quel que soit le dieu que nous honorions par notre sacrifice, toujours à toi s'adresse l'holocauste. » Il est donc certain qu'à Rome au temps d'Ovide, dans l'Inde au temps des brahmanes, le feu du foyer passait encore avant tous les autres dieux ; non que Jupiter et Brahma n'eussent acquis une bien plus grande importance dans la religion des hommes ; mais on se souvenait que le feu du foyer était de beaucoup antérieur à ces dieux-là. Il avait pris, depuis nombre de siècles, la première place dans le culte, et les dieux plus nouveaux et plus grands n'avaient pas pu l'en déposséder.

Les symboles de cette religion se modifièrent suivant les âges. Quand les populations de la Grèce et de l'Italie prirent l'habitude de se représenter leurs dieux comme des personnes et de donner à chacun d'eux un nom propre et une forme humaine, le vieux culte du foyer subit la loi commune que l'intelligence humaine, dans cette période, imposait à toute religion. L'autel du feu sacré fut personnifié ; on l'appela ἑστία, Vesta ; le nom fut le même en latin et en grec, et ne fut pas d'ailleurs autre chose que le mot qui dans la langue commune et primitive désignait un autel. Par un procédé assez ordinaire, du nom commun on avait fait un nom propre. Une légende se forma peu à peu. On se figura cette divinité sous les traits d'une femme, parce que le mot qui désignait l'autel était du genre féminin. On alla même jusqu'à représenter cette déesse par des statues. Mais on ne put jamais effacer la trace de la croyance primitive d'après laquelle cette divinité était simplement le feu de l'autel ; et Ovide lui-même était forcé de convenir que Vesta n'était pas autre chose qu'une « flamme vivante [26] ».

Si nous rapprochons ce culte du feu sacré du culte des morts, dont nous parlions tout à l'heure, une relation étroite nous apparaît entre eux.

Remarquons d'abord que ce feu qui était entretenu sur le foyer n'est pas, dans la pensée des hommes, le feu de la nature matérielle. Ce qu'on voit en lui, ce n'est pas l'élément purement physique qui échauffe ou qui brûle, qui transforme les corps, fond les métaux et se fait le puissant instrument de l'industrie humaine. Le feu du foyer est d'une tout autre nature. C'est un feu pur, qui ne peut être produit qu'à l'aide de certains rites et n'est entretenu qu'avec certaines espèces de bois. C'est un feu chaste ; l'union des sexes doit être écartée loin de sa présence [27]. On ne lui demande pas seulement la richesse et la santé ; on le prie aussi pour en obtenir la pureté du cœur, la tempérance, la sagesse. « Rends-nous riches et florissants, dit un hymne orphique ; rends-nous aussi sages et chastes. » Le feu du foyer est donc une sorte d'être moral. Il est vrai qu'il brille, qu'il réchauffe, qu'il cuit l'aliment sacré ; mais en même temps il a une pensée, une conscience ; il conçoit des devoirs et veille à ce qu'ils soient accomplis. On le dirait homme, car il a de l'homme la double nature : physiquement, il resplendit, il se meut, il vit, il procure l'abondance, il prépare le repas, il nourrit le corps ; moralement, il a des sentiments et des affections, il donne à l'homme la pureté, il commande le beau et le bien, il nourrit l'âme. On peut dire qu'il entretient la vie humaine dans la double série de ses manifestations. Il est à la fois la source de la richesse, de la santé, de la vertu. C'est vraiment le Dieu de la nature humaine. Plus tard, lorsque ce culte a été relégué au second plan, par Brahma ou par Zeus, le feu du foyer est resté ce qu'il y avait dans le divin de plus accessible à l'homme ; il a été son intermédiaire auprès des dieux de la nature physique ; il s'est chargé de porter au ciel la prière et l'offrande de l'homme et d'apporter à l'homme les faveurs divines. Plus tard encore, quand on fit de ce mythe du feu sacré la grande Vesta, Vesta fut la déesse vierge ; elle ne représenta dans le monde ni la fécondité ni la puissance ; elle fut l'ordre ; mais non pas l'ordre rigoureux, abstrait, mathématique, la loi impérieuse et fatale, ἀνάγκη, que l'on aperçut de bonne heure entre les phénomènes de la nature physique. Elle fut l'ordre moral. On se la figura comme une sorte d'âme universelle qui réglait les mouvements divers des mondes, comme l'âme humaine met la règle parmi nos organes.

Ainsi la pensée des générations primitives se laisse entrevoir. Le principe de ce culte est en dehors de la nature physique et se trouve dans ce petit monde mystérieux qui est l'homme.

Ceci nous ramène au culte des morts. Tous les deux sont de la même antiquité. Ils étaient associés si étroitement que la croyance des anciens n'en faisait qu'une religion. Foyer, Démons, Héros, dieux Lares, tout cela était confondu[28]. On voit par deux passages de Plaute et de Columelle que dans le langage ordinaire on disait indifféremment foyer ou Lare domestique, et l'on voit encore par Cicéron que l'on ne distinguait pas le foyer des Pénates, ni les Pénates des dieux Lares[29]. Nous lisons dans Servius : « Par foyers les anciens entendaient les dieux Lares ; aussi Virgile a-t-il pu mettre indifféremment tantôt foyer pour Pénates, tantôt Pénates pour foyer[30]. » Dans un passage fameux de l'*Énéide*, Hector dit à Énée qu'il va lui remettre les Pénates troyens, et c'est le feu du foyer qu'il lui remet. Dans un autre passage, Énée invoquant ces mêmes dieux les appelle à la fois Pénates, Lares et Vesta[31].

Nous avons vu d'ailleurs que ceux que les anciens appelaient Lares ou Héros n'étaient autres que les âmes des morts, auxquelles l'homme attribuait une puissance surhumaine et divine. Le souvenir d'un de ces morts sacrés était toujours attaché au foyer. En adorant l'un, on ne pouvait pas oublier l'autre. Ils étaicnt associés dans le respect des hommes et dans leurs prières. Les descendants, quand ils parlaient du foyer, rappelaient volontiers le nom de l'ancêtre : « Quitte cette place, dit Oreste à Hélène, et avance vers l'antique foyer de Pélops pour entendre mes paroles[32]. » De même, Énée, parlant du foyer qu'il transporte à travers les mers, le désigne par le nom de Lare d'Assaracus, comme s'il voyait dans ce foyer l'âme de son ancêtre.

Le grammairien Servius, qui était fort instruit des antiquités grecques et romaines (on les étudiait de son temps beaucoup plus qu'au temps de Cicéron), dit que c'était un usage très ancien d'ensevelir les morts dans les maisons, et il ajoute : « Par suite de cet usage, c'est aussi dans les maisons qu'on honore les Lares et les Pénates[33]. » Cette phrase établit nettement une antique relation entre le culte des morts et le foyer. On peut donc penser que le foyer domestique n'a été à l'origine que le symbole du culte des morts, que sous cette pierre du foyer un ancêtre reposait, que le feu y était allumé pour l'honorer, et que ce feu semblait entretenir la vie en lui ou représentait son âme toujours vigilante.

Ce n'est là qu'une conjecture, et les preuves nous manquent. Mais ce qui est certain, c'est que les plus anciennes générations, dans la race d'où sont sortis les Grecs et les Romains, ont eu le culte des morts et du foyer, antique religion qui ne prenait pas ses dieux dans la nature physique, mais dans l'homme lui-même, et qui avait pour objet d'adoration l'être invisible qui est en nous, la force morale et pensante qui anime et qui gouverne notre corps.

Cette religion ne fut pas toujours également puissante sur l'âme ; elle s'affaiblit peu à peu, mais elle ne disparut pas. Contemporaine des premiers âges de la race aryenne, elle s'enfonça si profondément dans les entrailles de cette race, que la brillante religion de l'Olympe grec ne suffit pas à la déraciner et qu'il fallut le christianisme.

Nous verrons bientôt quelle action puissante cette religion a exercée sur les institutions domestiques et sociales des anciens. Elle a été conçue et établie dans cette époque lointaine où cette race cherchait ses institutions, et elle a déterminé la voie dans laquelle les peuples ont marché depuis.

Chapitre 4

La religion domestique

Il ne faut pas se représenter cette antique religion comme celles qui ont été fondées plus tard dans l'humanité plus avancée. Depuis un assez grand nombre de siècles, le genre humain n'admet plus une doctrine religieuse qu'à deux conditions : l'une, qu'elle lui annonce un dieu unique ; l'autre, qu'elle s'adresse à tous les hommes et soit accessible à tous, sans repousser systématiquement aucune classe ni aucune race. Mais la religion des premiers temps ne remplissait aucune de ces deux conditions. Non seulement elle n'offrait pas à l'adoration des hommes un dieu unique ; mais encore ses dieux n'acceptaient pas l'adoration de tous les hommes. Ils ne se présentaient pas comme étant les dieux du genre humain. Ils ne ressemblaient même pas à Brahma qui était au moins le dieu de toute une grande caste, ni à Zeus Panhellénien qui était celui de toute une nation. Dans cette religion primitive chaque dieu ne pouvait être adoré que par une famille. La religion était purement domestique.

Il faut éclaircir ce point important ; car on ne comprendrait pas sans cela la relation très étroite qui s'est établie entre ces vieilles croyances et la constitution de la famille grecque et romaine.

Le culte des morts ne ressemblait en aucune manière à celui que les chrétiens ont pour les saints. Une des premières règles de ce culte était qu'il ne pouvait être rendu par chaque famille qu'aux morts qui lui appartenaient par le sang. Les funérailles ne pouvaient être religieusement accomplies que par le parent le plus proche. Quant au repas funèbre qui se renouvelait ensuite à des époques déterminées, la famille seule avait le droit d'y assister, et tout étranger en était sévèrement exclu [1]. On croyait que le mort n'acceptait l'offrande que de la main des siens ; il ne voulait de culte que de ses descendants. La présence d'un homme qui n'était pas de la famille troublait le repos des mânes. Aussi la loi interdisait-elle à l'étranger d'approcher d'un tombeau [2]. Toucher du pied, même par mégarde, une sépulture, était un acte impie, pour lequel il fallait apaiser le mort et se purifier soi-même. Le mot par lequel les anciens désignaient le culte des morts est significatif ; les Grecs disaient πατριάζειν [3], les Latins disaient *parentare*. C'est que la prière et l'offrande n'étaient adressées par chacun qu'à ses pères [4]. Le culte des morts était véritablement le culte des ancêtres [5]. Lucien, tout en se moquant des opinions du vulgaire, nous les explique nettement quand il dit : « Le mort qui n'a pas laissé de fils ne reçoit pas d'offrandes, et il est exposé à une faim perpétuelle [6]. »

Dans l'Inde comme en Grèce, l'offrande ne pouvait être faite à un mort que par ceux qui descendaient de lui. La loi des Hindous, comme la loi athénienne, défendait d'admettre un étranger, fût-ce un ami, au repas funèbre. Il était si nécessaire que ces repas fussent offerts par les descendants du mort, et non par d'autres, que l'on supposait que les mânes, dans leur séjour, prononçaient souvent ce vœu : « Puisse-t-il naître successivement de notre lignée des fils qui nous offrent dans toute la suite des temps le riz bouilli dans du lait, le miel, et le beurre clarifié[7] ! »

Il suivait de là qu'en Grèce et à Rome, comme dans l'Inde, le fils avait le devoir de faire les libations et les sacrifices aux mânes de son père et de tous ses aïeux[8]. Manquer à ce devoir était l'impiété la plus grave qu'on pût commettre, puisque l'interruption de ce culte faisait déchoir une série de morts et anéantissait leur bonheur. Une telle négligence n'était pas moins qu'un véritable parricide multiplié autant de fois qu'il y avait d'ancêtres dans la famille.

Si, au contraire, les sacrifices étaient toujours accomplis suivant les rites, si les aliments étaient portés sur le tombeau aux jours fixés, alors l'ancêtre devenait un dieu protecteur. Hostile à tous ceux qui ne descendaient pas de lui, les repoussant de son tombeau, les frappant de maladie, s'ils approchaient, pour les siens il était bon et secourable.

Il y avait un échange perpétuel de bons offices entre les vivants et les morts de chaque famille. L'ancêtre recevait de ses descendants la série des repas funèbres, c'est-à-dire les seules jouissances qu'il pût avoir dans sa seconde vie. Le descendant recevait de l'ancêtre l'aide et la force dont il avait besoin dans celle-ci. Le vivant ne pouvait se passer du mort, ni le mort du vivant. Par là un lien puissant s'établissait entre toutes les générations d'une même famille et en faisait un corps éternellement inséparable.

Chaque famille avait son tombeau, où ses morts venaient reposer l'un après l'autre, toujours ensemble. Tous ceux du même sang devaient y être enterrés et aucun homme d'une autre famille n'y pouvait être admis[9]. Là se célébraient les cérémonies et les anniversaires. Là chaque famille croyait voir ses ancêtres sacrés. Aux temps très antiques, le tombeau était dans la propriété même de la famille, au milieu de l'habitation, non loin de la porte, « afin, dit un ancien, que les fils, en entrant ou en sortant de leur demeure, rencontrassent chaque fois leurs pères, et chaque fois leur adressassent une invocation[10] ». Ainsi l'ancêtre restait au milieu des siens ; invisible, mais toujours présent, il continuait à faire partie de la famille et à en être le père. Lui immortel, lui heureux, lui divin, il s'intéressait à ce qu'il avait laissé de mortel sur la terre ; il en savait les besoins, il en soutenait la faiblesse. Et celui qui vivait encore, qui travaillait, qui, selon l'expression antique, ne s'était pas encore acquitté de l'existence, celui-là avait près de lui ses guides et ses appuis : c'étaient ses pères. Au milieu des difficultés, il invoquait leur antique sagesse, dans le chagrin il leur demandait une consolation, dans le danger un soutien, après une faute son pardon.

Assurément nous avons beaucoup de peine aujourd'hui à comprendre que l'homme pût adorer son père ou son ancêtre. Faire de l'homme un dieu nous semble le contre-pied de la religion. Il nous est presque aussi difficile de comprendre les vieilles croyances de ces hommes qu'il l'eût été à eux d'imaginer les nôtres. Mais songeons que les anciens n'avaient pas l'idée de la création ; dès lors le mystère de la génération était pour eux ce que le mystère de la création peut être pour nous. Le générateur leur paraissait un être divin, et ils adoraient leur ancêtre. Il faut que ce sentiment ait été bien naturel et bien puissant, car il apparaît comme principe d'une religion à l'origine de presque toutes les sociétés humaines ; on le trouve chez les Chinois comme chez les anciens Gètes et les Scythes, chez les peuplades de l'Afrique comme chez celles du Nouveau Monde[11].

Le feu sacré, qui était associé si étroitement au culte des morts, avait aussi pour caractère essentiel d'appartenir en propre à chaque famille. Il représentait les ancêtres[12] ; il était la providence d'une famille, et n'avait rien de commun avec le feu de la famille voisine qui était une autre providence. Chaque foyer protégeait les siens.

Toute cette religion était renfermée dans l'enceinte de la maison. Le culte n'en était pas public. Toutes les cérémonies, au contraire, s'accomplissaient au milieu de la famille seule[13]. Le foyer n'était jamais placé ni hors de la maison ni même près de la porte extérieure, où l'étranger l'aurait trop bien vu. Les Grecs le plaçaient toujours dans une enceinte[14] qui le protégeait contre le contact et même le regard des profanes. Les Romains le cachaient au milieu de leur maison. Tous ces dieux, Foyer, Lares, Mânes, on les appelait les dieux cachés ou les dieux de l'intérieur[15]. Pour tous les actes de cette religion il fallait le secret, *sacrificia occulta*, dit Cicéron[16] ; qu'une cérémonie fût aperçue par un étranger, elle était troublée, souillée par ce seul regard.

Pour cette religion domestique, il n'y avait ni règles uniformes, ni rituel commun. Chaque famille avait l'indépendance la plus complète. Nulle puissance extérieure n'avait le droit de régler son culte ou sa croyance. Il n'y avait pas d'autre prêtre que le père ; comme prêtre, il ne connaissait aucune hiérarchie. Le pontife de Rome ou l'archonte d'Athènes pouvait bien s'assurer que le père de famille accomplissait tous ses rites religieux, mais il n'avait pas le droit de lui commander la moindre modification. *Suo quisque ritu sacrificium faciat*, telle était la règle absolue[17]. Chaque famille avait ses cérémonies qui lui étaient propres, ses fêtes particulières, ses formules de prière et ses hymnes[18]. Le père, seul interprète et seul pontife de sa religion, avait seul le pouvoir de l'enseigner, et ne pouvait l'enseigner qu'à son fils. Les rites, les termes de la prière, les chants, qui faisaient partie essentielle de cette religion domestique, étaient un patrimoine, une propriété sacrée, que la famille ne partageait avec personne et qu'il était même interdit de révéler aux étrangers. Il en était ainsi dans l'Inde : « Je suis fort contre mes ennemis, dit le brahmane, des chants que je tiens de ma famille et que mon père m'a transmis[19]. »

Ainsi la religion ne résidait pas dans les temples, mais dans la maison ; chacun avait ses dieux ; chaque dieu ne protégeait qu'une famille et n'était dieu que dans une maison. On ne peut pas raisonnablement supposer qu'une religion de ce caractère ait été révélée aux hommes par l'imagination puissante de l'un d'entre eux ou qu'elle leur ait été enseignée par une caste de prêtres. Elle est née spontanément dans l'esprit humain ; son berceau a été la famille ; chaque famille s'est fait ses dieux.

Cette religion ne pouvait se propager que par la génération. Le père, en donnant la vie à son fils, lui donnait en même temps sa croyance, son culte, le droit d'entretenir le foyer, d'offrir le repas funèbre, de prononcer les formules de prière. La génération établissait un lien mystérieux entre l'enfant qui naissait à la vie et tous les dieux de la famille. Ces dieux étaient sa famille même, θεοὶ ἐγγενεῖς ; c'était son sang, θεοὶ σύναιμοι[20]. L'enfant apportait donc en naissant le droit de les adorer et de leur offrir les sacrifices ; comme aussi, plus tard, quand la mort l'aurait divinisé lui-même, il devait être compté à son tour parmi ces dieux de la famille.

Mais il faut remarquer cette particularité que la religion domestique ne se propageait que de mâle en mâle. Cela tenait sans nul doute à l'idée que les hommes se faisaient de la génération[21]. La croyance des âges primitifs, telle qu'on la trouve dans les Védas et qu'on en voit des vestiges dans tout le droit grec et romain, fut que le pouvoir reproducteur résidait exclusivement dans le père. Le père seul possédait le principe mystérieux de l'être et transmettait l'étincelle de vie. Il est résulté de cette vieille opinion qu'il fut de règle que le culte domestique passât toujours de mâle en mâle, que la femme n'y participât que par l'intermédiaire de son père et de son mari, et enfin qu'après la mort la femme n'eût pas la même part que l'homme au culte et aux cérémonies du repas funèbre. Il en est résulté encore d'autres conséquences très graves dans le droit privé et dans la constitution de la famille ; nous les verrons plus loin.

Livre II

La famille

Chapitre 1

La religion a été le principe constitutif de la famille ancienne

Si nous nous transportons par la pensée au milieu de ces anciennes générations d'hommes, nous trouvons dans chaque maison un autel et autour de cet autel la famille assemblée. Elle se réunit chaque matin pour adresser au foyer ses premières prières, chaque soir pour l'invoquer une dernière fois. Dans le courant du jour, elle se réunit encore auprès de lui pour le repas qu'elle se partage pieusement après la prière et la libation. Dans tous ses actes religieux, elle chante en commun des hymnes que ses pères lui ont légués.

Hors de la maison, tout près, dans le champ voisin, il y a un tombeau. C'est la seconde demeure de cette famille. Là reposent en commun plusieurs générations d'ancêtres ; la mort ne les a pas séparés. Ils restent groupés dans cette seconde existence, et continuent à former une famille indissoluble.

Entre la partie vivante et la partie morte de la famille, il n'y a que cette distance de quelques pas qui sépare la maison du tombeau. À certains jours, qui sont déterminés pour chacun par sa religion domestique, les vivants se réunissent auprès des ancêtres. Ils leur portent le repas funèbre, leur versent le lait et le vin, déposent les gâteaux et les fruits, ou brûlent pour eux les chairs d'une victime. En échange de ces offrandes, ils réclament leur protection ; il les appellent leurs dieux, et leur demandent de rendre le champ fertile, la maison prospère, les cœurs vertueux.

Le principe de la famille antique n'est pas uniquement la génération. Ce qui le prouve, c'est que la sœur n'est pas dans la famille ce qu'y est le frère, c'est que le fils émancipé ou la fille mariée cesse complètement d'en faire partie, ce sont enfin plusieurs dispositions importantes des lois grecques et romaines que nous aurons l'occasion d'examiner plus loin.

Le principe de la famille n'est pas non plus l'affection naturelle. Car le droit grec et le droit romain ne tiennent aucun compte de ce sentiment. Il peut exister au fond des cœurs, il n'est rien dans le droit. Le père peut chérir sa fille, mais non pas lui léguer son bien. Les lois de succession, c'est-à-dire parmi les lois celles qui témoignent le plus fidèlement des idées que les hommes se faisaient de la famille, sont en contradiction flagrante, soit avec l'ordre de la naissance, soit avec l'affection naturelle [1].

Les historiens du droit romain ayant fort justement remarqué que ni la naissance ni l'affection n'étaient le fondement de la famille romaine, ont cru que ce fondement devait se trouver dans la puissance paternelle ou maritale. Ils font de cette puissance une sorte d'institution primordiale. Mais ils n'expliquent pas comment elle s'est formée, à moins que ce ne soit par la supériorité de force du mari sur la femme, du père sur les enfants. Or c'est se tromper gravement que de placer ainsi la force à l'origine du droit. Nous verrons d'ailleurs plus loin que l'autorité paternelle ou maritale, loin d'avoir été une cause première, a été elle-même un effet ; elle est dérivée de la religion et a été établie par elle : elle n'est donc pas le principe qui a constitué la famille.

Ce qui unit les membres de la famille antique, c'est quelque chose de plus puissant que la naissance, que le sentiment, que la force physique : c'est la religion du foyer et des ancêtres. Elle fait que la famille forme un corps dans cette vie et dans l'autre. La famille antique est une association religieuse plus encore qu'une association de nature. Aussi verrons-nous plus loin que la femme n'y sera vraiment comptée qu'autant que la cérémonie sacrée du mariage l'aura initiée au culte ; que le fils n'y comptera plus, s'il a renoncé au culte ou s'il a été émancipé ; que l'adopté y sera, au contraire, un véritable fils, parce que, s'il n'a pas le lien du sang, il aura quelque chose de mieux, la communauté du culte ; que le légataire qui refusera d'adopter le culte de cette famille n'aura pas la succession ; qu'enfin la parenté et le droit à l'héritage seront réglés, non d'après la naissance, mais d'après les droits de participation au culte tels que la religion les a établis. Ce n'est sans doute pas la religion qui a créé la famille, mais c'est elle assurément qui lui a donné ses règles, et de là est venu que la famille antique a reçu une constitution si différente de celle qu'elle aurait eue, si les sentiments naturels avaient été seuls à la fonder.

L'ancienne langue grecque avait un mot bien significatif pour désigner une famille ; on disait ἐπίστιον, mot qui signifie littéralement *ce qui est auprès d'un foyer.* Une famille était un groupe de personnes auxquelles la religion permettait d'invoquer le même foyer et d'offrir le repas funèbre aux mêmes ancêtres[2].

Chapitre 2
LE MARIAGE

La première institution que la religion domestique ait établie fut vraisemblablement le mariage.

Il faut remarquer que cette religion du foyer et des ancêtres, qui se transmettait de mâle en mâle, n'appartenait pourtant pas exclusivement à l'homme : la femme avait part au culte. Fille, elle assistait aux actes religieux de son père ; mariée, à ceux de son mari.

On pressent par cela seul le caractère essentiel de l'union conjugale chez les anciens. Deux familles vivent à côté l'une de l'autre, mais elles ont des dieux différents. Dans l'une d'elle, une jeune fille prend part, depuis son enfance, à la religion de son père ; elle invoque son foyer ; elle lui offre chaque jour des libations, l'entoure de fleurs et de guirlandes aux jours de fête, lui demande sa protection, le remercie de ses bienfaits. Ce foyer paternel est son dieu. Qu'un jeune homme de la famille voisine la demande en mariage, il s'agit pour elle de bien autre chose que de passer d'une maison dans une autre. Il s'agit d'abandonner le foyer paternel pour aller invoquer désormais le foyer de l'époux. Il s'agit de changer de religion, de pratiquer d'autres rites et de prononcer d'autres prières. Il s'agit de quitter le dieu de son enfance pour se mettre sous l'empire d'un dieu qu'elle ne connaît pas. Qu'elle n'espère pas rester fidèle à l'un en honorant l'autre, car dans cette religion c'est un principe immuable qu'une même personne ne peut pas invoquer deux foyers ni deux séries d'ancêtres. « À partir du mariage, dit un ancien, la femme n'a plus rien de commun avec la religion domestique de ses pères : elle sacrifie au foyer du mari [1]. »

Le mariage est donc un acte grave pour la jeune fille, non moins grave pour l'époux. Car cette religion veut que l'on soit né près du foyer pour qu'on ait le droit d'y sacrifier. Et cependant il va introduire près de son foyer une étrangère ; avec elle il fera les cérémonies mystérieuses de son culte, il lui révélera les rites et les formules qui sont le patrimoine de sa famille. Il n'a rien de plus précieux que cet héritage ; ces dieux, ces rites, ces hymnes, qu'il tient de ses pères, c'est ce qui le protège dans la vie, c'est ce qui lui promet la richesse, le bonheur, la vertu. Cependant, au lieu de garder pour soi cette puissance tutélaire, comme le sauvage garde son idole ou son amulette, il va admettre une femme à la partager avec lui.

Ainsi, quand on pénètre dans les pensées de ces anciens hommes, on voit de quelle importance était pour eux l'union conjugale, et combien l'intervention de la religion y était nécessaire. Ne fallait-il pas que par quelque cérémonie sacrée la jeune fille fût initiée au culte qu'elle allait suivre désormais ? Pour devenir prêtresse de ce foyer, auquel la naissance ne l'attachait pas, ne lui fallait-il pas une sorte d'ordination ou d'adoption ?

Le mariage était la cérémonie sainte qui devait produire ces grands effets. Il est habituel aux écrivains latins ou grecs de désigner le mariage par des mots qui indiquent un acte religieux [2]. Pollux, qui vivait au temps des Antonins, mais qui possédait toute une ancienne littérature que nous n'avons plus, dit que dans les anciens temps, au lieu de désigner le mariage par son nom particulier (γάμος), on le désignait simplement par le mot τέλος, qui signifie cérémonie sacrée[3] ; comme si le mariage avait été, dans ces temps anciens, la cérémonie sacrée par excellence.

Or la religion qui faisait le mariage n'était pas celle de Jupiter, de Junon ou des autres dieux de l'Olympe. La cérémonie n'avait pas lieu dans un temple ; elle était accomplie dans la maison, et c'était le dieu domestique qui y présidait. À la vérité, quand la religion des dieux du ciel devint prépondérante, on ne put s'empêcher de les invoquer aussi dans les prières du mariage ; on prit même l'habitude de se rendre préalablement dans des temples et d'offrir à ces dieux des sacrifices, que l'on appelait les préludes du mariage[4]. Mais la partie principale et essentielle de la cérémonie devait toujours s'accomplir devant le foyer domestique.

Chez les Grecs, la cérémonie du mariage se composait, pour ainsi dire, de trois actes. Le premier se passait devant le foyer du père, ἐγγύησις, le troisième au foyer du mari, τέλος, le second était le passage de l'un à l'autre, πομπή.

1° Dans la maison paternelle, en présence du prétendant, le père entouré ordinairement de sa famille offre un sacrifice. Le sacrifice terminé, il déclare, en prononçant une formule sacramentelle, qu'il donne sa fille au jeune homme. Cette déclaration est tout à fait indispensable au mariage. Car la jeune fille ne pourrait pas aller, tout à l'heure, adorer le foyer de l'époux, si son père ne l'avait pas préalablement détachée du foyer paternel. Pour qu'elle entre dans sa nouvelle religion, elle doit être dégagée de tout lien et de toute attache avec sa religion première[5].

2° La jeune fille est transportée à la maison du mari. Quelquefois c'est le mari lui-même qui la conduit[6]. Dans certaines villes la charge d'amener la jeune fille appartient à un de ces hommes qui étaient revêtus chez les Grecs d'un caractère sacerdotal et qu'ils appelaient hérauts[7]. La jeune fille est ordinairement placée sur un char[8] ; elle a le visage couvert d'un voile et porte sur la tête une couronne. La couronne, comme nous aurons souvent l'occasion de le voir, était en usage dans toutes les cérémonies du culte. Sa robe est blanche. Le blanc était la couleur des vêtements dans tous les actes religieux. On la précède en portant un flambeau ; c'est le flambeau nuptial[9]. Dans tout le parcours, on chante autour d'elle un hymne religieux, qui a pour refrain ὦ ὑμήν, ὦ ὑμέναιε. On appelait cet hymne l'*hyménée*, et l'importance de ce chant sacré était si grande que l'on donnait son nom à la cérémonie tout entière[10].

La jeune fille n'entre pas d'elle-même dans sa nouvelle demeure. Il faut que son mari l'enlève, qu'il simule un rapt, qu'elle jette quelques cris et que les femmes qui l'accompagnent feignent de la défendre. Pourquoi ce rite ? Est-ce un symbole de la pudeur de la jeune fille ? Cela est peu probable ; le moment de la pudeur n'est pas encore venu ; car ce qui va s'accomplir d'abord dans cette maison, c'est une cérémonie religieuse. Ne veut-on pas plutôt marquer fortement que la femme qui va sacrifier à ce foyer n'y a par elle-même aucun droit, qu'elle n'en approche pas par l'effet de sa volonté, et qu'il faut que le maître du lieu et du dieu l'y introduise par un acte de sa puissance ? Quoi qu'il en soit, après une lutte simulée, l'époux la soulève dans ses bras et lui fait franchir la porte, mais en ayant bien soin que ses pieds ne touchent pas le seuil [11].

Ce qui précède n'est que l'apprêt et le prélude de la cérémonie. L'acte sacré va commencer dans la maison.

3° On approche du foyer, l'épouse est mise en présence de la divinité domestique. Elle est arrosée d'eau lustrale ; elle touche le feu sacré [12]. Des prières sont dites. Puis les deux époux se partagent un gâteau, un pain, quelques fruits [13].

Cette sorte de léger repas qui commence et finit par une libation et une prière, ce partage de la nourriture vis-à-vis du foyer, met les deux époux en communion religieuse ensemble, et en communion avec les dieux domestiques [14].

Le mariage romain ressemblait beaucoup au mariage grec, et comprenait comme lui trois actes, *traditio, deductio in domum, confarreatio.*

1° La jeune fille quitte le foyer paternel. Comme elle n'est pas attachée à ce foyer par son propre droit, mais seulement par l'intermédiaire du père de famille, il n'y a que l'autorité du père qui puisse l'en détacher. La *tradition* est donc une formalité indispensable [15].

2° La jeune fille est conduite à la maison de l'époux. Comme en Grèce, elle est voilée, elle porte une couronne, et un flambeau nuptial précède le cortège [16]. On chante autour d'elle un ancien hymne religieux. Les paroles de cet hymne changèrent peut-être avec le temps, s'accommodant aux variations des croyances ou à celles du langage ; mais le refrain sacramentel subsista toujours sans pouvoir être altéré : c'était le mot *Talassie*, mot dont les Romains du temps d'Horace ne comprenaient pas mieux le sens que les Grecs ne comprenaient le mot ὑμέναιε, et qui était probablement le reste sacré et inviolable d'une antique formule[17].

Le cortège s'arrête devant la maison du mari. Là, on présente à la jeune fille le feu et l'eau. Le feu, c'est l'emblème de la divinité domestique ; l'eau, c'est l'eau lustrale, qui sert à la famille pour tous les actes religieux[18]. Pour que la jeune fille entre dans la maison, il faut, comme en Grèce, simuler l'enlèvement[19]. L'époux doit la soulever dans ses bras, et la porter par-dessus le seuil sans que ses pieds le touchent.

3° L'épouse est conduite alors devant le foyer, là où sont les Pénates, où tous les dieux domestiques et les images des ancêtres sont groupés autour du feu sacré. Les deux époux, comme en Grèce, font un sacrifice, versent la libation, prononcent quelques prières, et mangent ensemble un gâteau de fleur de farine (*panis farreus*)[20].

Ce gâteau mangé au milieu de la récitation des prières, en présence et sous les yeux des divinités de la famille, est ce qui fait l'union sainte de l'époux et de l'épouse[21]. Dès lors ils sont associés dans le même culte. La femme a les mêmes dieux, les mêmes rites, les mêmes prières, les mêmes fêtes que son mari. De là cette vieille définition du mariage que les jurisconsultes nous ont conservée : *Nuptiæ sunt divini juris et humani communicatio.* Et cette autre : *Uxor socia humanæ rei atque divinæ*[22]. C'est que la femme est entrée en partage de la religion du mari, cette femme que les dieux eux-mêmes, comme dit Platon, ont introduite dans la maison.

La femme ainsi mariée a encore le culte des morts ; mais ce n'est plus à ses propres ancêtres qu'elle porte le repas funèbre ; elle n'a plus ce droit. Le mariage l'a détachée complètement de la famille de son père, et a brisé tous ses rapports religieux avec elle. C'est aux ancêtres de son mari qu'elle porte l'offrande ; elle est de leur famille ; ils sont devenus ses ancêtres. Le mariage lui a fait une seconde naissance. Elle est dorénavant la fille de son mari, *filiæ loco*, disent les jurisconsultes. On ne peut appartenir ni à deux familles ni à deux religions domestiques ; la femme est tout entière dans la famille et la religion de son mari. On verra les conséquences de cette règle dans le droit de succession.

L'institution du mariage sacré doit être aussi vieille dans la race indo-européenne que la religion domestique, car l'une ne va pas sans l'autre. Cette religion a appris à l'homme que l'union conjugale est autre chose qu'un rapport de sexes et une affection passagère, et elle a uni deux époux par le lien puissant du même culte et des mêmes croyances. La cérémonie des noces était d'ailleurs si solennelle et produisait de si graves effets qu'on ne doit pas être surpris que ces hommes ne l'aient crue permise et possible que pour une seule femme dans chaque maison. Une telle religion ne pouvait pas admettre la polygamie.

On conçoit même qu'une telle union fût indissoluble, et que le divorce fût presque impossible[23]. Le droit romain permettait aisément de dissoudre le mariage par *coemptio* ou par *usus* ; mais la dissolution du mariage religieux était fort difficile. Pour cette rupture, une nouvelle cérémonie sacrée était nécessaire ; car la religion seule pouvait délier ce que la religion avait uni. L'effet de la *confarreatio* ne pouvait être détruit que par la *diffarreatio*. Les deux époux qui voulaient se séparer paraissaient pour la dernière fois devant le foyer commun ; un prêtre et des témoins étaient présents. On présentait aux époux, comme au jour du mariage, un gâteau de fleur de farine[24]. Mais, probablement, au lieu de se le partager, ils le repoussaient. Puis, au lieu de prières, ils prononçaient des formules « d'un caractère étrange, sévère, haineux, effrayant[25] », une sorte de malédiction par laquelle la femme renonçait au culte et aux dieux du mari. Dès lors, le lien religieux était rompu. La communauté du culte cessant, toute autre communauté cessait de plein droit, et le mariage était dissous.

Chapitre 3

De la continuité de la famille. Célibat interdit. Divorce en cas de stérilité. Inégalité entre le fils et la fille

Les croyances relatives aux morts et le culte qui leur était dû ont constitué la famille ancienne et lui ont donné la plupart de ses règles.

On a vu plus haut que l'homme, après la mort, était réputé un être heureux et divin, mais à la condition que les vivants lui offrissent toujours le repas funèbre. Si ces offrandes venaient à cesser, il y avait déchéance pour le mort, qui tombait au rang de démon malheureux et malfaisant. Car à l'époque où ces anciennes générations avaient commencé à se représenter la vie future, elles n'avaient pas songé à des récompenses et à des châtiments ; elles avaient cru que le bonheur du mort ne dépendait pas de la conduite qu'il avait menée pendant sa vie, mais de celle que ses descendants avaient à son égard. Aussi chaque père attendait-il de sa postérité la série des repas funèbres qui devaient assurer à ses mânes le repos et le bonheur.

Cette opinion a été le principe fondamental du droit domestique chez les anciens. Il en a découlé d'abord cette règle que chaque famille dut se perpétuer à jamais.

Les morts avaient besoin que leur descendance ne s'éteignît pas. Dans le tombeau où ils vivaient, ils n'avaient pas d'autre sujet d'inquiétude que celui-là. Leur unique pensée, comme leur unique intérêt, était qu'il y eût toujours un homme de leur sang pour apporter les offrandes au tombeau. Aussi l'Hindou croyait-il que ces morts répétaient sans cesse : « Puisse-t-il naître toujours dans notre lignée des fils qui nous apportent le riz, le lait et le miel. » L'Hindou disait encore : « L'extinction d'une famille cause la ruine de la religion de cette famille ; les ancêtres privés de l'offrande des gâteaux tombent au séjour des malheureux[1]. »

Les hommes de l'Italie et de la Grèce ont longtemps pensé de même. S'ils ne nous ont pas laissé dans leurs écrits une expression de leurs croyances aussi nette que celle que nous trouvons dans les vieux livres de l'Orient, du moins leurs lois sont encore là pour attester leurs antiques opinions. À Athènes la loi chargeait le premier magistrat de la cité de veiller à ce qu'aucune famille ne vînt à s'éteindre[2]. De même la loi romaine était attentive à ne laisser tomber aucun culte domestique[3]. On lit dans un discours d'un orateur athénien : « Il n'est pas un homme qui, sachant qu'il doit mourir, ait assez peu de souci de soi-même pour vouloir laisser sa famille sans descendants ; car il n'y aurait alors personne pour lui rendre le culte qui est dû aux morts[4]. » Chacun avait donc un intérêt puissant à laisser un fils après soi, convaincu qu'il y allait de son immortalité heureuse. C'était même un devoir envers les ancêtres, puisque leur bonheur ne devait durer qu'autant que durait la famille. Aussi les lois de Manou appelaient-elles le fils aîné « celui qui est engendré pour l'accomplissement du devoir ».

Nous touchons ici à l'un des caractères les plus remarquables de la famille antique. La religion qui l'a formée exige impérieusement qu'elle ne périsse pas. Une famille qui s'éteint, c'est un culte qui meurt. Il faut se représenter ces familles à l'époque où les croyances ne se sont pas encore altérées. Chacune d'elles possède une religion et des dieux, précieux dépôt sur lequel elle doit veiller. Le plus grand malheur que sa piété ait à craindre est que sa lignée s'arrête. Car alors sa religion disparaîtrait de la terre, son foyer serait éteint, toute la série de ses morts tomberait dans l'oubli et dans l'éternelle misère. Le grand intérêt de la vie humaine est de continuer la descendance pour continuer le culte.

En vertu de ces opinions, le célibat devait être à la fois une impiété grave et un malheur : une impiété, parce que le célibataire mettait en péril le bonheur des mânes de sa famille : un malheur, parce qu'il ne devait recevoir lui-même aucun culte après sa mort et ne devait pas connaître « ce qui réjouit les mânes ». C'était à la fois pour lui et pour ses ancêtres une sorte de damnation.

On peut bien penser qu'à défaut de lois ces croyances religieuses durent longtemps suffire pour empêcher le célibat. Mais il paraît de plus que, dès qu'il y eut des lois, elles prononcèrent que le célibat était une chose mauvaise et punissable. Denys d'Halicarnasse, qui avait compulsé les vieilles annales de Rome, dit avoir vu une ancienne loi qui obligeait les jeunes gens à se marier[5]. Le traité des Lois de Cicéron, traité qui reproduit presque toujours, sous une forme philosophique, les anciennes lois de Rome, en contient une qui interdit le célibat[6]. À Sparte, la législation de Lycurgue frappait d'une peine sévère l'homme qui ne se mariait pas[7]. On sait par plusieurs anecdotes que, lorsque le célibat cessa d'être défendu par les lois, il le fut encore par les mœurs. Il paraît enfin par un passage de Pollux que, dans beaucoup de villes grecques, la loi punissait le célibat comme un délit[8]. Cela était conforme aux croyances ; l'homme ne s'appartenait pas, il appartenait à la famille. Il était un membre dans une série, et il ne fallait pas que la série s'arrêtât à lui. Il n'était pas né par hasard ; on l'avait introduit dans la vie pour qu'il continuât un culte ; il ne devait pas quitter la vie sans être sûr que ce culte serait continué après lui.

Mais il ne suffisait pas d'engendrer un fils. Le fils qui devait perpétuer la religion domestique devait être le fruit d'un mariage religieux. Le bâtard, l'enfant naturel, celui que les Grecs appelaient νόθος et les Latins *spurius*, ne pouvait pas remplir le rôle que la religion assignait au fils. En effet, le lien du sang ne constituait pas à lui seul la famille et il fallait encore le lien du culte. Or, le fils né d'une femme qui n'avait pas été associée au culte de l'époux par la cérémonie du mariage ne pouvait pas lui-même avoir part au culte[9]. Il n'avait pas le droit d'offrir le repas funèbre et la famille ne se perpétuait pas par lui. Nous verrons plus loin que, pour la même raison, il n'avait pas droit à l'héritage.

Le mariage était donc obligatoire. Il n'avait pas pour but le plaisir, son objet principal n'était pas l'union de deux êtres qui se convenaient et qui voulaient s'associer pour le bonheur et pour les peines de la vie. L'effet du mariage, aux yeux de la religion et des lois, était, en unissant deux êtres dans le même culte domestique, d'en faire naître un troisième qui fût apte à continuer ce culte. On le voit bien par la formule sacramentelle qui était prononcée dans l'acte du mariage : *Ducere uxorem liberum quærendorum causa*, disaient les Romains ; παίδων ἐπ'ἀρότῳ γνησίων, disaient les Grecs[10].

Le mariage n'ayant été contracté que pour perpétuer la famille, il semblait juste qu'il pût être rompu, si la femme était stérile. Le divorce dans ce cas a toujours été un droit chez les anciens ; il est même possible qu'il ait été une obligation. Dans l'Inde, la religion prescrivait que « la femme stérile fût remplacée au bout de huit ans[11] ». Que le devoir fût le même en Grèce et à Rome, aucun texte formel ne le prouve. Pourtant Hérodote cite deux rois de Sparte qui furent contraints de répudier leurs femmes parce qu'elles étaient stériles[12]. Pour ce qui est de Rome, on connaît assez l'histoire de Carvilius Ruga, dont le divorce est le premier que les annales romaines aient mentionné. « Carvilius Ruga, dit Aulu-Gelle, homme de grande famille, se sépara de sa femme par le divorce, parce qu'il ne pouvait pas avoir d'elle des enfants. Il l'aimait avec tendresse et n'avait qu'à se louer de sa conduite. Mais il sacrifia son amour à la religion du serment, parce qu'il avait juré (dans la formule du mariage) qu'il la prenait pour épouse afin d'avoir des enfants[13]. »

La religion disait que la famille ne devait pas s'éteindre, toute affection et tout droit naturel devaient céder devant cette règle absolue. Si un mariage était stérile par le fait du mari il n'en fallait pas moins que la famille fût continuée. Alors un frère ou un parent du mari devait se substituer à lui, et la femme était tenue de se livrer à cet homme. L'enfant qui naissait de là était considéré comme fils du mari, et continuait son culte. Telles étaient les règles chez les anciens Hindous ; nous les retrouvons dans les lois d'Athènes et dans celles de

Sparte[14]. Tant cette religion avait d'empire ! tant le devoir religieux passait avant tous les autres !

À plus forte raison, les législations anciennes prescrivaient le mariage de la veuve, quand elle n'avait pas eu d'enfants, avec le plus proche parent de son mari. Le fils qui naissait était réputé fils du défunt[15].

La naissance de la fille ne remplissait pas l'objet du mariage. En effet la fille ne pouvait pas continuer le culte, par la raison que, le jour où elle se mariait, elle renonçait à la famille et au culte de son père, et appartenait à la famille et à la religion de son mari. La famille ne se continuait, comme le culte, que par les mâles ; fait capital, dont on verra plus loin les conséquences.

C'était donc le fils qui était attendu, qui était nécessaire ; c'était lui que la famille, les ancêtres, le foyer, réclamaient. « Par lui, disaient les vieilles lois des Hindous, un père acquitte sa dette envers les mânes de ses ancêtres et s'assure à lui-même l'immortalité. » Ce fils n'était pas moins précieux aux yeux des Grecs, car il devait plus tard faire les sacrifices, offrir le repas funèbre, et conserver par son culte la religion domestique. Aussi, dans le vieil Eschyle, le fils est-il appelé le sauveur du foyer paternel[16].

L'entrée de ce fils dans la famille était signalée par un acte religieux. Il fallait d'abord qu'il fût agréé par le père. Celui-ci, à titre de maître et de gardien viager du foyer, de représentant des ancêtres, devait prononcer si le nouveau venu était ou n'était pas de la famille. La naissance ne formait que le lien physique ; la déclaration du père constituait le lien moral et religieux. Cette formalité était également obligatoire à Rome, en Grèce et dans l'Inde.

Il fallait de plus pour le fils, comme nous l'avons vu pour la femme, une sorte d'initiation. Elle avait lieu peu de temps après la naissance, le neuvième jour à Rome, le dixième en Grèce, dans l'Inde le dixième ou le douzième[17]. Ce jour-là, le père réunissait la famille, appelait des témoins, et faisait un sacrifice à son foyer. L'enfant était présenté aux dieux domestiques ; une femme le portait dans ses bras et en courant lui faisait faire plusieurs fois le tour du feu sacré[18]. Cette cérémonie avait pour double objet, d'abord de purifier l'enfant[19], c'est-à-dire de lui ôter la souillure que les anciens supposaient qu'il avait contractée par le seul fait de la gestation, ensuite de l'initier au culte domestique. À partir de ce moment, l'enfant était admis dans cette sorte de société sainte et de petite église qu'on appelait la famille. Il en avait la religion, il en pratiquait les rites, il était apte à en dire les prières ; il en honorait les ancêtres, et plus tard il devait y être lui-même un ancêtre honoré.

Chapitre 4

De l'adoption et de l'émancipation

Le devoir de perpétuer le culte domestique a été le principe du droit d'adoption chez les anciens. La même religion qui obligeait l'homme à se marier, qui prononçait le divorce en cas de stérilité, qui, en cas d'impuissance ou de mort prématurée, substituait au mari un parent, offrait encore à la famille une dernière ressource pour échapper au malheur si redouté de l'extinction ; cette ressource était le droit d'adopter.

« Celui à qui la nature n'a pas donné de fils peut en adopter un, pour que les cérémonies funèbres ne cessent pas. » Ainsi parle le vieux législateur des Hindous [1]. Nous avons un curieux plaidoyer d'un orateur athénien dans un procès où l'on contestait à un fils adoptif la légitimité de son adoption. Le défendeur nous montre d'abord pour quel motif on adoptait un fils : « Ménéclès, dit-il, ne voulait pas mourir sans enfants ; il tenait à laisser après lui quelqu'un pour l'ensevelir et pour lui faire dans la suite les cérémonies du culte funèbre. » Il montre ensuite ce qui arrivera, si le tribunal annule son adoption, ce qui arrivera non pas à lui-même, mais à celui qui l'a adopté ; Ménéclès est mort, mais c'est encore l'intérêt de Ménéclès qui est en jeu. « Si vous annulez mon adoption, vous ferez que Ménéclès sera mort sans laisser de fils après lui, qu'en conséquence personne ne fera les sacrifices en son honneur, que nul ne lui offrira les repas funèbres, et qu'enfin il sera sans culte[2]. »

Adopter un fils, c'était donc veiller à la perpétuité de la religion domestique, au salut du foyer, à la continuation des offrandes funèbres, au repos des mânes des ancêtres. L'adoption n'ayant sa raison d'être que dans la nécessité de prévenir l'extinction d'un culte, il suivait de là qu'elle n'était permise qu'à celui qui n'avait pas de fils. La loi des Hindous est formelle à cet égard[3]. Celle d'Athènes ne l'est pas moins ; tout le plaidoyer de Démosthène contre Léocharès en est la preuve[4]. Aucun texte précis ne prouve qu'il en fût de même dans l'ancien droit romain, et nous savons qu'au temps de Gaïus un même homme pouvait avoir des fils par la nature et des fils par l'adoption. Il paraît pourtant que ce point n'était pas admis en droit au temps de Cicéron, car dans un de ses plaidoyers l'orateur s'exprime ainsi : « Quel est le droit qui régit l'adoption ? Ne faut-il pas que l'adoptant soit d'âge à ne plus avoir d'enfants, et qu'avant d'adopter il ait cherché à en avoir ? Adopter, c'est demander à la religion et à la loi ce qu'on n'a pas pu obtenir de la nature[5]. » Cicéron attaque l'adoption de Clodius en se fondant sur ce que l'homme qui l'a adopté a déjà un fils, et il s'écrie que cette adoption est contraire au droit religieux.

Quand on adoptait un fils, il fallait avant tout l'initier à son culte, « l'introduire dans sa religion domestique, l'approcher de ses pénates[6] ». Aussi l'adoption s'opérait-elle par une cérémonie sacrée qui paraît avoir été assez semblable à celle qui marquait la naissance du fils. Par là le nouveau venu était admis au foyer et associé à la religion. Dieux, objets sacrés, rites, prières, tout lui devenait commun avec son père adoptif. On disait de lui *in sacra transiit*, il est passé au culte de sa nouvelle famille[7].

Par cela même il renonçait au culte de l'ancienne[8]. Nous avons vu, en effet, que d'après ces vieilles croyances le même homme ne pouvait pas sacrifier à deux foyers ni honorer deux séries d'ancêtres. Admis dans une nouvelle maison, la maison paternelle lui devenait étrangère. Il n'avait plus rien de commun avec le foyer qui l'avait vu naître et ne pouvait plus offrir le repas funèbre à ses propres ancêtres. Le lien de la naissance était brisé ; le lien nouveau du culte l'emportait[9]. L'homme devenait si complètement étranger à son ancienne famille que, s'il venait à mourir, son père naturel n'avait pas le droit de se charger de ses funérailles et de conduire son convoi. Le fils adopté ne pouvait plus rentrer dans son ancienne famille ; tout au plus la loi le lui permettait-elle, si, ayant un fils, il le laissait à sa place dans la famille adoptante. On considérait que, la perpétuité de cette famille étant ainsi assurée, il pouvait en sortir. Mais en ce cas il rompait tout lien avec son propre fils[10].

À l'adoption correspondait comme corrélatif l'émancipation. Pour qu'un fils pût entrer dans une nouvelle famille, il fallait nécessairement qu'il eût pu sortir de l'ancienne, c'est-à-dire qu'il eût été affranchi de sa religion[11]. Le principal effet de l'émancipation était le renoncement au culte de la famille où l'on était né. Les Romains désignaient cet acte par le nom bien significatif de *sacrorum detestatio*[12]. Le fils émancipé n'était plus, ni pour la religion ni pour le droit, membre de la famille.

Chapitre 5

De la parenté. De ce que les Romains appelaient agnation

Platon dit que la parenté est la communauté des mêmes dieux domestiques [1]. Deux frères, dit encore Plutarque, sont deux hommes qui ont le devoir de faire les mêmes sacrifices, d'avoir les mêmes dieux paternels, de partager le même tombeau [2]. Quand Démosthène veut prouver que deux hommes sont parents, il montre qu'ils pratiquent le même culte et offrent le repas funèbre au même tombeau. C'était, en effet, la religion domestique qui constituait la parenté. Deux hommes pouvaient se dire parents, lorsqu'ils avaient les mêmes dieux, le même foyer, le même repas funèbre.

Or nous avons observé précédemment que le droit de faire les sacrifices au foyer ne se transmettait que de mâle en mâle et que le culte des morts ne s'adressait aussi qu'aux ascendants en ligne masculine. Il résultait de cette règle religieuse que l'on ne pouvait pas être parent par les femmes. Dans l'opinion de ces générations anciennes, la femme ne transmettait ni l'existence ni le culte. Le fils tenait tout du père. On ne pouvait pas d'ailleurs appartenir à deux familles, invoquer deux foyers ; le fils n'avait donc d'autre religion ni d'autre famille que celle du père [3]. Comment aurait-il eu une famille maternelle ? Sa mère elle-même, le jour où les rites sacrés du mariage avaient été accomplis, avait renoncé d'une manière absolue à sa propre famille ; depuis ce temps, elle avait offert le repas funèbre aux ancêtres de l'époux, comme si elle était devenue leur fille, et elle ne l'avait plus offert à ses propres ancêtres, parce qu'elle n'était plus censée descendre d'eux. Elle n'avait conservé ni lien religieux ni lien de droit avec la famille où elle était née. À plus forte raison, son fils n'avait rien de commun avec cette famille.

Le principe de la parenté n'était pas l'acte matériel de la naissance ; c'était le culte. Cela se voit clairement dans l'Inde. Là, le chef de famille, deux fois par mois, offre le repas funèbre ; il présente un gâteau aux mânes de son père, un autre à son grand-père paternel, un troisième à son arrière-grand-père paternel, jamais à ceux dont il descend par les femmes. Puis, en remontant plus haut, mais toujours dans la même ligne, il fait une offrande au quatrième, au cinquième, au sixième ascendant. Seulement, pour ceux-ci, l'offrande est plus légère ; c'est une simple libation d'eau et quelques grains de riz. Tel est le repas funèbre ; et c'est d'après l'accomplissement de ces rites que l'on compte la parenté. Lorsque deux hommes qui accomplissent séparément leurs repas funèbres peuvent, en remontant chacun la série de leurs six ancêtres, en trouver un qui leur soit commun à tous deux, ces deux hommes sont parents. Ils se disent *samanodacas*, si l'ancêtre commun est de ceux à qui l'on n'offre que la libation d'eau, *sapindas*, s'il est de ceux à qui le gâteau est présenté[4]. À compter d'après nos usages, la parenté des *sapindas* irait jusqu'au septième degré, et celle des *samanodacas* jusqu'au quatorzième. Dans l'un et l'autre cas la parenté se reconnaît à ce qu'on fait l'offrande à un même ancêtre ; et l'on voit que dans ce système la parenté par les femmes ne peut pas être admise.

Il en était de même en Occident. On a beaucoup discuté sur ce que les jurisconsultes romains entendaient par l'agnation. Mais le problème devient facile à résoudre, dès que l'on rapproche l'agnation de la religion domestique. De même que la religion ne se transmettait que de mâle en mâle, de même il est attesté par tous les jurisconsultes anciens que deux hommes ne pouvaient être agnats entre eux que si, en remontant toujours de mâle en mâle, ils se trouvaient avoir des ancêtres communs[5]. La règle pour l'agnation était donc la même que pour le culte. Il y avait entre ces deux choses un rapport manifeste. L'agnation n'était autre chose que la parenté telle que la religion l'avait établie à l'origine.

Pour rendre cette vérité plus claire, traçons le tableau d'une famille romaine.

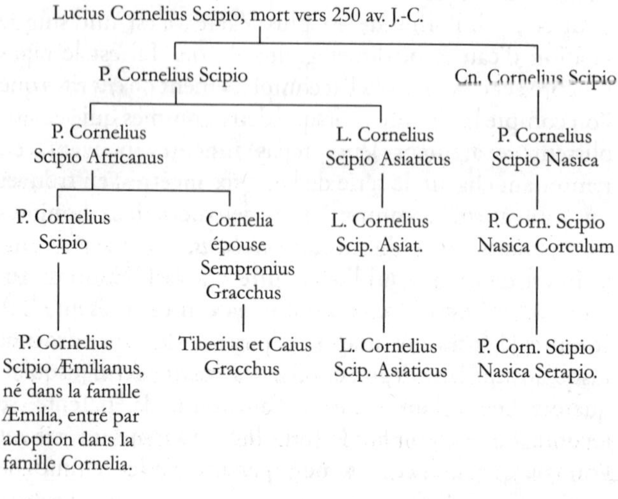

Dans ce tableau, la cinquième génération, qui vivait vers l'an 140 avant Jésus-Christ, est représentée par quatre personnages. Étaient-ils tous parents entre eux ? Ils le seraient d'après nos idées modernes ; ils ne l'étaient pas tous dans l'opinion des Romains. Examinons, en effet, s'ils avaient le même culte domestique, c'est-à-dire s'ils faisaient les offrandes aux mêmes ancêtres. Supposons le troisième Scipio Asiaticus, qui reste seul de sa branche, offrant au jour marqué le repas funèbre ; en remontant de mâle en mâle, il trouve pour troisième ancêtre Publius Scipio. De même Scipion Émilien, faisant son sacrifice, rencontrera dans la série de ses ascendants ce même Publius Scipio. Donc Scipio Asiaticus et Scipion Émilien sont parents entre eux ; chez les Hindous on les appellerait *sapindas*.

D'autre part, Scipion Sérapion a pour quatrième ancêtre Lucius Cornelius Scipio, qui est aussi le quatrième ancêtre de Scipion Émilien. Ils sont donc parents entre eux ; chez les Hindous on les appellerait *samanodacas*. Dans la langue juridique et religieuse de Rome, ces trois Scipions sont agnats ; les deux premiers le sont entre eux au sixième degré, le troisième l'est avec eux au huitième.

Il n'en est pas de même de Tiberius Gracchus. Cet homme qui, d'après nos coutumes modernes, serait le plus proche parent de Scipion Émilien, n'était pas même son parent au degré le plus éloigné. Peu importe, en effet, pour Tiberius qu'il soit fils de Cornélie, la fille des Scipions ; ni lui ni Cornélie elle-même n'appartiennent à cette famille par la religion. Il n'a pas d'autres ancêtres que les Sempronius ; c'est à eux qu'il offre le repas funèbre ; en remontant la série de ses ascendants, il ne rencontrera jamais qu'un Sempronius. Scipion Émilien et Tiberius Gracchus ne sont donc pas agnats. Le lien du sang ne suffit pas pour établir cette parenté, il faut le lien du culte.

On comprend d'après cela pourquoi, aux yeux de la loi romaine, deux frères consanguins étaient agnats et deux frères utérins ne l'étaient pas. Qu'on ne dise même pas que la descendance par les mâles était le principe immuable sur lequel était fondée la parenté. Ce n'était pas à la naissance, c'était au culte que l'on reconnaissait vraiment les agnats. En effet, le fils que l'émancipation avait détaché du culte n'était plus agnat de son père ; l'étranger qui avait été adopté, c'est-à-dire admis au culte, devenait l'agnat de l'adoptant et même de toute sa famille. Tant il est vrai que c'était la religion qui fixait la parenté.

Sans doute il est venu un temps, pour l'Inde et la Grèce comme pour Rome, où la parenté par le culte n'a plus été la seule qui fût admise. À mesure que cette vieille religion s'affaiblit, la voix du sang parla plus haut, et la parenté par la naissance fut reconnue en droit. Les Romains appelèrent *cognatio* cette sorte de parenté qui était absolument indépendante des règles de la religion domestique. Quand on lit les jurisconsultes depuis Cicéron jusqu'à Justinien, on voit les deux systèmes de parenté rivaliser entre eux et se disputer le domaine du droit. Mais au temps des Douze Tables, la seule parenté d'agnation était connue, et seule elle conférait des droit à l'héritage. On verra plus loin qu'il en a été de même chez les Grecs.

Chapitre 6

Le droit de propriété

Voici une institution des anciens dont il ne faut pas nous faire une idée d'après ce que nous voyons autour de nous. Les anciens ont fondé le droit de propriété sur des principes qui ne sont plus ceux des générations présentes ; il en est résulté que les lois par lesquelles ils l'ont garanti sont sensiblement différentes des nôtres.

On sait qu'il y a des races qui ne sont jamais arrivées à établir chez elles la propriété privée ; d'autres n'y sont parvenues qu'à la longue et péniblement. Ce n'est pas, en effet, un facile problème, à l'origine des sociétés, de savoir si l'individu peut s'approprier le sol et établir un si fort lien entre son être et une part de terre qu'il puisse dire : Cette terre est mienne, cette terre est comme une partie de moi. Les Tartares conçoivent le droit de propriété quand il s'agit des troupeaux, et ne le comprennent plus quand il s'agit du sol. Chez les anciens Germains, suivant quelques auteurs, la terre n'appartenait à personne ; chaque année la tribu assignait à chacun de ses membres un lot à cultiver, et on changeait de lot l'année suivante. Le Germain était propriétaire de la moisson ; il ne l'était pas de la terre. Il en est encore de même dans une partie de la race sémitique et chez quelques peuples slaves.

Au contraire, les populations de la Grèce et de l'Italie, dès l'Antiquité la plus haute, ont toujours connu et pratiqué la propriété privée. Il n'est resté aucun souvenir historique d'une époque où la terre ait été commune[1] ; et l'on ne voit non plus rien qui ressemble à ce partage annuel des champs qui est signalé chez les Germains. Il y a même un fait bien remarquable. Tandis que les races qui n'accordent pas à l'individu la propriété du sol lui accordent au moins celle des fruits de son travail, c'est-à-dire de sa récolte, c'était le contraire chez les Grecs. Dans quelques villes, les citoyens étaient astreints à mettre en commun leurs moissons, ou du moins la plus grande partie, et devaient les consommer en commun[2] ; l'individu n'était donc pas absolument maître du blé qu'il avait récolté ; mais en même temps, par une contradiction bien remarquable, il avait la propriété absolue du sol. La terre était à lui plus que la moisson. Il semble que chez les Grecs la conception du droit de propriété ait suivi une marche tout à fait opposée à celle qui paraît naturelle. Elle ne s'est pas appliquée à la moisson d'abord, et au sol ensuite. C'est l'ordre inverse qu'on a suivi.

Il y a trois choses que, dès l'âge le plus ancien, on trouve fondées et solidement établies dans ces sociétés grecques et italiennes : la religion domestique, la famille, le droit de propriété ; trois choses qui ont eu entre elles, à l'origine, un rapport manifeste, et qui paraissent avoir été inséparables.

L'idée de propriété privée était dans la religion même. Chaque famille avait son foyer et ses ancêtres. Ces dieux ne pouvaient être adorés que par elle, ne protégeaient qu'elle ; ils étaient sa propriété.

Or, entre ces dieux et le sol, les hommes des anciens âges voyaient un rapport mystérieux. Prenons d'abord le foyer : cet autel est le symbole de la vie sédentaire ; son nom seul l'indique[3]. Il doit être posé sur le sol ; une fois posé, on ne doit plus le changer de place. Le dieu de la famille veut avoir une demeure fixe ; matériellement, il est difficile de transporter la pierre sur laquelle il brille ; religieusement, cela est plus difficile encore et n'est permis à l'homme que si la dure nécessité le presse, si un ennemi le chasse ou si la terre ne peut pas le nourrir. Quand on pose le foyer, c'est avec la pensée et l'espérance qu'il restera toujours à cette même place. Le dieu s'installe là, non pas pour un jour, non pas même pour une vie d'homme, mais pour tout le temps que cette famille durera et qu'il restera quelqu'un pour entretenir sa flamme par le sacrifice. Ainsi le foyer prend possession du sol ; cette part de terre, il la fait sienne ; elle est sa propriété.

Et la famille, qui par devoir et par religion reste toujours groupée autour de son autel, se fixe au sol comme l'autel lui-même. L'idée de domicile vient naturellement. La famille est attachée au foyer, le foyer l'est au sol ; une relation étroite s'établit donc entre le sol et la famille. Là doit être sa demeure permanente, qu'elle ne songera pas à quitter, à moins qu'une force supérieure ne l'y contraigne. Comme le foyer, elle occupera toujours cette place. Cette place lui appartient ; elle est sa propriété, propriété non d'un homme seulement, mais d'une famille dont les différents membres doivent venir l'un après l'autre naître et mourir là.

Suivons les idées des anciens. Deux foyers représentent des divinités distinctes, qui ne s'unissent et qui ne se confondent jamais ; cela est si vrai que le mariage même entre deux familles n'établit pas d'alliance entre leurs dieux. Le foyer doit être isolé, c'est-à-dire séparé nettement de tout ce qui n'est pas lui ; il ne faut pas que l'étranger en approche au moment où les cérémonies du culte s'accomplissent, ni même qu'il ait vue sur lui : aussi appelle-t-on ces dieux les dieux cachés, μύχιοι, ou les dieux intérieurs, *Penates*. Pour que cette règle religieuse soit bien remplie, il faut qu'autour du foyer, à une certaine distance, il y ait une enceinte. Peu importe qu'elle soit formée par une haie, par une cloison de bois, ou par un mur de pierre. Quelle qu'elle soit, elle marque la limite qui sépare le domaine d'un foyer du domaine d'un autre foyer. Cette enceinte est réputée sacrée[4]. Il y a impiété à la franchir. Le dieu veille sur elle et la tient sous sa garde : aussi donne-t-on à ce dieu l'épithète de ἑρκεῖος[5]. Cette enceinte tracée par la religion et protégée par elle est l'emblème le plus certain, la marque la plus irrécusable du droit de propriété.

Reportons-nous aux âges primitifs de la race aryenne. L'enceinte sacrée que les Grecs appellent ἕρκος et les Latins *herctum*, c'est l'enclos assez étendu dans lequel la famille a sa maison, ses troupeaux, le petit champ qu'elle cultive. Au milieu s'élève le foyer protecteur. Descendons aux âges suivants : la population est arrivée jusqu'en Grèce et en Italie, et elle a bâti des villes. Les demeures se sont rapprochées ; elles ne sont pourtant pas contiguës. L'enceinte sacrée existe encore, mais dans de moindres proportions ; elle est le plus souvent réduite à un petit mur, à un fossé, à un sillon, ou à une simple bande de terre de quelques pieds de largeur. Dans tous les cas, deux maisons ne doivent pas se toucher ; la mitoyenneté est une chose réputée impossible. Le même mur ne peut pas être commun à deux maisons ; car alors l'enceinte sacrée des dieux domestiques aurait disparu. À Rome, la loi fixe à deux pieds et demi la largeur de l'espace libre qui doit toujours séparer deux maisons, et cet espace est consacré au « dieu de l'enceinte[6] ».

Il est résulté de ces vieilles règles religieuses que la vie en communauté n'a jamais pu s'établir chez les anciens. Le phalanstère n'y a jamais été connu. Pythagore même n'a pas réussi à établir des institutions auxquelles la religion intime des hommes résistait. On ne trouve non plus, à aucune époque de la vie des anciens, rien qui ressemble à cette promiscuité du village qui était générale en France au douzième siècle. Chaque famille, ayant ses dieux et son culte, a dû avoir aussi sa place particulière sur le sol, son domicile isolé, sa propriété.

Les Grecs disaient que le foyer avait enseigné à l'homme à bâtir des maisons[7]. En effet, l'homme qui était fixé par sa religion à une place qu'il ne croyait pas devoir jamais quitter a dû songer bien vite à élever en cet endroit une construction solide. La tente convient à l'Arabe, le chariot au Tartare, mais à une famille qui a un foyer domestique il faut une demeure qui dure. À la cabane de terre ou de bois a bientôt succédé la maison de pierre. On n'a pas bâti seulement pour une vie d'homme, mais pour la famille dont les générations devaient se succéder dans la même demeure.

La maison était toujours placée dans l'enceinte sacrée. Chez les Grecs on partageait en deux le carré que formait cette enceinte : la première partie était la cour ; la maison occupait la seconde partie. Le foyer, placé vers le milieu de l'enceinte totale, se trouvait ainsi au fond de la cour et près de l'entrée de la maison. À Rome la disposition était différente, mais le principe était le même. Le foyer restait placé au milieu de l'enceinte, mais les bâtiments s'élevaient autour de lui des quatre côtés, de manière à l'enfermer au milieu d'une petite cour.

On voit bien la pensée qui a inspiré ce système de construction : les murs se sont élevés autour du foyer pour l'isoler et le défendre, et l'on peut dire, comme disaient les Grecs, que la religion a enseigné à bâtir une maison.

Dans cette maison la famille est maîtresse et propriétaire ; c'est sa divinité domestique qui lui assure son droit. La maison est consacrée par la présence perpétuelle des dieux ; elle est le temple qui les garde. « Qu'y a-t-il de plus sacré, dit Cicéron, que la demeure de chaque homme ? Là est l'autel ; là brille le feu sacré ; là sont les choses saintes et la religion[8]. » À pénétrer dans cette maison avec des intentions malveillantes il y avait sacrilège. Le domicile était inviolable. Suivant une tradition romaine, le dieu domestique repoussait le voleur et écartait l'ennemi[9].

Passons à un autre objet du culte, le tombeau, et nous verrons que les mêmes idées s'y attachaient. Le tombeau avait une grande importance dans la religion des anciens ; car d'une part on devait un culte aux ancêtres, et d'autre part la principale cérémonie de ce culte, c'est-à-dire le repas funèbre, devait être accomplie sur le lieu même où les ancêtres reposaient[10]. La famille avait donc un tombeau commun où ses membres devaient venir reposer l'un après l'autre. Pour ce tombeau la règle était la même que pour le foyer : il n'était pas plus permis d'unir deux familles dans une même sépulture qu'il ne l'était d'unir deux foyers domestiques en une seule maison. C'était une égale impiété d'enterrer un mort hors du tombeau de sa famille ou de placer dans ce tombeau le corps d'un étranger[11]. La religion domestique, soit dans la vie, soit dans la mort, séparait chaque famille de toutes les autres et écartait sévèrement toute apparence de communauté. De même que les maisons ne devaient pas être contiguës, les tombeaux ne devaient pas se toucher ; chacun d'eux avait, comme la maison, une sorte d'enceinte isolante.

Combien le caractère de propriété privée est manifeste en tout cela ! Les morts sont des dieux qui appartiennent en propre à une famille et qu'elle a seule le droit d'invoquer. Ces morts ont pris possession du sol ; ils vivent sous ce petit tertre, et nul, s'il n'est de la famille, ne peut penser à se mêler à eux. Personne d'ailleurs n'a le droit de les déposséder du sol qu'ils occupent ; un tombeau, chez les anciens, ne peut jamais être détruit ni déplacé[12] ; les lois les plus sévères le défendent. Voilà donc une part de sol qui, au nom de la religion, devient un objet de propriété perpétuelle pour chaque famille. La famille s'est approprié cette terre en y plaçant ses morts ; elle s'est implantée là pour toujours. Le rejeton vivant de cette famille peut dire légitimement : Cette terre est à moi. Elle est tellement à lui qu'elle est inséparable de lui et qu'il n'a pas le droit de s'en dessaisir. Le sol où reposent les morts est inaliénable et imprescriptible. La loi romaine exige que, si une famille vend le champ où est son tombeau, elle reste au moins propriétaire de ce tombeau et conserve éternellement le droit de traverser le champ pour aller accomplir les cérémonies de son culte[13].

L'ancien usage était d'enterrer les morts, non pas dans des cimetières ou sur les bords d'une route, mais dans le champ de chaque famille. Cette habitude des temps antiques est attestée par une loi de Solon et par plusieurs passages de Plutarque[14]. On voit dans un plaidoyer de

Démosthène que, de son temps encore, chaque famille enterrait ses morts dans son champ, et lorsqu'on achetait un domaine dans l'Attique, on y trouvait la sépulture des anciens propriétaires[15]. Pour l'Italie, cette même coutume nous est attestée par une loi des Douze Tables, par les textes de deux jurisconsultes, et par cette phrase de Siculus Flaccus : « Il y avait anciennement deux manières de placer le tombeau, les uns le mettaient à la limite du champ, les autres vers le milieu[16]. »

D'après cet usage on conçoit que l'idée de la propriété se soit facilement étendue du petit tertre où reposaient les morts au champ qui entourait ce tertre. On peut lire dans le livre du vieux Caton une formule par laquelle le laboureur italien priait les mânes de veiller sur son champ, de faire bonne garde contre le voleur, et de faire produire bonne récolte. Ainsi ces âmes des morts étendaient leur action tutélaire et avec elle leur droit de propriété jusqu'aux limites du domaine. Par elles la famille était maîtresse unique dans ce champ. La sépulture avait établi l'union indissoluble de la famille avec la terre, c'est-à-dire la propriété.

Chez la plupart des sociétés primitives, c'est par la religion que le droit de propriété a été établi. Dans la Bible, le Seigneur dit à Abraham : « Je suis l'Éternel qui t'ai fait sortir de Ur des Chaldéens, afin de te donner ce pays », et à Moïse : « Je vous ferai entrer dans le pays que j'ai juré de donner à Abraham, et je vous le donnerai en héritage. » Ainsi Dieu, propriétaire primitif par droit de création, délègue à l'homme sa propriété sur une partie du sol[17]. Il y a eu quelque chose d'analogue chez les anciennes populations gréco-italiennes. Il est vrai que ce n'est pas la religion de Jupiter qui a fondé ce droit, peut-être parce qu'elle n'existait pas encore. Les dieux qui conférèrent à chaque famille son droit sur la terre, ce furent les dieux domestiques, le foyer et les mânes. La première religion qui eut l'empire sur leurs âmes fut aussi celle qui constitua chez eux la propriété.

Il est assez évident que la propriété privée était une institution dont la religion domestique ne pouvait pas se passer. Cette religion prescrivait d'isoler le domicile et d'isoler aussi la sépulture : la vie en commun a donc été impossible. La même religion commandait que le foyer fût fixé au sol, que le tombeau ne fût ni détruit ni déplacé. Supprimez la propriété, le foyer sera errant, les familles se mêleront, les morts seront abandonnés et sans culte. Par le foyer inébranlable et la sépulture permanente, la famille a pris possession du sol ; la terre a été, en quelque sorte, imbue et pénétrée par la religion du foyer et des ancêtres. Ainsi l'homme des anciens âges fut dispensé de résoudre de trop difficiles problèmes. Sans discussion, sans travail, sans l'ombre d'une hésitation, il arriva d'un seul coup et par la vertu de ses seules croyances à la conception du droit de propriété, de ce droit d'où sort toute civilisation, puisque par lui l'homme améliore la terre et devient lui-même meilleur.

Ce ne furent pas les lois qui garantirent d'abord le droit de propriété, ce fut la religion. Chaque domaine était sous les yeux des divinités domestiques qui veillaient sur lui[18]. Chaque champ devait être entouré, comme nous l'avons vu pour la maison, d'une enceinte qui le séparât nettement des domaines des autres familles. Cette enceinte n'était pas un mur de pierre : c'était une bande de terre de quelques pieds de large, qui devait rester inculte et que la charrue ne devait jamais toucher. Cet espace était sacré : la loi romaine le déclarait imprescriptible[19] ; il appartenait à la religion. À certains jours marqués du mois et de l'année, le père de famille faisait le tour de son champ, en suivant cette ligne ; il poussait devant lui des victimes, chantait des hymnes, et offrait des sacrifices[20]. Par cette cérémonie il croyait avoir éveillé la bienveillance de ses dieux à l'égard de son champ et de sa maison ; il avait surtout marqué son droit de propriété en promenant autour de son champ son culte domestique. Le chemin qu'avaient suivi les victimes et les prières était la limite inviolable du domaine.

Sur cette ligne, de distance en distance, l'homme plaçait quelques grosses pierres ou quelques troncs d'arbres, que l'on appelait des *termes*. On peut juger ce que c'était que ces bornes et quelles idées s'y attachaient par la manière dont la piété des hommes les posait en terre. « Voici, dit Siculus Flaccus, ce que nos ancêtres pratiquaient : ils commençaient par creuser une petite fosse et, dressant le Terme sur le bord, ils le couronnaient de guirlandes d'herbes et de fleurs. Puis ils offraient un sacrifice ; la victime immolée, ils en faisaient couler le sang dans la fosse ; ils y jetaient des charbons allumés (allumés probablement au feu sacré du foyer), des grains, des gâteaux, des fruits, un peu de vin et de miel. Quand tout cela s'était consumé dans la fosse, sur les cendres encore chaudes on enfonçait la pierre ou le morceau de bois[21]. » On voit clairement que cette cérémonie avait pour objet de faire du Terme une sorte de représentant sacré du culte domestique. Pour lui continuer ce caractère, chaque année on renouvelait sur lui l'acte sacré, en versant des libations et en récitant des prières. Le Terme posé en terre, c'était donc, en quelque sorte, la religion domestique implantée dans le sol, pour marquer que ce sol était à jamais la propriété de la famille. Plus tard, la poésie aidant, le Terme fut considéré comme un dieu distinct et personnel.

L'usage des Termes ou bornes sacrées des champs paraît avoir été universel dans la race indo-européenne. Il existait chez les Hindous dans une haute Antiquité, et les cérémonies sacrées du bornage avaient chez eux une grande analogie avec celles que Siculus Flaccus a décrites pour l'Italie[22]. Avant Rome, nous trouvons le Terme chez les Sabins[23] ; nous le trouvons encore chez les Étrusques. Les Hellènes avaient aussi des bornes sacrées qu'ils appelaient ὅροι, θεοὶ ὅριοι[24].

Le Terme une fois posé suivant les rites, il n'était aucune puissance au monde qui pût le déplacer. Il devait rester au même endroit de toute éternité. Ce principe religieux était exprimé à Rome par une légende : Jupiter, ayant voulu se faire une place sur le mont Capitolin pour y avoir un temple, n'avait pas pu déposséder le dieu Terme. Cette vieille tradition montre combien la propriété était sacrée ; car le terme immobile ne signifie pas autre chose que la propriété inviolable.

Le Terme gardait, en effet, la limite du champ, et veillait sur elle. Le voisin n'osait pas en approcher de trop près : « car alors, comme dit Ovide, le dieu, qui se sentait heurté par le soc ou le hoyau, criait : Arrête, ceci est mon champ, voilà le tien[25]. » Pour empiéter sur le champ d'une famille, il fallait renverser ou déplacer une borne : or, cette borne était un dieu. Le sacrilège était horrible et le châtiment sévère ; la vieille loi romaine disait : « S'il a touché le Terme du soc de sa charrue, que l'homme et ses bœufs soient voués aux dieux infernaux[26] » ; cela signifiait que l'homme et les bœufs seraient immolés en expiation. La loi étrusque, parlant au nom de la religion, s'exprimait ainsi : « Celui qui aura touché ou déplacé la borne sera condamné par les dieux ; sa maison disparaîtra, sa race s'éteindra ; sa terre ne produira plus de fruits ; la grêle, la rouille, les feux de la canicule, détruiront ses moissons ; les membres du coupable se couvriront d'ulcères et tomberont de consomption[27]. »

Nous ne possédons pas le texte de la loi athénienne sur le même sujet ; il ne nous en est resté que trois mots qui signifient : « Ne dépasse pas la borne. » Mais Platon paraît compléter la pensée du législateur quand il dit : « Notre première loi doit être celle-ci : Que personne ne touche à la borne qui sépare son champ de celui du voisin, car elle doit rester immobile. Que nul ne s'avise d'ébranler la petite pierre qui sépare l'amitié de l'inimitié, la pierre qu'on s'est engagé par serment à laisser à sa place[28]. »

De toutes ces croyances, de tous ces usages, de toutes ces lois, il résulte clairement que c'est la religion domestique qui a appris à l'homme à s'approprier la terre, et qui lui a assuré son droit sur elle.

On comprend sans peine que le droit de propriété, ayant été ainsi conçu et établi, ait été beaucoup plus complet et plus absolu dans ses effets qu'il ne peut l'être dans nos sociétés modernes, où il est fondé sur d'autres principes. La propriété était tellement inhérente à la religion domestique qu'une famille ne pouvait pas plus renoncer à l'une qu'à l'autre. La maison et le champ étaient comme incorporés à elle, et elle ne pouvait ni les perdre ni s'en dessaisir. Platon, dans son traité des *Lois*, ne prétendait pas avancer une nouveauté quand il défendait au propriétaire de vendre son champ : il ne faisait que rappeler une vieille loi. Tout porte à croire que dans les anciens temps la propriété était inaliénable. Il est assez connu qu'à Sparte il était formellement défendu de vendre sa terre[29]. La même interdiction était écrite dans les lois de Locres et de Leucade[30]. Phidon de Corinthe, législateur du IXe siècle, prescrivait que le nombre des familles et des propriétés restât immuable[31]. Or, cette prescription ne pouvait être observée que s'il était interdit à chaque famille de vendre sa terre et même de la partager. La loi de Solon, postérieure de sept ou huit générations à celle de Phidon de Corinthe, ne défendait plus à l'homme de vendre sa propriété, mais elle frappait le vendeur d'une peine sévère, la perte des droits du citoyen[32]. Enfin Aristote nous apprend d'une manière générale que dans beaucoup de villes les anciennes législations interdisaient la vente des terres[33].

De telles lois ne doivent pas nous surprendre. Fondez la propriété sur le droit du travail, l'homme pourra s'en dessaisir. Fondez-la sur la religion, il ne le pourra plus : un lien plus fort que la volonté de l'homme unit la terre à lui. D'ailleurs ce champ où est le tombeau, où vivent les ancêtres divins, où la famille doit à jamais accomplir un culte, n'est pas la propriété d'un homme seulement, mais d'une famille. Ce n'est pas l'individu actuellement vivant qui a établi son droit sur cette terre : c'est le dieu domestique. L'individu ne l'a qu'en dépôt ; elle appartient à ceux qui sont morts et à ceux qui sont à naître. Elle fait corps avec cette famille et ne peut plus s'en séparer. Détacher l'une de l'autre, c'est altérer un culte et offenser une religion. Chez les Hindous, la propriété, fondée aussi sur le culte, était aussi inaliénable[34].

Nous ne connaissons le droit romain qu'à partir des Douze Tables ; il est clair qu'à cette époque la vente de la propriété était permise. Mais il y a des raisons de penser que, dans les premiers temps de Rome, et dans l'Italie avant l'existence de Rome, la terre était inaliénable comme en Grèce. S'il ne reste aucun témoignage de cette vieille loi, on distingue du moins les adoucissements qui y ont été apportés peu à peu. La loi des Douze Tables, en laissant au tombeau le caractère d'inaliénabilité, en a affranchi le champ. On a permis ensuite de diviser la propriété, s'il y avait plusieurs frères, mais à la condition qu'une nouvelle cérémonie religieuse serait accomplie : la religion seule pouvait partager ce que la religion avait autrefois proclamé indivisible. On a permis enfin de vendre le domaine ; mais il a fallu encore pour cela des formalités d'un caractère religieux. Cette vente ne pouvait avoir lieu qu'en présence du *libripens* et avec tous les rites symboliques de la *mancipation*. Quelque chose d'analogue se voit en Grèce : la vente d'une maison ou d'un fonds de terre était accompagnée d'un sacrifice aux dieux[35]. Il semble que toute mutation de propriété eût besoin d'être autorisée par la religion.

Si l'homme ne pouvait pas ou ne pouvait que difficilement se dessaisir de sa terre, à plus forte raison ne devait-on pas l'en dépouiller malgré lui. L'expropriation pour cause d'utilité publique était inconnue chez les anciens. La confiscation n'était pratiquée que comme conséquence de l'arrêt d'exil[36], c'est-à-dire lorsque l'homme dépouillé de son titre de citoyen ne pouvait plus exercer aucun droit sur le sol de la cité. L'expropriation pour dettes ne se rencontre jamais non plus dans le droit ancien des cités[37]. La loi des Douze Tables ne ménage assurément pas le débiteur ; elle ne permet pourtant pas que sa propriété soit confisquée au profit du créancier. Le corps de l'homme répond de la dette, non sa terre, car la terre est inséparable de la famille. Il est plus facile de mettre l'homme en servitude que de lui enlever un droit de propriété qui appartient à sa famille plus qu'à lui-même ; le débiteur est mis entre les mains de son créancier ; sa terre le suit en quelque sorte dans son esclavage. Le maître qui use à son profit des forces physiques de l'homme jouit de même des fruits de la terre, mais il ne devient pas propriétaire de celle-ci. Tant le droit de propriété est au-dessus de tout et inviolable [38] !

Chapitre 7
Le droit de succession

1. *Nature et principe du droit de succession chez les anciens.*

Le droit de propriété ayant été établi pour l'accomplissement d'un culte héréditaire, il n'était pas possible que ce droit fût éteint après la courte existence d'un individu. L'homme meurt, le culte reste ; le foyer ne doit pas s'éteindre ni le tombeau être abandonné. La religion domestique se continuant, le droit de propriété doit se continuer avec elle.

Deux choses sont liées étroitement dans les croyances comme dans les lois des anciens, le culte d'une famille et la propriété de cette famille. Aussi était-ce une règle sans exception, dans le droit grec comme dans le droit romain, qu'on ne pût pas acquérir la propriété sans le culte ni le culte sans la propriété. « La religion prescrit, dit Cicéron, que les biens et le culte de chaque famille soient inséparables, et que le soin des sacrifices soit toujours dévolu à celui à qui revient l'héritage[1]. » À Athènes, voici en quels termes un plaideur réclame une succession : « Réfléchissez bien, juges, et dites lequel de mon adversaire ou de moi doit hériter des biens de Philoctémon et faire les sacrifices sur son tombeau[2] ». Peut-on dire plus clairement que le soin du culte est inséparable de la succession ? Il en est de même dans l'Inde : « La personne qui hérite, quelle qu'elle soit, est chargée de faire les offrandes sur le tombeau[3]. »

De ce principe sont venues toutes les règles du droit de succession chez les anciens. La première est que, la religion domestique étant, comme nous l'avons vu, héréditaire de mâle en mâle, la propriété l'est aussi. Comme le fils est le continuateur naturel et obligé du culte, il hérite aussi des biens. Par là, la règle d'hérédité est trouvée ; elle n'est pas le résultat d'une simple convention faite entre les hommes ; elle dérive de leurs croyances, de leur religion, de ce qu'il y a de plus puissant sur leurs âmes. Ce qui fait que le fils hérite, ce n'est pas la volonté personnelle du père. Le père n'a pas besoin de faire un testament ; le fils hérite de son plein droit, *ipso jure heres exsistit*, dit le jurisconsulte. Il est même héritier nécessaire, *heres necessarius*[4]. Il n'a ni à accepter ni à refuser l'héritage. La continuation de la propriété, comme celle du culte, est pour lui une obligation autant qu'un droit. Qu'il le veuille ou ne le veuille pas, la succession lui incombe, quelle qu'elle puisse être, même avec ses charges et ses dettes. Le bénéfice d'inventaire et le bénéfice d'abstention ne sont pas admis pour le fils dans le droit grec et ne se sont introduits que fort tard dans le droit romain.

La langue juridique de Rome appelle le fils *heres suus*, comme si l'on disait *heres sui ipsius*. Il n'hérite, en effet, que de lui-même. Entre le père et lui il n'y a ni donation, ni legs, ni mutation de propriété. Il y a simplement continuation, *morte parentis continuatur dominium*. Déjà du vivant du père le fils était copropriétaire du champ et de la maison, *vivo quoque patre dominus existimatur*[5].

Pour se faire une idée vraie de l'hérédité chez les anciens, il ne faut pas se figurer une fortune qui passe d'une main dans une autre main. La fortune est immobile comme le foyer et le tombeau auxquels elle est attachée. C'est l'homme qui passe. C'est l'homme qui, à mesure que la famille déroule ses générations, arrive à son heure marquée pour continuer le culte et prendre soin du domaine.

2. *Le fils hérite, non la fille.*

C'est ici que les lois anciennes, à première vue, semblent bizarres et injustes. On éprouve quelque surprise lorsqu'on voit dans le droit romain que la fille n'hérite pas du père, si elle est mariée, et dans le droit grec, qu'elle n'hérite en aucun cas. Ce qui concerne les collatéraux paraît, au premier abord, encore plus éloigné de la nature et de la justice. C'est que toutes ces lois découlent, non pas de la logique et de la raison, non pas du sentiment de l'équité, mais des croyances et de la religion qui régnaient sur les âmes.

La règle pour le culte est qu'il se transmet de mâle en mâle ; la règle pour l'héritage est qu'il suit le culte. La fille n'est pas apte à continuer la religion paternelle, puisqu'elle se marie et qu'en se mariant elle renonce au culte du père pour adopter celui de l'époux : elle n'a donc aucun titre à l'héritage. S'il arrivait qu'un père laissât ses biens à sa fille, la propriété serait séparée du culte, ce qui n'est pas admissible. La fille ne pourrait même pas remplir le premier devoir de l'héritier, qui est de continuer la série des repas funèbres, puisque c'est aux ancêtres de son mari qu'elle offre les sacrifices. La religion lui défend donc d'hériter de son père.

Tel est l'antique principe ; il s'impose également aux législateurs des Hindous, à ceux de la Grèce et à ceux de Rome. Les trois peuples ont les mêmes lois, non qu'ils se soient fait des emprunts, mais parce qu'ils ont tiré leurs lois des mêmes croyances.

« Après la mort du père, dit le code de Manou, que les frères se partagent entre eux le patrimoine » ; et le législateur ajoute qu'il recommande aux frères de doter leurs sœurs, ce qui achève de montrer que celles-ci n'ont par elles-mêmes aucun droit à la succession paternelle.

Il en est de même à Athènes. Les orateurs attiques, dans leurs plaidoyers, ont souvent l'occasion de montrer que les filles n'héritent pas[6]. Démosthène est lui-même un exemple de l'application de cette règle, car il avait une sœur, et nous savons par ses propres écrits qu'il a été l'unique héritier du patrimoine ; son père en avait réservé seulement la septième partie pour doter sa fille.

Pour ce qui est de Rome, les dispositions du droit primitif nous sont très imparfaitement connues. Nous ne possédons de ces époques anciennes aucun texte de loi qui soit relatif au droit de succession de la fille ; nous n'avons aucun document analogue aux plaidoyers d'Athènes ; nous sommes réduits enfin à chercher les faibles traces du droit primitif dans un droit très postérieur et très différent. Gaïus et les *Institutes* de Justinien rappellent encore que la fille n'est au nombre des héritiers naturels qu'autant qu'elle se trouve en puissance du père au moment de la mort de celui-ci[7] : or, elle n'y est plus, si elle a été mariée suivant les rites religieux. À supposer donc qu'avant d'être mariée elle pût partager l'héritage avec un frère, elle ne le pouvait certainement plus dès que la *confarreatio* l'avait fait sortir de la famille paternelle pour l'attacher à celle du mari. Il est bien vrai que, non mariée, la loi ne la privait pas formellement de sa part d'héritage ; mais il faut se demander si, dans la pratique, elle pouvait être véritablement héritière. Or, on ne doit pas perdre de vue que cette fille était placée sous la tutelle de son frère ou de ses agnats, qu'elle y restait toute sa vie, que la tutelle de l'ancien droit était établie dans l'intérêt des biens, non de la fille, et qu'elle avait pour objet la conservation des biens dans la famille[8] ; qu'enfin la fille ne pouvait à aucun âge se marier ni changer de famille sans l'autorisation de son tuteur. Ces faits, qui sont bien avérés, permettent de croire qu'il y avait, sinon dans les lois, au moins dans la pratique et dans les mœurs, une série de difficultés qui s'opposaient à ce que la fille fût aussi complètement propriétaire de sa part de patrimoine que le fils l'était de la sienne. Nous n'avons pas la preuve que la fille fût exclue de l'héritage, mais nous avons la certitude que, mariée, elle n'héritait pas de son père, et que, non mariée, elle ne pouvait jamais disposer de ce dont elle avait hérité. Si elle était héritière, elle ne l'était que provisoirement, sous conditions, presque en simple usufruit ; elle n'avait le droit ni de tester ni d'aliéner sans l'autorisation de ce frère ou de ces agnats qui devaient après sa mort hériter de ses biens et qui de son vivant en avaient la garde[9].

Il est encore une autre remarque qu'on doit faire. Les *Institutes* de Justinien rappellent le vieux principe, alors tombé en désuétude, mais non oublié, qui prescrivait que l'héritage passât toujours aux mâles[10]. C'est sans doute en souvenir de cette règle que la femme, en droit civil, ne pouvait jamais être instituée héritière. Plus nous remontons de l'époque de Justinien vers les époques anciennes, plus nous nous rapprochons d'une règle qui interdit aux femmes d'hériter. Au temps de Cicéron, si un père laisse un fils et une fille, il ne peut léguer à sa fille qu'un tiers de sa fortune ; s'il n'y a qu'une fille unique, elle ne peut encore avoir que la moitié. Encore doit-on noter que, pour que cette fille ait le tiers ou la moitié du patrimoine, il faut que le père ait fait un testament en sa faveur ; la fille n'a rien de son plein droit[11]. Enfin un siècle et demi avant Cicéron, Caton, voulant faire revivre les anciennes mœurs, avait fait porter la loi Voconia qui défendait : 1° d'instituer héritière une femme, fût-ce une fille unique, mariée ou non mariée ; 2° de léguer à des femmes plus de la moitié du patrimoine[12]. La loi Voconia ne fit que renouveler des lois plus anciennes, car on ne peut pas supposer qu'elle eût été acceptée par les contemporains des Scipions, si elle ne s'était appuyée sur de vieux principes qu'on respectait encore. Elle visait à rétablir ce que le temps avait altéré. Ce qu'il y a d'ailleurs de plus curieux dans cette loi Voconia, c'est qu'elle ne stipule rien au sujet de l'hérédité *ab intestat*. Or, un tel silence ne peut pas signifier qu'en ce cas la fille fût héritière légitime : car il n'est pas admissible que la loi interdise à la fille d'hériter de son père par testament, si elle est déjà héritière de plein droit sans testament. Ce silence signifie plutôt que le législateur n'avait eu rien à dire de l'hérédité *ab intestat* parce que sur ce point les vieilles règles s'étaient mieux maintenues.

Ainsi, sans qu'on puisse affirmer que la fille fût nettement exclue de la succession, il est du moins certain que l'antique loi romaine, aussi bien que la loi grecque, donnait à la fille une situation fort inférieure à celle du fils, et c'était la conséquence naturelle et inévitable des principes que la religion avait gravés dans tous les esprits.

Il est vrai que les hommes trouvèrent de bonne heure un détour pour concilier la prescription religieuse qui défendait à la fille d'hériter avec le sentiment naturel qui voulait qu'elle pût jouir de la fortune du père. Cela est frappant surtout dans le droit grec.

La législation athénienne visait manifestement à ce que la fille, faute d'être héritière, épousât du moins l'héritier. Si, par exemple, le défunt avait laissé un fils et une fille, la loi autorisait le mariage entre le frère et la sœur, pourvu qu'ils ne fussent pas nés de la même mère. Le frère, seul héritier, pouvait à son choix épouser sa sœur ou la doter [13].

Si un père n'avait qu'une fille, il pouvait adopter un fils et lui donner sa fille en mariage. Il pouvait encore instituer par testament un héritier qui épousait sa fille [14].

Si le père d'une fille unique mourait sans avoir adopté ni testé, l'ancien droit voulait que son plus proche parent fût son héritier [15] ; mais cet héritier avait l'obligation d'épouser la fille. C'est en vertu de ce principe que le mariage de l'oncle avec la nièce était autorisé et même exigé par la loi [16]. Il y a plus : si cette fille se trouvait déjà mariée, elle devait quitter son mari pour épouser l'héritier de son père [17]. L'héritier pouvait être déjà marié lui-même ; il devait divorcer pour épouser sa parente [18]. Nous voyons ici combien le droit antique, pour s'être conformé à la religion, a méconnu la nature [19].

La nécessité de satisfaire à la religion, combinée avec le désir de sauver les intérêts d'une fille unique, fit trouver un autre détour. Sur ce point-ci le droit hindou et le droit athénien se rencontraient merveilleusement. On lit dans les Lois de Manou : « Celui qui n'a pas d'enfant mâle peut charger sa fille de lui donner un fils qui devienne le sien et qui accomplisse en son honneur la cérémonie funèbre. » Pour cela, le père doit prévenir l'époux auquel il donne sa fille, en prononçant cette formule : « Je te donne, parée de bijoux, cette fille qui n'a pas de frère ; le fils qui en naîtra sera mon fils et célébrera mes obsèques[20]. » L'usage était le même à Athènes ; le père pouvait faire continuer sa descendance par sa fille, en la donnant à un mari avec cette condition spéciale. Le fils qui naissait d'un tel mariage était réputé fils du père de la femme ; il suivait son culte, assistait à ses actes religieux, et plus tard il entretenait son tombeau[21]. Dans le droit hindou cet enfant héritait de son grand-père comme s'il eût été son fils ; il en était exactement de même à Athènes. Lorsqu'un père avait marié sa fille unique de la façon que nous venons de dire, son héritier n'était ni sa fille ni son gendre, c'était le *fils de la fille*[22]. Dès que celui-ci avait atteint sa majorité, il prenait possession du patrimoine de son grand-père maternel, quoique son père et sa mère fussent encore vivants[23].

Ces singulières tolérances de la religion et de la loi confirment la règle que nous indiquions plus haut. La fille n'était pas apte à hériter. Mais par un adoucissement fort naturel de la rigueur de ce principe la fille unique était considérée comme un intermédiaire par lequel la famille pouvait se continuer. Elle n'héritait pas, mais le culte et l'héritage se transmettaient par elle.

3. *De la succession collatérale.*

Un homme mourait sans enfants ; pour savoir quel était l'héritier de ses biens, on n'avait qu'à chercher quel devait être le continuateur de son culte.

Or, la religion domestique se transmettait par le sang, de mâle en mâle. La descendance en ligne masculine établissait seule entre deux hommes le rapport religieux qui permettait à l'un de continuer le culte de l'autre. Ce qu'on appelait la parenté n'était pas autre chose, comme nous l'avons vu plus haut, que l'expression de ce rapport. On était parent parce qu'on avait un même culte, un même foyer originaire, les mêmes ancêtres. Mais on n'était pas parent pour être sorti du même sein maternel ; la religion n'admettait pas de parenté par les femmes. Les enfants de deux sœurs ou d'une sœur et d'un frère n'avaient entre eux aucun lien et n'appartenaient ni à la même religion domestique ni à la même famille.

Ces principes réglaient l'ordre de la succession. Si un homme ayant perdu son fils et sa fille ne laissait que des petits-fils après lui, le fils de son fils héritait, mais non pas le fils de sa fille. À défaut de descendants, il avait pour héritier son frère, non pas sa sœur ; le fils de son frère, non pas le fils de sa sœur. À défaut de frères et de neveux, il fallait remonter dans la série des ascendants du défunt, toujours dans la ligne masculine, jusqu'à ce qu'on trouvât une branche qui se fût détachée de la famille par un mâle ; puis on redescendait dans cette branche de mâle en mâle, jusqu'à ce qu'on trouvât un homme vivant : c'était l'héritier.

Ces règles ont été également en vigueur chez les Hindous, chez les Grecs, chez les Romains. Dans l'Inde « l'héritage appartient au plus proche sapinda ; à défaut de sapinda, au samanodaca [24] ». Or, nous avons vu que la parenté qu'exprimaient ces deux mots était la parenté religieuse ou parenté par les mâles, et correspondait à l'agnation romaine.

Voici maintenant la loi d'Athènes : « Si un homme est mort sans enfant, l'héritier est le frère du défunt, pourvu qu'il soit frère consanguin ; à défaut de lui, le fils du frère : *car la succession passe toujours aux mâles et aux descendants des mâles*[25]. » On citait encore cette vieille loi au temps de Démosthène, bien qu'elle eût été déjà modifiée et qu'on eût commencé d'admettre à cette époque la parenté par les femmes.

Les Douze Tables décidaient de même que, si un homme mourait sans *héritier sien*, la succession appartenait au plus proche agnat. Or, nous avons vu qu'on n'était jamais agnat par les femmes. L'ancien droit romain spécifiait encore que le neveu héritait du *patruus*, c'est-à-dire du frère de son père, et n'héritait pas de *l'avunculus*, frère de sa mère[26]. Si l'on se reporte au tableau que nous avons tracé de la famille des Scipions, on remarquera que, Scipion Émilien étant mort sans enfants, son héritage ne devait passer ni à Cornélie sa tante ni à C. Gracchus, qui d'après nos idées modernes serait son cousin germain, mais à Scipion Asiaticus, qui était suivant le droit des anciens son parent le plus proche.

Au temps de Justinien, le législateur ne comprenait plus ces vieilles lois ; elles lui paraissaient iniques, et il accusait de rigueur excessive le droit des Douze Tables « qui accordait toujours la préférence à la postérité masculine et excluait de l'héritage ceux qui n'étaient liés au défunt que par les femmes[27] ». Droit inique, si l'on veut, car il ne tenait pas compte de la nature, mais droit singulièrement logique, car, partant du principe que l'héritage était lié au culte, il écartait de l'héritage ceux que la religion n'autorisait pas à continuer le culte.

4. *Effets de l'émancipation et de l'adoption.*

Nous avons vu précédemment que l'émancipation et l'adoption produisaient pour l'homme un changement de culte. La première le détachait du culte paternel, la seconde l'initiait à la religion d'une autre famille. Ici encore le droit ancien se conformait aux règles religieuses. Le fils qui avait été exclu du culte paternel par l'émancipation était écarté aussi de l'héritage[28]. Au contraire, l'étranger qui avait été associé au culte d'une famille par l'adoption y devenait un fils, y continuait le culte et héritait des biens. Dans l'un et l'autre cas, l'ancien droit tenait plus de compte du lien religieux que du lien de naissance.

Comme il était contraire à la religion qu'un même homme eût deux cultes domestiques, il ne pouvait pas non plus hériter de deux familles. Aussi le fils adoptif, qui héritait de la famille adoptante, n'héritait-il pas de sa famille naturelle. Le droit athénien était très explicite sur cet objet. Les plaidoyers des orateurs attiques nous montrent souvent des hommes qui ont été adoptés dans une famille et qui veulent hériter de celle où ils sont nés. Mais la loi s'y oppose. L'homme adopté ne peut hériter de sa propre famille qu'en y rentrant ; il n'y peut rentrer qu'en renonçant à la famille d'adoption ; et il ne peut sortir de celle-ci qu'à deux conditions : l'une, qu'il abandonne le patrimoine de cette famille ; l'autre, que le culte domestique, pour la continuation duquel il a été adopté, ne cesse pas par son abandon ; et pour cela il doit laisser dans cette famille un fils qui le remplace[29]. Ce fils prend le soin du culte et la possession des biens ; le père alors peut retourner à sa famille de naissance et hériter d'elle. Mais ce père et ce fils ne peuvent plus hériter l'un de l'autre ; ils ne sont pas de la même famille, ils ne sont pas parents.

On voit bien quelle était la pensée du vieux législateur quand il établissait ces règles si minutieuses. Il ne jugeait pas possible que deux héritages fussent réunis sur une même tête, parce que deux cultes domestiques ne pouvaient pas être servis par la même main.

5. *Le testament n'était pas connu à l'origine.*

Le droit de tester, c'est-à-dire de disposer de ses biens après sa mort pour les faire passer à d'autres qu'à l'héritier naturel, était en opposition avec les croyances religieuses qui étaient le fondement du droit de propriété et du droit de succession. La propriété étant inhérente au culte, et le culte étant héréditaire, pouvait-on songer au testament ? D'ailleurs la propriété n'appartenait pas à l'individu, mais à la famille ; car l'homme ne l'avait pas acquise par le droit du travail, mais par le culte domestique. Attachée à la famille, elle se transmettait du mort au vivant, non d'après la volonté et le choix du mort, mais en vertu de règles supérieures que la religion avait établies.

L'ancien droit hindou ne connaissait pas le testament. Le droit athénien, jusqu'à Solon, l'interdisait d'une manière absolue[30], et Solon lui-même ne l'a permis qu'à ceux qui ne laissaient pas d'enfants[31]. Le testament a été longtemps interdit ou ignoré à Sparte, et n'a été autorisé que postérieurement à la guerre du Péloponnèse[32]. On a conservé le souvenir d'un temps où il en était de même à Corinthe et à Thèbes[33]. Il est certain que la faculté de léguer arbitrairement ses biens ne fut pas reconnue d'abord comme un droit naturel ; le principe constant des époques anciennes fut que toute propriété devait rester dans la famille à laquelle la religion l'avait attachée.

Platon, dans son traité des *Lois*, qui n'est en grande partie qu'un commentaire sur les lois athéniennes, explique très clairement la pensée des anciens législateurs. Il suppose qu'un homme, à son lit de mort, réclame la faculté de faire un testament et qu'il s'écrie : « Ô dieux ! n'est-il pas bien dur que je ne puisse disposer de mon bien comme je l'entends et en faveur de qui il me plaît, laissant plus à celui-ci, moins à celui-là, suivant l'attachement qu'ils m'ont fait voir ? » Mais le législateur répond à cet homme : « Toi qui ne peux te promettre plus d'un jour, toi qui ne fais que passer ici-bas, est-ce bien à toi de décider de telles affaires ? Tu n'es le maître ni de tes biens, ni de toi-même, toi et tes biens, tout cela appartient à ta famille, c'est-à-dire à tes ancêtres et à ta postérité[34]. »

L'ancien droit de Rome est pour nous très obscur ; il l'était déjà pour Cicéron. Ce que nous en connaissons ne remonte guère plus haut que les Douze Tables, qui ne sont assurément pas le droit primitif de Rome, et dont il ne nous reste d'ailleurs que quelques débris. Ce code autorise le testament ; encore le fragment qui est relatif à cet objet est-il trop court et trop évidemment incomplet pour que nous puissions nous flatter de connaître les vraies dispositions du législateur en cette matière ; en accordant la faculté de tester, nous ne savons pas quelles réserves et quelles conditions il pouvait y mettre[35]. Avant les Douze Tables nous n'avons aucun texte de loi qui interdise ou qui permette le testament. Mais la langue conservait le souvenir d'un temps où il n'était pas connu ; car elle appelait le fils *héritier sien et nécessaire*. Cette formule que Gaïus et Justinien employaient encore, mais qui n'était plus d'accord avec la législation de leur temps, venait sans nul doute d'une époque lointaine où le fils ne pouvait ni être déshérité ni refuser l'héritage. Le père n'avait donc pas la libre disposition de sa fortune. Le testament n'était pas absolument inconnu, mais il était fort difficile. Il y fallait de grandes formalités. D'abord le secret n'était pas accordé au testateur de son vivant ; l'homme qui déshéritait sa famille et violait la loi que la religion avait établie devait le faire publiquement, au grand jour, et assumer sur lui de son vivant tout l'odieux qui s'attachait à un tel acte. Ce n'est pas tout : il fallait encore que la volonté du testateur reçût l'approbation de l'autorité souveraine, c'est-à-dire du peuple assemblé par curies sous la présidence du pontife[36]. Ne croyons pas que ce ne fût là qu'une vaine formalité, surtout dans les premiers siècles. Ces comices par curies étaient la réunion la plus solennelle de la cité romaine ; et il serait puéril de dire que l'on convoquait un peuple, sous la présidence de son chef religieux, pour assister comme simple témoin à la lecture d'un testament. On peut croire que le peuple votait, et cela était même, si l'on y réfléchit, tout à fait nécessaire ; il y avait, en effet, une loi générale qui réglait l'ordre de la succession d'une manière rigoureuse ; pour que cet ordre fût modifié dans un cas particulier, il fallait une autre loi. Cette loi d'exception était le testament. La faculté de tester n'était donc pas pleinement reconnue à l'homme, et ne pouvait pas l'être tant que cette société restait sous l'empire de la vieille religion. Dans les croyances de ces âges anciens, l'homme vivant n'était que le représentant pour quelques années d'un être constant et immortel, qui était la famille. Il n'avait qu'en dépôt le culte et la propriété ; son droit sur eux cessait avec sa vie.

6. *Antique indivision du patrimoine.*

Il faut nous reporter au-delà des temps dont l'histoire a conservé le souvenir, vers ces siècles éloignés pendant lesquels les institutions domestiques se sont établies et les institutions sociales se sont préparées. De cette époque il ne reste et ne peut rester aucun monument écrit. Mais les lois qui régissaient alors les hommes ont laissé quelques traces dans le droit des époques suivantes.

Dans ces temps lointains on distingue une institution qui a dû régner longtemps, qui a exercé une influence considérable sur la constitution future des sociétés, et sans laquelle cette constitution ne pourrait pas s'expliquer. C'est l'indivision du patrimoine avec une sorte de droit d'aînesse.

La vieille religion établissait une différence entre le fils aîné et le cadet : « L'aîné, disaient les anciens Aryas, a été engendré pour l'accomplissement du devoir envers les ancêtres, les autres sont nés de l'amour. » En vertu de cette supériorité originelle, l'aîné avait le privilège, après la mort du père, de présider à toutes les cérémonies du culte domestique ; c'était lui qui offrait les repas funèbres et qui prononçait les formules de prière : « car le droit de prononcer les prières appartient à celui des fils qui est venu au monde le premier ». L'aîné était donc l'héritier des hymnes, le continuateur du culte, le chef religieux de la famille. De cette croyance découlait une règle de droit : l'aîné seul héritait des biens. Ainsi le disait un vieux texte que le dernier rédacteur des Lois de Manou insérait encore dans son code : « L'aîné prend possession du patrimoine entier, et les autres frères vivent sous son autorité comme ils vivaient sous celle de leur père. Le fils aîné acquitte la dette envers les ancêtres, il doit donc tout avoir[37]. »

Le droit grec est issu des mêmes croyances religieuses que le droit hindou : il n'est donc pas étonnant d'y trouver aussi, à l'origine, le droit d'aînesse. À Sparte les parts de propriété établies à l'origine étaient indivisibles et le cadet n'avait aucune part. Il en était de même dans beaucoup d'anciennes législations qu'Aristote avait étudiées ; il nous apprend, en effet, que celle de Thèbes prescrivait d'une manière absolue que le nombre des lots de terre restât immuable, ce qui excluait certainement le partage entre frères. Une ancienne loi de Corinthe voulait aussi que le nombre des familles fût invariable, ce qui ne pouvait être qu'autant que le droit d'aînesse empêchait les familles de se démembrer à chaque génération[38].

Chez les Athéniens, il ne faut pas s'attendre à trouver cette vieille institution encore en vigueur au temps de Démosthène ; mais il subsistait encore à cette époque ce qu'on appelait le privilège de l'aîné[39]. Il consistait, paraît-il, à garder, en dehors du partage, la maison paternelle ; avantage matériellement considérable, et plus considérable encore au point de vue religieux, car la maison paternelle contenait l'ancien foyer de la famille. Tandis que le cadet, au temps de Démosthène, allait allumer un foyer nouveau, l'aîné, seul véritablement héritier, restait en possession du foyer paternel et du tombeau des ancêtres ; seul aussi il gardait le nom de la famille[40]. C'étaient les vestiges d'un temps où il avait eu seul le patrimoine.

On peut remarquer que l'iniquité du droit d'aînesse, outre qu'elle ne frappait pas les esprits sur lesquels la religion était toute-puissante, était corrigée par plusieurs coutumes des anciens. Tantôt le cadet était adopté dans une autre famille et il en héritait ; tantôt il épousait une fille unique ; quelquefois enfin il recevait le lot de terre d'une famille éteinte. Toutes ces ressources faisant défaut, les cadets étaient envoyés en colonie.

Pour ce qui est de Rome, nous n'y trouvons aucune loi qui se rapporte au droit d'aînesse. Mais il ne faut pas conclure de là qu'il ait été inconnu dans l'antique Italie. Il a pu disparaître et le souvenir même s'en effacer. Ce qui permet de croire qu'au-delà des temps à nous connus il avait été en vigueur, c'est que l'existence de la *gens* romaine et sabine ne s'expliquerait pas sans lui. Comment une famille aurait-elle pu arriver à contenir plusieurs milliers de personnes libres, comme la famille Claudia, ou plusieurs centaines de combattants, tous patriciens, comme la famille Fabia, si le droit d'aînesse n'en eût maintenu l'unité pendant une longue suite de générations et ne l'eût accrue de siècle en siècle en l'empêchant de se morceler ? Ce vieux droit d'aînesse se prouve par ses conséquences et, pour ainsi dire, par ses œuvres.

Il faut d'ailleurs bien entendre que le droit d'aînesse n'était pas la spoliation des cadets au profit de l'aîné. Le code de Manou en explique le sens quand il dit : « Que l'aîné ait pour ses jeunes frères l'affection d'un père pour ses fils, et que ceux-ci à leur tour le respectent comme un père. » Dans la pensée des anciens âges, le droit d'aînesse impliquait toujours la vie commune. Il n'était au fond que la jouissance des biens en commun par tous les frères sous la prééminence de l'aîné. Il représentait l'indivision du patrimoine comme l'indivision de la famille. C'est en ce sens que nous pouvons croire qu'il a été en vigueur dans le plus antique droit de Rome, ou au moins dans ses mœurs, et qu'il a été la source de la *gens* romaine[41].

Chapitre 8

L'AUTORITÉ DANS LA FAMILLE

1. *Principe et nature de la puissance paternelle chez les anciens.*

La famille n'a pas reçu ses lois de la cité. Si c'était la cité qui eût établi le droit privé, il est probable qu'elle l'eût fait tout différent de ce que nous l'avons vu. Elle eût réglé d'après d'autres principes le droit de propriété et le droit de succession ; car il n'était pas de son intérêt que la terre fût inaliénable et le patrimoine indivisible. La loi qui permet au père de vendre et même de tuer son fils, loi que nous trouvons en Grèce comme à Rome, n'a pas été imaginée par la cité. La cité aurait plutôt dit au père : « La vie de ta femme et de ton enfant ne t'appartient pas plus que leur liberté, je les protégerai, même contre toi ; ce n'est pas toi qui les jugeras, qui les tueras, s'ils ont failli : je serai leur seul juge. » Si la cité ne parle pas ainsi, c'est apparemment qu'elle ne le peut pas. Le droit privé existait avant elle. Lorsqu'elle a commencé à écrire ses lois, elle a trouvé ce droit déjà établi, vivant, enraciné dans les mœurs, fort de l'adhésion universelle. Elle l'a accepté, ne pouvant pas faire autrement, et elle n'a osé le modifier qu'à la longue. L'ancien droit n'est pas l'œuvre d'un législateur ; il s'est, au contraire, imposé au législateur. C'est dans la famille qu'il a pris naissance. Il est sorti spontanément et tout formé des antiques principes qui la constituaient. Il a découlé des croyances religieuses qui étaient universellement admises dans l'âge primitif de ces peuples et qui exerçaient l'empire sur les intelligences et sur les volontés.

Une famille se compose d'un père, d'une mère, d'enfants, d'esclaves. Ce groupe, si petit qu'il soit, doit avoir sa discipline. À qui donc appartiendra l'autorité première ? Au père ? Non. Il y a dans chaque maison quelque chose qui est au-dessus du père lui-même : c'est la religion domestique, c'est ce dieu que les Grecs appellent le foyer-maître, ἑστία δέσποινα, que les Latins nomment *Lar familiæ Pater*[1]. Cette divinité intérieure, ou, ce qui revient au même, la croyance qui est dans l'âme humaine, voilà l'autorité la moins discutable. C'est elle qui va fixer les rangs dans la famille.

Le père est le premier près du foyer ; il l'allume et l'entretient ; il en est le pontife. Dans tous les actes religieux il remplit la plus haute fonction ; il égorge la victime ; sa bouche prononce la formule de prière qui doit attirer sur lui et les siens la protection des dieux. La famille et le culte se perpétuent par lui ; il représente à lui seul toute la série des descendants. Sur lui repose le culte domestique ; il peut presque dire comme l'Hindou : C'est moi qui suis le dieu. Quand la mort viendra, il sera un être divin que les descendants invoqueront.

La religion ne place pas la femme à un rang aussi élevé. Il est vrai qu'elle prend part aux actes religieux, mais elle n'est pas la maîtresse du foyer. Elle ne tient pas sa religion de la naissance ; elle y a été seulement initiée par le mariage ; elle a appris de son mari la prière qu'elle prononce. Elle ne représente pas les ancêtres, puisqu'elle ne descend pas d'eux. Elle ne deviendra pas elle-même un ancêtre ; mise au tombeau, elle n'y recevra pas un culte spécial. Dans la mort comme dans la vie, elle ne compte que comme un membre de son époux.

Le droit grec, le droit romain, le droit hindou, qui dérivent de ces croyances religieuses, s'accordent à considérer la femme comme toujours mineure. Elle ne peut jamais avoir un foyer à elle, elle n'est jamais chef de culte. À Rome, elle reçoit le titre de *materfamilias*, mais elle le perd, si son mari meurt[2]. N'ayant jamais un foyer qui lui appartienne, elle n'a rien de ce qui donne l'autorité dans la maison. Jamais elle ne commande ; elle n'est même jamais libre ni maîtresse d'elle-même, *sui juris*. Elle est toujours près du foyer d'un autre, répétant la prière d'un autre ; pour tous les actes de la vie religieuse il lui faut un chef, et pour tous les actes de la vie civile un tuteur.

La loi de Manou dit : « La femme, pendant son enfance, dépend de son père ; pendant sa jeunesse, de son mari ; son mari mort, de ses fils ; si elle n'a pas de fils, des proches parents de son mari ; car une femme ne doit jamais se gouverner à sa guise[3]. » Les lois grecques et romaines disent la même chose. Fille, elle est soumise à son père ; le père mort, à ses frères, et à ses agnats[4] ; mariée, elle est sous la tutelle du mari ; le mari mort, elle ne retourne pas dans sa propre famille, car elle a renoncé à elle pour toujours par le mariage sacré[5] ; la veuve reste soumise à la tutelle des agnats de son mari c'est-à-dire de ses propres fils, s'il y en a[6], ou, à défaut de fils, des plus proches parents[7]. Son mari a une telle autorité sur elle, qu'il peut, avant de mourir, lui désigner un tuteur et même lui choisir un second mari[8].

Pour marquer la puissance du mari sur la femme, les Romains avaient une très ancienne expression que leurs jurisconsultes ont conservée ; c'est le mot *manus*. Il n'est pas aisé d'en découvrir le sens primitif. Les commentateurs en font l'expression de la force matérielle, comme si la femme était placée sous la main brutale du mari. Il y a grande apparence qu'ils se trompent. La puissance du mari sur la femme ne résultait nullement de la force plus grande du premier. Elle dérivait, comme tout le droit privé, des croyances religieuses qui plaçaient l'homme au-dessus de la femme. Ce qui le prouve, c'est que la femme qui n'avait pas été mariée suivant les rites sacrés, et qui, par conséquent, n'avait pas été associée au culte, n'était pas soumise à la puissance maritale [9]. C'était le mariage qui faisait la subordination et en même temps la dignité de la femme. Tant il est vrai que ce n'est pas le droit du plus fort qui a constitué la famille !

Passons à l'enfant. Ici la nature parle d'elle-même assez haut ; elle veut que l'enfant ait un protecteur, un guide, un maître. La religion est d'accord avec la nature ; elle dit que le père sera le chef du culte et que le fils devra seulement l'aider dans ses fonctions saintes. Mais la nature n'exige cette subordination que pendant un certain nombre d'années ; la religion exige davantage. La nature fait au fils une majorité ; la religion ne lui en accorde pas. D'après les antiques principes, le foyer est indivisible et la propriété l'est comme lui ; les frères ne se séparent pas à la mort de leur père ; à plus forte raison ne peuvent-ils pas se détacher de lui de son vivant. Dans la rigueur du droit primitif, les fils restent liés au foyer du père et, par conséquent, soumis à son autorité ; tant qu'il vit, ils sont mineurs.

On conçoit que cette règle n'ait pu durer qu'autant que la vieille religion domestique était en pleine vigueur. Cette sujétion sans fin du fils au père disparut de bonne heure à Athènes. À Rome, la vieille règle fut scrupuleusement conservée : le fils ne put jamais entretenir un foyer particulier du vivant du père ; même marié, même ayant des enfants, il fut toujours en puissance [10].

Du reste, il en était de la puissance paternelle comme de la puissance maritale ; elle avait pour principe et pour condition le culte domestique. Le fils né du concubinat n'était pas placé sous l'autorité du père. Entre le père et lui il n'existait pas de communauté religieuse : il n'y avait donc rien qui conférât à l'un l'autorité et qui commandât à l'autre l'obéissance. La paternité ne donnait, par elle seule, aucun droit au père.

Grâce à la religion domestique, la famille était un petit corps organisé, une petite société qui avait son chef et son gouvernement. Rien, dans notre société moderne, ne peut nous donner une idée de cette puissance paternelle. Dans cette Antiquité, le père n'est pas seulement l'homme fort qui protège et qui a aussi le pouvoir de se faire obéir : il est le prêtre, il est l'héritier du foyer, le continuateur des aïeux, la tige des descendants, le dépositaire des rites mystérieux du culte et des formules secrètes de la prière. Toute la religion réside en lui.

Le nom même dont on l'appelle, *pater*, porte en soi de curieux enseignements. Le mot est le même en grec, en latin, en sanscrit : d'où l'on peut déjà conclure que ce mot date d'un temps où les ancêtres des Hellènes, des Italiens et des Hindous, vivaient encore ensemble dans l'Asie centrale. Quel en était le sens et quelle idée présentait-il alors à l'esprit des hommes ? On peut le savoir, car il a gardé cette signification première dans les formules de la langue religieuse et dans celles de la langue juridique. Lorsque les anciens, en invoquant Jupiter, l'appelaient *pater hominum Deorumque*, ils ne voulaient pas dire que Jupiter fût le père des dieux et des hommes ; car ils ne l'ont jamais considéré comme tel, et ils ont cru, au contraire, que le genre humain existait avant lui. Le même titre de *pater* était donné à Neptune, à Apollon, à Bacchus, à Vulcain, à Pluton, que les hommes assurément ne considéraient pas comme leurs pères[11] ; ainsi le titre de *mater* s'appliquait à Minerve, à Diane, à Vesta, qui étaient réputées trois déesses vierges. De même dans la langue juridique le titre de *pater* ou *paterfamilias* pouvait être donné à un homme qui n'avait pas d'enfants, qui n'était pas marié, qui n'était même pas en âge de contracter le mariage[12]. L'idée de paternité ne s'attachait donc pas à ce mot. La vieille langue en avait un autre qui désignait proprement le père et qui, aussi ancien que *pater*, se trouve, comme lui, dans les langues des Grecs, des Romains et des Hindous (*gânitar*, γεννητήρ, *genitor*). Le mot *pater* avait un autre sens. Dans la langue religieuse on l'appliquait à tous les dieux ; dans la langue du droit, à tout homme qui ne dépendait d'aucun autre et qui avait autorité sur une famille et sur un domaine, *paterfamilias*. Les poètes nous montrent qu'on l'employait à l'égard de tous ceux qu'on voulait honorer. L'esclave et le client le donnaient à leur maître. Il était synonyme des mots *rex*, ἄναξ, βασιλεύς. Il contenait en lui, non pas l'idée de paternité, mais celle de puissance, d'autorité, de dignité majestueuse.

Qu'un tel mot se soit appliqué au père de famille jusqu'à pouvoir devenir peu à peu son nom le plus ordinaire, voilà assurément un fait bien significatif et qui paraîtra grave à quiconque veut connaître les antiques institutions. L'histoire de ce mot suffit pour nous donner une idée de la puissance que le père a exercée longtemps dans la famille, et du sentiment de vénération qui s'attachait à lui comme à un pontife et à un souverain.

2. *Énumération des droits qui composaient la puissance paternelle.*

Les lois grecques et romaines ont reconnu au père cette puissance illimitée dont la religion l'avait d'abord revêtu. Les droits très nombreux et très divers qu'elles lui ont conférés peuvent être rangés en trois catégories, suivant que l'on considère le père de famille comme chef religieux, comme maître de la propriété ou comme juge.

I. Le père est le chef suprême de la religion domestique ; il règle toutes les cérémonies du culte comme il l'entend ou plutôt comme il a vu faire à son père. Personne dans la famille ne conteste sa suprématie sacerdotale. La cité elle-même et ses pontifes ne peuvent rien changer à son culte. Comme prêtre du foyer, il ne reconnaît aucun supérieur.

À titre de chef religieux, c'est lui qui est responsable de la perpétuité du culte et, par conséquent, de celle de la famille. Tout ce qui touche à cette perpétuité, qui est son premier soin et son premier devoir, dépend de lui seul. De là dérive toute une série de droits :

Droit de reconnaître l'enfant à sa naissance ou de le repousser. Ce droit est attribué au père par les lois grecques[13] aussi bien que par les lois romaines. Tout barbare qu'il est, il n'est pas en contradiction avec les principes sur lesquels la famille est fondée. La filiation, même incontestée, ne suffit pas pour entrer dans le cercle sacré de la famille : il faut le consentement du chef et l'initiation au culte. Tant que l'enfant n'est pas associé à la religion domestique, il n'est rien pour le père.

Droit de répudier la femme, soit en cas de stérilité, parce qu'il ne faut pas que la famille s'éteigne, soit en cas d'adultère, parce que la famille et la descendance doivent être pures de toute altération.

Droit de marier la fille, c'est-à-dire de céder à un autre la puissance qu'on a sur elle. Droit de marier le fils : le mariage du fils intéresse la perpétuité de la famille.

Droit d'émanciper, c'est-à-dire d'exclure un fils de la famille et du culte. Droit d'adopter, c'est-à-dire d'introduire un étranger près du foyer domestique.

Droit de désigner en mourant un tuteur à sa femme et à ses enfants.

Il faut remarquer que tous ces droits étaient attribués au père seul, à l'exclusion de tous les autres membres de la famille. La femme n'avait pas le droit de divorcer, du moins dans les époques anciennes. Même quand elle était veuve, elle ne pouvait ni émanciper ni adopter. Elle n'était jamais tutrice, même de ses enfants. En cas de divorce, les enfants restaient avec le père, même les filles. Elle n'avait jamais ses enfants en sa puissance. Pour le mariage de sa fille, son consentement n'était pas demandé[14].

II. On a vu plus haut que la propriété n'avait pas été conçue, à l'origine, comme un droit individuel, mais comme un droit de famille. La fortune appartenait, comme dit formellement Platon et comme disent implicitement tous les anciens législateurs, aux ancêtres et aux descendants. Cette propriété, par sa nature même, ne se partageait pas. Il ne pouvait y avoir dans chaque famille qu'un propriétaire, qui était la famille même, et qu'un usufruitier, qui était le père. Ce principe explique plusieurs dispositions de l'ancien droit.

La propriété ne pouvant pas se partager et reposant tout entière sur la tête du père, ni la femme ni le fils n'avaient rien en propre. Le régime dotal était alors inconnu et eût été impraticable. La dot de la femme appartenait sans réserve au mari, qui exerçait sur les biens dotaux non seulement les droits d'un administrateur, mais ceux d'un propriétaire. Tout ce que la femme pouvait acquérir durant le mariage tombait dans les mains du mari. Elle ne reprenait même pas sa dot en devenant veuve[15].

Le fils était dans les mêmes conditions que la femme : il ne possédait rien. Aucune donation faite par lui n'était valable, par la raison qu'il n'avait rien à lui. Il ne pouvait rien acquérir ; les fruits de son travail, les bénéfices de son commerce étaient pour son père. Si un testament était fait en sa faveur par un étranger, c'était son père et non pas lui qui recevait le legs. Par là s'explique le texte du droit romain qui interdit tout contrat de vente entre le père et le fils. Si le père eût vendu au fils, il se fût vendu à lui-même, puisque le fils n'acquérait que pour le père[16].

On voit dans le droit romain et l'on trouve aussi dans les lois d'Athènes que le père pouvait vendre son fils[17]. C'est que le père pouvait disposer de toute la propriété qui était dans la famille, et que le fils lui-même pouvait être envisagé comme une propriété, puisque ses bras et son travail étaient une source de revenu. Le père pouvait donc à son choix, garder pour lui cet instrument de travail ou le céder à un autre. Le céder, c'était ce qu'on appelait vendre le fils. Les textes que nous avons du droit romain ne nous renseignent pas clairement sur la nature de ce contrat de vente et sur les réserves qui pouvaient y être contenues. Il paraît certain que le fils ainsi vendu ne devenait pas tout à fait l'esclave de l'acheteur. Le père pouvait stipuler dans le contrat que le fils lui serait revendu. Il gardait alors sa puissance sur lui, et, après l'avoir repris, il pouvait le vendre encore[18]. La loi des Douze Tables autorisa cette opération jusqu'à trois fois, mais déclara qu'après cette triple vente le fils serait enfin affranchi de la puissance paternelle[19]. On peut juger par là combien, dans le droit antique, l'autorité du père était absolue[20].

III. Plutarque nous apprend qu'à Rome les femmes ne pouvaient pas paraître en justice, même comme témoins[21]. On lit dans le jurisconsulte Gaïus : « Il faut savoir qu'on ne peut rien céder en justice aux personnes qui sont en puissance, c'est-à-dire à la femme, au fils, à l'esclave. Car de ce que ces personnes ne pouvaient rien avoir en propre on a conclu avec raison qu'elles ne pouvaient non plus rien revendiquer en justice. Si votre fils, soumis à votre puissance, a commis un délit, l'action en justice est donnée contre vous. Le délit commis par un fils contre son père ne donne lieu à aucune action en justice[22]. » De tout cela il résulte clairement que la femme et le fils ne pouvaient être ni demandeurs, ni défendeurs, ni accusateurs, ni accusés, ni témoins. De toute la famille, il n'y avait que le père qui pût paraître devant le tribunal de la cité ; la justice publique n'existait que pour lui. Aussi était-il responsable des délits commis par les siens.

Si la justice, pour le fils et la femme, n'était pas dans la cité, c'est qu'elle était dans la maison. Leur juge était le chef de famille, siégeant comme sur un tribunal, en vertu de son autorité maritale ou paternelle, au nom de la famille et sous les yeux des divinités domestiques[23].

Tite-Live raconte que le Sénat voulant extirper de Rome les Bacchanales, décréta la peine de mort contre ceux qui y avaient pris part. Le décret fut aisément exécuté à l'égard des citoyens. Mais à l'égard des femmes, qui n'étaient pas les moins coupables, une difficulté grave se présentait : les femmes n'étaient pas justiciables de l'État, la famille seule avait le droit de les juger. Le Sénat respecta ce vieux principe et laissa aux maris et aux pères la charge de prononcer contre les femmes la sentence de mort[24].

Ce droit de justice que le chef de famille exerçait dans sa maison était complet et sans appel. Il pouvait condamner à mort, comme faisait le magistrat dans la cité ; aucune autorité n'avait le droit de modifier ses arrêts. « Le mari, dit Caton l'Ancien, est juge de sa femme ; son pouvoir n'a pas de limite ; il peut ce qu'il veut. Si elle a commis quelque faute, il la punit ; si elle a bu du vin, il la condamne ; si elle a eu commerce avec un autre homme, il la tue. » Le droit était le même à l'égard des enfants. Valère-Maxime cite un certain Atilius qui tua sa fille coupable d'impudicité, et tout le monde connaît ce père qui mit à mort son fils, complice de Catilina[25].

Les faits de cette nature sont nombreux dans l'histoire romaine. Ce serait s'en faire une idée fausse que de croire que le père eût le droit absolu de tuer sa femme et ses enfants. Il était leur juge. S'il les frappait de mort, ce n'était qu'en vertu de son droit de justice. Comme le père de famille était seul soumis au jugement de la cité, la femme et le fils ne pouvaient trouver d'autre juge que lui. Il était dans l'intérieur de sa famille l'unique magistrat.

Il faut d'ailleurs remarquer que l'autorité paternelle n'était pas une puissance arbitraire, comme le serait celle qui dériverait du droit du plus fort. Elle avait son principe dans les croyances qui étaient au fond des âmes, et elle trouvait ses limites dans ces croyances mêmes. Par exemple, le père avait le droit d'exclure le fils de sa famille, mais il savait bien que s'il le faisait, la famille courait risque de s'éteindre et les mânes de ses ancêtres de tomber dans l'éternel oubli. Il avait le droit d'adopter l'étranger, mais la religion lui défendait de le faire, s'il avait un fils. Il était propriétaire unique des biens, mais il n'avait pas, dû moins à l'origine, le droit de les aliéner. Il pouvait répudier sa femme, mais pour le faire il fallait qu'il osât briser le lien religieux que le mariage avait établi. Ainsi la religion imposait au père autant d'obligations qu'elle lui conférait de droits.

Telle a été longtemps la famille antique. Les croyances qu'il y avait dans les esprits ont suffi, sans qu'on eût besoin du droit de la force ou de l'autorité d'un pouvoir social pour la constituer régulièrement, pour lui donner une discipline, un gouvernement, une justice et pour fixer dans tous ses détails le droit privé.

Chapitre 9

L'ANTIQUE MORALE DE LA FAMILLE

L'histoire n'étudie pas seulement les faits matériels et les institutions ; son véritable objet d'étude est l'âme humaine ; elle doit aspirer à connaître ce que cette âme a cru, a pensé, a senti aux différents âges de la vie du genre humain.

Nous avons montré, au début de ce livre, d'antiques croyances que l'homme s'était faites sur sa destinée après la mort. Nous avons dit ensuite comment ces croyances avaient engendré les institutions domestiques et le droit privé. Il reste à chercher quelle a été l'action de ces croyances sur la morale dans les sociétés primitives. Sans prétendre que cette vieille religion ait créé les sentiments moraux dans le cœur de l'homme, on peut croire du moins qu'elle s'est associée à eux pour les fortifier, pour leur donner une autorité plus grande, pour assurer leur empire et leur droit de direction sur la conduite de l'homme, quelquefois aussi pour les fausser.

La religion de ces premiers âges était exclusivement domestique ; la morale l'était aussi. La religion ne disait pas à l'homme, en lui montrant un autre homme : Voilà ton frère. Elle lui disait : Voilà un étranger ; il ne peut pas participer aux actes religieux de ton foyer ; il ne peut pas approcher du tombeau de ta famille, il a d'autres dieux que toi et il ne peut pas s'unir à toi par une prière commune ; tes dieux repoussent son adoration et le regardent comme leur ennemi ; il est ton ennemi aussi.

Dans cette religion du foyer, l'homme ne prie jamais la divinité en faveur des autres hommes ; il ne l'invoque que pour soi et les siens. Un proverbe grec est resté comme un souvenir et un vestige de cet ancien isolement de l'homme dans la prière. Au temps de Plutarque on disait encore à l'égoïste : Tu sacrifies au foyer[1]. Cela signifiait : Tu t'éloignes de tes concitoyens, tu n'as pas d'amis, tes semblables ne sont rien pour toi, tu ne vis que pour toi et les tiens. Ce proverbe était l'indice d'un temps où, toute religion étant autour du foyer, l'horizon de la morale et de l'affection ne dépassait pas non plus le cercle étroit de la famille.

Il est naturel que l'idée morale ait eu son commencement et ses progrès comme l'idée religieuse. Le dieu des premières générations, dans cette race, était bien petit ; peu à peu les hommes l'ont fait plus grand : ainsi la morale, fort étroite d'abord et fort incomplète, s'est insensiblement élargie jusqu'à ce que, de progrès en progrès, elle arrivât à proclamer le devoir d'amour envers tous les hommes. Son point de départ fut la famille, et c'est sous l'action des croyances de la religion domestique que les devoirs ont apparu d'abord aux yeux de l'homme.

Qu'on se figure cette religion du foyer et du tombeau, à l'époque de sa pleine vigueur. L'homme voit tout près de lui la divinité. Elle est présente, comme la conscience même, à ses moindres actions. Cet être fragile se trouve sous les yeux d'un témoin qui ne le quitte pas. Il ne se sent jamais seul. À côté de lui, dans sa maison, dans son champ, il a des protecteurs pour le soutenir dans les labeurs de la vie et des juges pour punir ses actions coupables. « Les Lares, disent les Romains, sont des divinités redoutables qui sont chargées de châtier les humains et de veiller sur tout ce qui se passe dans l'intérieur des maisons. » – « Les Pénates, disent-ils encore, sont les dieux qui nous font vivre ; ils nourrissent notre corps et règlent notre âme[2]. »

On aimait à donner au foyer l'épithète de chaste[3] et l'on croyait qu'il commandait aux hommes la chasteté. Aucun acte matériellement ou moralement impur ne devait être commis à sa vue.

Les premières idées de faute, de châtiment, d'expiation, semblent être venues de là. L'homme qui se sent coupable ne peut plus approcher de son propre foyer ; son dieu le repousse. Pour quiconque a versé le sang, il n'y a plus de sacrifice permis, plus de libation, plus de prière, plus de repas sacré. Le dieu est si sévère qu'il n'admet aucune excuse ; il ne distingue pas entre un meurtre involontaire et un crime prémédité. La main tachée de sang ne peut plus toucher les objets sacrés[4]. Pour que l'homme puisse reprendre son culte et rentrer en possession de son dieu, il faut au moins qu'il se purifie par une cérémonie expiatoire[5]. Cette religion connaît la miséricorde ; elle a des rites pour effacer les souillures de l'âme ; si étroite et si grossière qu'elle soit, elle sait consoler l'homme de ses fautes mêmes.

Si elle ignore absolument les devoirs de charité, du moins elle trace à l'homme avec une admirable netteté ses devoirs de famille. Elle rend le mariage obligatoire ; le célibat est un crime aux yeux d'une religion qui fait de la continuité de la famille le premier et le plus saint des devoirs. Mais l'union qu'elle prescrit ne peut s'accomplir qu'en présence des divinités domestiques ;

c'est l'union religieuse, sacrée, indissoluble, de l'époux et de l'épouse. Que l'homme ne se croie pas permis de laisser de côté les rites et de faire du mariage un simple contrat consensuel, comme il l'a été à la fin de la société grecque et romaine. Cette antique religion le lui défend, et s'il ose le faire, elle l'en punit. Car le fils qui vient à naître d'une telle union est considéré comme un bâtard, c'est-à-dire comme un être qui n'a pas place au foyer ; il n'a droit d'accomplir aucun acte sacré ; il ne peut pas prier[6].

Cette même religion veille avec soin sur la pureté de la famille. À ses yeux, la plus grave faute qui puisse être commise est l'adultère. Car la première règle du culte est que le foyer se transmette du père au fils ; or l'adultère trouble l'ordre de la naissance. Une autre règle est que le tombeau ne contienne que les membres de la famille ; or le fils de l'adultère est un étranger qui sera enseveli dans le tombeau. Tous les principes de la religion sont violés : le culte est souillé, le foyer devient impur, chaque offrande au tombeau devient une impiété. Il y a plus : par l'adultère la série des descendants est brisée ; la famille, même à l'insu des hommes vivants, est éteinte, et il n'y a plus de bonheur divin pour les ancêtres. Aussi l'Hindou dit-il : « Le fils de l'adultère anéantit dans cette vie et dans l'autre les offrandes adressées aux mânes[7]. »

Voilà pourquoi les lois de la Grèce et de Rome donnent au père le droit de repousser l'enfant qui vient de naître. Voilà aussi pourquoi elles sont si rigoureuses, si inexorables pour l'adultère. À Athènes il est permis au mari de tuer le coupable. À Rome, le mari, juge de la femme, la condamne à mort. Cette religion était si sévère que l'homme n'avait pas même le droit de pardonner complètement et qu'il était au moins forcé de répudier sa femme[8].

Voilà donc les premières lois de la morale domestique trouvées et sanctionnées. Voilà, outre le sentiment naturel, une religion impérieuse qui dit à l'homme et à la femme qu'ils sont unis pour toujours et que de cette union découlent des devoirs rigoureux dont l'oubli entraînerait les conséquences les plus graves dans cette vie et dans l'autre. De là est venu le caractère sérieux et sacré de l'union conjugale chez les anciens et la pureté que la famille a conservée longtemps.

Cette morale domestique prescrit encore d'autres devoirs. Elle dit à l'épouse qu'elle doit obéir, au mari qu'il doit commander. Elle leur apprend à tous les deux à se respecter l'un l'autre. La femme a des droits, car elle a sa place au foyer ; c'est elle qui a la charge de veiller à ce qu'il ne s'éteigne pas. C'est elle surtout qui doit être attentive à ce qu'il reste pur ; elle l'invoque, elle lui offre le sacrifice[9]. Elle a donc aussi son sacerdoce. Là où elle n'est pas, le culte domestique est incomplet et insuffisant. C'est un grand malheur pour un Grec que d'avoir « un foyer privé d'épouse[10] ». Chez les Romains, la présence de la femme est si nécessaire dans le sacrifice, que le prêtre perd son sacerdoce en devenant veuf[11].

On peut croire que c'est à ce partage du sacerdoce domestique que la mère de famille a dû la vénération dont on n'a jamais cessé de l'entourer dans la société grecque et romaine. De là vient que la femme porte dans la famille le même titre que son mari : les Latins disent *paterfamilias* et *materfamilias*, les Grecs οἰκοδεσπότης et οἰκοδέσποινα, les Hindous *grihapati, grihapatni*. De là vient aussi cette formule que la femme prononçait dans le mariage romain : *Ubi tu Caius, ego Caia*, formule qui nous dit que, si dans la maison il n'y a pas égale autorité, il y a au moins dignité égale [12].

Quant au fils, nous l'avons vu soumis à l'autorité d'un père qui peut le vendre et le condamner à mort. Mais ce fils a son rôle aussi dans le culte ; il remplit une fonction dans les cérémonies religieuses ; sa présence, à certains jours, est tellement nécessaire que le Romain qui n'a pas de fils est forcé d'en adopter un fictivement pour ces jours-là, afin que les rites soient accomplis [13]. Et voyez quel lien puissant la religion établit entre le père et le fils ! On croit à une seconde vie dans le tombeau, vie heureuse et calme, si les repas funèbres sont régulièrement offerts. Ainsi le père est convaincu que sa destinée après cette vie dépendra du soin que son fils aura de son tombeau, et le fils, de son côté, est convaincu que son père mort deviendra un dieu et qu'il aura à l'invoquer.

On peut deviner tout ce que ces croyances mettaient de respect et d'affection réciproque dans la famille. Les anciens donnaient aux vertus domestiques le nom de piété : l'obéissance du fils envers le père, l'amour qu'il portait à sa mère, c'était de la piété, *pietas erga parentes* ; l'attachement du père pour son enfant, la tendresse de la mère, c'était encore de la piété, *pietas erga liberos*. Tout était divin dans la famille. Sentiment du devoir, affection naturelle, idée religieuse, tout cela se confondait, ne faisait qu'un, et s'exprimait par un même mot.

Il paraîtra peut-être bien étrange de compter l'amour de la maison parmi les vertus ; c'en était une chez les anciens. Ce sentiment était profond et puissant dans leurs âmes. Voyez Anchise qui, à la vue de Troie en flammes, ne veut pourtant pas quitter sa vieille demeure. Voyez Ulysse à qui l'on offre tous les trésors et l'immortalité même, et qui ne veut que revoir la flamme de son foyer. Avançons jusqu'à Cicéron ; ce n'est plus un poète, c'est un homme d'État qui parle : « Ici est ma religion, ici est ma race, ici les traces de mes pères ; je ne sais quel charme se trouve ici qui pénètre mon cœur et mes sens [14]. » Il faut nous placer par la pensée au milieu des plus antiques générations, pour comprendre combien ces sentiments, affaiblis déjà au temps de Cicéron, avaient été vifs et puissants. Pour nous la maison est seulement un domicile, un abri ; nous la quittons et l'oublions sans trop de peine, ou, si nous nous y attachons, ce n'est que par la force des habitudes et des souvenirs. Car pour nous la religion n'est pas là ; notre dieu est le Dieu de l'univers et nous le trouvons partout. Il en était autrement chez les anciens ; c'était dans l'intérieur de leur maison qu'ils trouvaient leur principale divinité, leur providence, celle qui les protégeait individuellement, qui écoutait leurs prières et exauçait leurs vœux. Hors de sa demeure, l'homme ne se sentait plus de dieu ; le dieu du voisin était un dieu hostile. L'homme aimait alors sa maison comme il aime aujourd'hui son église [15].

Ainsi les croyances des premiers âges n'ont pas été étrangères au développement moral de cette partie de l'humanité. Ces dieux prescrivaient la pureté et défendaient de verser le sang ; la notion de justice, si elle n'est pas née de cette croyance, a du moins été fortifiée par elle. Ces dieux appartenaient en commun à tous les membres d'une même famille ; la famille s'est ainsi trouvée unie par un lien puissant, et tous ses membres ont appris à s'aimer et à se respecter les uns les autres. Ces dieux vivaient dans l'intérieur de chaque maison : l'homme a donc aimé sa maison, sa demeure fixe et durable, qu'il tenait de ses aïeux et qu'il léguait à ses enfants comme un sanctuaire.

L'antique morale, réglée par ces croyances, ignorait la charité, mais elle enseignait du moins les vertus domestiques. L'isolement de la famille a été, chez cette race, le commencement de la morale. Là les devoirs ont apparu, clairs, précis, impérieux, mais resserrés dans un cercle restreint. Et il faudra nous rappeler, dans la suite de ce livre, ce caractère étroit de la morale primitive : car la société civile, fondée plus tard sur les mêmes principes, a revêtu le même caractère, et plusieurs traits singuliers de l'ancienne politique s'expliqueront par là [16].

Chapitre 10

La *gens* à Rome et en Grèce

On trouve chez les jurisconsultes romains et les écrivains grecs les traces d'une antique institution qui paraît avoir été en grande vigueur dans le premier âge des sociétés grecque et italienne, mais qui, s'étant affaiblie peu à peu, n'a laissé que des vestiges à peine perceptibles dans la dernière partie de leur histoire. Nous voulons parler de ce que les Latins appelaient *gens* et les Grecs γένος.

On a beaucoup discuté sur la nature et la constitution de la *gens*. Il ne sera peut-être pas inutile de dire d'abord ce qui fait la difficulté du problème.

La *gens*, comme nous le verrons plus loin, formait un corps dont la constitution était tout aristocratique ; c'est grâce à son organisation intérieure que les patriciens de Rome et les eupatrides d'Athènes perpétuèrent longtemps leurs privilèges. Lors donc que le parti populaire prit le dessus, il ne manqua pas de combattre de toutes ses forces cette vieille institution. S'il avait pu l'anéantir complètement, il est probable qu'il ne nous serait pas resté d'elle le moindre souvenir. Mais elle était singulièrement vivace et enracinée dans les mœurs ; on ne put pas la faire disparaître tout à fait. On se contenta donc de la modifier : on lui enleva ce qui faisait son caractère essentiel et on ne laissa subsister que ses formes extérieures, qui ne gênaient en rien le nouveau régime. Ainsi à Rome les plébéiens imaginèrent de former des *gentes* à l'imitation des patriciens ; à Athènes on essaya de bouleverser les γένη, de les fondre entre eux et de les remplacer par les *dèmes* que l'on établit à leur ressemblance. Nous aurons à expliquer ces faits quand nous parlerons des révolutions. Qu'il nous suffise de faire remarquer ici que cette altération profonde que la démocratie a introduite dans le régime de la *gens* est de nature à dérouter ceux qui veulent en connaître la constitution primitive. En effet, presque tous les renseignements qui nous sont parvenus sur elle datent de l'époque où elle avait été transformée. Ils ne nous montrent d'elle que ce que les révolutions en avaient laissé subsister.

Supposons que, dans vingt siècles, toute connaissance du Moyen Âge ait péri, qu'il ne reste plus aucun document sur ce qui précède la Révolution de 1789, et que pourtant un historien de ce temps-là veuille se faire une idée des institutions antérieures. Les seuls documents qu'il aurait dans les mains lui montreraient la noblesse du dix-neuvième siècle, c'est-à-dire quelque chose de fort différent de la féodalité. Mais il songerait qu'une grande révolution s'est accomplie dans l'intervalle et il en conclurait à bon droit que cette institution, comme toutes les autres, a dû être transformée ; cette noblesse, que ses textes lui montreraient, ne serait plus pour lui que l'ombre ou l'image très altérée d'une autre noblesse incomparablement plus puissante. Puis, s'il examinait avec attention les faibles débris de l'antique monument, quelques expressions demeurées dans la langue, quelques termes échappés à la loi, de vagues souvenirs ou de stériles regrets, il devinerait peut-être quelque chose du régime féodal et parviendrait à se faire des institutions du Moyen Âge une idée qui ne serait pas trop éloignée de la vérité. La difficulté serait grande assurément ; elle n'est pas moindre pour l'historien d'aujourd'hui qui veut connaître la *gens* antique, car il n'a d'autres renseignements sur elle que ceux qui datent d'un temps où elle n'était plus que l'ombre d'elle-même.

Nous commencerons par analyser tout ce que les écrivains anciens nous disent de la *gens*, c'est-à-dire ce qui subsistait d'elle à l'époque où elle était déjà fort modifiée. Puis, à l'aide de ces restes, nous essayerons d'entrevoir le véritable régime de la *gens* antique.

1. *Ce que les écrivains anciens nous font connaître de la* gens.

Si l'on ouvre l'histoire romaine au temps des guerres puniques, on rencontre trois personnages qui se nomment Claudius Pulcher, Claudius Nero, Claudius Centho. Tous les trois appartiennent à une même *gens*, la *gens* Claudia.

Démosthène, dans un de ses plaidoyers, produit sept témoins qui certifient qu'ils font partie du même γένος, celui des Brytides. Ce qui est remarquable dans cet exemple, c'est que les sept personnes citées comme membres du même γένος se trouvaient inscrites dans six dèmes différents ; cela montre que le γένος ne correspondait pas exactement au dème et n'était pas, comme lui, une simple division administrative[1].

Voilà donc un premier fait avéré : il y avait des *gentes* à Rome et à Athènes. On pourrait citer des exemples relatifs à beaucoup d'autres villes de la Grèce et de l'Italie et en conclure que, suivant toute vraisemblance, cette institution a été universelle chez ces anciens peuples.

Chaque *gens* avait un culte spécial. En Grèce on reconnaissait les membres d'une même *gens* « à ce qu'ils accomplissaient des sacrifices en commun depuis une époque fort reculée[2] ». Plutarque mentionne le lieu des sacrifices de la *gens* des Lycomèdes, et Eschine parle de l'autel de la *gens* des Butades[3].

À Rome aussi, chaque *gens* avait des actes religieux à accomplir ; le jour, le lieu, les rites, étaient fixés par sa religion particulière[4]. Le Capitole est bloqué par les Gaulois ; un Fabius en sort et traverse les lignes ennemies, vêtu du costume religieux et portant à la main les objets sacrés ; il va offrir le sacrifice sur l'autel de sa *gens*, qui est situé sur le Quirinal. Dans la seconde guerre punique, un autre Fabius, celui qu'on appelle le bouclier de Rome, tient tête à Annibal ; assurément la république a grand besoin qu'il n'abandonne pas son armée ; il la laisse pourtant entre les mains de l'imprudent Minucius : c'est que le jour anniversaire du sacrifice de sa *gens* est arrivé et qu'il faut qu'il coure à Rome pour accomplir l'acte sacré[5].

Ce culte devait être perpétué de génération en génération ; et c'était un devoir de laisser des fils après soi pour le continuer. Un ennemi personnel de Cicéron, Claudius, a quitté sa *gens* pour entrer dans une famille plébéienne ; Cicéron lui dit : « Pourquoi exposes-tu la religion de la *gens* Claudia à s'éteindre par ta faute[6] ? »

Les dieux de la *gens, Dii gentiles*, ne protégeaient qu'elle et ne voulaient être invoqués que par elle. Aucun étranger ne pouvait être admis aux cérémonies religieuses. On croyait que, si un étranger avait une part de la victime ou même s'il assistait seulement au sacrifice, les dieux de la *gens* en étaient offensés et tous les membres étaient sous le coup d'une impiété grave.

De même que chaque *gens* avait son culte et ses fêtes religieuses, elle avait aussi son tombeau commun. On lit dans un plaidoyer de Démosthène : « Cet homme, ayant perdu ses enfants, les ensevelit dans le tombeau de ses pères, dans ce tombeau qui est commun à tous ceux de sa *gens*. » La suite du plaidoyer montre qu'aucun étranger ne pouvait être enseveli dans ce tombeau. Dans un autre discours, le même orateur parle du tombeau où la *gens* des Busélides ensevelit ses membres et où elle accomplit chaque année un sacrifice funèbre ; « ce lieu de sépulture est un champ assez vaste qui est entouré d'une enceinte, suivant la coutume ancienne[7]. »

Il en était de même chez les Romains. Velléius parle du tombeau de la *gens* Quintilia, et Suétone nous apprend que la *gens* Claudia avait le sien sur la pente du mont Capitolin[8].

L'ancien droit de Rome considère les membres d'une *gens* comme aptes à hériter les uns des autres. Les Douze Tables prononcent que, à défaut de fils et d'agnats, le *gentilis* est héritier naturel. Dans cette législation, le *gentilis* est donc plus proche que le cognat, c'est-à-dire plus proche que le parent par les femmes[9].

Rien n'est plus étroitement lié que les membres d'une *gens*. Unis dans la célébration des mêmes cérémonies sacrées, ils s'aident mutuellement dans tous les besoins de la vie. La *gens* entière répond de la dette d'un de ses membres ; elle rachète le prisonnier ; elle paye l'amende du condamné. Si l'un des siens devient magistrat, elle se cotise pour payer les dépenses qu'entraîne toute magistrature[10].

L'accusé se fait accompagner au tribunal par tous les membres de sa *gens* : cela marque la solidarité que la loi établit entre l'homme et le corps dont il fait partie. C'est un acte contraire à la religion que de plaider contre un homme de sa *gens* ou même de porter témoignage contre lui. Un Claudius, personnage considérable, était l'ennemi personnel d'Appius Claudius le décemvir ; quand celui-ci fut cité en justice et menacé de mort, Claudius se présenta pour le défendre et implora le peuple en sa faveur, non toutefois sans avertir que, s'il faisait cette démarche, « ce n'était pas par affection, mais par devoir [11] ».

Si un membre de la *gens* n'avait pas le droit d'en appeler un autre devant la justice de la cité, c'est qu'il y avait une justice dans la *gens* elle-même. Chacune avait, en effet, son chef, qui était à la fois son juge, son prêtre et son commandant militaire [12]. On sait que, lorsque la famille sabine des Claudius vint s'établir à Rome, les trois mille personnes qui la composaient obéissaient à un chef unique. Plus tard, quand les Fabius se chargent seuls de la guerre contre les Véiens, nous voyons que cette *gens* a un chef qui parle en son nom devant le Sénat et qui la conduit à l'ennemi [13].

En Grèce aussi, chaque *gens* avait son chef ; les inscriptions en font foi, et elles nous montrent que ce chef portait assez généralement le titre d'archonte [14]. Enfin, à Rome, comme en Grèce, la *gens* avait ses assemblées ; elle portait des décrets, auxquels ses membres devaient obéir, et que la cité elle-même respectait [15].

Tel est l'ensemble d'usages et de lois que nous trouvons encore en vigueur aux époques où la *gens* était déjà affaiblie et presque dénaturée. Ce sont là les restes de cette antique institution [16].

2. *Examen de quelques opinions qui ont été émises pour expliquer la* gens *romaine.*

Sur cet objet, qui est livré depuis longtemps aux disputes des érudits, plusieurs systèmes ont été proposés. Les uns disent : La *gens* n'est pas autre chose qu'une similitude de nom. Suivant d'autres, la *gens* n'est que l'expression d'un rapport entre une famille qui exerce le patronage et d'autres familles qui sont clientes. Chacune de ces deux opinions contient une part de vérité, mais aucune d'elles ne répond à toute la série de faits, de lois, d'usages, que nous venons d'énumérer.

Suivant une autre théorie, le mot *gens* désigne une sorte de parenté artificielle ; la *gens* est une association politique de plusieurs familles qui étaient à l'origine étrangères les unes aux autres ; à défaut de lien du sang, la cité a établi entre elles une union fictive et une parenté de convention.

Mais une première objection se présente. Si la *gens* n'est qu'une association factice, comment expliquer que ses membres aient un droit à hériter les uns des autres ? Pourquoi le *gentilis* est-il préféré au cognat ? Nous avons vu plus haut les règles de l'hérédité, et nous avons dit quelle relation étroite et nécessaire la religion avait établie entre le droit d'hériter et la parenté masculine. Peut-on supposer que la loi ancienne se fût écartée de ce principe au point d'accorder la succession aux *gentiles*, si ceux-ci avaient été les uns pour les autres des étrangers ?

Le caractère le plus saillant et le mieux constaté de la *gens*, c'est qu'elle a en elle-même un culte, comme la famille a le sien. Or, si l'on cherche quel est le dieu que chacune adore, on remarque que c'est toujours un ancêtre divinisé, et que l'autel où elle porte le sacrifice est un tombeau. À Athènes les Eumolpides vénèrent Eumolpos, auteur de leur race ; les Phytalides adorent le héros Phytalos, les Butades Butès, les Busélides Busélos, les Lakiades Lakios, les Amynandrides Cécrops[17]. À Rome, les Claudius descendent d'un Clausus ; les Cæcilius honorent comme chef de leur race le héros Cæculus, les Calpurnius un Calpus, les Julius un Julus, les Clœlius un Clœlus[18].

Il est vrai qu'il nous est bien permis de croire que beaucoup de ces généalogies ont été imaginées après coup ; mais il faut bien avouer que cette supercherie n'aurait pas eu de motif, si ce n'avait été un usage constant chez les véritables *gentes* de reconnaître un ancêtre commun et de lui rendre un culte. Le mensonge cherche toujours à imiter la vérité.

D'ailleurs la supercherie n'était pas aussi aisée à commettre qu'il nous le semble. Ce culte n'était pas une vaine formalité de parade. Une des règles les plus rigoureuses de la religion était qu'on ne devait honorer comme ancêtres que ceux dont on descendait véritablement ; offrir ce culte à un étranger était une impiété grave. Si donc la *gens* adorait en commun un ancêtre, c'est qu'elle croyait sincèrement descendre de lui. Simuler un tombeau, contrefaire des anniversaires et des repas funèbres, c'eût été porter le mensonge dans ce qu'on avait de plus sacré, et se jouer de la religion. Une telle fiction fut possible au temps de César, quand la vieille religion des familles ne touchait plus personne. Mais si l'on se reporte au temps où ces croyances étaient puissantes, on ne peut pas imaginer que plusieurs familles, s'associant dans une même fourberie, se soient dit : Nous allons feindre d'avoir un même ancêtre ; nous lui érigerons un tombeau, nous lui offrirons des repas funèbres, et nos descendants l'adoreront dans toute la suite des temps. Une telle pensée ne devait pas se présenter aux esprits, ou elle devait être écartée comme une pensée coupable.

Dans les problèmes difficiles que l'histoire offre souvent, il est bon de demander aux termes de la langue tous les enseignements qu'ils peuvent donner. Une institution est quelquefois expliquée par le mot qui la désigne. Or, le mot *gens* est exactement le même que le mot *genus*, au point qu'on pouvait les prendre l'un pour l'autre et dire indifféremment *gens Fabia* et *genus Fabium*[19] ; tous les deux correspondent au verbe *gignere* et au substantif *genitor*, absolument comme γένος correspond à γεννᾶν et à γονεύς. Tous ces mots portent en eux l'idée de filiation. Les Grecs désignaient aussi les membres d'un γένος par le mot ὁμογάλακτες, qui signifie *nourris du même lait*[20]. Que l'on compare à tous ces mots ceux que nous avons l'habitude de traduire par famille, le latin *familia*, le grec οἶκος. Ni l'un ni l'autre ne contient en lui le sens de génération ou de parenté. La signification vraie de *familia* est propriété ; il désigne le champ, la maison, l'argent, les esclaves, et c'est pour cela que les Douze Tables disent, en parlant de l'héritier, *familiam nancitor*, qu'il prenne la succession. Quant à οἶκος, il est clair qu'il ne présente à l'esprit aucune autre idée que celle de propriété ou de domicile. Voilà cependant les mots que nous traduisons habituellement par famille. Or, est-il admissible que des termes dont le sens intrinsèque est celui de domicile ou de propriété aient pu être employés souvent pour désigner une famille, et que d'autres mots dont le sens interne est filiation, naissance, paternité, n'aient jamais désigné qu'une association artificielle ? Assurément cela ne serait pas conforme à la netteté et à la précision des langues anciennes. Il est indubitable que les Grecs et les Romains attachaient aux mots *gens* et γένος l'idée d'une origine commune. Cette idée a pu s'effacer quand la *gens* s'est altérée, mais le mot est resté pour en porter témoignage.

Le système qui présente la *gens* comme une association factice a donc contre lui : 1° la vieille législation qui donne aux *gentiles* un droit d'hérédité ; 2° les croyances religieuses qui ne veulent de communauté de culte que là où il y a communauté de naissance ; 3° les termes de la langue qui attestent dans la *gens* une origine commune. Un autre défaut de ce système est qu'il suppose que les sociétés humaines ont pu commencer par une convention et par un artifice, ce que la science historique ne peut pas admettre comme vrai.

3. *La* gens *est la famille ayant encore son organisation primitive et son unité.*

Tout nous présente la *gens* comme unie par un lien de naissance. Consultons encore le langage : les noms des *gentes*, en Grèce aussi bien qu'à Rome, ont tous la forme qui était usitée dans les deux langues pour les noms patronymiques. Claudius signifie fils de Clausus, et Butadès fils de Butès.

Ceux qui croient voir dans la *gens* une association artificielle partent d'une donnée qui est fausse. Ils supposent qu'une *gens* comptait toujours plusieurs familles ayant des noms divers, et ils citent volontiers l'exemple de la *gens* Cornélia, qui renfermait en effet des Scipions, des Lentulus, des Cossus, des Sylla. Mais il s'en faut bien qu'il en fût toujours ainsi. La *gens* Marcia paraît n'avoir jamais eu qu'une seule lignée ; on n'en voit qu'une aussi dans la *gens* Lucrétia, et dans la *gens* Quintilia pendant longtemps. Il serait assurément fort difficile de dire quelles sont les familles qui ont formé la *gens* Fabia, car tous les Fabius connus dans l'histoire appartiennent manifestement à la même souche ; tous portent d'abord le même surnom de Vibulanus ; ils le changent tous ensuite pour celui d'Ambustus, qu'ils remplacent plus tard par celui de Maximus ou de Dorso.

On sait qu'il était d'usage à Rome que tout patricien portât trois noms. On s'appelait, par exemple, Publius Cornélius Scipio. Il n'est pas inutile de rechercher lequel de ces trois mots était considéré comme le nom véritable. Publius n'était qu'un *nom mis en avant, prœnomen* ; Scipio était un *nom ajouté, agnomen*. Le vrai nom, *nomen*, était Cornélius : or, ce nom était en même temps celui de la *gens* entière. N'aurions-nous que ce seul renseignement sur la *gens* antique, il nous suffirait pour affirmer qu'il y a eu des Cornélius avant qu'il y eût des Scipions, et non pas, comme on le dit souvent, que la famille des Scipions s'est associée à d'autres pour former la *gens* Cornélia.

Nous voyons, en effet, par l'histoire, que la *gens* Cornélia fut longtemps indivisée et que tous ses membres portaient également le *cognomen* de Maluginensis et celui de Cossus. C'est seulement au temps du dictateur Camille qu'une de ses branches adopte le surnom de Scipion ; un peu plus tard, une autre branche prend le surnom de Rufus, qu'elle remplace, ensuite par celui de Sylla. Les Lentulus ne paraissent qu'à l'époque des guerres des Samnites, les Céthégus que dans la seconde guerre punique. Il en est de même de la *gens* Claudia. Les Claudius restent longtemps unis en une seule famille et portent tous le surnom de Sabinus ou de Regillensis, signe de leur origine. On les suit pendant sept générations sans distinguer de branches dans cette famille d'ailleurs fort nombreuse. C'est seulement à la huitième génération, c'est-à-dire au temps de la première guerre punique, que l'on voit trois branches se séparer et adopter trois surnoms qui leur deviennent héréditaires : ce sont les Claudius Pulcher qui se continuent pendant deux siècles, les Claudius Centho, qui ne tardent guère à s'éteindre, et les Claudius Néro, qui se perpétuent jusqu'au temps de l'Empire.

Il ressort de tout cela que la *gens* n'était pas une association de familles, mais qu'elle était la famille elle-même. Elle pouvait indifféremment ne comprendre qu'une seule lignée ou produire des branches nombreuses ; ce n'était toujours qu'une famille.

Il est d'ailleurs facile de se rendre compte de la formation de la *gens* antique et de sa nature, si l'on se reporte aux vieilles croyances et aux vieilles institutions que nous avons observées plus haut. On reconnaîtra même que la *gens* est dérivée tout naturellement de la religion domestique et du droit privé des anciens âges. Que prescrit, en effet, cette religion primitive ? Que l'ancêtre, c'est-à-dire l'homme qui le premier a été enseveli dans le tombeau, soit honoré perpétuellement comme un dieu, et que ses descendants réunis chaque année près du lieu sacré où il repose lui offrent le repas funèbre. Ce foyer toujours allumé, ce tombeau toujours honoré d'un culte, voilà le centre autour duquel toutes les générations viennent vivre et par lequel toutes les branches de la famille, quelque nombreuses qu'elles puissent être, restent groupées en un seul faisceau. Que dit encore le droit privé de ces vieux âges ? En observant ce qu'était l'autorité dans la famille ancienne, nous avons vu que les fils ne se séparaient pas du père ; en étudiant les règles de la transmission du patrimoine, nous avons constaté que, grâce au principe de la communauté du domaine, les frères cadets ne se séparaient pas du frère aîné. Foyer, tombeau, patrimoine, tout cela à l'origine était indivisible. La famille l'était par conséquent. Le temps ne la démembrait pas. Cette famille indivisible, qui se développait à travers les âges, perpétuant de siècle en siècle son culte et son nom, c'était véritablement la *gens* antique. La *gens* était la famille, mais la famille ayant conservé l'unité que sa religion lui commandait, et ayant atteint tout le développement que l'ancien droit privé lui permettait d'atteindre[21].

Cette vérité admise, tout ce que les écrivains anciens nous disent de la *gens* devient clair. L'étroite solidarité que nous remarquions tout à l'heure entre ses membres n'a plus rien de surprenant : ils sont parents par la naissance. Le culte qu'ils pratiquent en commun n'est pas une fiction : il leur vient de leurs ancêtres. Comme ils sont une même famille, ils ont une sépulture commune. Pour la même raison, la loi des Douze Tables les déclare aptes à hériter les uns des autres. Comme ils avaient tous, à l'origine, un même patrimoine indivis, ce fut un usage et même une nécessité que la *gens* entière répondît de la dette d'un de ses membres, et qu'elle payât la rançon du prisonnier ou l'amende du condamné. Toutes ces règles s'étaient établies d'elles-mêmes lorsque la *gens* avait encore son unité ; quand elle se démembra, elles ne purent pas disparaître complètement. De l'unité antique et sainte de cette famille il resta des marques persistantes dans le sacrifice annuel qui en rassemblait les membres épars, dans la législation qui leur reconnaissait des droits d'hérédité, dans les mœurs qui leur enjoignaient de s'entr'aider.

Il était naturel que les membres d'une même *gens* portassent un même nom, et c'est aussi ce qui arriva. L'usage des noms patronymiques date de cette haute Antiquité et se rattache visiblement à cette vieille religion. L'unité de naissance et de culte se marqua par l'unité de nom. Chaque *gens* se transmit de génération en génération le nom de l'ancêtre et le perpétua avec le même soin qu'elle perpétuait son culte. Ce que les Romains appelaient proprement *nomen* était ce nom de l'ancêtre que tous les descendants et tous les membres de la *gens* devaient porter. Un jour vint où chaque branche, en se rendant indépendante à certains égards, marqua son individualité en adoptant un surnom (*cognomen*). Comme d'ailleurs chaque personne dut être distinguée par une dénomination particulière, chacun eut son *agnomen*, comme Caius ou Quintus. Mais le vrai nom était celui de la *gens* ; c'était celui-là que l'on portait officiellement ; c'était celui-là qui était sacré ; c'était celui-là qui, remontant au premier ancêtre connu, devait durer aussi longtemps que la famille et que ses dieux. – Il en était de même en Grèce ; Romains et Hellènes se ressemblent encore en ce point. Chaque Grec, du moins s'il appartenait à une famille ancienne et régulièrement constituée, avait trois noms comme le patricien de Rome. L'un de ces noms lui était particulier ; un autre était celui de son père, et comme ces deux noms alternaient ordinairement entre eux, l'ensemble des deux équivalait au *cognomen* héréditaire qui désignait à Rome une branche de la *gens* ; enfin le troisième nom était celui de la *gens* tout entière. Ainsi l'on disait : Miltiade, fils de Cimon, Lakiade, et à la génération suivante, Cimon, fils de Miltiade, Lakiade,

Κιμῶν Μιλτιάδου Λακιάδης. Les Lakiades formaient un γένος comme les Cornelii une *gens*. Il en était ainsi des Butades, des Phytalides, des Brytides, des Amynandrides, etc. On peut remarquer que Pindare ne fait jamais l'éloge de ses héros sans rappeler le nom de leur γένος. Ce nom, chez les Grecs, était ordinairement terminé en ιδης ou αδης et avait ainsi une forme d'adjectif, de même que le nom de la *gens*, chez les Romains, était invariablement terminé en *ius*. Ce n'en était pas moins le vrai nom ; dans le langage journalier on pouvait désigner l'homme par son surnom individuel, mais dans le langage officiel de la politique ou de la religion, il fallait donner à l'homme sa dénomination complète et surtout ne pas oublier le nom du γένος[22]. – Il est digne de remarque que l'histoire des noms a suivi une tout autre marche chez les anciens que dans les sociétés chrétiennes. Au Moyen Âge, jusqu'au douzième siècle, le vrai nom était le nom de baptême ou nom individuel, et les noms patronymiques ne sont venus qu'assez tard comme noms de terre ou comme surnoms. Ce fut exactement le contraire chez les anciens. Or cette différence se rattache, si l'on y prend garde, à la différence des deux religions. Pour la vieille religion domestique, la famille était le vrai corps, le véritable être vivant, dont l'individu n'était qu'un membre inséparable : aussi le nom patronymique fut-il le premier en date et le premier en importance. La nouvelle religion, au contraire, reconnaissait à l'individu une vie propre, une liberté complète, une indépendance toute personnelle, et ne répugnait nullement à l'isoler de la famille : aussi le nom de baptême fut-il le premier et longtemps le seul nom.

4. *Extension de la famille ; l'esclavage et la clientèle.*

Ce que nous avons vu de la famille, sa religion domestique, les dieux qu'elle s'était faits, les lois qu'elle s'était données, le droit d'aînesse sur lequel elle s'était fondée, son unité, son développement d'âge en âge jusqu'à former la *gens*, sa justice, son sacerdoce, son gouvernement intérieur, tout cela porte forcément notre pensée vers une époque primitive où la famille était indépendante de tout pouvoir supérieur, et où la cité n'existait pas encore.

Que l'on regarde cette religion domestique, ces dieux qui n'appartenaient qu'à une famille et n'exerçaient leur providence que dans l'enceinte d'une maison, ce culte qui était secret, cette religion qui ne voulait pas être propagée, cette antique morale qui prescrivait l'isolement des familles : il est manifeste que des croyances de cette nature n'ont pu prendre naissance dans les esprits des hommes qu'à une époque où les grandes sociétés n'étaient pas encore formées. Si le sentiment religieux s'est contenté d'une conception si étroite du divin, c'est que l'association humaine était alors étroite en proportion. Le temps où l'homme ne croyait qu'aux dieux domestiques est aussi le temps où il n'existait que des familles. Il est bien vrai que ces croyances ont pu subsister ensuite, et même fort longtemps, lorsque les cités et les nations étaient formées. L'homme ne s'affranchit pas aisément des opinions qui ont une fois pris l'empire sur lui. Ces croyances ont donc pu durer, quoiqu'elles fussent alors en contradiction avec l'état social. Qu'y a-t-il, en effet, de plus contradictoire que de vivre en société civile et d'avoir dans chaque famille des dieux particuliers ? Mais il est clair que cette contradiction n'avait pas existé toujours, et qu'à l'époque où ces croyances s'étaient établies dans les esprits et étaient devenues assez puissantes pour former une religion elles répondaient exactement à l'état social des hommes. Or, le seul état social qui puisse être d'accord avec elles est celui où la famille vit indépendante et isolée.

C'est dans cet état que toute la race aryenne paraît avoir vécu longtemps. Les hymnes des Védas en font foi pour la branche qui a donné naissance aux Hindous ; les vieilles croyances et le vieux droit privé l'attestent pour ceux qui sont devenus les Grecs et les Romains.

Si l'on compare les institutions politiques des Aryas de l'Orient avec celles des Aryas de l'Occident, on ne trouve presque aucune analogie. Si l'on compare, au contraire, les institutions domestiques de ces divers peuples, on aperçoit que la famille était constituée d'après les mêmes principes dans la Grèce et dans l'Inde ; ces principes étaient d'ailleurs, comme nous l'avons constaté plus haut, d'une nature si singulière qu'il n'est pas à supposer que cette ressemblance fût l'effet du hasard ; enfin, non seulement ces institutions offrent une évidente analogie, mais encore les mots qui les désignent sont souvent les mêmes dans les différentes langues que cette race a parlées depuis le Gange jusqu'au Tibre. On peut tirer de là une double conclusion : l'une est que la naissance des institutions domestiques dans cette race est antérieure à l'époque où ses différentes branches se sont séparées ; l'autre est qu'au contraire la naissance des institutions politiques est postérieure à cette séparation. Les premières ont été fixées dès le temps où la race vivait encore dans son antique berceau de l'Asie centrale ; les secondes se sont formées peu à peu dans les diverses contrées où ses migrations l'ont conduite.

On peut donc entrevoir une longue période pendant laquelle les hommes n'ont connu aucune autre forme de société que la famille. C'est alors que s'est produite la religion domestique, qui n'aurait pas pu naître dans une société autrement constituée et qui a dû même être longtemps un obstacle au développement social. Alors aussi s'est établi l'ancien droit privé, qui plus tard s'est trouvé en désaccord avec les intérêts d'une société un peu étendue, mais qui était en parfaite harmonie avec l'état de société dans lequel il est né.

Plaçons-nous donc par la pensée au milieu de ces antiques générations dont le souvenir n'a pas pu périr tout à fait et qui ont légué leurs croyances et leurs lois aux générations suivantes. Chaque famille a sa religion, ses dieux, son sacerdoce. L'isolement religieux est sa loi ; son culte est secret. Dans la mort même ou dans l'existence qui la suit, les familles ne se mêlent pas : chacune continue à vivre à part dans son tombeau, d'où l'étranger est exclu. Chaque famille a aussi sa propriété, c'est-à-dire sa part de terre qui lui est attachée inséparablement par sa religion : ses dieux Termes en gardent l'enceinte, et ses mânes veillent sur elle. L'isolement de la propriété est tellement obligatoire que deux domaines ne peuvent pas confiner l'un à l'autre et doivent laisser entre eux une bande de terre qui soit neutre et qui reste inviolable. Enfin chaque famille a son chef, comme une nation aurait son roi. Elle a ses lois, qui sans doute ne sont pas écrites, mais que la croyance religieuse grave dans le cœur de chaque homme. Elle a sa justice intérieure au-dessus de laquelle il n'en est aucune autre à laquelle on puisse appeler. Tout ce dont l'homme a rigoureusement besoin pour sa vie matérielle ou pour sa vie morale, la famille le possède en soi. Il ne lui faut rien du dehors ; elle est un État organisé, une société qui se suffit.

Mais cette famille des anciens âges n'est pas réduite aux proportions de la famille moderne. Dans les grandes sociétés la famille se démembre et s'amoindrit, mais en l'absence de toute autre société elle s'étend, elle se développe, elle se ramifie sans se diviser. Plusieurs branches cadettes restent groupées autour d'une branche aînée, près du foyer unique et du tombeau commun.

Un autre élément encore entra dans la composition de cette famille antique. Le besoin réciproque que le pauvre a du riche et que le riche a du pauvre fit des serviteurs. Mais dans cette sorte de régime patriarcal, serviteurs ou esclaves, c'est tout un. On conçoit, en effet, que le principe d'un service libre, volontaire, pouvant cesser au gré du serviteur, ne peut guère s'accorder avec un état social où la famille vit isolée. D'ailleurs la religion domestique ne permet pas d'admettre dans la famille un étranger. Il faut donc que par quelque moyen le serviteur devienne un membre et une partie intégrante de cette famille. C'est à quoi l'on arrive par une sorte d'initiation du nouveau venu au culte domestique.

Un curieux usage, qui subsista longtemps dans les maisons athéniennes, nous montre comment l'esclave entrait dans la famille. On le faisait approcher du foyer ; on le mettait en présence de la divinité domestique ; on lui versait sur la tête de l'eau lustrale, et il partageait avec la famille quelques gâteaux et quelques fruits[23]. Cette cérémonie avait de l'analogie avec celle du mariage et celle de l'adoption. Elle signifiait sans doute que le nouvel arrivant, étranger la veille, serait désormais un membre de la famille et en aurait la religion. Aussi l'esclave assistait-il aux prières et partageait-il les fêtes[24].

Le foyer le protégeait ; la religion des dieux Lares lui appartenait aussi bien qu'à son maître[25]. C'est pour cela que l'esclave devait être enseveli dans le lieu de sépulture de la famille.

Mais, par cela même que le serviteur acquérait le culte et le droit de prier, il perdait sa liberté. La religion était une chaîne qui le retenait. Il était attaché à la famille pour toute sa vie et même pour le temps qui suivait la mort.

Son maître pouvait le faire sortir de la basse servitude et le traiter en homme libre. Mais le serviteur ne quittait pas pour cela la famille. Comme il y était lié par le culte, il ne pouvait pas sans impiété se séparer d'elle. Sous le nom d'*affranchi* ou sous celui de *client*, il continuait à reconnaître l'autorité du chef ou patron et ne cessait pas d'avoir des obligations envers lui. Il ne se mariait qu'avec l'autorisation du maître, et les enfants qui naissaient de lui continuaient à obéir[26].

Il se formait ainsi, dans le sein de la grande famille, un certain nombre de petites familles clientes et subordonnées. Les Romains attribuaient l'établissement de la clientèle à Romulus, comme si une institution de cette nature pouvait être l'œuvre d'un homme. La clientèle est plus vieille que Romulus. Elle a d'ailleurs existé partout, en Grèce aussi bien que dans toute l'Italie[27]. Ce ne sont pas les cités qui l'ont établie et réglée ; elles l'ont, au contraire, comme nous le verrons plus loin, peu à peu amoindrie et détruite. La clientèle est une institution du droit domestique, et elle a existé dans les familles avant qu'il y eût des cités.

Il ne faut pas juger de la clientèle des temps antiques d'après les clients que nous voyons au temps d'Horace.

Il est clair que le client fut longtemps un serviteur attaché au patron. Mais il y avait alors quelque chose qui faisait sa dignité : c'est qu'il avait part au culte et qu'il était associé à la religion de la famille. Il avait le même foyer, les mêmes fêtes, les mêmes *sacra* que son patron. À Rome, en signe de cette communauté religieuse, il prenait le nom de la famille. Il en était considéré comme un membre par l'adoption. De là un lien étroit et une réciprocité de devoirs entre le patron et le client. Écoutez la vieille loi romaine : « Si le patron a fait tort à son client, qu'il soit maudit, *sacer esto*, qu'il meure[28]. » Le patron doit protéger le client par tous les moyens et toutes les forces dont il dispose, par sa prière comme prêtre, par sa lance comme guerrier, par sa loi comme juge. Plus tard, quand la justice de la cité appellera le client, le patron devra le défendre ; il devra même lui révéler les formules mystérieuses de la loi qui lui feront gagner sa cause[29]. On pourra témoigner en justice contre un cognat, on ne le pourra pas contre un client[30] ; et l'on continuera à considérer les devoirs envers les clients comme fort au-dessus des devoirs envers les cognats[31]. Pourquoi ? C'est qu'un cognat, lié seulement par les femmes, n'est pas un parent et n'a pas part à la religion de la famille. Le client, au contraire, a la communauté du culte ; il a, tout inférieur qu'il est, la véritable parenté, qui consiste, suivant l'expression de Platon, à adorer les mêmes dieux domestiques.

La clientèle est un lien sacré que la religion a formé et que rien ne peut rompre. Une fois client d'une famille, on ne peut plus se détacher d'elle. La clientèle de ces temps primitifs n'est pas un rapport volontaire et passager entre deux hommes ; elle est héréditaire, on est client par devoir, de père en fils[32].

On voit par tout cela que la famille des temps les plus anciens, avec sa branche aînée et ses branches cadettes, ses serviteurs et ses clients, pouvait former un groupe d'hommes fort nombreux. Une famille, grâce à sa religion qui en maintenait l'unité, grâce à son droit privé qui la rendait indivisible, grâce aux lois de la clientèle qui retenaient ses serviteurs, arrivait à former à la longue une société fort étendue qui avait son chef héréditaire. C'est d'un nombre indéfini de sociétés de cette nature que la race aryenne paraît avoir été composée pendant une longue suite de siècles. Ces milliers de petits groupes vivaient isolés, ayant peu de rapports entre eux, n'ayant nul besoin les uns des autres, n'étant unis par aucun lien ni religieux ni politique, ayant chacun son domaine, chacun son gouvernement intérieur, chacun ses dieux.

Livre III

La cité

Chapitre 1

La phratrie et la curie. La tribu

Nous n'avons présenté jusqu'ici et nous ne pouvons présenter encore aucune date. Dans l'histoire de ces sociétés antiques, les époques sont plus facilement marquées par la succession des idées et des institutions que par celle des années.

L'étude des anciennes règles du droit privé nous a fait entrevoir, par-delà les temps qu'on appelle historiques, une période de siècles pendant lesquels la famille fut la seule forme de société. Cette famille pouvait alors contenir dans son large cadre plusieurs milliers d'êtres humains. Mais dans ces limites l'association humaine était encore trop étroite : trop étroite pour les besoins matériels, car il était difficile que cette famille se suffît en présence de toutes les chances de la vie ; trop étroite aussi pour les besoins moraux de notre nature, car nous avons vu combien dans ce petit monde l'intelligence du divin était insuffisante et la morale incomplète.

La petitesse de cette société primitive répondait bien à la petitesse de l'idée qu'on s'était faite de la divinité. Chaque famille avait ses dieux, et l'homme ne concevait et n'adorait que des divinités domestiques. Mais il ne devait pas se contenter longtemps de ces dieux si fort au-dessous de ce que son intelligence peut atteindre. S'il lui fallait encore beaucoup de siècles pour arriver à se représenter Dieu comme un être unique, incomparable, infini, du moins il devait se rapprocher insensiblement de cet idéal en agrandissant d'âge en âge sa conception et en reculant peu à peu l'horizon dont la ligne sépare pour lui l'Être divin des choses de la terre.

L'idée religieuse et la société humaine allaient donc grandir en même temps.

La religion domestique défendait à deux familles de se mêler et de se fondre ensemble. Mais il était possible que plusieurs familles, sans rien sacrifier de leur religion particulière, s'unissent du moins pour la célébration d'un autre culte qui leur fût commun. C'est ce qui arriva. Un certain nombre de familles formèrent un groupe, que la langue grecque appelait une phratrie, la langue latine une curie[1]. Existait-il entre les familles d'un même groupe un lien de naissance ? Il est impossible de l'affirmer. Ce qui est sûr, c'est que cette association nouvelle ne se fit pas sans un certain élargissement de l'idée religieuse. Au moment même où elles s'unissaient, ces familles conçurent une divinité supérieure à leurs divinités domestiques qui leur était commune à toutes, et qui veillait sur le groupe entier. Elles lui élevèrent un autel, allumèrent un feu sacré et instituèrent un culte[2].

Il n'y avait pas de curie, de phratrie, qui n'eût son autel et son dieu protecteur. L'acte religieux y était de même nature que dans la famille. Il consistait essentiellement en un repas fait en commun ; la nourriture avait été préparée sur l'autel lui-même et était par conséquent sacrée, on la mangeait en récitant quelques prières ; la divinité était présente et recevait sa part d'aliments et de breuvage[3].

Ces repas religieux de la curie subsistèrent longtemps à Rome ; Cicéron les mentionne, Ovide les décrit[4]. Au temps d'Auguste ils avaient encore conservé toutes leurs formes antiques. « J'ai vu dans ces demeures sacrées, dit un historien de cette époque, le repas dressé devant le dieu ; les tables étaient de bois, suivant l'usage des ancêtres, et la vaisselle était de terre. Les aliments étaient des pains, des gâteaux de fleur de farine, et quelques fruits. J'ai vu faire les libations ; elles ne tombaient pas de coupes d'or ou d'argent, mais de vases d'argile ; et j'ai admiré les hommes de nos jours qui restent si fidèles aux rites et aux coutumes de leurs pères[5]. » À Athènes, aux jours de fêtes tels que les Apaturies et les Thargélies, chaque phratrie se réunissait autour de son autel ; une victime était immolée ; les chairs, cuites sur le feu sacré, étaient partagées entre tous les membres de la phratrie, et l'on avait grande attention à ce qu'aucun étranger n'en eût une part[6].

Il y a des usages qui ont duré jusqu'aux derniers temps de l'histoire grecque et qui jettent quelque lumière sur la nature de la phratrie antique. Ainsi nous voyons qu'au temps de Démosthène, pour faire partie d'une phratrie, il fallait être né d'un mariage légitime dans une des familles qui la composaient. Car la religion de la phratrie, comme celle de la famille, ne se transmettait que par le sang. Le jeune Athénien était présenté à la phratrie par son père, qui jurait qu'il était son fils. L'admission avait lieu sous une forme religieuse. La phratrie immolait une victime et en faisait cuire la chair sur l'autel ; tous les membres étaient présents. Refusaient-ils d'admettre le nouvel arrivant, comme ils en avaient le droit, s'ils doutaient de la légitimité de sa naissance, ils devaient enlever la chair de dessus l'autel. S'ils ne le faisaient pas, si après la cuisson ils partageaient avec le nouveau venu les chairs de la victime, le jeune homme était admis et devenait irrévocablement membre de l'association[7]. Ce qui explique ces pratiques, c'est que les anciens croyaient que toute nourriture préparée sur un autel et partagée entre plusieurs personnes établissait entre elles un lien indissoluble et une union sainte qui ne cessait qu'avec la vie[8].

Chaque phratrie ou curie avait un chef, curion ou phratriarque, dont la principale fonction était de présider aux sacrifices. Peut-être ses attributions avaient-elles été, à l'origine, plus étendues. La phratrie avait ses assemblées, ses délibérations, et pouvait porter des décrets[9]. En elle, aussi bien que dans la famille, il y avait un dieu, un culte, un sacerdoce, une justice, un gouvernement. C'était une petite société qui était modelée exactement sur la famille.

L'association continua naturellement à grandir, et d'après le même mode. Plusieurs curies ou phratries se groupèrent et formèrent une tribu.

Ce nouveau cercle eut encore sa religion ; dans chaque tribu il y eut un autel et une divinité protectrice[10].

Le dieu de la tribu était ordinairement de même nature que celui de la phratrie ou celui de la famille. C'était un homme divinisé, un *héros*. De lui la tribu tirait son nom : aussi les Grecs l'appelaient-ils le *héros éponyme*. Il avait son jour de fête annuelle. La partie principale de la cérémonie religieuse était un repas auquel la tribu entière prenait part[11].

La tribu, comme la phratrie, avait des assemblées et portait des décrets, auxquels tous ses membres devaient se soumettre. Elle avait un tribunal et un droit de justice sur ses membres. Elle avait un chef, *tribunus*, φυλοβασιλεύς[12]. Dans ce qui nous reste des institutions de la tribu, on voit qu'elle avait été constituée, à l'origine, pour être une société indépendante, et comme s'il n'y eût eu aucun pouvoir social au-dessus d'elle[13].

Chapitre 2
Nouvelles croyances religieuses

1. *Les dieux de la nature physique.*

Avant de passer de la formation des tribus à la naissance des cités, il faut mentionner un élément important de la vie intellectuelle de ces antiques populations.

Quand nous avons recherché les plus anciennes croyances de ces peuples, nous avons trouvé une religion qui avait pour objet les ancêtres et pour principal symbole le foyer ; c'est elle qui a constitué la famille et établi les premières lois. Mais cette race a eu aussi, dans toutes ses branches, une autre religion, celle dont les principales figures ont été Zeus, Héra, Athéné, Junon, celle de l'Olympe hellénique et du Capitole romain.

De ces deux religions, la première prenait ses dieux dans l'âme humaine ; la seconde prit les siens dans la nature physique. Si le sentiment de la force vive et de la conscience qu'il porte en lui avait inspiré à l'homme la première idée du divin, la vue de cette immensité qui l'entoure et qui l'écrase traça à son sentiment religieux un autre cours.

L'homme des premiers temps était sans cesse en présence de la nature ; les habitudes de la vie civilisée ne mettaient pas encore un voile entre elle et lui. Son regard était charmé par ces beautés ou ébloui par ces grandeurs. Il jouissait de la lumière, il s'effrayait de la nuit, et quand il voyait revenir « la sainte clarté des cieux[1] », il éprouvait de la reconnaissance. Sa vie était dans les mains de la nature ; il attendait le nuage bienfaisant d'où dépendait sa récolte ; il redoutait l'orage qui pouvait détruire le travail et l'espoir de toute une année. Il sentait à tout moment sa faiblesse et l'incomparable force de ce qui l'entourait. Il éprouvait perpétuellement un mélange de vénération, d'amour et de terreur, pour cette puissante nature.

Ce sentiment ne le conduisit pas tout de suite à la conception d'un Dieu unique régissant l'univers. Car il n'avait pas encore l'idée de l'univers. Il ne savait pas que la terre, le soleil, les astres, sont des parties d'un même corps ; la pensée ne lui venait pas qu'ils pussent être gouvernés par un même Être. Aux premiers regards qu'il jeta sur le monde extérieur, l'homme se le figura comme une sorte de république confuse où des forces rivales se faisaient la guerre. Comme il jugeait les choses extérieures d'après lui-même et qu'il sentait en lui une personne libre, il vit aussi dans chaque partie de la création, dans le sol, dans l'arbre, dans le nuage, dans l'eau du fleuve, dans le soleil, autant de personnes semblables à la sienne ; il leur attribua la pensée, la volonté, le choix des actes ; comme il les sentait puissants et qu'il subissait leur empire, il avoua sa dépendance ; il les pria et les adora ; il en fit des dieux.

Ainsi, dans cette race, l'idée religieuse se présenta sous deux formes très différentes. D'une part, l'homme attacha l'attribut divin au principe invisible, à l'intelligence, à ce qu'il entrevoyait de l'âme, à ce qu'il sentait de sacré en lui. D'autre part, il appliqua son idée du divin aux objets extérieurs qu'il contemplait, qu'il aimait ou redoutait, aux agents physiques qui étaient les maîtres de son bonheur et de sa vie.

Ces deux ordres de croyances donnèrent lieu à deux religions que l'on voit durer aussi longtemps que les sociétés grecque et romaine. Elles ne se firent pas la guerre ; elles vécurent même en assez bonne intelligence et se partagèrent l'empire sur l'homme ; mais elles ne se confondirent jamais. Elles eurent toujours des dogmes tout à fait distincts, souvent contradictoires, des cérémonies et des pratiques absolument différentes. Le culte des dieux de l'Olympe et celui des héros et des mânes n'eurent jamais entre eux rien de commun. De ces deux religions, laquelle fut la première en date, on ne saurait le dire ; on ne saurait même affirmer que l'une ait été antérieure à l'autre ; ce qui est certain, c'est que l'une, celle des morts, ayant été fixée à une époque très-lointaine, resta toujours immuable dans ses pratiques, pendant que ses dogmes s'effaçaient peu à peu ; l'autre, celle de la nature physique, fut plus progressive et se développa librement à travers les âges, modifiant peu à peu ses légendes et ses doctrines, et augmentant sans cesse son autorité sur l'homme.

2. *Rapport de cette religion avec le développement de la société humaine.*

On peut croire que les premiers rudiments de cette religion de la nature sont fort antiques ; ils le sont peut-être autant que le culte des ancêtres ; mais, comme elle répondait à des conceptions plus générales et plus hautes, il lui fallut beaucoup plus de temps pour se fixer en une doctrine précise[2]. Il est bien avéré qu'elle ne se produisit pas dans le monde en un jour et qu'elle ne sortit pas toute faite du cerveau d'un homme. On ne voit à l'origine de cette religion ni un prophète ni un corps de prêtres. Elle naquit dans les différentes intelligences par un effet de leur force naturelle. Chacune se la fit à sa façon. Entre tous ces dieux, issus d'esprits divers, il y eut des ressemblances, parce que les idées se formaient en l'homme suivant un mode à peu près uniforme ; mais il y eut aussi une très grande variété, parce que chaque esprit était l'auteur de ses dieux. Il résulta de là que cette religion fut longtemps confuse et que ses dieux furent innombrables.

Pourtant les éléments que l'on pouvait diviniser n'étaient pas très nombreux. Le soleil qui féconde, la terre qui nourrit, le nuage tour à tour bienfaisant ou funeste, telles étaient les principales puissances dont on pût faire des dieux. Mais de chacun de ces éléments des milliers de dieux naquirent. C'est que le même agent physique, aperçu sous des aspects divers, reçut des hommes différents noms. Le soleil, par exemple, fut appelé ici Héraclès (le glorieux), là Phœbos (l'éclatant), ailleurs Apollon (celui qui chasse la nuit ou le mal) ; l'un le nomma l'Être élevé (Hypérion), l'autre le secourable (Alexicacos), et, à la longue, les groupes d'hommes qui avaient donné ces noms divers à l'astre brillant ne reconnurent pas qu'ils avaient le même dieu.

En fait, chaque homme n'adorait qu'un nombre très-restreint de divinités ; mais les dieux de l'un ne semblaient pas être ceux de l'autre. Les noms pouvaient, à la vérité, se ressembler ; beaucoup d'hommes avaient pu donner séparément à leur dieu le nom d'Apollon ou celui d'Hercule, car ces mots appartenaient à la langue usuelle et n'étaient que des adjectifs qui désignaient l'Être divin par l'un ou l'autre de ses attributs les plus saillants. Mais sous ce même nom les différents groupes d'hommes ne pouvaient pas croire qu'il n'y eût qu'un dieu. On comptait des milliers de Jupiters différents ; il y avait une multitude de Minerves, de Dianes, de Junons, qui se ressemblaient fort peu. Chacune de ces conceptions s'étant formée par le travail libre de chaque esprit et étant en quelque sorte sa propriété, il arriva que ces dieux furent longtemps indépendants les uns des autres, et que chacun d'eux eut sa légende particulière et son culte[3].

Comme la première apparition de ces croyances est d'une époque où les hommes vivaient encore dans l'état de famille, ces dieux nouveaux eurent d'abord, comme les démons, les héros et les lares, le caractère de divinités domestiques. Chaque famille s'était fait ses dieux, et chacune les gardait pour soi, comme des protecteurs dont elle ne voulait pas partager les bonnes grâces avec des étrangers. C'est là une pensée qui apparaît fréquemment dans les hymnes des Védas ; et il n'y a pas de doute qu'elle n'ait été aussi dans l'esprit des Aryas de l'Occident, car elle a laissé des traces visibles dans leur religion. À mesure qu'une famille avait, en personnifiant un agent physique, créé un dieu, elle l'associait à son foyer, le comptait parmi ses pénates et ajoutait quelques mots pour lui à sa formule de prière. C'est pour cela que l'on rencontre souvent chez les anciens des expressions comme celles-ci : les dieux qui siègent près de mon foyer, le Jupiter de mon foyer, l'Apollon de mes pères[4]. « Je te conjure, dit Tecmesse à Ajax, au nom du Jupiter qui siège près de ton foyer. » Médée la magicienne dit dans Euripide : « Je jure par Hécate, ma déesse maîtresse, que je vénère et qui habite le sanctuaire de mon foyer. »

Lorsque Virgile décrit ce qu'il y a de plus vieux dans la religion de Rome, il montre Hercule associé au foyer d'Évandre et adoré par lui comme divinité domestique.

De là sont venus ces milliers de cultes locaux entre lesquels l'unité ne put jamais s'établir. De là ces luttes de dieux dont le polythéisme est plein et qui représentent des luttes de familles, de cantons ou de villes. De là enfin cette foule innombrable de dieux et de déesses, dont nous ne connaissons assurément que la moindre partie : car beaucoup ont péri, sans laisser même le souvenir de leur nom, parce que les familles qui les adoraient se sont éteintes ou que les villes qui leur avaient voué un culte ont été détruites.

Il fallut beaucoup de temps avant que ces dieux sortissent du sein des familles qui les avaient conçus et qui les regardaient comme leur patrimoine. On sait même que beaucoup d'entre eux ne se dégagèrent jamais de cette sorte de lien domestique. La Déméter d'Éleusis resta la divinité particulière de la famille des Eumolpides ; l'Athéné de l'acropole d'Athènes appartenait à la famille des Butades. Les Potitii de Rome avaient un Hercule et les Nautii une Minerve[5]. Il y a grande apparence que le culte de Vénus fut longtemps renfermé dans la famille des Jules et que cette déesse n'eut pas de culte public dans Rome.

Il arriva à la longue que, la divinité d'une famille ayant acquis un grand prestige sur l'imagination des hommes et paraissant puissante en proportion de la prospérité de cette famille, toute une cité voulut l'adopter et lui rendre un culte public pour obtenir ses faveurs. C'est ce qui eut lieu pour la Déméter des Eumolpides, l'Athéné des Butades, l'Hercule des Potitii. Mais, quand une famille consentit à partager ainsi son dieu, elle se réserva du moins le sacerdoce. On peut remarquer que la dignité du prêtre, pour chaque dieu, fut longtemps héréditaire et ne put pas sortir d'une certaine famille[6]. C'est le vestige d'un temps où le dieu lui-même était la propriété de cette famille, ne protégeait qu'elle et ne voulait être servi que par elle.

Il est donc vrai de dire que cette seconde religion fut d'abord à l'unisson de l'état social des hommes. Elle eut pour berceau chaque famille et resta longtemps enfermée dans cet étroit horizon. Mais elle se prêtait mieux que le culte de morts aux progrès futurs de l'association humaine. En effet les ancêtres, les héros, les mânes, étaient des dieux qui, par leur essence même, ne pouvaient être adorés que par un très petit nombre d'hommes et qui établissaient à perpétuité d'infranchissables lignes de démarcation entre les familles. La religion des dieux de la nature était un cadre plus large. Aucune loi rigoureuse ne s'opposait à ce que chacun de ces cultes se propageât ; il n'était pas dans la nature intime de ces dieux de n'être adorés que par une famille et de repousser l'étranger. Enfin les hommes devaient arriver insensiblement à s'apercevoir que le Jupiter d'une famille était, au fond, le même être ou la même conception que le Jupiter d'une autre ; ce qu'ils ne pouvaient jamais croire de deux Lares, de deux ancêtres ou de deux foyers.

Ajoutons que cette religion nouvelle avait aussi une autre morale. Elle ne se bornait pas à enseigner à l'homme les devoirs de famille. Jupiter était le dieu de l'hospitalité ; c'est de sa part que venaient les étrangers, les suppliants, « les vénérables indigents », ceux qu'il fallait traiter « comme des frères ». Tous ces dieux prenaient souvent la forme humaine et se montraient aux mortels. C'était bien quelquefois pour assister à leurs luttes et prendre part à leurs combats ; souvent aussi c'était pour leur prescrire la concorde et leur apprendre à s'aider les uns les autres.

À mesure que cette seconde religion alla se développant, la société dut grandir. Or il est assez manifeste que cette religion, faible d'abord, prit ensuite une extension très grande. À l'origine, elle s'était comme abritée dans les familles, sous la protection du foyer domestique. Là le dieu nouveau avait obtenu une petite place, une étroite *cella*, en regard et à côté de l'autel vénéré, afin qu'un peu du respect que les hommes avaient pour le foyer se portât vers le dieu. Peu à peu le dieu, prenant plus d'autorité sur l'âme, renonça à cette sorte de tutelle ; il quitta le foyer domestique ; il eut une demeure à lui et des sacrifices qui lui furent propres. Cette demeure (ναός, de ναίω, habiter) fut d'ailleurs bâtie à l'image de l'ancien sanctuaire ; ce fut, comme auparavant, une *cella* vis-à-vis d'un foyer ; mais la *cella* s'élargit, s'embellit, devint un temple. Le foyer resta à l'entrée de la maison du dieu, mais il parut bien petit à côté d'elle. Lui qui avait été d'abord le principal, il ne fut plus que l'accessoire. Il cessa d'être le dieu et descendit au rang d'autel du dieu, d'instrument pour le sacrifice. Il fut chargé de brûler la chair de la victime et de porter l'offrande avec la prière de l'homme à la divinité majestueuse dont la statue résidait dans le temple.

Lorsqu'on voit ces temples s'élever et ouvrir leurs portes devant la foule des adorateurs, on peut être assuré que depuis longtemps l'intelligence humaine et la société ont grandi.

Chapitre 3
La cité se forme

La tribu, comme la famille et la phratrie, était constituée pour être un corps indépendant, puisqu'elle avait un culte spécial dont l'étranger était exclu. Une fois formée, aucune famille nouvelle ne pouvait plus y être admise. Deux tribus ne pouvaient pas davantage se fondre en une seule ; leur religion s'y opposait. Mais, de même que plusieurs phratries s'étaient unies en une tribu, plusieurs tribus purent s'associer entre elles, à la condition que le culte de chacune d'elles fût respecté. Le jour où cette alliance se fit, la cité exista.

Il importe peu de chercher la cause qui détermina plusieurs tribus voisines à s'unir. Tantôt l'union fut volontaire, tantôt elle fut imposée par la force supérieure d'une tribu ou par la volonté puissante d'un homme. Ce qui est certain, c'est que le lien de la nouvelle association fut encore un culte. Les tribus qui se groupèrent pour former une cité ne manquèrent jamais d'allumer un feu sacré et de se donner une religion commune.

Ainsi la société humaine, dans cette race, n'a pas grandi à la façon d'un cercle qui s'élargirait peu à peu, gagnant de proche en proche. Ce sont, au contraire, de petits groupes qui, constitués longtemps à l'avance, se sont agrégés les uns aux autres. Plusieurs familles ont formé la phratrie, plusieurs phratries la tribu, plusieurs tribus la cité. Famille, phratrie, tribu, cité, sont d'ailleurs des sociétés exactement semblables entre elles et qui sont nées l'une de l'autre par une série de fédérations.

Il faut même remarquer qu'à mesure que ces différents groupes s'associaient ainsi entre eux, aucun d'eux ne perdait pourtant ni son individualité, ni son indépendance. Bien que plusieurs familles se fussent unies en une phratrie, chacune d'elles restait constituée comme à l'époque de son isolement ; rien n'était changé en elle, ni son culte, ni son sacerdoce, ni son droit de propriété, ni sa justice intérieure. Des curies s'associaient ensuite, mais chacune gardait son culte, ses réunions, ses fêtes, son chef. De la tribu on passa à la cité, mais les tribus ne furent pas pour cela dissoutes, et chacune d'elles continua à former un corps, à peu près comme si la cité n'existait pas. En religion il subsista une multitude de petits cultes au-dessus desquels s'établit un culte commun ; en politique, une foule de petits gouvernements continuèrent à fonctionner, et au-dessus d'eux un gouvernement commun s'éleva.

La cité était une confédération. C'est pour cela qu'elle fut obligée, au moins pendant plusieurs siècles, de respecter l'indépendance religieuse et civile des tribus, des curies et des familles, et qu'elle n'eut pas d'abord le droit d'intervenir dans les affaires particulières de chacun de ces petits corps. Elle n'avait rien à voir dans l'intérieur d'une famille ; elle n'était pas juge de ce qui s'y passait ; elle laissait au père le droit et le devoir de juger sa femme, son fils, son client. C'est pour cette raison que le droit privé, qui avait été fixé à l'époque de l'isolement des familles, a pu subsister dans les cités et n'a été modifié que fort tard.

Ce mode d'enfantement des cités anciennes est attesté par des usages qui ont duré fort longtemps. Si nous regardons l'armée de la cité, dans les premiers temps, nous la trouvons distribuée en tribus, en curies, en familles[1], « de telle sorte, dit un ancien, que le guerrier ait pour voisin dans le combat celui avec qui, en temps de paix, il fait la libation et le sacrifice au même autel[2] ». Si nous regardons le peuple assemblé, dans les premiers siècles de Rome, il vote par curies et par *gentes*[3]. Si nous regardons le culte, nous voyons à Rome six Vestales, deux pour chaque tribu ; à Athènes, l'archonte fait la plupart des sacrifices au nom de la cité entière, mais il reste encore quelques cérémonies religieuses qui doivent être accomplies en commun par les chefs des tribus[4].

Ainsi la cité n'est pas un assemblage d'individus : c'est une confédération de plusieurs groupes qui étaient constitués avant elle et qu'elle laisse subsister. On voit dans les orateurs attiques que chaque Athénien fait partie à la fois de quatre sociétés distinctes ; il est membre d'une famille, d'une phratrie, d'une tribu et d'une cité. Il n'entre pas en même temps et le même jour dans toutes les quatre, comme le Français qui, du moment de sa naissance, appartient à la fois à une famille, à une commune, à un département et à une patrie. La phratrie et la tribu ne sont pas des divisions administratives. L'homme entre à des époques diverses dans ces quatre sociétés, et il monte, en quelque sorte, de l'une à l'autre. L'enfant est d'abord admis dans la famille par la cérémonie religieuse qui a lieu dix jours après sa naissance. Quelques années après, il entre dans la phratrie par une nouvelle cérémonie que nous avons décrite plus haut. Enfin, à l'âge de seize ou de dix-huit ans, il se présente pour être admis dans la cité. Ce jour-là, en présence d'un autel et devant les chairs fumantes d'une victime, il prononce un serment par lequel il s'engage, entre autres choses, à respecter toujours la religion de la cité[5]. À partir de ce jour-là, il est initié au culte public et devient citoyen[6]. Que l'on observe ce jeune Athénien s'élevant d'échelon en échelon, de culte en culte, et l'on aura l'image des degrés par lesquels l'association humaine avait jadis passé. La marche que ce jeune homme est astreint à suivre est celle que la société a d'abord suivie.

Un exemple rendra cette vérité plus claire. Il nous est resté sur les antiquités d'Athènes assez de traditions et de souvenirs pour que nous puissions voir avec quelque netteté comment s'est formée la cité athénienne. À l'origine, dit Plutarque, l'Attique était divisée par familles[7]. Quelques-unes de ces familles de l'époque primitive, comme les Eumolpides, les Cécropides, les Géphyréens, les Phytalides, les Lakiades, se sont perpétuées jusque dans les âges suivants. Alors la cité athénienne n'existait pas ; mais chaque famille, entourée de ses branches cadettes et de ses clients, occupait un canton et y vivait dans une indépendance absolue. Chacune avait sa religion propre : les Eumolpides, fixés à Éleusis, adoraient Déméter ; les Cécropides, qui habitaient le rocher où fut plus tard Athènes, avaient pour divinités protectrices Poséidon et Athéné. Tout à côté, sur la petite colline de l'Aréopage, le dieu protecteur était Arès ; à Marathon, c'était un Hercule, à Prasies un Apollon, un autre Apollon à Phlyes, les Dioscures à Céphale, et ainsi de tous les autres cantons[8].

Chaque famille, comme elle avait son dieu et son autel, avait aussi son chef. Quand Pausanias visita l'Attique, il trouva dans les petits bourgs d'antiques traditions qui s'étaient perpétuées avec le culte ; or ces traditions lui apprirent que chaque bourg avait eu son roi avant le temps où Cécrops régnait à Athènes[9]. N'était-ce pas le souvenir d'une époque lointaine où ces grandes familles patriarcales, semblables aux clans celtiques, avaient chacune son chef héréditaire, qui était à la fois prêtre et juge ? Une centaine de petites sociétés vivaient donc isolées dans le pays, ne connaissant entre elles ni lien religieux ni lien politique, ayant chacune son territoire, se faisant souvent la guerre, étant enfin à tel point séparées les unes des autres que le mariage entre elles n'était pas toujours permis[10].

Mais les besoins ou les sentiments les rapprochèrent. Insensiblement elles s'unirent en petits groupes, par quatre, par six. Ainsi nous trouvons dans les traditions que les quatre bourgs de la plaine de Marathon s'associèrent pour adorer ensemble Apollon Delphinien ; les hommes du Pirée, de Phalère, et de deux cantons voisins, s'unirent de leur côté et bâtirent en commun un temple à Hercule[11]. À la longue, cette centaine de petits États se réduisit à douze confédérations. Ce changement, par lequel la population de l'Attique passa de l'état de famille patriarcale à une société un peu plus étendue, était attribué par la légende aux efforts de Cécrops ; il faut seulement entendre par là qu'il ne fut achevé qu'à l'époque où l'on plaçait le règne de ce personnage, c'est-à-dire vers le seizième siècle avant notre ère. On voit d'ailleurs que ce Cécrops ne régnait que sur l'une des douze associations, celle qui fut plus tard Athènes ; les onze autres étaient pleinement indépendantes ; chacune avait son dieu protecteur, son autel, son feu sacré, son chef[12].

Plusieurs générations se passèrent pendant lesquelles le groupe des Cécropides acquit insensiblement plus d'importance. De cette période il est resté le souvenir d'une lutte sanglante qu'ils soutinrent contre les Eumolpides d'Éleusis, et dont le résultat fut que ceux-ci se soumirent, avec la seule réserve de conserver le sacerdoce héréditaire de leur divinité[13]. On peut croire qu'il y a eu d'autres luttes et d'autres conquêtes dont le souvenir ne s'est pas conservé. Le rocher des Cécropides, où s'était peu à peu développé le culte d'Athéné, et qui avait fini par adopter le nom de sa divinité principale, acquit la suprématie sur les onze autres États. Alors parut Thésée, héritier des Cécropides. Toutes les traditions s'accordent à dire qu'il réunit les douze groupes en une cité. Il réussit, en effet, à faire adopter dans toute l'Attique le culte d'Athéné Polias, en sorte que tout le pays célébra dès lors en commun le sacrifice des Panathénées. Avant lui, chaque bourgade avait son feu sacré et son prytanée : il voulut que le prytanée d'Athènes fût le centre religieux de toute l'Attique[14]. Dès lors l'unité athénienne fut fondée ; religieusement, chaque canton conserva son ancien culte, mais tous adoptèrent un culte commun ; politiquement, chacun conserva ses chefs, ses juges, son droit de s'assembler, mais au-dessus de ces gouvernements locaux il y eut le gouvernement central de la cité[15].

De ces souvenirs et de ces traditions si précises qu'Athènes conservait religieusement, il nous semble qu'il ressort deux vérités également manifestes : l'une est que la cité a été une confédération de groupes constitués avant elle ; l'autre est que la société ne s'est développée qu'autant que la religion s'élargissait. On ne saurait dire si c'est le progrès religieux qui a amené le progrès social ;

ce qui est certain, c'est qu'ils se sont produits tous les deux en même temps et avec un remarquable accord.

Il faut bien penser à l'excessive difficulté qu'il y avait pour les populations primitives à fonder des sociétés régulières. Le lien social n'est pas facile à établir entre ces êtres humains qui sont si divers, si libres, si inconstants. Pour leur donner des règles communes, pour instituer le commandement et faire accepter l'obéissance, pour faire céder la passion à la raison et la raison individuelle à la raison publique, il faut assurément quelque chose de plus fort que la force matérielle, de plus respectable que l'intérêt, de plus sûr qu'une théorie philosophique, de plus immuable qu'une convention, quelque chose qui soit également au fond de tous les cœurs et qui y siège avec empire.

Cette chose-là, c'est une croyance. Il n'est rien de plus puissant sur l'âme. Une croyance est l'œuvre de notre esprit, mais nous ne sommes pas libres de la modifier à notre gré. Elle est notre création, mais nous ne le savons pas. Elle est humaine, et nous la croyons dieu. Elle est l'effet de notre puissance et elle est plus forte que nous. Elle est en nous ; elle ne nous quitte pas ; elle nous parle à tout moment. Si elle nous dit d'obéir, nous obéissons ; si elle nous trace des devoirs, nous nous soumettons. L'homme peut bien dompter la nature, mais il est assujetti à sa pensée.

Or, une antique croyance commandait à l'homme d'honorer l'ancêtre ; le culte de l'ancêtre a groupé la famille autour d'un autel. De là la première religion, les premières prières, la première idée du devoir et la première morale ; de là aussi la propriété établie, l'ordre de la succession fixé ; de là enfin tout le droit privé et toutes les règles de l'organisation domestique. Puis la croyance grandit, et l'association en même temps. À mesure que les hommes sentent qu'il y a pour eux des divinités communes, ils s'unissent en groupes plus étendus. Les mêmes règles, trouvées et établies dans la famille, s'appliquent successivement à la phratrie, à la tribu, à la cité.

Embrassons du regard le chemin que les hommes ont parcouru. À l'origine, la famille vit isolée et l'homme ne connaît que des dieux domestiques, θεοὶ πατρῷοι, *dii gentiles*. Au-dessus de la famille se forme la phratrie avec son dieu, θεὸς φράτριος, *Juno curialis*. Vient ensuite la tribu, et le dieu de la tribu, θεὸς φύλιος. On arrive enfin à la cité, et l'on conçoit un dieu dont la providence embrasse cette cité entière, θεὸς πολιεύς, *penates publici*. Hiérarchie de croyances, hiérarchie d'associations. L'idée religieuse a été, chez les anciens, le souffle inspirateur et organisateur de la société.

Les traditions des Hindous, des Grecs, des Étrusques, racontaient que les dieux avaient révélé aux hommes les lois sociales. Sous cette forme légendaire il y a une vérité. Les lois sociales ont été l'œuvre des dieux ; mais ces dieux si puissants et si bienfaisants n'étaient pas autre chose que les croyances des hommes.

Tel a été le mode d'enfantement de l'État chez les anciens ; cette étude était nécessaire pour nous rendre compte tout à l'heure de la nature et des institutions de la cité. Mais il faut faire ici une réserve. Si les premières cités se sont formées par la confédération de petites sociétés constituées antérieurement, ce n'est pas à dire que toutes les cités à nous connues aient été formées de la même manière. L'organisation municipale une fois trouvée, il n'était pas nécessaire que pour chaque ville nouvelle on recommençât la même route longue et difficile. Il put même arriver assez souvent que l'on suivît l'ordre inverse. Lorsqu'un chef, sortant d'une ville déjà constituée, en alla fonder une autre, il n'emmena d'ordinaire avec lui qu'un petit nombre de ses concitoyens, et il s'adjoignit beaucoup d'autres hommes qui venaient de divers lieux et pouvaient même appartenir à des races diverses. Mais ce chef ne manqua jamais de constituer le nouvel État à l'image de celui qu'il venait de quitter. En conséquence, il partagea son peuple en tribus et en phratries. Chacune de ces petites associations eut un autel, des sacrifices, des fêtes ; chacune imagina même un ancien héros qu'elle honora d'un culte, et duquel elle vint à la longue à se croire issue.

Souvent encore il arriva que les hommes d'un certain pays vivaient sans lois et sans ordre, soit que l'organisation sociale n'eût pas réussi à s'établir, comme en Arcadie, soit qu'elle eût été corrompue et dissoute par des révolutions trop brusques, comme à Cyrène et à Thurii. Si un législateur entreprenait de mettre la règle parmi ces hommes, il ne manquait jamais de commencer par les répartir en tribus et en phratries, comme s'il n'y avait pas d'autre type de société que celui-là. Dans chacun de ces cadres il instituait un héros éponyme, il établissait des sacrifices, il inaugurait des traditions. C'était toujours par là que l'on commençait si l'on voulait fonder une société régulière[16]. Ainsi fait Platon lui-même lorsqu'il imagine une cité modèle.

Chapitre 4

LA VILLE

Cité et ville n'étaient pas des mots synonymes chez les anciens. La cité était l'association religieuse et politique des familles et des tribus ; la ville était le lieu de réunion, le domicile et surtout le sanctuaire de cette association.

Il ne faudrait pas nous faire des villes anciennes l'idée que nous donnent celles que nous voyons s'élever de nos jours. On bâtit quelques maisons, c'est un village ; insensiblement le nombre des maisons s'accroît, c'est une ville ; et nous finissons, s'il y a lieu, par l'entourer d'un fossé et d'une muraille. Une ville, chez les anciens, ne se formait pas à la longue, par le lent accroissement du nombre des hommes et des constructions. On fondait une ville d'un seul coup, tout entière en un jour.

Mais il fallait que la cité fût constituée d'abord, et c'était l'œuvre la plus difficile et ordinairement la plus longue. Une fois que les familles, les phratries et les tribus, étaient convenues de s'unir et d'avoir un même culte, aussitôt on fondait la ville pour être le sanctuaire de ce culte commun. Aussi la fondation d'une ville était-elle toujours un acte religieux.

Nous allons prendre pour premier exemple Rome elle-même, en dépit de la vogue d'incrédulité qui s'attache à cette ancienne histoire. On a bien souvent répété que Romulus était un chef d'aventuriers, qu'il s'était fait un peuple en appelant à lui des vagabonds et des voleurs, et que tous ces hommes ramassés sans choix avaient bâti au hasard quelques cabanes pour y enfermer leur butin. Mais les écrivains anciens nous présentent les faits d'une tout autre façon ; et il nous semble que, si l'on veut connaître l'Antiquité, la première règle doit être de s'appuyer sur les témoignages qui nous viennent d'elle. Ces écrivains parlent à la vérité d'un asile, c'est-à-dire d'un enclos sacré où Romulus admit tous ceux qui se présentèrent ; en quoi il suivait l'exemple que beaucoup de fondateurs de villes lui avaient donné [1]. Mais cet asile n'était pas la ville ; il ne fut même ouvert qu'après que la ville avait été fondée et complètement bâtie [2]. C'était un appendice ajouté à Rome, ce n'était pas Rome. Il ne faisait même pas partie de la ville de Romulus, car il était situé sur la pente du mont Capitolin, tandis que la ville occupait le plateau du Palatin [3]. Il importe de bien distinguer le double élément de la population romaine. Dans l'asile sont les aventuriers sans feu ni lieu ; sur le Palatin sont les hommes venus d'Albe, c'est-à-dire les hommes déjà organisés en société, distribués en *gentes* et en curies, ayant des cultes domestiques et des lois. L'asile n'est qu'une sorte de hameau ou de faubourg où les cabanes se bâtissent au hasard et sans règles ; sur le Palatin s'élève une ville religieuse et sainte.

Sur la manière dont cette ville fut fondée, l'antiquité abonde en renseignements ; on en trouve dans Denys d'Halicarnasse, qui les puisait chez des auteurs plus anciens que lui ; on en trouve dans Plutarque, dans les *Fastes* d'Ovide, dans Tacite, dans Caton l'Ancien, qui avait compulsé les vieilles annales, et dans deux autres écrivains qui doivent surtout nous inspirer une grande confiance, le savant Varron et le savant Verrius Flaccus que Festus nous a en partie conservé, tous les deux fort instruits des antiquités romaines, amis de la vérité, nullement crédules, et connaissant assez bien les règles de la critique historique. Tous ces écrivains nous ont transmis le souvenir de la cérémonie religieuse qui avait marqué la fondation de Rome, et nous ne sommes pas en droit de rejeter un tel nombre de témoignages.

Il n'est pas rare de rencontrer chez les anciens des faits qui nous étonnent : est-ce un motif pour dire que ce sont des fables, surtout si ces faits, qui s'éloignent beaucoup des idées modernes, s'accordent parfaitement avec celles des anciens ? Nous avons vu dans leur vie privée une religion qui réglait tous leurs actes ; nous avons vu ensuite que cette religion les avait constitués en société : qu'y a-t-il d'étonnant après cela que la fondation d'une ville ait été aussi un acte sacré et que Romulus lui-même ait dû accomplir des rites qui étaient observés partout ?

Le premier soin du fondateur est de choisir l'emplacement de la ville nouvelle. Mais ce choix, chose grave et de laquelle on croit que la destinée du peuple dépend, est toujours laissé à la décision des dieux. Si Romulus eût été Grec, il aurait consulté l'oracle de Delphes ; Samnite, il eût suivi l'animal sacré, le loup ou le pivert. Latin, tout voisin des Étrusques, initié à la science augurale[4], il demande aux dieux de lui révéler leur volonté par le vol des oiseaux. Les dieux lui désignent le Palatin.

Le jour de la fondation venu, il offre d'abord un sacrifice. Ses compagnons sont rangés autour de lui ; ils allument un feu de broussailles, et chacun saute à travers la flamme légère[5]. L'explication de ce rite est que, pour l'acte qui va s'accomplir, il faut que le peuple soit pur : or les anciens croyaient se purifier de toute tache physique ou morale en sautant à travers la flamme sacrée.

Quand cette cérémonie préliminaire a préparé le peuple au grand acte de la fondation, Romulus creuse une petite fosse de forme circulaire. Il y jette une motte de terre qu'il a apportée de la ville d'Albe[6]. Puis chacun de ses compagnons, s'approchant à son tour, jette comme lui un peu de terre qu'il a apportée du pays d'où il vient. Ce rite est remarquable, et il nous révèle chez ces hommes une pensée qu'il importe de signaler. Avant de venir sur le Palatin, ils habitaient Albe ou quelque autre des villes voisines. Là était leur foyer : c'est là que leurs pères avaient vécu et étaient ensevelis. Or la religion défendait de quitter la terre où le foyer avait été fixé et où les ancêtres divins reposaient. Il avait donc fallu, pour se dégager de toute impiété, que chacun de ces hommes usât d'une fiction, et qu'il emportât avec lui, sous le symbole d'une motte de terre, le sol sacré où ses ancêtres étaient ensevelis et auquel leurs mânes étaient attachés. L'homme ne pouvait se déplacer qu'en emmenant avec lui son sol et ses aïeux. Il fallait que ce rite fût accompli pour qu'il pût dire en montrant la place nouvelle qu'il avait adoptée : Ceci est encore la terre de mes pères, *terra patrum, patria* ; ici est ma patrie, car ici sont les mânes de ma famille.

La fosse où chacun avait ainsi jeté un peu de terre s'appelait *mundus* ; or ce mot désignait spécialement dans l'ancienne langue religieuse la région des mânes[7]. De cette même place, suivant la tradition, les âmes des morts s'échappaient trois fois par an, désireuses de revoir un moment la lumière[8]. Ne voyons-nous pas encore dans cette tradition la véritable pensée de ces anciens hommes ? En déposant dans la fosse une motte de terre de leur ancienne patrie, ils avaient cru y enfermer aussi les âmes de leurs ancêtres. Ces âmes, réunies là, devaient recevoir un culte perpétuel et veiller sur leurs descendants. Romulus à cette même place posa un autel et y alluma du feu. Ce fut le foyer de la cité[9].

Autour de ce foyer doit s'élever la ville, comme la maison s'élève autour du foyer domestique. Romulus trace un sillon qui marque l'enceinte. Ici encore les moindres détails sont fixés par un rituel. Le fondateur doit se servir d'un soc de cuivre ; sa charrue est traînée par un taureau blanc et une vache blanche. Romulus, la tête voilée et sous le costume sacerdotal, tient lui-même le manche de la charrue, et la dirige en chantant des prières. Ses compagnons marchent derrière lui en observant un silence religieux. À mesure que le soc soulève des mottes de terre, on les rejette soigneusement à l'intérieur de l'enceinte, pour qu'aucune parcelle de cette terre sacrée ne soit du côté de l'étranger[10].

Cette enceinte tracée par la religion est inviolable. Ni étranger ni citoyen n'a le droit de la franchir. Sauter pardessus ce petit sillon est un acte d'impiété ; la tradition romaine disait que le frère du fondateur avait commis ce sacrilège et l'avait payé de sa vie[11].

Mais, pour que l'on puisse entrer dans la ville et en sortir, le sillon est interrompu en quelques endroits ; pour cela Romulus a soulevé et porté le soc ; ces intervalles s'appellent *portæ* ; ce sont les portes de la ville[12].

Sur le sillon sacré ou un peu en arrière, s'élèvent ensuite les murailles ; elles sont sacrées aussi[13]. Nul ne pourra y toucher, même pour les réparer, sans la permission des pontifes. Des deux côtés de cette muraille, un espace de quelques pas est donné à la religion ; on l'appelle *pomærium* ; il n'est permis ni d'y faire passer la charrue ni d'y élever aucune construction[14].

Telle a été, suivant une foule de témoignages anciens, la cérémonie de la fondation de Rome. Que si l'on demande comment le souvenir a pu s'en conserver jusqu'aux écrivains qui nous l'ont transmis, c'est que cette cérémonie était rappelée chaque année à la mémoire du peuple par une fête anniversaire qu'on appelait le jour natal de Rome [15]. Cette fête a été célébrée dans toute l'Antiquité, d'année en année, et le peuple romain la célèbre encore aujourd'hui à la même date qu'autrefois, le 21 avril : tant les hommes, à travers leurs incessantes transformations, restent fidèles aux vieux usages !

On ne peut pas raisonnablement supposer que de tels rites aient été imaginés pour la première fois par Romulus. Il est certain, au contraire, que beaucoup de villes avant Rome avaient été fondées de la même manière. Varron dit que ces rites étaient communs au Latium et à l'Étrurie. Caton l'Ancien qui, pour écrire son livre des *Origines*, avait consulté les annales de tous les peuples italiens, nous apprend que des rites analogues étaient pratiqués par tous les fondateurs de villes. Les Étrusques possédaient des livres liturgiques où était consigné le rituel complet de ces cérémonies [16].

Les Grecs croyaient, comme les Italiens, que l'emplacement d'une ville devait être choisi et révélé par la divinité. Aussi, quand ils voulaient en fonder une, consultaient-ils l'oracle de Delphes [17]. Hérodote signale comme un acte d'impiété ou de folie que le Spartiate Doriée ait osé bâtir une ville « sans consulter l'oracle et sans pratiquer aucune des cérémonies prescrites, » et le pieux historien n'est pas surpris qu'une ville ainsi construite en dépit des règles n'ait duré que trois ans [18].

Thucydide, rappelant le jour où Sparte fut fondée, mentionnc les chants pieux et les sacrifices de ce jour-là[19]. Le même historien nous dit que les Athéniens avaient un rituel particulier, et qu'ils ne fondaient jamais une colonie sans s'y conformer[20]. On peut voir dans une comédie d'Aristophane un tableau assez exact de la cérémonie qui était usitée en pareil cas. Lorsque le poète représentait la plaisante fondation de la ville des Oiseaux, il songeait certainement aux coutumes qui étaient observées dans la fondation des villes des hommes : aussi mettait-il sur la scène un prêtre qui allumait un foyer en invoquant les dieux, un poète qui chantait des hymnes, et un devin qui récitait des oracles.

Pausanias parcourait la Grèce vers le temps d'Adrien. Arrivé en Messénie, il se fit raconter par les prêtres la fondation de la ville de Messène, et il nous a transmis leur récit[21]. L'événement n'était pas très ancien ; il avait eu lieu au temps d'Épaminondas. Trois siècles auparavant, les Messéniens avaient été chassés de leur pays, et depuis ce temps-là ils avaient vécu dispersés parmi les autres Grecs, sans patrie, mais gardant avec un soin pieux leurs coutumes et leur religion nationale. Les Thébains voulaient les ramener dans le Péloponnèse, pour attacher un ennemi aux flancs de Sparte, mais le plus difficile était de décider les Messéniens. Épaminondas, qui avait affaire à des hommes superstitieux, crut devoir mettre en circulation un oracle prédisant à ce peuple le retour dans son ancienne patrie. Des apparitions miraculeuses attestèrent que les dieux nationaux des Messéniens, qui les avaient trahis à l'époque de la conquête, leur étaient redevenus favorables. Ce peuple timide se décida alors à rentrer dans le Péloponnèse à la suite d'une armée thébaine. Mais il s'agissait de savoir où la ville serait bâtie, car d'aller réoccuper les anciennes villes du pays, il n'y fallait pas songer : elles avaient été souillées par la conquête. Pour choisir la place où l'on s'établirait, on n'avait pas la ressource ordinaire de consulter l'oracle de Delphes, car la Pythie était alors du parti de Sparte. Par bonheur, les dieux avaient d'autres moyens de révéler leur volonté ; un prêtre messénien eut un songe où l'un des dieux de sa nation lui apparut et lui dit qu'il allait se fixer sur le mont Ithôme, et qu'il invitait le peuple à l'y suivre. L'emplacement de la ville nouvelle étant ainsi indiqué, il restait encore à savoir les rites qui étaient nécessaires pour la fondation ; mais les Messéniens les avaient oubliés ; ils ne pouvaient pas, d'ailleurs, adopter ceux des Thébains ni d'aucun autre peuple ; et l'on ne savait comment bâtir la ville. Un songe vint fort à propos à un autre Messénien : les dieux lui ordonnaient de se transporter sur le mont Ithôme, d'y chercher un if qui se trouvait auprès d'un myrte, et de creuser la terre en cet endroit. Il obéit ; il découvrit une urne, et dans cette urne des feuilles d'étain, sur lesquelles se trouvait gravé le rituel complet de la cérémonie sacrée. Les prêtres en prirent aussitôt copie et l'inscrivirent dans leurs livres. On ne manqua pas de croire que l'urne avait été déposée là par un ancien roi des Messéniens avant la conquête du pays.

Dès qu'on fut en possession du rituel, la fondation commença. Les prêtres offrirent d'abord un sacrifice ; on invoqua les anciens dieux de la Messénie, les Dioscures, le Jupiter de l'Ithôme, les anciens héros, les ancêtres connus et vénérés. Tous ces protecteurs du pays l'avaient apparemment quitté, suivant les croyances des anciens, le jour où l'ennemi s'en était rendu maître ; on les conjura d'y revenir. On prononça des formules qui devaient avoir pour effet de les déterminer à habiter la ville nouvelle en commun avec les citoyens. C'était là l'important ; fixer les dieux avec eux était ce que ces hommes avaient le plus à cœur, et l'on peut croire que la cérémonie religieuse n'avait pas d'autre but. De même que les compagnons de Romulus creusaient une fosse et croyaient y déposer les mânes de leurs ancêtres, ainsi les contemporains d'Épaminondas appelaient à eux leurs héros, leurs ancêtres divins, les dieux du pays. Ils croyaient, par des formules et par des rites, les attacher au sol qu'ils allaient eux-même occuper, et les enfermer dans l'enceinte qu'ils allaient tracer. Aussi leur disaient-ils : « Venez avec nous, ô Êtres divins ! et habitez en commun avec nous cette ville. » Une première journée fut employée à ces sacrifices et à ces prières. Le lendemain on traça l'enceinte, pendant que le peuple chantait des hymnes religieux.

On est surpris d'abord quand on voit dans les auteurs anciens qu'il n'y avait aucune ville, si antique qu'elle pût être, qui ne prétendît savoir le nom de son fondateur et la date de sa fondation. C'est qu'une ville ne pouvait pas perdre le souvenir de la cérémonie sainte qui avait marqué sa naissance ; car chaque année elle en célébrait l'anniversaire par un sacrifice. Athènes, aussi bien que Rome, fêtait son jour natal [22].

Il arrivait souvent que des colons ou des conquérants s'établissaient dans une ville déjà bâtie. Ils n'avaient pas de maisons à construire, car rien ne s'opposait à ce qu'ils occupassent celles des vaincus. Mais ils avaient à accomplir la cérémonie de la fondation, c'est-à-dire à poser leur propre foyer et à fixer dans leur nouvelle demeure leurs dieux nationaux. C'est pour cela qu'on lit dans Thucydide et dans Hérodote que les Doriens fondèrent

Sparte, et les Ioniens Milet, quoique les deux peuples eussent trouvé ces villes toutes bâties et déjà fort anciennes.

Ces usages nous disent clairement ce que c'était qu'une ville dans la pensée des anciens. Entourée d'une enceinte sacrée, et s'étendant autour d'un autel, elle était le domicile religieux qui recevait les dieux et les hommes de la cité. Tite-Live disait de Rome : « Il n'y a pas une place dans cette ville qui ne soit imprégnée de religion et qui ne soit occupée par quelque divinité… Les dieux l'habitent. » Ce que Tite-Live disait de Rome, tout homme pouvait le dire de sa propre ville ; car, si elle avait été fondée suivant les rites, elle avait reçu dans son enceinte des dieux protecteurs qui s'étaient comme implantés dans son sol et ne devaient plus le quitter. Toute ville était un sanctuaire ; toute ville pouvait être appelée sainte[23].

Comme les dieux étaient pour toujours attachés à la ville, le peuple ne devait pas non plus quitter l'endroit où ses dieux étaient fixés. Il y avait à cet égard un engagement réciproque, une sorte de contrat entre les dieux et les hommes. Les tribuns de la plèbe disaient un jour que Rome, dévastée par les Gaulois, n'était plus qu'un monceau de ruines, qu'à cinq lieues de là il existait une ville toute bâtie, grande et belle, bien située et vide d'habitants depuis que les Romains en avaient fait la conquête ; qu'il fallait donc laisser la Rome détruite et se transporter à Veii. Mais le pieux Camille leur répondit : « Notre ville a été fondée religieusement ; les dieux mêmes en ont marqué la place et s'y sont établis avec nos pères. Toute ruinée qu'elle est, elle est encore la demeure de nos dieux nationaux. » Les Romains restèrent à Rome.

Quelque chose de sacré et de divin s'attachait naturellement à ces villes que les dieux avaient élevées[24] et qu'ils continuaient à remplir de leur présence. On sait que les traditions romaines promettaient à Rome l'éternité. Chaque cité avait des traditions semblables. On bâtissait toutes les villes pour être éternelles.

Chapitre 5

Le culte du fondateur : la légende d'Énée

Le fondateur était l'homme qui accomplissait l'acte religieux sans lequel une ville ne pouvait pas être. C'était lui qui posait le foyer où devait brûler éternellement le feu sacré ; c'était lui qui, par ses prières et ses rites, appelait les dieux et les fixait pour toujours dans la ville nouvelle.

On conçoit le respect qui devait s'attacher à cet homme sacré. De son vivant, les hommes voyaient en lui l'auteur du culte et le père de la cité ; mort, il devenait un ancêtre commun pour toutes les générations qui se succédaient ; il était pour la cité ce que le premier ancêtre était pour la famille, un Lare familier. Son souvenir se perpétuait comme le feu du foyer qu'il avait allumé. On lui vouait un culte, on le croyait dieu et la ville l'adorait comme sa Providence. Des sacrifices et des fêtes étaient renouvelés chaque année sur son tombeau [1].

Tout le monde sait que Romulus était adoré, qu'il avait un temple et des prêtres. Les sénateurs purent bien l'égorger, mais non pas le priver du culte auquel il avait droit comme fondateur [2]. Chaque ville adorait de même celui qui l'avait fondée ; Cécrops et Thésée, que l'on regardait comme ayant été successivement fondateurs d'Athènes, y avaient des temples. Abdère faisait des sacrifices à son fondateur Timésios, Théra à Théras, Ténédos à Ténès, Délos à Anios, Cyrène à Battos, Milet à Nélée, Amphipolis à Hagnon [3]. Au temps de Pisistrate, un Miltiade alla fonder une colonie dans la Chersonèse de Thrace ; cette colonie lui institua un culte après sa mort, « suivant l'usage ordinaire ». Hiéron de Syracuse, ayant fondé la ville d'Ætna, y jouit dans la suite « du culte des fondateurs [4] ».

Il n'y avait rien qui fût plus à cœur à une ville que le souvenir de sa fondation. Quand Pausanias visita la Grèce, au second siècle de notre ère, chaque ville put lui dire le nom de son fondateur avec sa généalogie et les principaux faits de son existence. Ce nom et ces faits ne pouvaient pas sortir de la mémoire, car ils faisaient partie de la religion, et ils étaient rappelés chaque année dans les cérémonies sacrées.

On a conservé le souvenir d'un grand nombre de poèmes grecs qui avaient pour sujet la fondation d'une ville. Philochore avait chanté celle de Salamine, Ion celle de Chios, Criton celle de Syracuse, Zopyre celle de Milet ; Apollonius, Hermogène, Hellanicus, Dioclès, avaient composé sur le même sujet des poèmes ou des histoires. Peut-être n'y avait-il pas une seule ville qui ne possédât son poème ou au moins son hymne sur l'acte sacré qui lui avait donné naissance.

Parmi tous ces anciens poèmes, qui avaient pour objet la fondation sainte d'une ville, il en est un qui n'a pas péri, parce que, si son sujet le rendait cher à une cité, ses beautés l'ont rendu précieux pour tous les peuples et tous les siècles. On sait qu'Énée avait fondé Lavinium, d'où étaient issus les Albains et les Romains, et qu'il était par conséquent regardé comme le premier fondateur de

Rome. Il s'était établi sur lui un ensemble de traditions et de souvenirs que l'on trouve déjà consignés dans les vers du vieux Nævius et dans les histoires de Caton l'Ancien. Virgile s'empara de ce sujet et écrivit le poème national de la cité romaine.

C'est l'arrivée d'Énée, ou plutôt c'est le transport des dieux de Troie en Italie qui est le sujet de l'*Énéide*. Le poète chante cet homme qui traversa les mers pour aller fonder une ville et porter ses dieux dans le Latium,

dum conderet urbem
Inferretque Deos Latio.

Il ne faut pas juger l'*Énéide* avec nos idées modernes. On se plaint quelquefois de ne pas trouver dans Énée l'audace, l'élan, la passion. On se fatigue de cette épithète de pieux qui revient sans cesse. On s'étonne de voir ce guerrier consulter ses Pénates avec un soin si scrupuleux, invoquer à tout propos quelque divinité, lever les bras au ciel quand il s'agit de combattre, se laisser ballotter par les oracles à travers toutes les mers, et verser des larmes à la vue d'un danger. On ne manque guère non plus de lui reprocher sa froideur pour Didon et l'on est tenté d'accuser ce cœur que rien ne touche.

Nullis ille movetur
Fletibus, aut voces ullas tractabilis audit.

C'est qu'il ne s'agit pas ici d'un guerrier ou d'un héros de roman. Le poète veut nous montrer un prêtre. Énée est le chef du culte, l'homme sacré, le divin fondateur, dont la mission est de sauver les Pénates de la cité :

Sum pius Æneas raptos qui ex hoste Penates
Classe veho mecum.

Sa qualité dominante doit être la piété, et l'épithète que le poète lui applique le plus souvent est aussi celle qui lui convient le mieux. Sa vertu doit être une froide et haute impersonnalité, qui fasse de lui, non un homme, mais un instrument des dieux. Pourquoi chercher en lui des passions ? il n'a pas le droit d'en avoir, ou il doit les refouler au fond de son cœur :

Multa gemens multoque animum labefactus amore,
Jussa tamen Divum insequitur.

Déjà dans Homère Énée était un personnage sacré, un grand prêtre, que le peuple « vénérait à l'égal d'un dieu », et que Jupiter préférait à Hector. Dans Virgile il est le gardien et le sauveur des dieux troyens. Pendant la nuit qui a consommé la ruine de la ville, Hector lui est apparu en songe, « Troie, lui a-t-il dit, te confie ses dieux ; cherche une nouvelle ville ». Et en même temps il lui a remis les choses saintes, les statuettes protectrices et le feu du foyer qui ne doit pas s'éteindre. Ce songe n'est pas un ornement placé là par la fantaisie du poète. Il est, au contraire, le fondement sur lequel repose le poème tout entier ; car c'est par lui qu'Énée est devenu le dépositaire des dieux de la cité et que sa mission sainte lui a été révélée.

La ville de Troie a péri, mais non pas la cité troyenne ; grâce à Énée, le foyer n'est pas éteint, et les dieux ont encore un culte. La cité et les dieux fuient avec Énée ; ils parcourent les mers et cherchent une contrée où il leur soit donné de s'arrêter :

Considere Teucros
Errantesque Deos agitataque numina Trojae…

Énée cherche une demeure fixe, si petite qu'elle soit, pour ses dieux paternels :

Dis sedem exiguam patriis.

Mais le choix de cette demeure, à laquelle la destinée de la cité sera liée pour toujours, ne dépend pas des hommes : il appartient aux dieux. Énée consulte les devins et interroge les oracles. Il ne marque pas lui-même sa route et son but ; il se laisse diriger par la divinité :

Italiam non sponte sequor.

Il voudrait s'arrêter en Thrace, en Crète, en Sicile, à Carthage avec Didon : *fata obstant.* Entre lui et son désir du repos, entre lui et son amour, vient toujours se placer l'arrêt des dieux, la parole révélée, *fata.*

Il ne faut pas s'y tromper : le vrai héros du poème n'est pas Énée : ce sont les dieux de Troie, ces mêmes dieux qui doivent être un jour ceux de Rome. Le sujet de l'*Énéide*, c'est la lutte des dieux romains contre une divinité hostile. Des obstacles de toute nature pensent les arrêter :

Tantæ molis erat romanam condere gentem !

Peu s'en faut que la tempête ne les engloutisse ou que l'amour d'une femme ne les enchaîne. Mais ils triomphent de tout et arrivent au but marqué :

Fata viam inveniunt.

Voilà ce qui devait singulièrement éveiller l'intérêt des Romains. Dans ce poème ils se voyaient, eux, leur fondateur, leur ville, leurs institutions, leurs croyances, leur empire : car sans ces dieux la cité romaine n'existerait pas [5].

Chapitre 6

LES DIEUX DE LA CITÉ

Il ne faut pas perdre de vue que, dans les anciens âges, ce qui faisait le lien de toute société, c'était un culte. De même qu'un autel domestique tenait groupés autour de lui les membres d'une famille, de même la cité était la réunion de ceux qui avaient les mêmes dieux protecteurs et qui accomplissaient l'acte religieux au même autel.

Cet autel de la cité était renfermé dans l'enceinte d'un bâtiment que les Grecs appelaient prytanée[1] et que les Romains appelaient temple de Vesta[2].

Il n'y avait rien de plus sacré dans une ville que cet autel, sur lequel le feu sacré était toujours entretenu. Il est vrai que cette grande vénération s'affaiblit de bonne heure en Grèce, parce que l'imagination grecque se laissa entraîner du côté des plus beaux temples, des plus riches légendes et des plus belles statues. Mais elle ne s'affaiblit jamais à Rome. Les Romains ne cessèrent pas d'être convaincus que le destin de la cité était attaché à ce foyer qui représentait leurs dieux[3]. Le respect qu'on portait aux Vestales prouve l'importance de leur sacerdoce[4]. Si un consul en rencontrait une sur son passage, il faisait abaisser ses faisceaux devant elle. En revanche, si l'une d'elles laissait le feu s'éteindre ou souillait le culte en manquant à son devoir de chasteté, la ville, qui se croyait alors menacée de perdre ses dieux, se vengeait sur la Vestale en l'enterrant toute vive[5].

Un jour, le temple de Vesta faillit être brûlé dans un incendie des maisons environnantes, Rome fut en alarmes, car elle sentit tout son avenir en péril. Le danger passé, le Sénat prescrivit au consul de rechercher les auteurs de l'incendie, et le consul porta aussitôt ses accusations contre quelques habitants de Capoue qui se trouvaient alors à Rome. Ce n'était pas qu'il eût aucune preuve contre eux, mais il faisait ce raisonnement : « Un incendie a menacé notre foyer ; cet incendie qui devait briser notre grandeur et arrêter nos destinées n'a pu être allumé que par la main de nos plus cruels ennemis. Or nous n'en avons pas de plus acharnés que les habitants de Capoue, cette ville qui est présentement l'alliée d'Annibal et qui aspire à être à notre place la capitale de l'Italie. Ce sont donc ces hommes-là qui ont voulu détruire notre temple de Vesta, notre foyer éternel, ce gage et ce garant de notre grandeur future[6]. » Ainsi un consul, sous l'empire de ses idées religieuses, croyait que les ennemis de Rome n'avaient pas pu trouver de moyen plus sûr de la vaincre que de détruire son foyer. Nous voyons là les croyances des anciens ; le foyer public était le sanctuaire de la cité ; c'était ce qui l'avait fait naître et ce qui la conservait.

De même que le culte du foyer domestique était secret et que la famille seule avait droit d'y prendre part, de même le culte du foyer public était caché aux étrangers. Nul, s'il n'était citoyen, ne pouvait assister aux sacrifices. Le seul regard de l'étranger souillait l'acte religieux[7].

Chaque cité avait des dieux qui n'appartenaient qu'à elle. Ces dieux étaient ordinairement de même nature que ceux de la religion primitive des familles. Comme eux, on les appelait Lares, Pénates, Génies, Démons, Héros [8] ; sous tous ces noms, c'étaient des âmes humaines divinisées par la mort. Car nous avons vu que, dans la race indo-européenne, l'homme avait eu d'abord le culte de la force invisible et immortelle qu'il sentait en lui. Ces Génies ou ces Héros étaient la plupart du temps les ancêtres du peuple [9]. Les corps étaient enterrés soit dans la ville même, soit sur son territoire, et comme, d'après les croyances que nous avons montrées plus haut, l'âme ne quittait pas le corps, il en résultait que ces morts divins étaient attachés au sol où leurs ossements étaient enterrés. Du fond de leurs tombeaux ils veillaient sur la cité ; ils protégeaient le pays, et ils en étaient en quelque sorte les chefs et les maîtres. Cette expression de chefs du pays, appliquée aux morts, se trouve dans un oracle adressé par la Pythie à Solon : « Honore d'un culte les chefs du pays, les morts qui habitent sous terre [10]. » Ces opinions venaient de la très grande puissance que les antiques générations avaient attribuée à l'âme humaine après la mort. Tout homme qui avait rendu un grand service à la cité, depuis celui qui l'avait fondée jusqu'à celui qui lui avait donné une victoire ou avait amélioré ses lois, devenait un dieu pour cette cité [11]. Il n'était même pas nécessaire d'avoir été un grand homme ou un bienfaiteur ; il suffisait d'avoir frappé vivement l'imagination de ses contemporains et de s'être rendu l'objet d'une tradition populaire, pour devenir un héros, c'est-à-dire, un mort puissant dont la protection fût à désirer et la colère à craindre. Les Thébains continuèrent pendant dix siècles à offrir des sacrifices à Étéocle et à Polynice [12]. Les habitants d'Acanthe rendaient un culte à un Perse qui était mort chez eux pendant l'expédition de Xerxès [13]. Hippolyte était vénéré comme dieu à Trézène [14]. Pyrrhus, fils d'Achille, était un dieu à Delphes, uniquement parce qu'il y était mort et y était enterré[15]. Crotone rendait un culte à un héros par le seul motif qu'il avait été de son vivant le plus bel homme de la ville[16]. Athènes adorait comme un de ses protecteurs Eurysthée, qui était pourtant un Argien ; Euripide nous explique la naissance de ce culte, quand il fait paraître sur la scène Eurysthée prêt de mourir et lui fait dire aux Athéniens : « Ensevelissez-moi dans l'Attique ; je vous serai propice, et dans le sein de la terre je serai pour votre pays un hôte protecteur[17]. » Toute la tragédie d'Œdipe à Colone repose sur ces croyances : Créon et Thésée, c'est-à-dire Thèbes et Athènes, se disputent le corps d'un homme qui va mourir et devenir un dieu ; Œdipe, d'après la légende, se prononce pour Athènes, il marque lui-même la place où il veut être enterré : « Mort, je ne serai pas, dit-il, un habitant inutile de cette contrée[18] ; je vous défendrai contre vos ennemis ; je vous serai un rempart plus fort que des millions de combattants[19] ; mon corps, endormi sous la terre, s'abreuvera du sang des guerriers thébains[20]. »

Les morts, quels qu'ils fussent, étaient les gardiens du pays, à la condition qu'on leur offrît un culte. « Les Mégariens demandaient un jour à l'oracle de Delphes comment leur ville serait heureuse ; le dieu répondit qu'elle le serait, s'ils avaient soin de délibérer toujours avec le plus grand nombre ; ils comprirent que par ces mots le dieu désignait les morts, qui sont en effet plus nombreux que les vivants : en conséquence ils construisirent leur salle de conseil à l'endroit même où était la sépulture de leurs héros[21]. » C'était un grand bonheur pour une cité de posséder des morts quelque peu marquants. Mantinée parlait avec orgueil des ossements d'Arcas, Thèbes de ceux de Géryon, Messène de ceux d'Aristomène[22]. Pour se procurer ces reliques précieuses on usait quelquefois de ruse. Hérodote raconte par quelle supercherie les Spartiates dérobèrent les ossements d'Oreste[23]. Il est vrai que ces ossements, auxquels était attachée l'âme du héros, donnèrent immédiatement une victoire aux Spartiates. Dès qu'Athènes eut acquis de la puissance, le premier usage qu'elle en fit fut de s'emparer des ossements de Thésée, qui avait été enterré dans l'île de Scyros, et de leur élever un temple dans la ville, pour augmenter le nombre de ses dieux protecteurs.

Outre ces héros et ces génies, les hommes avaient des dieux d'une autre espèce, comme Jupiter, Junon, Minerve, vers lesquels le spectacle de la nature avait porté leur pensée. Mais nous avons vu que ces créations de l'intelligence humaine avaient eu longtemps le caractère de divinités domestiques ou locales. On ne conçut pas d'abord ces dieux comme veillant sur le genre humain tout entier ; on crut que chacun d'eux appartenait en propre à une famille ou à une cité.

Ainsi il était d'usage que chaque cité, sans compter ses héros, eût encore un Jupiter, une Minerve ou quelque autre divinité qu'elle avait associée à ses premiers pénates et à son foyer. Il y avait en Grèce et en Italie une foule de divinités *poliades*. Chaque ville avait ses dieux qui l'habitaient[24].

Les noms de beaucoup de ces divinités sont oubliés ; c'est par hasard qu'on a conservé le souvenir du dieu Satrapès, qui appartenait à la ville d'Élis, de la déesse Dindymène à Thèbes, de Soteria à Ægium, de Britomartis en Crète, de Hyblæa à Hybla. Les noms de Zeus, Athéné, Héra, Jupiter, Minerve, Neptune, nous sont plus connus, et nous savons qu'ils étaient souvent appliqués à ces divinités poliades. Mais de ce que deux villes donnaient à leur dieu le même nom, gardons-nous de conclure qu'elles adoraient le même dieu ; il y avait une Athéné à

Athènes et il y en avait une à Sparte ; c'étaient deux déesses[25]. Un grand nombre de cités avaient un Jupiter pour divinité poliade ; c'étaient autant de Jupiters qu'il y avait de villes. Dans la légende de la guerre de Troie on voit une Pallas qui combat pour les Grecs, et il y a chez les Troyens une autre Pallas qui reçoit un culte et qui protège ses adorateurs[26]. Dira-t-on que c'était la même divinité qui figurait dans les deux armées ? Non certes ; car les anciens n'attribuaient pas à leurs dieux le don d'ubiquité[27]. Les villes d'Argos et de Samos avaient chacune une Héra poliade ; ce n'était pas la même déesse, car elle était représentée dans les deux villes avec des attributs bien différents. Il y avait à Rome une Junon ; à cinq lieues de là, la ville de Veii en avait une autre ; c'était si peu la même divinité, que nous voyons le dictateur Camille, assiégeant Veii, s'adresser à la Junon de l'ennemi pour la conjurer d'abandonner la ville étrusque et de passer dans son camp. Maître de la ville, il prend la statue, bien persuadé qu'il prend en même temps une déesse, et il la transporte dévotement à Rome. Rome eut dès lors deux Junons protectrices. Même histoire, quelques années après, pour un Jupiter qu'un autre dictateur apporta de Préneste, alors que Rome en avait déjà trois ou quatre chez elle[28].

La ville qui possédait en propre une divinité ne voulait pas qu'elle protégeât les étrangers, et ne permettait pas qu'elle fût adorée par eux. La plupart du temps un temple n'était accessible qu'aux citoyens. Les Argiens seuls avaient le droit d'entrer dans le temple de la Héra d'Argos. Pour pénétrer dans celui de l'Athéné d'Athènes, il fallait être Athénien[29]. Les Romains, qui adoraient chez eux deux Junons, ne pouvaient pas entrer dans le temple d'une troisième Junon qu'il y avait dans la petite ville de Lanuvium[30].

Il faut bien reconnaître que les anciens, si nous exceptons quelques rares intelligences d'élite, ne se sont jamais représenté Dieu comme un être unique qui exerce son action sur l'univers. Chacun de leurs innombrables dieux avait son petit domaine : à l'un une famille, à l'autre une tribu, à celui-ci une cité : c'était là le monde qui suffisait à la providence de chacun d'eux. Quant au Dieu du genre humain, quelques philosophes ont pu le deviner, les mystères d'Éleusis ont pu le faire entrevoir, aux plus intelligents de leurs initiés, mais le vulgaire n'y a jamais cru. Pendant longtemps l'homme n'a compris l'être divin que comme une force qui le protégeait personnellement, et chaque homme ou chaque groupe d'hommes a voulu avoir ses dieux. Aujourd'hui encore, chez les descendants de ces Grecs, on voit des paysans grossiers prier les saints avec ferveur, mais on doute s'ils ont l'idée de Dieu ; chacun d'eux veut avoir parmi ces saints un protecteur particulier, une providence spéciale. À Naples, chaque quartier a sa madone ; le lazzarone s'agenouille devant celle de sa rue, et il insulte celle de la rue d'à côté ; il n'est pas rare de voir deux facchini se quereller et se battre à coups de couteau pour les mérites de leurs deux madones. Ce sont là des exceptions aujourd'hui, et on ne les rencontre que chez de certains peuples et dans de certaines classes. C'était la règle chez les anciens.

Chaque cité avait son corps de prêtres qui ne dépendait d'aucune autorité étrangère. Entre les prêtres de deux cités il n'y avait nul lien, nulle communication, nul échange d'enseignement ni de rites. Si l'on passait d'une ville à une autre, on trouvait d'autres dieux, d'autres dogmes, d'autres cérémonies. Les anciens avaient des livres liturgiques, mais ceux d'une ville ne ressemblaient pas à ceux d'une autre. Chaque cité avait son recueil de prières et de pratiques, qu'elle tenait fort secret ; elle eût cru compromettre sa religion et sa destinée, si elle l'eût laissé voir aux étrangers. Ainsi, la religion était toute locale, toute civile, à prendre ce mot dans le sens ancien, c'est-à-dire spéciale à chaque cité[31].

En général l'homme ne connaissait que les dieux de sa ville, n'honorait et ne respectait qu'eux. Chacun pouvait dire ce que, dans une tragédie d'Eschyle, un étranger dit aux Argiennes : « Je ne crains pas les dieux de votre pays, et je ne leur dois rien[32]. »

Chaque ville attendait son salut de ses dieux. On les invoquait dans le danger, on leur disait : « Dieux de cette ville, ne faites pas qu'elle soit détruite avec nos maisons et nos foyers… Ô toi qui habites depuis si longtemps notre terre, la trahiras-tu ? Ô vous tous, gardiens de nos tours, ne les livrez pas à l'ennemi[33]. » Aussi était-ce pour s'assurer leur protection que les hommes leur vouaient un culte. Ces dieux étaient avides d'offrandes : on les leur prodiguait, mais à condition qu'ils veilleraient au salut de la ville. N'oublions pas que l'idée d'un culte purement moral, d'une adoration d'esprit, n'est pas très-vieille dans l'humanité. Aux âges anciens, le culte consistait à nourrir le dieu, à lui donner tout ce qui flattait ses sens, viandes, gâteaux, vins, parfums, vêtements et bijoux, danses et musique. En retour, on exigeait de lui des bienfaits et des services. Ainsi, dans l'*Iliade*, Chrysès dit à son dieu : « Depuis longtemps, j'ai brûlé pour toi des taureaux gras ; aujourd'hui, exauce mes vœux et lance tes flèches contre mes ennemis. » Ailleurs, les Troyennes invoquent leur déesse, lui offrent un beau vêtement et lui promettent douze génisses, « si elle sauve Ilion[34] ». Il y a toujours un contrat entre ces dieux et ces hommes ; la piété de ceux-ci n'est pas gratuite, et ceux-là ne donnent rien pour rien. Dans Eschyle, les Thébains s'adressent à leurs divinités poliades, et leur disent : « Soyez notre défense ; nos intérêts sont communs ; si la ville prospère, elle honore ses dieux. Montrez que vous aimez notre ville ; pensez au culte que ce peuple vous rend et souvenez-vous des pompeux sacrifices qui vous sont offerts[35]. » Cette pensée est exprimée cent fois par les anciens ; Théognis dit qu'Apollon a sauvé Mégare de l'atteinte des Perses, « afin que sa ville lui offre chaque année de brillantes hécatombes[36] ».

De là vient qu'une ville ne permettait pas aux étrangers de présenter des offrandes à ses divinités poliades ni même d'entrer dans leur temple[37]. Pour que ses dieux ne veillassent que sur elle, il était nécessaire qu'ils ne reçussent un culte que d'elle. N'étant honorés que là, s'ils voulaient la continuation des sacrifices et des hécatombes qui leur étaient chères, ils étaient obligés de défendre cette ville, de la faire durer à jamais, de la rendre riche et puissante.

Ordinairement, en effet, ces dieux se donnaient beaucoup de peine pour leur ville ; voyez dans Virgile comme Junon « fait effort et travaille » pour que sa Carthage obtienne un jour l'empire du monde. Chacun de ces dieux, comme la Junon de Virgile, avait à cœur la grandeur de sa cité. Ces dieux avaient mêmes intérêts que les hommes leurs concitoyens. En temps de guerre ils marchaient au combat au milieu d'eux. On voit dans Euripide un personnage qui dit, à l'approche d'une bataille : « Les dieux qui combattent avec nous ne sont pas moins forts que ceux qui sont du côté de nos ennemis[38]. » Jamais les Éginètes n'entraient en campagne sans emporter avec eux les statues de leurs héros nationaux, les Éacides. Les Spartiates emmenaient dans toutes leurs expéditions les Tyndarides[39]. Dans la mêlée, les dieux et les citoyens se soutenaient réciproquement, et quand on était vainqueur, c'est que tous avaient fait leur devoir. Si au contraire on était vaincu, on s'en prenait aux dieux de la défaite ; on leur reprochait d'avoir mal rempli leur devoir de défenseurs de la ville ; on allait quelquefois jusqu'à renverser leurs autels et jeter des pierres contre leurs temples[40].

Si une ville était vaincue, on croyait que ses dieux étaient vaincus avec elle[41]. Si une ville était prise, ses dieux eux-mêmes étaient captifs.

Il est vrai que sur ce dernier point les opinions étaient incertaines et variaient. Beaucoup étaient persuadés qu'une ville ne pouvait jamais être prise tant que ses dieux y résidaient ; si elle succombait, c'est qu'ils l'avaient d'abord abandonnée. Lorsque Énée voit les Grecs maîtres de Troie, il s'écrie que les dieux de la ville sont partis, désertant leurs temples et leurs autels[42]. Dans Eschyle, le chœur des Thébaines exprime la même croyance lorsque, à l'approche de l'ennemi, il conjure les dieux de ne pas quitter la ville[43].

En vertu de cette opinion il fallait, pour prendre une ville, en faire sortir les dieux. Les Romains employaient pour cela une certaine formule qu'ils avaient dans leurs rituels, et que Macrobe nous a conservée : « Toi, ô très-grand, qui as sous ta protection cette cité, je te prie, je t'adore, je te demande en grâce d'abandonner cette ville et ce peuple, de quitter ces temples, ces lieux sacrés, et, t'étant éloigné d'eux, de venir à Rome chez moi et les miens. Que notre ville, nos temples, nos lieux sacrés, te soient plus agréables et plus chers ; prends-nous sous ta garde. Si tu fais ainsi, je fonderai un temple en ton honneur[44]. » Or les anciens étaient convaincus qu'il y avait des formules tellement efficaces et puissantes que, si on les prononçait exactement et sans y changer un seul mot, le dieu ne pouvait pas résister à la demande des hommes. Le dieu, ainsi appelé, passait donc à l'ennemi, et la ville était prise[45].

On trouve en Grèce les mêmes opinions et des usages analogues. Encore au temps de Thucydide, lorsqu'on assiégeait une ville, on ne manquait pas d'adresser une invocation à ses dieux pour qu'ils permissent qu'elle fût prise[46]. Souvent, au lieu d'employer une formule pour attirer le dieu, les Grecs préféraient enlever adroitement sa statue. Tout le monde connaît la légende d'Ulysse dérobant la Pallas des Troyens. À une autre époque, les Éginètes, voulant faire la guerre à Épidaure, commencèrent par enlever deux statues protectrices de cette ville, et les transportèrent chez eux[47].

Hérodote raconte que les Athéniens voulaient faire la guerre aux Éginètes ; mais l'entreprise était hasardeuse, car Égine avait un héros protecteur d'une grande puissance et d'une singulière fidélité : c'était Éacus. Les Athéniens, après avoir mûrement réfléchi, remirent à trente années l'exécution de leur dessein ; en même temps ils élevèrent dans leur pays une chapelle à ce même Éacus, et lui vouèrent un culte. Ils étaient persuadés que, si ce culte était continué sans interruption durant trente ans, le dieu n'appartiendrait plus aux Éginètes, mais aux Athéniens. Il leur semblait, en effet, qu'un dieu ne pouvait pas accepter pendant si longtemps de grasses victimes, sans devenir l'obligé de ceux qui les lui offraient. Éacus serait donc à la fin forcé d'abandonner les intérêts des Éginètes, et de donner la victoire aux Athéniens[48].

Il y a dans Plutarque cette autre histoire. Solon voulait qu'Athènes fût maîtresse de la petite île de Salamine, qui appartenait alors aux Mégariens. Il consulta l'oracle. L'oracle lui répondit : « Si tu veux conquérir l'île, il faut d'abord que tu gagnes la faveur des héros qui la protègent et qui l'habitent. » Solon obéit ; au nom d'Athènes il offrit des sacrifices aux deux principaux héros salaminiens. Ces héros ne résistèrent pas aux dons qu'on leur faisait : ils passèrent du côté d'Athènes, et l'île, privée de protecteurs, fut conquise[49].

En temps de guerre, si les assiégeants cherchaient à s'emparer des divinités de la ville, les assiégés, de leur côté, les retenaient de leur mieux. Quelquefois on attachait le dieu avec des chaînes pour l'empêcher de déserter. D'autre fois on le cachait à tous les regards pour que l'ennemi ne pût pas le trouver. On bien encore, on opposait à la formule par laquelle l'ennemi essayait de débaucher le dieu une autre formule qui avait la vertu de le retenir. Les Romains avaient imaginé un moyen qui leur semblait plus sûr : ils tenaient secret le nom du principal et du plus puissant de leurs dieux protecteurs ; ils pensaient que, les ennemis ne pouvant jamais appeler ce dieu par son nom, il ne passerait jamais de leur côté et que leur ville ne serait jamais prise[50].

On voit par là quelle singulière idée les anciens se faisaient des dieux. Ils furent très longtemps sans concevoir la Divinité comme une puissance suprême. Chaque famille eut sa religion domestique, chaque cité sa religion nationale. Une ville était comme une petite Église complète, qui avait ses dieux, ses dogmes et son culte. Ces croyances nous semblent bien grossières, mais elles ont été celles du peuple le plus spirituel de ces temps-là, et elles ont exercé sur ce peuple et sur le peuple romain une si forte action que la plus grande partie de leurs lois, de leurs institutions et de leur histoire, est venue de là.

Chapitre 7

La religion de la cité

1. *Les repas publics.*

On a vu plus haut que la principale cérémonie du culte domestique était un repas qu'on appelait sacrifice. Manger une nourriture préparée sur un autel, telle fut, suivant toute apparence, la première forme que l'homme ait donnée à l'acte religieux. Le besoin de se mettre en communion avec la Divinité fut satisfait par ce repas auquel on la conviait, et dont on lui donnait sa part.

La principale cérémonie du culte de la cité était aussi un repas de cette nature ; il devait être accompli en commun, par tous les citoyens, en l'honneur des divinités protectrices. L'usage de ces repas publics était universel en Grèce ; on croyait que le salut de la cité dépendait de leur accomplissement [1].

L'*Odyssée* nous donne la description d'un de ces repas sacrés : neuf longues tables sont dressées pour le peuple de Pylos ; à chacune d'elles cinq cents citoyens sont assis, et chaque groupe a immolé neuf taureaux en l'honneur des dieux. Ce repas, que l'on appelle le repas des dieux, commence et finit par des libations et des prières [2]. L'antique usage des repas en commun est signalé aussi par les plus vieilles traditions athéniennes ; on racontait qu'Oreste, meurtrier de sa mère, était arrivé à Athènes au moment même où la cité, réunie autour de son roi, allait accomplir l'acte sacré[3]. On retrouve encore ces repas publics au temps de Xénophon ; à certains jours de l'année, la ville immole de nombreuses victimes et le peuple s'en partage les chairs[4]. Les mêmes pratiques existaient partout[5].

Outre ces immenses banquets, où tous les citoyens étaient réunis et qui ne pouvaient guère avoir lieu qu'aux fêtes solennelles, la religion prescrivait qu'il y eût chaque jour un repas sacré. À cet effet, quelques hommes choisis par la cité devaient manger ensemble, en son nom, dans l'enceinte du prytanée, en présence du foyer et des dieux protecteurs. Les Grecs étaient convaincus que, si ce repas venait à être omis un seul jour, l'État était menacé de perdre la faveur de ses dieux[6].

À Athènes, le sort désignait les hommes qui devaient prendre part au repas commun, et la loi punissait sévèrement ceux qui refusaient de s'acquitter de ce devoir[7]. Les citoyens qui s'asseyaient à la table sacrée étaient revêtus momentanément d'un caractère sacerdotal ; on les appelait *parasites* ; ce mot, qui devint plus tard un terme de mépris, commença par être un titre sacré[8]. Au temps de Démosthène, les parasites avaient disparu, mais les prytanes étaient encore astreints à manger ensemble au Prytanée. Dans toutes les villes il y avait des salles affectées aux repas communs[9].

À voir comment les choses se passaient dans ces repas, on reconnaît bien une cérémonie religieuse. Chaque convive avait une couronne sur la tête ; c'était en effet un antique usage de se couronner de feuilles ou de fleurs chaque fois qu'on accomplissait un acte solennel de la religion. « Plus on est paré de fleurs, disait-on, et plus on est sûr de plaire aux dieux ; mais, si tu sacrifies sans avoir une couronne, ils se détournent de toi[10]. » – « Une couronne, disait-on encore, est la messagère d'heureux augure que la prière envoie devant elle vers les dieux[11]. » Les convives, pour la même raison, étaient vêtus de robes blanches : le blanc était la couleur sacrée chez les anciens, celle qui plaisait aux dieux[12].

Le repas commençait invariablement par une prière et des libations ; on chantait des hymnes[13]. La nature des mets et l'espèce de vin qu'on devait servir étaient réglées par le rituel de chaque cité. S'écarter en quoi que ce fût de l'usage suivi par les ancêtres, présenter un plat nouveau ou altérer le rythme des hymnes sacrés, était une impiété grave dont la cité entière eût été responsable envers ses dieux. La religion allait jusqu'à fixer la nature des vases qui devaient être employés, soit pour la cuisson des aliments, soit pour le service de la table. Dans telle ville, il fallait que le pain fût placé dans des corbeilles de cuivre ; dans telle autre, on ne devait employer que des vases de terre. La forme même des pains était immuablement fixée[14]. Ces règles de la vieille religion ne cessèrent jamais d'être observées, et les repas sacrés gardèrent toujours leur simplicité primitive. Croyances, mœurs, état social, tout changea ; ces repas demeurèrent invariables. Car les Grecs furent toujours très scrupuleux observateurs de leur religion nationale.

Il est juste d'ajouter que, lorsque les convives avaient satisfait à la religion en mangeant les aliments prescrits, ils pouvaient immédiatement après commencer un autre repas plus succulent et mieux en rapport avec leur goût. C'était assez l'usage à Sparte[15].

La coutume des repas sacrés était en vigueur en Italie autant qu'en Grèce. Aristote dit qu'elle existait anciennement chez les peuples qu'on appelait Œnotriens, Osques, Ausones[16]. Virgile en a consigné le souvenir, par deux fois, dans son *Enéide* ; le vieux Latinus reçoit les envoyés d'Énée, non pas dans sa demeure, mais dans un temple « consacré par la religion des ancêtres ; là ont lieu les festins sacrés après l'immolation des victimes ; là tous les chefs de famille s'asseyent ensemble à de longues tables ». Plus loin, quand Énée arrive chez Évandre, il le trouve célébrant un sacrifice ; le roi est au milieu de son peuple ; tous sont couronnés de fleurs ; tous, assis à la même table, chantent un hymne à la louange du dieu de la cité [17].

Cet usage se perpétua à Rome. Il y eut toujours une salle où les représentants des curies mangèrent en commun. Le Sénat, à certains jours, faisait un repas sacré au Capitole [18]. Aux fêtes solennelles, des tables étaient dressées dans les rues, et le peuple entier y prenait place. À l'origine, les pontifes présidaient à ces repas ; plus tard on délégua ce soin à des prêtres spéciaux que l'on appela *epulones* [19].

Ces vieilles coutumes nous donnent une idée du lien étroit qui unissait les membres d'une cité. L'association humaine était une religion ; son symbole était un repas fait en commun.

Il faut se figurer une de ces petites sociétés primitives rassemblée tout entière, du moins les chefs de famille, à une même table, chacun vêtu de blanc et portant sur la tête une couronne ; tous font ensemble la libation, récitent une même prière, chantent les mêmes hymnes, mangent la même nourriture préparée sur le même autel ; au milieu d'eux les aïeux sont présents, et les dieux protecteurs partagent le repas. De là vient l'intime union des membres de la cité. Survienne une guerre, les hommes se souviendront, suivant l'expression d'un ancien, « qu'il ne faut pas quitter son compagnon de rang avec qui l'on a fait les mêmes sacrifices et les mêmes libations, avec qui l'on a partagé les repas sacrés[20] ». Ces hommes sont liés, en effet, par quelque chose de plus fort que l'intérêt, que la convention, que l'habitude, par la communion sainte pieusement accomplie en présence des dieux de la cité.

2. *Les fêtes et le calendrier.*

De tout temps et dans toutes les sociétés, l'homme a voulu honorer ses dieux par des fêtes ; il a établi qu'il y aurait des jours pendant lesquels le sentiment religieux régnerait seul dans son âme, sans être distrait par les pensées et les labeurs terrestres. Dans le nombre de journées qu'il a à vivre, il a fait la part des dieux.

Chaque ville avait été fondée avec des rites qui, dans la pensée des anciens, avaient eu pour effet de fixer dans son enceinte les dieux nationaux. Il fallait que la vertu de ces rites fût rajeunie chaque année par une nouvelle cérémonie religieuse ; on appelait cette fête le jour natal ; tous les citoyens devaient la célébrer.

Tout ce qui était sacré donnait lieu à une fête. Il y avait la fête de l'enceinte de la ville, *amburbalia*, celle des limites du territoire, *ambarvalia*. Ces jours-là, les citoyens formaient une grande procession, vêtus de robes blanches et couronnés de feuillage ; ils faisaient le tour de la ville ou du territoire en chantant des prières ; en tête marchaient les prêtres, conduisant des victimes, qu'on immolait à la fin de la cérémonie[21].

Venait ensuite la fête du fondateur. Puis chacun des héros de la cité, chacune de ces âmes que les hommes invoquaient comme protectrices, réclamait un culte ;

Romulus avait le sien, et Servius Tullius, et bien d'autres, jusqu'à la nourrice de Romulus et à la mère d'Évandre. Athènes avait, de même, la fête de Cécrops, celle d'Érechthée, celle de Thésée ; et elle célébrait chacun des héros du pays, le tuteur de Thésée, et Eurysthée, et Androgée, et une foule d'autres.

Il y avait encore les fêtes des champs, celle du labour, celle des semailles, celle de la floraison, celle des vendanges. En Grèce comme en Italie, chaque acte de la vie de l'agriculteur était accompagné de sacrifices, et on exécutait les travaux en récitant des hymnes sacrés. À Rome, les prêtres fixaient, chaque année, le jour où devaient commencer les vendanges, et le jour où l'on pouvait boire du vin nouveau. Tout était réglé par la religion. C'était la religion qui ordonnait de tailler la vigne ; car elle disait aux hommes : Il y aura impiété à offrir aux dieux une libation avec le vin d'une vigne non taillée[22].

Toute cité avait une fête pour chacune des divinités qu'elle avait adoptées comme protectrices, et elle en comptait souvent beaucoup. À mesure que le culte d'une divinité nouvelle s'introduisait dans la cité, il fallait trouver dans l'année un jour à lui consacrer. Ce qui caractérisait ces fêtes religieuses, c'était l'interdiction du travail[23], l'obligation d'être joyeux, le chant et les jeux en public. La religion ajoutait : Gardez-vous dans ces jours-là de vous faire tort les uns aux autres[24].

Le calendrier n'était pas autre chose que la succession des fêtes religieuses. Aussi était-il établi par les prêtres. À Rome on fut longtemps sans le mettre en écrit : le premier jour du mois, le pontife, après avoir offert un sacrifice, convoquait le peuple, et disait quelles fêtes il y aurait dans le courant du mois. Cette convocation s'appelait *calatio*, d'où vient le nom de calendes qu'on donnait à ce jour-là[25].

Le calendrier n'était réglé ni sur le cours de la lune, ni sur le cours apparent du soleil ; il n'était réglé que par les lois de la religion, lois mystérieuses que les prêtres connaissaient seuls. Quelquefois la religion prescrivait de raccourcir l'année, et quelquefois de l'allonger. On peut se faire une idée des calendriers primitifs, si l'on songe que chez les Albains le mois de mai avait vingt-deux jours, et que mars en avait trente-six[26].

On conçoit que le calendrier d'une ville ne devait ressembler en rien à celui d'une autre, puisque la religion n'était pas la même entre elles, et que les fêtes, comme les dieux, différaient. L'année n'avait pas la même durée d'une ville à l'autre. Les mois ne portaient pas le même nom ; Athènes les nommait tout autrement que Thèbes, et Rome tout autrement que Lavinium. Cela vient de ce que le nom de chaque mois était tiré ordinairement de la principale fête qu'il contenait : or, les fêtes n'étaient pas les mêmes. Les cités ne s'accordaient pas pour faire commencer l'année à la même époque, ni pour compter la série de leurs années à partir d'une même date. En Grèce, la fête d'Olympie devint à la longue une date commune, mais qui n'empêcha pas chaque cité d'avoir son année particulière. En Italie, chaque ville comptait les années à partir du jour de sa fondation.

3. *Le cens et la lustration.*

Parmi les cérémonies les plus importantes de la religion de la cité, il y en avait une qu'on appelait la purification[27]. Elle avait lieu tous les ans à Athènes[28] ; on ne l'accomplissait à Rome que tous les quatre ans. Les rites qui y étaient observés et le nom même qu'elle portait indiquent que cette cérémonie devait avoir pour vertu d'effacer les fautes commises par les citoyens contre le culte. En effet, cette religion si compliquée était une source de terreurs pour les anciens ; comme la foi et la pureté des intentions étaient peu de chose, et que toute la religion consistait dans la pratique minutieuse d'innombrables prescriptions, on devait toujours craindre d'avoir commis quelque négligence, quelque omission ou quelque erreur, et l'on n'était jamais sûr de n'être pas sous le coup de la colère ou de la rancune de quelque dieu. Il fallait donc, pour rassurer le cœur de l'homme, un sacrifice expiatoire. Le magistrat qui était chargé de l'accomplir (c'était à Rome le censeur ; avant le censeur c'était le consul ; avant le consul, le roi) commençait par s'assurer, à l'aide des auspices, que les dieux agréeraient la cérémonie. Puis il convoquait le peuple par l'intermédiaire d'un héraut, qui se servait à cet effet d'une formule sacramentelle [29]. Tous les citoyens au jour dit se réunissaient hors des murs ; là, tous étant en silence, le magistrat faisait trois fois le tour de l'assemblée, poussant devant lui trois victimes, un mouton, un porc, un taureau (*suovetaurile*) ; la réunion de ces trois animaux constituait, chez les Grecs comme chez les Romains, un sacrifice expiatoire. Des prêtres et des victimaires suivaient la procession ; quand le troisième tour était achevé, le magistrat prononçait une formule de prière, et il immolait les victimes [30]. À partir de ce moment toute souillure était effacée, toute négligence dans le culte réparée, et la cité était en paix avec ses dieux.

Pour un acte de cette nature et d'une telle importance, deux choses étaient nécessaires : l'une était qu'aucun étranger ne se glissât parmi les citoyens, ce qui eût troublé et vicié la cérémonie ; l'autre était que tous les citoyens y fussent présents, sans quoi la cité aurait pu garder quelque souillure. Il fallait donc que cette cérémonie religieuse fût précédée d'un dénombrement des citoyens. À Rome et à Athènes on les comptait avec un soin très scrupuleux ; il est probable que leur nombre était prononcé par le magistrat dans la formule de prière, comme il était ensuite inscrit dans le compte rendu que le censeur rédigeait de la cérémonie.

La perte du droit de cité était la punition de l'homme qui ne s'était pas fait inscrire. Cette sévérité s'explique. L'homme qui n'avait pas pris part à l'acte religieux, qui n'avait pas été purifié, pour qui la prière n'avait pas été dite ni la victime immolée, ne pouvait plus être un membre de la cité. Vis-à-vis des dieux, qui avaient été présents à la cérémonie, il n'était plus citoyen[31].

On peut juger de l'importance de cette cérémonie par le pouvoir exorbitant du magistrat qui y présidait. Le censeur, avant de commencer le sacrifice, rangeait le peuple suivant un certain ordre, ici les sénateurs, là les chevaliers, ailleurs les tribus. Maître absolu ce jour-là, il fixait la place de chaque homme dans les différentes catégories. Puis, tout le monde étant rangé suivant ses prescriptions, il accomplissait l'acte sacré. Or, il résultait de là qu'à partir de ce jour jusqu'à la lustration suivante chaque homme conservait dans la cité le rang que le censeur lui avait assigné dans la cérémonie. Il était sénateur, s'il avait compté ce jour-là parmi les sénateurs ; chevalier, s'il avait figuré parmi les chevaliers. Simple citoyen, il faisait partie de la tribu dans les rangs de laquelle il avait été placé ce jour-là ; et même, si le magistrat avait refusé de l'admettre dans la cérémonie, il n'était plus citoyen. Ainsi, la place que chacun avait occupée dans l'acte religieux et où les dieux l'avaient vu était celle qu'il gardait dans la cité pendant quatre ans. L'immense pouvoir des censeurs est venu de là.

À cette cérémonie les citoyens seuls assistaient ; mais leurs femmes, leurs enfants, leurs esclaves, leurs biens, meubles et immeubles, étaient, en quelque façon, purifiés en la personne du chef de famille. C'est pour cela qu'avant le sacrifice chacun devait donner au censeur l'énumération des personnes et des choses qui dépendaient de lui[32].

La lustration était accomplie au temps d'Auguste avec la même exactitude et les mêmes rites que dans les temps les plus anciens. Les pontifes la regardaient encore comme un acte religieux ; les hommes d'État y voyaient au moins une excellente mesure d'administration.

4. *La religion dans l'assemblée, au Sénat, au tribunal, à l'armée ; le triomphe.*

Il n'y avait pas un seul acte de la vie publique dans lequel on ne fît intervenir les dieux. Comme on était sous l'empire de cette idée qu'ils étaient tour à tour d'excellents protecteurs ou de cruels ennemis, l'homme n'osait jamais agir sans être sûr qu'ils lui fussent favorables.

Le peuple ne se réunissait en assemblée qu'aux jours où la religion le lui permettait. On se souvenait que la cité avait éprouvé un désastre un certain jour : c'était, sans nul doute, que ce jour-là les dieux avaient été ou absents ou irrités ; sans doute encore ils devaient l'être chaque année à pareille époque pour des raisons inconnues aux mortels[33]. Donc ce jour était à tout jamais néfaste : on ne s'assemblait pas, on ne jugeait pas, la vie publique était suspendue[34].

À Rome, avant d'entrer en séance, il fallait que les augures assurassent que les dieux étaient propices. L'assemblée commençait par une prière que l'augure prononçait et que le consul répétait après lui[35].

Il en était de même chez les Athéniens : l'assemblée commençait toujours par un acte religieux. Des prêtres offraient un sacrifice ; puis on traçait un grand cercle en répandant à terre de l'eau lustrale, et c'était dans ce cercle sacré que les citoyens se réunissaient[36]. Avant qu'aucun orateur prît la parole, une prière était prononcée devant le peuple silencieux[37]. On consultait aussi les auspices, et, s'il se manifestait dans le ciel quelque signe d'un caractère funeste, l'assemblée se séparait aussitôt[38].

La tribune était un lieu sacré ; l'orateur n'y montait qu'avec une couronne sur la tête[39], et pendant longtemps l'usage voulut qu'il commençât son discours par invoquer les dieux.

Le lieu de réunion du sénat de Rome était toujours un temple. Si une séance avait été tenue ailleurs que dans un lieu sacré, les décisions prises eussent été entachées de nullité ; car les dieux n'y eussent pas été présents[40]. Avant toute délibération, le président offrait un sacrifice et prononçait une prière. Il y avait dans la salle un autel où chaque sénateur, en entrant, répandait une libation en invoquant les dieux[41].

Le sénat d'Athènes ressemblait sur ce point à celui de Rome. La salle renfermait aussi un autel, un foyer. On accomplissait un acte religieux au début de chaque séance. Tout sénateur en entrant s'approchait de l'autel et prononçait une prière[42].

On ne rendait la justice dans la cité, à Rome comme à Athènes, qu'aux jours que la religion indiquait comme favorables. À Athènes, la séance du tribunal avait lieu près d'un autel et commençait par un sacrifice[43]. Au temps d'Homère, les juges s'assemblaient « dans un cercle sacré ».

Festus dit que dans les rituels des Étrusques se trouvait l'indication de la manière dont on devait fonder une ville, consacrer un temple, distribuer les curies et les tribus en assemblée, ranger une armée en bataille. Toutes ces choses étaient marquées dans les rituels parce que toutes ces choses touchaient à la religion.

Dans la guerre la religion était pour le moins aussi puissante que dans la paix. Il y avait dans les villes italiennes des collèges de prêtres appelés féciaux qui présidaient, comme les hérauts chez les Grecs, à toutes les cérémonies sacrées auxquelles donnaient lieu les relations internationales. Un fécial, la tête couverte d'un voile de laine suivant les rites, les dieux étant pris à témoin, déclarait la guerre en prononçant une formule sacramentelle[44]. En même temps, le consul en costume sacerdotal faisait un sacrifice et ouvrait solennellement le temple de la divinité la plus ancienne et la plus vénérée de l'Italie, le temple de Janus[45]. Avant de partir pour une expédition, l'armée étant rassemblée, le général prononçait des prières et offrait un sacrifice. Il en était exactement de même à Athènes et à Sparte[46].

L'armée en campagne présentait l'image de la cité ; sa religion la suivait. Les Grecs emportaient avec eux les statues de leurs divinités. Toute armée grecque ou romaine portait avec elle un foyer sur lequel on entretenait nuit et jour le feu sacré[47]. Une armée romaine était accompagnée d'augures et de pullaires ; toute armée grecque avait un devin.

Regardons une armée romaine au moment où elle se dispose au combat. Le consul fait amener une victime et la frappe de la hache ; elle tombe : ses entrailles doivent indiquer la volonté des dieux. Un aruspice les examine, et, si les signes sont favorables, le consul donne le signal de la bataille. Les dispositions les plus habiles, les circonstances les plus heureuses ne servent de rien, si les dieux ne permettent pas le combat. Le fond de l'art militaire chez les Romains était de n'être jamais obligé de combattre malgré soi, quand les dieux étaient contraires. C'est pour cela qu'ils faisaient de leur camp, chaque jour, une sorte de citadelle.

Regardons maintenant une armée grecque, et prenons pour exemple la bataille de Platées. Les Spartiates sont rangés en ligne, chacun à son poste de combat ; ils ont tous une couronne sur la tête, et les joueurs de flûte font entendre les hymnes religieux. Le roi, un peu en arrière des rangs, égorge les victimes. Mais les entrailles ne donnent pas les signes favorables, et il faut recommencer le sacrifice. Deux, trois, quatre victimes sont successivement immolées. Pendant ce temps, la cavalerie perse approche, lance ses flèches, tue un assez grand nombre de Spartiates. Les Spartiates restent immobiles, le bouclier posé à leurs pieds, sans même se mettre en défense contre les coups de l'ennemi. Ils attendent le signal des dieux. Enfin les victimes présentent les signes favorables : alors les Spartiates relèvent leurs boucliers, mettent l'épée à la main, combattent et sont vainqueurs[48].

Après chaque victoire on offrait un sacrifice ; c'est là l'origine du triomphe qui est si connu chez les Romains et qui n'était pas moins usité chez les Grecs. Cette coutume était la conséquence de l'opinion qui attribuait la victoire aux dieux de la cité. Avant la bataille, l'armée leur avait adressé une prière analogue à celle qu'on lit dans Eschyle : « À vous, dieux qui habitez et possédez notre territoire, si nos armes sont heureuses et si notre ville est sauvée, je vous promets d'arroser vos autels du sang des brebis, de vous immoler des taureaux, et d'étaler dans vos temples saints les trophées conquis par la lance[49]. » En vertu de cette promesse, le vainqueur devait un sacrifice. L'armée rentrait dans la ville pour l'accomplir ; elle se rendait au temple en formant une longue procession et en chantant un hymne sacré, θρίαμβος[50].

À Rome, la cérémonie était à peu près la même. L'armée se rendait en procession au principal temple de la ville ; les prêtres marchaient en tête du cortège, conduisant des victimes. Arrivé au temple, le général immolait les victimes aux dieux. Chemin faisant, les soldats portaient tous une couronne, comme il convenait dans une cérémonie sacrée, et ils chantaient un hymne comme en Grèce. Il vint, à la vérité, un temps où les soldats ne se firent pas scrupule de remplacer l'hymne par des chansons de caserne ou des railleries contre leur général. Mais ils conservèrent du moins l'usage de répéter de temps en temps l'antique refrain, *Io triumphe*[51]. C'était même ce refrain sacré qui donnait à la cérémonie son nom.

Ainsi, en temps de paix et en temps de guerre, la religion intervenait dans tous les actes. Elle était partout présente, elle enveloppait l'homme. L'âme, le corps, la vie privée, la vie publique, les repas, les fêtes, les assemblées, les tribunaux, les combats, tout était sous l'empire de cette religion de la cité. Elle réglait toutes les actions de l'homme, disposait de tous les instants de sa vie, fixait toutes ses habitudes. Elle gouvernait l'être humain avec une autorité si absolue qu'il ne restait rien qui fût en dehors d'elle.

Ce serait avoir une idée bien fausse de la nature humaine que de croire que cette religion des anciens était une imposture et pour ainsi dire une comédie. Montesquieu prétend que les Romains ne se sont donné un culte que pour brider le peuple. Jamais religion n'a eu telle origine, et toute religion qui en est venue à ne se soutenir que par cette raison d'utilité publique, ne s'est pas soutenue longtemps. Montesquieu dit encore que les Romains assujettissaient la religion à l'État ; le contraire est plus vrai ; il est impossible de lire quelques pages de Tite-Live sans être frappé de l'absolue dépendance où les hommes étaient à l'égard de leurs dieux. Ni les Romains ni les Grecs n'ont connu ces tristes conflits qui ont été si communs dans d'autres sociétés entre l'Église et l'État. Mais cela tient uniquement à ce qu'à Rome, comme à Sparte et à Athènes, l'État était asservi à la religion. Ce n'est pas qu'il y ait jamais eu un corps de prêtres qui ait imposé sa domination. L'État ancien n'obéissait pas à un sacerdoce, c'était à sa religion même qu'il était soumis. Cet État et cette religion étaient si complètement confondus ensemble qu'il était impossible, non seulement d'avoir l'idée d'un conflit entre eux, mais même de les distinguer l'un de l'autre.

Chapitre 8

LES RITUELS ET LES ANNALES

Le caractère et la vertu de la religion des anciens n'était pas d'élever l'intelligence humaine à la conception de l'absolu, d'ouvrir à l'avide esprit une route éclatante au bout de laquelle il crût entrevoir Dieu. Cette religion était un ensemble mal lié de petites croyances, de petites pratiques, de rites minutieux. Il n'en fallait pas chercher le sens ; il n'y avait pas à réfléchir, à se rendre compte. Le mot religion ne signifiait pas ce qu'il signifie pour nous ; sous ce mot, nous entendons un corps de dogmes, une doctrine sur Dieu, un symbole de foi sur les mystères qui sont en nous et autour de nous ; ce même mot, chez les anciens, signifiait rites, cérémonies, actes de culte extérieur. La doctrine était peu de chose ; c'étaient les pratiques qui étaient l'important ; c'étaient elles qui étaient obligatoires et impérieuses. La religion était un lien matériel, une chaîne qui tenait l'homme esclave. L'homme se l'était faite, et il était gouverné par elle. Il en avait peur et n'osait ni raisonner, ni discuter, ni regarder en face. Des dieux, des héros, des morts réclamaient de lui un culte matériel, et il leur payait sa dette, pour se faire d'eux des amis, et plus encore pour ne pas s'en faire des ennemis.

Leur amitié, l'homme y comptait peu. C'étaient des dieux envieux, irritables, sans attachement ni bienveillance, volontiers en guerre avec l'homme[1]. Ni les dieux n'aimaient l'homme, ni l'homme n'aimait ses dieux. Il croyait à leur existence, mais il aurait parfois voulu qu'ils n'existassent pas. Même ses dieux domestiques ou nationaux, il les redoutait, il craignait d'être trahi par eux. Encourir la haine de ces êtres invisibles était sa grande inquiétude. Il était occupé toute sa vie à les apaiser, *paces deorum quærere*, dit le poète. Mais le moyen de les contenter ? Le moyen surtout d'être sûr qu'on les contentait et qu'on les avait pour soi ? On crut le trouver dans l'emploi de certaines formules. Telle prière, composée de tels mots, avait été suivie du succès qu'on avait demandé ; c'était sans doute qu'elle avait été entendue du dieu, qu'elle avait eu de l'action sur lui, qu'elle avait été puissante, plus puissante que lui, puisqu'il n'avait pas pu lui résister. On conserva donc les termes mystérieux et sacrés de cette prière. Après le père, le fils les répéta. Dès qu'on sut écrire, on les mit en écrit. Chaque famille, du moins chaque famille religieuse, eut un livre où étaient contenues les formules dont les ancêtres s'étaient servis et auxquelles les dieux avaient cédé. C'était une arme que l'homme employait contre l'inconstance de ses dieux. Mais il n'y fallait changer ni un mot ni une syllabe, ni surtout le rhythme suivant lequel elle devait être chantée. Car alors la prière eût perdu sa force, et les dieux fussent restés libres[2].

Mais la formule n'était pas assez : il y avait encore des actes extérieurs dont le détail était minutieux et immuable. Les moindres gestes du sacrificateur et les moindres parties de son costume étaient réglés. En s'adressant à un dieu, il fallait avoir la tête voilée ; à un autre, la tête découverte ; pour un troisième, le pan de la toge devait être relevé sur l'épaule. Dans certains actes, il fallait avoir les pieds nus. Il y avait des prières qui n'avaient d'efficacité que si l'homme, après les avoir prononcées, pirouettait sur lui-même de gauche à droite. La nature de la victime, la couleur de son poil, la manière de l'égorger, la forme du couteau, l'espèce de bois qu'on devait employer pour faire rôtir les chairs, tout cela était réglé pour chaque dieu par la religion de chaque famille ou de chaque cité. En vain le cœur le plus fervent offrait-il aux dieux les plus grasses victimes ; si l'un des innombrables rites du sacrifice était négligé, le sacrifice était nul. Le moindre manquement faisait d'un acte sacré un acte impie. L'altération la plus légère troublait et bouleversait la religion de la patrie, et transformait les dieux protecteurs en autant d'ennemis cruels. C'est pour cela qu'Athènes était sévère pour le prêtre qui changeait quelque chose aux anciens rites[3] ; c'est pour cela que le sénat de Rome dégradait ses consuls et ses dictateurs qui avaient commis quelque erreur dans un sacrifice.

Toutes ces formules et ces pratiques avaient été léguées par les ancêtres qui en avaient éprouvé l'efficacité. Il n'y avait pas à innover. On devait se reposer sur ce que ces ancêtres avaient fait, et la suprême piété consistait à faire comme eux. Il importait assez peu que la croyance changeât : elle pouvait se modifier librement à travers les âges et prendre mille formes diverses, au gré de la réflexion des sages ou de l'imagination populaire. Mais il était de la plus grande importance que les formules ne tombassent pas en oubli et que les rites ne fussent pas modifiés. Aussi chaque cité avait-elle un livre où tout cela était conservé.

L'usage des livres sacrés était universel chez les Grecs, chez les Romains, chez les Étrusques[4]. Quelquefois le rituel était écrit sur des tablettes de bois ; quelquefois sur la toile ; Athènes gravait ses rites sur des tables de cuivre ou sur des stèles de pierre, afin qu'ils fussent impérissables[5]. Rome avait ses livres des pontifes, ses livres des augures, son livre des cérémonies, et son recueil des *Indigitamenta*. Il n'y avait pas de ville qui n'eût aussi une collection de vieux hymnes en l'honneur de ses dieux[6] ; en vain la langue changeait avec les mœurs et les croyances ; les paroles et le rythme restaient immuables et dans les fêtes on continuait à chanter ces hymnes sans les comprendre.

Ces livres et ces chants, écrits par les prêtres, étaient gardés par eux avec un très-grand soin. On ne les montrait jamais aux étrangers. Révéler un rite ou une formule, c'eût été trahir la religion de la cité et livrer ses dieux à l'ennemi. Pour plus de précaution, on les cachait même aux citoyens, et les prêtres seuls pouvaient en prendre connaissance.

Dans la pensée de ces peuples, tout ce qui était ancien était respectable et sacré. Quand un Romain voulait dire qu'une chose lui était chère, il disait : Cela est antique pour moi. Les Grecs avaient une expression semblable[7]. Les villes tenaient fort à leur passé, parce que c'était dans le passé qu'elles trouvaient tous les motifs comme toutes les règles de leur religion. Elles avaient besoin de se souvenir, car c'était sur des souvenirs et des traditions que tout leur culte reposait. Aussi l'histoire avait-elle pour les anciens beaucoup plus d'importance qu'elle n'en a pour nous. Elle a existé longtemps avant les Hérodote et les Thucydide ; écrite ou non écrite, simple tradition ou livre, elle a été contemporaine de la naissance des cités. Il n'y avait pas de ville, si petite et si obscure qu'elle fût, qui ne mît la plus grande attention à conserver le souvenir de ce qui s'était passé en elle. Ce n'était pas de la vanité, c'était de la religion. Une ville ne croyait pas avoir le droit de rien oublier ; car tout dans son histoire se liait à son culte.

L'histoire commençait, en effet, par l'acte de la fondation, et disait le nom sacré du fondateur. Elle se continuait par la légende des dieux de la cité, des héros protecteurs. Elle enseignait la date, l'origine, la raison de chaque culte et en expliquait les rites obscurs. On y consignait les prodiges que les dieux du pays avaient opérés et par lesquels ils avaient manifesté leur puissance, leur bonté, ou leur colère. On y décrivait les cérémonies par lesquelles les prêtres avaient habilement détourné un mauvais présage ou apaisé les rancunes des dieux. On y mettait quelles épidémies avaient frappé la cité et par quelles formules saintes on les avait guéries, quel jour un temple avait été consacré et pour quel motif un sacrifice ou une fête avait été établie. On y inscrivait tous les événements qui pouvaient se rapporter à la religion, les victoires qui prouvaient l'assistance des dieux et dans lesquelles on avait souvent vu ces dieux combattre, les défaites qui indiquaient leur colère et pour lesquelles il avait fallu instituer un sacrifice expiatoire. Tout cela était écrit pour l'enseignement et la piété des descendants. Toute cette histoire était la preuve matérielle de l'existence des dieux nationaux ; car les événements qu'elle contenait étaient la forme visible sous laquelle ces dieux s'étaient révélés d'âge en âge. Même parmi ces faits il y en avait beaucoup qui donnaient lieu à des anniversaires, c'est-à-dire à des sacrifices, à des fêtes, à des jeux sacrés. L'histoire de la cité disait au citoyen tout ce qu'il devait croire et tout ce qu'il devait adorer.

Aussi cette histoire était-elle écrite par des prêtres. Rome avait ses annales des pontifes ; les prêtres sabins, les prêtres samnites, les prêtres étrusques en avaient de semblables[8]. Chez les Grecs il nous est resté le souvenir des livres ou annales sacrées d'Athènes, de Sparte, de Delphes, de Naxos, de Tarente[9]. Lorsque Pausanias parcourut la Grèce, au temps d'Adrien, les prêtres de chaque ville lui racontèrent les vieilles histoires locales ; ils ne les inventaient pas ; ils les avaient apprises dans leurs annales.

Cette sorte d'histoire était toute locale. Elle commençait à la fondation, parce que ce qui était antérieur à cette date n'intéressait en rien la cité ; et c'est pourquoi les anciens ont si complètement ignoré les origines de leur race. Elle ne rapportait aussi que les événements dans lesquels la cité s'était trouvée engagée, et elle ne s'occupait pas du reste de la terre. Chaque cité avait son histoire spéciale, comme elle avait sa religion et son calendrier.

On peut croire que ces annales des villes étaient fort sèches, fort bizarres pour le fond et pour la forme. Elles n'étaient pas une œuvre d'art, mais une œuvre de religion. Plus tard sont venus les écrivains, les conteurs comme Hérodote, les penseurs comme Thucydide. L'histoire est sortie alors des mains des prêtres et s'est transformée. Malheureusement, ces beaux et brillants écrits nous laissent encore regretter les vieilles archives des villes et tout ce qu'elles nous apprendraient sur les croyances et la vie intime des anciens. Ces inappréciables documents, qui paraissent avoir été tenus secrets, qui ne sortaient pas des sanctuaires, dont on ne faisait pas de copies et que les prêtres seuls lisaient, ont tous péri, et il ne nous en est resté qu'un faible souvenir.

Il est vrai que ce souvenir a une grande valeur pour nous. Sans lui on serait peut-être en droit de rejeter tout ce que la Grèce et Rome nous racontent de leurs antiquités ; tous ces récits, qui nous paraissent si peu vraisemblables, parce qu'ils s'écartent de nos habitudes et de notre manière de penser et d'agir, pourraient passer pour le produit de l'imagination des hommes. Mais ce souvenir qui nous est resté des vieilles annales, nous montre au moins le respect pieux que les anciens avaient pour leur histoire. Nous savons que dans ces archives les faits étaient religieusement déposés à mesure qu'ils se produisaient. Dans ces livres sacrés chaque page était contemporaine de l'événement qu'elle racontait. Il était matériellement impossible d'altérer ces documents ; car les prêtres en avaient la garde, et la religion était grandement intéressée à ce qu'ils restassent inaltérables. Il n'était même pas facile au pontife, à mesure qu'il en écrivait les lignes, d'y insérer sciemment des faits contraires à la vérité. Car on croyait que tout événement venait des dieux, qu'il révélait leur volonté, qu'il donnait lieu pour les générations suivantes à des souvenirs pieux et même à des actes sacrés ; tout événement qui se produisait dans la cité faisait aussitôt partie de la religion de l'avenir. Avec de telles croyances, on comprend bien qu'il y ait eu beaucoup d'erreurs involontaires, résultat de la crédulité, de la prédilection pour le merveilleux de la foi dans les dieux nationaux ; mais le mensonge volontaire ne se conçoit pas ; car il eût été impie ; il eût violé la sainteté des annales et altéré la religion. Nous pouvons donc croire que dans ces vieux livres, si tout n'était pas vrai, du moins il n'y avait rien que le prêtre ne crût vrai. Or c'est, pour l'historien qui cherche à percer l'obscurité de ces vieux temps, un puissant motif de confiance, que de savoir que, s'il a affaire à des erreurs, il n'a pas affaire à l'imposture. Ces erreurs mêmes, ayant encore l'avantage d'être contemporaines des vieux âges qu'il étudie, peuvent lui révéler, sinon le détail des événements, du moins les croyances sincères des hommes.

Il y avait aussi, à côté des annales, documents écrits et authentiques, une tradition orale qui se perpétuait parmi le peuple d'une cité : non pas tradition vague et indifférente comme le sont les nôtres, mais tradition chère aux villes, qui ne variait pas au gré de l'imagination, et qu'on n'était pas libre de modifier ; car elle faisait partie du culte, et elle se composait de récits et de chants qui se répétaient d'année en année dans les fêtes de la religion. Ces hymnes sacrés et immuables fixaient les souvenirs et ravivaient perpétuellement la tradition.

Sans doute, on ne peut pas croire que cette tradition eût l'exactitude des annales. Le désir de louer les dieux pouvait être plus fort que l'amour de la vérité. Pourtant elle devait être au moins le reflet des annales, et se trouver ordinairement d'accord avec elles. Car les prêtres qui rédigeaient et qui lisaient celles-ci étaient les mêmes qui présidaient aux fêtes où les vieux récits étaient chantés.

Il vint d'ailleurs un temps où ces annales furent divulguées ; Rome finit par publier les siennes ; celles des autres villes italiennes furent connues ; les prêtres des villes grecques ne se firent plus scrupule de raconter ce que les leurs contenaient [10]. On étudia, on compulsa ces monuments authentiques. Il se forma une école d'érudits, depuis Varron et Verrius Flaccus, jusqu'à Aulu-Gelle et Macrobe. La lumière se fit sur toute l'ancienne histoire. On corrigea quelques erreurs qui s'étaient glissées dans la tradition, et que les historiens de l'époque précédente avaient répétées ; on sut, par exemple, que Porsenna avait pris Rome, et que l'or avait été payé aux Gaulois. L'âge de la critique historique commença. Or, il est bien digne de remarque que cette critique, qui remontait aux sources et étudiait les annales, n'y ait rien trouvé qui lui ait donné le droit de rejeter l'ensemble historique que les Hérodote et les Tite-Live avaient construit.

Chapitre 9

Gouvernement de la cité. Le roi

1. *Autorité religieuse du roi.*

Il ne faut pas se représenter une cité, à sa naissance, délibérant sur le gouvernement qu'elle va se donner, cherchant et discutant ses lois, combinant ses institutions. Ce n'est pas ainsi que les lois se trouvèrent et que les gouvernements s'établirent. Les institutions politiques de la cité naquirent avec la cité elle-même, le même jour qu'elle ; chaque membre de la cité les portait en lui-même ; car elles étaient en germe dans les croyances et la religion de chaque homme.

La religion prescrivait que le foyer eût toujours un prêtre suprême. Elle n'admettait pas que l'autorité sacerdotale fût partagée. Le foyer domestique avait un grand-prêtre, qui était le père de famille ; le foyer de la curie avait son curion ou phratriarque ; chaque tribu avait de même son chef religieux, que les Athéniens appelaient le roi de la tribu. La religion de la cité devait avoir aussi son pontife.

Ce prêtre du foyer public portait le nom de roi. Quelquefois on lui donnait d'autres titres : comme il était, avant tout, prêtre du prytanée, les Grecs l'appelaient volontiers prytane ; quelquefois encore ils l'appelaient archonte. Sous ces noms divers, roi, prytane, archonte, nous devons voir un personnage qui est surtout le chef du culte ; il entretient le foyer, il fait le sacrifice et prononce la prière, il préside aux repas religieux.

Il est visible que les anciens rois de l'Italie et de la Grèce étaient prêtres autant que rois. On lit dans Aristote : « Le soin des sacrifices publics de la cité appartient, suivant la coutume religieuse, non à des prêtres spéciaux, mais à ces hommes qui tiennent leur dignité du foyer, et que l'on appelle, ici rois là prytanes, ailleurs archontes[1]. » Ainsi parle Aristote, l'homme qui a le mieux connu les constitutions des cités grecques. Ce passage si précis prouve d'abord que les trois mots roi, prytane, archonte, ont été longtemps synonymes ; cela est si vrai qu'un historien, Charon de Lampsaque, écrivant un livre sur les rois de Lacédémone, l'intitula : *Archontes et prytanes des Lacédémoniens*[2]. Il trouve encore que le personnage que l'on appelait indifféremment de l'un de ces trois noms, peut-être de tous les trois à la fois, était le prêtre de la cité, et et que le culte du foyer public était la source de sa dignité et de sa puissance.

Ce caractère sacerdotal de la royauté primitive est clairement indiqué par les écrivains anciens. Dans Eschyle, les filles de Danaüs s'adressent au roi d'Argos en ces termes : « Tu es le prytane suprême, et c'est toi qui veilles sur le foyer de ce pays[3]. » Dans Euripide, Oreste, meurtrier de sa mère, dit à Ménélas : « Il est juste que, fils d'Agamemnon, je règne dans Argos ; » et Ménélas lui répond : « Es-tu donc en mesure, toi meurtrier, de toucher les vases d'eau lustrale pour les sacrifices ? Es-tu en mesure d'égorger les victimes[4] ? » La principale fonction d'un roi était donc d'accomplir les cérémonies religieuses. Un ancien roi de Sicyone fut déposé, parce que, sa main ayant été souillée par un meurtre, il n'était plus en état d'offrir les sacrifices[5]. Ne pouvant plus être prêtre, il ne pouvait plus être roi.

Homère et Virgile nous montrent les rois occupés sans cesse de cérémonies sacrées. Nous savons par Démosthène que les anciens rois de l'Attique faisaient eux-mêmes tous les sacrifices qui étaient prescrits par la religion de la cité, et par Xénophon que les rois de Sparte étaient les chefs de la religion lacédémonienne[6]. Les lucumons étrusques étaient à la fois des magistrats, des chefs militaires et des pontifes[7].

Il n'en fut pas autrement des rois de Rome. La tradition les représente toujours comme des prêtres. Le premier fut Romulus, qui était « instruit dans la science augurale[8] », et qui fonda la ville suivant des rites religieux. Le second fut Numa ; « il remplissait, dit Tite-Live, la plupart des fonctions sacerdotales ; mais il prévit que ses successeurs, ayant souvent des guerres à soutenir, ne pourraient pas toujours vaquer au soin des sacrifices, et il institua les flamines pour remplacer les rois, quand ceux-ci seraient absents de Rome ». Ainsi, le sacerdoce romain n'était qu'une sorte d'émanation de la royauté primitive[9].

Ces rois-prêtres étaient intronisés avec un cérémonial religieux. Le nouveau roi, conduit sur la cime du mont Capitolin, s'asseyait sur un siège de pierre, le visage tourné vers le midi. À sa gauche était assis un augure, la tête couverte des bandelettes sacrées, et tenant à la main le bâton augural. Il figurait dans le ciel certaines lignes, prononçait une prière, et posant la main sur la tête du roi, il suppliait les dieux de marquer par un signe visible que ce chef leur était agréable. Puis, dès qu'un éclair ou le vol des oiseaux avait manifesté l'assentiment des dieux, le nouveau roi prenait possession de sa charge. Tite-Live décrit cette cérémonie pour l'installation de Numa ;

Denys assure qu'elle eut lieu pour tous les rois, et après les rois, pour les consuls ; il ajoute qu'elle était pratiquée encore de son temps [10]. Un tel usage avait sa raison d'être : comme le roi allait être le chef suprême de la religion et que de ses prières et de ses sacrifices le salut de la cité allait dépendre, on avait bien le droit de s'assurer d'abord que ce roi était accepté par les dieux.

Les anciens ne nous renseignent pas sur la manière dont les rois de Sparte étaient établis en fonctions ; ils nous disent du moins qu'une cérémonie religieuse était alors accomplie [11]. On reconnaît même à de vieux usages qui ont duré jusqu'à la fin de l'histoire de Sparte, que la cité voulait être bien sûre que ses rois étaient agréés des dieux. À cet effet, elle interrogeait les dieux eux-mêmes, en leur demandant « un signe, σημεῖον ». Voici quel était ce signe, au rapport de Plutarque : « Tous les neuf ans, les éphores choisissent une nuit très claire, mais sans lune, et ils s'asseyent en silence, les yeux fixés vers le ciel. Voient-ils une étoile traverser d'un côté du ciel à l'autre, cela leur indique que leurs rois sont coupables de quelque faute envers les dieux. Ils les suspendent alors de la royauté jusqu'à ce qu'un oracle venu de Delphes les relève de leur déchéance [12]. »

2. *Autorité politique du roi.*

De même que dans la famille l'autorité était inhérente au sacerdoce, et que le père, à titre de chef du culte domestique, était en même temps juge et maître, de même, le grand-prêtre de la cité en fut aussi le chef politique. L'autel, suivant l'expression d'Aristote [13], lui conféra la dignité. Cette confusion du sacerdoce et du pouvoir n'a rien qui doive surprendre. On la trouve à l'origine de presque toutes les sociétés, soit que, dans l'enfance des peuples, il n'y ait que la religion qui puisse obtenir d'eux l'obéissance, soit que notre nature éprouve le besoin de ne se soumettre jamais à d'autre empire qu'à celui d'une idée morale.

Nous avons dit combien la religion de la cité se mêlait à toutes choses. L'homme se sentait à tout moment dépendre de ses dieux, et par conséquent de ce prêtre qui était placé entre eux et lui. C'était ce prêtre qui veillait sur le feu sacré ; c'était, comme dit Pindare, son culte de chaque jour qui sauvait chaque jour la cité[14]. C'était lui qui connaissait les formules de prière auxquelles les dieux ne résistaient pas ; au moment du combat, c'était lui qui égorgeait la victime et qui attirait sur l'armée la protection des dieux. Il était bien naturel qu'un homme armé d'une telle puissance fût accepté et reconnu comme chef. De ce que la religion se mêlait au gouvernement, à la justice, à la guerre, il résulta nécessairement que le prêtre fut en même temps magistrat, juge et chef militaire. « Les rois de Sparte, dit Aristote[15], ont trois attributions : ils font les sacrifices, ils commandent à la guerre, et ils rendent la justice. » Denys d'Halicarnasse s'exprime dans les mêmes termes au sujet des rois de Rome.

Les règles constitutives de cette monarchie furent très simples, et il ne fut pas nécessaire de les chercher longtemps ; elles découlèrent des règles mêmes du culte. Le fondateur qui avait posé le foyer sacré en fut naturellement le premier prêtre. L'hérédité était la règle constante, à l'origine, pour la transmission de ce culte ; que le foyer fût celui d'une famille ou qu'il fût celui d'une cité, la religion prescrivait que le soin de l'entretenir passât toujours du père au fils. Le sacerdoce fut donc héréditaire, et le pouvoir avec lui[16].

Un trait bien connu de l'ancienne histoire de la Grèce prouve d'une manière frappante que la royauté appartint, à l'origine, à l'homme qui avait posé le foyer de la cité. On sait que la population des colonies ioniennes ne se composait pas d'Athéniens, mais qu'elle était un mélange de Pélasges, d'Éoliens, d'Abantes, de Cadméens. Pourtant les foyers des cités nouvelles furent tous posés par des membres de la famille religieuse de Codrus. Il en résulta que ces colons, au lieu d'avoir pour chefs des hommes de leur race, les Pélasges un Pélasge, les Abantes un Abante, les Éoliens un Éolien, donnèrent tous la royauté, dans leurs douze villes, aux Codrides[17]. Assurément ces personnages n'avaient pas acquis leur autorité par la force, car ils étaient presque les seuls Athéniens qu'il y eût dans cette nombreuse agglomération. Mais comme ils avaient posé les foyers, c'était à eux qu'il appartenait de les entretenir. La royauté leur fut donc déférée sans conteste et resta héréditaire dans leur famille. Battos avait fondé Cyrène en Afrique : les Battiades y furent longtemps en possession de la dignité royale. Protis avait fondé Marseille : les Protiades, de père en fils, y exercèrent le sacerdoce et y jouirent de grands privilèges.

Ce ne fut donc pas la force qui fit les chefs et les rois dans ces anciennes cités. Il ne serait pas vrai de dire que le premier qui y fut roi fut un soldat heureux. L'autorité découla, ainsi que le dit formellement Aristote, du culte du foyer. La religion fit le roi dans la cité comme elle avait fait le chef de famille dans la maison. La croyance, l'indiscutable et impérieuse croyance, disait que le prêtre héréditaire du foyer était le dépositaire des choses saintes et le gardien des dieux. Comment hésiter à obéir à un tel homme ? Un roi était un être sacré ; βασιλεῖς ἱεροί, dit Pindare. On voyait en lui, non pas tout à fait un dieu, mais du moins « l'homme le plus puissant pour conjurer la colère des dieux [18] », l'homme sans le secours duquel nulle prière n'était efficace, nul sacrifice n'était accepté.

Cette royauté demi-religieuse et demi-politique s'établit dans toutes les villes, dès leur naissance, sans efforts de la part des rois, sans résistance de la part des sujets. Nous ne voyons pas à l'origine des peuples anciens les fluctuations et les luttes qui marquent le pénible enfantement des sociétés modernes. On sait combien de temps il a fallu, après la chute de l'Empire romain, pour retrouver les règles d'une société régulière. L'Europe a vu durant des siècles plusieurs principes opposés se disputer le gouvernement des peuples, et les peuples se refuser quelquefois à toute organisation sociale. Un tel spectacle ne se voit ni dans l'ancienne Grèce ni dans l'ancienne Italie ; leur histoire ne commence pas par des conflits ; les révolutions n'ont paru qu'à la fin. Chez ces populations, la société s'est formée lentement, longuement, par degrés, en passant de la famille à la tribu et de la tribu à la cité, mais sans secousses et sans luttes. La royauté s'est établie tout naturellement, dans la famille d'abord, dans la cité plus tard. Elle ne fut pas imaginée par l'ambition de quelques-uns ; elle naquit d'une nécessité qui était manifeste aux yeux de tous. Pendant de longs siècles, elle fut paisible, honorée, obéie. Les rois n'avaient pas besoin de la force matérielle ; ils n'avaient ni armée ni finances ; mais, soutenue par des croyances qui étaient puissantes sur l'âme, leur autorité était sainte et inviolable.

Plus tard, une révolution, dont nous parlerons ailleurs, renversa la royauté dans toutes les villes. Mais en tombant elle ne laissa aucune haine dans le cœur des hommes. Ce mépris mêlé de rancune, qui s'attache d'ordinaire aux grandeurs abattues, ne la frappa jamais. Toute déchue qu'elle était, le respect et l'affection des hommes restèrent attachés à sa mémoire. On vit même en Grèce une chose qui n'est pas très commune dans l'histoire, c'est que dans les villes où la famille royale ne s'éteignit pas, non seulement elle ne fut pas expulsée, mais les mêmes hommes qui l'avaient dépouillée du pouvoir continuèrent à l'honorer. À Éphèse, à Marseille, à Cyrène, la famille royale ; privée de sa puissance, resta entourée du respect des peuples et garda même le titre et les insignes de la royauté [19].

Les peuples établirent le régime républicain ; mais le nom de roi, loin de devenir une injure, resta un titre vénéré. On a l'habitude de dire que ce mot était odieux et méprisé : singulière erreur ! les Romains l'appliquaient aux dieux dans leurs prières. Si les usurpateurs n'osèrent jamais prendre ce titre, ce n'était pas qu'il fût odieux, c'était plutôt qu'il était sacré [20]. En Grèce, la monarchie fut maintes fois rétablie dans les villes ; mais les nouveaux monarques ne se crurent jamais le droit de se faire appeler rois et se contentèrent d'être appelés tyrans [21]. Ce qui faisait la différence de ces deux noms, ce n'était pas le plus ou le moins de qualités morales qui se trouvaient dans le souverain ; on n'appelait pas roi un bon prince et tyran un mauvais ; c'était principalement la religion qui les distinguait l'un de l'autre. Les rois primitifs avaient rempli les fonctions de prêtres et avaient tenu leur autorité du foyer ; les tyrans de l'époque postérieure n'étaient que des chefs politiques et ne devaient leur pouvoir qu'à la force ou à l'élection.

Chapitre 10

LE MAGISTRAT

La confusion de l'autorité politique et du sacerdoce dans le même personnage n'a pas cessé avec la royauté. La révolution, qui a établi le régime républicain, n'a pas séparé des fonctions dont le mélange paraissait fort naturel et était alors la loi fondamentale de la société humaine. Le magistrat qui remplaça le roi fut comme lui un prêtre en même temps qu'un chef politique.

Quelquefois ce magistrat annuel garda le titre sacré de roi[1]. Ailleurs, le nom de prytane, qui lui fut conservé, indiqua sa principale fonction[2]. Dans d'autres villes le titre d'archonte prévalut. À Thèbes, par exemple, le premier magistrat fut appelé de ce nom ; mais ce que Plutarque dit de cette magistrature montre qu'elle différait peu d'un sacerdoce. Cet archonte, pendant le temps de sa charge, devait porter une couronne[3], comme il convenait à un prêtre ; la religion lui défendait de laisser croître ses cheveux et de porter aucun objet en fer sur sa personne, prescriptions qui le font ressembler un peu aux flamines romains. La ville de Platées avait aussi un archonte, et la religion de cette cité ordonnait que, pendant tout le cours de sa magistrature, il fût vêtu de blanc[4], c'est-à-dire de la couleur sacrée.

Les archontes athéniens, le jour de leur entrée en charge, montaient à l'acropole, la tête couronnée de myrte, et ils offraient un sacrifice à la divinité poliade[5]. C'était aussi l'usage que dans l'exercice de leurs fonctions ils eussent une couronne de feuillage sur la tête[6]. Or il est certain que la couronne, qui est devenue à la longue et est restée l'emblème de la puissance, n'était alors qu'un emblème religieux, un signe extérieur qui accompagnait la prière et le sacrifice[7]. Parmi ces neuf archontes, celui qu'on appelait roi était surtout le chef de la religion ; mais chacun de ses collègues avait aussi quelque fonction sacerdotale à remplir, quelque sacrifice à offrir aux dieux[8].

Les Grecs avaient une expression générale pour désigner les magistrats ; ils disaient οἱ ἐν τέλει, ce qui signifie littéralement ceux qui sont à accomplir le sacrifice[9] : vieille expression qui indique l'idée qu'on se faisait primitivement du magistrat. Pindare dit de ces personnages que, par les offrandes qu'ils font au foyer, ils assurent le salut de la cité.

À Rome, le premier acte du consul était d'accomplir un sacrifice au forum. Des victimes étaient amenées sur la place publique ; quand le pontife, les avait déclarées dignes d'être offertes, le consul les immolait de sa main, pendant qu'un héraut commandait à la foule le silence religieux et qu'un joueur de flûte faisait entendre la mélodie sacrée[10]. Peu de jours après, le consul se rendait à Lavinium, d'où les pénates romains étaient issus, et il offrait encore un sacrifice.

Quand on examine avec un peu d'attention le caractère du magistrat chez les anciens, on voit combien il ressemble peu aux chefs d'État des sociétés modernes. Sacerdoce, justice et commandement se confondent en sa personne. Il représente la cité, qui est une association religieuse au moins autant que politique. Il a dans ses mains les auspices, les rites, la prière, la protection des dieux. Un consul est quelque chose de plus qu'un homme ; il est l'intermédiaire entre l'homme et la divinité. À sa fortune est attachée la fortune publique ; il est comme le génie tutélaire de la cité. La mort d'un consul *funeste* la république[11]. Quand le consul Claudius Néron quitte son armée pour voler au secours de son collègue, Tite-Live nous montre combien Rome est en alarmes sur le sort de cette armée ; c'est que, privée de son chef, l'armée est en même temps privée de la protection céleste ; avec le consul sont partis les auspices, c'est-à-dire la religion et les dieux[12].

Les autres magistratures romaines qui furent, en quelque sorte, des membres successivement détachés du consulat, réunirent comme lui des attributions sacerdotales et des attributions politiques. On voyait, à certains jours, le censeur, une couronne sur la tête, offrir un sacrifice au nom de la cité et frapper de sa main la victime. Les préteurs, les édiles curules présidaient à des fêtes religieuses[13]. Il n'y avait pas de magistrat qui n'eût à accomplir quelque acte sacré ; car dans la pensée des anciens toute autorité devait être religieuse par quelque côté. Les tribuns de la plèbe étaient les seuls qui n'eussent à accomplir aucun sacrifice ; aussi ne les comptait-on pas parmi les vrais magistrats. Nous verrons plus loin que leur autorité était d'une nature tout à fait exceptionnelle.

Le caractère sacerdotal qui s'attachait au magistrat se montre surtout dans la manière dont il était élu. Aux yeux des anciens, il ne semblait pas que les suffrages des hommes fussent suffisants pour établir le chef de la cité. Tant que dura la royauté primitive, il parut naturel que ce chef fût désigné par la naissance en vertu de la loi religieuse qui prescrivait que le fils succédât au père dans tout sacerdoce ; la naissance semblait révéler assez la volonté des dieux. Lorsque les révolutions eurent supprimé partout cette royauté, les hommes paraissent avoir cherché, pour suppléer à la naissance, un mode d'élection que les dieux n'eussent pas à désavouer. Les Athéniens, comme beaucoup de peuples grecs, n'en virent pas de meilleur que le tirage au sort. Mais il importe de ne pas se faire une idée fausse de ce procédé, dont on a fait un sujet d'accusation contre la démocratie athénienne ; et pour cela il est nécessaire de pénétrer dans la pensée des anciens. Pour eux le sort n'était pas le hasard ; le sort était la révélation de la volonté divine. De même qu'on y avait recours dans les temples pour surprendre les secrets d'en haut, de même la cité y recourait pour le choix de son magistrat. On était persuadé que les dieux désignaient le plus digne en faisant sortir son nom de l'urne. Platon exprimait la pensée des anciens quand il disait : « L'homme que le sort a désigné, nous disons qu'il est cher à la divinité et nous trouvons juste qu'il commande. Pour toutes les magistratures qui touchent aux choses sacrées, laissant à la divinité le choix de ceux qui lui sont agréables, nous nous en remettons au sort. » La cité croyait ainsi recevoir ses magistrats des dieux[14].

Au fond et sous des dehors différents, les choses se passaient de même à Rome. La désignation du consul ne devait pas appartenir aux hommes. La volonté ou le caprice du peuple n'était pas ce qui pouvait créer légitimement un magistrat. Voici donc comment le consul était choisi. Un magistrat en charge, c'est-à-dire un homme déjà en possession du caractère sacré et des auspices, indiquait parmi les jours fastes celui où le consul devait être nommé. Pendant la nuit qui précédait ce jour, il veillait, en plein air, les yeux fixés au ciel, observant les signes que les dieux envoyaient, en même temps qu'il prononçait mentalement le nom de quelques candidats à la magistrature. Si les présages étaient favorables, c'est que les dieux agréaient ces candidats. Le lendemain, le peuple se réunissait au champ de Mars ; le même personnage qui avait consulté les dieux présidait l'assemblée. Il disait à haute voix les noms des candidats sur lesquels il avait pris les auspices ; si parmi ceux qui demandaient le consulat, il s'en trouvait un pour lequel les auspices n'eussent pas été favorables, il omettait son nom. Le peuple ne votait que sur les noms qui étaient prononcés par ce président [15]. Si le président ne nommait que deux candidats, le peuple votait pour eux nécessairement ; s'il en nommait trois, le peuple choisissait entre eux. Jamais l'assemblée n'avait le droit de porter ses suffrages sur d'autres hommes que ceux que le président avait désignés ; car pour ceux-là seulement les auspices avaient été favorables et l'assentiment des dieux était assuré [16].

Ce mode d'élection, qui fut scrupuleusement suivi dans les premiers siècles de la république, explique quelques traits de l'histoire romaine dont on est d'abord surpris. On voit, par exemple, assez souvent que le peuple est presque unanime à vouloir porter deux hommes au consulat, et que pourtant il ne le peut pas ; c'est que le président n'a pas pris les auspices sur ces deux hommes, ou que les auspices ne se sont pas montrés favorables. Par contre, on voit plusieurs fois le peuple nommer consuls deux hommes qu'il déteste [17] ; c'est que le président n'a prononcé que deux noms. Il a bien fallu voter pour eux ; car le vote ne s'exprime pas par oui ou non ; chaque suffrage doit porter deux noms propres, sans qu'il soit possible d'en écrire d'autres que ceux qui ont été désignés. Le peuple à qui l'on présente des candidats qui lui sont odieux peut bien marquer sa colère en se retirant sans voter ; il reste toujours dans l'enceinte assez de citoyens pour figurer un vote[18].

On voit par là quelle était la puissance du président des comices, et l'on ne s'étonne plus de l'expression consacrée, *creat consules*, qui s'appliquait, non au peuple, mais au président des comices. C'était de lui, en effet, plutôt que du peuple, qu'on pouvait dire : Il crée les consuls ; car c'était lui qui découvrait la volonté des dieux. S'il ne faisait pas les consuls, c'était au moins par lui que les dieux les faisaient. La puissance du peuple n'allait que jusqu'à ratifier l'élection, tout au plus jusqu'à choisir entre trois ou quatre noms, si les auspices s'étaient montrés également favorables à trois ou quatre candidats.

Il est hors de toute que cette manière de procéder fut fort avantageuse à l'aristocratie romaine ; mais on se tromperait si l'on ne voyait en tout cela qu'une ruse imaginée par elle. Une telle ruse ne se conçoit pas dans les siècles où l'on croyait à cette religion. Politiquement, elle était inutile dans les premiers temps, puisque les patriciens avaient alors la majorité dans les suffrages. Elle aurait même pu tourner contre eux en investissant un seul homme d'un pouvoir exorbitant. La seule explication qu'on puisse donner de ces usages, ou plutôt de ces rites de l'élection, c'est que tout le monde croyait très sincèrement que le choix du magistrat n'appartenait pas au peuple, mais aux dieux. L'homme qui allait disposer de la religion et de la fortune de la cité devait être révélé par la voix divine.

La règle première pour l'élection d'un magistrat était celle que donne Cicéron : « Qu'il soit nommé suivant les rites[19]. » Si, plusieurs mois après, on venait dire au Sénat que quelque rite avait été négligé ou mal accompli, le Sénat ordonnait aux consuls d'abdiquer, et ils obéissaient. Les exemples sont fort nombreux ; et si, pour deux ou trois d'entre eux, il est permis de croire que le Sénat fut bien aise de se débarrasser d'un consul ou inhabile ou mal pensant, la plupart du temps, au contraire, on ne peut pas lui supposer d'autre motif qu'un scrupule religieux.

Il est vrai que lorsque le sort à Athènes ou les auspices à Rome avaient désigné l'archonte ou le consul, il y avait une sorte d'épreuve par laquelle on examinait le mérite du nouvel élu[20]. Mais cela même va nous montrer ce que la cité souhaitait trouver dans son magistrat ; elle ne cherchait pas l'homme le plus courageux à la guerre, le plus habile ou le plus juste dans la paix, mais le plus aimé des dieux. En effet, le sénat athénien demandait au nouvel élu s'il possédait un dieu domestique[21], s'il faisait partie d'une phratrie, s'il avait un tombeau de famille et s'il remplissait tous ses devoirs envers les morts[22]. Pourquoi ces questions ? C'est que celui qui n'avait pas de culte de famille ne devait pas avoir part au culte national et n'était pas apte à faire les sacrifices au nom de la cité. Celui qui négligeait le culte de ses morts était exposé à leurs redoutables colères et était poursuivi par des ennemis invisibles. La cité aurait été bien téméraire de confier sa fortune à un tel homme. Elle voulait que le nouveau magistrat fût, suivant l'expression de Platon, d'une famille pure[23]. C'est que, si l'un de ses ancêtres avait commis un de ces actes qui blessaient la religion, le foyer de la famille était à jamais souillé et les descendants étaient détestés des dieux. Telles étaient les principales questions que l'on adressait à celui qui allait être magistrat. Il semblait qu'on ne se préoccupât ni de son caractère ni de son intelligence. On tenait surtout à s'assurer qu'il était apte à remplir les fonctions sacerdotales, et que la religion de la cité ne serait pas compromise dans ses mains.

Cette sorte d'examen paraît avoir été aussi en usage à Rome. Il est vrai que nous n'avons aucun renseignement sur les questions auxquelles le consul devait répondre ; mais nous savons du moins que cet examen était fait par les pontifes, et nous pouvons bien croire qu'il ne portait que sur l'aptitude religieuse du magistrat [24].

Chapitre 11

LA LOI

Chez les Grecs et chez les Romains, comme chez les Hindous, la loi fut d'abord une partie de la religion. Les anciens codes des cités étaient un ensemble de rites, de prescriptions liturgiques, de prières, en même temps que de dispositions législatives. Les règles du droit de propriété et du droit de succession y étaient éparses au milieu des règles relatives aux sacrifices, à la sépulture et au culte des morts.

Ce qui nous est resté des plus anciennes lois de Rome, qu'on appelait lois royales, s'applique aussi souvent au culte qu'aux rapports de la vie civile. L'une d'elles interdisait à la femme coupable d'approcher des autels ; une autre défendait de servir certains mets dans les repas sacrés, une troisième disait quelle cérémonie religieuse un général vainqueur devait faire en rentrant dans la ville. Le code des Douze Tables, quoique plus récent, contenait encore des prescriptions minutieuses sur les rites religieux de la sépulture. L'œuvre de Solon était à la fois un code, une constitution et un rituel : l'ordre des sacrifices et le prix des victimes y étaient réglés, ainsi que les rites des noces et le culte des morts.

Cicéron, dans son traité des Lois, trace le plan d'une législation qui n'est pas tout à fait imaginaire. Pour le fond comme pour la forme de son code, il imite les anciens législateurs. Or, voici les premières lois qu'il écrit : « Que l'on n'approche des dieux qu'avec les mains pures ; – que l'on entretienne les temples des pères et la demeure des Lares domestiques ; – que les prêtres n'emploient dans les repas sacrés que les mets prescrits ; – que l'on rende aux dieux Mânes le culte qui leur est dû. » Assurément le philosophe romain se préoccupait peu de cette vieille religion des Lares et des Mânes ; mais il traçait un code à l'image des codes anciens, et il se croyait tenu d'y insérer les règles du culte.

À Rome, c'était une vérité reconnue qu'on ne pouvait pas être un bon pontife si l'on ne connaissait pas le droit[1], et, réciproquement, que l'on ne pouvait pas connaître le droit si l'on ne savait pas la religion. Les pontifes furent longtemps les seuls jurisconsultes. Comme il n'y avait presque aucun acte de la vie qui n'eût quelque rapport avec la religion, il en résultait que presque tout était soumis aux décisions de ces prêtres, et qu'ils se trouvaient les seuls juges compétents dans un nombre infini de procès. Toutes les contestations relatives au mariage, au divorce, aux droits civils et religieux des enfants, étaient portées à leur tribunal. Ils étaient juges de l'inceste, ainsi que du célibat. Comme l'adoption touchait à la religion, elle ne pouvait se faire qu'avec l'assentiment du pontife. Faire un testament, c'était rompre l'ordre que la religion avait établi pour la succession des biens et la transmission du culte ; aussi le testament devait-il, à l'origine, être autorisé par le pontife. Comme les limites de toute propriété étaient marquées par la religion, dès que deux voisins étaient en litige, ils devaient plaider devant le pontife ou devant des prêtres qu'on appelait frères arvales[2]. Voilà pourquoi les mêmes hommes étaient pontifes et jurisconsultes ; droit et religion ne faisaient qu'un[3].

À Athènes, le premier archonte et le roi avaient à peu près les mêmes attributions judiciaires que le pontife romain. C'est que l'archonte avait la mission de veiller à la perpétuité des cultes domestiques[4], et que le roi, assez semblable au pontife de Rome, avait la direction suprême de la religion de la cité. Aussi le premier jugeait-il tous les débats qui touchaient au droit de famille, et le second, tous les délits qui atteignaient la religion[5].

Le mode de génération des lois anciennes apparaît clairement. Ce n'est pas un homme qui les a inventées. Solon, Lycurgue, Minos, Numa ont pu mettre en écrit les lois de leurs cités ; ils ne les ont pas faites. Si nous entendons par législateur un homme qui crée un code par la puissance de son génie et qui l'impose aux autres hommes, ce législateur n'exista jamais chez les anciens. La loi antique ne sortit pas non plus des votes du peuple. La pensée que le nombre des suffrages pouvait faire une loi n'apparut que fort tard dans les cités, et seulement après que deux révolutions les avaient transformées. Jusque-là les lois se présentent comme quelque chose d'antique, d'immuable, de vénérable. Aussi vieilles que la cité, c'est le fondateur qui les a *posées*, en même temps qu'il *posait* le foyer, *moresque viris et mœnia ponit*. Il les a instituées en même temps qu'il instituait la religion. Mais encore ne peut-on pas dire qu'il les ait imaginées lui-même. Quel en est donc le véritable auteur ? Quand nous avons parlé plus haut de l'organisation de la famille et des lois grecques ou romaines qui réglaient la propriété, la succession, le testament, l'adoption, nous avons observé combien ces lois correspondaient exactement aux croyances des anciennes générations. Si l'on met ces lois en présence de l'équité naturelle, on les trouve souvent en contradiction avec elle, et il paraît assez évident que ce n'est pas dans la notion du droit absolu et dans le sentiment du juste qu'on est allé les chercher. Mais que l'on mette ces mêmes lois en regard du culte des morts et du foyer, qu'on les compare aux diverses prescriptions de cette religion primitive, et l'on reconnaîtra qu'elles sont avec tout cela dans un accord parfait.

L'homme n'a pas eu à étudier sa conscience et à dire : Ceci est juste ; ceci ne l'est pas. Ce n'est pas ainsi qu'est né le droit antique. Mais l'homme croyait que le foyer sacré, en vertu de la loi religieuse, passait du père au fils ; il en est résulté que la maison a été un bien héréditaire. L'homme qui avait enseveli son père dans son champ croyait que l'esprit du mort prenait à jamais possession de ce champ et réclamait de sa postérité un culte perpétuel ; il en est résulté que le champ, domaine du mort et lieu des sacrifices, est devenu la propriété inaliénable d'une famille. La religion disait : Le fils continue le culte, non la fille ; et la loi a dit avec la religion : Le fils hérite, la fille n'hérite pas ; le neveu par les mâles hérite, non pas le neveu par les femmes. Voilà comment la loi s'est faite ; elle s'est présentée d'elle-même et sans qu'on eût à la chercher. Elle était la conséquence directe et nécessaire de la croyance ; elle était la religion même s'appliquant aux relations des hommes entre eux.

Les anciens disaient que leurs lois leur étaient venues des dieux. Les Crétois attribuaient les leurs, non à Minos, mais à Jupiter ; les Lacédémoniens croyaient que leur législateur n'était pas Lycurgue, mais Apollon. Les Romains disaient que Numa avait écrit sous la dictée d'une des divinités les plus puissantes de l'Italie ancienne, la déesse Égérie. Les Étrusques avaient reçu leurs lois du dieu Tagès. Il y a du vrai dans toutes ces traditions. Le véritable législateur chez les anciens, ce ne fut pas l'homme, ce fut la croyance religieuse que l'homme avait en soi.

Les lois restèrent longtemps une chose sacrée. Même à l'époque où l'on admit que la volonté d'un homme ou les suffrages d'un peuple pouvaient faire une loi, encore fallait-il que la religion fût consultée et qu'elle fût au moins consentante. À Rome, on ne croyait pas que l'unanimité des suffrages fût suffisante pour qu'il y eût une loi : il fallait encore que la décision du peuple fût approuvée par les pontifes et que les augures attestassent que les dieux étaient favorables à la loi proposée[6]. Un jour que les tribuns plébéiens voulaient faire adopter une loi par une assemblée des tribus, un patricien leur dit : « Quel droit avez-vous de faire une loi nouvelle ou de toucher aux lois existantes ? Vous qui n'avez pas les auspices, vous qui dans vos assemblées n'accomplissez pas d'actes religieux, qu'avez-vous de commun avec la religion et toutes les choses sacrées, parmi lesquelles il faut compter la loi[7] ? »

On conçoit d'après cela le respect et l'attachement que les anciens ont gardé longtemps pour leurs lois. En elles ils ne voyaient pas une œuvre humaine. Elles avaient une origine sainte. Ce n'est pas un vain mot quand Platon dit qu'obéir aux lois, c'est obéir aux dieux. Il ne fait qu'exprimer la pensée grecque lorsque, dans le *Criton*, il montre Socrate donnant sa vie parce que les lois la lui demandent. Avant Socrate, on avait écrit sur le rocher des Thermopyles : « Passant, va dire à Sparte que nous sommes morts ici pour obéir à ses lois. » La loi chez les anciens fut toujours sainte ; au temps de la royauté elle était la reine des rois ; au temps des républiques elle fut la reine des peuples. Lui désobéir était un sacrilège.

En principe, la loi était immuable, puisqu'elle était divine. Il est à remarquer que jamais on n'abrogeait les lois. On pouvait bien en faire de nouvelles, mais les anciennes subsistaient toujours, quelque contradiction qu'il y eût entre elles. Le code de Dracon n'a pas été aboli par celui de Solon [8], ni les Lois Royales par les Douze Tables. La pierre où la loi était gravée était inviolable ; tout au plus les moins scrupuleux se croyaient-ils permis de la retourner. Ce principe a été la cause principale de la grande confusion qui se remarque dans le droit ancien. Des lois opposées et de différentes époques s'y trouvaient réunies ; et toutes avaient droit au respect. On voit dans un plaidoyer d'Isée deux hommes se disputer un héritage ; chacun d'eux allègue une loi en sa faveur ; les deux lois sont absolument contraires et également sacrées. C'est ainsi que le code de Manou garde l'ancienne loi qui établit le droit d'aînesse, et en écrit une autre à côté qui prescrit le partage égal entre les frères.

La loi antique n'a jamais de considérants. Pourquoi en aurait-elle ? Elle n'est pas tenue de donner ses raisons ; elle est, parce que les dieux l'ont faite. Elle ne se discute pas, elle s'impose ; elle est une œuvre d'autorité ; les hommes lui obéissent parce qu'ils ont foi en elle.

Pendant de longues générations, les lois n'étaient pas écrites ; elles se transmettaient de père en fils, avec la croyance et la formule de prière. Elles étaient une tradition sacrée qui se perpétuait autour du foyer de la famille ou du foyer de la cité.

Le jour où l'on a commencé à les mettre en écrit, c'est dans les livres sacrés qu'on les a consignées, dans les rituels, au milieu des prières et des cérémonies. Varron cite une loi ancienne de la ville de Tusculum et il ajoute qu'il l'a lue dans les livres sacrés de cette ville[9]. Denys d'Halicarnasse, qui avait consulté les documents originaux, dit qu'à Rome, avant l'époque des Décemvirs, le peu qu'il y avait de lois écrites se trouvait dans les livres sacrés[10]. Plus tard, la loi est sortie des rituels ; on l'a écrite à part ; mais l'usage a continué de la déposer dans un temple, et les prêtres en ont conservé la garde.

Écrites ou non, ces lois étaient toujours formulées en arrêts très brefs, que l'on peut comparer, pour la forme, aux versets du livre de Moïse ou aux çlocas du livre de Manou. Il y a même grande apparence que les paroles de la loi étaient rythmées[11]. Aristote dit qu'avant le temps où les lois furent écrites, on les chantait[12]. Il en est resté des souvenirs dans la langue ; les Romains appelaient les lois *carmina*[13], des vers, les Grecs disaient νόμοι, des chants[14].

Ces vieux vers étaient des textes invariables. Y changer une lettre, y déplacer un mot, en altérer le rhythme, c'eût été détruire la loi elle-même, en détruisant la forme sacrée sous laquelle elle s'était révélée aux hommes. La loi était comme la prière, qui n'était agréable à la divinité qu'à la condition d'être récitée exactement, et qui devenait impie si un seul mot y était changé. Dans le droit primitif, l'extérieur, la lettre est tout ; il n'y a pas à chercher le sens ou l'esprit de la loi. La loi ne vaut pas par le principe moral qui est en elle, mais par les mots que sa formule renferme. Sa force est dans les paroles sacrées qui la composent.

Chez les anciens et surtout à Rome, l'idée du droit était inséparable de l'emploi de certains mots sacramentels. S'agissait-il, par exemple, d'une obligation à contracter, l'un devait dire : *Dari spondes?* et l'autre devait répondre : *Spondeo.* Si ces mots-là n'étaient pas prononcés, il n'y avait pas de contrat. En vain le créancier venait-il réclamer le payement de la dette, le débiteur ne devait rien. Car ce qui obligeait l'homme dans ce droit antique, ce n'était pas la conscience ni le sentiment du juste, c'était la formule sacrée. Cette formule prononcée entre deux hommes établissait entre eux un lien de droit. Où la formule n'était pas, le droit n'était pas.

Les formes bizarres de l'ancienne procédure romaine ne nous surprendront pas, si nous songeons que le droit antique était une religion, la loi un texte sacré, la justice un ensemble de rites. Le demandeur poursuit avec la loi, *agit lege.* Par l'énoncé de la loi il saisit l'adversaire. Mais qu'il prenne garde : pour avoir la loi pour soi, il faut en connaître les termes et les prononcer exactement. S'il dit un mot pour un autre, la loi n'existe plus et ne peut pas le défendre. Gaïus raconte l'histoire d'un homme dont un voisin avait coupé les vignes ; le fait était constant ; il prononça la loi, mais la loi disait arbres, il prononça vignes ; il perdit son procès[15].

L'énoncé de la loi ne suffisait pas. Il fallait encore un accompagnement de signes extérieurs, qui étaient comme les rites de cette cérémonie religieuse qu'on appelait contrat ou qu'on appelait procédure en justice. C'est par cette raison que pour toute vente il fallait employer le morceau de cuivre et la balance ; que pour acheter un objet, il fallait le toucher de la main, *mancipatio* ; que, si l'on se disputait une propriété, il y avait combat fictif, *manuum consertio.* De là les formes de l'affranchissement, celles de l'émancipation, celles de l'action en justice, et toute la pantomime de la procédure.

Comme la loi faisait partie de la religion, elle participait au caractère mystérieux de toute cette religion des cités. Les formules de la loi étaient tenues secrètes comme celles du culte. Elle était cachée à l'étranger, cachée même au plébéien. Ce n'est pas parce que les patriciens avaient calculé qu'ils puiseraient une grande force dans la possession exclusive des lois ; mais c'est que la loi, par son origine et sa nature, parut longtemps un mystère auquel on ne pouvait être initié qu'après l'avoir été préalablement au culte national et au culte domestique.

L'origine religieuse du droit antique nous explique encore un des principaux caractères de ce droit. La religion était purement *civile*, c'est-à-dire spéciale à chaque cité ; il n'en pouvait découler aussi qu'un droit *civil*. Mais il importe de distinguer le sens que ce mot avait chez les anciens. Quand ils disaient que le droit était civil, *jus civile*, νόμοι πολιτικοί, ils n'entendaient pas seulement que chaque cité avait son code, comme de nos jours chaque État a le sien. Ils voulaient dire que leurs lois n'avaient de valeur et d'action qu'entre membres d'une même cité. Il ne suffisait pas d'habiter une ville pour être soumis à ses lois et être protégé par elles : il fallait en être citoyen. La loi n'existait pas pour l'esclave ; elle n'existait pas davantage pour l'étranger. Nous verrons plus loin que l'étranger, domicilié dans une ville, ne pouvait ni y être propriétaire, ni y hériter, ni tester, ni faire un contrat d'aucune sorte, ni paraître devant les tribunaux ordinaires des citoyens. À Athènes, s'il se trouvait créancier d'un citoyen, il ne pouvait pas le poursuivre en justice pour le paiement de sa dette, la loi ne reconnaissant pas de contrat valable pour lui.

Ces dispositions de l'ancien droit étaient d'une logique parfaite. Le droit n'était pas né de l'idée de justice, mais de la religion, et il n'était pas conçu en dehors d'elle. Pour qu'il y eût un rapport de droit entre deux hommes, il fallait qu'il y eût déjà entre eux un rapport religieux, c'est-à-dire qu'ils eussent le culte d'un même foyer et les mêmes sacrifices. Lorsque entre deux hommes cette communauté religieuse n'existait pas, il ne semblait pas qu'aucune relation de droit pût exister. Or ni l'esclave ni l'étranger n'avaient part à la religion de la cité. Un étranger et un citoyen pouvaient vivre côte à côte pendant de longues années sans que l'on conçût la possibilité d'établir un lien de droit entre eux. Le droit n'était qu'une des faces de la religion. Pas de religion commune, pas de loi commune.

Chapitre 12

Le citoyen et l'étranger

On reconnaissait le citoyen à ce qu'il avait part au culte de la cité, et c'était de cette participation que lui venaient tous ses droits civils et politiques. Renonçait-on au culte, on renonçait aux droits. Nous avons parlé plus haut des repas publics, qui étaient la principale cérémonie du culte national. Or, à Sparte, celui qui n'y assistait pas, même sans que ce fût par sa faute, cessait aussitôt de compter parmi les citoyens [1]. Chaque cité exigeait que tous ses membres prissent part aux fêtes de son culte [2]. À Rome, il fallait avoir été présent à la cérémonie sainte de la lustration pour jouir des droits politiques [3]. L'homme qui n'y avait pas assisté, c'est-à-dire qui n'avait pas eu part à la prière commune et au sacrifice, n'était plus citoyen jusqu'au lustre suivant.

Si l'on veut définir le citoyen des temps antiques par son attribut le plus essentiel, il faut dire que c'est l'homme qui possède la religion de la cité. C'est celui qui honore les mêmes dieux qu'elle [4]. C'est celui pour qui l'archonte ou le prytane offre le sacrifice de chaque jour [5] qui a le droit d'approcher des autels, qui peut pénétrer dans l'enceinte sacrée où se tiennent les assemblées, qui assiste aux fêtes, qui suit les processions et se mêle aux panégyries, qui s'assied aux repas sacrés et reçoit sa part des victimes. Aussi cet homme, le jour où il a été inscrit sur le registre des citoyens, a-t-il juré qu'il pratiquerait le culte des dieux de la cité et qu'il combattrait pour eux[6]. Voyez les termes de la langue : être admis parmi les citoyens, cela s'exprime en grec par les mots μετεῖναι τῶν ἱερῶν, entrer en partage des choses sacrées[7].

L'étranger, au contraire, est celui qui n'a pas accès au culte, celui que les dieux de la cité ne protègent pas et qui n'a pas même le droit de les invoquer. Car ces dieux nationaux ne veulent recevoir de prières et d'offrandes que du citoyen ; ils repoussent l'étranger ; l'entrée de leurs temples lui est interdite et sa présence pendant les cérémonies est un sacrilège. Un témoignage de cet antique sentiment de répulsion nous est resté dans un des principaux rites du culte romain ; le pontife, lorsqu'il sacrifie en plein air, doit avoir la tête voilée, « parce qu'il ne faut pas que devant les feux sacrés, dans l'acte religieux qui est offert aux dieux nationaux, le visage d'un étranger se montre aux yeux du pontife ; les auspices en seraient troublés[8] ». Un objet sacré qui tombait momentanément aux mains d'un étranger devenait aussitôt profane ; il ne pouvait recouvrer son caractère religieux que par une cérémonie expiatoire[9]. Si l'ennemi s'était emparé d'une ville et que les citoyens vinssent à la reprendre, il fallait avant toute chose que les temples fussent purifiés et tous les foyers éteints et renouvelés : le contact de l'étranger les avait souillés[10].

C'est ainsi que la religion établissait entre le citoyen et l'étranger une distinction profonde et ineffaçable[11]. Cette même religion, tant qu'elle fut puissante sur les âmes, défendit de communiquer aux étrangers le droit de cité. Au temps d'Hérodote, Sparte ne l'avait encore accordé à personne, excepté à un devin ; encore avait-il fallu pour cela l'ordre formel de l'oracle[12]. Athènes l'accordait quelquefois, mais avec quelles précautions ! Il fallait d'abord que le peuple réuni votât l'admission de l'étranger ; ce n'était rien encore : il fallait que, neuf jours après, une seconde assemblée votât dans le même sens au scrutin secret, et qu'il y eût au moins six mille suffrages favorables : chiffre qui paraîtra énorme, si l'on songe qu'il était fort rare qu'une assemblée athénienne réunît ce nombre de citoyens. Enfin le premier venu parmi les Athéniens pouvait opposer une sorte de veto, attaquer le décret devant les tribunaux comme contraire aux vieilles lois et le faire annuler. Il n'y avait certes pas d'acte public que le législateur eût entouré d'autant de difficultés et de précautions que celui qui allait conférer à un étranger le titre de citoyen, et il s'en fallait de beaucoup qu'il y eût autant de formalités à remplir pour déclarer la guerre ou pour faire une loi nouvelle. D'où vient qu'on opposait tant d'obstacles à l'étranger qui voulait être citoyen ? Assurément on ne craignait pas que dans les assemblées politiques son vote fît pencher la balance. Démosthène nous dit le vrai motif et la vraie pensée des Athéniens : « C'est qu'il faut penser aux dieux et conserver aux sacrifices leur pureté. » Exclure l'étranger, c'est « veiller sur les cérémonies saintes ». Admettre un étranger parmi les citoyens, c'est « lui donner part à la religion et aux sacrifices[13] ». Or pour un tel acte le peuple ne se sentait pas entièrement libre, et il était saisi d'un scrupule religieux ; car il savait que les dieux nationaux étaient portés à repousser l'étranger et que les sacrifices seraient peut-être altérés par la présence du nouveau venu. Le don du droit de cité à un étranger était une véritable violation des principes fondamentaux du culte national, et c'est pour cela que la cité, à l'origine, en était si avare. Encore faut-il noter que l'homme si péniblement admis comme citoyen ne pouvait être ni archonte ni prêtre. La cité lui permettait bien d'assister à son culte, mais, quant à y présider, c'eût été trop.

Nul ne pouvait devenir citoyen à Athènes, s'il était citoyen dans une autre ville[14]. Car il y avait une impossibilité religieuse à être à la fois membre de deux cités, comme nous avons vu qu'il y en avait une à être membre de deux familles. On ne pouvait pas être de deux religions à la fois.

La participation au culte entraînait avec elle la possession des droits. Comme le citoyen pouvait assister au sacrifice qui précédait l'assemblée, il y pouvait aussi voter. Comme il pouvait faire les sacrifices au nom de la cité, il pouvait être prytane et archonte. Ayant la religion de la cité, il pouvait en invoquer la loi et accomplir tous les rites de la procédure.

L'étranger, au contraire, n'ayant aucune part à la religion, n'avait aucun droit. S'il entrait dans l'enceinte sacrée que le prêtre avait tracée pour l'assemblée, il était puni de mort. Les lois de la cité n'existaient pas pour lui. S'il avait commis un délit, il était traité comme l'esclave et puni sans forme de procès, la cité ne lui devant aucune justice[15]. Lorsqu'on est arrivé à sentir le besoin d'avoir une justice pour l'étranger, il a fallu établir un tribunal exceptionnel. Rome avait un préteur pour juger l'étranger (*praetor peregrinus*). À Athènes le juge des étrangers a été le polémarque, c'est-à-dire le même magistrat qui était chargé des soins de la guerre et de toutes les relations avec l'ennemi[16].

Ni à Rome ni à Athènes l'étranger ne pouvait être propriétaire[17]. Il ne pouvait pas se marier ; du moins son mariage n'était pas reconnu ; les enfants nés de l'union d'un citoyen avec une étrangère étaient réputés bâtards[18]. Il ne pouvait pas faire un contrat avec un citoyen ; du moins la loi ne reconnaissait à un tel contrat aucune valeur. À l'origine il n'avait pas le droit de faire le commerce[19]. La loi romaine lui défendait d'hériter d'un citoyen, et même à un citoyen d'hériter de lui[20]. On poussait si loin la rigueur de ce principe que, si un étranger obtenait le droit de cité romaine sans que son fils, né avant cette époque, eût la même faveur, le fils devenait à l'égard du père un étranger et ne pouvait pas hériter de lui[21]. La distinction entre citoyen et étranger était plus forte que le lien de nature entre père et fils.

Il semblerait à première vue qu'on eût pris à tâche d'établir un système de vexation contre l'étranger. Il n'en était rien. Athènes et Rome lui faisaient, au contraire, bon accueil, et le protégeaient, par des raisons de commerce ou de politique. Mais leur bienveillance et leur intérêt même ne pouvaient pas abolir les anciennes lois que la religion avait établies. Cette religion ne permettait pas que l'étranger devînt propriétaire, parce qu'il ne pouvait pas avoir de part dans le sol religieux de la cité. Elle ne permettait ni à l'étranger d'hériter du citoyen ni au citoyen d'hériter de l'étranger, parce que toute transmission de biens entraînait la transmission d'un culte, et qu'il était aussi impossible au citoyen de remplir le culte de l'étranger qu'à l'étranger celui du citoyen.

On pouvait accueillir l'étranger, veiller sur lui, l'estimer même, s'il était riche ou honorable ; on ne pouvait pas lui donner part à la religion et au droit. L'esclave, à certains égards, était mieux traité que lui ; car l'esclave, membre d'une famille dont il partageait le culte, était rattaché à la cité par l'intermédiaire de son maître ; les dieux le protégeaient. Aussi la religion romaine disait-elle que le tombeau de l'esclave était sacré, mais que celui de l'étranger ne l'était pas[22].

Pour que l'étranger fût compté pour quelque chose aux yeux de la loi, pour qu'il pût faire le commerce, contracter, jouir en sûreté de son bien, pour que la justice de la cité pût le défendre efficacement, il fallait qu'il se fît le client d'un citoyen. Rome et Athènes voulaient que tout étranger adoptât un patron[23]. En se mettant dans la clientèle et sous la dépendance d'un citoyen, l'étranger était rattaché par cet intermédiaire à la cité. Il participait alors à quelques-uns des bénéfices du droit civil et la protection des lois lui était acquise.

Les anciennes cités punissaient la plupart des fautes commises contre elles en enlevant au coupable sa qualité de citoyen. Cette peine s'appelait *ἀτιμία*[24]. L'homme qui en était frappé ne pouvait plus ni revêtir aucune magistrature, ni faire partie des tribunaux, ni parler dans les assemblées. En même temps, la religion lui était interdite ; la sentence disait « qu'il n'entrerait plus dans aucun des sanctuaires de la cité, qu'il n'aurait plus le droit de se couronner de fleurs aux jours où les citoyens se couronnent, qu'il ne mettrait plus le pied dans l'enceinte que l'eau lustrale et le sang des victimes traçaient dans l'agora[25] ». Les dieux de la cité n'existaient plus pour lui. Il perdait en même temps tous les droits civils ; il ne paraissait plus devant les tribunaux, même comme témoin ; lésé, il ne lui était pas permis de porter plainte ; « on pouvait le frapper impunément[26] » ; les lois de la cité ne le protégeaient pas. Il n'y avait plus pour lui ni achat, ni vente, ni contrat d'aucune espèce[27]. Il était devenu un étranger dans la ville. Droits politiques, religion, droits civils, tout lui était enlevé du même coup. Tout cet ensemble était compris dans le titre de citoyen et se perdait avec lui.

Chapitre 13

LE PATRIOTISME. L'EXIL

Le mot patrie chez les anciens signifiait la terre des pères, *terra patria*. La patrie de chaque homme était la part de sol que sa religion domestique ou nationale avait sanctifiée ; la terre où étaient déposés les ossements de ses ancêtres et que leurs âmes occupaient. La petite patrie était l'enclos de la famille, avec son tombeau et son foyer. La grande patrie était la cité, avec son prytanée et ses héros, avec son enceinte sacrée et son territoire marqué par la religion. « Terre sacrée de la patrie », disaient les Grecs. Ce n'était pas un vain mot. Ce sol était véritablement sacré pour l'homme, car il était habité par ses dieux. État, Cité, Patrie, ces mots n'étaient pas une abstraction, comme chez les modernes ; ils représentaient réellement tout un ensemble de divinités locales avec un culte de chaque jour et des croyances puissantes sur l'âme.

On s'explique par là le patriotisme des anciens, sentiment énergique qui était pour eux la vertu suprême et auquel toutes les autres vertus venaient aboutir. Tout ce que l'homme pouvait avoir de plus cher se confondait avec la patrie. En elle il trouvait son bien, sa sécurité, son droit, sa foi, son dieu. En la perdant, il perdait tout. Il était presque impossible que l'intérêt privé fût en désaccord avec l'intérêt public. Platon dit : C'est la patrie qui nous enfante, qui nous nourrit, qui nous élève. Et Sophocle : C'est la patrie qui nous conserve.

Une telle patrie n'est pas seulement pour l'homme un domicile. Qu'il quitte ces saintes murailles, qu'il franchisse les limites sacrées du territoire, et il ne trouve plus pour lui ni religion ni lien social d'aucune espèce. Partout ailleurs que dans sa patrie il est en dehors de la vie régulière et du droit ; partout ailleurs il est sans dieu et en dehors de la vie morale. Là seulement il a sa dignité d'homme et ses devoirs. Il ne peut être homme que là.

La patrie tient l'homme attaché par un lien sacré. Il faut l'aimer comme on aime une religion, lui obéir comme on obéit à Dieu. « Il faut se donner à elle tout entier, mettre tout en elle, lui vouer tout. » Il faut l'aimer glorieuse ou obscure, prospère ou malheureuse. Il faut l'aimer dans ses bienfaits et l'aimer encore dans ses rigueurs. Socrate condamné par elle sans raison ne doit pas moins l'aimer. Il faut l'aimer, comme Abraham aimait son Dieu, jusqu'à lui sacrifier son fils. Il faut surtout savoir mourir pour elle. Le Grec ou le Romain ne meurt guère par dévouement à un homme ou par point d'honneur, mais à la patrie il doit sa vie. Car, si la patrie est attaquée, c'est sa religion qu'on attaque. Il combat véritablement pour ses autels, pour ses foyers, *pro aris et focis*[1] ; car, si l'ennemi s'empare de sa ville, ses autels seront renversés, ses foyers éteints, ses tombeaux profanés, ses dieux détruits, son culte effacé. L'amour de la patrie, c'est la piété des anciens.

Il fallait que la possession de la patrie fût bien précieuse ; car les anciens n'imaginaient guère de châtiment plus cruel que d'en priver l'homme. La punition ordinaire des grands crimes était l'exil.

L'exil n'était pas seulement l'interdiction du séjour de la ville et l'éloignement du sol de la patrie : il était en même temps l'interdiction du culte; il contenait ce que les modernes ont appelé l'excommunication. Exiler un homme, c'était, suivant la formule usitée chez les Romains, lui interdire le feu et l'eau[2]. Par ce feu, il faut entendre le feu des sacrifices ; par cette eau, l'eau lustrale[3]. L'exil mettait donc un homme hors de la religion. À Sparte aussi, quand un homme était privé du droit de cité, le feu lui était interdit[4]. Un poète athénien met dans la bouche d'un de ses personnages la formule terrible qui frappait l'exilé : « Qu'il fuie, disait la sentence, et qu'il n'approche jamais des temples. Que nul citoyen ne lui parle ni ne le reçoive ; que nul ne l'admette aux prières ni aux sacrifices ; que nul ne lui présente l'eau lustrale[5]. » Toute maison était souillée par sa présence. L'homme qui l'accueillait devenait impur à son contact. « Celui qui aura mangé ou bu avec lui ou qui l'aura touché, disait la loi, devra se purifier[6]. » Sous le coup de cette excommunication, l'exilé ne pouvait prendre part à aucune cérémonie religieuse ; il n'avait plus de culte, plus de repas sacrés, plus de prières ; il était déshérité de sa part de religion.

Il faut bien songer que, pour les anciens, Dieu n'était pas partout. S'ils avaient quelque vague idée d'une divinité de l'univers, ce n'était pas celle-là qu'ils considéraient comme leur Providence et qu'ils invoquaient. Les dieux de chaque homme étaient ceux qui habitaient sa maison, son canton, sa ville. L'exilé, en laissant sa patrie derrière lui, laissait aussi ses dieux. Il ne voyait plus nulle part de religion qui pût le consoler et le protéger ; il ne sentait plus de providence qui veillât sur lui ; le bonheur de prier lui était ôté. Tout ce qui pouvait satisfaire les besoins de son âme était éloigné de lui.

Or la religion était la source d'où découlaient les droits civils et politiques. L'exilé perdait donc tout cela en perdant la religion de la patrie. Exclu du culte de la cité, il se voyait enlever du même coup son culte domestique et il devait éteindre son foyer[7]. Il n'avait plus le droit de propriété ; sa terre et tous ses biens étaient confisqués au profit des dieux ou de l'État[8]. N'ayant plus de culte, il n'avait plus de famille ; il cessait d'être époux et père. Ses fils n'étaient plus en sa puissance[9], sa femme n'était plus sa femme, et elle pouvait immédiatement prendre un autre époux[10]. Voyez Régulus ; prisonnier de l'ennemi, la loi romaine l'assimile à un exilé ; si le Sénat lui demande son avis, il refuse de le donner, parce que l'exilé n'est plus sénateur ; si sa femme et ses enfants courent à lui, il repousse leurs embrassements, car pour l'exilé il n'y a plus d'enfants, plus d'épouse :

Fertur pudicæ conjugis osculum
Parvosque natos, ut capitis minor,
A se removisse[11].

Ainsi l'exilé perdait, avec la religion et les droits de la cité, la religion et les droits de la famille ; il n'avait plus ni foyer, ni femmes, ni enfants. Mort, il ne pouvait être enseveli ni dans le sol de la cité ni dans le tombeau de ses ancêtres[12] ; car il était devenu un étranger.

Il n'est pas surprenant que les républiques anciennes aient presque toujours permis au coupable d'échapper à la mort par la fuite. L'exil ne semblait pas un supplice plus doux que la mort[13]. Les jurisconsultes romains l'appelaient une peine capitale.

Chapitre 14
De l'esprit municipal

Ce que nous avons vu jusqu'ici des anciennes institutions et surtout des anciennes croyances a pu nous donner une idée de la distinction profonde qu'il y avait toujours entre deux cités. Si voisines qu'elles fussent, elles formaient toujours deux sociétés complètement séparées. Entre elles, il y avait bien plus que la distance qui sépare aujourd'hui deux villes, bien plus que la frontière qui divise deux États ; les dieux n'étaient pas les mêmes, ni les cérémonies, ni les prières. Le culte d'une cité était interdit à l'homme de la cité voisine. On croyait que les dieux d'une ville repoussaient les hommages et les prières de quiconque n'était pas leur concitoyen.

Il est vrai que ces vieilles croyances se sont à la longue modifiées et adoucies ; mais elles avaient été dans leur pleine vigueur à l'époque où les sociétés s'étaient formées, et ces sociétés en ont toujours gardé l'empreinte.

On conçoit aisément deux choses : d'abord, que cette religion propre à chaque ville a dû constituer la cité d'une manière très forte et presque inébranlable ; il est, en effet, merveilleux combien cette organisation sociale, malgré ses défauts et toutes ses chances de ruine, a duré longtemps ; ensuite, que cette religion a dû avoir pour effet, pendant de longs siècles, de rendre impossible l'établissement d'une autre forme sociale que la cité.

Chaque cité, par l'exigence de sa religion même, devait être absolument indépendante. Il fallait que chacune eût son code particulier, puisque chacune avait sa religion et que c'était de la religion que la loi découlait. Chacune devait avoir sa justice souveraine, et il ne pouvait y avoir aucune justice supérieure à celle de la cité. Chacune avait ses fêtes religieuses et son calendrier ; les mois et l'année ne pouvaient pas être les mêmes dans deux villes, puisque la série des actes religieux était différente. Chacune avait sa monnaie particulière, qui, à l'origine, était ordinairement marquée de son emblème religieux. Chacune avait ses poids et ses mesures. On n'admettait pas qu'il dût y avoir rien de commun entre deux cités. La ligne de démarcation était si profonde qu'on imaginait à peine que le mariage fût permis entre habitants de deux villes différentes. Une telle union parut toujours étrange et fut longtemps réputée illégitime. La législation de Rome et celle d'Athènes répugnent visiblement à l'admettre. Presque partout les enfants qui naissaient d'un tel mariage étaient confondus parmi les bâtards et privés des droits de citoyen [1]. Pour que le mariage fût légitime entre habitants de deux villes, il fallait qu'il y eût entre elles une convention particulière (*jus connubii*, ἐπιγαμία) [2].

Chaque cité avait autour de son territoire une ligne de bornes sacrées. C'était l'horizon de sa religion nationale et de ses dieux. Au delà de ces bornes d'autres dieux régnaient et l'on pratiquait un autre culte [3].

Le caractère le plus saillant de l'histoire de la Grèce et de celle de l'Italie, avant la conquête romaine, c'est le morcellement poussé à l'excès et l'esprit d'isolement de chaque cité. La Grèce n'a jamais réussi à former un seul État ; ni les villes latines, ni les villes étrusques, ni les tribus samnites, n'ont jamais pu former un corps compact. On a attribué l'incurable division des Grecs à la nature de leur pays, et l'on a dit que les montagnes qui s'y croisent établissaient entre les hommes des lignes de démarcation naturelles. Mais il n'y avait pas de montagnes entre Thèbes et Platées, entre Argos et Sparte, entre Sybaris et Crotone. Il n'y en avait pas entre les villes du Latium ni entre les douze cités de l'Étrurie. La nature physique a sans nul doute quelque action sur l'histoire des peuples, mais les croyances de l'homme en ont une bien plus puissante. Entre deux cités voisines il y avait quelque chose de plus infranchissable qu'une montagne : c'était la série des bornes sacrées, c'était la différence des cultes, c'était la barrière que chaque cité élevait entre l'étranger et ses dieux. Elle défendait à l'étranger d'entrer dans les temples de ses divinités poliades ; elle exigeait de ses divinités poliades de haïr et de combattre l'étranger[4].

Pour ce motif les anciens n'ont pu établir ni même concevoir aucune autre organisation sociale que la cité. Ni les Grecs, ni les Italiens, ni les Romains même pendant fort longtemps n'ont eu la pensée que plusieurs villes pussent s'unir et vivre à titre égal sous un même gouvernement. Entre deux cités il pouvait bien y avoir alliance, association momentanée en vue d'un profit à faire ou d'un danger à repousser, mais il n'y avait jamais union complète. Car la religion faisait de chaque ville un corps qui ne pouvait s'agréger à aucun autre. L'isolement était la loi de la cité.

Avec les croyances et les usages religieux que nous avons vus, comment plusieurs villes auraient-elles pu se confondre dans un même État ? On ne comprenait l'association humaine et elle ne paraissait régulière qu'autant qu'elle était fondée sur la religion. Le symbole de cette association devait être un repas sacré fait en commun. Quelques milliers de citoyens pouvaient bien, à la rigueur, se réunir autour d'un même prytanée, réciter la même prière et se partager les mets sacrés. Mais essayez donc, avec ces usages, de faire un seul État de la Grèce entière ! Comment fera-t-on les repas publics et toutes les cérémonies saintes auxquelles tous les citoyens sont tenus d'assister ? Où sera le prytanée ? Comment fera-t-on la lustration annuelle des citoyens ? Que deviendront les limites inviolables qui ont marqué à l'origine le territoire de la cité et qui l'ont séparé pour toujours du reste du sol ? Que deviendront tous les cultes locaux, les divinités poliades, les héros qui habitent chaque canton ? Athènes a sur ses terres le héros Œdipe, ennemi de Thèbes : comment réunir Athènes et Thèbes dans un même culte et dans un même gouvernement ?

Quand ces superstitions s'affaiblirent (et elles ne s'affaiblirent que très tard dans l'esprit du vulgaire), il n'était plus temps d'établir une nouvelle forme d'État. La division était consacrée par l'habitude, par l'intérêt, par la haine invétérée, par le souvenir des vieilles luttes. Il n'y avait plus à revenir sur le passé.

Chaque ville tenait fort à son *autonomie* ; elle appelait ainsi un ensemble qui comprenait son culte, son droit, son gouvernement, toute son indépendance religieuse et politique.

Il était plus facile à une cité d'en assujettir une autre que de se l'adjoindre. La victoire pouvait faire de tous les habitants d'une ville prise autant d'esclaves ; elle ne pouvait pas en faire des concitoyens du vainqueur. Confondre deux cités en un seul État, unir la population vaincue à la population victorieuse et les associer sous un même gouvernement, c'est ce qui ne se voit jamais chez les anciens, à une seule exception près dont nous parlerons plus tard. Si Sparte conquiert la Messénie, ce n'est pas pour faire des Spartiates et des Messéniens un seul peuple ; elle expulse ou asservit les vaincus et prend leurs terres. Athènes en use de même à l'égard de Salamine, d'Égine, de Mélos.

Faire entrer les vaincus dans la cité des vainqueurs était une pensée qui ne pouvait venir à l'esprit de personne. La cité possédait des dieux, des hymnes, des fêtes, des lois, qui étaient son patrimoine précieux ; elle se gardait bien d'en donner part à des vaincus. Elle n'en avait même pas le droit : Athènes pouvait-elle admettre que l'habitant d'Égine entrât dans le temple d'Athéné poliade ? qu'il adressât un culte à Thésée ? qu'il prît part aux repas sacrés ? qu'il entretînt, comme prytane, le foyer public ? La religion le défendait. Donc la population vaincue de l'île d'Égine ne pouvait pas former un même État avec la population d'Athènes. N'ayant pas les mêmes dieux, les Éginètes et les Athéniens ne pouvaient pas avoir les mêmes lois, ni les mêmes magistrats.

Mais Athènes ne pouvait-elle pas du moins, en laissant debout la ville vaincue, envoyer dans ses murs des magistrats pour la gouverner ? Il était absolument contraire aux principes des anciens qu'une cité fût gouvernée par un homme qui n'en fût pas citoyen. En effet, le magistrat devait être un chef religieux et sa fonction principale était d'accomplir le sacrifice au nom de la cité. L'étranger, qui n'avait pas le droit de faire le sacrifice, ne pouvait donc pas être magistrat. N'ayant aucune fonction religieuse, il n'avait aux yeux des hommes aucune autorité régulière. Sparte essaya de mettre dans les villes ses harmostes ; mais ces hommes n'étaient pas magistrats, ne jugeaient pas, ne paraissaient pas dans les assemblées. N'ayant aucune relation régulière avec le peuple des villes, ils ne purent pas se maintenir longtemps.

Il résultait de là que tout vainqueur était dans l'alternative, ou de détruire la cité vaincue et d'en occuper le territoire, ou de lui laisser toute son indépendance. Il n'y avait pas de moyen terme. Ou la cité cessait d'être, ou elle était un État souverain. Ayant son culte, elle devait avoir son gouvernement ; elle ne perdait l'un qu'en perdant l'autre, et alors elle n'existait plus.

Cette indépendance absolue de la cité ancienne n'a pu cesser que quand les croyances sur lesquelles elle était fondée eurent complètement disparu. Après que les idées eurent été transformées et que plusieurs révolutions eurent passé sur ces sociétés antiques, alors on put arriver à concevoir et à établir un État plus grand régi par d'autres règles. Mais il fallut pour cela que les hommes découvrissent d'autres principes et un autre lien social que ceux des vieux âges.

Chapitre 15

RELATIONS ENTRE LES CITÉS. LA GUERRE. LA PAIX. L'ALLIANCE DES DIEUX

La religion, qu'exerçait un si grand empire sur la vie intérieure de la cité, intervenait avec la même autorité dans toutes les relations que les cités avaient entre elles. C'est ce qu'on peut voir en observant comment les hommes de ces vieux âges se faisaient la guerre, comment ils concluaient la paix, comment ils formaient des alliances.

Deux cités étaient deux associations religieuses qui n'avaient pas les mêmes dieux. Quand elles étaient en guerre, ce n'étaient pas seulement les hommes qui combattaient, les dieux aussi prenaient part à la lutte. Qu'on ne croie pas que ce soit là une simple fiction poétique. Il y a eu chez les anciens une croyance très arrêtée et très vivace en vertu de laquelle chaque armée emmenait avec elle ses dieux. On était convaincu qu'ils combattaient dans la mêlée ; les soldats les défendaient, et ils défendaient les soldats. En combattant contre l'ennemi, chacun croyait combattre aussi contre les dieux de l'autre cité ; ces dieux étrangers, il était permis de les détester, de les injurier, de les frapper ; on pouvait les faire prisonniers.

La guerre avait ainsi un aspect étrange. Il faut se représenter deux petites armées en présence ; chacune a au milieu d'elle ses statues, son autel, ses enseignes qui sont des emblèmes sacrés[1] ; chacune a ses oracles qui lui ont promis le succès, ses augures et ses devins qui lui assurent la victoire. Avant la bataille, chaque soldat dans les deux armées pense et dit comme ce Grec dans Euripide : « Les dieux qui combattent avec nous sont plus forts que ceux qui sont avec nos ennemis. » Chaque armée prononce contre l'armée ennemie une imprécation dans le genre de celle dont Macrobe nous a conservé la formule : « Ô dieux ! répandez l'effroi, la terreur, le mal parmi nos ennemis. Que ces hommes et quiconque habite leurs champs et leur ville soient par vous privés de la lumière du soleil. Que cette ville et leurs champs, et leurs têtes et leurs personnes, vous soient dévoués[2]. » Cela dit, on se bat des deux côtés avec cet acharnement sauvage que donne la pensée qu'on a des dieux pour soi et qu'on combat contre des dieux étrangers. Pas de merci pour l'ennemi ; la guerre est implacable ; la religion préside à la lutte et excite les combattants. Il ne peut y avoir aucune règle supérieure qui tempère le désir de tuer ; il est permis d'égorger les prisonniers, d'achever les blessés.

Même en dehors du champ de bataille, on n'a pas l'idée d'un devoir, quel qu'il soit, vis-à-vis de l'ennemi. Il n'y a jamais de droit pour l'étranger ; à plus forte raison n'y en a-t-il pas quand on lui fait la guerre. On n'a pas à distinguer à son égard le juste et l'injuste. Mucius Scaevola et tous les Romains ont cru qu'il était beau d'assassiner un ennemi. Le consul Marcius se vantait publiquement d'avoir trompé le roi de Macédoine. Paul-Émile vendit comme esclaves cent mille Épirotes qui s'étaient remis volontairement dans ses mains[3].

Le Lacédémonien Phébidas, en pleine paix, s'était emparé de la citadelle des Thébains. On interrogeait

Agésilas sur la justice de cette action : « Examinez seulement si elle est utile, dit le roi ; car dès qu'une action est utile à la patrie, il est beau de la faire. » Voilà le droit des gens des cités anciennes. Un autre roi de Sparte, Cléomène, disait que tout le mal qu'on pouvait faire aux ennemis était toujours juste aux yeux des dieux et des hommes [4].

Le vainqueur pouvait user de sa victoire comme il lui plaisait. Aucune loi divine ni humaine n'arrêtait sa vengeance ou sa cupidité. Le jour où Athènes décréta que tous les Mityléniens, sans distinction de sexe ni d'âge, seraient exterminés, elle ne croyait pas dépasser son droit ; quand, le lendemain, elle revint sur son décret et se contenta de mettre à mort mille citoyens et de confisquer toutes les terres, elle se crut humaine et indulgente. Après la prise de Platées, les hommes furent égorgés, les femmes vendues, et personne n'accusa les vainqueurs d'avoir violé le droit [5].

On ne faisait pas seulement la guerre aux soldats : on la faisait à la population tout entière, hommes, femmes, enfants, esclaves. On ne la faisait pas seulement aux êtres humains ; on la faisait aux champs et aux moissons. On brûlait les maisons, on abattait les arbres ; la récolte de l'ennemi était presque toujours dévouée aux dieux infernaux et par conséquent brûlée [6]. On exterminait les bestiaux ; on détruisait même les semis qui auraient pu produire l'année suivante. Une guerre pouvait faire disparaître d'un seul coup le nom et la race de tout un peuple et transformer une contrée fertile en un désert. C'est en vertu de ce droit de la guerre que Rome a étendu la solitude autour d'elle ; du territoire où les Volsques avaient vingt-trois cités, elle a fait les marais pontins ; les cinquante-trois villes du Latium ont disparu ; dans le Samnium on put longtemps reconnaître les lieux où les armées romaines avaient passé, moins aux vestiges de leurs camps qu'à la solitude qui régnait aux environs[7].

Quand le vainqueur n'exterminait pas les vaincus, il avait le droit de supprimer leur cité, c'est-à-dire de briser leur association religieuse et politique. Alors les cultes cessaient et les dieux étaient oubliés[8]. La religion de la cité étant abattue, la religion de chaque famille disparaissait en même temps. Les foyers s'éteignaient. Avec le culte tombaient les lois, le droit civil, la famille, la propriété, tout ce qui s'étayait sur la religion[9]. Écoutons le vaincu à qui l'on fait grâce de la vie ; on lui fait prononcer la formule suivante : « Je donne ma personne, ma ville, ma terre, l'eau qui y coule, mes dieux termes, mes temples, mes objets mobiliers, toutes les choses qui appartiennent aux dieux, je les donne au peuple romain[10]. » À partir de ce moment, les dieux, les temples, les maisons, les terres, les personnes, étaient au vainqueur. Nous dirons plus loin ce que tout cela devenait sous la domination de Rome.

Pour conclure un traité de paix, il fallait un acte religieux. Déjà nous voyons dans l'*Iliade* « les hérauts sacrés qui portent les offrandes destinées aux serments des dieux, c'est-à-dire les agneaux et le vin ; le chef de l'armée, la main sur la tête des victimes, s'adresse aux dieux et leur fait ses promesses ; puis il immole les agneaux et verse la libation, tandis que l'armée prononce cette formule de prière : Ô dieux immortels ! faites que, de même que cette victime a été frappée du fer, ainsi soit brisée la tête du premier qui enfreindra son serment[11] ». Les mêmes rites se continuent durant toute l'histoire grecque. Encore au temps de Thucydide, un traité se conclut par un sacrifice. Les chefs du peuple, la main sur la victime immolée [12], prononcent une formule de prière, et s'engagent vis-à-vis des dieux. Chaque peuple invoque ses dieux particuliers [13] et prononce la formule de serment qui lui est propre [14]. C'est cette prière et ce serment prêté aux dieux qui engagent les parties contractantes. Les Grecs ne disent pas : signer un traité ; ils disent : égorger la victime du serment, ὅρκια τέμνειν, ou faire la libation, σπένδεσθαι ; et quand l'historien veut donner les noms de ceux qu'en langage moderne nous appellerions les signataires du traité, il dit : Voici les noms de ceux qui ont fait la libation [15].

Virgile, qui décrit avec une si scrupuleuse exactitude les mœurs et les rites des Romains, ne s'éloigne pas beaucoup d'Homère lorsqu'il nous montre comment se forme un traité : « On place entre les deux armées un foyer, on dresse un autel aux divinités qui leur sont communes. Un prêtre vêtu de blanc amène la victime ; les dcux chefs ſont la libation, invoquent les dieux, énoncent leur promesse ; puis la victime est égorgée et les chairs en sont placées sur la flamme de l'autel [16]. » Tive-Live est d'une remarquable clarté sur ce point du droit public de Rome : « Un traité ne peut être conclu sans les féciaux et sans l'accomplissement des rites sacramentels ; car un traité n'est pas une convention, une *sponsio*, comme entre les hommes : un traité se conclut par l'énoncé d'une prière, *precatio*, où l'on demande que le peuple qui manquera aux conditions qu'on vient d'exprimer soit frappé par les dieux comme la victime vient d'être frappée par le fécial [17]. »

Cette cérémonie religieuse donnait seule aux conventions internationales un caractère sacré et inviolable.

Tout le monde connaît l'histoire des fourches caudines. Une armée entière, par l'organe de ses consuls, de ses questeurs, de ses tribuns et de ses centurions, avait fait une convention avec les Samnites. Mais il n'y avait eu ni victime immolée, ni prière prononcée, ni engagement pris envers les dieux. Aussi le Sénat se crut-il en droit de dire que la convention n'avait aucune valeur. En l'annulant, il ne vint à l'esprit d'aucun pontife, d'aucun patricien, que l'on commettait un acte de mauvaise foi.

C'était une opinion constante chez les anciens que chaque homme n'avait d'obligations qu'envers ses dieux particuliers. Il faut se rappeler ce mot d'un certain Grec dont la cité adorait le héros Alabandos ; il s'adressait à un homme d'une autre ville qui adorait Hercule : « Alabandos, disait-il, est un dieu, et Hercule n'en est pas un[18]. » Avec de telles idées, il était nécessaire que dans un traité de paix chaque cité prit ses propres dieux à témoin de ses serments. « Nous avons fait un traité et versé les libations, disent les Platéens aux Spartiates, nous avons attesté, vous les dieux de vos pères, nous les dieux qui occupent notre pays[19]. » On cherchait bien à invoquer, s'il était possible, des divinités qui fussent communes aux deux villes. On jurait par ces dieux qui sont visibles à tous, le Soleil qui éclaire tout, la Terre nourricière. Mais les dieux de chaque cité et ses héros protecteurs touchaient bien plus les hommes, et il fallait que les contractants les prissent à témoin, si l'on voulait qu'ils fussent véritablement liés par la religion.

De même que pendant la guerre les dieux s'étaient mêlés aux combattants, ils devaient aussi être compris dans le traité. On stipulait donc qu'il y aurait alliance entre les dieux comme entre les hommes des deux villes.

Pour marquer cette alliance des dieux, il arrivait quelquefois que les deux peuples s'autorisaient mutuellement à assister à leurs fêtes sacrées[20]. Quelquefois ils s'ouvraient réciproquement leurs temples et faisaient un échange de rites religieux. Rome stipula un jour que la divinité de la ville de Lanuvium protégerait dorénavant les Romains, qui auraient le droit de la prier et d'entrer dans son temple[21]. Souvent chacune des deux parties contractantes s'engageait à offrir un culte aux divinités de l'autre. Ainsi les Éléens, ayant conclu un traité avec les Étoliens, offrirent dans la suite un sacrifice annuel aux héros de leurs alliés[22]. Parfois encore deux villes convenaient que chacune d'elles insérerait le nom de l'autre dans ses prières[23].

Il était fréquent qu'à la suite d'une alliance on représentât par des statues ou des médailles les divinités des deux villes se donnant la main. C'est ainsi qu'on a des médailles où nous voyons unis l'Apollon de Milet et le Génie de Smyrne, la Pallas des Sidéens et l'Artémis de Perge, l'Apollon d'Hiérapolis et l'Artémis d'Éphèse. Virgile, parlant d'une alliance entre la Thrace et les Troyens, montre les Pénates des deux peuples unis et associés[24].

Ces coutumes bizarres répondaient parfaitement à l'idée que les anciens se faisaient des dieux. Comme chaque cité avait les siens, il semblait naturel que ces dieux figurassent dans les combats et dans les traités. La guerre ou la paix entre deux villes était la guerre ou la paix entre deux religions. Le droit des gens des anciens fut longtemps fondé sur ce principe. Quand les dieux étaient ennemis, il y avait guerre sans merci et sans règle ; dès qu'ils étaient amis, les hommes étaient liés entre eux et avaient le sentiment de devoirs réciproques. Si l'on pouvait supposer que les divinités poliades de deux cités eussent quelque motif pour être alliées, c'était assez pour que les deux cités le fussent. La première ville avec laquelle Rome contracta amitié fut Cæré en Étrurie, et Tite-Live en dit la raison : dans le désastre de l'invasion gauloise, les dieux romains avaient trouvé un asile à Cæré ; ils avaient habité cette ville, ils y avaient été adorés ; un lien sacré d'hospitalité s'était ainsi formé entre les dieux romains et la cité étrusque[25] ; dès lors la religion ne permettait pas que les deux villes fussent ennemies ; elles étaient alliées pour toujours.

Chapitre 16
LES CONFÉDÉRATIONS. LES COLONIES

Il n'est pas douteux que l'esprit grec n'ait fait effort pour s'élever au-dessus du régime municipal ; de fort bonne heure, plusieurs cités se sont réunies en une sorte de fédération ; mais ici encore les pratiques religieuses ont tenu une grande place. De même que la cité avait son foyer du prytanée, les cités associées ont eu leur foyer commun [1]. La cité avait ses héros, ses divinités poliades, ses fêtes ; la confédération a eu aussi son temple, son dieu, ses cérémonies, ses anniversaires marqués par des repas pieux et par des jeux sacrés.

Le groupe des douze colonies ioniennes en Asie Mineure avait son temple commun qu'on appelait Panionium [2] ; il était consacré à Poseidôn Héliconien que ces mêmes hommes avaient honoré dans le Péloponèse avant leur migration [3]. Chaque année, ils se réunissaient dans ce lieu sacré pour célébrer la fête appelée *Panionia* ; ils offraient ensemble un sacrifice et se partageaient les mets sacrés [4]. Les villes doriennes d'Asie avaient leur temple commun au promontoire Triopium ; ce temple était dédié à Apollon et à Poseidôn, et l'on y célébrait aux jours anniversaires les jeux triopiques [5].

Sur le continent grec, le groupe des cités béotiennes avait son temple d'Athènè Itonia [6] et ses fêtes annuelles, *Pambœotia*. Les cités achéennes avaient leurs sacrifices communs à Ægium et offraient un culte à Dèmèter Panachæa[7].

Le mot amphictyonie paraît avoir été le terme antique qui désignait l'association de plusieurs cités. Il y eut, dès les premiers âges de la Grèce, un assez grand nombre d'amphictyonies. On connaît celle de Calaurie, celle de Délos, celle des Thermopyles et de Delphes. L'île de Calaurie était le centre où s'unissaient les villes de Hermione, Épidaure, Prasies, Nauplie, Egine, Athènes, Orchomène ; ces villes y accomplissaient un sacrifice, auquel nulle autre ne prenait part[8]. Il en était de même à Délos où, dès une très haute Antiquité, les îles voisines envoyaient des représentants pour célébrer la fête d'Apollon par des sacrifices, par des chœurs et par des jeux[9].

L'amphictyonie des Thermopyles, plus connue dans l'histoire, n'était pas d'une autre nature que les précédentes. Formée à l'origine entre des cités qui étaient voisines[10], elle avait son temple de Dèmèter, son sacrifice et sa fête annuelle[11].

Il n'y avait pas d'amphictyonie ou de fédération sans un culte ; « car, dit un ancien, la même pensée qui a présidé à la fondation des villes a fait instituer aussi les sacrifices communs à plusieurs cités ; le voisinage et le besoin mutuel les rapprochant, elles célébraient ensemble des fêtes religieuses et des panégyries ; un lien d'amitié naissait du repas sacré et de la libation faite en commun[12] ». Les cités confédérées envoyaient, aux jours marqués par la religion, quelques hommes qui étaient revêtus momentanément d'un caractère sacerdotal et qu'on appelait des théores, des pylagores, ou des hiéromnémons. Une victime était immolée devant eux en l'honneur du dieu de l'association, et les chairs, cuites sur l'autel, étaient partagées entre les représentants des cités. Ce repas commun, accompagné d'hymnes, de prières et de jeux, était la marque et le lien de l'association. Si l'unité même du corps hellénique se manifesta nettement à l'esprit des Grecs, ce fut surtout par les dieux qui leur étaient communs et par les cérémonies saintes où ils se rassemblaient. À l'image des divinités poliades, ils eurent un Zeus Panhellénien. Les jeux olympiques, isthmiques, néméens, pythiques, étaient de grandes solennités religieuses auxquelles tous les Grecs furent peu à peu admis. Chaque ville y envoyait sa théorie pour prendre part au sacrifice[13]. Le patriotisme grec ne connut longtemps que cette forme religieuse. Thucydide rappelle plusieurs fois les dieux qui sont communs aux Hellènes[14], et lorsque Aristophane adjure ses compatriotes de renoncer à leurs luttes intestines, il leur dit : « Vous qui à Olympie, aux Thermopyles et à Delphes, arrosez les autels de la même eau lustrale, ne déchirez plus la Grèce par vos querelles, mais unissez-vous contre les barbares[15]. »

Ces amphictyonies et ces confédérations avaient peu d'action politique. Se représenter les *théories* des Thermopyles, du Panionium ou d'Olympie, comme un congrès ou un sénat fédéral, serait une grande erreur. Si ces hommes ont été amenés quelquefois à s'occuper des intérêts matériels et politiques des associations, ce n'était que par exception et sous l'empire de circonstances particulières. Ces amphictyonies n'empêchaient même pas leurs membres de se faire la guerre entre eux. Leurs attributions régulières consistaient, non à délibérer sur des intérêts, mais à honorer les dieux, à accomplir les cérémonies, à maintenir la trêve sacrée pendant les fêtes, et si les *théories* s'érigeaient en tribunal et infligeaient une peine à l'une des villes de l'association, ce n'était que parce que cette ville avait manqué à quelque devoir religieux ou parce qu'elle avait usurpé quelque terre consacrée à la divinité[16].

Des institutions analogues régnèrent dans l'ancienne Italie. Les villes du Latium avaient les féries latines : leurs représentants se réunissaient chaque année dans le sanctuaire de Jupiter Latiaris, sur le mont Albain. On immolait un taureau blanc dont la chair était divisée en autant de parts qu'il y avait de cités confédérées[17]. Les douze villes de l'Étrurie avaient de même leur temple commun, leur fête annuelle, leurs jeux présidés par un grand prêtre[18].

On sait que ni les Grecs, ni même les Romains, n'ont pratiqué la colonisation de la même façon que les modernes. Une colonie n'était pas une dépendance ou une annexe de l'État colonisateur ; elle était elle-même un État complet et indépendant. Toutefois, un lien d'une nature particulière existait entre la colonie et la métropole, et cela tenait à la manière dont toute colonie avait été fondée.

Nous ne devons pas croire, en effet, qu'une colonie se formât au hasard et suivant le caprice d'un certain nombre d'émigrants. Une troupe d'aventuriers ne pouvait jamais fonder une ville et n'avait pas le droit, suivant les idées des anciens, de s'organiser en cité. Il y avait des règles auxquelles il fallait se conformer. La première condition était de posséder avant tout un feu sacré ; la seconde était d'emmener avec soi un personnage qui fût capable de pratiquer les rites de la fondation. Les émigrants demandaient tout cela à la métropole. Ils emportaient du feu allumé à son foyer[19] ; ils emmenaient en même temps un fondateur qui devait appartenir à l'une des familles saintes de la cité[20]. Celui-ci pratiquait la fondation de la ville nouvelle suivant les mêmes rites qui avaient été accomplis autrefois pour la ville dont il sortait[21]. Le feu du foyer établissait à tout jamais un lien de religion et de parenté entre les deux villes. Celle qui l'avait fourni était appelée cité-mère[22]. Celle qui l'avait reçu était vis-à-vis d'elle dans la situation d'une fille[23]. Deux colonies de la même ville étaient appelées entre elles cités-sœurs[24].

La colonie avait le même culte que la métropole[25] ; elle pouvait avoir quelques dieux particuliers, mais elle devait conserver et honorer les divinités poliades de la ville dont elle était issue. Les douze cités ioniennes d'Asie Mineure, qui étaient réputées colonies d'Athènes, non pas pour avoir été composées d'Athéniens, mais parce qu'elles avaient emporté du feu du prytanée d'Athènes et emmené des fondateurs athéniens, rendaient un culte aux divinités d'Athènes, en célébraient les fêtes[26], et leur envoyaient chaque année des sacrifices et des *théories*[27]. Ainsi faisaient les colonies de Corinthe, celles de Naxos[28]. De même Rome, colonie d'Albe et, par celle-ci, de Lavinium, faisait chaque année un sacrifice sur le mont Albain et envoyait des victimes à Lavinium « où étaient ses pénates[29] ». L'ancien usage des Grecs était même que la colonie reçût de la métropole les pontifes qui présidaient à son culte et qui veillaient au maintien des rites[30].

Ces liens religieux entre colonies et métropoles restèrent très puissants jusqu'au Vᵉ siècle avant notre ère. Quant à un lien politique, les anciens furent bien longtemps sans penser à en établir[31].

Chapitre 17

Le Romain. L'Athénien

Cette même religion, qui avait fondé les sociétés et qui les gouverna longtemps, façonna aussi l'âme humaine et fit à l'homme son caractère. Par ses dogmes et par ses pratiques elle donna au Romain et au Grec une certaine manière de penser et d'agir et de certaines habitudes dont ils ne purent de longtemps se défaire. Elle montrait à l'homme des dieux partout, dieux petits, dieux facilement irritables et malveillants. Elle écrasait l'homme sous la crainte d'avoir toujours des dieux contre soi et ne lui laissait aucune liberté dans ses actes.

Il faut voir quelle place la religion occupe dans la vie d'un Romain. Sa maison est pour lui ce qu'est pour nous un temple ; il y trouve son culte et ses dieux. C'est un dieu que son foyer ; les murs, les portes, le seuil, sont des dieux ; les bornes qui entourent son champ sont encore des dieux. Le tombeau est un autel, et ses ancêtres sont des êtres divins.

Chacune de ses actions de chaque jour est un rite ; toute sa journée appartient à sa religion. Le matin et le soir il invoque son foyer, ses pénates, ses ancêtres ; en sortant de sa maison, en y rentrant, il leur adresse une prière. Chaque repas est un acte religieux qu'il partage avec ses divinités domestiques. La naissance, l'initiation, la prise de la toge, le mariage et les anniversaires de tous ces événements sont les actes solennels de son culte.

Il sort de chez lui et ne peut presque faire un pas sans rencontrer un objet sacré ; ou c'est une chapelle, ou c'est un lieu jadis frappé de la foudre, ou c'est un tombeau ; tantôt il faut qu'il se recueille et prononce une prière ; tantôt il doit détourner les yeux et se couvrir le visage pour éviter la vue d'un objet funeste.

Chaque jour il sacrifie dans sa maison, chaque mois dans sa curie, plusieurs fois par an dans sa *gens* ou dans sa tribu. Par-dessus tous ces dieux, il doit encore un culte à ceux de la cité. Il y a dans Rome plus de dieux que de citoyens.

Il fait des sacrifices pour remercier les dieux : il en fait d'autres, et en plus grand nombre, pour apaiser leur colère. Un jour il figure dans une procession en dansant suivant un rhythme ancien au son de la flûte sacrée. Un autre jour il conduit des chars dans lesquels sont couchées les statues des divinités [1]. Une autre fois c'est un *lectisternium* ; une table est dressée dans une rue et chargée de mets ; sur des lits sont couchées les statues des dieux, et chaque Romain passe en s'inclinant, une couronne sur la tête et une branche de laurier à la main [2].

Il a une fête pour les semailles, une pour la moisson, une pour la taille de la vigne. Avant que le blé soit venu en épi, il a fait plus de dix sacrifices et invoqué une dizaine de divinités particulières pour le succès de sa récolte. Il a surtout un grand nombre de fêtes pour les morts, parce qu'il a peur d'eux [3].

Il ne sort jamais de chez lui sans regarder s'il ne paraît pas quelque oiseau de mauvais augure. Il y a des mots qu'il n'ose prononcer de sa vie. Forme-t-il quelque désir, il inscrit son vœu sur une tablette qu'il dépose aux pieds de la statue d'un dieu[4].

À tout moment il consulte les dieux et veut savoir leur volonté. Il trouve toutes ses résolutions dans les entrailles des victimes, dans le vol des oiseaux, dans les avis de la foudre[5]. L'annonce d'une pluie de sang ou d'un bœuf qui a parlé le trouble et le fait trembler ; il ne sera tranquille que lorsqu'une cérémonie expiatoire l'aura mis en paix avec les dieux[6].

Il ne sort de sa maison que du pied droit. Il ne se fait couper les cheveux que pendant la pleine lune. Il porte sur lui des amulettes. Contre l'incendie, il couvre les murs de sa maison d'inscriptions magiques. Il sait des formules pour éviter la maladie, et d'autres pour la guérir ; mais il faut les répéter vingt-sept fois et cracher à chaque fois d'une certaine façon[7].

Il ne délibère pas au Sénat, si les victimes n'ont pas donné les signes favorables. Il quitte l'assemblée du peuple, s'il a entendu le cri d'une souris. Il renonce aux desseins les mieux arrêtés, s'il a aperçu un mauvais présage ou si une parole funeste a frappé son oreille. Il est brave au combat, mais à condition que les auspices lui assurent la victoire.

Ce Romain que nous présentons ici n'est pas l'homme du peuple, l'homme à l'esprit faible que la misère et l'ignorance retiennent dans la superstition. Nous parlons du patricien, de l'homme noble, puissant et riche. Ce patricien est tour à tour guerrier, magistrat, consul, agriculteur, commerçant ; mais partout et toujours il est prêtre et sa pensée est fixée sur les dieux. Patriotisme, amour de la gloire, amour de l'or, si puissants que soient ces sentiments sur son âme, la crainte des dieux domine tout. Horace a dit le mot le plus vrai sur le Romain :

c'est en redoutant les dieux qu'il est devenu le maître de la terre,

Dis te minorem quod geris, imperas.

On a dit que c'était une religion de politique. Mais pouvons-nous supposer qu'un sénat de trois cents membres, un corps de trois mille patriciens se soit entendu avec une telle unanimité pour tromper le peuple ignorant ? et cela pendant des siècles, sans que, parmi tant de rivalités, de luttes, de haines personnelles, une seule voix se soit jamais élevée pour dire : Ceci est un mensonge. Si un patricien eût trahi les secrets de sa caste, si, s'adressant aux plébéiens qui supportaient impatiemment le joug de cette religion, il les eût tout à coup débarrassés et affranchis de ces auspices et de ces sacerdoces, cet homme eût acquis immédiatement un tel crédit qu'il fût devenu le maître de l'État. Croit-on que, si les patriciens n'eussent pas cru à la religion qu'ils pratiquaient, une telle tentation n'aurait pas été assez forte pour déterminer au moins un d'entre eux à révéler le secret ? On se trompe gravement sur la nature humaine si l'on suppose qu'une religion puisse s'établir par convention et se soutenir par imposture. Que l'on compte dans Tite-Live combien de fois cette religion gênait les patriciens eux-mêmes, combien de fois elle embarrassa le Sénat et entrava son action, et que l'on dise ensuite si cette religion avait été inventée pour la commodité des politiques. C'est au temps de Cicéron que l'on a commencé de croire que la religion était utile au gouvernement ; mais déjà la religion était morte dans les âmes.

Prenons un Romain des premiers siècles ; choisissons un des plus grands guerriers, Camille, qui fut cinq fois dictateur et qui vainquit dans plus de dix batailles. Pour être dans le vrai, il faut se le représenter autant comme un prêtre que comme un guerrier. Il appartient à la *gens* Furia ; son surnom est un mot qui désigne une fonction sacerdotale. Enfant, on lui a fait porter la robe prétexte qui indique sa caste, et la bulle qui détourne les mauvais sorts. Il a grandi en assistant chaque jour aux cérémonies du culte ; il a passé sa jeunesse à s'instruire des rites de la religion. Il est vrai qu'une guerre a éclaté et que le prêtre s'est fait soldat ; on l'a vu, blessé à la cuisse dans un combat de cavalerie, arracher le fer de la blessure et continer à combattre. Après plusieurs campagnes, il a été élevé aux magistratures ; comme magistrat, il a fait les sacrifices publics, il a jugé, il a commandé l'armée. Un jour vient où l'on songe à lui pour la dictature. Ce jour-là, le magistrat en charge, après s'être recueilli pendant une nuit claire, a consulté les dieux : sa pensée était attachée à Camille dont il prononçait tout bas le nom, et ses yeux étaient fixés au ciel où ils cherchaient les présages. Les dieux n'en ont envoyé que de bons ; c'est que Camille leur est agréable ; il est nommé dictateur.

Le voilà chef d'armée ; il sort de la ville, non sans avoir consulté les auspices et immolé force victimes. Il a sous ses ordres beaucoup d'officiers, presque autant de prêtres, un pontife, des augures, des aruspices, des pullaires, des victimaires, un porte-foyer.

On le charge de terminer la guerre contre Veii que l'on assiège sans succès depuis neuf ans. Veii est une ville étrusque, c'est-à-dire presque une ville sainte ; c'est de piété plus que de courage qu'il faut lutter. Si depuis neuf ans les Romains ont le dessous, c'est que les Étrusques connaissent mieux les rites qui sont agréables aux dieux et les formules magiques qui gagnent leur faveur. Rome, de son côté, a ouvert ses livres sibyllins et y a cherché la volonté des dieux. Elle s'est aperçue que ses féries latines avaient été souillées par quelque vice de forme et elle a renouvelé le sacrifice. Pourtant les Étrusques ont encore la supériorité ; il ne reste qu'une ressource, s'emparer d'un prêtre étrusque et savoir par lui le secret des dieux. Un prêtre véien est pris et mené au Sénat : « Pour que Rome l'emporte, dit-il, il faut qu'elle abaisse le niveau du lac albain, en se gardant bien d'en faire écouler l'eau dans la mer. » Rome obéit, on creuse une infinité de canaux et de rigoles, et l'eau du lac se perd dans la campagne.

C'est à ce moment que Camille est élu dictateur. Il se rend à l'armée près de Veii. Il est sûr du succès ; car tous les oracles ont été révélés, tous les ordres des dieux accomplis ; d'ailleurs, avant de quitter Rome, il a promis aux dieux protecteurs des fêtes et des sacrifices. Pour vaincre, il ne néglige pas les moyens humains ; il augmente l'armée, raffermit la discipline, fait creuser une galerie souterraine pour pénétrer dans la citadelle. Le jour de l'attaque est arrivé ; Camille sort de sa tente ; il prend les auspices et immole des victimes. Les pontifes, les augures l'entourent ; revêtu du *paludamentum*, il invoque les dieux : « Sous ta conduite, ô Apollon, et par ta volonté qui m'inspire, je marche pour prendre et détruire la ville de Veii ; à toi, si je suis vainqueur, je promets et je voue la dixième partie du butin. » Mais il ne suffit pas d'avoir des dieux pour soi ; l'ennemi a aussi une divinité puissante qui le protège. Camille l'évoque par cette formule : « Junon Reine, qui pour le présent habites à Veii, je te prie, viens avec nous vainqueurs ; suis-nous dans notre ville, reçois notre culte, que notre ville devienne la tienne. » Puis, les sacrifices accomplis, les prières dites, les formules récitées, quand les Romains sont sûrs que les dieux sont pour eux et qu'aucun dieu ne défend plus l'ennemi, l'assaut est donné et la ville est prise.

Tel est Camille. Un général romain est un homme qui sait admirablement combattre, qui sait surtout l'art de se faire obéir, mais qui croit fermement aux augures, qui accomplit chaque jour des actes religieux et qui est convaincu que ce qui importe le plus, ce n'est pas le courage, ce n'est pas même la discipline, c'est l'énoncé de quelques formules exactement dites suivant les rites. Ces formules adressées aux dieux les déterminent et les contraignent presque toujours à lui donner la victoire. Pour un tel général, la récompense suprême est que le Sénat lui permette d'accomplir le sacrifice triomphal. Alors il monte sur le char sacré qui est attelé de quatre chevaux blancs, les mêmes qui traînent la statue de Jupiter le jour de la grande procession ; il est vêtu de la robe sacrée, la même dont on revêt le dieu aux jours de fête ; sa tête est couronnée, sa main droite tient une branche de laurier, sa gauche le sceptre d'ivoire ; ce sont exactement les attributs et le costume que porte la statue de Jupiter[8]. Sous cette majesté presque divine il se montre à ses concitoyens, et il va rendre hommage à la majesté vraie du plus grand des dieux romains. Il gravit la pente du Capitole, et arrivé devant le temple de Jupiter, il immole des victimes.

La peur des dieux n'était pas un sentiment propre au Romain ; elle régnait aussi bien dans le cœur d'un Grec. Ces peuples, constitués à l'origine par la religion, nourris et élevés par elle, conservèrent très longtemps la marque de leur éducation première. On connaît les scrupules du Spartiate, qui ne commence jamais une expédition avant que la lune soit dans son plein[9], qui immole sans cesse des victimes pour savoir s'il doit combattre et qui renonce aux entreprises les mieux conçues et les plus nécessaires parce qu'un mauvais présage l'effraye. L'Athénien s'éloigne du Romain et du Spartiate par mille traits de caractère et d'esprit ; mais il leur ressemble par la crainte des dieux. Une armée athénienne n'entre jamais en campagne avant le septième jour du mois, et, quand une flotte va prendre la mer, on a grand soin de redorer les statues de Pallas.

Xénophon assure que les Athéniens ont plus de fêtes religieuses qu'aucun autre peuple grec[10]. « Que de victimes offertes aux dieux, dit Aristophane[11], que de temples ! que de statues ! que de processions sacrées ! À tout moment de l'année on voit des festins religieux et des victimes couronnées. » « C'est nous, dit Platon, qui offrons les plus nombreux sacrifices et qui faisons pour les dieux les processions les plus brillantes et les plus saintes[12]. » La ville d'Athènes et son territoire sont couverts de temples et de chapelles ; il y en a pour le culte de la cité, pour le culte des tribus et des dèmes, pour le culte des familles. Chaque maison est elle-même un temple et presque dans chaque champ il y a un tombeau sacré.

L'Athénien qu'on se figure si inconstant, si capricieux, si libre penseur, a, au contraire, un singulier respect pour les vieilles traditions et les vieux rites. Sa principale religion, celle qui obtient de lui la dévotion la plus fervente, c'est la religion des ancêtres et des héros. Il a le culte des morts et il les craint. Une de ses lois l'oblige à leur offrir chaque année les prémices de sa récolte ; une autre lui défend de prononcer un seul mot qui puisse provoquer leur colère[13]. Tout ce qui touche à l'Antiquité est sacré pour un Athénien. Il a de vieux recueils où sont consignés ses rites et jamais il nc s'en écarte[14] ; si un prêtre introduisait dans le culte la plus légère innovation, il serait puni de mort. Les rites les plus bizarres sont observés de siècle en siècle. Un jour de l'année, l'Athénien fait un sacrifice en l'honneur d'Ariane, et parce qu'on dit que l'amante de Thésée est morte en couches, il faut qu'on imite les cris et les mouvements d'une femme en travail. Il célèbre une autre fête annuelle qu'on appelle Oschophories et qui est comme la pantomime du retour de Thésée dans l'Attique ; on couronne le caducée d'un héraut, parce que le héraut de Thésée a couronné son caducée ; on pousse un certain cri que l'on suppose que le héraut a poussé, et il se fait une procession où chacun porte le costume qui était en usage au temps de Thésée. Il y a un autre jour où l'Athénien ne manque pas de faire bouillir des légumes dans une marmite d'une forme déterminée ; c'est un rite dont l'origine se perd dans une Antiquité lointaine, dont on ne connaît plus le sens, mais qu'on renouvelle pieusement chaque année[15].

L'Athénien, comme le Romain, a des jours néfastes ; ces jours-là, on ne se marie pas, on ne commence aucune entreprise, on ne tient pas d'assemblée, on ne rend pas la justice. Le dix-huitième et le dix-neuvième jour de chaque mois sont employés à des purifications. Le jour des Plyntéries, jour néfaste entre tous, on voile la statue de la grande divinité poliade[16]. Au contraire, le jour des Panathénées, le voile de la déesse est porté en grande procession, et tous les citoyens, sans distinction d'âge ni de rang, doivent lui faire cortège. L'Athénien fait des sacrifices pour les récoltes ; il en fait pour le retour de la pluie ou le retour du beau temps ; il en fait pour guérir les maladies et chasser la famine ou la peste.

Athènes a ses recueils d'antiques oracles, comme Rome a ses livres Sibyllins, et elle nourrit au Prytanée des hommes qui lui annoncent l'avenir[17]. Dans ses rues on rencontre à chaque pas des devins, des prêtres, des interprètes des songes[18]. L'Athénien croit aux présages ; un éternuement ou un tintement des oreilles l'arrête dans une entreprise[19]. Il ne s'embarque jamais sans avoir interrogé les auspices[20]. Avant de se marier il ne manque pas de consulter le vol des oiseaux[21]. Il croit aux paroles magiques, et, s'il est malade, il se met au cou des amulettes[22]. L'assemblée du peuple se sépare dès que quelqu'un assure qu'il a paru dans le ciel un signe funeste[23]. Si un sacrifice a été troublé par l'annonce d'une mauvaise nouvelle, il faut le recommencer[24].

L'Athénien ne commence guère une phrase sans invoquer d'abord la bonne fortune[25]. À la tribune, l'orateur débute volontiers par une invocation aux dieux et aux héros qui habitent le pays. On mène le peuple en lui débitant des oracles. Les orateurs, pour faire prévaloir leur avis, répètent à tout moment : La déesse ainsi l'ordonne[26].

Nicias appartient à une grande et riche famille. Tout jeune, il conduit au sanctuaire de Délos une *théorie*, c'est-à-dire des victimes et un chœur pour chanter les louanges du dieu pendant le sacrifice. Revenu à Athènes, il fait hommage aux dieux d'une partie de sa fortune, dédiant une statue à Athéné, une chapelle à Dionysos. Tour à tour il est *hestiateur* et fait les frais du repas sacré de sa tribu ; il est chorège et entretient un chœur pour les fêtes religieuses. Il ne passe pas un jour sans offrir un sacrifice à quelque dieu. Il a un devin attaché à sa maison, qui ne le quitte pas et qu'il consulte sur les affaires publiques aussi bien que sur ses intérêts particuliers.

Nommé général, il dirige une expédition contre Corinthe ; tandis qu'il revient vainqueur à Athènes, il s'aperçoit que deux de ses soldats morts sont restés sans sépulture sur le territoire ennemi ; il est saisi d'un scrupule religieux ; il arrête sa flotte, et envoie un héraut demander aux Corinthiens la permission d'ensevelir les deux cadavres. Quelque temps après, le peuple athénien délibère sur l'expédition de Sicile. Nicias monte à la tribune et déclare que ses prêtres et son devin annoncent des présages qui s'opposent à l'expédition. Il est vrai qu'Alcibiade a d'autres devins qui débitent des oracles en sens contraire. Le peuple est indécis. Surviennent des hommes qui arrivent d'Égypte ; ils ont consulté le dieu d'Ammon, qui commence à être déjà fort en vogue, et ils en rapportent cet oracle : Les Athéniens prendront tous les Syracusains. Le peuple se décide aussitôt pour la guerre[27].

Nicias, bien malgré lui, commande l'expédition. Avant de partir, il accomplit un sacrifice, suivant l'usage. Il emmène avec lui, comme fait tout général, une troupe de devins, de sacrificateurs, d'aruspices et de hérauts. La flotte emporte son foyer ; chaque vaisseau a un emblème qui représente quelque dieu.

Mais Nicias a peu d'espoir. Le malheur n'est-il pas annoncé par assez de prodiges ? Des corbeaux ont endommagé une statue de Pallas ; un homme s'est mutilé sur un autel ; et le départ a lieu pendant les jours néfastes des Plyntéries ! Nicias ne sait que trop que cette guerre sera fatale à lui et à la patrie. Aussi pendant tout le cours de cette campagne le voit-on toujours craintif et circonspect ; il n'ose presque jamais donner le signal d'un combat, lui que l'on connaît pour être si brave soldat et si habile général.

On ne peut pas prendre Syracuse, et après des pertes cruelles il faut se décider à revenir à Athènes. Nicias prépare sa flotte pour le retour ; la mer est libre encore. Mais il survient une éclipse de lune. Il consulte son devin ; le devin répond que le présage est contraire et qu'il faut attendre trois fois neuf jours. Nicias obéit ; il passe tout ce temps dans l'inaction, offrant force sacrifices pour apaiser la colère des dieux. Pendant ce temps, les ennemis lui ferment le port et détruisent sa flotte. Il ne reste plus qu'à faire retraite par terre ; chose impossible ; ni lui ni aucun de ses soldats n'échappe aux Syracusains.

Que dirent les Athéniens à la nouvelle du désastre ? Ils savaient le courage personnel de Nicias et son admirable constance. Ils ne songèrent pas non plus à le blâmer d'avoir suivi les arrêts de la religion. Ils ne trouvèrent qu'une chose à lui reprocher, c'était d'avoir emmené un devin ignorant. Car le devin s'était trompé sur le présage de l'éclipse de lune ; il aurait dû savoir que, pour une armée qui veut faire retraite, la lune qui cache sa lumière est un présage favorable[28].

Chapitre 18

De l'omnipotence de l'État. Les anciens n'ont pas connu la liberté individuelle

La cité avait été fondée sur une religion et constituée comme une Église. De là sa force ; de là aussi son omnipotence et l'empire absolu qu'elle exerçait sur ses membres. Dans une société établie sur de tels principes, la liberté individuelle ne pouvait pas exister. Le citoyen était soumis en toutes choses et sans nulle réserve à la cité ; il lui appartenait tout entier. La religion qui avait enfanté l'État, et l'État qui entretenait la religion, se soutenaient l'un l'autre et ne faisaient qu'un ; ces deux puissances associées et confondues formaient une puissance presque surhumaine à laquelle l'âme et le corps étaient également asservis.

Il n'y avait rien dans l'homme qui fût indépendant. Son corps appartenait à l'État et était voué à sa défense ; à Rome le service militaire était dû jusqu'à quarante-six ans, à Athènes et à Sparte toute la vie [1]. Sa fortune était toujours à la disposition de l'État ; si la cité avait besoin d'argent, elle pouvait ordonner aux femmes de lui livrer leurs bijoux, aux créanciers de lui abandonner leurs créances, aux possesseurs d'oliviers de lui céder gratuitement l'huile qu'ils avaient fabriquée [2].

La vie privée n'échappait pas à cette omnipotence de l'État. Beaucoup de cités grecques défendaient à l'homme de rester célibataire[3]. Sparte punissait non-seulement celui qui ne se mariait pas, mais même celui qui se mariait tard. L'État pouvait prescrire à Athènes le travail, à Sparte l'oisiveté[4]. Il exerçait sa tyrannie jusque dans les plus petites choses ; à Locres, la loi défendait aux hommes de boire du vin pur ; à Rome, à Milet, à Marseille, elle le défendait aux femmes[5]. Il était ordinaire que le costume fût fixé invariablement par les lois de chaque cité ; la législation de Sparte réglait la coiffure des femmes, et celle d'Athènes leur interdisait d'emporter en voyage plus de trois robes[6]. À Rhodes la loi défendait de se raser la barbe ; à Byzance, elle punissait d'une amende celui qui possédait chez soi un rasoir ; à Sparte, au contraire, elle exigeait qu'on se rasât la moustache[7].

L'État avait le droit de ne pas tolérer que ses citoyens fussent difformes ou contrefaits. En conséquence il ordonnait au père à qui il naissait un tel enfant, de le faire mourir. Cette loi se trouvait dans les anciens codes de Sparte et de Rome[8]. Nous ne savons pas si elle existait à Athènes ; nous savons seulement qu'Aristote et Platon l'inscrivirent dans leurs législations idéales.

Il y a dans l'histoire de Sparte un trait que Plutarque et Rousseau admiraient fort. Sparte venait d'éprouver une défaite à Leuctres et beaucoup de ses citoyens avaient péri. À cette nouvelle, les parents des morts durent se montrer en public avec un visage gai. La mère qui savait que son fils avait échappé au désastre et qu'elle allait le revoir, montrait de l'affliction et pleurait. Celle qui savait qu'elle ne reverrait plus son fils, témoignait de la joie et parcourait les temples en remerciant les dieux. Quelle était donc la puissance de l'État qui ordonnait le renversement des sentiments naturels et qui était obéi !

L'État n'admettait pas qu'un homme fût indifférent à ses intérêts ; le philosophe, l'homme d'étude n'avait pas le droit de vivre à part. C'était une obligation qu'il votât dans l'assemblée et qu'il fût magistrat à son tour. Dans un temps où les discordes étaient fréquentes, la loi athénienne ne permettait pas au citoyen de rester neutre ; il devait combattre avec l'un ou avec l'autre parti ; contre celui qui voulait demeurer à l'écart des factions et se montrer calme, la loi prononçait une peine sévère, la perte du droit de cité[9].

Il s'en fallait de beaucoup que l'éducation fût libre chez les Grecs. Il n'y avait rien, au contraire, où l'État tînt davantage à être maître. À Sparte, le père n'avait aucun droit sur l'éducation de son enfant. La loi paraît avoir été moins rigoureuse à Athènes ; encore la cité faisait-elle en sorte que l'éducation fût commune sous des maîtres choisis par elle. Aristophane, dans un passage éloquent, nous montre les enfants d'Athènes se rendant à leur école ; en ordre, distribués par quartiers, ils marchent en rang serrés, par la pluie, par la neige ou au grand soleil ; ces enfants semblent déjà comprendre que c'est un devoir civique qu'ils remplissent[10]. L'État voulait diriger seul l'éducation, et Platon dit le motif de cette exigence[11] : « Les parents ne doivent pas être libres d'envoyer ou de ne pas envoyer leurs enfants chez les maîtres que la cité a choisis ; car les enfants sont moins à leurs parents qu'à la cité. » L'État considérait le corps et l'âme de chaque citoyen comme lui appartenant ; aussi voulait-il façonner ce corps et cette âme de manière à en tirer le meilleur parti. Il lui enseignait la gymnastique, parce que le corps de l'homme était une arme pour la cité, et qu'il fallait que cette arme fût aussi forte et aussi maniable que possible. Il lui enseignait aussi les chants religieux, les hymnes, les danses sacrées, parce que cette connaissance était nécessaire à la bonne exécution des sacrifices et des fêtes de la cité [12].

On reconnaissait à l'État le droit d'empêcher qu'il y eût un enseignement libre à côté du sien. Athènes fit un jour une loi qui défendait d'instruire les jeunes gens sans une autorisation des magistrats, et une autre qui interdisait spécialement d'enseigner la philosophie [13].

L'homme n'avait pas le choix de ses croyances. Il devait croire et se soumettre à la religion de la cité. On pouvait haïr ou mépriser les dieux de la cité voisine ; quant aux divinités d'un caractère général et universel, comme Jupiter Céleste ou Cybèle ou Junon, on était libre d'y croire ou de n'y pas croire. Mais il ne fallait pas qu'on s'avisât de douter d'Athéné Poliade ou d'Érechthée ou de Cécrops. Il y aurait eu là une grande impiété qui eût porté atteinte à la religion et à l'État en même temps, et que l'État eût sévèrement punie. Socrate fut mis à mort pour ce crime [14]. La liberté de penser à l'égard de la religion de la cité était absolument inconnue chez les anciens. Il fallait se conformer à toutes les règles du culte, figurer dans toutes les processions, prendre part au repas sacré. La législation athénienne prononçait une peine contre ceux qui s'abstenaient de célébrer religieusement une fête nationale [15].

Les anciens ne connaissaient donc ni la liberté de la vie privée, ni la liberté de l'éducation, ni la liberté religieuse. La personne humaine comptait pour bien peu de chose vis-à-vis de cette autorité sainte et presque divine qu'on appelait la patrie ou l'État. L'État n'avait pas seulement, comme dans nos sociétés modernes, un droit de justice à l'égard des citoyens. Il pouvait frapper sans qu'on fût coupable et par cela seul que son intérêt était en jeu. Aristide assurément n'avait commis aucun crime et n'en était même pas soupçonné ; mais la cité avait le droit de le chasser de son territoire par ce seul motif qu'Aristide avait acquis par ses vertus trop d'influence et qu'il pouvait devenir dangereux, s'il le voulait. On appelait cela l'ostracisme ; cette institution n'était pas particulière à Athènes ; on la trouve à Argos, à Mégare, à Syracuse, et Aristote fait entendre qu'elle existait dans toutes les cités grecques qui avaient un gouvernement démocratique[16]. Or l'ostracisme n'était pas un châtiment ; c'était une précaution que la cité prenait contre un citoyen qu'elle soupçonnait de pouvoir la gêner un jour. À Athènes on pouvait mettre un homme en accusation et le condamner pour incivisme, c'est-à-dire pour défaut d'affection envers l'État. La vie de l'homme n'était garantie par rien dès qu'il s'agissait de l'intérêt de la cité. Rome fit une loi par laquelle il était permis de tuer tout homme qui aurait l'intention de devenir roi[17]. La funeste maxime que le salut de l'État est la loi suprême, a été formulée par l'antiquité[18]. On pensait que le droit, la justice, la morale, tout devait céder devant l'intérêt de la patrie.

C'est donc une erreur singulière entre toutes les erreurs humaines que d'avoir cru que dans les cités anciennes l'homme jouissait de la liberté. Il n'en avait pas même l'idée. Il ne croyait pas qu'il pût exister de droit vis-à-vis de la cité et de ses dieux. Nous verrons bientôt que le gouvernement a plusieurs fois changé de forme ; mais la nature de l'État est restée à peu près la même, et son omnipotence n'a guère été diminuée. Le gouvernement s'appela tour à tour monarchie, aristocratie, démocratie ; mais aucune de ces révolutions ne donna aux hommes la vraie liberté, la liberté individuelle. Avoir des droits politiques, voter, nommer des magistrats, pouvoir être archonte, voilà ce qu'on appelait la liberté ; mais l'homme n'en était pas moins asservi à l'État. Les anciens, et surtout les Grecs, s'exagérèrent toujours l'importance et les droits de la société ; cela tient sans doute au caractère sacré et religieux que la société avait revêtu à l'origine.

Livre IV

Les révolutions

On ne pouvait rien imaginer de plus solidement constitué que cette famille des anciens âges qui contenait en elle ses dieux, son culte, son prêtre, son magistrat. Rien de plus fort que cette cité qui avait aussi en elle-même sa religion, ses dieux protecteurs, son sacerdoce indépendant, qui commandait à l'âme autant qu'au corps de l'homme, et qui, infiniment plus puissante que l'État d'aujourd'hui, réunissait en elle la double autorité que nous voyons partagée de nos jours entre l'État et l'Église. Si une société a été constituée pour durer, c'était bien celle-là. Elle a eu pourtant, comme tout ce qui est humain, sa série de révolutions.

Nous ne pouvons pas dire d'une manière générale à quelle époque ces révolutions ont commencé. On conçoit, en effet, que cette époque n'ait pas été la même pour les différentes cités de la Grèce et de l'Italie. Ce qui est certain, c'est que, dès le septième siècle avant notre ère, cette organisation sociale était discutée et attaquée presque partout. À partir de ce temps-là, elle ne se soutint plus qu'avec peine et par un mélange plus ou moins habile de résistance et de concessions. Elle se débattit ainsi plusieurs siècles, au milieu de luttes perpétuelles, et enfin elle disparut.

Les causes qui l'ont fait périr peuvent se réduire à deux. L'une est le changement qui s'est opéré à la longue dans les idées par suite du développement naturel de l'esprit humain, et qui, en effaçant les antiques croyances, a fait crouler en même temps l'édifice social que ces croyances avaient élevé et pouvaient seules soutenir. L'autre est l'existence d'une classe d'hommes qui se trouvait placée en dehors de cette organisation de la cité, qui en souffrait, qui avait intérêt à la détruire et qui lui fit la guerre sans relâche.

Lors donc que les croyances sur lesquelles ce régime social était fondé se sont affaiblies, et que les intérêts de la majorité des hommes ont été en désaccord avec ce régime, il a dû tomber. Aucune cité n'a échappé à cette loi de transformation, pas plus Sparte qu'Athènes, pas plus Rome que la Grèce. De même que nous avons vu que les hommes de la Grèce et ceux de l'Italie avaient eu à l'origine les mêmes croyances, et que la même série d'institutions s'était déployée chez eux, nous allons voir maintenant que toutes ces cités ont passé par les mêmes révolutions.

Il faut étudier pourquoi et comment les hommes se sont éloignés par degrés de cette antique organisation, non pas pour déchoir, mais pour s'avancer, au contraire, vers une forme sociale plus large et meilleure. Car sous une apparence de désordre et quelquefois de décadence, chacun de leurs changements les approchait d'un but qu'ils ne connaissaient pas.

Chapitre 1

Patriciens et clients

Jusqu'ici nous n'avons pas parlé des classes inférieures et nous n'avions pas à en parler. Car il s'agissait de décrire l'organisme primitif de la cité, et les classes inférieures ne comptaient absolument pour rien dans cet organisme. La cité s'était constituée comme si ces classes n'eussent pas existé. Nous pouvions donc attendre pour les étudier que nous fussions arrivés à l'époque des révolutions.

La cité antique, comme toute société humaine, présentait des rangs, des distinctions, des inégalités. On connaît, à Athènes, la distinction originaire entre les Eupatrides et les Thètes ; à Sparte, on trouve la classe des Égaux et celle des Inférieurs : en Eubée, celle des chevaliers et celle du peuple. L'histoire de Rome est pleine de la lutte entre les patriciens et les plébéiens, lutte que l'on retrouve dans toutes les cités sabines, latines et étrusques. On peut même remarquer que plus haut on remonte dans l'histoire de la Grèce et de l'Italie, plus la distinction apparaît profonde et les rangs fortement marqués : preuve certaine que l'inégalité ne s'est pas formée à la longue, mais qu'elle a existé dès l'origine et qu'elle est contemporaine de la naissance des cités.

Il importe de rechercher sur quels principes reposait cette division des classes. On pourra voir ainsi plus facilement en vertu de quelles idées ou de quels besoins les luttes vont s'engager, ce que les classes inférieures vont réclamer, et au nom de quels principes les classes supérieures défendront leur empire.

On a vu plus haut que la cité était née de la confédération des familles et des tribus. Or, avant le jour où la cité se forma, la famille contenait déjà en elle-même cette distinction de classes. En effet la famille ne se démembrait pas ; elle était indivisible comme la religion primitive du foyer. Le fils aîné, succédant seul au père, prenait en main le sacerdoce, la propriété, l'autorité, et ses frères étaient à son égard ce qu'ils avaient été à l'égard du père. De génération en génération, d'aîné en aîné, il n'y avait toujours qu'un chef de famille ; il présidait au sacrifice, disait la prière, jugeait, gouvernait. À lui seul, a l'origine, appartenait le titre de *pater* ; car ce mot qui désignait la puissance et non pas la paternité, n'a pu s'appliquer alors qu'au chef de la famille. Ses fils, ses frères, ses serviteurs, tous l'appelaient ainsi.

Voilà donc dans la constitution intime de la famille un premier principe d'inégalité. L'aîné est privilégié pour le culte, pour la succession, pour le commandement. Après plusieurs générations il se forme naturellement, dans chacune de ces grandes familles, des branches cadettes qui sont, par la religion et par la coutume, dans un état d'infériorité vis-à-vis de la branche aînée et qui, vivant sous sa protection, obéissent à son autorité.

Puis cette famille a des serviteurs, qui ne la quittent pas, qui sont attachés héréditairement à elle, et sur lesquels le *pater* ou *patron* exerce la triple autorité de maître, de magistrat et de prêtre. On les appelle de noms qui varient suivant les lieux ; celui de clients et celui de thètes sont les plus connus.

Voilà encore une classe inférieure. Le client est au-dessous, non seulement du chef suprême de la famille, mais encore des branches cadettes. Entre elles et lui il y a cette différence, que le membre d'une branche cadette, en remontant la série de ses ancêtres, arrive toujours à un *pater*, c'est-à-dire à un chef de famille, à un de ces aïeux divins que la famille invoque dans ses prières. Comme il descend d'un *pater*, on l'appelle en latin *patricius*. Le fils d'un client, au contraire, si haut qu'il remonte dans sa généalogie, n'arrive jamais qu'à un client ou à un esclave. Il n'a pas de *pater* parmi ses aïeux. De là pour lui un état d'infériorité dont rien ne peut le faire sortir.

La distinction entre ces deux classes d'hommes est manifeste en ce qui concerne les intérêts matériels. La propriété de la famille appartient tout entière au chef, qui d'ailleurs en partage la jouissance avec les branches cadettes et même avec les clients. Mais tandis que la branche cadette a au moins un droit éventuel sur la propriété, dans le cas où la branche aînée viendrait à s'éteindre, le client ne peut jamais devenir propriétaire. La terre qu'il cultive, il ne l'a qu'en dépôt ; s'il meurt, elle fait retour au patron ; le droit romain des époques postérieures a conservé un vestige de cette ancienne règle dans ce qu'on appelait *jus applicationis*[1]. L'argent même du client n'est pas à lui ; le patron en est le vrai propriétaire et peut s'en saisir pour ses propres besoins. C'est en vertu de cette règle antique que le droit romain prononce que le client doit doter la fille du patron, qu'il doit payer pour lui l'amende, qu'il doit fournir sa rançon ou contribuer aux frais de ses magistratures.

La distinction est plus manifeste encore dans la religion. Le descendant d'un *pater* peut seul accomplir les cérémonies du culte de la famille. Le client y assiste ; on fait pour lui le sacrifice, mais il ne le fait pas lui-même. Entre lui et la divinité domestique il y a toujours un intermédiaire. Il ne peut pas même remplacer la famille absente. Que cette famille vienne à s'éteindre, les clients ne continuent pas le culte ; ils se dispersent. Car la religion n'est pas leur patrimoine ; elle n'est pas de leur sang, elle ne leur vient pas de leurs propres ancêtres. C'est une religion d'emprunt ; ils en ont la jouissance, non la propriété.

Rappelons-nous que, d'après les idées des anciennes générations, le droit d'avoir un dieu et de prier était héréditaire. La tradition sainte, les rites, les paroles sacramentelles, les formules puissantes qui déterminaient les dieux à agir, tout cela ne se transmettait qu'avec le sang. Il était donc bien naturel que, dans chacune de ces antiques familles, la partie libre et ingénue qui descendait réellement de l'ancêtre premier, fût seule en possession du caractère sacerdotal. Les patriciens ou eupatrides avaient le privilège d'être prêtres et d'avoir une religion qui leur appartînt en propre[2].

Ainsi, avant même qu'on fût sorti de l'état de famille, il existait déjà une distinction de classes ; la vieille religion domestique avait établi des rangs. Lorsque ensuite la cité se forma, rien ne fut changé à la constitution intérieure de la famille. Nous avons même montré que la cité, à l'origine, ne fut pas une association d'individus, mais une confédération de tribus, de curies et de familles, et que, dans cette sorte d'alliance, chacun de ces corps resta ce qu'il était auparavant. Les chefs de ces petits groupes s'unissaient entre eux, mais chacun d'eux restait maître absolu dans la petite société dont il était déjà le chef. C'est pour cela que le droit romain laissa si longtemps au *pater* l'autorité absolue sur les siens, la toute-puissance et le droit de justice à l'égard des clients. La distinction des classes, née dans la famille, se continua donc dans la cité.

La cité, dans son premier âge, ne fut que la réunion des chefs de famille. On a des témoignages d'un temps où il n'y avait qu'eux qui pussent être citoyens. On peut voir encore un vestige de cette règle dans une ancienne loi d'Athènes qui disait que pour être citoyen il fallait posséder un dieu domestique[3]. Aristote remarque « qu'anciennement, dans quelques villes, il était de règle que le fils ne fût pas citoyen du vivant du père, et que, le père mort, le fils aîné seul jouît des droits politiques[4] ». La loi ne comptait donc dans la cité ni les branches cadettes ni, à plus forte raison, les clients. Aussi Aristote ajoute-t-il que les vrais citoyens étaient alors en fort petit nombre.

L'assemblée qui délibérait sur les intérêts généraux de la cité, n'était aussi composée, dans ces temps anciens, que des chefs de famille, des *patres*. Il est permis de ne pas croire Cicéron quand il dit que Romulus appela *pères* les sénateurs pour marquer l'affection paternelle qu'ils avaient pour le peuple. Les membres de cet ancien Sénat portaient naturellement ce titre parce qu'ils étaient les chefs des *gentes*. En même temps que ces hommes réunis représentaient la cité, chacun d'eux restait maître absolu dans sa *gens*, qui était comme son petit royaume. On voit aussi dès les commencements de Rome une autre assemblée plus nombreuse, celle des curies ; mais elle diffère assez peu de celle des *patres*. Ce sont encore eux qui forment l'élément principal de cette assemblée ; seulement, chaque *pater* s'y montre entouré de sa famille ; ses parents, ses clients même lui font cortège et marquent sa puissance. Chaque famille n'a d'ailleurs dans ces comices qu'un seul suffrage[5]. On peut bien admettre que le chef prend l'avis de ses parents et même de ses clients, mais il est clair que c'est lui qui vote. La loi défend d'ailleurs au client d'être d'un autre avis que son patron[6]. Si les clients sont rattachés à la cité, ce n'est que par l'intermédiaire de leurs chefs patriciens. Ils participent au culte public, ils paraissent devant le tribunal, ils entrent dans l'assemblée, mais c'est à la suite de leurs patrons.

Il ne faut pas se représenter la cité de ces anciens âges comme une agglomération d'hommes vivant pêle-mêle dans l'enceinte des mêmes murailles. La ville n'est guère, dans les premiers temps, un lieu d'habitation ; elle est le sanctuaire où siègent les dieux de la communauté ; elle est la forteresse qui les défend et que leur présence sanctifie ; elle est le centre de l'association, la résidence du roi et des prêtres, le lieu où se rend la justice ; mais les hommes n'y vivent pas. Pendant plusieurs générations encore, les hommes continuent à vivre hors de la ville, en familles isolées qui se partagent la campagne. Chacune de ces familles occupe son canton, où elle a son sanctuaire domestique et où elle forme, sous l'autorité de son *pater*, un groupe indivisible[7]. Puis, à certains jours, s'il s'agit des intérêts de la cité ou des obligations du culte commun, les chefs de ces familles se rendent à la ville et s'assemblent autour du roi, soit pour délibérer, soit pour assister au sacrifice. S'agit-il d'une guerre, chacun de ces chefs arrive, suivi de sa famille et de ses serviteurs (*sua manus*) ; ils se groupent par phratries ou par curies et ils forment l'armée de la cité sous les ordres du roi.

Chapitre 2

LES PLÉBÉIENS

Il faut maintenant signaler un autre élément de population qui était au-dessous des clients eux-mêmes, et qui, infirme à l'origine, acquit insensiblement assez de force pour briser l'ancienne organisation sociale. Cette classe, qui devint plus nombreuse à Rome que dans aucune autre cité, y était appelée la plèbe. Il faut voir l'origine et le caractère de cette classe pour comprendre le rôle qu'elle a joué dans l'histoire de la cité et de la famille chez les anciens.

Les plébéiens n'étaient pas les clients ; les historiens de l'Antiquité ne confondent pas ces deux classes entre elles. Tite-Live dit quelque part : « La plèbe ne voulut pas prendre part à l'élection des consuls ; les consuls furent donc élus par les patriciens et leurs clients [1]. » Et ailleurs : « La plèbe se plaignit que les patriciens eussent trop d'influence dans les comices grâce aux suffrages de leurs clients [2]. » On lit dans Denys d'Halicarnasse : « La plèbe sortit de Rome et se retira sur le mont Sacré ; les patriciens restèrent seuls dans la ville avec leurs clients. » Et plus loin : « La plèbe mécontente refusa de s'enrôler, les patriciens prirent les armes avec leurs clients et firent la guerre [3]. » Cette plèbe, bien séparée des clients, ne faisait pas partie, du moins dans les premiers siècles, de ce qu'on appelait le peuple romain. Dans une vieille formule de prière, qui se répétait encore au temps des guerres puniques, on demandait aux dieux d'être propices « au peuple et à la plèbe[4] ». La plèbe n'était donc pas comprise dans le peuple, à l'origine. Le peuple comprenait les patriciens et leurs clients ; la plèbe était en dehors.

Sur la formation première de cette plèbe, les anciens nous donnent peu de lumières. Nous avons bien le droit de supposer qu'elle se composa, en grande partie, d'anciennes populations conquises et assujetties. Nous sommes pourtant frappé de voir dans Tite-Live, qui connaissait les vieilles traditions, que les patriciens reprochaient aux plébéiens, non pas d'être issus de populations vaincues, mais de manquer de religion et même de famille. Or, ce reproche, qui était déjà immérité au temps de Licinius Stolon, et que les contemporains de Tite-Live comprenaient à peine, devait remonter à une époque très ancienne et nous reporte aux premiers temps de la cité.

On aperçoit, en effet, dans la nature même des vieilles idées religieuses, plusieurs causes qui entraînaient la formation d'une classe inférieure. La religion domestique ne se propageait pas ; née dans une famille, elle y restait enfermée ; il fallait que chaque famille se fît sa croyance, ses dieux, son culte. Or il a pu arriver que des familles n'aient pas eu dans l'esprit la puissance de se créer une divinité, d'instituer un culte, d'inventer l'hymne et le rhythme de la prière. Ces familles furent par cela seul dans un état d'infériorité vis-à-vis de celles qui avaient une religion et ne purent entrer en société avec elles. Il arriva certainement aussi que des familles qui avaient eu un culte domestique, le perdirent, soit par négligence et oubli des rites, soit après un de ces crimes ou une de ces souillures qui interdisaient à l'homme d'approcher de son foyer, de continuer son culte. Il est arrivé enfin que des clients, qui avaient eu toujours le culte du maître et n'en connaissaient point d'autre, aient été chassés de la famille ou l'aient quittée volontairement. C'était renoncer à une religion. Ajoutons encore que le fils né d'un mariage sans rites, était réputé bâtard, comme celui qui était né de l'adultère, et la religion domestique n'existait pas pour eux. Tous ces hommes exclus des familles et mis en dehors du culte, tombaient dans la classe des hommes sans foyer. L'existence d'une plèbe était la conséquence nécessaire de la nature exclusive de l'organisme antique.

On trouve cette classe à côté de presque toutes les cités anciennes, mais séparée par une ligne de démarcation. Une ville grecque est double ; il y a la ville proprement dite, πόλις, qui s'élève ordinairement sur le sommet d'une colline ; elle a été fondée avec des rites religieux et elle renferme le sanctuaire des divinités poliades. Au pied de la colline, est une agglomération de maisons, qui ont été bâties sans cérémonies religieuses, sans enceinte sacrée ; c'est le domicile de la plèbe, qui ne peut pas habiter dans la ville sainte.

À Rome, la différence originelle entre les deux populations est frappante. La ville des patriciens et de leurs clients est celle que Romulus a fondée suivant les rites sur le plateau du Palatin. Le domicile de la plèbe est l'Asyle, espèce d'enclos qui est situé sur la pente du mont Capitolin et où le premier roi a admis les gens sans feu ni lieu qu'il ne pouvait pas faire entrer dans sa ville. Plus tard, quand de nouveaux plébéiens vinrent à Rome, comme ils étaient étrangers à la religion de la cité, on les établit sur l'Aventin, c'est-à-dire en dehors du pomœrium et de la ville religieuse[5].

Un mot caractérise ces plébéiens : ils sont sans culte ; du moins, les patriciens leur reprochent de n'en pas avoir. « Ils n'ont pas d'ancêtres », ce qui veut dire dans la pensée de leurs adversaires qu'ils n'ont pas d'ancêtres reconnus et légalement admis. « Ils n'ont pas de pères », c'est-à-dire qu'ils remonteraient en vain la série de leurs ascendants, ils n'y rencontreraient jamais un chef de famille religieuse, un *pater*. « Ils n'ont pas de famille, *gentem non habent* », c'est-à-dire qu'ils n'ont que la famille naturelle ; quant à celle que forme et constitue la religion, la vraie *gens*, ils ne l'ont pas[6].

Le mariage sacré n'existe pas pour eux ; ils n'en connaissent pas les rites. N'ayant pas le foyer, l'union que le foyer établit leur est interdite. Aussi le patricien, qui ne connaît pas d'autre union régulière que celle qui lie l'époux à l'épouse en présence de la divinité domestique, peut-il dire en parlant des plébéiens : *Connubia promiscua habent more ferarum*.

Pas de famille pour eux, pas d'autorité paternelle. Ils peuvent avoir sur leurs enfants le pouvoir que donne la force ou le sentiment naturel ; mais cette autorité sainte dont la religion revêt le père, ils ne l'ont pas.

Pour eux le droit de propriété n'existe pas. Car toute propriété doit être établie et consacrée par un foyer, par un tombeau, par des dieux termes, c'est-à-dire par tous les éléments du culte domestique. Si le plébéien possède une terre, cette terre n'a pas le caractère sacré ; elle est profane et ne connaît pas le bornage. Mais peut-il même posséder une terre, dans les premiers temps ? On sait qu'à Rome nul ne peut exercer le droit de propriété s'il n'est citoyen ; or le plébéien, dans le premier âge de

Rome, n'est pas citoyen. Le jurisconsulte dit qu'on ne peut être propriétaire que par le droit des Quirites, or le plébéien n'est pas compté d'abord parmi les Quirites. À l'origine de Rome l'*ager romanus* a été partagé entre les tribus, les curies et les *gentes*[7] ; or le plébéien, qui n'appartient à aucun de ces groupes, n'est certainement pas entré dans le partage. Ces plébéiens, qui n'ont pas la religion, n'ont pas ce qui fait que l'homme peut mettre son empreinte sur une part de terre et la faire sienne. On sait qu'ils habitèrent longtemps l'Aventin et y bâtirent des maisons ; mais ce ne fut qu'après trois siècles et beaucoup de luttes qu'ils obtinrent enfin la propriété de ce terrain[8].

Pour les plébéiens il n'y a pas de loi, pas de justice ; car la loi est l'arrêt de la religion, et la procédure est un ensemble de rites. Le client a le bénéfice du droit de la cité par l'intermédiaire du patron ; pour le plébéien ce droit n'existe pas. Un historien ancien dit formellement que le sixième roi de Rome fit le premier quelques lois pour la plèbe, tandis que les patriciens avaient les leurs depuis longtemps[9]. Il paraît même que ces lois furent ensuite retirées à la plèbe, ou que, n'étant pas fondées sur la religion, les patriciens refusèrent d'en tenir compte ; car nous voyons dans l'historien que, lorsqu'on créa des tribuns, il fallut faire une loi spéciale pour protéger leur vie et leur liberté, et que cette loi était conçue ainsi : « Que nul ne s'avise de frapper ou de tuer un tribun comme il ferait à un homme de la plèbe[10]. » Il semble donc que l'on eût le droit de frapper ou de tuer un plébéien, ou du moins ce méfait commis envers un homme qui était hors la loi, n'était pas légalement puni.

Pour les plébéiens il n'y a pas de droits politiques. Ils ne sont pas, d'abord, citoyens et nul parmi eux ne peut être magistrat. Il n'y a d'autre assemblée à Rome, durant deux siècles, que celles des curies ; or les curies ne comprennent, dans les trois premiers siècles de Rome que les patriciens et leurs clients. La plèbe n'entre même pas dans la composition de l'armée, tant que celle-ci est distribuée par curies.

Mais ce qui sépare le plus manifestement le plébéien du patricien, c'est que le plébéien n'a pas la religion de la cité. Il est impossible qu'il soit revêtu d'un sacerdoce. On peut même croire que la prière, dans les premiers siècles, lui est interdite et que les rites ne peuvent pas lui être révélés. C'est comme dans l'Inde où « le çoudra doit ignorer toujours les formules sacrées ». Il est étranger, et par conséquent sa seule présence souille le sacrifice. Il est repoussé des dieux. Il y a entre le patricien et lui toute la distance que la religion peut mettre entre deux hommes. La plèbe est une population méprisée et abjecte, hors de la religion, hors de la loi, hors de la société, hors de la famille. Le patricien ne peut comparer cette existence qu'à celle de la bête, *more ferarum*. Le contact du plébéien est impur. Les décemvirs, dans leurs dix premières tables, avaient oublié d'interdire le mariage entre les deux ordres ; c'est que ces premiers décemvirs étaient tous patriciens et qu'il n'était venu à l'esprit d'aucun d'eux qu'un tel mariage fût possible.

On voit combien de classes, dans l'âge primitif des cités, étaient superposées l'une à l'autre. En tête était l'aristocratie des chefs de famille, ceux que la langue officielle de Rome appelait *patres*, que les clients appelaient *reges*, que l'*Odyssée* nomme βασιλεῖς ou ἄνακτες. Au-dessous étaient les branches cadettes des familles ; au-dessous encore, les clients ; puis plus bas, bien plus bas, et tout en dehors, la plèbe.

C'est de la religion que cette distinction des classes était venue. Car au temps où les ancêtres des Grecs, des Italiens et des Hindous vivaient encore ensemble dans l'Asie centrale, la religion avait dit : « L'aîné fera la prière. » De là était venue la prééminence de l'aîné en toutes choses ; la branche aînée dans chaque famille avait été la branche sacerdotale et maîtresse. La religion comptait néanmoins pour beaucoup les branches cadettes, qui étaient comme une réserve pour remplacer un jour la branche aînée éteinte et sauver le culte. Elle comptait encore pour quelque chose le client, même l'esclave, parce qu'ils assistaient aux actes religieux. Mais le plébéien, qui n'avait aucune part au culte, elle ne le comptait absolument pour rien. Les rangs avaient été ainsi fixés.

Mais aucune des formes sociales que l'homme imagine et établit, n'est immuable. Celle-ci portait en elle un germe de maladie et de mort ; c'était cette inégalité trop grande. Beaucoup d'hommes avaient intérêt à détruire une organisation sociale qui n'avait pour eux aucun bienfait.

Chapitre 3
PREMIÈRE RÉVOLUTION

1. *L'autorité politique est enlevée aux rois.*

Nous avons dit qu'à l'origine le roi avait été le chef religieux de la cité, le grand prêtre du foyer public, et qu'à cette autorité sacerdotale il avait joint l'autorité politique, parce qu'il avait paru naturel que l'homme qui représentait la religion de la cité fût en même temps le président de l'assemblée, le juge, le chef de l'armée. En vertu de ce principe, il était arrivé que tout ce qu'il y avait de puissance dans l'État avait été réuni dans les mains du roi.

Mais les chefs des familles, les *patres*, et au-dessus d'eux les chefs des phratries et des tribus formaient à côté de ce roi une aristocratie très forte. Le roi n'était pas seul roi ; chaque *pater* l'était comme lui dans sa *gens* ; c'était même à Rome un antique usage d'appeler chacun de ces puissants patrons du nom de roi ; à Athènes, chaque phratrie et chaque tribu avait son chef, et à côté du roi de la cité il y avait les rois des tribus, φυλοβασιλεῖς. C'était une hiérarchie de chefs ayant tous, dans un domaine plus ou moins étendu, les mêmes attributions et la même inviolabilité. Le roi de la cité n'exerçait pas son pouvoir sur la population entière ; l'intérieur des familles et toute la clientèle échappaient à son action. Comme le roi féodal, qui n'avait pour sujets que quelques puissants vassaux, ce roi de la cité ancienne ne commandait qu'aux chefs des tribus et des *gentes*, dont chacun individuellement pouvait être aussi puissant que lui, et qui réunis l'étaient beaucoup plus. On peut bien croire qu'il ne lui était pas facile de se faire obéir. Les hommes devaient avoir pour lui un grand respect, parce qu'il était le chef du culte et le gardien du foyer ; mais ils avaient sans doute peu de soumission, parce qu'il avait peu de force. Les gouvernants et les gouvernés ne furent pas longtemps sans s'apercevoir qu'ils n'étaient pas d'accord sur la mesure d'obéissance qui était due. Les rois voulaient être puissants, et les *pères* ne voulaient pas qu'ils le fussent. Une lutte s'engagea donc, dans toutes les cités, entre l'aristocratie et les rois.

Partout l'issue de la lutte fut la même ; la royauté fut vaincue. Mais il ne faut pas perdre de vue que cette royauté primitive était sacrée. Le roi était l'homme qui disait la prière, qui faisait le sacrifice, qui avait enfin par droit héréditaire le pouvoir d'attirer sur la ville la protection des dieux. On ne pouvait donc pas songer à se passer de roi ; il en fallait un pour la religion ; il en fallait un pour le salut de la cité. Aussi voyons-nous dans toutes les cités dont l'histoire nous est connue, que l'on ne toucha pas d'abord à l'autorité sacerdotale du roi et que l'on se contenta de lui ôter l'autorité politique. Celle-ci n'était qu'une sorte d'appendice que les rois avaient ajouté à leur sacerdoce ; elle n'était pas sainte et inviolable comme lui. On pouvait l'enlever au roi sans que la religion fût mise en péril.

La royauté fut donc conservée ; mais, dépouillée de sa puissance, elle ne fut plus qu'un sacerdoce. « Dans les temps très anciens, dit Aristote, les rois avaient un pouvoir absolu en paix et en guerre ; mais dans la suite les uns renoncèrent d'eux-mêmes à ce pouvoir, aux autres il fut enlevé de force, et on ne laissa plus à ces rois que le soin des sacrifices. » Plutarque dit la même chose : « Comme les rois se montraient orgueilleux et durs dans le commandement, la plupart des Grecs leur enlevèrent le pouvoir et ne leur laissèrent que le soin de la religion [1]. » Hérodote parle de la ville de Cyrène et dit : « On laissa à Battos, descendant des rois, le soin du culte et la possession des terres sacrées, mais on lui retira toute la puissance dont ses pères avaient joui. »

Cette royauté ainsi réduite aux fonctions sacerdotales continua, la plupart du temps, à être héréditaire dans la famille sainte qui avait jadis posé le foyer et commencé le culte national. Au temps de l'Empire romain, c'est-à-dire sept ou huit siècles après cette révolution, il y avait encore à Éphèse, à Marseille, à Thespies, des familles qui conservaient le titre et les insignes de l'ancienne royauté et avaient encore la présidence des cérémonies religieuses [2]. Dans les autres villes les familles sacrées s'étaient éteintes, et la royauté était devenue élective et ordinairement annuelle.

2. *Histoire de cette révolution à Sparte.*

Sparte a toujours eu des rois, et pourtant la révolution dont nous parlons ici, s'y est accomplie aussi bien que dans les autres cités.

Il paraît que les premiers rois doriens régnèrent en maîtres absolus. Mais dès la troisième génération la querelle s'engagea entre les rois et l'aristocratie. Il y eut pendant deux siècles une série de luttes qui firent de Sparte une des cités les plus agitées de la Grèce [3] ; on sait qu'un de ces rois, le père de Lycurgue, périt frappé dans une guerre civile[4].

Rien n'est plus obscur que l'histoire de Lycurgue ; son biographe ancien commence par ces mots : « On ne peut rien dire de lui qui ne soit sujet à controverse. » Il est du moins certain que Lycurgue parut au milieu des discordes, « en un temps où le gouvernement flottait dans une agitation perpétuelle[5] ». Ce qui ressort le plus clairement de tous les renseignements qui nous sont parvenus sur lui, c'est que sa réforme porta à la royauté un coup dont elle ne se releva jamais. « Sous Charilaos, dit Aristote, la monarchie fit place à l'aristocratie[6]. » Or ce Charilaos était roi lorsque Lycurgue fit sa réforme. On sait d'ailleurs par Plutarque que Lycurgue ne fut chargé des fonctions de législateur qu'au milieu d'une émeute pendant laquelle le roi Charilaos dut chercher un asile dans un temple. Lycurgue fut un moment le maître de supprimer la royauté ; il s'en garda bien, jugeant la royauté nécessaire et la famille régnante inviolable. Mais il fit en sorte que les rois fussent désormais soumis au Sénat en ce qui concernait le gouvernement, et qu'ils ne fussent plus que les présidents de cette assemblée et les exécuteurs de ses décisions. Un siècle après, la royauté fut encore affaiblie et ce pouvoir exécutif lui fut ôté ; on le confia à des magistrats annuels qui furent appelés éphores.

Il est facile de juger par les attributions qu'on donna aux éphores, du peu de pouvoir qu'on laissa aux rois. Les éphores rendaient la justice en matière civile, tandis que le Sénat jugeait les affaires criminelles[7]. Les éphores, sur l'avis du Sénat, déclaraient la guerre ou réglaient les clauses des traités de paix. En temps de guerre, deux éphores accompagnaient le roi, le surveillaient ; c'étaient eux qui fixaient le plan de campagne et commandaient toutes les opérations [8]. Que restait-il donc aux rois, si on leur ôtait la justice, les relations extérieures, les opérations militaires ? Il leur restait le sacerdoce. Hérodote décrit leurs prérogatives : « Si la cité fait un sacrifice, ils ont la première place au repas sacré ; on les sert les premiers et on leur donne double portion. Ils font aussi les premiers la libation, et la peau des victimes leur appartient. On leur donne à chacun, deux fois par mois, une victime qu'ils immolent à Apollon [9]. » « Les rois, dit Xénophon, accomplissent les sacrifices publics et ils ont la meilleure part des victimes. » S'ils ne jugent ni en matière civile ni en matière criminelle, on leur réserve du moins le jugement dans quelques affaires qui se rattachent à la religion. En cas de guerre, un des deux rois marche toujours à la tête des troupes, faisant chaque jour les sacrifices et consultant les présages. En présence de l'ennemi, il immole des victimes, et quand les signes sont favorables, il donne le signal de la bataille. Dans le combat il est entouré de devins qui lui indiquent la volonté des dieux, et de joueurs de flûte qui font entendre les hymmes sacrés. Les Spartiates disent que c'est le roi qui commande, parce qu'il tient dans ses mains la religion et les auspices ; mais ce sont les éphores et les polémarques qui règlent tous les mouvements de l'armée [10].

Il est donc vrai de dire que la royauté de Sparte est surtout un sacerdoce héréditaire. La même révolution qui a supprimé la puissance politique du roi dans toutes les cités, l'a supprimée aussi à Sparte. La puissance appartient réellement au Sénat qui dirige et aux éphores qui exécutent. Les rois, dans tout ce qui ne concerne pas la religion, obéissent aux éphores. Aussi Hérodote peut-il dire que Sparte ne connaît pas le régime monarchique, et Aristote que le gouvernement de Sparte est une aristocratie [11].

3. *Même révolution à Athènes.*

On a vu plus haut quel avait été l'état primitif de la population de l'Attique. Un certain nombre de familles, indépendantes et sans lien entre elles, se partageaient le pays ; chacune d'elles formait une petite société que gouvernait un chef héréditaire. Puis ces familles se groupèrent et de leur association naquit la cité athénienne. On attribuait à Thésée d'avoir achevé la grande œuvre de l'unité de l'Attique. Mais les traditions ajoutaient et nous croyons sans peine que Thésée avait dû briser beaucoup de résistances. La classe d'hommes qui lui fit opposition ne fut pas celle des clients, des pauvres, qui étaient répartis dans les bourgades et les γένη. Ces hommes se réjouirent plutôt d'un changement qui donnait un chef à leurs chefs et assurait à eux-mêmes un recours et une protection. Ceux qui souffrirent du changement furent les chefs des familles, les chefs des bourgades et des tribus, les βασιλεῖς, les φυλοβασιλεῖς, ces eupatrides qui avaient par droit héréditaire l'autorité suprême dans leur γένος ou dans leur tribu. Ils défendirent de leur mieux leur indépendance ; perdue, ils la regrettèrent.

Du moins retinrent-ils tout ce qu'ils purent de leur ancienne autorité. Chacun d'eux resta le chef tout-puissant de sa tribu ou de son γένος. Thésée ne put pas détruire une autorité que la religion avait établie et qu'elle rendait inviolable. Il y a plus. Si l'on examine les traditions qui sont relatives à cette époque, on entrevoit que ces puissants eupatrides ne consentirent à s'associer pour former une cité qu'en stipulant que le gouvernement serait réellement fédératif et que chacun d'eux y aurait part. Il y eut bien un roi suprême ; mais dès que les intérêts communs étaient en jeu, l'assemblée des chefs devait être convoquée et rien d'important ne pouvait être fait qu'avec l'assentiment de cette sorte de sénat.

Ces traditions, dans le langage des générations suivantes, s'exprimaient à peu près ainsi : Thésée a changé le gouvernement d'Athènes et de monarchique il l'a rendu républicain. Ainsi parlent Aristote, Isocrate, Démosthène, Plutarque. Sous cette forme un peu mensongère, il y a un fonds vrai. Thésée a bien, comme dit la tradition, « remis l'autorité souveraine entre les mains du peuple ». Seulement, le mot peuple, δῆμος, que la tradition a conservé, n'avait pas au temps de Thésée une application aussi étendue que celle qu'il a eue au temps de Démosthène. Ce peuple ou corps politique ne pouvait être alors que l'aristocratie, c'est-à-dire l'ensemble des chefs des *γένη* [12].

Thésée, en instituant cette assemblée, n'était pas volontairement novateur. La formation de la grande unité athénienne changeait, malgré lui, les conditions du gouvernement. Depuis que ces eupatrides, dont l'autorité restait intacte dans les familles, étaient réunis en une même cité, ils constituaient un corps puissant qui avait ses droits et pouvait avoir ses exigences. Le roi du petit rocher de Cécrops devint roi de toute l'Attique ; mais, au lieu que dans sa petite bourgade il avait été roi absolu, il ne fut plus que le chef d'un État fédératif, c'est-à-dire le premier entre des égaux.

Un conflit ne pouvait guère tarder à éclater entre cette aristocratie et la royauté. « Les eupatrides regrettaient la puissance vraiment royale que chacun d'eux avait exercée jusque-là dans son bourg. » Il paraît que ces guerriers-prêtres mirent la religion en avant et prétendirent que l'autorité des cultes locaux était amoindrie. S'il est vrai, comme le dit Thucydide, que Thésée essaya de détruire les prytanées des bourgs, il n'est pas étonnant que le sentiment religieux se soit soulevé contre lui. On ne peut pas dire combien de luttes il eut à soutenir, combien de soulèvements il dut réprimer par l'adresse ou par la force ; ce qui est certain, c'est qu'il fut à la fin vaincu, qu'il fut chassé d'Athènes et qu'il mourut en exil[13].

Les eupatrides l'emportaient donc ; ils ne supprimèrent pas la royauté, mais ils firent un roi de leur choix, Ménesthée. Après lui la famille de Thésée ressaisit le pouvoir et le garda pendant trois générations. Puis elle fut remplacée par une autre famille, celle des Mélanthides. Toute cette époque a dû être très troublée ; mais le souvenir des guerres civiles ne nous a pas été nettement conservé.

La mort de Codrus coïncide avec la victoire définitive des eupatrides. Ils ne supprimèrent pas encore la royauté ; car leur religion le leur défendait ; mais ils lui ôtèrent sa puissance politique. Le voyageur Pausanias, qui était fort postérieur à ces événements, mais qui consultait avec soin les traditions, dit que la royauté perdit alors une grande partie de ses attributions et « devint dépendante » ; ce qui signifie sans doute qu'elle fut dès lors subordonnée au Sénat des eupatrides. Les historiens modernes appellent cette période de l'histoire d'Athènes l'archontat, et ils ne manquent guère de dire que la royauté fut alors abolie. Cela n'est pas entièrement vrai. Les descendants de Codrus se succédèrent de père en fils pendant treize générations. Ils avaient le titre d'archonte, mais il y a des documents anciens qui leur donnent aussi celui de roi[14], et nous avons dit plus haut que ces deux titres étaient exactement synonymes. Athènes, pendant cette longue période, avait donc encore des rois héréditaires ; mais elle leur avait enlevé leur puissance et ne leur avait laissé que leurs fonctions religieuses. C'est ce qu'on avait fait à Sparte.

Au bout de trois siècles, les eupatrides trouvèrent cette royauté religieuse plus forte encore qu'ils ne voulaient, et ils l'affaiblirent. On décida que le même homme ne serait plus revêtu de cette haute dignité sacerdotale que pendant dix ans. Du reste, on continua de croire que l'ancienne famille royale était seule apte à remplir les fonctions d'archonte[15].

Quarante ans environ se passèrent ainsi. Mais un jour la famille royale se souilla d'un crime. On allégua qu'elle ne pouvait plus remplir les fonctions sacerdotales[16], on décida qu'à l'avenir les archontes seraient pris en dehors d'elle et que cette dignité serait accessible à tous les eupatrides. Quarante ans encore après, pour affaiblir cette royauté ou pour la partager entre plus de mains, on la rendit annuelle et en même temps on la divisa en deux magistratures distinctes. Jusque-là l'archonte était en même temps roi ; désormais ces deux titres furent séparés. Un magistrat nommé archonte et un autre magistrat nommé roi se partagèrent les attributions de l'ancienne royauté religieuse. La charge de veiller à la perpétuité des familles, d'autoriser ou d'interdire l'adoption, de recevoir les testaments, de juger en matière de propriété immobilière, toutes choses où la religion se trouvait intéressée, fut dévolue à l'archonte. La charge d'accomplir les sacrifices solennels et celle de juger en matière d'impiété furent réservées au roi. Ainsi le titre de roi, titre sacré qui était nécessaire à la religion, se perpétua dans la cité avec les sacrifices et le culte national. Le roi et l'archonte joints au polémarque et aux six thesmothètes, qui existaient peut-être depuis longtemps, complétèrent le nombre de neuf magistrats annuels, qu'on prit l'habitude d'appeler les neuf archontes, du nom du premier d'entre eux.

La révolution qui enleva à la royauté sa puissance politique s'opéra sous des formes diverses, dans toutes les cités. À Argos, dès la seconde génération des rois doriens, la royauté fut affaiblie au point « qu'on ne laissa aux descendants de Téménos que le nom de roi sans aucune puissance » ; d'ailleurs cette royauté resta héréditaire pendant plusieurs siècles[17]. À Cyrène les descendants de Battos réunirent d'abord dans leurs mains le sacerdoce et la puissance ; mais à partir de la quatrième génération on ne leur laissa plus que le sacerdoce[18]. À Corinthe la royauté s'était d'abord transmise héréditairement dans la famille des Bacchiades ; la révolution eut pour effet de la rendre annuelle, mais sans la faire sortir de cette famille, dont les membres la possédèrent à tour de rôle pendant un siècle[19].

4. *Même révolution à Rome.*

La royauté fut d'abord à Rome ce qu'elle était en Grèce. Le roi était le grand prêtre de la cité ; il était en même temps le juge suprême ; en temps de guerre, il commandait les citoyens armés. À côté de lui étaient les chefs de famille, *patres*, qui formaient un Sénat. Il n'y avait qu'un roi, parce que la religion prescrivait l'unité dans le sacerdoce et l'unité dans le gouvernement. Mais il était entendu que ce roi devait sur toute affaire importante consulter les chefs des familles confédérées[20]. Les historiens mentionnent, dès cette époque, une assemblée du peuple. Mais il faut se demander quel pouvait être alors le sens du mot peuple (*populus*), c'est-à-dire quel était le corps politique au temps des premiers rois. Tous les témoignages s'accordent à montrer que ce peuple s'assemblait toujours par curies : or les curies étaient la réunion des *gentes* : chaque *gens* s'y rendait en corps et n'avait qu'un suffrage. Les clients étaient là, rangés autour du *pater*, consultés peut-être, donnant peut-être leur avis, contribuant à composer le vote unique que la *gens* prononçait, mais ne pouvant pas être d'une autre opinion que le *pater*. Cette assemblée des curies n'était donc pas autre chose que la cité patricienne réunie en face du roi.

On voit par là que Rome se trouvait dans les mêmes conditions que les autres cités. Le roi était en présence d'un corps aristocratique très fortement constitué et qui puisait sa force dans la religion. Les mêmes conflits que nous avons vus en Grèce se retrouvent donc à Rome.

L'histoire des sept rois est l'histoire de cette longue querelle. Le premier veut augmenter son pouvoir et s'affranchir de l'autorité du Sénat. Il se fait aimer des classes inférieures ; mais les *Pères* lui sont hostiles[21]. Il périt assassiné dans une réunion du Sénat.

L'aristocratie songe aussitôt à abolir la royauté, et les *Pères* exercent à tour de rôle les fonctions de roi. Il est vrai que les classes inférieures s'agitent ; elles ne veulent pas être gouvernées par les chefs des *gentes* : elles exigent le rétablissement de la royauté[22]. Mais les patriciens se consolent en décidant qu'elle sera désormais élective et ils fixent avec une merveilleuse habileté les formes de l'élection : le Sénat devra choisir le candidat ; l'assemblée patricienne des curies confirmera ce choix et enfin les augures patriciens diront si le nouvel élu plaît aux dieux.

Numa fut élu d'après ces règles. Il se montra fort religieux, plus prêtre que guerrier, très scrupuleux observateur de tous les rites du culte et, par conséquent, fort attaché à la constitution religieuse des familles et de la cité. Il fut un roi selon le cœur des patriciens et mourut paisiblement dans son lit.

Il semble que sous Numa la royauté ait été réduite aux fonctions sacerdotales, comme il était arrivé dans les cités grecques. Il est au moins certain que l'autorité religieuse du roi était tout à fait distincte de son autorité politique et que l'une n'entraînait pas nécessairement l'autre. Ce qui le prouve, c'est qu'il y avait une double élection. En vertu de la première, le roi n'était qu'un chef religieux ; si à cette dignité il voulait joindre la puissance politique, *imperium*, il avait besoin que la cité la lui conférât par un décret spécial. Ce point ressort clairement de ce que Cicéron nous dit de l'ancienne constitution[23]. Ainsi le sacerdoce et la puissance étaient distincts ; ils pouvaient être placés dans les mêmes mains, mais il fallait pour cela doubles comices et double élection.

Le troisième roi les réunit certainement en sa personne. Il eut le sacerdoce et le commandement ; il fut même plus guerrier que prêtre ; il dédaigna et voulut amoindrir la religion que faisait la force de l'aristocratie. On le voit accueillir dans Rome une foule d'étrangers, en dépit du principe religieux qui les exclut ; il ose même habiter au milieu d'eux, sur le Cœlius. On le voit encore distribuer à des plébéiens quelques terres dont le revenu avait été affecté jusque-là aux frais des sacrifices. Les patriciens l'accusent d'avoir négligé les rites, et même, chose plus grave, de les avoir modifiés et altérés. Aussi meurt-il comme Romulus ; les dieux des patriciens le frappent de la foudre et ses fils avec lui.

Ce coup rend l'autorité au sénat, qui nomme un roi de son choix. Ancus observe scrupuleusement la religion, fait la guerre le moins qu'il peut et passe sa vie dans les temples. Cher aux patriciens, il meurt dans son lit.

Le cinquième roi est Tarquin, qui a obtenu la royauté malgré le Sénat et par l'appui des classes inférieures. Il est peu religieux, fort incrédule ; il ne faut pas moins qu'un miracle pour le convaincre de la science des augures. Il est l'ennemi des anciennes familles ; il crée des patriciens ; il altère autant qu'il peut la vieille constitution religieuse de la cité. Tarquin est assassiné.

Le sixième roi s'est emparé de la royauté par surprise ; il semble même que le Sénat ne l'ait jamais reconnu comme roi légitime. Il flatte les classes inférieures, leur distribue des terres, méconnaissant le principe antique du droit de propriété ; il leur donne même une place dans l'armée et dans la cité. Servius est égorgé sur les marches du Sénat.

La querelle entre les rois et l'aristocratie prenait le caractère d'une lutte sociale. Les rois s'attachaient le peuple ; des clients et de la plèbe ils se faisaient un appui. Au patriciat si puissamment organisé ils opposaient les classes inférieures, déjà nombreuses à Rome. L'aristocratie se trouva alors dans un double danger, dont le pire n'était pas d'avoir à plier devant la royauté. Elle voyait se lever derrière elle les classes qu'elle méprisait. Elle voyait se dresser la plèbe, la classe sans religion et sans foyer. Elle se voyait peut-être attaquée par ses clients, dans l'intérieur même de la famille, dont la constitution, le droit, la religion, se trouvaient discutés et mis en péril. Les rois étaient donc pour elle des ennemis odieux qui, pour augmenter leur pouvoir, visaient à bouleverser l'organisation sainte de la famille et de la cité.

À Servius succède le second Tarquin ; il trompe l'espoir des sénateurs qui l'ont élu ; il veut être maître, *de rege dominus exstitit*. Il fait autant de mal qu'il peut au patriciat ; il abat les hautes têtes ; il règne sans consulter les Pères, fait la guerre et la paix sans leur demander leur approbation. Le patriciat semble décidément vaincu.

Enfin une occasion se présente. Tarquin est loin de Rome ; non seulement lui, mais l'armée, c'est-à-dire ce qui le soutient. La ville est momentanément entre les mains du patriciat. Le préfet de la ville, c'est-à-dire celui qui a le pouvoir civil en l'absence du roi, est un patricien, Lucrétius. Le chef de la cavalerie, c'est-à-dire celui qui a l'autorité militaire après le roi, est un patricien, Junius[24]. Ces deux hommes préparent l'insurrection. Ils ont pour associés d'autres patriciens, un Valérius, un Tarquin Collatin. Le lieu de réunion n'est pas Rome, c'est la petite ville de Collatie, qui appartient en propre à l'un des conjurés. Là, ils montrent au peuple le cadavre d'une femme ; ils disent que cette femme s'est tuée elle-même, se punissant du crime d'un fils du roi. Le peuple de Collatie se soulève ; on se porte à Rome ; on y renouvelle la même scène. Les esprits sont troublés, les partisans du roi déconcertés ; et d'ailleurs, dans ce moment même, le pouvoir légal dans Rome appartient à Junius et à Lucrétius.

Les conjurés se gardent d'assembler le peuple ; ils se rendent au Sénat. Le Sénat prononce que Tarquin est déchu et la royauté abolie. Mais le décret du Sénat doit être confirmé par la cité. Lucrétius, à titre de préfet de la ville, a le droit de convoquer l'assemblée. Les curies se réunissent ; elles pensent comme les conjurés ; elles prononcent la déposition de Tarquin et la création de deux consuls.

Ce point principal décidé, on laisse le soin de nommer les consuls à l'assemblée par centuries. Mais cette assemblée où quelques plébéiens votent ne va-t-elle pas protester contre ce que les patriciens ont fait dans le Sénat et dans les curies ? Elle ne le peut pas. Car toute assemblée romaine est présidée par un magistrat qui désigne l'objet du vote, et nul ne peut mettre en délibération un autre objet. Il y a plus : nul autre que le président, à cette époque, n'a le droit de parler. S'agit-il d'une loi, les centuries ne peuvent voter que par oui ou par non. S'agit-il d'une élection, le président présente des candidats, et nul ne peut voter que pour les candidats présentés. Dans le cas actuel, le président désigné par le Sénat est Lucrétius, l'un des conjurés. Il indique comme unique sujet de vote l'élection de deux consuls. Il présente deux noms aux suffrages des centuries, ceux de Junius et de Tarquin Collatin. Ces deux hommes sont nécessairement élus. Puis le Sénat ratifie l'élection, et enfin les augures la confirment au nom des dieux.

Cette révolution ne plut pas à tout le monde dans Rome. Beaucoup de plébéiens rejoignirent le roi et s'attachèrent à sa fortune[25]. En revanche, un riche patricien de la Sabine, le chef puissant d'une *gens* nombreuse, le fier Attus Clausus, trouva le nouveau gouvernement si conforme à ses vues qu'il vint s'établir à Rome.

Du reste, la royauté politique fut seule supprimée ; la royauté religieuse était sainte et devait durer. Aussi se hâta-t-on de nommer un roi, mais qui ne fut roi que pour les sacrifices, *rex sacrorum*. On prit toutes les précautions imaginables, afin que ce roi-prêtre n'abusât jamais du grand prestige que ses fonctions lui donnaient pour s'emparer de l'autorité.

Chapitre 4

L'ARISTOCRATIE GOUVERNE LES CITÉS

La même révolution, sous des formes légèrement variées, s'était accomplie à Athènes, à Sparte, à Rome, dans toutes les cités enfin dont l'histoire nous est connue. Partout elle avait été l'œuvre de l'aristocratie, partout elle eut pour effet de supprimer la royauté politique en laissant subsister la royauté religieuse. À partir de cette époque et pendant une période dont la durée fut fort inégale pour les différentes villes, le gouvernement de la cité appartint à l'aristocratie.

Cette aristocratie était fondée sur la naissance et sur la religion à la fois. Elle avait son principe dans la constitution religieuse des familles. La source d'où elle dérivait, c'étaient ces mêmes règles que nous avons observées plus haut dans le culte domestique et dans le droit privé, c'est-à-dire la loi d'hérédité du foyer, le privilège de l'aîné, le droit de dire la prière, attaché à la naissance. La religion héréditaire était le titre de cette aristocratie à la domination absolue. Elle lui donnait des droits qui paraissaient sacrés. D'après les vieilles croyances, celui-là seul pouvait être propriétaire du sol, qui avait un culte domestique ; celui-là seul était membre de la cité, qui avait en lui le caractère religieux qui faisait le citoyen ; celui-là seul pouvait être prêtre, qui descendait d'une famille ayant un culte ; celui-là seul pouvait être magistrat, qui avait le droit d'accomplir les sacrifices. L'homme qui n'avait pas de culte héréditaire devait être le client d'un autre homme, ou, s'il ne s'y résignait pas, il devait rester en dehors de toute société. Pendant de longues générations, il ne vint pas à l'esprit des hommes que cette inégalité fût injuste. On n'eut pas la pensée de constituer la société humaine d'après d'autres règles.

À Athènes, depuis la mort de Codrus jusqu'à Solon, toute autorité fut aux mains des eupatrides. Ils étaient seuls prêtres et seuls archontes. Seuls ils rendaient la justice et connaissaient les lois, qui n'étaient pas écrites et dont ils se transmettaient de père en fils les formules sacrées.

Ces familles gardaient autant qu'il leur était possible les anciennes formes du régime patriarcal. Elles ne vivaient pas réunies dans la ville. Elles continuaient à vivre dans les divers cantons de l'Attique, chacune sur son vaste domaine, entourée de ses nombreux serviteurs, gouvernée par son chef eupatride et pratiquant dans une indépendance absolue son culte héréditaire[1]. La cité athénienne ne fut pendant quatre siècles que la confédération de ces puissants chefs de famille qui s'assemblaient à certains jours pour la célébration du culte central ou pour la poursuite des intérêts communs.

On a souvent remarqué combien l'histoire est muette sur cette longue période de l'existence d'Athènes et en général de l'existence des cités grecques. On s'est étonné qu'ayant gardé le souvenir de beaucoup d'événements du temps des anciens rois, elle n'en ait enregistré presque aucun du temps des gouvernements aristocratiques. C'est sans doute qu'il se produisit alors très peu d'actes qui eussent un intérêt général. Le retour au régime patriarcal avait suspendu presque partout la vie nationale. Les hommes vivaient séparés et avaient peu d'intérêts communs. L'horizon de chacun était le petit groupe et la petite bourgade où il vivait à titre d'eupatride ou à titre de serviteur.

À Rome aussi, chacune des familles patriciennes vivait sur son domaine, entourée de ses clients. On venait à la ville pour les fêtes du culte public ou pour les assemblées. Pendant les années qui suivirent l'expulsion des rois, le pouvoir de l'aristocratie fut absolu. Nul autre que le patricien ne pouvait remplir les fonctions sacerdotales dans la cité ; c'était dans la caste sacrée qu'il fallait choisir exclusivement les vestales, les pontifes, les saliens, les flamines, les augures. Les seuls patriciens pouvaient être consuls ; seuls ils composaient le Sénat. Si l'on ne supprima pas l'assemblée par centuries, où les plébéiens avaient accès, on regarda du moins l'assemblée par curies comme la seule qui fût légitime et sainte. Les centuries avaient en apparence l'élection des consuls ; mais nous avons vu qu'elles ne pouvaient voter que sur les noms que les patriciens leur présentaient, et d'ailleurs leurs décisions étaient soumises à la triple ratification du Sénat, des curies et des augures. Les seuls patriciens rendaient la justice et connaissaient les formules de la loi.

Ce régime politique n'a duré à Rome qu'un petit nombre d'années. En Grèce, au contraire, il y eut un long âge où l'aristocratie fut maîtresse. L'*Odyssée* nous présente un tableau fidèle de cet état social dans la partie occidentale de la Grèce. Nous y voyons, en effet, un régime patriarcal fort analogue à celui que nous avons remarqué dans l'Attique. Quelques grandes et riches familles se partagent le pays ; de nombreux serviteurs cultivent le sol ou soignent les troupeaux ; la vie est simple ; une même table réunit le chef et les serviteurs. Ces chefs sont appelés d'un nom qui devint dans d'autres sociétés un titre pompeux, ἄνακτες, βασιλεῖς. C'est ainsi que les Athéniens de l'époque primitive appelaient βασιλεύς le chef du γένος et que les clients de Rome gardèrent l'usage d'appeler *rex* le chef de la *gens*. Ces chefs de famille ont un caractère sacré ; le poète les appelle les rois divins. Ithaque est bien petite ; elle renferme pourtant un grand nombre de ces rois. Parmi eux il y a, à la vérité, un roi suprême ; mais il n'a guère d'importance et ne paraît pas avoir d'autre prérogative que celle de présider le conseil des chefs. Il semble même à certains signes qu'il soit soumis à l'élection, et l'on voit bien que Télémaque ne sera le chef suprême de l'île qu'autant que les autres chefs, ses égaux, voudront bien l'élire. Ulysse rentrant dans sa patrie ne paraît pas avoir d'autres sujets que les serviteurs qui lui appartiennent en propre ; quand il a tué quelques-uns des chefs, les serviteurs de ceux-ci prennent les armes et soutiennent une lutte que le poète ne songe pas à trouver blâmable. Chez les Phéaciens, Alcinoos a l'autorité suprême ; mais nous le voyons se rendre dans la réunion des chefs, et l'on peut remarquer que ce n'est pas lui qui a convoqué le conseil, mais que c'est le conseil qui a mandé le roi. Le poète décrit une assemblée de la cité phéacienne ; il s'en faut de beaucoup que ce soit une réunion de la multitude ; les chefs seuls, individuellement convoqués par un héraut, comme à Rome pour les *comitia calata*, se sont réunis ; ils sont assis sur des sièges de pierre ; le roi prend la parole et il qualifie ses auditeurs du nom de rois porteurs de sceptres.

Dans la ville d'Hésiode, dans la pierreuse Ascra, nous trouvons une classe d'hommes que le poète appelle les chefs ou les rois ; ce sont eux qui rendent la justice au peuple. Pindare nous montre aussi une classe de chefs chez les Cadméens ; à Thèbes, il vante la race sacrée des Spartes, à laquelle Épaminondas rattacha plus tard sa naissance[2]. On ne peut guère lire Pindare sans être frappé de l'esprit aristocratique qui règne encore dans la société grecque au temps des guerres médiques ; et l'on devine par là combien cette aristocratie avait été puissante un siècle ou deux plus tôt. Car ce que le poète vante le plus dans ses héros, c'est leur famille, et nous devons supposer que cette sorte d'éloge avait alors un grand prix et que la naissance semblait encore le bien suprême. Pindare nous montre les grandes familles qui brillaient alors dans chaque cité ; dans la seule cité d'Égine il nomme les Midylides, les Théandrides, les Euxénides, les Blepsiades, les Chariades, les Balychides. À Syracuse il vante la famille sacerdotale des Iamides, à Agrigente celle des Emménides, et ainsi dans toutes les villes dont il a occasion de parler.

À Épidaure, le corps tout entier des citoyens, c'est-à-dire de ceux qui avaient des droits politiques, ne se composa longtemps que de 180 membres ; tout le reste « était en dehors de la cité[3] ». Les vrais citoyens étaient moins nombreux encore à Héraclée, où les cadets des grandes familles n'avaient pas de droits politiques[4]. Il en fut longtemps de même à Cnide, à Istros, à Marseille. À Théra, tout le pouvoir était aux mains de quelques familles qui étaient réputées sacrées. Il en était ainsi à Apollonie[5]. À Érythres, il existait une classe aristocratique que l'on nommait les Basilides[6]. Dans les villes d'Eubée la classe maîtresse s'appelait les Chevaliers[7]. On peut remarquer à ce sujet que chez les anciens, comme au Moyen Âge, c'était un privilège de combattre à cheval.

La monarchie n'existait déjà plus à Corinthe lorsqu'une colonie en partit pour fonder Syracuse. Aussi la cité nouvelle ne connut-elle pas la royauté et fut-elle gouvernée tout d'abord par une aristocratie. On appelait cette classe les Géomores, c'est-à-dire les propriétaires. Elle se composait des familles qui, le jour de la fondation, s'étaient distribué avec tous les rites ordinaires les parts sacrées du territoire. Cette aristocratie resta pendant plusieurs générations maîtresse absolue du gouvernement, et elle conserva son titre de *propriétaires*, ce qui semble indiquer que les classes inférieures n'avaient pas le droit de propriété sur le sol [8]. Une aristocratie semblable fut longtemps maîtresse à Milet et à Samos.

Chapitre 5

Deuxième révolution. Changements dans la constitution de la famille. Le droit d'aînesse disparaît. La *gens* se démembre

La révolution qui avait renversé la royauté avait modifié la forme extérieure du gouvernement plutôt qu'elle n'avait changé la constitution de la société. Elle n'avait pas été l'œuvre des classes inférieures, qui avaient intérêt à détruire les vieilles institutions, mais de l'aristocratie, qui voulait les maintenir. Elle n'avait donc pas été faite pour changer l'organisation antique de la famille, mais bien pour la conserver. Les rois avaient eu souvent la tentation d'élever les basses classes et d'affaiblir les *gentes*, et c'était pour cela qu'on avait renversé les rois. L'aristocratie n'avait opéré une révolution politique que pour empêcher une révolution sociale et domestique. Elle avait pris en mains le pouvoir, moins pour le plaisir de dominer que pour défendre contre des attaques ses vieilles institutions, ses antiques principes, son culte domestique, son autorité paternelle, le régime de la *gens* et enfin tout le droit privé que la religion primitive avait établi.

Ce grand et général effort de l'aristocratie répondait donc à un danger. Or il paraît qu'en dépit de ses efforts et de sa victoire même, le danger subsista. Les vieilles institutions commençaient à chanceler et de graves changements allaient s'introduire dans la constitution intime des familles.

Le vieux régime de la *gens*, fondé par la religion de la famille, n'avait pas été détruit le jour où les hommes étaient passés au régime de la cité. On n'avait pas voulu ou on n'avait pas pu y renoncer immédiatement, les chefs tenant à conserver leur autorité, les inférieurs n'ayant pas tout de suite la pensée de s'affranchir. On avait donc concilié le régime de la *gens* avec celui de la cité. Mais c'étaient, au fond, deux régimes opposés que l'on ne devait pas espérer d'allier pour toujours et qui devaient un jour ou l'autre se faire la guerre. La famille, indivisible et nombreuse, était trop forte et trop indépendante pour que le pouvoir social n'éprouvât pas la tentation et même le besoin de l'affaiblir. Ou la cité ne devait pas durer, ou elle devait à la longue briser la famille.

L'ancienne *gens* avec son foyer unique, son chef souverain, son domaine indivisible, se conçoit bien tant que dure l'état d'isolement et qu'il n'existe pas d'autre société qu'elle ; mais dès que les hommes sont réunis en cité, le pouvoir de l'ancien chef est forcément amoindri ; car, en même temps qu'il est souverain chez lui, il est membre d'une communauté ; comme tel, des intérêts généraux l'obligent à des sacrifices, et des lois générales lui commandent l'obéissance. À ses propres yeux et surtout aux yeux de ses inférieurs, sa dignité est diminuée. Puis, dans cette communauté, si aristocratiquement qu'elle soit constituée, les inférieurs comptent pourtant pour quelque chose, ne serait-ce qu'à cause de leur nombre. La famille qui comprend plusieurs branches et qui se rend aux comices entourée d'une foule de clients a naturellement plus d'autorité dans les délibérations communes que la famille peu nombreuse et qui compte peu de bras et peu de soldats. Or ces inférieurs ne tardent guère à sentir l'importance qu'ils ont et leur force ; un certain sentiment de fierté et le désir d'un sort meilleur naissent en eux. Ajoutez à cela les rivalités des chefs de famille luttant d'influence et cherchant mutuellement à s'affaiblir. Ajoutez encore qu'ils deviennent avides des magistratures de la cité, que, pour les obtenir, ils cherchent à se rendre populaires, et que pour les gérer ils négligent ou oublient leur petite souveraineté locale. Ces causes produisirent peu à peu une sorte de relâchement dans la constitution de la *gens* ; ceux qui avaient intérêt à maintenir cette constitution y tenaient moins ; ceux qui avaient intérêt à la modifier devenaient plus hardis et plus forts.

La règle d'indivision qui avait fait la force de la famille antique fut peu à peu abandonnée. Le droit d'aînesse, condition de son unité, disparut. On ne doit sans doute pas s'attendre à ce qu'aucun écrivain de l'Antiquité nous fournisse la date exacte de ce grand changement. Il est probable qu'il n'a pas eu de date, parce qu'il ne s'est pas accompli en une année. Il s'est fait à la longue, d'abord dans une famille, puis dans une autre, et peu à peu dans toutes. Il s'est achevé sans qu'on s'en fût pour ainsi dire aperçu.

On peut bien croire aussi que les hommes ne passèrent pas d'un seul bond de l'indivisibilité du patrimoine au partage égal entre les frères. Il y eut vraisemblablement entre ces deux régimes une transition. Les choses se passèrent peut-être en Grèce et en Italie comme dans l'ancienne société hindoue, où la loi religieuse, après avoir prescrit l'indivisibilité du patrimoine, laissa le père libre d'en donner quelque portion à ses fils cadets, puis, après avoir exigé que l'aîné eût au moins une part double, permit que le partage fût fait également, et finit même par le recommander[1].

Mais sur tout cela nous n'avons aucune indication précise. Un seul point est certain, c'est que le droit d'aînesse et l'indivision ont été la règle ancienne et qu'ensuite ils ont disparu.

Ce changement ne s'est pas accompli en même temps ni de la même manière dans toutes les cités. Dans quelques-unes, la loi maintint assez longtemps l'indivision du patrimoine. À Thèbes et à Corinthe elle était encore en vigueur au huitième siècle. À Athènes la législation de Solon marquait encore une certaine préférence à l'égard de l'aîné. Il y a des villes où le droit d'aînesse n'a disparu qu'à la suite d'une insurrection. À Héraclée, à Cnide, à Istros, à Marseille, les branches cadettes prirent les armes pour détruire à la fois l'autorité paternelle et le privilège de l'aîné[2]. À partir de ce moment, telle cité grecque qui n'avait compté jusque-là qu'une centaine d'hommes jouissant des droits politiques en put compter jusqu'à cinq ou six cents. Tous les membres des familles aristocratiques furent citoyens, et l'accès des magistratures et du Sénat leur fut ouvert.

Il n'est pas possible de dire à quelle époque le privilège de l'aîné a disparu à Rome. Il est probable que les rois, au milieu de leur lutte contre l'aristocratie, firent ce qu'ils purent pour le supprimer et pour désorganiser ainsi les *gentes*. Au début de la république, nous voyons cent quarante nouveaux membres entrer dans le Sénat. Ils sortaient, dit Tite-Live, des premiers rangs de l'ordre équestre[3]. Or nous savons que les six premières centuries de chevaliers étaient composées de patriciens[4]. C'étaient donc encore des patriciens qui venaient combler les vides du Sénat. Mais Tite-Live ajoute un détail bien significatif : à partir de ce moment, on distingua deux catégories de sénateurs, les uns que l'on appelait *patres*, les autres que l'on appelait *conscripti*[5]. Tous étaient également patriciens ; mais les *patres* étaient les chefs des 160 *gentes* qui subsistaient encore, et les *conscripti* étaient choisis parmi les branches cadettes de ces *gentes*. On peut supposer en effet que cette classe, nombreuse et énergique, n'avait apporté son concours à l'œuvre de Brutus et des *patres* qu'à la condition d'obtenir des droits civils et politiques. Elle acquit ainsi, à la faveur du besoin qu'on avait d'elle, ce que la même classe avait conquis par les armes à Héraclée, à Cnide et à Marseille.

Le droit d'aînesse disparut donc partout : révolution considérable qui commença à transformer la société. La *gens* italienne et le γένος hellénique perdirent leur unité primitive. Les différentes branches se séparèrent ; chacune d'elles eut désormais sa part de propriété, son domicile, ses intérêts à part, son indépendance. *Singuli singulas familias incipiunt habere*, dit le jurisconsulte. Il y a dans la langue latine une vieille expression qui paraît dater de cette époque : *familiam ducere*, disait-on de celui qui se détachait de la *gens* et allait faire souche à part, comme on disait *ducere coloniam* de celui qui quittait la métropole et allait au loin fonder une colonie. Le frère qui s'était ainsi séparé du frère aîné avait désormais son foyer propre, qu'il avait sans doute allumé au foyer commun de la *gens*, comme la colonie allumait le sien au prytanée de la métropole. La *gens* ne conserva plus qu'une sorte d'autorité religieuse à l'égard des différentes familles qui s'étaient détachées d'elle. Son culte eut la suprématie sur leurs cultes. Il ne leur fut pas permis d'oublier qu'elles étaient issues de cette *gens* ; elles continuèrent à porter son nom ; à des jours fixés, elles se réunirent autour du foyer commun, pour vénérer l'antique ancêtre ou la divinité protectrice. Elles continuèrent même à avoir un chef religieux, et il est probable que l'aîné conserva son privilège pour le sacerdoce, qui resta longtemps héréditaire. À cela près, elles furent indépendantes.

Ce démembrement de la *gens* eut de graves conséquences. L'antique famille sacerdotale, qui avait formé un groupe si bien uni, si fortement constitué, si puissant, fut pour toujours affaiblie. Cette révolution prépara et rendit plus faciles d'autres changements.

Chapitre 6

Les clients s'affranchissent

1. *Ce que c'était d'abord que la clientèle et comment elle s'est transformée.*

Voici encore une révolution dont on ne peut pas indiquer la date, mais qui a très certainement modifié la constitution de la famille et de la société elle-même. La famille antique comprenait, sous l'autorité d'un chef unique, deux classes de rang inégal : d'une part, les branches cadettes, c'est-à-dire les individus naturellement libres ; de l'autre, les serviteurs ou clients, inférieurs par la naissance, mais rapprochés du chef par leur participation au culte domestique. De ces deux classes, nous venons de voir la première sortir de son état d'infériorité ; la seconde aspire de bonne heure à s'affranchir. Elle y réussit à la longue ; la clientèle se transforme et finit par disparaître.

Immense changement que les écrivains anciens ne nous racontent pas. C'est ainsi que, dans le Moyen Âge, les chroniqueurs ne nous disent pas comment la population des campagnes s'est peu à peu transformée. Il y a eu dans l'existence des sociétés humaines un assez grand nombre de révolutions dont le souvenir ne nous est fourni par aucun document. Les écrivains ne les ont pas remarquées parce qu'elles s'accomplissaient lentement, d'une manière insensible, sans luttes visibles ; révolutions profondes et cachées qui remuaient le fond de la société humaine sans qu'il en parût rien à la surface, et qui restaient inaperçues des générations mêmes qui y travaillaient. L'histoire ne peut les saisir que fort longtemps après qu'elles sont achevées, lorsqu'en comparant deux époques de la vie d'un peuple elle constate entre elles de si grandes différences qu'il devient évident que, dans l'intervalle qui les sépare, une grande révolution s'est accomplie.

Si l'on s'en rapportait au tableau que les écrivains nous tracent de la clientèle primitive à Rome, ce serait vraiment une institution de l'âge d'or. Qu'y a-t-il de plus humain que ce patron qui défend son client en justice, qui le soutient de son argent, s'il est pauvre, et qui pourvoit à l'éducation de ses enfants ? Qu'y a-t-il de plus touchant que ce client qui soutient à son tour le patron tombé dans la misère, qui paye ses dettes, qui donne tout ce qu'il a pour fournir sa rançon[1] ? Mais il n'y a pas tant de sentiment dans les lois des anciens peuples. L'affection désintéressée et le dévouement ne furent jamais des institutions. Il faut nous faire une autre idée de la clientèle et du patronage.

Ce que nous savons avec le plus de certitude sur le client, c'est qu'il ne peut pas se séparer du patron ni en choisir un autre, et qu'il est attaché de père en fils à une famille[2]. Ne saurions-nous que cela, ce serait assez pour croire que sa condition ne devait pas être très douce. Ajoutons que le client n'est pas propriétaire du sol ; la terre appartient au patron, qui, comme chef d'un culte domestique et aussi comme membre d'une cité, a seul qualité pour être propriétaire. Si le client cultive le sol, c'est au nom et au profit du maître. Il n'a pas même la propriété complète des objets mobiliers, de son argent, de son pécule. La preuve en est que le patron peut lui reprendre tout cela, pour payer ses propres dettes ou sa rançon. Ainsi rien n'est à lui. Il est vrai que le patron lui doit la subsistance, à lui et à ses enfants ; mais en retour il doit son travail au patron. On ne peut pas dire qu'il soit précisément esclave ; mais il a un maître auquel il appartient et à la volonté duquel il est soumis en toute chose. Toute sa vie il est client, et ses fils le sont après lui.

Il y a quelque analogie entre le client des époques antiques et le serf du Moyen Âge. À la vérité, le principe qui les condamne à l'obéissance n'est pas le même. Pour le serf, ce principe est le droit de propriété qui s'exerce sur la terre et sur l'homme à la fois ; pour le client, ce principe est la religion domestique à laquelle il est attaché sous l'autorité du patron qui en est le prêtre. D'ailleurs pour le client et pour le serf la subordination est la même ; l'un est lié à son patron comme l'autre l'est à son seigneur ; le client ne peut pas plus quitter la *gens* que que le serf la glèbe. Le client, comme le serf, reste soumis à un maître de père en fils. Un passage de Tite-Live fait supposer qu'il lui est interdit de se marier hors de la *gens* comme il l'est au serf de se marier hors du village[3]. Ce qui est sûr, c'est qu'il ne peut pas contracter mariage sans l'autorisation du patron. Le patron peut reprendre le sol que le client cultive, et l'argent qu'il possède, comme le seigneur peut le faire pour le serf. Si le client meurt, tout ce dont il a eu l'usage revient de droit au patron, de même que la succession du serf appartient au seigneur.

Le patron n'est pas seulement un maître ; il est un juge ; il peut condamner à mort le client. Il est de plus un chef religieux. Le client plie sous cette autorité à la fois matérielle et morale qui le prend par son corps et par son âme. Il est vrai que cette religion impose des devoirs au patron, mais des devoirs dont il est le seul juge et pour lesquels il n'y a pas de sanction. Le client ne voit rien qui le protège ; il n'est pas citoyen par lui-même ; s'il veut paraître devant le tribunal de la cité, il faut que son patron le conduise et parle pour lui. Invoquera-t-il la loi ? Il n'en connaît pas les formules sacrées ; les connaîtrait-il, la première loi pour lui est de ne jamais témoigner ni parler contre son patron. Sans le patron nulle justice ; contre le patron nul recours.

Le client n'existe pas seulement à Rome ; on le trouve chez les Sabins et les Étrusques, faisant partie de la *manus* de chaque chef[4]. Il a existé dans l'ancienne *gens* hellénique aussi bien que dans la *gens* italienne. Il est vrai qu'il ne faut pas le chercher dans les cités doriennes, où le régime de la *gens* a disparu de bonne heure et où les vaincus sont attachés, non à la famille d'un maître, mais à un lot de terre. Nous le trouvons à Athènes et dans les cités ioniennes et éoliennes sous le nom de *thète* ou de *pélate*. Tant que dure le régime aristocratique, ce thète ne fait pas partie de la cité ; enfermé dans une famille dont il ne peut sortir, il est sous la main d'un eupatride qui a en soi le même caractère et la même autorité que le patron romain.

On peut bien présumer que de bonne heure il y eut de la haine entre le patron et le client. On se figure sans peine ce qu'était l'existence dans cette famille où l'un avait tout pouvoir et l'autre n'avait aucun droit, où l'obéissance sans réserve et sans espoir était tout à côté de l'omnipotence sans frein, où le meilleur maître avait ses emportements et ses caprices, où le serviteur le plus résigné avait ses rancunes, ses gémissements et ses colères. Ulysse est un bon maître : voyez quelle affection paternelle il porte à Eumée et à Philætios. Mais il fait mettre à mort un serviteur qui l'a insulté sans le reconnaître, et des servantes qui sont tombées dans le mal auquel son absence même les a exposées. De la mort des prétendants il est responsable vis-à-vis de la cité ; mais de la mort des serviteurs personne ne lui demande compte.

Dans l'état d'isolement où la famille avait longtemps vécu, la clientèle avait pu se former et se maintenir. La religion domestique était alors toute-puissante sur l'âme. L'homme qui en était le prêtre par droit héréditaire apparaissait aux classes inférieures comme un être sacré. Plus qu'un homme, il était l'intermédiaire entre les hommes et Dieu. De sa bouche sortait la prière puissante, la formule irrésistible qui attirait la faveur ou la colère de la divinité. Devant une telle force il fallait s'incliner ; l'obéissance était commandée par la foi et la religion. D'ailleurs, comment le client aurait-il eu la tentation de s'affranchir ? Il ne voyait pas d'autre horizon que cette famille à laquelle tout l'attachait. En elle seule il trouvait une vie calme, une subsistance assurée ; en elle seule, s'il avait un maître, il avait aussi un protecteur ; en elle seule enfin il trouvait un autel dont il pût approcher, et des dieux qu'il lui fût permis d'invoquer. Quitter cette famille, c'était se placer en dehors de toute organisation sociale et de tout droit ; c'était perdre ses dieux et renoncer au droit de prier.

Mais la cité étant fondée, les clients des différentes familles pouvaient se voir, se parler, se communiquer leurs désirs ou leurs rancunes, comparer les différents maîtres et entrevoir un sort meilleur. Puis leur regard commençait à s'étendre au-delà de l'enceinte de la famille. Ils voyaient qu'en dehors d'elle il existait une société, des règles, des lois, des autels, des temples, des dieux. Sortir de la famille n'était donc plus pour eux un malheur sans remède. La tentation devenait chaque jour plus forte ; la clientèle semblait un fardeau de plus en plus lourd, et l'on cessait peu à peu de croire que l'autorité du maître fût légitime et sainte. Il entra alors dans le cœur de ces hommes un ardent désir d'être libres.

Sans doute on ne trouve dans l'histoire d'aucune cité le souvenir d'une insurrection générale de cette classe. S'il y eut des luttes à main armée, elles furent renfermées et cachées dans l'enceinte de chaque famille. C'est là que l'on vit, pendant plus d'une génération, d'un côté d'énergiques efforts pour l'indépendance, de l'autre une répression implacable. Il se déroula, dans chaque maison, une longue et dramatique histoire qu'il est impossible aujourd'hui de retracer. Ce qu'on peut dire seulement, c'est que les efforts de la classe inférieure ne furent pas sans résultats. Une nécessité invincible obligea peu à peu les maîtres à céder quelque chose de leur omnipotence. Lorsque l'autorité cesse de paraître juste aux sujets, il faut encore du temps pour qu'elle cesse de le paraître aux maîtres ; mais cela vient à la longue, et alors le maître, qui ne croit plus son autorité légitime, la défend mal ou finit par y renoncer. Ajoutez que cette classe inférieure était utile, que ses bras, en cultivant la terre, faisaient la richesse du maître, et en portant les armes faisaient sa force au milieu des rivalités des familles, qu'il était donc sage de la satisfaire et que l'intérêt s'unissait à l'humanité pour conseiller des concessions.

Il paraît certain que la condition des clients s'améliora peu à peu. À l'origine ils vivaient dans la maison du maître, cultivant ensemble le domaine commun. Plus tard on assigna à chacun d'eux un lot de terre particulier. Le client dut se trouver déjà plus heureux. Sans doute il travaillait encore au profit du maître ; la terre n'était pas à lui, c'était plutôt lui qui était à elle. N'importe, il la cultivait de longues années de suite et il l'aimait. Il s'établissait entre elle et lui, non pas ce lien que la religion de la propriété avait créé entre elle et le maître, mais un autre lien, celui que le travail et la souffrance même peuvent former entre l'homme qui donne sa peine et la terre qui donne ses fruits.

Vint ensuite un nouveau progrès. Il ne cultiva plus pour le maître, mais pour lui-même. Sous la condition d'une redevance, qui peut-être fut d'abord variable, mais qui ensuite devint fixe, il jouit de la récolte. Ses sueurs trouvèrent ainsi quelque récompense et sa vie fut à la fois plus libre et plus fière. « Les chefs de famille, dit un ancien, assignaient des portions de terre à leurs inférieurs, comme s'ils eussent été leurs propres enfants[5]. » On lit de même dans l'*Odyssée* : « Un maître bienveillant donne à son serviteur une maison et une terre » ; et Eumée ajoute : « une épouse désirée », parce que le client ne peut pas encore se marier sans la volonté du maître, et que c'est le maître qui lui choisit sa compagne.

Mais ce champ où s'écoulait désormais sa vie, où étaient tout son labeur et toute sa jouissance, n'était pas encore sa propriété. Car ce client n'avait pas en lui le caractère sacré qui faisait que le sol pouvait devenir la propriété d'un homme. Le lot qu'il occupait continuait à porter la borne sainte, le dieu Terme que la famille du maître avait autrefois posé. Cette borne inviolable attestait que le champ, uni à la famille du maître par un lien sacré, ne pourrait jamais appartenir en propre au client affranchi. En Italie, le champ et la maison qu'occupait le *villicus*, client du patron, renfermaient un foyer, un *Lar familiaris* ; mais ce foyer n'était pas au cultivateur ; c'était le foyer du maître[6]. Cela établissait à la fois le droit de propriété du patron et la subordination religieuse du client, qui, si loin qu'il fût du patron, suivait encore son culte.

Le client, devenu possesseur, souffrit de ne pas être propriétaire et aspira à le devenir. Il mit son ambition à faire disparaître de ce champ, qui semblait bien à lui par le droit du travail, la borne sacrée qui en faisait à jamais la propriété de l'ancien maître.

On voit clairement qu'en Grèce les clients arrivèrent à leur but ; par quels moyens, on l'ignore. Combien il leur fallut de temps et d'efforts pour y parvenir, on ne peut que le deviner. Peut-être s'est-il opéré dans l'Antiquité la même série de changements sociaux que l'Europe a vus se produire au Moyen Âge, quand les esclaves des campagnes devinrent serfs de la glèbe, que ceux-ci de serfs taillables à merci se changèrent en serfs abonnés, et qu'enfin ils se transformèrent en paysans propriétaires.

2. *La clientèle disparaît à Athènes ; œuvre de Solon.*

Cette sorte de révolution est marquée nettement dans l'histoire d'Athènes. Le renversement de la royauté avait eu pour effet de raviver le régime du γένος ; les familles avaient repris leur vie d'isolement et chacune avait recommencé à former un petit État, qui avait pour chef un eupatride et pour sujets la foule des clients ou serviteurs que l'ancienne langue appelait thètes[7]. Ce régime paraît avoir pesé lourdement sur la population Athénienne, car elle en conserva un mauvais souvenir. Le peuple s'estima si malheureux que l'époque précédente lui parut avoir été une sorte d'âge d'or ; il regretta les rois ; il en vint à s'imaginer que sous la monarchie il avait été heureux et libre, qu'il avait joui alors de l'égalité, et que c'était seulement à partir de la chute des rois que l'inégalité et la souffrance avaient commencé. Il y avait là une illusion comme les peuples en ont souvent ; la tradition populaire plaçait le commencement de l'inégalité là où le peuple avait commencé à la trouver odieuse. Cette clientèle, cette sorte de servage, qui était aussi vieille que la constitution de la famille, on la faisait dater de l'époque où les hommes en avaient pour la première fois senti le poids et compris l'injustice. Il est pourtant bien certain que ce n'est pas au septième siècle que les eupatrides établirent les dures lois de la clientèle. Ils ne firent que les conserver. En cela seulement était leur tort ; ils maintenaient ces lois au-delà du temps où les populations les acceptaient sans gémir ; ils les maintenaient contre le vœu des hommes. Les eupatrides de cette époque étaient peut-être des maîtres moins durs que n'avaient été leurs ancêtres ; ils furent pourtant détestés davantage.

Il paraît que, même sous la domination de cette aristocratie, la condition de la classe inférieure s'améliora. Car c'est alors que l'on voit clairement cette classe obtenir la possession de lots de terre sous la seule condition de payer une redevance qui était fixée au sixième de la récolte[8]. Ces hommes étaient ainsi presque émancipés ; ayant un chez soi et n'étant plus sous les yeux du maître, ils respiraient plus à l'aise et travaillaient à leur profit.

Mais telle est la nature humaine que ces hommes, à mesure que leur sort s'améliorait, sentaient plus amèrement ce qu'il leur restait d'inégalité. N'être pas citoyens et n'avoir aucune part à l'administration de la cité les touchait sans doute médiocrement ; mais ne pas pouvoir devenir propriétaires du sol sur lequel ils naissaient et mouraient les touchait bien davantage. Ajoutons que ce qu'il y avait de supportable dans leur condition présente manquait de stabilité. Car, s'ils étaient vraiment possesseurs du sol, pourtant aucune loi formelle ne leur assurait ni cette possession ni l'indépendance qui en résultait. On voit dans Plutarque que l'ancien patron pouvait ressaisir son ancien serviteur ; si la redevance annuelle n'était pas payée ou pour toute autre cause, ces hommes retombaient dans une sorte d'esclavage.

De graves questions furent donc agitées dans l'Attique pendant une suite de quatre ou cinq générations. Il n'était guère possible que les hommes de la classe inférieure restassent dans cette position instable et irrégulière vers laquelle un progrès insensible les avait conduits ; et alors de deux choses l'une, ou perdant cette position ils devaient retomber dans les liens de la dure clientèle, ou décidément affranchis par un progrès nouveau, ils devaient monter au rang de propriétaires du sol et d'hommes libres.

On peut deviner tout ce qu'il y eut d'efforts de la part du laboureur, ancien client, de résistance de la part du propriétaire, ancien patron. Ce ne fut pas une guerre civile ; aussi les annales athéniennes n'ont-elles conservé le souvenir d'aucun combat. Ce fut une guerre domestique dans chaque bourgade, dans chaque maison, de père en fils.

Ces luttes paraissent avoir eu une fortune diverse suivant la nature du sol des divers cantons de l'Attique. Dans la plaine, où l'eupatride avait son principal domaine et où il était toujours présent, son autorité se maintint à peu près intacte sur le petit groupe de serviteurs qui étaient toujours sous ses yeux ; aussi les *pédiéens* se montrèrent-ils généralement fidèles à l'ancien régime. Mais ceux qui labouraient péniblement le flanc de la montagne, les *diacriens*, plus loin du maître, plus habitués à la vie indépendante, plus hardis et plus courageux, renfermaient au fond du cœur une violente haine pour l'eupatride et une ferme volonté de s'affranchir. C'étaient surtout ces hommes-là qui s'indignaient de voir sur leur champ « la borne sacrée » du maître, et de sentir « leur terre esclave [9] ». Quant aux habitants des cantons voisins de la mer, aux *paraliens*, a propriété du sol les tentait moins ; ils avaient la mer devant eux, et le commerce et l'industrie. Plusieurs étaient devenus riches, et avec la richesse ils étaient à peu près libres. Ils ne partageaient donc pas les ardentes convoitises des diacriens et n'avaient pas une haine bien vigoureuse pour les eupatrides. Mais ils n'avaient pas non plus la lâche résignation des pédiéens ; ils demandaient plus de stabilité dans leur condition et des droits mieux assurés.

C'est Solon qui donna satisfaction à ces vœux dans la mesure du possible. Il y a une partie de l'œuvre de ce législateur que les anciens ne nous font connaître que très imparfaitement, mais qui paraît en avoir été la partie principale. Avant lui, la plupart des habitants de l'Attique étaient encore réduits à la possession précaire du sol et pouvaient même retomber dans la servitude personnelle. Après lui, cette nombreuse classe d'hommes ne se retrouve plus ; nous ne voyons plus ni les tenanciers sujets à redevance ni « la terre esclave », et le droit de propriété est accessible à tous. Il y a là un grand changement dont l'auteur ne peut être que Solon.

Il est vrai que, si l'on s'en tenait aux paroles de Plutarque, Solon n'aurait fait qu'adoucir la législation sur les dettes en ôtant au créancier le droit d'asservir le débiteur. Mais il faut regarder de près à ce qu'un écrivain qui est si postérieur à cette époque nous dit de ces dettes qui troublèrent la cité athénienne comme toutes les cités de la Grèce et de l'Italie. Il est difficile de croire qu'il y eût avant Solon une telle circulation d'argent qu'il dût y avoir beaucoup de prêteurs et d'emprunteurs. Ne jugeons pas ces temps-là d'après ceux qui ont suivi. Il y avait alors fort peu de commerce ; l'échange des créances était inconnu et les emprunts devaient être assez rares. Sur quel gage l'homme qui n'était propriétaire de rien aurait-il emprunté ? Ce n'est guère l'usage, dans aucune société, de prêter à ceux qui n'ont rien. On dit, à la vérité, sur la foi des traducteurs de Plutarque plutôt que de Plutarque lui-même, que l'emprunteur engageait sa terre[10]. Mais en supposant que cette terre fût sa propriété, il n'aurait pas pu l'engager ; car le système des hypothèques n'était pas encore connu en ce temps-là et était en contradiction avec la nature du droit de propriété[11]. Dans ces débiteurs dont Plutarque nous parle, il faut voir les anciens serviteurs ; dans leurs dettes, la redevance annuelle qu'ils doivent payer aux anciens maîtres ; dans la servitude où ils tombent, s'ils ne payent pas, l'ancienne clientèle qui les ressaisit.

Solon supprima peut-être la redevance, ou, plus probablement, en réduisit le chiffre à un taux tel que le rachat en devint facile ; il ajouta qu'à l'avenir le manque de payement ne ferait pas retomber l'homme en servitude.

Il fit plus. Avant lui, ces anciens clients, devenus possesseurs du sol, ne pouvaient pas en devenir propriétaires : car sur leur champ se dressait toujours la borne sacrée et inviolable de l'ancien patron. Pour l'affranchissement de la terre et du cultivateur, il fallait que cette borne disparût. Solon la renversa : nous trouvons le témoignage de cette grande réforme dans quelques vers de Solon lui-même : « C'était une œuvre inespérée, dit-il ; je l'ai accomplie avec l'aide des dieux. J'en atteste la déesse mère, la Terre noire, dont j'ai en maints endroits arraché les bornes, la terre qui était esclave et qui maintenant est libre. » En faisant cela, Solon avait accompli une révolution considérable. Il avait mis de côté l'ancienne religion de la propriété qui, au nom du dieu Terme immobile, retenait la terre en un petit nombre de mains. Il avait arraché la terre à la religion pour la donner au travail. Il avait supprimé, avec l'autorité de l'eupatride sur le sol, son autorité sur l'homme, et il pouvait dire dans ses vers : « Ceux qui sur cette terre subissaient la cruelle servitude et tremblaient devant un maître, je les ai faits libres. »

Il est probable que ce fut cet affranchissement que les contemporains de Solon appelèrent du nom de σεισαχθεία (secouer le fardeau). Les générations suivantes qui, une fois habituées à la liberté, ne voulaient ou ne pouvaient pas croire que leurs pères eussent été serfs, expliquèrent ce mot comme s'il marquait seulement une abolition de dettes. Mais il a une énergie qui nous révèle une plus grande révolution. Ajoutons-y cette phrase d'Aristote qui, sans entrer dans le récit de l'œuvre de Solon, dit simplement : « Il fit cesser l'esclavage du peuple[12]. »

3. *Transformation de la clientèle à Rome.*

Cette guerre entre les clients et les patrons a rempli aussi une longue période de l'existence de Rome. Tite-Live, à la vérité, n'en dit rien, parce qu'il n'a pas l'habitude d'observer de près le changement des institutions ; d'ailleurs les annales des pontifes et les documents analogues où avaient puisé les anciens historiens que Tite-Live compulsait ne devaient pas donner le récit de ces luttes domestiques.

Une chose, du moins, est certaine. Il y a eu, à l'origine de Rome, des clients ; il nous est même resté des témoignages très précis de la dépendance où leurs patrons les tenaient. Si, plusieurs siècles après, nous cherchons ces clients, nous ne les trouvons plus. Le nom existe encore, non la clientèle. Car il n'y a rien de plus différent des clients de l'époque primitive que ces plébéiens du temps de Cicéron qui se disaient clients d'un riche pour avoir droit à la sportule.

Il y a quelqu'un qui ressemble mieux à l'ancien client, c'est l'affranchi[13]. Pas plus à la fin de la république qu'aux premiers temps de Rome, l'homme, en sortant de la servitude, ne devient immédiatement homme libre et citoyen. Il reste soumis au maître. Autrefois on l'appelait client, maintenant on l'appelle affranchi ; le nom seul est changé. Quant au maître, son nom même ne change pas ; autrefois on l'appelait patron, c'est encore ainsi qu'on l'appelle. L'affranchi, comme autrefois le client, reste attaché à la famille ; il en porte le nom, aussi bien que l'ancien client. Il dépend de son patron ; il lui doit non seulement de la reconnaissance, mais un véritable service dont le maître seul fixe la mesure. Le patron a droit de justice sur son affranchi, comme il l'avait sur son client ; il peut le remettre en esclavage pour délit d'ingratitude[14]. L'affranchi rappelle donc tout à fait l'ancien client. Entre eux il n'y a qu'une différence : on était client autrefois de père en fils ; maintenant la condition d'affranchi cesse à la seconde ou au moins à la troisième génération. La clientèle n'a donc pas disparu ; elle saisit encore l'homme au moment où la servitude le quitte ; seulement elle n'est plus héréditaire. Cela seul est déjà un changement considérable ; il est impossible de dire à quelle époque il s'est opéré.

On peut bien discerner les adoucissements successifs qui furent apportés au sort du client, et par quels degrés il est arrivé au droit de propriété. À l'origine, le chef de la *gens* lui assigne un lot de terre à cultiver[15]. Il ne tarde guère à devenir possesseur viager de ce lot, moyennant qu'il contribue à toutes les dépenses qui incombent à son ancien maître. Les dispositions si dures de la vieille loi qui l'obligent à payer la rançon du patron, la dot de sa fille, ou ses amendes judiciaires, prouvent du moins qu'au temps où cette loi fut écrite il pouvait déjà posséder un pécule. Le client fait ensuite un progrès de plus : il obtient le droit, en mourant, de transmettre ce qu'il possède à son fils ; il est vrai qu'à défaut de fils son bien retourne encore au patron. Mais voici un progrès nouveau : le client qui ne laisse pas de fils obtient le droit de faire un testament. Ici la coutume hésite et varie ; tantôt le patron reprend la moitié des biens, tantôt la volonté du testateur est respectée tout entière ; en tout cas, son testament n'est jamais sans valeur[16]. Ainsi le client, s'il ne peut pas encore se dire propriétaire, a du moins une jouissance aussi étendue qu'il est possible.

Sans doute ce n'est pas encore l'affranchissement complet. Mais aucun document ne nous permet de fixer l'époque où les clients se sont définitivement détachés des familles patriciennes. Il y a plusieurs textes de Tite-Live[17] qui, si on les prend à la lettre, montrent que, dès les premières années de la république, les clients étaient citoyens. Il y a grande apparence qu'ils l'étaient déjà au temps du roi Servius ; peut-être votaient-ils dans les comices curiates dès l'origine de Rome. Mais on ne peut pas conclure de là qu'ils fussent dès lors tout à fait affranchis ; car il est possible que les patriciens aient trouvé leur intérêt à donner à leurs clients des droits politiques et à les faire voter dans les comices, sans qu'ils aient pour cela consenti à leur donner des droits civils, c'est-à-dire à les affranchir de leur autorité.

Il ne paraît pas que la révolution qui affranchit les clients à Rome se soit achevée d'un seul coup comme à Athènes. Elle s'accomplit fort lentement et d'une manière presque imperceptible, sans qu'aucune loi formelle l'ait jamais consacrée. Les liens de la clientèle se relâchèrent peu à peu et le client s'éloigna insensiblement du patron.

Le roi Servius fit une grande réforme à l'avantage des clients ; il changea l'organisation de l'armée. Avant lui, l'armée marchait divisée en tribus, en curies, en *gentes* ; c'était la division patricienne ; chaque chef de *gens* était à la tête de ses clients. Servius partagea l'armée en centuries ; chacun eut son rang d'après sa richesse. Il en résulta que le client ne marcha plus à côté de son patron, qu'il ne le reconnut plus pour chef dans le combat et qu'il prit l'habitude de l'indépendance.

Ce changement en amena un autre dans la constitution des comices. Auparavant l'assemblée se partageait en curies et en *gentes*, et le client, s'il votait, votait sous l'œil du maître. Mais la division par centuries étant établie pour les comices comme pour l'armée, le client ne se trouva plus dans le même cadre que son patron. Il est vrai que la vieille loi lui commanda encore de voter comme lui, mais comment vérifier son vote ?

C'était beaucoup que de séparer le client du patron dans les moments les plus solennels de la vie, au moment du combat et au moment du vote. L'autorité du patron se trouva fort amoindrie et ce qu'il lui en resta fut de jour en jour plus contesté. Dès que le client eut goûté de l'indépendance, il la voulut tout entière. Il aspira à se détacher de la *gens* et à entrer dans la plèbe, où l'on était libre. Que d'occasions se présentaient ! Sous les rois, il était sûr d'être aidé par eux, car ils ne demandaient pas mieux que d'affaiblir les *gentes*. Sous la république, il trouvait la protection de la plèbe elle-même et des tribuns. Beaucoup de clients s'affranchirent ainsi et la *gens* ne put pas les ressaisir. En 472 avant J.-C., le nombre des clients était encore assez considérable, puisque la plèbe se plaignait que, par leurs suffrages dans les comices centuriates, ils fissent pencher la balance du côté des patriciens[18]. Vers la même époque, la plèbe ayant refusé de s'enrôler, les patriciens purent former une armée avec leurs clients[19]. Il paraît pourtant que ces clients n'étaient plus assez nombreux pour cultiver à eux seuls les terres des patriciens, et que ceux-ci étaient obligés d'emprunter des bras à la plèbe[20]. Il est vraisemblable que la création du tribunat, en assurant aux clients échappés des protecteurs contre leurs anciens patrons, et en rendant la situation des plébéiens plus enviable et plus sûre, hâta ce mouvement graduel vers l'affranchissement. En 372, il n'y avait plus de clients, et un Manlius pouvait dire à la plèbe : « Autant vous avez été de clients autour de chaque patron, autant vous serez maintenant d'adversaires contre un seul ennemi[21]. » Dès lors nous ne voyons plus dans l'histoire de Rome ces anciens clients, ces hommes héréditairement attachés à la *gens*. La clientèle primitive fait place à une clientèle d'un genre nouveau, lien volontaire et presque fictif qui n'entraîne plus les mêmes obligations. On ne distingue plus dans Rome les trois classes des patriciens, des clients, des plébéiens. Il n'en reste plus que deux, et les clients se sont fondus dans la plèbe.

Les Marcellus paraissent être une branche ainsi détachée de la *gens* Claudia. Leur nom était Claudius ; mais, puisqu'ils n'étaient pas patriciens, ils n'avaient dû faire partie de la *gens* qu'à titre de clients. Libres de bonne heure, enrichis par des moyens qui nous sont inconnus, ils s'élevèrent d'abord aux dignités de la plèbe, plus tard à celles de la cité. Pendant plusieurs siècles, la *gens* Claudia parut avoir oublié ses anciens droits sur eux. Un jour pourtant, au temps de Cicéron[22], elle s'en souvint inopinément. Un affranchi ou client des Marcellus était mort et laissait un héritage qui, suivant la loi, devait faire retour au patron. Les Claudius patriciens prétendirent que les Marcellus, en clients qu'ils étaient, ne pouvaient pas avoir eux-mêmes de clients, et que leurs affranchis devaient tomber, eux et leur héritage, dans les mains du chef de la *gens* patricienne, seul capable d'exercer les droits de patronage. Ce procès étonna fort le public et embarrassa les jurisconsultes ; Cicéron même trouva la question fort obscure. Elle ne l'aurait pas été quatre siècles plus tôt, et les Claudius auraient gagné leur cause. Mais au temps de Cicéron, le droit sur lequel ils fondaient leur réclamation était si antique qu'on l'avait oublié et que le tribunal put bien donner gain de cause aux Marcellus. L'ancienne clientèle n'existait plus.

Chapitre 7

Troisième révolution. La plèbe entre dans la cité

1. *Histoire générale de cette révolution.*

Les changements qui s'étaient opérés à la longue dans la constitution de la famille en amenèrent d'autres dans la constitution de la cité. L'ancienne famille aristocratique et sacerdotale se trouvait affaiblie. Le droit d'aînesse ayant disparu, elle avait perdu son unité et sa vigueur ; les clients s'étant pour la plupart affranchis, elle avait perdu la plus grande partie de ses sujets. Les hommes de la classe inférieure n'étaient plus répartis dans les *gentes* ; vivant en dehors d'elles, ils formèrent entre eux un corps. Par là, la cité changea d'aspect ; au lieu qu'elle avait été précédemment un assemblage faiblement lié d'autant de petits États qu'il y avait de familles, l'union se fit, d'une part entre les membres patriciens des *gentes*, de l'autre entre les hommes de rang inférieur. Il y eut ainsi deux grands corps en présence, deux sociétés ennemies. Ce ne fut plus, comme dans l'époque précédente, une lutte obscure dans chaque famille ; ce fut dans chaque ville une guerre ouverte. Des deux classes, l'une voulait que la constitution religieuse de la cité fût maintenue, et que le gouvernement, comme le sacerdoce, restât dans les mains des familles sacrées. L'autre voulait briser les vieilles barrières qui la plaçaient en dehors du droit, de la religion et de la société politique.

Dans la première partie de la lutte, l'avantage était à l'aristocratie de naissance. À la vérité, elle n'avait plus ses anciens sujets, et sa force matérielle était tombée ; mais il lui restait le prestige de sa religion, son organisation régulière, son habitude du commandement, ses traditions, son orgueil héréditaire. Elle ne doutait pas de son droit ; en se défendant, elle croyait défendre la religion. Le peuple n'avait pour lui que son grand nombre. Il était gêné par une habitude de respect dont il ne lui était pas facile de se défaire. D'ailleurs il n'avait pas de chefs ; tout principe d'organisation lui manquait. Il était, à l'origine, une multitude sans lien plutôt qu'un corps bien constitué et vigoureux. Si nous nous rappelons que les hommes n'avaient pas trouvé d'autre principe d'association que la religion héréditaire des familles, et qu'ils n'avaient pas l'idée d'une autorité qui ne dérivât pas du culte, nous comprendrons aisément que cette plèbe, qui était en dehors du culte et de la religion, n'ait pas pu former d'abord une société régulière, et qu'il lui ait fallu beaucoup de temps pour trouver en elle-même les éléments d'une discipline et les règles d'un gouvernement.

Cette classe inférieure, dans sa faiblesse, ne vit pas d'abord d'autre moyen de combattre l'aristocratie que de lui opposer la monarchie.

Dans les villes où la classe populaire était déjà formée au temps des anciens rois, elle les soutint de toute la force dont elle disposait, et les encouragea à augmenter leur pouvoir. À Rome, elle exigea le rétablissement de la royauté après Romulus ; elle fit nommer Hostilius ; elle fit roi Tarquin l'Ancien ; elle aima Servius et elle regretta Tarquin le Superbe.

Lorsque les rois eurent été partout vaincus et que l'aristocratie devint maîtresse, le peuple ne se borna pas à regretter la monarchie ; il aspira à la restaurer sous une forme nouvelle. En Grèce, pendant le VIe siècle, il réussit généralement à se donner des chefs ; ne pouvant pas les appeler rois, parce que ce titre impliquait l'idée de fonctions religieuses et ne pouvait être porté que par des familles sacerdotales, il les appela tyrans[1].

Quel que soit le sens originel de ce mot, il est certain qu'il n'était pas emprunté à la langue de la religion ; on ne pouvait pas l'appliquer aux dieux, comme on faisait du mot roi ; on ne le prononçait pas dans les prières. Il désignait, en effet, quelque chose de très nouveau parmi les hommes, une autorité qui ne dérivait pas du culte, un pouvoir que la religion n'avait pas établi. L'apparition de ce mot dans la langue grecque marque l'apparition d'un principe que les générations précédentes n'avaient pas connu, l'obéissance de l'homme à l'homme. Jusque-là, il n'y avait eu d'autres chefs d'État que ceux qui étaient les chefs de la religion ; ceux-là seuls commandaient à la cité, qui faisaient le sacrifice et invoquaient les dieux pour elle ; en leur obéissant, on n'obéissait qu'à la loi religieuse et on ne faisait acte de soumission qu'à la divinité. L'obéissance à un homme, l'autorité donnée à cet homme par d'autres hommes, un pouvoir d'origine et de nature tout humaine, cela avait été inconnu aux anciens eupatrides, et cela ne fut conçu que le jour où les classes inférieures rejetèrent le joug de l'aristocratie et cherchèrent un gouvernement nouveau.

Citons quelques exemples. À Corinthe, « le peuple supportait avec peine la domination des Bacchiades ; Cypsélus, témoin de la haine qu'on leur portait et voyant que le peuple cherchait un chef pour le conduire à l'affranchissement », s'offrit à être ce chef ; le peuple l'accepta, le fit tyran, chassa les Bacchiades et obéit à Cypsélus[2]. Milet eut pour tyran un certain Thrasybule ; Mitylène obéit à Pittacus, Samos à Polycrate. Nous trouvons des tyrans à Argos, à Épidaure, à Mégare, à Chalcis, pendant le VIe siècle ; Sicyone en a eu durant cent trente ans sans interruption[3]. Parmi les Grecs d'Italie, on voit des tyrans à Cumes, à Crotone, à Sybaris, partout. À Syracuse, en 485, la classe inférieure se rendit maîtresse de la ville et chassa la classe aristocratique ; mais elle ne put ni se maintenir ni se gouverner, et au bout d'une année elle dut se donner un tyran[4].

Partout ces tyrans, avec plus ou moins de violence, avaient la même politique. Un tyran de Corinthe demandait un jour à un tyran de Milet des conseils sur le gouvernement. Celui-ci, pour toute réponse, coupa les épis de blé qui dépassaient les autres. Ainsi leur règle de conduite était d'abattre les hautes têtes et de frapper l'aristocratie en s'appuyant sur le peuple.

La plèbe romaine forma d'abord des complots pour rétablir Tarquin. Elle essaya ensuite de faire des tyrans et jeta les yeux tour à tour sur Publicola, sur Spurius Cassius, sur Manlius. L'accusation que le patriciat adresse si souvent à ceux des siens qui se rendent populaires ne doit pas être une pure calomnie. La crainte des grands atteste les désirs de la plèbe.

Mais il faut bien noter que, si le peuple en Grèce et à Rome chercha à relever la monarchie, ce n'était pas par un véritable attachement à ce régime. Il aimait moins les tyrans qu'il ne détestait l'aristocratie. La monarchie était pour lui un moyen de vaincre et de se venger ; mais jamais ce gouvernement, qui n'était issu que du droit de la force et ne reposait sur aucune tradition sacrée, n'eut de racines dans le cœur des populations. On se donnait un tyran pour le besoin de la lutte ; on lui laissait ensuite le pouvoir par reconnaissance ou par nécessité ; mais, lorsque quelques années s'étaient écoulées et que le souvenir de la dure oligarchie s'était effacé, on laissait tomber le tyran. Ce gouvernement n'eut jamais l'affection des Grecs ; ils ne l'acceptèrent que comme une ressource momentanée, et en attendant que le parti populaire trouvât un régime meilleur ou se sentît la force de se gouverner lui-même.

La classe inférieure grandit peu à peu. Il y a des progrès qui s'accomplissent obscurément et qui pourtant décident de l'avenir d'une classe et transforment une société. Vers le sixième siècle avant notre ère, la Grèce et l'Italie virent jaillir une nouvelle source de richesse. La terre ne suffisait plus à tous les besoins de l'homme ; les goûts se portaient vers le beau et vers le luxe ; même les arts naissaient ; alors l'industrie et le commerce devinrent nécessaires. Il se forma peu à peu une richesse mobilière ; on frappa des monnaies ; l'argent parut. Or l'apparition de l'argent était une grande révolution. L'argent n'était pas soumis aux mêmes conditions de propriété que la terre ; il était, suivant l'expression du jurisconsulte, *res nec mancipi* ; il pouvait passer de main en main sans aucune formalité religieuse et arriver sans obstacle au plébéien. La religion, qui avait marqué le sol de son empreinte, ne pouvait rien sur l'argent.

Les hommes des classes inférieures connurent alors une autre occupation que celle de cultiver la terre : il y eut des artisans, des navigateurs, des chefs d'industrie, des commerçants ; bientôt il y eut des riches parmi eux. Singulière nouveauté ! Auparavant les chefs des *gentes* pouvaient seuls être propriétaires, et voici d'anciens clients ou des plébéiens qui sont riches et qui étalent leur opulence. Puis, le luxe, qui enrichissait l'homme du peuple, appauvrissait l'eupatride ; dans beaucoup de cités, notamment à Athènes, on vit une partie des membres du corps aristocratique tomber dans la misère. Or dans une société où la richesse se déplace les rangs sont bien près d'être renversés.

Une autre conséquence de ce changement fut que, dans le peuple même, des distinctions et des rangs s'établirent, comme il en faut dans toute société humaine. Quelques familles furent en vue ; quelques noms grandirent peu à peu. Il se forma dans la plèbe une sorte d'aristocratie ; ce n'était pas un mal ; la plèbe cessa d'être une masse confuse et commença à ressembler à un corps constitué. Ayant des rangs en elle, elle put se donner des chefs, sans plus avoir besoin de prendre parmi les patriciens le premier ambitieux venu qui voulait régner. Cette aristocratie plébéienne eut bientôt les qualités qui accompagnent ordinairement la richesse acquise par le travail, c'est-à-dire le sentiment de la valeur personnelle, l'amour d'une liberté calme, et cet esprit de sagesse qui, en souhaitant les améliorations, redoute les aventures. La plèbe se laissa guider par cette élite qu'elle fut fière d'avoir en elle. Elle renonça à avoir des tyrans dès qu'elle sentit qu'elle possédait dans son sein les éléments d'un gouvernement meilleur. Enfin la richesse devint pour quelque temps, comme nous le verrons tout à l'heure, un principe d'organisation sociale.

Il y a encore un changement dont il faut parler, car il aida fortement la classe inférieure à grandir : c'est celui qui s'opéra dans l'art militaire. Dans les premiers siècles de l'histoire des cités, la force des armées était dans la cavalerie. Le véritable guerrier était celui qui combattait sur un char ou à cheval ; le fantassin, peu utile au combat, était peu estimé. Aussi l'ancienne aristocratie s'était-elle réservé partout le droit de combattre à cheval[5], même dans quelques villes les nobles se donnaient le titre de chevaliers. Les *celeres* de Romulus, les chevaliers romains des premiers siècles étaient tous des patriciens. Chez les anciens la cavalerie fut toujours l'arme noble. Mais peu à peu l'infanterie prit quelque importance. Le progrès dans la fabrication des armes et la naissance de la discipline lui permirent de résister à la cavalerie. Ce point obtenu, elle prit aussitôt le premier rang dans les batailles, car elle était plus maniable et ses manœuvres plus faciles ; les légionnaires, les hoplites firent dorénavant la force des armées. Or les légionnaires et les hoplites étaient des plébéiens. Ajoutez que la marine prit de l'extension, surtout en Grèce, qu'il y eut des batailles sur mer et que le destin d'une cité fut souvent entre les mains de ses rameurs, c'est-à-dire des plébéiens. Or la classe qui est assez forte pour défendre une société l'est assez pour y conquérir des droits et y exercer une légitime influence. L'état social et politique d'une nation est toujours en rapport avec la nature et la composition de ses armées.

Enfin la classe inférieure réussit à avoir, elle aussi, sa religion. Ces hommes avaient dans le cœur, on peut le supposer, ce sentiment religieux qui est inséparable de notre nature et qui nous fait un besoin de l'adoration et de la prière. Ils souffraient donc de se voir écarter de la religion par l'antique principe qui prescrivait que chaque dieu appartînt à une famille et que le droit de prier ne se transmit qu'avec le sang. Ils travaillèrent à avoir aussi un culte.

Il est impossible d'entrer ici dans le détail des efforts qu'ils firent, des moyens qu'ils imaginèrent, des difficultés ou des ressources qui se présentèrent à eux. Ce travail, longtemps individuel, fut longtemps le secret de chaque intelligence ; nous n'en pouvons apercevoir que les résultats. Tantôt une famille plébéienne se fit un foyer, soit qu'elle eût osé l'allumer elle-même, soit qu'elle se fût procuré ailleurs le feu sacré ; alors elle eut son culte, son sanctuaire, sa divinité protectrice, son sacerdoce, à l'image de la famille patricienne. Tantôt le plébéien, sans avoir de culte domestique, eut accès aux temples de la cité ; à Rome, ceux qui n'avaient pas de foyer, par conséquent pas de fête domestique, offraient leur sacrifice annuel au dieu Quirinus[6]. Quand la classe supérieure persistait à écarter de ses temples la classe inférieure, celle-ci se faisait des temples pour elle ; à Rome elle en avait un sur l'Aventin, qui était consacré à Diana ; elle avait le temple de la pudeur plébéienne. Les cultes orientaux qui, à partir du sixième siècle, envahirent la Grèce et l'Italie, furent accueillis avec empressement par la plèbe ; c'étaient des cultes qui, comme le bouddhisme, ne faisaient acception ni de castes ni de peuples. Souvent enfin on vit la plèbe se faire des objets sacrés analogues aux dieux des curies et des tribus patriciennes. Ainsi le roi Servius éleva un autel dans chaque quartier, pour que la multitude eût l'occasion de faire des sacrifices ; de même les Pisistratides dressèrent des *hermès* dans les rues et sur les places d'Athènes[7]. Ce furent là les dieux de la démocratie. La plèbe, autrefois foule sans culte, eut dorénavant ses cérémonies religieuses et ses fêtes. Elle put prier ; c'était beaucoup dans une société où la religion faisait la dignité de l'homme.

Une fois que la classe inférieure eut achevé ces différents progrès, quand il y eut en elle des riches, des soldats, des prêtres, quand elle eut tout ce qui donne à l'homme le sentiment de sa valeur et de sa force, quand enfin elle eut obligé la classe supérieure à la compter pour quelque chose, il fut alors impossible de la retenir en dehors de la vie sociale et politique, et la cité ne put pas lui rester fermée plus longtemps.

L'entrée de cette classe inférieure dans la cité est une révolution qui, du septième au cinquième siècle, a rempli l'histoire de la Grèce et de l'Italie. Les efforts du peuple ont eu partout la victoire, mais non pas partout de la même manière ni par les mêmes moyens.

Ici, le peuple, dès qu'il s'est senti fort, s'est insurgé ; les armes à la main, il a forcé les portes de la ville où il lui était interdit d'habiter. Une fois devenu le maître, ou il a chassé les grands et a occupé leurs maisons, ou il s'est contenté de décréter l'égalité des droits. C'est ce qu'on vit à Syracuse, à Érythrées, à Milet.

Là, au contraire, le peuple a usé de moyens moins violents. Sans luttes à main armée, par la seule force morale que lui avaient donnée ses derniers progrès, il a contraint les grands à faire des concessions. On a nommé alors un législateur et la constitution a été changée. C'est ce qu'on vit à Athènes.

Ailleurs, la classe inférieure, sans secousse et sans bouleversement, arriva par degrés à son but. Ainsi à Cumes le nombre des membres de la cité, d'abord très restreint, s'accrut une première fois par l'admission de ceux du peuple qui étaient assez riches pour nourrir un cheval. Plus tard, on éleva jusqu'à mille le nombre des citoyens, et l'on arriva enfin peu à peu à la démocratie[8].

Dans quelques villes, l'admission de la plèbe parmi les citoyens fut l'œuvre des rois ; il en fut ainsi à Rome. Dans d'autres, elle fut l'œuvre des tyrans populaires ; c'est ce qui eut lieu à Corinthe, à Sicyone, à Argos. Quand l'aristocratie reprit le dessus, elle eut ordinairement la sagesse de laisser à la classe inférieure ce titre de citoyen que les rois ou les tyrans lui avaient donné. À Samos, l'aristocratie ne vint à bout de sa lutte contre les tyrans qu'en affranchissant les plus basses classes. Il serait trop long d'énumérer toutes les formes diverses sous lesquelles cette grande révolution s'est accomplie. Le résultat a été partout le même ; la classe inférieure a pénétré dans la cité et a fait partie du corps politique.

Le poète Théognis nous donne une idée assez nette de cette révolution et de ses conséquences. Il nous dit que dans Mégare, sa patrie, il y a deux sortes d'hommes. Il appelle l'une la classe des *bons*, ἀγαθοί ; c'est, en effet, le nom qu'elle se donnait dans la plupart des villes grecques. Il appelle l'autre la classe des *mauvais*, κακοί ; c'est encore de ce nom qu'il était d'usage de désigner la classe inférieure. Cette classe, le poète nous décrit sa condition ancienne : « elle ne connaissait autrefois ni les tribunaux ni les lois » ; c'est assez dire qu'elle n'avait pas le droit de cité. Il n'était même pas permis à ces hommes d'approcher de la ville ; « ils vivaient en dehors comme des bêtes sauvages ». Ils n'assistaient pas aux repas religieux ; ils n'avaient pas le droit de se marier dans les familles des *bons*.

Mais que tout cela est changé ! les rangs ont été bouleversés, « les mauvais ont été mis au-dessus des bons ». La justice est troublée ; les antiques lois ne sont plus, et des lois d'une nouveauté étrange les ont remplacées. La richesse est devenue l'unique objet des désirs des hommes, parce qu'elle donne la puissance. L'homme de race noble épouse la fille du riche plébéien et « le mariage confond les races ».

Théognis, qui sort d'une famille aristocratique, a vainement essayé de résister au cours des choses. Condamné à l'exil, dépouillé de ses biens, il n'a plus que ses vers pour protester et pour combattre. Mais s'il n'espère pas le succès, du moins il ne doute pas de la justice de sa cause ; il accepte la défaite, mais il garde le sentiment de son droit. À ses yeux, la révolution qui s'est faite est un mal moral, un crime. Fils de l'aristocratie, il lui semble que cette révolution n'a pour elle ni la justice ni les dieux et qu'elle porte atteinte à la religion. « Les dieux, dit-il, ont quitté la terre ; nul ne les craint. La race des hommes pieux a disparu ; on n'a plus souci des Immortels. »

Ces regrets sont inutiles, il le sait bien. S'il gémit ainsi, c'est par une sorte de devoir pieux, c'est parce qu'il a reçu des anciens « la tradition sainte », et qu'il doit la perpétuer. Mais en vain : la tradition même va se flétrir, les fils des nobles vont oublier leur noblesse ; bientôt on les verra tous s'unir par le mariage aux familles plébéiennes, « ils boiront à leurs fêtes et mangeront à leur table » ; ils adopteront bientôt leurs sentiments. Au temps de Théognis, le regret est tout ce qui reste à l'aristocratie grecque, et ce regret même va disparaître.

En effet, après Théognis, la noblesse ne fut plus qu'un souvenir. Les grandes familles continuèrent à garder pieusement le culte domestique et la mémoire des ancêtres ; mais ce fut tout. Il y eut encore des hommes qui s'amusèrent à compter leurs aïeux ; mais on riait de ces hommes[9]. On garda l'usage d'inscrire sur quelques tombes que le mort était de noble race ; mais nulle tentative ne fut faite pour relever un régime à jamais tombé.

Isocrate dit avec vérité que de son temps les grandes familles d'Athènes n'existaient plus que dans leurs tombeaux.

Ainsi la cité ancienne s'était transformée par degrés. À l'origine, elle était l'association d'une centaine de chefs de famille. Plus tard le nombre des citoyens s'accrut, parce que les branches cadettes obtinrent l'égalité. Plus tard encore, les clients affranchis, la plèbe, toute cette foule qui pendant des siècles était restée en dehors de l'association religieuse et politique, quelquefois même en dehors de l'enceinte sacrée de la ville, renversa les barrières qu'on lui opposait et pénétra dans la cité, où aussitôt elle fut maîtresse.

2. *Histoire de cette révolution à Athènes.*

Les eupatrides, après le renversement de la royauté, gouvernèrent Athènes pendant quatre siècles. Sur cette longue domination l'histoire est muette ; on n'en sait qu'une chose, c'est qu'elle fut odieuse aux classes inférieures et que le peuple fit effort pour sortir de ce régime.

Vers l'an 612, le mécontentement que l'on voyait général, et les signes certains qui annonçaient une révolution prochaine, éveillèrent l'ambition d'un eupatride, Cylon, qui songea à renverser le gouvernement de sa caste et à se faire tyran populaire. L'énergie des archontes fit avorter l'entreprise ; mais l'agitation continua après lui. En vain les eupatrides mirent en usage toutes les ressources de leur religion. En vain ils dirent que les dieux étaient irrités et que des spectres apparaissaient. En vain ils purifièrent la ville de tous les crimes du peuple et élevèrent deux autels à la Violence et à l'Insolence, pour apaiser ces deux divinités dont l'influence maligne avait troublé les esprits[10]. Tout cela ne servit de rien. Les sentiments de haine ne furent pas adoucis. On fit venir de Crète le pieux Épiménide, personnage mystérieux qu'on disait fils d'une déesse ; on lui fit accomplir une série de cérémonies expiatoires ; on espérait, en frappant ainsi l'imagination du peuple, raviver la religion et fortifier, par conséquent, l'aristocratie. Mais le peuple ne s'émut pas ; la religion des eupatrides n'avait plus de prestige sur son âme ; il persista à réclamer des réformes.

Pendant seize années encore, l'opposition farouche des pauvres de la montagne et l'opposition patiente des riches du rivage firent une rude guerre aux eupatrides. À la fin, tout ce qu'il y avait de sage dans les trois partis s'entendit pour confier à Solon le soin de terminer ces querelles et de prévenir des malheurs plus grands. Solon avait la rare fortune d'appartenir à la fois aux eupatrides par sa naissance et aux commerçants par les occupations de sa jeunesse. Ses poésies nous le montrent comme un homme tout à fait dégagé des préjugés de sa caste ; par son esprit conciliant, par son goût pour la richesse et pour le luxe, par son amour du plaisir, il est fort éloigné des anciens eupatrides et il appartient à la nouvelle Athènes.

Nous avons dit plus haut que Solon commença par affranchir la terre de la vieille domination que la religion des familles eupatrides avait exercée sur elle. Il brisa les chaînes de la clientèle. Un tel changement dans l'état social en entraînait un autre dans l'ordre politique. Il fallait que les classes inférieures eussent désormais, suivant l'expression de Solon lui-même, un bouclier pour défendre leur liberté récente. Ce bouclier, c'étaient les droits politiques.

Il s'en faut de beaucoup que la constitution de Solon nous soit clairement connue ; il paraît du moins que tous les Athéniens firent désormais partie de l'Assemblée du peuple et que le Sénat ne fut plus composé des seuls eupatrides ; il paraît même que les archontes purent être nommés en dehors de l'ancienne caste sacerdotale. Ces grandes innovations renversaient toutes les anciennes règles de la cité. Suffrages, magistratures, sacerdoces, direction de la société, il fallait que l'eupatride partageât tout cela avec l'homme de la caste inférieure. Dans la constitution nouvelle il n'était tenu aucun compte des droits de la naissance ; il y avait encore des classes, mais elles n'étaient plus distinguées que par la richesse [11]. Dès lors la domination des eupatrides disparut. L'eupatride ne fut plus rien, à moins qu'il ne fût riche ; il valut par sa richesse et non par sa naissance. Désormais le poète put dire : « Dans la pauvreté l'homme noble n'est plus rien » ; et le peuple applaudit au théâtre cette boutade du comique : « De quelle naissance est cet homme ? – Riche ; ce sont là aujourd'hui les nobles [12]. »

Le régime qui s'était ainsi fondé avait deux sortes d'ennemis : les eupatrides qui regrettaient leurs privilèges perdus et les pauvres qui souffraient encore de l'inégalité.

À peine Solon avait-il achevé son œuvre, que l'agitation recommença. « Les pauvres se montrèrent, dit Plutarque, les âpres ennemis des riches. » Le gouvernement nouveau leur déplaisait peut-être autant que celui des eupatrides. D'ailleurs, en voyant que les eupatrides pouvaient encore être archontes et sénateurs, beaucoup s'imaginaient que la révolution n'avait pas été complète. Solon avait maintenu les formes républicaines ; or, le peuple avait encore une haine irréfléchie contre ces formes de gouvernement sous lesquelles il n'avait vu pendant quatre siècles que le règne de l'aristocratie. Suivant l'exemple de beaucoup de cités grecques, il voulut un tyran.

Pisistrate, issu des eupatrides, mais poursuivant un but d'ambition personnelle, promit aux pauvres un partage des terres et se les attacha. Un jour il parut dans l'assemblée, et prétendant qu'on l'avait blessé, il demanda qu'on lui donnât une garde. Les hommes des premières classes allaient lui répondre et dévoiler le mensonge, mais « la populace était prête à en venir aux mains pour soutenir Pisistrate ; ce que voyant les riches s'enfuirent en désordre ». Ainsi l'un des premiers actes de l'assemblée populaire récemment instituée fut d'aider un homme à se rendre maître de la patrie[13].

Il ne paraît pas d'ailleurs que le règne de Pisistrate ait apporté aucune entrave au développement des destinées d'Athènes. Il eut, au contraire, pour principal effet d'assurer et de garantir contre une réaction la grande réforme sociale et politique qui venait de s'opérer[14].

Le peuple ne se montra guère désireux de reprendre sa liberté ; deux fois la coalition des grands et des riches renversa Pisistrate, deux fois il reprit le pouvoir, et son fils aîné régna dans Athènes après lui. Il fallut l'intervention d'une armée spartiate dans l'Attique pour faire cesser la domination de cette famille[15].

L'ancienne aristocratie eut un moment l'espoir de profiter de la chute des Pisistratides pour ressaisir ses privilèges. Non seulement elle n'y réussit pas, mais elle reçut même le plus rude coup qui lui eût encore été porté. Clisthènes, qui était issu de cette classe, mais d'une famille que cette classe couvrait d'opprobre et semblait renier depuis trois générations, trouva le plus sûr moyen de lui ôter à jamais ce qu'il lui restait encore de force[16]. Solon, en changeant la constitution politique, avait laissé subsister toute la vieille organisation religieuse de la société athénienne. La population restait partagée en deux ou trois cents *gentes*, en douze phratries, en quatre tribus. Dans chacun de ces groupes il y avait encore, comme dans l'époque précédente, un culte héréditaire, un prêtre qui était un eupatride, un chef qui était le même que le prêtre. Tout cela était le reste d'un passé qui avait peine à disparaître ; par là, les traditions, les usages, les règles, les distinctions qui avaient régné dans l'ancien état social, se perpétuaient. Ces cadres avaient été établis par la religion, et ils maintenaient à leur tour la religion, c'est-à-dire la puissance des grandes familles. Il y avait dans chacun de ces cadres deux classes d'hommes, d'une part les eupatrides qui possédaient héréditairement le sacerdoce et l'autorité, de l'autre les hommes d'une condition inférieure, qui n'étaient plus serviteurs ni clients, mais qui étaient encore retenus sous l'autorité de l'eupatride par la religion. En vain la loi de Solon disait que tous les Athéniens étaient libres. La vieille religion saisissait l'homme au sortir de l'assemblée où il avait librement voté, et lui disait : Tu es lié à un eupatride par le culte ; tu lui dois respect, déférence, soumission ; comme membre d'une cité, Solon t'a fait libre, mais comme membre d'une tribu, tu obéis à un eupatride ; comme membre d'une phratrie, tu as encore un eupatride pour chef ; dans la famille même, dans la *gens* où tes ancêtres sont nés et dont tu ne peux pas sortir, tu retrouves encore l'autorité d'un eupatride. À quoi servait-il que la loi politique eût fait de cet homme un citoyen, si la religion et les mœurs persistaient à en faire un client ? Il est vrai que depuis plusieurs générations beaucoup d'hommes se trouvaient en dehors de ces cadres, soit qu'ils fussent venus de pays étrangers, soit qu'ils se fussent échappés de la *gens* et de la tribu pour être libres. Mais ces hommes souffraient d'une autre manière ; placés à l'écart des tribus, ils se trouvaient dans un état d'infériorité morale vis-à-vis des autres hommes, et une sorte d'ignominie s'attachait à leur indépendance.

Il y avait donc, après la réforme politique de Solon, une autre réforme à opérer dans le domaine de la religion. Clisthènes l'accomplit en remplaçant les quatre anciennes tribus religieuses par dix tribus nouvelles qui étaient partagées en un certain nombre de dèmes [17].

Ces tribus et ces dèmes ressemblèrent en apparence aux anciennes tribus et aux *gentes*. Dans chacune de ces circonscriptions il y eut un culte, un prêtre, un juge, des réunions pour les cérémonies religieuses, des assemblées pour délibérer sur les intérêts communs [18]. Mais les groupes nouveaux différèrent des anciens en deux points essentiels. D'abord, tous les hommes libres d'Athènes, même ceux qui n'avaient pas fait partie des anciennes tribus et des *gentes*, furent répartis dans les cadres formés par Clisthènes [19] : grande réforme qui donnait un culte à ceux qui en manquaient encore, et qui faisait entrer dans une association religieuse ceux qui auparavant étaient exclus de toute association. En second lieu, les hommes furent distribués dans les tribus et dans les dèmes, non plus d'après leur naissance, comme autrefois, mais d'après leur domicile. La naissance n'y compta pour rien ; les hommes y furent égaux et l'on n'y connut plus de privilèges. Le culte, pour la célébration duquel la nouvelle tribu ou le dème se réunissait, n'était plus le culte héréditaire d'une ancienne famille ; on ne s'assemblait plus autour du foyer d'un eupatride. Ce n'était plus un ancien eupatride que la tribu ou le dème vénérait comme ancêtre divin ; les tribus eurent de nouveaux héros éponymes choisis parmi les personnages antiques dont le peuple avait conservé bon souvenir, et quant aux dèmes, ils adoptèrent uniformément pour dieux protecteurs *Zeus gardien de l'enceinte* et *Apollon paternel*. Dès lors il n'y avait plus de raison pour que le sacerdoce fût héréditaire dans le dème comme il l'avait été dans la *gens* ; il n'y en avait non plus aucune pour que le prêtre fût toujours un eupatride. Dans les nouveaux groupes, la dignité de prêtre et de chef fut annuelle, et chaque membre put l'exercer à son tour.

Cette réforme fut ce qui acheva de renverser l'aristocratie des eupatrides. À dater de ce moment, il n'y eut plus de caste religieuse ; plus de privilèges de naissance, ni en religion ni en politique. La société athénienne était entièrement transformée[20].

Or la suppression des vieilles tribus, remplacées par des tribus nouvelles, où tous les hommes avaient accès et étaient égaux, n'est pas un fait particulier à l'histoire d'Athènes. Le même changement a été opéré à Cyrène, à Sicyone, à Élis, à Sparte, et probablement dans beaucoup d'autres cités grecques[21]. De tous les moyens propres à affaiblir l'ancienne aristocratie, Aristote n'en voyait pas de plus efficace que celui-là. « Si l'on veut fonder la démocratie, dit-il, on fera ce que fit Clisthènes chez les Athéniens : on établira de nouvelles tribus et de nouvelles phratries ; aux sacrifices héréditaires des familles on substituera des sacrifices où tous les hommes seront admis ; on confondra autant que possible les relations des hommes entre eux, en ayant soin de briser toutes les associations antérieures[22]. »

Lorsque cette réforme est accomplie dans toutes les cités, on peut dire que l'ancien moule de la société est brisé et qu'il se forme un nouveau corps social. Ce changement dans les cadres que l'ancienne religion héréditaire avait établis et qu'elle déclarait immuables marque la fin du régime religieux de la cité.

3. *Histoire de cette révolution à Rome.*

La plèbe eut de bonne heure à Rome une grande importance. La situation de la ville entre les Latins, les Sabins et les Étrusques, la condamnait à une guerre perpétuelle, et la guerre exigeait qu'elle eût une population nombreuse. Aussi les rois avaient-ils accueilli et appelé tous les étrangers, sans avoir égard à leur origine. Les guerres se succédaient sans cesse, et comme on avait besoin d'hommes, le résultat le plus ordinaire de chaque victoire était qu'on enlevait à la ville vaincue sa population pour la transférer à Rome. Que devenaient ces hommes ainsi amenés avec le butin ? S'il se trouvait parmi eux des familles sacerdotales et patriciennes, le patriciat s'empressait de se les adjoindre. Quant à la foule, une partie entrait dans la clientèle des grands ou du roi, une partie était reléguée dans la plèbe.

D'autres éléments encore entraient dans la composition de cette classe. Beaucoup d'étrangers affluaient à Rome, comme en un lieu que sa situation rendait propre au commerce. Les mécontents de la Sabine, de l'Étrurie, du Latium, y trouvaient un refuge. Tout cela entrait dans la plèbe. Le client qui réussissait à s'échapper de la *gens* devenait un plébéien. Le patricien qui se mésalliait ou qui commettait une de ces fautes qui entraînaient la déchéance tombait dans la classe inférieure. Tout bâtard était repoussé par la religion des familles pures, et relégué dans la plèbe.

Pour toutes ces raisons, la plèbe augmentait en nombre. La lutte qui était engagée entre les patriciens et les rois accrut son importance. La royauté et la plèbe sentirent de bonne heure qu'elles avaient les mêmes ennemis. L'ambition des rois était de se dégager des vieux principes de gouvernement qui entravaient l'exercice de leur pouvoir. L'ambition de la plèbe était de briser les vieilles barrières qui l'excluaient de l'association religieuse et politique. Une alliance tacite s'établit ; les rois protégèrent la plèbe, et la plèbe soutint les rois.

Les traditions et les témoignages de l'antiquité placent sous le règne de Servius les premiers progrès des plébéiens. La haine que les patriciens conservèrent pour ce roi montre suffisamment quelle était sa politique. Sa première réforme fut de donner des terres à la plèbe, non pas, il est vrai, sur l'*ager romanus*, mais sur les territoires pris à l'ennemi ; ce n'était pas moins une innovation grave que de conférer ainsi le droit de propriété sur le sol à des familles qui jusqu'alors n'avaient pu cultiver que le sol d'autrui[23].

Ce qui fut plus grave encore, c'est qu'il publia des lois pour la plèbe, qui n'en avait jamais eu auparavant. Ces lois étaient relatives pour la plupart aux obligations que le plébéien pouvait contracter avec le patricien. C'était un commencement de droit commun entre les deux ordres, et pour la plèbe un commencement d'égalité[24].

Puis ce même roi établit une division nouvelle dans la cité. Sans détruire les trois anciennes tribus, où les familles patriciennes et les clients étaient répartis d'après la naissance, il forma quatre tribus nouvelles où la population tout entière était distribuée d'après le domicile. Nous avons vu cette réforme à Athènes et nous en avons dit les effets ; ils furent les mêmes à Rome. La plèbe, qui n'entrait pas dans les anciennes tribus, fut admise dans les tribus nouvelles[25]. Cette multitude jusque-là flottante, espèce de population nomade qui n'avait aucun lien avec la cité, eut désormais ses divisions fixes et son organisation régulière. La formation de ces tribus, où les deux ordres étaient mêlés, marque véritablement l'entrée de la plèbe dans la cité. Chaque tribu eut un foyer et des sacrifices ; Servius établit des dieux Lares dans chaque carrefour de la ville, dans chaque circonscription de la campagne. Ils servirent de divinités à ceux qui n'en avaient pas de naissance. Le plébéien célébra les fêtes religieuses de son quartier et de son bourg (*compitalia, paganalia*), comme le patricien célébrait les sacrifices de sa *gens* et de sa curie. Le plébéien eut une religion.

En même temps un grand changement fut opéré dans la cérémonie sacrée de la lustration. Le peuple ne fut plus rangé par curies, à l'exclusion de ceux que les curies n'admettaient pas. Tous les habitants libres de Rome, tous ceux qui faisaient partie des tribus nouvelles, figurèrent dans l'acte sacré. Pour la première fois, tous les hommes, sans distinction de patriciens, de clients, de plébéiens, furent réunis. Le roi fit le tour de cette assemblée mêlée, en poussant devant lui les victimes et en chantant l'hymne solennel. La cérémonie achevée, tous se trouvèrent également citoyens.

Avant Servius, on ne distinguait à Rome que deux sortes d'hommes, la caste sacerdotale des patriciens avec leurs clients, et la classe plébéienne. On ne connaissait nulle autre distinction que celle que la religion héréditaire avait établie. Servius marqua une division nouvelle, celle qui avait pour principe la richesse. Il partagea les habitants de Rome en deux grandes catégories : dans l'une étaient ceux qui possédaient quelque chose, dans l'autre ceux qui n'avaient rien. La première se divisa elle-même en cinq classes, dans lesquelles les hommes furent répartis suivant le chiffre de leur fortune[26]. Servius introduisait par là un principe tout nouveau dans la société romaine : la richesse marqua désormais des rangs, comme avait fait la religion.

Servius appliqua cette division de la population romaine au service militaire. Avant lui, si les plébéiens combattaient, ce n'était pas dans les rangs de la légion. Mais, comme Servius avait fait d'eux des propriétaires et des citoyens, il pouvait aussi en faire des légionnaires. Dorénavant l'armée ne fut plus composée uniquement des hommes des curies ; tous les hommes libres, tous ceux du moins qui possédaient quelque chose, en firent partie, et les prolétaires seuls continuèrent à en être exclus. Ce ne fut plus le rang de patricien ou de client qui détermina l'armure de chaque soldat et son poste de bataille ; l'armée était divisée par classes, exactement comme la population, d'après la richesse. La première classe, qui avait l'armure complète, et les deux suivantes, qui avaient au moins le bouclier, le casque et l'épée, formèrent les trois premières lignes de la légion. La quatrième et la cinquième, légèrement armées, composèrent les corps de vélites et de frondeurs. Chaque classe se partageait en compagnies, que l'on appelait centuries. La première en comprenait, dit-on, quatre-vingts ; les quatre autres, vingt ou trente chacune. La cavalerie était à part, et en ce point encore Servius fit une grande innovation ;

tandis que jusque-là les jeunes patriciens composaient seuls les centuries de cavaliers, Servius admit un certain nombre de plébéiens, choisis parmi les plus riches, à combattre à cheval, et il en forma douze centuries nouvelles.

Or on ne pouvait guère toucher à l'armée sans toucher en même temps à la constitution politique. Les plébéiens sentirent que leur valeur dans l'État s'était accrue ; ils avaient des armes, une discipline, des chefs ; chaque centurie avait son centurion et une enseigne sacrée. Cette organisation militaire était permanente ; la paix ne la dissolvait pas. Il est vrai qu'au retour d'une campagne les soldats quittaient leurs rangs, la loi leur défendant d'entrer dans la ville en corps de troupe. Mais ensuite, au premier signal, les citoyens se rendaient en armes au champ de Mars, où chacun retrouvait sa centurie, son centurion et son drapeau. Or il arriva, 25 ans après Servius Tullius, qu'on eut la pensée de convoquer l'armée, sans que ce fût pour une expédition militaire. L'armée s'étant réunie et ayant pris ses rangs, chaque centurie ayant son centurion à sa tête et son drapeau au milieu d'elle, le magistrat parla, consulta, fit voter[27]. Les six centuries patriciennes et les douze de cavaliers plébéiens votèrent d'abord, après elles les centuries d'infanterie de première classe, et les autres à la suite. Ainsi se trouva établie au bout de peu de temps l'assemblée centuriate, où quiconque était soldat avait droit de suffrage, et où l'on ne distinguait presque plus le plébéien du patricien[28].

Toutes ces réformes changeaient singulièrement la face de la cité romaine. Le patriciat restait debout avec ses cultes héréditaires, ses curies, son sénat. Mais les plébéiens acquéraient l'habitude de l'indépendance, la richesse, les armes, la religion. La plèbe ne se confondait pas avec le patriciat, mais elle grandissait à côté de lui.

Il est vrai que le patriciat prit sa revanche. Il commença par égorger Servius ; plus tard il chassa Tarquin. Avec la royauté la plèbe fut vaincue.

Les patriciens s'efforcèrent de lui reprendre toutes les conquêtes qu'elle avait faites sous les rois. Un de leurs premiers actes fut d'enlever aux plébéiens les terres que Servius leur avait données ; et l'on peut remarquer que le seul motif allégué pour les dépouiller ainsi fut qu'ils étaient plébéiens[29]. Le patriciat remettait donc en vigueur le vieux principe qui voulait que la religion héréditaire fondât seule le droit de propriété, et qui ne permettait pas que l'homme sans religion et sans ancêtres pût exercer aucun droit sur le sol.

Les lois que Servius avait faites pour la plèbe lui furent aussi retirées. Si le système des classes et l'assemblée centuriate ne furent pas abolis, c'est d'abord parce que l'état de guerre ne permettait pas de désorganiser l'armée, c'est ensuite parce que l'on sut entourer ces comices de formalités telles que le patriciat fût le maître des élections. On n'osa pas enlever aux plébéiens le titre de citoyens ; on les laissa figurer dans le cens. Mais il est clair que le patriciat, en permettant à la plèbe de faire partie de la cité, ne partagea avec elle ni les droits politiques, ni la religion, ni les lois. De nom, la plèbe resta dans la cité ; de fait, elle en fut exclue.

N'accusons pas plus que de raison les patriciens, et ne supposons pas qu'ils aient froidement conçu le dessein d'opprimer et d'écraser le plèbe. Le patricien, qui descendait d'une famille sacrée et se sentait l'héritier d'un culte, ne comprenait pas d'autre régime social que celui dont l'antique religion avait tracé les règles. À ses yeux, l'élément constitutif de toute société était la *gens*, avec son culte, son chef héréditaire, sa clientèle. Pour lui, la cité ne pouvait pas être autre chose que la réunion des chefs des *gentes*. Il n'entrait pas dans son esprit qu'il pût y avoir un autre système politique que celui qui reposait sur le culte, d'autres magistrats que ceux qui accomplissaient les sacrifices publics, d'autres lois que celles dont la religion avait dicté les saintes formules. Il ne fallait même pas lui objecter que les plébéiens avaient aussi, depuis peu, une religion, et qu'ils faisaient des sacrifices aux Lares des carrefours. Car il eût répondu que ce culte n'avait pas le caractère essentiel de la véritable religion, qu'il n'était pas héréditaire, que ces foyers n'étaient pas des feux antiques, et que ces dieux Lares n'étaient pas de vrais ancêtres. Il eût ajouté que les plébéiens, en se donnant un culte, avaient fait ce qu'ils n'avaient pas le droit de faire ; que pour s'en donner un ils avaient violé tous les principes, qu'ils n'avaient pris que les dehors du culte et en avaient retranché le principe essentiel, qui était l'hérédité, qu'enfin leur simulacre de religion était absolument l'opposé de la religion.

Dès que le patricien s'obstinait à penser que la religion héréditaire devait seule gouverner les hommes, il en résultait qu'il ne voyait pas de gouvernement possible pour la plèbe. Il ne concevait pas que le pouvoir social pût s'exercer régulièrement sur cette classe d'hommes. La loi sainte ne pouvait pas leur être appliquée ; la justice était un terrain sacré qui leur était interdit. Tant qu'il y avait eu des rois, ils avaient pris sur eux de régir la plèbe, et ils l'avaient fait d'après certaines règles qui n'avaient rien de commun avec l'ancienne religion, et que le besoin ou l'intérêt public avait fait trouver. Mais par la révolution qui avait chassé les rois, la religion avait repris l'empire, et il était arrivé forcément que toute la classe plébéienne avait été rejetée en dehors des lois sociales.

Le patriciat s'était fait alors un gouvernement conforme à ses propres principes ; mais il ne songeait pas à en établir un pour la plèbe. Il n'avait pas la hardiesse de la chasser de Rome, mais il ne trouvait pas non plus le moyen de la constituer en société régulière. On voyait ainsi au milieu de Rome des milliers de familles pour lesquelles il n'existait pas de lois fixes, pas d'ordre social, pas de magistratures. La cité, le *populus*, c'est-à-dire la société patricienne avec les clients qui lui restaient encore, s'élevait puissante, organisée, majestueuse. Autour d'elle vivait la multitude plébéienne qui n'était pas un peuple et ne formait pas un corps. Les consuls, chefs de la cité patricienne, maintenaient l'ordre matériel dans cette population confuse ; les plébéiens obéissaient ; faibles, généralement pauvres, ils pliaient sous la force du corps patricien.

Le problème dont la solution devait décider de l'avenir de Rome était celui-ci : comment la plèbe deviendrait-elle une société régulière ?

Or le patriciat, dominé par les principes rigoureux de sa religion, ne voyait qu'un moyen de résoudre ce problème, et c'était de faire entrer la plèbe, par la clientèle, dans les cadres sacrés des *gentes*. On entrevoit qu'une tentative fut faite en ce sens. La question des dettes, qui agita Rome à cette époque, ne peut s'expliquer que si l'on voit en elle la question plus grave de la clientèle et du servage. La plèbe romaine, dépouillée de ses terres, ne pouvait plus vivre. Les patriciens calculèrent que par le sacrifice de quelque argent ils la feraient tomber dans leurs liens. L'homme de la plèbe emprunta. En empruntant il se donnait au créancier, se liait à lui par une sorte d'opération que les Romains appelaient *nexum*. C'était une façon de vente qui se faisait *per æs et libram*, c'est-à-dire avec la formalité solennelle que l'on employait d'ordinaire pour conférer à un homme le droit de propriété sur un objet[30]. Il est vrai que le plébéien prenait ses sûretés contre la servitude ; par une sorte de contrat fiduciaire, il stipulait qu'il garderait son rang d'homme libre jusqu'au jour de l'échéance et que ce jour-là il reprendrait pleine possession de lui-même en remboursant la dette. Mais ce jour venu, si la dette n'était pas éteinte, le plébéien perdait le bénéfice de son contrat. Devenu *addictus*, il tombait à la discrétion du créancier qui l'emmenait dans sa maison et en faisait son serviteur. En tout cela le patricien ne croyait pas faire acte d'inhumanité ; l'idéal de la société étant à ses yeux le régime de la *gens*, il ne voyait rien de plus légitime et de plus beau que d'y ramener les hommes par quelque moyen que ce fût. Si son plan avait réussi, la plèbe eût en peu de temps disparu, et la cité romaine n'eût été que l'association des *gentes* patriciennes se partageant la foule des clients.

Mais cette clientèle était une chaîne dont le plébéien avait horreur. Il se débattait contre le patricien qui, armé de sa créance, voulait l'y faire tomber. La clientèle était pour lui l'équivalent de l'esclavage ; la maison du patricien était à ses yeux une prison (*ergastulum*). Maintes fois le plébéien, saisi par la main patricienne, implora l'appui de ses semblables et ameuta la plèbe, s'écriant qu'il était homme libre et montrant en témoignage les blessures qu'il avait reçues dans les combats pour la défense de Rome. Le calcul des patriciens ne servit qu'à irriter la plèbe. Elle vit le danger ; elle aspira de toute son énergie à sortir de cet état précaire où la chute du gouvernement royal l'avait placée. Elle voulut avoir des lois et des droits.

Mais il ne paraît pas que ces hommes aient d'abord souhaité d'entrer en partage des lois et des droits des patriciens. Peut-être croyaient-ils, comme les patriciens eux-mêmes, qu'il ne pouvait y avoir rien de commun entre les deux ordres. Nul ne songeait à l'égalité civile et politique. Que la plèbe pût s'élever au niveau du patriciat, cela n'entrait pas plus dans l'esprit du plébéien des premiers siècles que du patricien. Loin donc de réclamer l'égalité des droits et des lois, ces hommes semblent avoir préféré d'abord une séparation complète. Dans Rome ils ne trouvaient pas de remède à leurs souffrances ; ils ne virent qu'un moyen de sortir de leur infériorité, c'était de s'éloigner de Rome.

L'historien ancien rend bien leur pensée quand il leur attribue ce langage : « Puisque les patriciens veulent posséder seuls la cité, qu'ils en jouissent à leur aise. Pour nous Rome n'est rien. Nous n'avons là ni foyers, ni sacrifices, ni patrie. Nous ne quittons qu'une ville étrangère ; aucune religion héréditaire ne nous attache à ce lieu. Toute terre nous est bonne ; là où nous trouverons la liberté, là sera notre patrie[31]. » Et ils allèrent s'établir sur le mont Sacré, en dehors des limites de l'*ager romanus*.

En présence d'un tel acte, le Sénat fut partagé de sentiments. Les plus ardents des patriciens laissèrent voir que le départ de la plèbe était loin de les affliger. Désormais les patriciens demeureraient seuls à Rome avec les clients qui leur étaient encore fidèles. Rome renoncerait à sa grandeur future, mais le patriciat y serait le maître. On n'aurait plus à s'occuper de cette plèbe, à laquelle les règles ordinaires du gouvernement ne pouvaient pas s'appliquer, et qui était un embarras dans la cité. On aurait dû peut-être la chasser en même temps que les rois ; puisqu'elle prenait d'elle-même le parti de s'éloigner, on devait la laisser faire et se réjouir.

Mais d'autres, moins fidèles aux vieux principes ou plus soucieux de la grandeur romaine, s'affligeaient du départ de la plèbe. Rome perdait la moitié de ses soldats. Qu'allait-elle devenir au milieu des Latins, des Sabins, des Étrusques, tous ennemis ? La plèbe avait du bon ; que ne savait-on la faire servir aux intérêts de la cité ? Ces sénateurs souhaitaient donc qu'au prix de quelques sacrifices, dont ils ne prévoyaient peut-être pas toutes les conséquences, on ramenât dans la ville ces milliers de bras qui faisaient la force des légions.

D'autre part, la plèbe s'aperçut, au bout de peu de mois, qu'elle ne pouvait pas vivre sur le mont Sacré. Elle se procurait bien ce qui était matériellement nécessaire à l'existence, mais tout ce qui fait une société organisée lui manquait. Elle ne pouvait pas fonder là une ville, car elle n'avait pas de prêtre qui sût accomplir la cérémonie religieuse de la fondation. Elle ne pouvait pas se donner de magistrats, car elle n'avait pas de prytanée régulièrement allumé où un magistrat eût l'occasion de sacrifier. Elle ne pouvait pas trouver le fondement des lois sociales, puisque les seules lois dont l'homme eût alors l'idée dérivaient de la religion patricienne. En un mot, elle n'avait pas en elle les éléments d'une cité. La plèbe vit bien que, pour être plus indépendante, elle n'était pas plus heureuse, qu'elle ne formait pas une société plus régulière qu'à Rome, et qu'ainsi le problème dont la solution lui importait si fort n'était pas résolu. Il ne lui avait servi de rien de s'éloigner de Rome ; ce n'était pas dans l'isolement du mont Sacré qu'elle pouvait trouver les lois et les droits auxquels elle aspirait.

Il se trouvait donc que la plèbe et le patriciat, n'ayant presque rien de commun, ne pouvaient pourtant pas vivre l'un sans l'autre. Ils se rapprochèrent et conclurent un traité d'alliance. Ce traité paraît avoir été fait dans les mêmes formes que ceux qui terminaient une guerre entre deux peuples différents ; plèbe et patriciat n'étaient, en effet, ni un même peuple, ni une même cité[32]. Par ce traité, le patriciat n'accorda pas que la plèbe fît partie de la cité religieuse et politique ; il ne semble même pas que la plèbe l'ait demandé. On convint seulement qu'à l'avenir la plèbe, constituée en une société à peu près régulière, aurait des chefs tirés de son sein[33]. C'est ici l'origine du tribunat de la plèbe, institution toute nouvelle et qui ne ressemble à rien de ce que les cités avaient connu auparavant.

Le pouvoir des tribuns n'était pas de même nature que l'autorité du magistrat ; il ne dérivait pas du culte de la cité. Le tribun n'accomplissait aucune cérémonie religieuse ; il était élu sans auspices, et l'assentiment des dieux n'était pas nécessaire pour le créer[34]. Il n'avait ni siège curule, ni robe de pourpre, ni couronne de feuillage, ni aucun de ces insignes qui dans toutes les cités anciennes désignaient à la vénération des hommes les magistrats-prêtres. On ne le comptait pas parmi les vrais magistrats romains[35].

Quelle était donc la nature et quel était le principe de son pouvoir ? Il est nécessaire ici d'écarter de notre esprit toutes les idées et toutes les habitudes modernes, et de nous transporter, autant qu'il est possible, au milieu des croyances des anciens. Jusque-là les hommes n'avaient compris l'autorité que comme un appendice du sacerdoce. Lors donc qu'ils voulurent établir un pouvoir qui ne fût pas lié au culte, et des chefs qui ne fussent pas des prêtres, il leur fallut imaginer un singulier détour. Pour cela, le jour où l'on créa les premiers tribuns, on accomplit une cérémonie religieuse d'un caractère particulier[36]. Les historiens n'en décrivent pas les rites ; ils disent seulement qu'elle eut pour effet de rendre ces premiers tribuns *sacro-saints*. Ne prenons pas ce terme au sens figuré et vague. Le mot *sacrosanctus* désignait quelque chose de très précis dans la langue religieuse des anciens. Il s'appliquait aux objets qui étaient voués aux dieux et que, pour cette raison, l'homme ne pouvait pas toucher. Ce n'était pas la dignité de tribun qui était déclarée honorable et sainte ; c'était la personne, c'était le corps lui-même du tribun[37] qui était mis en un tel rapport avec les dieux que ce corps n'était plus un objet profane, mais un objet sacré. Dès lors, nul homme ne pouvait se heurter à lui sans commettre le crime de violation et sans encourir une souillure, ἄγει ἔνοχος εἶναι[38].

Plutarque nous rapporte, à ce sujet, un singulier usage : il paraît que, lorsqu'on rencontrait un tribun en public, la règle religieuse voulait qu'on se purifiât comme si l'on avait eu le corps souillé par cette rencontre[39]. Usage que quelques dévots observaient encore du temps de Plutarque, et qui nous donne quelque idée de la manière dont on avait envisagé le tribunat cinq siècles avant lui.

Ce caractère sacrosaint restait attaché au corps du tribun pendant toute la durée de ses fonctions ; puis en *créant* son successeur il lui transmettait ce caractère, exactement comme le consul, en *créant* d'autres consuls, leur passait les auspices et le droit d'accomplir les rites sacrés.

En 449, le tribunat ayant été interrompu pendant deux ans, il fallut, pour établir de nouveaux tribuns, renouveler la cérémonie religieuse qui avait été accomplie sur le mont Sacré.

On ne connaît pas assez complètement les idées des anciens pour dire si ce caractère sacro-saint rendait la personne du tribun honorable aux yeux des patriciens, ou la posait, au contraire, comme un objet de malédiction et d'horreur. Cette seconde conjecture est assez conforme à la vraisemblance, au moins dans les premiers temps. Ce qui est certain, c'est que, de toute manière, le tribun se trouvait tout à fait inviolable, la main du patricien ne pouvant le toucher sans une impiété grave.

Une loi confirma et garantit cette inviolabilité ; elle prononça que « nul ne pourrait violenter un tribun, ni le frapper, ni le tuer ». Elle ajouta que « celui qui se permettrait un de ces actes vis-à-vis du tribun serait impur, que ses biens seraient confisqués au profit du temple de Cérès et qu'on pourrait le tuer impunément[40] ». Elle se terminait par cette formule, dont le vague aida puissamment aux progrès futurs du tribunat : « Ni magistrat ni particulier n'aura le droit de rien faire à l'encontre d'un tribun[41]. » Tous les citoyens prononcèrent un serment « sur les choses sacrées », par lequel ils s'engageaient à observer toujours cette loi étrange, et chacun récita une formule de prière par laquelle il appelait sur soi la colère des dieux, s'il violait la loi, ajoutant que quiconque se rendrait coupable d'attentat sur un tribun « serait entaché de la plus grande souillure[42] ».

Ce privilège d'inviolabilité s'étendait aussi loin que le corps du tribun pouvait étendre son action directe. Un plébéien était-il maltraité par un consul qui le condamnait à la prison, ou par un créancier qui mettait la main sur lui, le tribun se montrait, se plaçait entre eux (*intercessio*) et arrêtait la main patricienne. Qui eût osé « faire quelque chose à l'encontre d'un tribun », ou s'exposer à être touché par lui ?

Mais le tribun n'exerçait cette singulière puissance que là où il était présent. Loin de lui, on pouvait maltraiter les plébéiens. Il n'avait aucune action sur ce qui se passait hors de la portée de sa main, de son regard, de sa parole[43].

Les patriciens n'avaient pas donné à la plèbe des droits ; ils avaient seulement accordé que quelques-uns des plébéiens fussent inviolables. Toutefois c'était assez pour qu'il y eût quelque sécurité pour tous. Le tribun était une sorte d'autel vivant auquel s'attachait un droit d'asile[44].

Les tribuns devinrent naturellement les chefs de la plèbe et s'emparèrent du droit de juger. À la vérité, ils n'avaient pas le droit de citer devant eux, même un plébéien, mais ils pouvaient appréhender au corps[45]. Une fois sous leur main, l'homme obéissait. Il suffisait même de se trouver dans le rayon où leur parole se faisait entendre ; cette parole était irrésistible, et il fallait se soumettre, fût-on patricien ou consul.

Le tribun n'avait dans les premiers temps aucune autorité politique. N'étant pas magistrat, il ne pouvait convoquer ni les curies ni les centuries. Il n'avait aucune proposition à faire dans le Sénat ; on ne pensait même pas, à l'origine, qu'il y pût paraître. Il n'avait rien de commun avec la véritable cité, c'est-à-dire avec la cité patricienne, où on ne lui reconnaissait aucune autorité. Il n'était pas tribun du peuple, il était tribun de la plèbe[46].

Il y avait donc, comme par le passé, deux sociétés dans Rome, la cité et la plèbe : l'une fortement organisée, ayant des lois, des magistrats, un sénat ; l'autre qui restait une multitude sans droit ni loi, mais qui dans ses tribuns inviolables trouvait des protecteurs et des juges.

Dans les années qui suivent, on peut voir comme les tribuns sont hardis, et quelles licences imprévues ils se permettent. Rien ne les autorisait à convoquer la plèbe : ils la convoquent. Rien ne les appelait au Sénat : ils s'asseyent d'abord à la porte de la salle, plus tard dans l'intérieur. Rien ne leur donnait le droit de juger des patriciens : ils les jugent et les condamnent. C'était la suite de cette inviolabilité qui s'attachait à leur personne sacro-sainte. Toute force tombait devant eux. Le patriciat s'était désarmé le jour où il avait prononcé avec les rites solennels que quiconque toucherait un tribun serait impur, La loi disait : On ne fera rien à l'encontre d'un tribun. Donc si ce tribun convoquait la plèbe, la plèbe se réunissait, et nul ne pouvait dissoudre cette assemblée, que la présence du tribun mettait hors de l'atteinte du patriciat et des lois. Si le tribun entrait au Sénat, nul ne pouvait l'en faire sortir. S'il saisissait un consul, nul ne pouvait le dégager de ses mains. Rien ne résistait aux hardiesses d'un tribun. Contre un tribun nul n'avait de force, si ce n'était un autre tribun.

Dès que la plèbe eut ainsi ses chefs, elle ne tarda guère à avoir ses assemblées délibérantes. Celles-ci ne ressemblèrent en aucune façon à celles de la cité patricienne. La plèbe, dans ses comices, était distribuée en tribus ; c'était le domicile qui réglait la place de chacun, ce n'était ni la religion, ni la richesse. L'assemblée ne commençait pas par un sacrifice ; la religion n'y paraissait pas. On n'y connaissait pas les présages, et la voix d'un augure ou d'un pontife ne pouvait pas forcer les hommes à se séparer. C'étaient vraiment les comices de la plèbe, et ils n'avaient rien des vieilles règles ni de la religion du patriciat.

Il est vrai que ces assemblées ne s'occupaient pas d'abord des intérêts généraux de la cité : elles ne nommaient pas de magistrats et ne portaient pas de lois. Elles ne délibéraient que sur les intérêts de la plèbe, ne nommaient que les chefs plébéiens et ne faisaient que des plébiscites. Il y eut longtemps à Rome une double série de décrets, sénatus-consultes pour les patriciens, plébiscites pour la plèbe. Ni la plèbe n'obéissait aux sénatus-consultes, ni les patriciens aux plébiscites. Il y avait deux peuples dans Rome.

Ces deux peuples, toujours en présence et habitant les mêmes murs, n'avaient pourtant presque rien de commun. Un plébéien ne pouvait pas être consul de la cité, ni un patricien tribun de la plèbe. Le plébéien n'entrait pas dans l'assemblée par curies, ni le patricien dans l'assemblée par tribus[47].

C'étaient deux peuples qui ne se comprenaient même pas, n'ayant pas pour ainsi dire d'idées communes. Si le patricien parlait au nom de la religion et des lois, le plébéien répondait qu'il ne connaissait pas cette religion héréditaire ni les lois qui en découlaient. Si le patricien alléguait la sainte coutume, le plébéien répondait au nom du droit de la nature. Ils se renvoyaient l'un à l'autre le reproche d'injustice ; chacun d'eux était juste d'après ses propres principes, injuste d'après les principes et les croyances de l'autre. L'assemblée des curies et la réunion des *patres* semblaient au plébéien des privilèges odieux. Dans l'assemblée des tribus le patricien voyait un conciliabule réprouvé de la religion. Le consulat était pour le plébéien une autorité arbitraire et tyrannique ; le tribunat était aux yeux du patricien quelque chose d'impie, d'anormal, de contraire à tous les principes ; il ne pouvait comprendre cette sorte de chef qui n'était pas un prêtre et qui était élu sans auspices. Le tribunat dérangeait l'ordre sacré de la cité ; il était ce qu'est une hérésie dans une religion ; le culte public en était flétri. « Les dieux nous seront contraires, disait un patricien, tant que nous aurons chez nous cet ulcère qui nous ronge et qui étend la corruption à tout le corps social. » L'histoire de Rome, pendant un siècle, fut remplie de pareils malentendus entre ces deux peuples qui ne semblaient pas parler la même langue. Le patriciat persistait à retenir la plèbe en dehors du corps politique ; la plèbe se donnait des institutions propres. La dualité de la population romaine devenait de jour en jour plus manifeste.

Il y avait pourtant quelque chose qui formait un lien entre ces deux peuples, c'était la guerre. Le patriciat n'avait eu garde de se priver de soldats. Il avait laissé aux plébéiens le titre de citoyens, ne fût-ce que pour pouvoir les incorporer dans les légions. On avait d'ailleurs veillé à ce que l'inviolabilité des tribuns ne s'étendît pas hors de Rome, et pour cela on avait décidé qu'un tribun ne sortirait jamais de la ville. À l'armée, la plèbe était donc sujette, et il n'y avait plus double pouvoir ; en présence de l'ennemi, Rome redevenait une.

Puis, grâce à l'habitude prise après l'expulsion des rois de réunir l'armée pour la consulter sur les intérêts publics ou sur le choix des magistrats, il y avait des assemblées mixtes où la plèbe figurait à côté des patriciens. Or nous voyons clairement dans l'histoire que ces comices par centuries prirent de plus en plus d'importance et devinrent insensiblement ce qu'on appela les grands comices. En effet dans le conflit qui était engagé entre l'assemblée par curies et l'assemblée par tribus, il paraissait naturel que l'assemblée centuriate devînt une sorte de terrain neutre où les intérêts généraux fussent débattus de préférence.

Le plébéien n'était pas toujours un pauvre. Souvent il appartenait à une famille qui était originaire d'une autre ville, qui y avait été riche et considérée, et que le sort de la guerre avait transportée à Rome sans lui enlever la richesse ni ce sentiment de dignité qui d'ordinaire l'accompagne. Quelquefois aussi le plébéien avait pu s'enrichir par son travail, surtout au temps des rois. Lorsque Servius avait partagé la population en classes d'après la fortune, quelques plébéiens étaient entrés dans la première. Le patriciat n'avait pas osé ou n'avait pas pu abolir cette division en classes. Il ne manquait donc pas de plébéiens qui combattaient à côté des patriciens dans les premiers rangs de la légion et qui votaient avec eux dans les premières centuries.

Cette classe riche, fière, prudente aussi, qui ne pouvait pas se plaire aux troubles et devait les redouter, qui avait beaucoup à perdre si Rome tombait, et beaucoup à gagner si elle s'élevait, fut un intermédiaire naturel entre les deux ordres ennemis.

Il ne paraît pas que la plèbe ait éprouvé aucune répugnance à voir s'établir en elle-même les distinctions de la richesse. Trente-six ans après la création du tribunat, le nombre des tribuns fut porté à dix, afin qu'il y en eût deux de chacune des cinq classes. La plèbe acceptait donc et tenait à conserver la division que Servius avait établie. Et même la partie pauvre, qui n'était pas comprise dans les classes, ne faisait entendre aucune réclamation ; elle laissait aux plus aisés leur privilège, et n'exigeait pas qu'on choisît aussi chez elle des tribuns.

Quant aux patriciens, ils s'effrayaient peu de cette importance que prenait la richesse. Car ils étaient riches aussi. Plus sages ou plus heureux que les eupatrides d'Athènes, qui tombèrent dans le néant le jour où la direction de la société appartint à la richesse, les patriciens ne négligèrent jamais ni l'agriculture, ni le commerce, ni même l'industrie. Augmenter leur fortune fut toujours leur grande préoccupation. Le travail, la frugalité, la bonne spéculation furent toujours leurs vertus. D'ailleurs chaque victoire sur l'ennemi, chaque conquête agrandissait leurs possessions. Aussi ne voyaient-ils pas un très grand mal à ce que la puissance s'attachât à la richesse.

Les habitudes et le caractère des patriciens étaient tels qu'ils ne pouvaient pas avoir de mépris pour un riche, fût-il de la plèbe. La riche plébéien approchait d'eux, vivait avec eux ; maintes relations d'intérêt ou d'amitié s'établissaient. Ce perpétuel contact amenait un échange d'idées. Le plébéien faisait peu à peu comprendre au patricien les vœux et les droits de la plèbe. Le patricien finissait par se laisser convaincre ; il arrivait insensiblement à avoir une opinion moins ferme et moins hautaine de sa supériorité ; il n'était plus aussi sûr de son droit. Or, quand une aristocratie en vient à douter que son empire soit légitime, ou elle n'a plus le courage de le défendre ou elle le défend mal. Dès que les prérogatives du patricien n'étaient plus un article de foi pour lui-même, on peut dire que le patriciat était à moitié vaincu.

La classe riche paraît avoir exercé une action d'un autre genre sur la plèbe, dont elle était issue et dont elle ne se séparait pas encore. Comme elle avait intérêt à la grandeur de Rome, elle souhaitait l'union des deux ordres. Elle était d'ailleurs ambitieuse ; elle calculait que la séparation absolue des deux ordres bornait à jamais sa carrière, en l'enchaînant pour toujours à la classe inférieure, tandis que leur union lui ouvrait une voie dont on ne pouvait pas voir le terme. Elle s'efforça donc d'imprimer aux idées et aux vœux de la plèbe une autre direction. Au lieu de persister à former un ordre séparé, au lieu de se donner péniblement des lois particulières, que l'autre ordre ne reconnaîtrait jamais, au lieu de travailler lentement par ses plébiscites à faire des espèces de lois à son usage et à élaborer un code qui n'aurait jamais de valeur officielle, elle lui inspira l'ambition de pénétrer dans la cité patricienne et d'entrer en partage des lois, des institutions, des dignités du patricien. Les désirs de la plèbe tendirent alors à l'union des deux ordres, sous la condition de l'égalité.

La plèbe, une fois entrée dans cette voie, commença par réclamer un code. Il y avait des lois à Rome, comme dans toutes les villes, lois invariables et saintes, qui étaient écrites et dont le texte était gardé par les prêtres[48]. Mais ces lois qui faisaient partie de la religion, ne s'appliquaient qu'aux membres de la cité religieuse. Le plébéien n'avait pas le droit de les connaître, et l'on peut croire qu'il n'avait pas non plus le droit de les invoquer. Ces lois existaient pour les curies, pour les *gentes*, pour les patriciens et leurs clients, mais non pour d'autres. Elles ne reconnaissaient pas le droit de propriété à celui qui n'avait pas de *sacra* ; elles n'accordaient pas l'action en justice à celui qui n'avait pas de patron. C'est ce caractère exclusivement religieux de la loi que la plèbe voulut faire disparaître. Elle demanda, non pas seulement que les lois fussent mises en écrit et rendues publiques, mais qu'il y eût des lois qui fussent également applicables aux patriciens et à elle.

Il paraît que les tribuns voulurent d'abord que ces lois fussent rédigées par des plébéiens. Les patriciens répondirent qu'apparemment les tribuns ignoraient ce que c'était qu'une loi, car autrement ils n'auraient pas exprimé une telle pensée. « Il est de toute impossibilité, disaient-ils, que les plébéiens fassent des lois ; vous qui n'avez pas les auspices, vous qui n'accomplissez pas d'actes religieux, qu'avez-vous de commun avec toutes les choses sacrées, parmi lesquelles il faut compter la loi[49] ? » La prétention de la plèbe paraissait donc monstrueuse et impie aux patriciens. Aussi les vieilles annales, que Tite-Live et Denys consultaient en cet endroit de leur histoire, mentionnaient-elles d'affreux prodiges, le ciel en feu, les spectres voltigeant dans l'air, des pluies de sang[50]. Le vrai prodige était que des plébéiens eussent la pensée de faire des lois. Entre les deux ordres, dont chacun s'étonnait de l'insistance de l'autre, la république resta huit années en suspens. Puis les tribuns trouvèrent un compromis : « Puisque vous ne voulez pas que la loi soit écrite par les plébéiens, dirent-ils, choisissons les législateurs dans les deux ordres. » Par là ils croyaient concéder beaucoup ; c'était peu à l'égard des principes si rigoureux de la religion patricienne. Le Sénat répliqua qu'il ne s'opposait nullement à la rédaction d'un code, mais que ce code ne pouvait être rédigé que par des patriciens. On finit par trouver un moyen de concilier les intérêts de la plèbe avec la nécessité religieuse que le patriciat invoquait : on décida que les législateurs seraient tous patriciens, mais que leur code, avant d'être promulgué et mis en vigueur, serait exposé aux yeux du public et soumis à l'approbation préalable de toutes les classes.

Ce n'est pas ici le moment d'analyser le code des décemvirs. Il importe seulement de remarquer dès à présent que l'œuvre des législateurs, préalablement exposée au forum, discutée librement par tous les citoyens, fut ensuite acceptée par les comices centuriates, c'est-à-dire par l'assemblée où les deux ordres étaient confondus. Il y avait en cela une innovation grave. Adoptée par toutes les classes, la même loi s'appliqua désormais à toutes. On ne trouve pas dans ce qui nous reste de ce code, un seul mot qui implique une inégalité entre le plébéien et le patricien, soit pour le droit de propriété, soit pour les contrats et les obligations, soit pour la procédure. À partir de ce moment, le plébéien comparut devant le même tribunal que le patricien, agit comme lui, fut jugé d'après la même loi que lui. Or il ne pouvait pas se faire de révolution plus radicale ; les habitudes de chaque jour, les mœurs, les sentiments de l'homme envers l'homme, l'idée de la dignité personnelle, le principe du droit, tout se trouva changé dans Rome.

Comme il restait quelques lois à faire, on nomma de nouveaux décemvirs, et parmi eux, il y eut trois plébéiens. Ainsi, après qu'on avait proclamé avec tant d'énergie que le droit d'écrire les lois n'appartenait qu'à la classe patricienne, le progrès des idées était si rapide qu'au bout d'une année on admettait des plébéiens parmi les législateurs.

Les mœurs tendaient à l'égalité. On était sur une pente où l'on ne pouvait plus se retenir. Il était devenu nécessaire de faire une loi pour défendre le mariage entre les deux ordres : preuve certaine que la religion et les mœurs ne suffisaient plus à l'interdire. Mais à peine avait-on eu le temps de faire cette loi, qu'elle tomba devant une réprobation universelle. Quelques patriciens persistèrent bien à alléguer la religion : « Notre sang va être souillé, et le culte héréditaire de chaque famille en sera flétri ; nul ne saura plus de quel sang il est né, à quels sacrifices il appartient ; ce sera le renversement de toutes les institutions divines et humaines. » Les plébéiens n'entendaient rien à ces arguments, qui ne leur paraissaient que des subtilités sans valeur. Discuter des articles de foi devant des hommes qui n'ont pas la religion, c'est peine perdue. Les tribuns répliquaient d'ailleurs avec beaucoup de justesse : « S'il est vrai que votre religion parle si haut, qu'avez-vous besoin de cette loi ? Elle ne vous sert de rien ; retirez-la, vous resterez aussi libres qu'auparavant de ne pas vous allier aux familles plébéiennes. » La loi fut retirée. Aussitôt les mariages devinrent fréquents entre les deux ordres. Les riches plébéiens furent à tel point recherchés que, pour ne parler que des Licinius, on les vit s'allier à trois *gentes* patriciennes, aux Fabius, aux Cornélius, aux Manlius[51]. On put reconnaître alors que la loi avait été un moment la seule barrière qui séparât les deux ordres. Désormais, le sang patricien et le sang plébéien se mêlèrent.

Dès que l'égalité était conquise dans la vie privée, le plus difficile était fait, et il semblait naturel que l'égalité existât de même en politique. La plèbe se demanda donc pourquoi le consulat lui était interdit, et elle ne vit pas de raison pour en être écartée toujours.

Il y avait pourtant une raison très forte. Le consulat n'était pas seulement un commandement ; c'était un sacerdoce. Pour être consul, il ne suffisait pas d'offrir des garanties d'intelligence, de courage, de probité ; il fallait surtout être capable d'accomplir les cérémonies du culte public. Il était nécessaire que les rites fussent bien observés et que les dieux fussent contents. Or les patriciens seuls avaient en eux le caractère sacré qui permettait de prononcer les prières et d'appeler la protection divine sur la cité. Le plébéien n'avait rien de commun avec le culte ; la religion s'opposait donc à ce qu'il fût consul, *nefas plebeium consulem fieri*.

On peut se figurer la surprise et l'indignation du patriciat, quand des plébéiens exprimèrent pour la première fois la prétention d'être consuls. Il sembla que la religion fût menacée. On se donna beaucoup de peine pour faire comprendre cela à la plèbe ; on lui dit quelle importance la religion avait dans la cité, que c'était elle qui avait fondé la ville, elle qui présidait à tous les actes publics, elle qui dirigeait les assemblées délibérantes, elle qui donnait à la république ses magistrats. On ajouta que cette religion était, suivant la règle antique (*more majorum*), le patrimoine des patriciens, que ses rites ne pouvaient être connus et pratiqués que par eux, et qu'enfin les dieux n'acceptaient pas le sacrifice du plébéien. Proposer de créer des consuls plébéiens, c'était vouloir supprimer la religion de la cité ; désormais le culte serait souillé et la cité ne serait plus en paix avec ses dieux[52].

Le patriciat usa de toute sa force et de toute son adresse pour écarter les plébéiens de ses magistratures. Il défendait à la fois sa religion et sa puissance. Dès qu'il vit que le consulat était en danger d'être obtenu par la plèbe, il en détacha la fonction religieuse qui avait entre toutes le plus d'importance, celle qui consistait à faire la lustration des citoyens ; ainsi furent établis les censeurs. Dans un moment où il lui semblait trop difficile de résister aux vœux des plébéiens, il remplaça le consulat par le tribunat militaire. La plèbe montra d'ailleurs une grande patience ; elle attendit soixante-quinze ans que son désir fût réalisé. Il est visible qu'elle mettait moins d'ardeur à obtenir ces hautes magistratures qu'elle n'en avait mis à conquérir le tribunat et un code.

Mais si la plèbe était assez indifférente, il y avait une aristocratie plébéienne qui avait de l'ambition. Voici une légende de cette époque : « Fabius Ambustus, un des patriciens les plus distingués, avait marié ses deux filles, l'une à un patricien qui devint tribun militaire, l'autre à Licinius Stolon, homme fort en vue, mais plébéien. Celle-ci se trouvait un jour chez sa sœur, lorsque les licteurs, ramenant le tribun militaire à sa maison, frappèrent la porte de leurs faisceaux. Comme elle ignorait cet usage, elle eut peur. Les rires et les questions ironiques de sa sœur lui apprirent combien un mariage plébéien l'avait fait déchoir, en la plaçant dans une maison où les dignités et les honneurs ne devaient jamais entrer. Son père devina son chagrin, la consola et lui promit qu'elle verrait un jour chez elle ce qu'elle venait de voir dans la maison de sa sœur. Il s'entendit avec son gendre, et tous les deux travaillèrent au même dessein. » Cette légende, parmi quelques détails puérils et invraisemblables, nous apprend du moins deux choses : l'une, que l'aristocratie plébéienne, à force de vivre avec les patriciens, prenait leur ambition et aspirait à leurs dignités ; l'autre qu'il se trouvait des patriciens pour encourager et exciter l'ambition de cette nouvelle aristocratie, qui s'était unie à eux par les liens les plus étroits.

Il paraît que Licinius et Sextius qui s'était joint à lui, ne comptaient pas que la plèbe fît de grands efforts pour leur donner le droit d'être consuls. Car ils crurent devoir proposer trois lois en même temps. Celle qui avait pour objet d'établir qu'un des consuls serait forcément choisi dans la plèbe, était précédée de deux autres, dont l'une diminuait les dettes et l'autre accordait des terres au peuple. Il est évident que les deux premières devaient servir à échauffer le zèle de la plèbe en faveur de la troisième. Il y eut un moment où la plèbe fut trop clairvoyante : elle prit dans les propositions de Licinius ce qui était pour elle, c'est-à-dire la réduction des dettes et la distribution de terres, et laissa de côté le consulat. Mais Licinius répliqua que les trois lois étaient inséparables, et qu'il fallait les accepter ou les rejeter ensemble. La constitution romaine autorisait ce procédé. On pense bien que la plèbe aima mieux tout accepter que tout perdre.

Mais il ne suffisait pas que la plèbe voulût faire des lois ; il fallait encore à cette époque que le Sénat convoquât les grands comices et qu'ensuite il confirmât le décret[53]. Il s'y refusa pendant dix ans. À la fin se place un événement que Tite-Live laisse trop dans l'ombre[54] ; il parait que la plèbe prit les armes et que la guerre civile ensanglanta les rues de Rome. Le patriciat vaincu donna un sénatus-consulte par lequel il approuvait et confirmait à l'avance tous les décrets que le peuple porterait cette année-là. Rien n'empêcha plus les tribuns de faire voter leurs trois lois. À partir de ce moment, la plèbe eut chaque année un consul sur deux, et elle ne tarda guère à parvenir aux autres magistratures. Le plébéien porta la robe de pourpre et fut précédé des faisceaux ; il rendit la justice, il fut sénateur, il gouverna la cité et commanda les légions.

Restaient les sacerdoces, et il ne semblait pas qu'on pût les enlever aux patriciens. Car c'était dans la vieille religion un dogme inébranlable que le droit de réciter la prière et de toucher aux objets sacrés ne se transmettait qu'avec le sang. La science des rites, comme la possession des dieux, était héréditaire. De même qu'un culte domestique était un patrimoine auquel nul étranger ne pouvait avoir part, le culte de la cité appartenait exclusivement aux familles qui avaient formé la cité primitive. Assurément, dans les premiers siècles de Rome, il ne serait venu à l'esprit de personne qu'un plébéien pût être pontife.

Mais les idées avaient changé. La plèbe, en retranchant de la religion la règle d'hérédité, s'était fait une religion à son usage. Elle s'était donné des lares domestiques, des autels de carrefour, des foyers de tribu. Le patricien n'avait eu d'abord que du mépris pour cette parodie de sa religion. Mais cela était devenu avec le temps une chose sérieuse, et le plébéien était arrivé à croire qu'il était, même au point de vue du culte et à l'égard des dieux, l'égal du patricien.

Il y avait deux principes en présence. Le patriciat persistait à soutenir que le caractère sacerdotal et le droit d'adorer la divinité étaient héréditaires. La plèbe affranchissait la religion et le sacerdoce de cette vieille règle de l'hérédité ; elle prétendait que tout homme était apte à prononcer la prière, et que, pourvu qu'on fût citoyen, on avait le droit d'accomplir les cérémonies du culte de la cité ; elle arrivait à cette conséquence qu'un plébéien pouvait être pontife.

Si les sacerdoces avaient été distincts des commandements et de la politique, il est possible que les plébéiens ne les eussent pas aussi ardemment convoités. Mais toutes ces choses étaient confondues : le prêtre était un magistrat, le pontife était un juge, l'augure pouvait dissoudre les assemblées publiques. La plèbe ne manqua pas de s'apercevoir que sans les sacerdoces elle n'avait réellement ni l'égalité civile ni l'égalité politique. Elle réclama donc le partage du pontificat entre les deux ordres, comme elle avait réclamé le partage du consulat.

Il devenait difficile de lui objecter son incapacité religieuse ; car depuis soixante ans on voyait le plébéien, comme consul, accomplir les sacrifices ; comme censeur, il faisait la lustration ; vainqueur de l'ennemi, il remplissait les saintes formalités du triomphe. Par les magistratures, la plèbe s'était déjà emparée d'une partie des sacerdoces ; il n'était pas facile de sauver le reste. La foi au principe de l'hérédité religieuse était ébranlée chez les patriciens eux-mêmes. Quelques-uns d'entre eux invoquèrent en vain les vieilles règles et dirent : « Le culte va être altéré, souillé par des mains indignes ; vous vous attaquez aux dieux mêmes ; prenez garde que leur colère ne se fasse sentir à notre ville[55]. » Il ne semble pas que ces arguments aient eu beaucoup de force sur la plèbe, ni même que la majorité du patriciat s'en soit émue. Les mœurs nouvelles donnaient gain de cause au principe plébéien. Il fut donc décidé que la moitié des pontifes et des augures seraient désormais choisis parmi la plèbe[56].

Ce fut là la dernière conquête de l'ordre inférieur ; il n'avait plus rien à désirer. Le patriciat perdait jusqu'à sa supériorité religieuse. Rien ne le distinguait plus de la plèbe ; le patriciat n'était plus qu'un nom ou un souvenir. Les vieux principes sur lesquels la cité romaine, comme toutes les cités anciennes, était fondée, avaient disparu. De cette antique religion héréditaire, qui avait longtemps gouverné les hommes et établi des rangs entre eux, il ne restait plus que les formes extérieures. Le plébéien avait lutté contre elle pendant quatre siècles, sous la république et sous les rois, et il l'avait vaincue.

Chapitre 8

Changements dans le droit privé. Le code des Douze Tables. Le code de Solon

Il n'est pas dans la nature du droit d'être absolu et immuable ; il se modifie et se transforme, comme toute œuvre humaine. Chaque société a son droit, qui se forme et se développe avec elle, qui change comme elle, et qui enfin suit toujours le mouvement de ses institutions, de ses mœurs et de ses croyances.

Les hommes des anciens âges avaient été assujettis à une religion d'autant plus puissante sur leur âme qu'elle était plus grossière ; cette religion leur avait fait leur droit, comme elle leur avait donné leurs institutions politiques. Mais voici que la société s'est transformée. Le régime patriarcal que cette religion héréditaire avait engendré, s'est dissous à la longue dans le régime de la cité. Insensiblement la *gens* s'est démembrée, le cadet s'est détaché de l'aîné, le serviteur du chef ; la classe inférieure a grandi ; elle s'est armée ; elle a fini par vaincre l'aristocratie et conquérir l'égalité. Ce changement dans l'état social devait en amener un autre dans le droit. Car autant les eupatrides et les patriciens étaient attachés à la vieille religion des familles et par conséquent au vieux droit, autant la classe inférieure avait de haine pour cette religion héréditaire qui avait fait longtemps son infériorité, et pour ce droit antique qui l'avait opprimée. Non seulement elle le détestait, elle ne le comprenait même pas. Comme elle n'avait pas les croyances sur lesquelles il était fondé, ce droit lui paraissait n'avoir pas de fondement. Elle le trouvait injuste, et dès lors il devenait impossible qu'il restât debout.

Si l'on se place à l'époque où la plèbe a grandi et est entrée dans le corps politique, et que l'on compare le droit de cette époque au droit primitif, de graves changements apparaissent tout d'abord. Le premier et le plus saillant est que le droit a été rendu public et est connu de tous. Ce n'est plus ce chant sacré et mystérieux que l'on se disait d'âge en âge avec un pieux respect, que les prêtres seuls écrivaient et que les hommes des familles religieuses pouvaient seuls connaître. Le droit est sorti des rituels et des livres des prêtres ; il a perdu son religieux mystère ; c'est une langue que chacun peut lire et peut parler.

Quelque chose de plus grave encore se manifeste dans ces codes. La nature de la loi et son principe ne sont plus les mêmes que dans la période précédente. Auparavant la loi était un arrêt de la religion ; elle passait pour une révélation faite par les dieux aux ancêtres, au divin fondateur, aux rois sacrés, aux magistrats-prêtres. Dans les codes nouveaux, au contraire, ce n'est plus au nom des dieux que le législateur parle ; les décemvirs de Rome ont reçu leur pouvoir du peuple ; c'est aussi le peuple qui a investi Solon du droit de faire des lois. Le législateur ne représente donc plus la tradition religieuse, mais la volonté populaire. La loi a dorénavant pour principe l'intérêt des hommes, et pour fondement l'assentiment du plus grand nombre.

De là deux conséquences. D'abord, la loi ne se présente plus comme une formule immuable et indiscutable. En devenant œuvre humaine, elle se reconnaît sujette au changement. Les Douze Tables le disent : « Ce que les suffrages du peuple ont ordonné en dernier lieu, c'est la loi [1]. » De tous les textes qui nous restent de ce code, il n'en est pas un qui ait plus d'importance que celui-là, ni qui marque mieux le caractère de la révolution qui s'opéra alors dans le droit. La loi n'est plus une tradition sainte, *mos* ; elle est un simple texte, *lex*, et comme c'est la volonté des hommes qui l'a faite, cette même volonté peut la changer.

L'autre conséquence est celle-ci. La loi, qui auparavant était une partie de la religion et était, par conséquent, le patrimoine des familles sacrées, fut dorénavant la propriété commune de tous les citoyens. Le plébéien put l'invoquer et agir en justice. Tout au plus le patricien de Rome, plus tenace ou plus rusé que l'eupatride d'Athènes, essaya-t-il de cacher à la foule les formes de la procédure ; ces formes mêmes ne tardèrent pas à être divulguées.

Ainsi le droit changea de nature. Dès lors il ne pouvait plus contenir les mêmes prescriptions que dans l'époque précédente. Tant que la religion avait eu l'empire sur lui, il avait réglé les relations des hommes entre eux d'après les principes de cette religion. Mais la classe inférieure, qui apportait dans la cité d'autres principes, ne comprenait rien ni aux vieilles règles du droit de propriété, ni à l'ancien droit de succession, ni à l'autorité absolue du père, ni à la parenté d'agnation. Elle voulait que tout cela disparut.

À la vérité, cette transformation du droit ne put pas s'accomplir d'un seul coup. S'il est quelquefois possible à l'homme de changer brusquement ses institutions politiques, il ne peut changer ses lois et son droit privé qu'avec lenteur et par degrés. C'est ce que prouve l'histoire du droit romain comme celle du droit athénien.

Les Douze Tables, comme nous l'avons vu plus haut, ont été écrites au milieu d'une transformation sociale ; ce sont des patriciens qui les ont faites, mais ils les ont faites sur la demande de la plèbe et pour son usage. Cette législation n'est donc plus le droit primitif de Rome ; elle n'est pas encore le droit prétorien ; elle est une transition entre les deux.

Voici d'abord les points sur lesquels elle ne s'éloigne pas encore du droit antique :

Elle maintient la puissance du père ; elle le laisse juger son fils, le condamner à mort, le vendre. Du vivant du père, le fils n'est jamais majeur.

Pour ce qui est des successions, elle garde aussi les règles anciennes ; l'héritage passe aux agnats, et à défaut d'agnats aux *gentiles*. Quant aux cognats, c'est-à-dire aux parents par les femmes, la loi ne les connaît pas encore ; ils n'héritent pas entre eux ; la mère ne succède pas au fils, ni le fils à la mère[2].

Elle conserve à l'émancipation et à l'adoption le caractère et les effets que ces deux actes avaient dans le droit antique. Le fils émancipé n'a plus part au culte de la famille, et il suit de là qu'il n'a plus droit à la succession.

Voici maintenant les points sur lesquels cette législation s'écarte du droit primitif :

Elle admet formellement que le patrimoine peut être partagé entre les frères, puisqu'elle accorde l'*actio familiæ erciscundæ*[3].

Elle prononce que le père ne pourra pas disposer plus de trois fois de la personne de son fils, et qu'après trois ventes le fils sera libre[4]. C'est ici la première atteinte que le droit romain ait portée à l'autorité paternelle.

Un autre changement plus grave fut celui qui donna à l'homme le pouvoir de tester. Auparavant, le fils était héritier *sien et nécessaire* ; à défaut de fils, le plus proche agnat héritait ; à défaut d'agnats, les biens retournaient à la *gens*, en souvenir du temps où la *gens* encore indivise était l'unique propriétaire du domaine qu'on avait partagé depuis. Les Douze Tables laissent de côté ces principes vieillis ; elles considèrent la propriété comme appartenant non plus à la *gens*, mais à l'individu ; elles reconnaissent donc à l'homme le droit de disposer de ses biens par testament.

Ce n'est pas que dans le droit primitif le testament eût été tout à fait inconnu. L'homme avait pu déjà se choisir un légataire en dehors de la *gens*, mais à la condition de faire agréer son choix par l'assemblée des curies ; en sorte qu'il n'y avait que la volonté de la cité entière qui pût faire déroger à l'ordre que la religion avait jadis établi. Le droit nouveau débarrasse le testament de cette règle gênante, et lui donne une forme plus facile, celle d'une vente simulée. L'homme feindra de vendre sa fortune à celui qu'il aura choisi pour légataire ; en réalité il aura fait un testament, et il n'aura pas eu besoin de comparaître devant l'assemblée du peuple.

Cette forme de testament avait le grand avantage d'être permise au plébéien. Lui qui n'avait rien de commun avec les curies, il n'avait eu jusqu'alors aucun moyen de tester[5]. Désormais il put user du procédé de la vente fictive et disposer de ses biens. Ce qu'il y a de plus remarquable dans cette période de l'histoire de la législation romaine, c'est que, par l'introduction de certaines formes nouvelles, le droit put étendre son action et ses bienfaits aux classes inférieures. Les anciennes règles et les anciennes formalités n'avaient pu et ne pouvaient encore convenablement s'appliquer qu'aux familles religieuses ; mais on imaginait de nouvelles règles et de nouveaux procédés lui fussent applicables aux plébéiens.

C'est pour la même raison et en conséquence du même besoin que des innovations se sont introduites dans la partie du droit qui se rapportait au mariage. Il est clair que les familles plébéiennes ne pratiquaient pas le mariage sacré, et l'on peut croire que pour elles l'union conjugale reposait uniquement sur la convention mutuelle des parties (*mutuus consensus*) et sur l'affection qu'elles s'étaient promise (*affectio maritalis*). Nulle formalité civile ni religieuse n'était accomplie. Ce mariage plébéien finit par prévaloir, à la longue, dans les mœurs et dans le droit ; mais à l'origine, les lois de la cité patricienne ne lui reconnaissaient aucune valeur. Or cela avait de graves conséquences ; comme la puissance maritale et paternelle ne découlait, aux yeux du patricien, que de la cérémonie religieuse, qui avait initié la femme au culte de l'époux, il résultait que le plébéien n'avait pas cette puissance. La loi ne lui reconnaissait pas de famille, et le droit privé n'existait pas pour lui. C'était une situation qui ne pouvait plus durer. On imagina donc un procédé qui fût à l'usage du plébéien et qui, pour les relations civiles, produisît les mêmes effets que le mariage sacré. On eut recours, comme pour le testament, à une vente fictive. La femme fut achetée par le mari (*coemptio*) ; dès lors elle fut reconnue en droit comme faisant partie de sa propriété (*familia*), elle fut *dans sa main*, et eut rang de fille à son égard, absolument comme si la cérémonie religieuse avait été accomplie[6].

Nous ne saurions affirmer que ce procédé ne fût pas plus ancien que les Douze Tables. Il est du moins certain que la législation nouvelle le reconnut comme légitime. Elle donnait ainsi au plébéien un droit privé, qui était analogue pour les effets au droit du patricien, quoiqu'il en différât beaucoup pour nos principes.

À la *coemptio* correspond l'*usus* ; ce sont deux formes d'un même acte. Tout objet peut être acquis indifféremment de deux manières, par achat ou par *usage* ; il en est de même de la propriété fictive de la femme. L'*usage* ici, c'est la cohabitation d'une année ; elle établit entre les époux les mêmes liens de droit que l'achat et que la cérémonie religieuse. Il n'est sans doute pas besoin d'ajouter qu'il fallait que la cohabitation eût été précédée du mariage, au moins du mariage plébéien qui s'effectuait par consentement et affection des parties. Ni la *coemptio* ni l'*usus* ne créaient l'union morale entre les époux ; ils ne venaient qu'après le mariage et n'établissaient qu'un lien de droit. Ce n'étaient pas, comme on l'a trop souvent répété, des modes de mariage ; c'étaient seulement des moyens d'acquérir la puissance maritale et paternelle[7].

Mais la puissance maritale des temps antiques avait des conséquences qui, à l'époque de l'histoire où nous sommes arrivés, commençaient à paraître excessives. Nous avons vu que la femme était soumise sans réserve au mari, et que le droit de celui-ci allait jusqu'à pouvoir l'aliéner et la vendre[8]. À un autre point de vue, la puissance maritale produisait encore des effets que le bon sens du plébéien avait peine à comprendre ; ainsi la femme placée *dans la main* de son mari était séparée d'une manière absolue de sa famille paternelle, n'en héritait pas, et ne conservait avec elle aucun lien ni aucune parenté aux yeux de la loi. Cela était bon dans le droit primitif, quand la religion défendait que la même personne fît partie de deux *gentes*, sacrifiât à deux foyers, et fût héritière dans deux maisons. Mais la puissance maritale n'était plus conçue avec cette rigueur et l'on pouvait avoir plusieurs motifs excellents pour vouloir échapper à ces dures conséquences. Aussi la loi des Douze Tables, tout en établissant que la cohabitation d'une année mettrait la femme en puissance, fut-elle forcée de laisser aux époux la liberté de ne pas contracter un lien si rigoureux. Que la femme interrompe chaque année la cohabitation, ne fût-ce que par une absence de trois nuits, c'est assez pour que la puissance maritale ne s'établisse pas. Dès lors la femme conserve avec sa propre famille un lien de droit, et elle peut en hériter.

Sans qu'il soit nécessaire d'entrer dans de plus longs détails, on voit que le code des Douze Tables s'écarte déjà beaucoup du droit primitif. La législation romaine se transforme comme le gouvernement et l'état social. Peu à peu et presque à chaque génération, il se produira quelque changement nouveau. À mesure que les classes inférieures feront un progrès dans l'ordre politique, une modification nouvelle sera introduite dans les règles du droit. C'est d'abord le mariage qui va être permis entre patriciens et plébéiens. C'est ensuite la loi Papiria qui défendra au débiteur d'engager sa personne au créancier. C'est la procédure qui va se simplifier, au grand profit des plébéiens, par l'abolition des *actions de la loi*. Enfin le Préteur, continuant à marcher dans la voie que les Douze Tables ont ouverte, tracera à côté du droit ancien un droit absolument nouveau, que la religion n'aura pas dicté et qui se rapprochera de plus en plus du droit de la nature.

Une révolution analogue apparaît dans le droit athénien. On sait que deux codes de lois ont été rédigés à Athènes, à la distance de trente années, le premier par Dracon, le second par Solon. Celui de Dracon a été écrit au plus fort de la lutte entre les deux classes, et lorsque les eupatrides n'étaient pas encore vaincus. Solon a rédigé le sien au moment même où la classe inférieure l'emportait. Aussi les différences sont-elles grandes entre les deux codes.

Dracon était un eupatride ; il avait tous les sentiments de sa caste et « était instruit dans le droit religieux ». Il ne paraît pas avoir fait autre chose que de mettre en écrit les vieilles coutumes, sans y rien changer. Sa première loi est celle-ci : « On devra honorer les dieux et les héros du pays et leur offrir des sacrifices annuels, sans s'écarter des rites suivis par les ancêtres. » On a conservé le souvenir de ses lois sur le meurtre ; elles prescrivent que le coupable soit écarté des temples, et lui défendent de toucher à l'eau lustrale et aux vases des cérémonies[9].

Ses lois parurent cruelles aux générations suivantes. Elles étaient, en effet, dictées par une religion implacable, qui voyait dans toute faute une offense à la divinité, et dans toute offense à la divinité un crime irrémissible. Le vol était puni de mort, parce que le vol était un attentat à la religion de la propriété.

Un curieux article qui nous a été conservé de cette législation montre dans quel esprit elle fut faite. Elle n'accordait le droit de poursuivre un crime en justice qu'aux parents du mort et aux membres de sa *gens*[10]. Nous voyons là combien la *gens* était encore puissante à cette époque, puisqu'elle ne permettait pas à la cité d'intervenir d'office dans ses affaires, fût-ce pour la venger. L'homme appartenait encore à la famille plus qu'à la cité.

Dans tout ce qui nous est parvenu de cette législation, nous voyons qu'elle ne faisait que reproduire le droit ancien. Elle avait la dureté et la raideur de la vieille loi non écrite. On peut croire qu'elle établissait une démarcation bien profonde entre les classes ; car la classe inférieure l'a toujours détestée, et au bout de trente ans elle réclamait une législation nouvelle.

Le code de Solon est tout différent ; on voit qu'il correspond à une grande révolution sociale. La première chose qu'on y remarque, c'est que les lois sont les mêmes pour tous. Elles n'établissent pas de distinction entre l'eupatride, le simple homme libre, et le thète. Ces mots ne se trouvent même dans aucun des articles qui nous ont été conservés. Solon se vante dans ses vers d'avoir écrit les mêmes lois pour les grands et pour les petits[11].

Comme les Douze Tables, le code de Solon s'écarte en beaucoup de points du droit antique ; sur d'autres points il lui reste fidèle. Ce n'est pas à dire que les décemvirs romains aient copié les lois d'Athènes ; mais les deux législations, œuvres de la même époque, conséquences de la même révolution sociale, n'ont pas pu ne pas se ressembler. Encore cette ressemblance n'est-elle guère que dans l'esprit des deux législations ; la comparaison de leurs articles présente des différences nombreuses. Il y a des points sur lesquels le code de Solon reste plus près du droit primitif que les Douze Tables, comme il y en a sur lesquels il s'en éloigne davantage.

Le droit très antique avait prescrit que le fils aîné fût seul héritier. La loi de Solon s'en écarte et dit en termes formels : « Les frères se partageront le patrimoine. » Mais le législateur ne s'éloigne pas encore du droit primitif jusqu'à donner à la sœur une part dans la succession : « Le partage, dit-il, se fera *entre les fils*[12]. »

Il y a plus : si un père ne laisse qu'une fille, cette fille unique ne peut pas être héritière ; c'est toujours le plus proche agnat qui a la succession. En cela Solon se conforme à l'ancien droit ; du moins il réussit à donner à la fille la jouissance du patrimoine, en forçant l'héritier à l'épouser[13].

La parenté par les femmes était inconnue dans le vieux droit ; Solon l'admet dans le droit nouveau, mais en la plaçant au-dessous de la parenté par les mâles. Voici sa loi[14] : « Si un père mourant intestat ne laisse qu'une fille, le plus proche agnat hérite en épousant la fille. S'il ne laisse pas d'enfant, son frère hérite, non pas sa sœur ; son frère germain ou consanguin, non pas son frère utérin. À défaut de frères ou de fils de frères, la succession passe à la sœur. S'il n'y a ni frères, ni sœurs, ni neveux, les cousins et petits-cousins de la branche paternelle héritent. Si l'on ne trouve pas de cousins dans la branche paternelle (c'est-à-dire parmi les agnats), la succession est déférée aux collatéraux de la branche maternelle (c'est-à-dire aux cognats). » Ainsi les femmes commencent à avoir des droits à la succession, mais inférieurs à ceux des hommes ; la loi énonce formellement ce principe : « Les mâles et les descendants par les mâles excluent les femmes et les descendants des femmes. » Du moins cette sorte de parenté est reconnue et se fait sa place dans les lois, preuve certaine que le droit naturel commence à parler presque aussi haut que la vieille religion.

Solon introduisit encore dans la législation athénienne quelque chose de très nouveau, le testament. Avant lui les biens passaient nécessairement au plus proche agnat, ou à défaut d'agnats aux *gennètes* (*gentiles*) [15] ; cela venait de ce que les biens n'étaient pas considérés comme appartenant à l'individu, mais à la famille. Mais au temps de Solon on commençait à concevoir autrement le droit de propriété ; la dissolution de l'ancien γένος avait fait de chaque domaine le bien propre d'un individu. Le législateur permit donc à l'homme de disposer de sa fortune et de choisir son légataire. Toutefois en supprimant le droit que le γένος avait eu sur les biens de chacun de ses membres, il ne supprima pas le droit de la famille naturelle ; le fils resta héritier nécessaire ; si le mourant ne laissait qu'une fille, il ne pouvait choisir son héritier qu'à la condition que cet héritier épouserait la fille ; sans enfants, l'homme était libre de tester à sa fantaisie [16]. Cette dernière règle était absolument nouvelle dans le droit athénien, et nous pouvons voir par elle combien on se faisait alors de nouvelles idées sur la famille et combien on commençait à la distinguer de l'ancien γένος.

La religion primitive avait donné au père une autorité souveraine dans la maison. Le droit antique d'Athènes allait jusqu'à lui permettre de vendre ou de mettre à mort son fils [17]. Solon, se conformant aux mœurs nouvelles, posa des limites à cette puissance [18] ; on sait avec certitude qu'il défendit au père de vendre sa fille, à moins qu'elle ne fût coupable d'une faute grave ; il est vraisemblable que la même défense protégeait le fils. L'autorité paternelle allait s'affaiblissant, à mesure que l'antique religion perdait son empire : ce qui avait lieu plus tôt à Athènes qu'à Rome. Aussi le droit athénien ne se contenta-t-il pas de dire comme les Douze Tables : « Après triple vente le fils sera libre. » Il permit au fils arrivé à un certain âge d'échapper au pouvoir paternel.

Les mœurs, sinon les lois, en vinrent insensiblement à établir la majorité du fils, du vivant même du père. Nous connaissons une loi d'Athènes qui enjoint au fils de nourrir son père devenu vieux ou infirme ; une telle loi implique nécessairement que le fils peut posséder, et par conséquent qu'il est affranchi de la puissance paternelle. Cette loi n'existait pas à Rome, parce que le fils ne possédait jamais rien et restait toujours en puissance.

Pour la femme, la loi de Solon se conformait encore au droit antique, quand elle lui défendait de faire un testament, parce que la femme n'était jamais réellement propriétaire et ne pouvait avoir qu'un usufruit. Mais elle s'écartait de ce droit antique quand elle permettait à la femme de reprendre sa dot [19].

Il y avait encore d'autres nouveautés dans ce code. À l'opposé de Dracon, qui n'avait accordé le droit de poursuivre un crime en justice qu'à la famille de la victime, Solon l'accorda à tout citoyen [20]. Encore une règle du vieux droit patriarcal qui disparaissait.

Ainsi à Athènes comme à Rome le droit commençait à se transformer. Pour un nouvel état social il naissait un droit nouveau. Les croyances, les mœurs, les institutions s'étant modifiées, les lois qui auparavant avaient paru justes et bonnes, cessaient de le paraître, et peu à peu elles étaient effacées.

Chapitre 9

Nouveau principe de gouvernement : L'intérêt public et le suffrage

La révolution qui renversa la domination de la classe sacerdotale et éleva la classe inférieure au niveau des anciens chefs des *gentes*, marqua le commencement d'une période nouvelle dans l'histoire des cités. Une sorte de renouvellement social s'accomplit. Ce n'était pas seulement une classe d'hommes qui remplaçait une autre classe au pouvoir. C'étaient les vieux principes qui étaient mis de côté, et des règles nouvelles qui allaient gouverner les sociétés humaines.

Il est vrai que la cité conserva les formes extérieures qu'elle avait eues dans l'époque précédente. Le régime républicain subsista ; les magistrats gardèrent presque partout leurs anciens noms ; Athènes eut encore ses archontes et Rome ses consuls. Rien ne fut changé non plus aux cérémonies de la religion publique ; les repas du prytanée, les sacrifices au commencement de l'assemblée, les auspices et les prières, tout cela fut conservé. Il est assez ordinaire à l'homme, lorsqu'il rejette de vieilles institutions, de vouloir en garder au moins les dehors.

Au fond, tout était changé. Ni les institutions, ni le droit, ni les croyances, ni les mœurs ne furent dans cette nouvelle période ce qu'ils avaient été dans la précédente.

L'ancien régime disparut, entraînant avec lui les règles rigoureuses qu'il avait établies en toutes choses ; un régime nouveau fut fondé, et la vie humaine changea de face.

La religion avait été pendant de longs siècles l'unique principe de gouvernement. Il fallait trouver un autre principe qui fût capable de la remplacer et qui pût, comme elle, régir les sociétés en les mettant autant que possible à l'abri des fluctuations et des conflits. Le principe sur lequel le gouvernement des cités se fonda désormais fut l'intérêt public.

Il faut observer ce dogme nouveau qui fit alors son apparition dans l'esprit des hommes et dans l'histoire. Auparavant, la règle supérieure d'où dérivait l'ordre social, n'était pas l'intérêt, c'était la religion. Le devoir d'accomplir les rites du culte avait été le lien social. De cette nécessité religieuse avait découlé, pour les uns le droit de commander, pour les autres l'obligation d'obéir ; de là étaient venues les règles de la justice et de la procédure, celles des délibérations publiques, celles de la guerre. Les cités ne s'étaient pas demandé si les institutions qu'elles se donnaient étaient utiles ; ces institutions s'étaient fondées parce que la religion l'avait ainsi voulu. L'intérêt ni la convenance n'avaient contribué à les établir ; et si la classe sacerdotale avait combattu pour les défendre, ce n'était pas au nom de l'intérêt public, c'était au nom de la tradition religieuse.

Mais dans la période où nous entrons maintenant, la tradition n'a plus d'empire et la religion ne gouverne plus. Le principe régulateur duquel toutes les institutions doivent tirer désormais leur force, le seul qui soit au-dessus des volontés individuelles et qui puisse les obliger à se soumettre, c'est l'intérêt public. Ce que les Latins appellent *res publica*, les Grecs τὸ κοινόν, voilà ce qui remplace la vieille religion. C'est là ce qui décide désormais des institutions et des lois, et c'est à cela que se rapportent tous les actes importants des cités. Dans les délibérations des sénats ou des assemblées populaires, que l'on discute sur une loi ou sur une forme de gouvernement, sur un point de droit privé ou sur une institution politique, on ne se demande plus ce que la religion prescrit, mais ce que réclame l'intérêt général.

On attribue à Solon une parole qui caractérise assez bien le régime nouveau. Quelqu'un lui demandait s'il croyait avoir donné à sa patrie la constitution la meilleure : « Non pas, répondit-il ; mais celle qui lui convient le mieux. » Or, c'était quelque chose de très-nouveau que de ne plus demander aux formes de gouvernement et aux lois qu'un mérite relatif. Les anciennes constitutions, fondées sur les règles du culte, s'étaient proclamées infaillibles et immuables ; elles avaient eu la rigueur et l'inflexibilité de la religion. Solon indiquait par cette parole qu'à l'avenir les constitutions politiques devraient se conformer aux besoins, aux mœurs, aux intérêts des hommes de chaque époque. Il ne s'agissait plus de vérité absolue ; les règles du gouvernement devaient être désormais flexibles et variables. On dit que Solon souhaitait, et tout au plus, que ses lois fussent observées pendant cent ans [1].

Les prescriptions de l'intérêt public ne sont pas aussi absolues, aussi claires, aussi manifestes que le sont celles d'une religion. On peut toujours les discuter ; elles ne s'aperçoivent pas tout d'abord. Le mode qui parut le plus simple et le plus sûr pour savoir ce que l'intérêt public réclamait, ce fut d'assembler les hommes et de les consulter. Ce procédé fut jugé nécessaire et fut presque journellement employé. Dans l'époque précédente, les auspices avaient fait à peu près tous les frais des délibérations : l'opinion du prêtre, du roi, du magistrat sacré était toute-puissante ; on votait peu, et plutôt pour accomplir une formalité que pour faire connaître l'opinion de chacun. Désormais on vota sur toutes choses ; il fallut avoir l'avis de tous, pour être sûr de connaître l'intérêt de tous. Le suffrage devint le grand moyen de gouvernement. Il fut la source des institutions, la règle du droit ; il décida de l'utile et même du juste. Il fut au-dessus des magistrats, au-dessus même des lois ; il fut le souverain dans la cité.

Le gouvernement changea aussi de nature. Sa fonction essentielle ne fut plus l'accomplissement régulier des cérémonies religieuses ; il fut surtout constitué pour maintenir l'ordre et la paix au dedans, la dignité et la puissance au dehors. Ce qui avait été autrefois au second plan, passa au premier. La politique prit le pas sur la religion, et le gouvernement des hommes devint chose humaine. En conséquence il arriva, ou bien que des magistratures nouvelles furent créées, ou tout au moins que les anciennes prirent un caractère nouveau. C'est ce qu'on peut voir par l'exemple d'Athènes et par celui de Rome.

À Athènes, pendant la domination de l'aristocratie, les archontes avaient été surtout des prêtres ; le soin de juger, d'administrer, de faire la guerre, se réduisait à peu de chose, et pouvait sans inconvénient être joint au sacerdoce. Lorsque la cité athénienne repoussa les vieux procédés religieux du gouvernement, elle ne supprima pas l'archontat ; car on avait une répugnance extrême à supprimer ce qui était antique. Mais à côté des archontes elle établit d'autres magistrats, qui par la nature de leurs fonctions répondaient mieux aux besoins de l'époque. Ce furent les *stratèges*. Le mot signifie chef de l'armée, mais leur autorité n'était pas purement militaire ; ils avaient le soin des relations avec les autres cités, l'administration des finances, et tout ce qui concernait la police de la ville. On peut dire que les archontes avaient dans leurs mains la religion et tout ce qui s'y rapportait, avec la direction apparente de la justice, tandis que les stratèges avaient le pouvoir politique. Les archontes conservaient l'autorité, telle que les vieux âges l'avaient conçue ; les stratèges avaient celle que les nouveaux besoins avaient fait établir. Peu à peu on arriva à ce point que les archontes n'eurent plus que les dehors du pouvoir et que les stratèges en eurent toute la réalité. Ces nouveaux magistrats n'étaient plus des prêtres ; à peine faisaient-ils les cérémonies tout à fait indispensables en temps de guerre. Le gouvernement tendait de plus en plus à se séparer de la religion.

Ces statèges purent être choisis en dehors de la classe des eupatrides. Dans l'épreuve qu'on leur faisait subir avant de les nommer (δοκιμασία), on ne leur demanda pas, comme on demandait à l'archonte, s'ils avaient un culte domestique et s'ils étaient d'une famille pure ; il suffit qu'ils eussent rempli toujours leurs devoirs de citoyens et qu'ils eussent une propriété dans l'Attique[2]. Les archontes étaient désignés par le sort, c'est-à-dire par la voix des dieux ; il en fut autrement des stratèges. Comme le gouvernement devenait plus difficile et plus compliqué, que la piété n'était plus la qualité principale, et qu'il fallait l'habileté, la prudence, le courage, l'art de commander, on ne croyait plus que la voix du sort fût suffisante pour faire un bon magistrat. La cité ne voulait plus être liée par la prétendue volonté des dieux, et elle tenait à avoir le libre choix de ses chefs. Que l'archonte, qui était un prêtre, fût désigné par les dieux, cela était naturel ; mais le stratège, qui avait dans ses mains les intérêts matériels de la cité, devait être élu par les hommes.

Si l'on observe de près les institutions de Rome, on reconnaît que des changements du même genre s'y opérèrent. D'une part, les tribuns de la plèbe augmentèrent à tel point leur importance que la direction de la république, au moins en ce qui concernait les affaires intérieures, finit par leur appartenir. Or, ces tribuns, qui n'avaient pas le caractère sacerdotal, ressemblent assez aux stratèges. D'autre part, le consulat lui-même ne put subsister qu'en changeant de nature. Ce qu'il y avait de sacerdotal en lui s'effaça peu à peu. Il est bien vrai que le respect des Romains pour les traditions et les formes du passé exigea que le consul continuât à accomplir les cérémonies religieuses instituées par les ancêtres. Mais on comprend bien que le jour où les plébéiens furent consuls, ces cérémonies n'étaient plus que de vaines formalités. Le consulat fut de moins en moins un sacerdoce et de plus en plus un commandement. Cette transformation fut lente, insensible, inaperçue ; elle n'en fut pas moins complète. Le consulat n'était certainement plus au temps des Scipions ce qu'il avait été au temps de Publicola. Le tribunat militaire, que le Sénat institua en 443, et sur lequel les anciens nous donnent trop peu de renseignements, fut peut-être la transition entre le consulat de la première époque et celui de la seconde.

On peut remarquer aussi qu'il se fit un changement dans la manière de nommer les consuls. En effet dans les premiers siècles, le vote des centuries dans l'élection du magistrat n'était, nous l'avons vu, qu'une pure formalité. Dans le vrai, le consul de chaque année était *créé* par le consul de l'année précédente, qui lui transmettait les auspices, après avoir pris l'assentiment des dieux. Les centuries ne votaient que sur les deux ou trois candidats que présentait le consul en charge ; il n'y avait pas de débat. Le peuple pouvait détester un candidat ; il n'en était pas moins forcé de voter pour lui. À l'époque où nous sommes maintenant, l'élection est tout autre, quoique les formes en soient encore les mêmes. Il y a bien encore, comme par le passé, une cérémonie religieuse et un vote ; mais c'est la cérémonie religieuse qui est pour la forme, et c'est le vote qui est la réalité. Le candidat doit encore se faire présenter par le consul qui préside ; mais le consul est contraint, sinon par la loi, du moins par l'usage, d'accepter tous les candidats et de déclarer que les auspices leur sont également favorables à tous. Ainsi les centuries nomment qui elles veulent. L'élection n'appartient plus aux dieux, elle est dans les mains du peuple. Les dieux et les auspices ne sont plus consultés qu'à la condition d'être impartiaux entre tous les candidats. Ce sont les hommes qui choisissent.

Chapitre 10

UNE ARISTOCRATIE DE RICHESSE ESSAYE DE SE CONSTITUER. ÉTABLISSEMENT DE LA DÉMOCRATIE. QUATRIÈME RÉVOLUTION

Le régime qui succéda à la domination de l'aristocratie religieuse ne fut pas tout d'abord la démocratie. Nous avons vu, par l'exemple d'Athènes et de Rome, que la révolution qui s'était accomplie, n'avait pas été l'œuvre des plus basses classes. Il y eut, à la vérité, quelques villes où ces classes s'insurgèrent d'abord ; mais elles ne purent fonder rien de durable ; les longs désordres où tombèrent Syracuse, Milet, Samos, en sont la preuve. Le régime nouveau ne s'établit avec quelque solidité que là ou il se trouva tout de suite une classe supérieure qui pût prendre en mains, pour quelque temps, le pouvoir et l'autorité morale qui échappaient aux eupatrides ou aux patriciens.

Quelle pouvait être cette aristocratie nouvelle ? La religion héréditaire étant écartée, il n'y avait plus d'autre élément de distinction sociale que la richesse. On demanda donc à la richesse de fixer des rangs, les esprits n'admettant pas tout de suite que l'égalité dût être absolue.

Ainsi, Solon ne crut pouvoir faire oublier l'ancienne distinction fondée sur la religion héréditaire, qu'en établissant une division nouvelle qui fut fondée sur la richesse. Il partagea les hommes en quatre classes, et leur donna des droits inégaux ; il fallut être riche pour parvenir aux hautes magistratures ; il fallut être au moins d'une des deux classes moyennes pour avoir accès au Sénat et aux tribunaux[1].

Il en fut de même à Rome. Nous avons déjà vu que Servius n'abaissa la puissance du patriciat qu'en fondant une aristocratie rivale. Il créa douze centuries de chevaliers choisis parmi les plus riches plébéiens ; ce fut l'origine de l'ordre équestre, qui fut dorénavant l'ordre riche de Rome. Les plébéiens qui n'avaient pas le cens fixé pour être chevalier, furent répartis en cinq classes, suivant le chiffre de leur fortune. Les prolétaires furent en dehors de toute classe. Ils n'avaient pas de droits politiques ; s'ils figuraient dans les comices par centuries, il est sûr du moins qu'ils n'y votaient pas[2]. La constitution républicaine conserva ces distinctions établies par un roi, et la plèbe ne se montra pas d'abord très désireuse de mettre l'égalité entre ses membres.

Ce qui se voit si clairement à Athènes et à Rome, se retrouve dans presque toutes les autres cités. À Cumes, par exemple, les droits politiques ne furent donnés d'abord qu'à ceux qui, possédant des chevaux, formaient une sorte d'ordre équestre ; plus tard, ceux qui venaient après eux par le chiffre de la fortune, obtinrent les mêmes droits, et cette dernière mesure n'éleva qu'à mille le nombre des citoyens. À Rhégium, le gouvernement fut longtemps aux mains des mille plus riches de la cité. À Thurii, il fallait un cens très élevé pour faire partie du corps politique. Nous voyons clairement dans les poésies de Théognis qu'à Mégare, après la chute des nobles, ce fut la richesse qui régna. À Thèbes, pour jouir des droits de citoyen, il ne fallait être ni artisan ni marchand[3].

Ainsi les droits politiques qui, dans l'époque précédente, étaient inhérents à la naissance, furent, pendant quelque temps, inhérents à la fortune. Cette aristocratie de richesse se forma dans toutes les cités, non pas par l'effet d'un calcul, mais par la nature même de l'esprit humain, qui, en sortant d'un régime de profonde inégalité, n'arrivait pas tout de suite à l'égalité complète.

Il est à remarquer que cette aristocratie ne fondait pas sa supériorité uniquement sur sa richesse. Partout elle eut à cœur d'être la classe militaire. Elle se chargea de défendre les cités en même temps que de les gouverner. Elle se réserva les meilleures armes et la plus forte part de périls dans les combats, voulant imiter en cela la classe noble qu'elle remplaçait. Dans toutes les cités, les plus riches formèrent la cavalerie[4], la classe aisée composa le corps des hoplites ou des légionnaires[5]. Les pauvres furent exempts du service militaire ; tout au plus les employa-t-on comme vélites et comme peltastes, ou parmi les rameurs de la flotte[6]. L'organisation de l'armée répondait ainsi avec une exactitude parfaite à l'organisation politique de la cité. Les dangers étaient proportionnés aux privilèges, et la force matérielle se trouvait dans les mêmes mains que la richesse[7].

Il y eut ainsi dans presque toutes les cités dont l'histoire nous est connue, une période pendant laquelle la classe riche ou tout au moins la classe aisée fut en possession du gouvernement. Ce régime politique eut ses mérites, comme tout régime peut avoir les siens, quand il est conforme aux mœurs de l'époque et que les croyances ne lui sont pas contraires. La noblesse sacerdotale de l'époque précédente avait assurément rendu de grands services ; car c'était elle qui, pour la première fois, avait établi des lois et fondé des gouvernements réguliers. Elle avait fait vivre avec calme et dignité, pendant plusieurs siècles, les sociétés humaines. L'aristocratie de richesse eut un autre mérite : elle imprima à la société et à l'intelligence une impulsion nouvelle. Issue du travail sous toutes ses formes, elle l'honora et le stimula. Ce nouveau régime donnait le plus de valeur politique à l'homme le plus laborieux, le plus actif ou le plus habile ; il était donc favorable au développement de l'industrie et du commerce ; il l'était aussi au progrès intellectuel ; car l'acquisition de cette richesse, qui se gagnait ou se perdait, d'ordinaire, suivant le mérite de chacun, faisait de l'instruction le premier besoin et de l'intelligence le plus puissant ressort des affaires humaines. Il n'y a donc pas à être surpris que sous ce régime la Grèce et Rome aient élargi les limites de leur culture intellectuelle et poussé plus avant leur civilisation.

La classe riche ne garda pas l'empire aussi longtemps que l'ancienne noblesse héréditaire l'avait gardé. Ses titres à la domination n'étaient pas de même valeur. Elle n'avait pas ce caractère sacré dont l'ancien eupatride était revêtu ; elle ne régnait pas en vertu des croyances et par la volonté des dieux. Elle n'avait rien en elle qui eût prise sur la conscience et qui forçât l'homme à se soumettre. L'homme ne s'incline guère que devant ce qu'il croit être le droit ou ce que ses opinions lui montrent comme fort au-dessus de lui. Il avait pu se courber longtemps devant la supériorité religieuse de l'eupatride qui disait la prière et possédait les dieux. Mais la richesse ne lui imposait pas. Devant la richesse, le sentiment le plus ordinaire n'est pas le respect, c'est l'envie. L'inégalité politique qui résultait de la différence des fortunes, parut bientôt une iniquité, et les hommes travaillèrent à la faire disparaître.

D'ailleurs, la série des révolutions, une fois commencée, ne devait pas s'arrêter. Les vieux principes étaient renversés, et l'on n'avait plus de traditions ni de règles fixes. Il y avait un sentiment général de l'instabilité des choses, qui faisait qu'aucune constitution n'était plus capable de durer bien longtemps. La nouvelle aristocratie fut donc attaquée comme l'avait été l'ancienne ; les pauvres voulurent être citoyens et firent effort pour pénétrer à leur tour dans le corps politique.

Il est impossible d'entrer dans le détail de cette nouvelle lutte. L'histoire des cités, à mesure qu'elle s'éloigne de l'origine, se diversifie de plus en plus. Elles poursuivent la même série de révolutions ; mais ces révolutions s'y présentent sous des formes très variées. On peut du moins faire cette remarque, que dans les villes où le principal élément de la richesse était la possession du sol, la classe riche fut plus longtemps respectée et plus longtemps maîtresse ; et qu'au contraire dans les cités, comme Athènes, où il y avait peu de fortunes territoriales et où l'on s'enrichissait surtout par l'industrie et le commerce, l'instabilité des fortunes éveilla plus tôt les convoitises ou les espérances des classes inférieures, et l'aristocratie fut plus tôt attaquée.

Les riches de Rome résistèrent beaucoup mieux que ceux de la Grèce ; cela tient à des causes que nous dirons plus loin. Mais, quand on lit l'histoire grecque, on remarque avec quelque surprise combien l'aristocratie nouvelle se défendit faiblement. Il est vrai qu'elle ne pouvait pas, comme les eupatrides opposer à ses adversaires le grand et puissant argument de la tradition et de la piété. Elle ne pouvait pas appeler à son secours les ancêtres et les dieux. Elle n'avait pas de point d'appui dans ses propres croyances : elle n'avait pas foi dans la légitimité de ses privilèges.

Elle avait bien la force des armes ; mais cette supériorité même finit par lui manquer. Les constitutions que les États se donnent dureraient sans doute plus longtemps, si chaque État pouvait demeurer dans l'isolement, ou si du moins il pouvait vivre toujours en paix. Mais la guerre dérange les rouages des constitutions et hâte les changements. Or, entre ces cités de la Grèce et de l'Italie l'état de guerre était presque perpétuel. C'était sur la classe riche que le service militaire pesait le plus lourdement, puisque c'était elle qui occupait le premier rang dans les batailles. Souvent, au retour d'une campagne, elle rentrait dans la ville, décimée et affaiblie, hors d'état par conséquent de tenir tête au parti populaire. À Tarente, par exemple, la haute classe ayant perdu la plus grande partie de ses membres dans une guerre contre les Japyges, la démocratie s'établit aussitôt dans la cité. Le même fait s'était produit à Argos, une trentaine d'années auparavant : à la suite d'une guerre malheureuse contre les Spartiates, le nombre des vrais citoyens était devenu si faible, qu'il avait fallu donner le droit de cité à une foule de *périèques*[8]. C'est pour n'avoir pas à tomber dans cette extrémité que Sparte était si ménagère du sang des vrais Spartiates. Quant à Rome, ses guerres continuelles expliquent en grande partie ses révolutions. La guerre a détruit d'abord son patriciat ; des trois cents familles que cette caste comptait sous les rois, il en restait à peine un tiers après la conquête du Samnium. La guerre a moissonné ensuite la plèbe primitive, cette plèbe riche et courageuse qui remplissait les cinq classes et qui formait les légions.

Un des effets de la guerre était que les cités étaient presque toujours réduites à donner des armes aux classes inférieures. C'est pour cela qu'à Athènes et dans toutes les villes maritimes, le besoin d'une marine et les combats sur mer ont donné à la classe pauvre l'importance que les constitutions lui refusaient. Les thètes, élevés au rang de rameurs, de matelots et même de soldats, et ayant en mains le salut de la patrie, se sont sentis nécessaires et sont devenus hardis. Telle fut l'origine de la démocratie athénienne. Sparte avait peur de la guerre. On peut voir dans Thucydide sa lenteur et sa répugnance à entrer en campagne. Elle s'est laissé entraîner malgré elle dans la guerre du Péloponnèse ; mais combien elle a fait d'efforts pour s'en retirer ! C'est que Sparte était forcée d'armer ses ὑπομείονες, ses néodamodes, ses mothaces, ses laconiens et même ses hilotes ; elle savait bien que toute guerre, en donnant des armes à ces classes qu'elle opprimait, la mettait en danger de révolution, et qu'il lui faudrait, au retour de l'armée, ou subir la loi de ses hilotes, ou trouver moyen de les faire massacrer sans bruit[9]. Les plébéiens calomniaient le Sénat de Rome, quand ils lui reprochaient de chercher toujours de nouvelles guerres. Le Sénat était bien trop habile. Il savait ce que ces guerres lui coûtaient de concessions et d'échecs au forum. Mais il ne pouvait pas les éviter ; car Rome était entourée d'ennemis.

Il est donc hors de doute que la guerre a peu à peu comblé la distance que l'aristocratie de richesse avait mise entre elle et les classes inférieures. Par là il est arrivé bientôt que les constitutions se sont trouvées en désaccord avec l'état social et qu'il a fallu les modifier. D'ailleurs on doit reconnaître que tout privilège était nécessairement en contradiction avec le principe qui gouvernait alors les hommes. L'intérêt public n'était pas un principe qui fût de nature à autoriser et à maintenir longtemps l'inégalité. Il conduisait inévitablement les sociétés à la démocratie.

Cela est si vrai qu'il fallut partout, un peu plus tôt ou un peu plus tard, donner à tous les hommes libres des droits politiques. Dès que la plèbe romaine voulut avoir des comices qui lui fussent propres, elle dut y admettre les prolétaires, et ne put pas y faire passer la division en classes. La plupart des cités virent ainsi se former des assemblées vraiment populaires, et le suffrage universel fut établi.

Or le droit de suffrage avait alors une valeur incomparablement plus grande que celle qu'il peut avoir dans les États modernes. Par lui le dernier des citoyens mettait la main à toutes les affaires, nommait les magistrats, faisait les lois, rendait la justice, décidait de la guerre ou de la paix et rédigeait les traités d'alliance. Il suffisait donc de cette extension du droit de suffrage pour que le gouvernement fût vraiment démocratique.

Il faut faire une dernière remarque. On aurait peut-être évité l'avènement de la démocratie, si l'on avait pu fonder ce que Thucydide appelle ὀλιγαρχία ἰσόνομος, c'est-à-dire le gouvernement pour quelques-uns et la liberté pour tous. Mais les Grecs n'avaient pas une idée nette de la liberté ; les droits individuels manquèrent toujours chez eux de garanties. Nous savons par Thucydide, qui n'est certes pas suspect de trop de zèle pour le gouvernement démocratique, que sous la domination de l'oligarchie le peuple était en butte à beaucoup de vexations, de condamnations arbitraires, d'exécutions violentes. Nous lisons dans cet historien « qu'il fallait le régime démocratique pour que les pauvres eussent un refuge et les riches un frein ». Les Grecs n'ont jamais su concilier l'égalité civile avec l'inégalité politique. Pour que le pauvre ne fût pas lésé dans ses intérêts personnels, il leur a paru nécessaire qu'il eût un droit de suffrage, qu'il fût juge dans les tribunaux, et qu'il pût être magistrat. Si nous nous rappelons d'ailleurs que, chez les Grecs, l'État était une puissance absolue, et qu'aucun droit individuel ne tenait contre lui, nous comprendrons quel immense intérêt il y avait pour chaque homme, même pour le plus humble, à avoir des droits politiques, c'est-à-dire à faire partie du gouvernement. Le souverain collectif étant si omnipotent, l'homme ne pouvait être quelque chose qu'en étant un membre de ce souverain. Sa sécurité et sa dignité tenaient à cela. On voulait posséder les droits politiques, non pour avoir la vraie liberté, mais pour avoir au moins ce qui pouvait en tenir lieu.

Chapitre 11

Règles du gouvernement démocratique. Exemple de la démocratie athénienne

À mesure que les révolutions suivaient leur cours et que l'on s'éloignait de l'ancien régime, le gouvernement des hommes devenait plus difficile. Il y fallait des règles plus minutieuses, des rouages plus nombreux et plus délicats. C'est ce qu'on peut voir par l'exemple du gouvernement d'Athènes.

Athènes comptait un fort grand nombre de magistrats. En premier lieu, elle avait conservé tous ceux de l'époque précédente, l'archonte qui donnait son nom à l'année et veillait à la perpétuité des cultes domestiques, le roi qui accomplissait les sacrifices, le polémarque qui figurait comme chef de l'armée et qui jugeait les étrangers, les six thesmothètes qui paraissaient rendre la justice et qui en réalité ne faisaient que présider de grands jurys ; elle avait encore les dix ἱερόποιοι qui consultaient les oracles et faisaient quelques sacrifices, les παράσιτοι qui accompagnaient l'archonte et le roi dans les cérémonies, les dix athlothètes qui restaient quatre ans en exercice pour préparer la fête d'Athéné, enfin les prytanes, qui, au nombre de cinquante, étaient réunis en permanence pour veiller à l'entretien du foyer public et à la continuation des repas sacrés. On voit, par cette liste, qu'Athènes restait fidèle aux traditions de l'ancien temps ; tant de révolutions n'avaient pas encore achevé de détruire ce respect superstitieux. Nul n'osait rompre avec les vieilles formes de la religion nationale ; la démocratie continuait le culte institué par les eupatrides.

Venaient ensuite les magistrats spécialement créés pour la démocratie, qui n'étaient pas des prêtres, et qui veillaient aux intérêts matériels de la cité. C'étaient d'abord les dix stratèges qui s'occupaient des affaires de la guerre et de celles de la politique ; puis, les dix astynomes qui avaient le soin de la police ; les dix agoranomes qui veillaient sur les marchés de la ville et du Pirée ; les quinze sitophylaques qui avaient les yeux sur la vente du blé ; les quinze métronomes qui contrôlaient les poids et les mesures ; les dix gardes du trésor ; les dix receveurs des comptes ; les *onze* qui étaient chargés de l'exécution des sentences. Ajoutez que la plupart de ces magistratures étaient répétées dans chacune des tribus et dans chacun des dèmes. Le moindre groupe de population, dans l'Attique, avait son archonte, son prêtre, son secrétaire, son receveur, son chef militaire. On ne pouvait presque pas faire un pas dans la ville ou dans la campagne sans rencontrer un magistrat.

Ces fonctions étaient annuelles ; il en résultait qu'il n'était presque pas un homme qui ne pût espérer d'en exercer quelqu'une à son tour. Les magistrats-prêtres étaient choisis par le sort. Les magistrats qui n'exerçaient que des fonctions d'ordre public étaient élus par le peuple. Toutefois il y avait une précaution contre les caprices du sort ou ceux du suffrage universel : chaque nouvel élu subissait un examen, soit devant le Sénat, soit devant les magistrats sortant de charge, soit enfin devant l'Aréopage ; non que l'on demandât des preuves de capacité ou de talent ; mais on faisait une enquête sur la probité de l'homme et sur sa famille ; on exigeait aussi que tout magistrat eût un patrimoine en fonds de terre[1].

Il semblerait que ces magistrats, élus par les suffrages de leurs égaux, nommés seulement pour une année, responsables et même révocables, dussent avoir peu de prestige et d'autorité. Il suffit pourtant de lire Thucydide et Xénophon pour s'assurer qu'ils étaient respectés et obéis. Il y a toujours eu dans le caractère des anciens, même des Athéniens, une grande facilité à se plier à une discipline. C'était peut-être la conséquence des habitudes d'obéissance que le gouvernement sacerdotal leur avait données. Ils étaient accoutumés à respecter l'État et tous ceux qui, à des degrés divers, le représentaient. Il ne leur venait pas à l'esprit de mépriser un magistrat parce qu'il était leur élu ; le suffrage était réputé une des sources les plus saintes de l'autorité[2].

Au-dessus des magistrats qui n'avaient d'autre charge que celle de faire exécuter les lois, il y avait le Sénat. Ce n'était qu'un corps délibérant, une sorte de Conseil d'État ; il n'agissait pas, ne faisait pas les lois, n'exerçait aucune souveraineté. On ne voyait aucun inconvénient à ce qu'il fût renouvelé chaque année ; car il n'exigeait de ses membres ni une intelligence supérieure ni une grande expérience. Il était composé des cinquante prytanes de chaque tribu, qui exerçaient à tour de rôle les fonctions sacrées et délibéraient toute l'année sur les intérêts religieux ou politiques de la ville. C'est probablement parce que le Sénat n'était à l'origine que la réunion des prytanes, c'est-à-dire des prêtres annuels du foyer, qu'on avait conservé l'usage de le nommer par la voie du sort. Il est juste de dire qu'après que le sort avait prononcé, chaque nom subissait une épreuve et était écarté, s'il ne paraissait pas suffisamment honorable[3].

Au-dessus même du Sénat il y avait l'assemblée du peuple. C'était le vrai souverain. Mais de même que dans les monarchies bien constituées le monarque s'entoure de précautions contre ses propres caprices et ses erreurs, la démocratie avait aussi des règles invariables auxquelles elle se soumettait.

L'assemblée était convoquée par les prytanes ou les stratèges. Elle se tenait dans une enceinte consacrée par la religion ; dès le matin, les prêtres avaient fait le tour du Pnyx en immolant des victimes et en appelant la protection des dieux. Le peuple était assis sur des bancs de pierre. Sur une sorte d'estrade élevée se tenaient les prytanes ou les proèdres qui présidaient l'assemblée. Quand tout le monde était assis, un prêtre (κήρυξ) élevait la voix : « Gardez le silence, disait-il, le silence religieux (εὐφημία) ; priez les dieux et les déesses (et ici il nommait les principales divinités du pays), afin que tout se passe au mieux dans cette assemblée pour le plus grand avantage d'Athènes et la félicité des citoyens. » Puis le peuple, ou quelqu'un en son nom, répondait : « Nous invoquons les dieux pour qu'ils protègent la cité. Puisse l'avis du plus sage prévaloir ! Soit maudit celui qui nous donnerait de mauvais conseils, qui prétendrait changer les décrets et les lois, ou qui révélerait nos secrets à l'ennemi[4] ! »

Ensuite le héraut, sur l'ordre des présidents, disait de quel sujet l'assemblée devait s'occuper. Ce qui était présenté au peuple devait avoir été déjà discuté et étudié par le Sénat. Le peuple n'avait pas ce qu'on appelle en langage moderne l'initiative ; le Sénat lui apportait un projet de décret ; il pouvait le rejeter ou l'admettre, mais il n'avait pas à délibérer sur autre chose.

Quand le héraut avait donné lecture du projet de décret, la discussion était ouverte. Le héraut disait : « Qui veut prendre la parole ? » Les orateurs montaient à la tribune, par rang d'âge. Tout homme pouvait parler, sans distinction de fortune ni de profession, mais à la condition qu'il eût prouvé qu'il jouissait des droits politiques, qu'il n'était pas débiteur de l'État, que ses mœurs étaient pures, qu'il était marié en légitime mariage, qu'il possédait un fonds de terre dans l'Attique, qu'il avait rempli tous ses devoirs envers ses parents, qu'il avait fait toutes les expéditions militaires pour lesquelles il avait été commandé, et qu'il n'avait jeté son bouclier dans aucun combat[5].

Ces précautions une fois prises contre l'éloquence, le peuple s'abandonnait ensuite à elle tout entier. Les Athéniens, comme dit Thucydide, ne croyaient pas que la parole nuisît à l'action. Ils sentaient, au contraire, le besoin d'être éclairés. La politique n'était plus, comme dans le régime précédent, une affaire de tradition et de foi. Il fallait réfléchir et peser les raisons. La discussion était nécessaire ; car toute question était plus ou moins obscure, et la parole seule pouvait mettre la vérité en lumière. Le peuple athénien voulait que chaque affaire lui fût présentée sous toutes ses faces différentes et qu'on lui montrât clairement le pour et le contre. Il tenait fort à ses orateurs ; on dit qu'il les rétribuait en argent pour chaque discours prononcé à la tribune[6]. Il faisait mieux encore : il les écoutait ; car il ne faut pas se figurer une foule turbulente et tapageuse. L'attitude du peuple était plutôt le contraire ; le poète comique le représente écoutant bouche béante, immobile sur ses bancs de pierre[7].

Les historiens et les orateurs nous décrivent fréquemment ces réunions populaires ; nous ne voyons presque jamais qu'un orateur soit interrompu ; que ce soit Périclès ou Cléon, Eschine ou Démosthène, le peuple est attentif ; qu'on le flatte ou qu'on le gourmande, il écoute. Il laisse exprimer les opinions les plus opposées, avec une louable patience. Quelquefois des murmures jamais de cris ni de huées. L'orateur, quoi qu'il dise, peut toujours arriver au bout de son discours.

À Sparte l'éloquence n'est guère connue. C'est que les principes du gouvernement ne sont pas les mêmes. L'aristocratie gouverne encore, et elle a des traditions fixes qui la dispensent de débattre longuement le pour et le contre de chaque sujet. À Athènes le peuple veut être instruit ; il ne se décide qu'après un débat contradictoire ; il n'agit qu'autant qu'il est convaincu ou qu'il croit l'être. Pour mettre en branle le suffrage universel, il faut la parole ; l'éloquence est le ressort du gouvernement démocratique. Aussi les orateurs prennent-ils de bonne heure le titre de *démagogues*, c'est-à-dire de conducteurs de la cité, ce sont eux, en effet, qui la font agir et qui déterminent toutes ses résolutions.

On avait prévu le cas où un orateur ferait une proposition contraire aux lois existantes. Athènes avait des magistrats spéciaux, qu'elle appelait les gardiens des lois. Au nombre de sept, ils surveillaient l'assemblée, assis sur des sièges élevés, et semblaient représenter la loi, qui est au-dessus du peuple même. S'ils voyaient qu'une loi était attaquée, ils arrêtaient l'orateur au milieu de son discours et ordonnaient la dissolution immédiate de l'assemblée. Le peuple se séparait, sans avoir le droit d'aller aux suffrages [8].

Il y avait une loi, peu applicable, à la vérité, qui punissait tout orateur convaincu d'avoir donné un mauvais conseil au peuple. Il y en avait une autre qui interdisait l'accès de la tribune à tout orateur qui avait conseillé trois fois des résolutions contraires aux lois existantes[9].

Athènes savait très-bien que la démocratie ne peut se soutenir que par le respect des lois. Le soin de rechercher les changements qu'il pouvait être utile d'apporter dans la législation appartenait spécialement aux thesmothètes. Leurs propositions étaient présentées au Sénat, qui avait le droit de les rejeter, mais non pas de les convertir en lois. En cas d'approbation, le Sénat convoquait l'assemblée et lui faisait part du projet des thesmothètes. Mais le peuple ne devait rien résoudre immédiatement; il renvoyait la discussion à un autre jour, et en attendant il désignait cinq orateurs qui devaient avoir pour mission spéciale de défendre l'ancienne loi et de faire ressortir les inconvénients de l'innovation proposée. Au jour fixé, le peuple se réunissait de nouveau, et écoutait d'abord les orateurs chargés de la défense des lois anciennes, puis ceux qui appuyaient les nouvelles. Les discours entendus, le peuple ne se prononçait pas encore. Il se contentait de nommer une commission, fort nombreuse, mais composée exclusivement d'hommes qui eussent exercé les fonctions de juge. Cette commission reprenait l'examen de l'affaire, entendait de nouveau les orateurs, discutait et délibérait. Si elle rejetait la loi proposée, son jugement était sans appel. Si elle l'approuvait, elle réunissait encore le peuple, qui, pour cette troisième fois, devait enfin voter, et dont les suffrages faisaient de la proposition une loi[10].

Malgré tant de prudence, il se pouvait encore qu'une proposition injuste ou funeste fût adoptée. Mais la loi nouvelle portait à jamais le nom de son auteur, qui pouvait plus tard être poursuivi en justice et puni. Le peuple, en vrai souverain, était réputé impeccable ; mais chaque orateur restait toujours responsable du conseil qu'il avait donné[11].

Telles étaient les règles auxquelles la démocratie obéissait. Il ne faudrait pas conclure de là qu'elle ne commît jamais de fautes. Quelle que soit la forme de gouvernement, monarchie, aristocratie, démocratie, il y a des jours où c'est la raison qui gouverne, et d'autres où c'est la passion. Aucune constitution ne supprima jamais les faiblesses et les vices de la nature humaine. Plus les règles sont minutieuses, plus elles accusent que la direction de la société est difficile et pleine de périls. La démocratie ne pouvait durer qu'à force de prudence.

On est étonné aussi de tout le travail que cette démocratie exigeait des hommes. C'était un gouvernement fort laborieux. Voyez à quoi se passe la vie d'un Athénien. Un jour il est appelé à l'assemblée de son dème et il a à délibérer sur les intérêts religieux ou financiers de cette petite association. Un autre jour, il est convoqué à l'assemblée de sa tribu ; il s'agit de régler une fête religieuse, ou d'examiner des dépenses, ou de faire des décrets, ou de nommer des chefs et des juges. Trois fois par mois régulièrement il faut qu'il assiste à l'assemblée générale du peuple ; il n'a pas le droit d'y manquer. Or, la séance est longue ; il n'y va pas seulement pour voter : venu dès le matin, il faut qu'il reste jusqu'à une heure avancée du jour à écouter des orateurs. Il ne peut voter qu'autant qu'il a été présent dès l'ouverture de la séance et qu'il a entendu tous les discours. Ce vote est pour lui une affaire des plus sérieuses ; tantôt il s'agit de nommer ses chefs politiques et militaires, c'est-à-dire ceux à qui son intérêt et sa vie vont être confiés pour un an ; tantôt c'est un impôt à établir ou une loi à changer ; tantôt c'est sur la guerre qu'il doit voter, sachant bien qu'il aura à donner son sang ou celui d'un fils. Les intérêts individuels sont unis inséparablement à l'intérêt de l'État. L'homme ne peut être ni indifférent ni léger. S'il se trompe, il sait qu'il en portera bientôt la peine, et que dans chaque vote il engage sa fortune et sa vie. Le jour où la malheureuse expédition de Sicile fut décidée, il n'était pas un citoyen qui ne sût qu'un des siens en ferait partie et qui ne dût appliquer toute l'attention de son esprit à mettre en balance ce qu'une telle guerre offrait d'avantages et ce qu'elle présentait de dangers. Il importait grandement de réfléchir et de s'éclairer. Car un échec de la patrie était pour chaque citoyen une diminution de sa dignité personnelle, de sa sécurité et de sa richesse.

Le devoir du citoyen ne se bornait pas à voter. Quand son tour venait, il devait être magistrat dans son dème ou dans sa tribu. Une année sur deux en moyenne[12], il était héliaste, c'est-à-dire juge, et il passait toute cette année-là dans les tribunaux, occupé à écouter les plaideurs et à appliquer les lois. Il n'y avait guère de citoyen qui ne fût appelé deux fois dans sa vie à faire partie du Sénat des Cinq cents ; alors, pendant une année, il siégeait chaque jour, du matin au soir, recevant les dépositions des magistrats, leur faisant rendre leurs comptes, répondant aux ambassadeurs étrangers, rédigeant les instructions des ambassadeurs athéniens, examinant toutes les affaires qui devaient être soumises au peuple et préparant tous les décrets. Enfin il pouvait être magistrat de la cité, archonte, stratège, astynome, si le sort ou le suffrage le désignait. On voit que c'était une lourde charge que d'être citoyen d'un État démocratique, qu'il y avait là de quoi occuper presque toute l'existence, et qu'il restait bien peu de temps pour les travaux personnels et la vie domestique. Aussi Aristote disait-il très-justement que l'homme qui avait besoin de travailler pour vivre ne pouvait pas être citoyen. Telles étaient les exigences de la démocratie. Le citoyen, comme le fonctionnaire public de nos jours se devait tout entier à l'État. Il lui donnait son sang dans la guerre, son temps pendant la paix. Il n'était pas libre de laisser de côté les affaires publiques pour s'occuper avec plus de soin des siennes. C'étaient plutôt les siennes qu'il devait négliger pour travailler au profit de la cité. Les hommes passaient leur vie à se gouverner. La démocratie ne pouvait durer que sous la condition du travail incessant de tous ses citoyens. Pour peu que le zèle se ralentît, elle devait périr ou se corrompre.

Chapitre 12

Riches et pauvres. La démocratie périt. Les tyrans populaires

Lorsque la série des révolutions eut amené l'égalité entre les hommes et qu'il n'y eut plus lieu de se combattre pour des principes et des droits, les hommes se firent la guerre pour des intérêts. Cette période nouvelle de l'histoire des cités ne commença pas pour toutes en même temps. Dans les unes elle suivit de très près l'établissement de la démocratie ; dans les autres elle ne parut qu'après plusieurs générations qui avaient su se gouverner avec calme. Mais toutes les cités, tôt ou tard, sont tombées dans ces déplorables luttes.

À mesure que l'on s'était éloigné de l'ancien régime, il s'était formé une classe pauvre. Auparavant, lorsque chaque homme faisait partie d'une *gens* et avait son maître, la misère était presque inconnue. L'homme était nourri par son chef ; celui à qui il donnait son obéissance lui devait en retour de subvenir à tous ses besoins. Mais les révolutions, qui avaient dissous le γένος, avaient aussi changé les conditions de la vie humaine. Le jour où l'homme s'était affranchi des liens de la clientèle, il avait vu se dresser devant lui les nécessités et les difficultés de l'existence. La vie était devenue plus indépendante, mais aussi plus laborieuse et sujette à plus d'accidents. Chacun avait eu désormais le soin de son bien-être, chacun sa jouissance et sa tâche. L'un s'était enrichi par son activité ou sa bonne fortune, l'autre était resté pauvre. L'inégalité de richesse est inévitable dans toute société qui ne veut pas rester dans l'état patriarcal ou dans l'état de tribu.

La démocratie ne supprima pas la misère ; elle la rendit, au contraire, plus sensible. L'égalité des droits politiques fit ressortir encore davantage l'inégalité des conditions.

Comme il n'y avait aucune autorité qui s'élevât au-dessus des riches et des pauvres à la fois, et qui pût les contraindre à rester en paix, il eût été à souhaiter que les principes économiques et les conditions du travail fussent tels que les deux classes fussent forcées de vivre en bonne intelligence. Il eût fallu, par exemple, qu'elles eussent besoin l'une de l'autre, que le riche ne pût s'enrichir qu'en demandant au pauvre son travail, et que le pauvre trouvât les moyens de vivre en donnant son travail au riche. Alors l'inégalité des fortunes eût stimulé l'activité et l'intelligence de l'homme ; elle n'eût pas enfanté la corruption et la guerre civile.

Mais beaucoup de cités manquaient absolument d'industrie et de commerce : elles n'avaient donc pas la ressource d'augmenter la somme de la richesse publique, afin d'en donner quelque part au pauvre sans dépouiller personne. Là où il y avait du commerce, presque tous les bénéfices en étaient pour les riches, par suite du prix exagéré de l'argent. S'il y avait de l'industrie, les travailleurs étaient, pour la plupart, des esclaves. On sait que le riche d'Athènes ou de Rome avait dans sa maison des ateliers de tisserands, de ciseleurs, d'armuriers, tous esclaves. Même les professions libérales étaient à peu près fermées au citoyen. Le médecin était souvent un esclave qui guérissait les malades au profit de son maître. Les commis de banque, beaucoup d'architectes, les constructeurs de navires, les bas fonctionnaires de l'État, étaient des esclaves. L'esclavage était un fléau dont la société libre souffrait elle-même. Le citoyen trouvait peu d'emplois, peu de travail. Le manque d'occupation le rendait bientôt paresseux. Comme il ne voyait travailler que les esclaves, il méprisait le travail. Ainsi les habitudes économiques, les dispositions morales, les préjugés, tout se réunissait pour empêcher le pauvre de sortir de sa misère et de vivre honnêtement. La richesse et la pauvreté n'étaient pas constituées de manière à pouvoir vivre en paix.

Le pauvre avait l'égalité des droits. Mais assurément ses souffrances journalières lui faisaient penser que l'égalité des fortunes eût été bien préférable. Or il ne fut pas longtemps sans s'apercevoir que l'égalité qu'il avait pouvait lui servir à acquérir celle qu'il n'avait pas, et que, maître des suffrages, il pouvait devenir maître de la richesse.

Il commença par vouloir vivre de son droit de suffrage. Il se fit payer pour assister à l'assemblée, ou pour juger dans les tribunaux[1]. Si la cité n'était pas assez riche pour subvenir à de telles dépenses, le pauvre avait d'autres ressources. Il vendait son vote, et comme les occasions de voter étaient fréquentes, il pouvait vivre. À Rome, ce trafic se faisait régulièrement et au grand jour ; à Athènes, on se cachait mieux. À Rome, où le pauvre n'entrait pas dans les tribunaux, il se vendait comme témoin ; à Athènes, comme juge. Tout cela ne tirait pas le pauvre de sa misère et le jetait dans la dégradation.

Ces expédients ne suffisant pas, le pauvre usa de moyens plus énergiques. Il organisa une guerre en règle contre la richesse. Cette guerre fut d'abord déguisée sous des formes légales ; on chargea les riches de toutes les dépenses publiques, on les accabla d'impôts, on leur fit construire des trirèmes, on voulut qu'ils donnassent des fêtes au peuple[2]. Puis on multiplia les amendes dans les jugements ; on prononça la confiscation des biens pour les fautes les plus légères. Peut-on dire combien d'hommes furent condamnés à l'exil par la seule raison qu'ils étaient riches ? La fortune de l'exilé allait au trésor public, d'où elle s'écoulait ensuite, sous forme de triobole, pour être partagée entre les pauvres. Mais tout cela ne suffisait pas encore : car le nombre des pauvres augmentait toujours. Les pauvres en vinrent alors, dans beaucoup de villes, à user de leur droit de suffrage pour décréter soit une abolition de dettes, soit une confiscation en masse et un bouleversement général.

Dans les époques précédentes on avait respecté le droit de propriété parce qu'il avait pour fondement une croyance religieuse. Tant que chaque patrimoine avait été attaché à un culte et avait été réputé inséparable des dieux domestiques d'une famille, nul n'avait pensé qu'on eût le droit de dépouiller un homme de son champ. Mais à l'époque où les révolutions nous ont conduits, ces vieilles croyances sont abandonnées et la religion de la propriété a disparu. La richesse n'est plus un terrain sacré et inviolable. Elle ne paraît plus un don des dieux, mais un don du hasard. On a le désir de s'en emparer, en dépouillant celui qui la possède ; et ce désir, qui autrefois eût paru une impiété, commence à paraître légitime. On ne voit plus le principe supérieur qui consacre le droit de propriété ; chacun ne sent que son propre besoin et mesure sur lui son droit.

Nous avons déjà dit que la cité, surtout chez les Grecs, avait un pouvoir sans limites, que la liberté était inconnue et que le droit individuel n'était rien vis-à-vis de la volonté de l'État. Il résultait de là que la majorité des suffrages pouvait décréter la confiscation des biens des riches, et que les Grecs ne voyaient en cela ni illégalité ni injustice. Ce que l'État avait prononcé était le droit. Cette absence de liberté individuelle a été une cause de malheurs et de désordres pour la Grèce. Rome, qui respectait un peu plus le droit de l'homme, a aussi moins souffert.

Plutarque raconte qu'à Mégare, après une insurrection, on décréta que les dettes seraient abolies, et que les créanciers, outre la perte du capital, seraient tenus de rembourser les intérêts déjà payés [3].

« À Mégare, comme dans d'autres villes, dit Aristote [4], le parti populaire, s'étant emparé du pouvoir, commença par prononcer la confiscation des biens contre quelques familles riches. Mais une fois dans cette voie, il ne lui fut pas possible de s'arrêter. Il fallut faire chaque jour quelque nouvelle victime et à la fin le nombre des riches qu'on dépouilla et qu'on exila devint si grand, qu'ils formèrent une armée. »

En 412, « le peuple de Samos fit périr deux cents de ses adversaires, en exila quatre cents autres, et se partagea leurs terres et leurs maisons [5] ».

À Syracuse, le peuple fut à peine délivré du tyran Denys que dès la première assemblée il décréta le partage des terres [6].

Dans cette période de l'histoire grecque, toutes les fois que nous voyons une guerre civile, les riches sont dans un parti et les pauvres dans l'autre. Les pauvres veulent s'emparer de la richesse, les riches veulent la conserver ou la reprendre. « Dans toute guerre civile, dit un historien grec, il s'agit de déplacer les fortunes[7]. » Tout démagogue faisait comme ce Molpagoras de Cios, qui livrait à la multitude ceux qui possédaient de l'argent, massacrait les uns, exilait les autres, et distribuait leurs biens entre les pauvres. À Messène, dès que le parti populaire prit le dessus, il exila les riches et partagea leurs terres[8].

Les classes élevées n'ont jamais eu chez les anciens assez d'intelligence ni assez d'habileté pour tourner les pauvres vers le travail et les aider à sortir honorablement de la misère et de la corruption. Quelques hommes de cœur l'ont essayé ; ils n'y ont pas réussi. Il résultait de là que les cités flottaient toujours entre deux révolutions, l'une qui dépouillait les riches, l'autre qui les remettait en possession de leur fortune. Cela dura depuis la guerre du Péloponnèse jusqu'à la conquête de la Grèce par les Romains.

Dans chaque cité, le riche et le pauvre étaient deux ennemis qui vivaient à côté l'un de l'autre, l'un convoitant la richesse, l'autre voyant sa richesse convoitée. Entre eux nulle relation, nul service, nul travail qui les unît. Le pauvre ne pouvait acquérir la richesse qu'en dépouillant le riche. Le riche ne pouvait défendre son bien que par une extrême habileté ou par la force. Ils se regardaient d'un œil haineux. C'était dans chaque ville une double conspiration : les pauvres conspiraient par cupidité, les riches par peur. Aristote dit que les riches prononçaient entre eux ce serment : « Je jure d'être toujours l'ennemi du peuple, et de lui faire tout le mal que je pourrai[9]. »

Il n'est pas possible de dire lequel des deux partis commit le plus de cruautés et de crimes. Les haines effaçaient dans le cœur tout sentiment d'humanité. « Il y eut à

Milet une guerre entre les riches et les pauvres. Ceux-ci eurent d'abord le dessus et forcèrent les riches à s'enfuir de la ville. Mais ensuite, regrettant de n'avoir pu les égorger, ils prirent leurs enfants, les rassemblèrent dans des granges et les firent broyer sous les pieds des bœufs. Les riches rentrèrent ensuite dans la ville et redevinrent les maîtres. Ils prirent, à leur tour, les enfants des pauvres, les enduisirent de poix et les brûlèrent tout vifs[10]. »

Que devenait alors la démocratie ? Elle n'était pas précisément responsable de ces excès et de ces crimes, mais elle en était atteinte la première. Il n'y avait plus de règles ; or, la démocratie ne peut vivre qu'au milieu des règles les plus strictes et les mieux observées. On ne voyait plus de vrais gouvernements, mais des factions au pouvoir. Le magistrat n'exerçait plus l'autorité au profit de la paix et de la loi, mais au profit des intérêts et des convoitises d'un parti. Le commandement n'avait plus ni titres légitimes ni caractère sacré ; l'obéissance n'avait plus rien de volontaire ; toujours contrainte, elle se promettait toujours une revanche. La cité n'était plus, comme dit Platon, qu'un assemblage d'hommes dont une partie était maîtresse et l'autre esclave. On disait du gouvernement qu'il était aristocratique quand les riches étaient au pouvoir, démocratique quand c'étaient les pauvres. En réalité, la vraie démocratie n'existait plus.

À partir du jour où les besoins et les intérêts matériels avaient fait irruption en elle, elle s'était altérée et corrompue. La démocratie, avec les riches au pouvoir, était devenue une oligarchie violente ; la démocratie des pauvres était devenue la tyrannie. Du cinquième au deuxième siècle avant notre ère, nous voyons dans toutes les cités de la Grèce et de l'Italie, Rome encore exceptée, que les formes républicaines sont mises en péril et qu'elles sont devenues odieuses à un parti. Or, on peut distinguer clairement qui sont ceux qui veulent les détruire, et qui sont ceux qui les voudraient conserver. Les riches, plus éclairés et plus fiers, restent fidèles au régime républicain, pendant que les pauvres, pour qui les droits politiques ont moins de prix, se donnent volontiers pour chef un tyran. Quand cette classe pauvre, après plusieurs guerres civiles, reconnut que ses victoires ne servaient de rien, que le parti contraire revenait toujours au pouvoir, et qu'après de longues alternatives de confiscations et de restitutions la lutte était toujours à recommencer, elle imagina d'établir un régime monarchique qui fût conforme à ses intérêts, et qui, en comprimant à jamais le parti contraire, lui assurât pour l'avenir les bénéfices de sa victoire. C'est pour cela qu'elle créa des tyrans.

À partir de ce moment, les partis changèrent de nom ; on ne fut plus aristocrate ou démocrate ; on combattit pour la liberté, ou on combattit pour la tyrannie. Sous ces deux mots, c'étaient encore la richesse et la pauvreté qui se faisaient la guerre. Liberté signifiait le gouvernement où les riches avaient le dessus et défendaient leur fortune ; tyrannie indiquait exactement le contraire.

C'est un fait général et presque sans exception dans l'histoire de la Grèce et de l'Italie, que les tyrans sortent du parti populaire et ont pour ennemi le parti aristocratique. « Le tyran, dit Aristote, n'a pour mission que de protéger le peuple contre les riches ; il a toujours commencé par être un démagogue, et il est de l'essence de la tyrannie de combattre l'aristocratie. » – « Le moyen d'arriver à la tyrannie, dit-il encore, c'est de gagner la confiance de la foule ; or, on gagne sa confiance en se déclarant l'ennemi des riches. Ainsi firent Pisistrate à Athènes, Théagène à Mégare, Denys à Syracuse[11]. »

Le tyran fait toujours la guerre aux riches. À Mégare, Théagène surprend dans la campagne les troupeaux des riches et les égorge. À Cumes, Aristodème abolit les dettes et enlève les terres aux riches pour les donner aux pauvres. Ainsi font Nicoclès à Sicyone, Aristomaque à Argos. Tous ces tyrans nous sont représentés par les écrivains comme très cruels ; il n'est pas probable qu'ils le fussent tous par nature ; mais ils l'étaient par la nécessité pressante où ils se trouvaient de donner des terres ou de l'argent aux pauvres. Ils ne pouvaient se maintenir au pouvoir qu'autant qu'ils satisfaisaient les convoitises de la foule et qu'ils entretenaient ses passions.

Le tyran de ces cités grecques est un personnage dont rien aujourd'hui ne peut nous donner une idée. C'est un homme qui vit au milieu de ses sujets, sans intermédiaire et sans ministres, et qui les frappe directement. Il n'est pas dans cette position élevée et indépendante où est le souverain d'un grand État. Il a toutes les petites passions de l'homme privé : il n'est pas insensible aux profits d'une confiscation ; il est accessible à la colère et au désir de la vengeance personnelle ; il a peur ; il sait qu'il a des ennemis tout près de lui et que l'opinion publique approuve l'assassinat, quand c'est un tyran qui est frappé. On devine ce que peut être le gouvernement d'un tel homme. Sauf deux ou trois honorables exceptions, les tyrans qui se sont élevés dans toutes les villes grecques au quatrième et au troisième siècle n'ont régné qu'en flattant ce qu'il y avait de plus mauvais dans la foule et en abattant violemment tout ce qui était supérieur par la naissance, la richesse ou le mérite. Leur pouvoir était illimité ; les Grecs purent reconnaître combien le gouvernement républicain, lorsqu'il ne professe pas un grand respect pour les droits individuels, se change facilement en despotisme. Les anciens avaient donné un tel pouvoir à l'État, que le jour où un tyran prenait en mains cette omnipotence, les hommes n'avaient plus aucune garantie contre lui, et qu'il était légalement le maître de leur vie et de leur fortune.

Chapitre 13

Révolutions de Sparte

Il ne faut pas croire que Sparte ait vécu dix siècles sans voir de révolutions. Thucydide nous dit, au contraire, « qu'elle fut travaillée par les dissensions plus qu'aucune autre cité grecque[1] ». L'histoire de ces querelles intérieures nous est, à la vérité, peu connue, mais cela vient de ce que le gouvernement de Sparte avait pour règle et pour habitude de s'entourer du plus profond mystère[2]. La plupart des luttes qui l'agitèrent ont été cachées et mises en oubli ; nous en savons du moins assez pour pouvoir dire que, si l'histoire de Sparte diffère sensiblement de celle des autres villes, elle n'en a pas moins traversé la même série de révolutions.

Les Doriens étaient déjà formés en corps de peuple lorsqu'ils envahirent le Péloponèse. Quelle cause les avait fait sortir de leur pays ? Était-ce l'invasion d'un peuple étranger, était-ce une révolution intérieure ? on l'ignore. Ce qui paraît certain, c'est qu'à ce moment de l'existence du peuple dorien l'ancien régime de la *gens* avait déjà disparu. On ne distingue plus chez lui cette antique organisation de la famille ; on ne trouve plus de traces du régime patriarcal, plus de vestiges de noblesse religieuse ni de clientèle héréditaire ; on ne voit que des guerriers égaux sous un roi. Il est donc probable qu'une première révolution sociale s'était déjà accomplie, soit dans la Doride, soit sur la route qui conduisit ce peuple jusqu'à Sparte. Si l'on compare la société dorienne du neuvième siècle avec la société ionienne de la même époque, on s'aperçoit que la première était beaucoup plus avancée que l'autre dans la série des changements. La race ionienne est entrée plus tard dans la route des révolutions : il est vrai qu'elle l'a parcourue plus vite.

Si les Doriens, à leur arrivée à Sparte, n'avaient plus le régime de la *gens*, ils n'avaient pas pu s'en détacher encore si complètement qu'ils n'en eussent gardé quelques institutions, par exemple, l'indivision et l'inaliénabilité du patrimoine. Ces institutions ne tardèrent pas à rétablir dans la société spartiate une aristocratie.

Toutes les traditions nous montrent qu'à l'époque où parut Lycurgue, il y avait deux classes parmi les Spartiates, et qu'elles étaient en lutte[3]. La royauté avait une tendance naturelle à prendre parti pour la classe inférieure. Lycurgue, qui n'était pas roi, « se mit à la tête des meilleurs[4] », força le roi à prêter un serment qui amoindrissait son pouvoir, institua un sénat oligarchique, et fit enfin que, suivant l'expression d'Aristote, la tyrannie fut changée en aristocratie[5].

Les déclamations de quelques anciens et de beaucoup de modernes sur la sagesse des institutions de Sparte, sur le bonheur inaltérable dont on y jouissait, sur l'égalité, sur la vie en commun, ne doivent pas nous faire illusion. De toutes les villes qu'il y a eu sur la terre, Sparte est peut-être celle où l'aristocratie a régné le plus durement et où l'on a le moins connu l'égalité. Il ne faut pas parler du partage égal des terres ; si cette égalité a jamais été établie, du moins il est bien sûr qu'elle n'a pas été maintenue. Car, au temps d'Aristote, « les uns possédaient des domaines immenses, les autres n'avaient rien ou presque rien ; on comptait à peine dans toute la Laconie un millier de propriétaires [6] ».

Laissons de côté les Hilotes et les Laconiens, et n'examinons que la société spartiate : nous y trouvons une hiérarchie de classes superposées l'une à l'autre. Ce sont d'abord les Néodamodes, qui paraissent être d'anciens esclaves affranchis [7] ; puis les Épeunactes, qui avaient été admis à combler les vides faits par la guerre parmi les Spartiates [8] ; à un rang un peu supérieur figuraient les Mothaces, qui, assez semblables à des clients domestiques, vivaient avec le maître, lui faisaient cortège, partageaient ses occupations, ses travaux, ses fêtes, et combattaient à côté de lui [9]. Venait ensuite la classe des bâtards, νόθοι, qui descendaient des vrais Spartiates, mais que la religion et la loi éloignaient d'eux [10] ; puis, encore une classe, qu'on appelait les inférieurs, ὑπομείονες [11], et qui étaient peut-être les cadets déshérités des familles. Enfin au-dessus de tout cela s'élevait la classe aristocratique, composée des hommes qu'on appelait les *Égaux*, ὅμοιοι. Ces hommes étaient, en effet, égaux entre eux, mais fort supérieurs à tout le reste. Le nombre des membres de cette classe ne nous est pas connu ; nous savons seulement qu'il était très restreint. Un jour, un de leurs ennemis les compta sur la place publique, et il n'en trouva qu'une soixantaine au milieu d'une foule de 4 000 individus [12]. Ces Égaux avaient seuls part au gouvernement de la cité. « Être hors de cette classe, dit Xénophon, c'est être hors du corps politique [13]. » Démosthène dit que l'homme qui entre dans la classe des Égaux devient par cela seul « un des maîtres du gouvernement [14] ». « On les appelle *Égaux*, dit-il encore, parce que l'égalité doit régner entre les membres d'une oligarchie. »

Ces Égaux avaient seuls les droits complets du citoyen ; ils formaient seuls ce qu'on appelait à Sparte le peuple, c'est-à-dire le corps politique. De cette classe sortaient par voie d'élection les 28 sénateurs. Entrer au Sénat s'appelait dans la langue officielle de Sparte obtenir *le prix de la vertu*[15]. Nous ne savons pas ce qu'il fallait de mérite, de naissance, de richesse, pour composer cette *vertu*. On voit bien que la naissance ne suffisait pas, puisqu'il y avait au moins un semblant d'élection[16] ; on peut croire que la richesse devait compter pour beaucoup, dans une ville « qui avait au plus haut degré l'amour de l'argent et où tout était permis aux riches[17] ».

Quoi qu'il en soit, ces sénateurs, qui étaient inamovibles, jouissaient d'une bien grande autorité, puisque Démosthène dit que le jour où un homme entre au Sénat, il devient un despote pour la foule[18]. Ce sénat, dont les rois étaient de simples membres, gouvernait l'État suivant le procédé habituel des corps aristocratiques ; des magistrats annuels dont l'élection lui appartenait indirectement exerçaient en son nom une autorité absolue. Sparte avait ainsi un régime républicain ; elle avait même tous les dehors de la démocratie, des rois-prêtres, des magistrats annuels, un sénat délibérant, une assemblée du peuple. Mais ce peuple n'était que la réunion de deux ou trois centaines d'hommes.

Tel fut depuis Lycurgue, et surtout depuis l'établissement des éphores, le gouvernement de Sparte. Une aristocratie, composée de quelques riches, faisait peser un joug de fer sur les Hilotes, sur les Laconiens, et même sur le plus grand nombre des Spartiates. Par son énergie, par son habileté, par son peu de scrupule et son peu de souci des lois morales, elle sut garder le pouvoir pendant cinq siècles. Mais elle suscita de cruelles haines et eut à réprimer un grand nombre d'insurrections.

Nous n'avons pas à parler des complots des Hilotes. Tous ceux des Spartiates ne nous sont pas connus ; le gouvernement était trop habile pour ne pas chercher à en étouffer jusqu'au souvenir. Il en est pourtant quelques-uns que l'histoire n'a pas pu oublier. On sait que les colons qui fondèrent Tarente étaient des Spartiates qui avaient voulu renverser le gouvernement. Une indiscrétion du poète Tyrtée fit connaître à la Grèce que pendant les guerres de Messénie un parti avait conspiré pour obtenir le partage des terres[19].

Ce qui sauvait Sparte, c'était la division extrême qu'elle savait mettre entre les classes inférieures. Les Hilotes ne s'accordaient pas avec les Laconiens ; les Mothaces méprisaient les Néodamodes. Nulle coalition n'était possible, et l'aristocratie, grâce à son éducation militaire et à l'étroite union de ses membres, était toujours assez forte pour tenir tête à chacune des classes ennemies.

Les rois essayèrent ce qu'aucune classe ne pouvait réaliser. Tous ceux d'entre eux qui aspirèrent à sortir de l'état d'infériorité où l'aristocratie les tenait cherchèrent un appui chez les hommes de condition inférieure. Pendant la guerre médique, Pausanias forma le projet de relever à la fois la royauté et les basses classes, en renversant l'oligarchie. Les Spartiates le firent périr, l'accusant d'avoir noué des relations avec le roi de Perse ; peut-être son vrai crime était-il d'avoir eu la pensée d'affranchir les Hilotes[20]. On peut compter dans l'histoire combien sont nombreux les rois qui furent exilés par les éphores ; la cause de ces condamnations se devine bien, et Aristote la dit : « Les rois de Sparte, pour tenir tête aux éphores et au Sénat, se faisaient démagogues[21]. »

En 397, une conspiration faillit renverser ce gouvernement oligarchique. Un certain Cinadon, qui n'appartenait pas à la classe des Égaux, était le chef des conjurés. Quand il voulait affilier un homme au complot, il le menait sur la place publique et lui faisait compter les citoyens ; en y comprenant les rois, les éphores, les sénateurs, on arrivait au chiffre d'environ soixante-dix. Cinadon lui disait alors : « Ces gens-là sont nos ennemis ; tous les autres, au contraire, qui remplissent la place au nombre de plus de quatre mille, sont nos alliés. » Il ajoutait : « Quand tu rencontres dans la campagne un Spartiate, vois en lui un ennemi et un maître ; tous les autres hommes sont des amis. » Hilotes, Laconiens, Néodamodes, ὑπομείονες, tous étaient associés, cette fois, et étaient les complices de Cinaadon : « car tous, dit l'historien, avaient une telle haine pour leurs maîtres qu'il n'y en avait pas un seul parmi eux qui n'avouât qu'il lui serait agréable de les dévorer tout crus. » Mais le gouvernement de Sparte était admirablement servi : il n'y avait pas pour lui de secret. Les éphores prétendirent que les entrailles des victimes leur avaient révélé le complot. On ne laissa pas aux conjurés le temps d'agir : on mit la main sur eux, et on les fit périr secrètement. L'oligarchie fut encore une fois sauvée[22].

À la faveur de ce gouvernement, l'inégalité alla grandissant toujours. La guerre du Péloponèse et les expéditions en Asie avaient fait affluer l'argent à Sparte ; mais il s'y était répandu d'une manière fort inégale, et n'avait enrichi que ceux qui étaient déjà riches. En même temps, la petite propriété disparut. Le nombre des propriétaires, qui était encore de mille au temps d'Aristote, était réduit à cent, un siècle après lui[23]. Le sol était tout entier dans quelques mains, alors qu'il n'y avait ni industrie ni commerce pour donner au pauvre quelque travail, et que les riches faisaient cultiver leurs immenses domaines par des esclaves. D'une part étaient quelques hommes qui avaient tout, de l'autre le très grand nombre qui n'avait absolument rien. Plutarque nous présente, dans la vie d'Agis et dans celle de Cléomène, un tableau de la société spartiate ; on y voit un amour effréné de la richesse, tout mis au-dessous d'elle ; chez quelques-uns le luxe, la mollesse, le désir d'augmenter sans fin leur fortune ; hors de là, rien qu'une tourbe misérable, indigente, sans droits politiques, sans aucune valeur dans la cité, envieuse, haineuse, et qu'un tel état social condamnait à désirer une révolution.

Quand l'oligarchie eut ainsi poussé les choses aux dernières limites du possible, il fallut bien que la révolution s'accomplît, et que la démocratie, arrêté et contenue si longtemps, brisât à la fin ses digues. On devine bien aussi qu'après une si longue compression la démocratie ne devait pas s'arrêter à des réformes politiques, mais qu'elle devait arriver du premier coup aux réformes sociales.

Le petit nombre des Spartiates de naissance (ils n'étaient plus, en y comprenant toutes les classes diverses, que sept cents), et l'affaissement des caractères, suite d'une longue oppression, furent cause que le signal des changements ne vint pas des classes inférieures. Il vint d'un roi. Agis essaya d'accomplir cette inévitable révolution par des moyens légaux : ce qui augmenta pour lui les difficultés de l'entreprise. Il présenta au Sénat, c'est-à-dire aux riches eux-mêmes, deux projets de loi pour l'abolition des dettes et le partage des terres. Il n'y a pas lieu d'être trop surpris que le Sénat n'ait pas rejeté ces propositions ; Agis avait peut-être pris ses mesures pour qu'elles fussent acceptées. Mais, les lois une fois votées, il restait à les mettre à exécution ; or les réformes de cette nature sont toujours tellement difficiles à accomplir que les plus hardis y échouent. Agis, arrêté court par la résistance des éphores, fut contraint de sortir de la légalité : il déposa ces magistrats et en nomma d'autres de sa propre autorité ; puis il arma ses partisans et établit, durant une année, un régime de terreur. Pendant ce temps-là il put appliquer la loi sur les dettes et faire brûler tous les titres de créance sur la place publique. Mais il n'eut pas le temps de partager les terres. On ne sait si Agis hésita sur ce point et s'il fut effrayé de son œuvre, ou si l'oligarchie répandit contre lui d'habiles accusations ; toujours est-il que le peuple se détacha de lui et le laissa tomber. Les éphores l'égorgèrent, et le gouvernement aristocratique fut rétabli.

Cléomène reprit les projets d'Agis, mais avec plus d'adresse et moins de scrupules. Il commença par massacrer les éphores, supprima hardiment cette magistrature, qui était odieuse aux rois et au parti populaire, et proscrivit les riches. Après ce coup d'État, il opéra la révolution, décréta le partage des terres, et donna le droit de cité à quatre mille Laconiens. Il est digne de remarque que ni Agis ni Cléomène n'avouaient qu'ils faisaient une révolution, et que tous les deux, s'autorisant du nom du vieux législateur Lycurgue, prétendaient ramener Sparte aux antiques coutumes. Assurément la constitution de Cléomène en était fort éloignée. Le roi était véritablement un maître absolu ; aucune autorité ne lui faisait contrepoids ; il régnait à la façon des tyrans qu'il y avait alors dans la plupart des villes grecques, et le peuple de

Sparte, satisfait d'avoir obtenu des terres, paraissait se soucier fort peu des libertés politiques. Cette situation ne dura pas longtemps. Cléomène voulut étendre le régime démocratique à tout le Péloponnèse, où Aratus, précisément à cette époque, travaillait à établir un régime de liberté et de sage aristocratie. Dans toutes les villes, le parti populaire s'agita au nom de Cléomène, espérant obtenir, comme à Sparte, une abolition des dettes et un partage des terres. C'est cette insurrection imprévue des basses classes qui obligea Aratus à changer tous ses plans ; il crut pouvoir compter sur la Macédoine, dont le roi Antigone Doson avait alors pour politique de combattre partout les tyrans et le parti populaire, et il l'introduisit dans le Péloponnèse. Antigone et les Achéens vainquirent Cléomène à Sellasie. La démocratie spartiate fut encore une fois abattue, et les Macédoniens rétablirent l'ancien gouvernement (222 ans avant Jésus-Christ).

Mais l'oligarchie ne pouvait plus se soutenir. Il y eut de longs troubles ; une année, trois éphores qui étaient favorables au parti populaire massacrèrent leurs deux collègues : l'année suivante, les cinq éphores appartenaient au parti oligarchique ; le peuple prit les armes et les égorgea tous. L'oligarchie ne voulait pas de rois ; le peuple voulut en avoir ; on en nomma un, et on le choisit en dehors de la famille royale, ce qui ne s'était jamais vu à Sparte. Ce roi nommé Lycurgue fut deux fois renversé du trône, une première fois par le peuple, parce qu'il refusait de partager les terres, une seconde fois par l'aristocratie, parce qu'on le soupçonnait de vouloir les partager. On ne sait pas comment il finit ; mais après lui on voit à Sparte un tyran, Machanidas : preuve certaine que le parti populaire avait pris le dessus.

Philopémen qui, à la tête de la ligne achéenne, faisait partout la guerre aux tyrans démocrates, vainquit et tua Machanidas. La démocratie spartiate adopta aussitôt un autre tyran, Nabis. Celui-ci donna le droit de cité à tous les hommes libres, élevant les Laconiens eux-mêmes au rang des Spartiates ; il alla jusqu'à affranchir les Hilotes. Suivant la coutume des tyrans des villes grecques, il se fit le chef des pauvres contre les riches ; « il proscrivit ou fit périr ceux que leur richesse élevait au-dessus des autres[24] ».

Cette nouvelle Sparte démocratique ne manqua pas de grandeur ; Nabis mit dans la Laconie un ordre qu'on n'y avait pas vu depuis longtemps ; il assujettit à Sparte la Messénie, une partie de l'Arcadie, l'Élide. Il s'empara d'Argos. Il forma une marine, ce qui était bien éloigné des anciennes traditions de l'aristocratie spartiate ; avec sa flotte il domina sur toutes les îles qui entourent le Péloponnèse, et étendit son influence jusque sur la Crète. Partout il soulevait la démocratie ; maître d'Argos, son premier soin fut de confisquer les biens des riches, d'abolir les dettes, et de partager les terres. On peut voir dans Polybe combien la ligue achéenne avait de haine pour ce tyran démocrate. Elle détermina Flamininus à lui faire la guerre au nom de Rome. Dix mille Laconiens, sans compter les mercenaires, prirent les armes pour défendre Nabis. Après un échec, il voulait faire la paix ; le peuple s'y refusa, tant la cause du tyran était celle de la démocratie ! Flamininus vainqueur lui enleva une partie de ses forces, mais le laissa régner en Laconie, soit que l'impossibilité de rétablir l'ancien gouvernement fût trop évidente, soit qu'il fût conforme à l'intérêt de Rome que quelques tyrans fissent contrepoids à la ligue achéenne.

Nabis fut assassiné plus tard par un Étolien, mais sa mort ne rétablit pas l'oligarchie ; les changements qu'il avait accomplis dans l'état social furent maintenus après lui, et Rome elle-même se refusa à remettre Sparte dans son ancienne situation.

Livre V

Le régime municipal disparaît

Chapitre 1

Nouvelles croyances. La philosophie change les règles de la politique

On a vu dans ce qui précède comment le régime municipal s'était constitué chez les anciens. Une religion très antique avait fondé d'abord la famille, puis la cité ; elle avait établi d'abord le droit domestique et le gouvernement de la *gens*, ensuite les lois civiles et le gouvernement municipal. L'État était étroitement lié à la religion ; il venait d'elle et se confondait avec elle. C'est pour cela que, dans la cité primitive, toutes les institutions politiques avaient été des institutions religieuses ; les fêtes, des cérémonies du culte ; les lois, des formules sacrées ; les rois et les magistrats, des prêtres. C'est pour cela encore que la liberté individuelle avait été inconnue, et que l'homme n'avait pas pu soustraire sa conscience elle-même à l'omnipotence de la cité. C'est pour cela enfin que l'État était resté borné aux limites d'une ville, et n'avait jamais pu franchir l'enceinte que ses dieux nationaux lui avaient tracée à l'origine. Chaque cité avait non seulement son indépendance politique, mais aussi son culte et son code. La religion, le droit, le gouvernement, tout était municipal. La cité était la seule force vive ; rien au-dessus, rien au-dessous ; ni unité nationale ni liberté individuelle.

Il nous reste à dire comment ce régime a disparu, c'est-à-dire comment, le principe de l'association humaine étant changé, le gouvernement, la religion, le droit, ont dépouillé ce caractère municipal qu'ils avaient eu dans l'antiquité.

La ruine du régime politique que la Grèce et l'Italie avaient créé peut se rapporter à deux causes principales. L'une appartient à l'ordre des faits moraux et intellectuels, l'autre à l'ordre des faits matériels ; la première est la transformation des croyances, la seconde est la conquête romaine. Ces deux grands faits sont du même temps ; ils se sont développés et accomplis ensemble pendant la série de cinq siècles qui précède l'ère chrétienne.

La religion primitive, dont les symboles étaient la pierre immobile du foyer et le tombeau des ancêtres, religion qui avait constitué la famille antique et organisé ensuite la cité, s'altéra avec le temps et vieillit. L'esprit humain grandit en force et se fit de nouvelles croyances. On commença à avoir l'idée de la nature immatérielle ; la notion de l'âme humaine se précisa, et presque en même temps celle d'une intelligence divine surgit dans les esprits.

Que dut-on penser alors des divinités du premier âge, de ces morts qui vivaient dans le tombeau, de ces dieux Lares qui avaient été des hommes, de ces ancêtres sacrés qu'il fallait continuer à nourrir d'aliments ? Une telle foi devint impossible. De pareilles croyances n'étaient plus au niveau de l'esprit humain. Il est bien vrai que ces préjugés, si grossiers qu'ils fussent, ne furent pas aisément arrachés de l'esprit du vulgaire ; ils y régnèrent longtemps encore ; mais dès le cinquième siècle avant notre ère les hommes qui réfléchissaient s'étaient affranchis dc ces erreurs. Ils comprenaient autrement la mort ; les uns croyaient à l'anéantissement, les autres à une seconde existence toute spirituelle dans un monde des âmes ; dans tous les cas ils n'admettaient plus que le mort vécût dans la tombe, se nourrissant d'offrandes. On commençait aussi à se faire une idée trop haute du divin pour qu'on pût persister à croire que les morts fussent des dieux. On se figurait, au contraire, l'âme humaine allant chercher dans les Champs Élysées sa récompense ou allant payer la peine de ses fautes ; et par un notable progrès, on ne divinisait plus parmi les hommes que ceux que la reconnaissance ou la flatterie faisait mettre au-dessus de l'humanité.

L'idée de la divinité se transformait peu à peu, par l'effet naturel de la puissance plus grande de l'esprit. Cette idée que l'homme avait d'abord appliquée à la force invisible qu'il sentait en lui-même, il la transporta aux puissances incomparablement plus grandes qu'il voyait dans la nature, en attendant qu'il s'élevât jusqu'à la conception d'un être qui fût en dehors et au-dessus de la nature. Alors les dieux Lares et les Héros perdirent l'adoration de tout ce qui pensait.

Quant au foyer, qui ne paraît avoir eu de sens qu'autant qu'il se rattachait au culte des morts, il perdit aussi son prestige. On continua à avoir dans la maison un foyer domestique, à le saluer, à l'adorer, à lui offrir la libation ; mais ce n'était plus qu'un culte d'habitude, qu'aucune foi ne vivifiait plus.

Le foyer des villes ou prytanée fut entraîné insensiblement dans le discrédit où tombait le foyer domestique. On ne savait plus ce qu'il signifiait ; on avait oublié que le feu toujours vivant du prytanée représentait la vie invisible des ancêtres, des fondateurs, des Héros nationaux. On continuait à entretenir ce feu, à faire les repas publics, à chanter les vieux hymnes : vaines cérémonies, dont on n'osait pas se débarrasser, mais dont nul ne comprenait plus le sens.

Même les divinités de la nature, qu'on avait associées aux foyers, changèrent de caractère. Après avoir commencé par être des divinités domestiques, après être devenues des divinités de cité, elles se transformèrent encore. Les hommes finirent par s'apercevoir que les êtres différents qu'ils appelaient du nom de Jupiter, pouvaient bien n'être qu'un seul et même être ; et ainsi des autres dieux. L'esprit fut embarrassé de la multitude des divinités, et il sentit le besoin d'en réduire le nombre. On comprit que les dieux n'appartenaient plus chacun à une famille ou à une ville, mais qu'ils appartenaient tous au genre humain et veillaient sur l'univers. Les poètes allaient de ville en ville et enseignaient aux hommes, au lieu des vieux hymnes de la cité, des chants nouveaux où il n'était parlé ni des dieux Lares ni des divinités poliades, et où se lisaient les légendes des grands dieux de la terre et du ciel ; et le peuple grec oubliait ses vieux hymnes domestiques ou nationaux pour cette poésie nouvelle, qui n'était pas fille de la religion, mais de l'art et de l'imagination libre. En même temps, quelques grands sanctuaires, comme ceux de Delphes et de Délos, attiraient les hommes et leur faisaient oublier les cultes locaux. Les Mystères et la doctrine qu'ils contenaient, les habituaient à dédaigner la religion vide et insignifiante de la cité.

Ainsi une révolution intellectuelle s'opéra lentement et obscurément. Les prêtres mêmes ne lui opposaient pas de résistance ; car dès que les sacrifices continuaient à être accomplis aux jours marqués, il leur semblait que l'ancienne religion était sauve ; les idées pouvaient changer et la foi périr, pourvu que les rites ne reçussent aucune atteinte. Il arriva donc que, sans que les pratiques fussent modifiées, les croyances se transformèrent, et que la religion domestique et municipale perdit tout empire sur les âmes.

Puis la philosophie parut, et elle renversa toutes les règles de la vieille politique. Il était impossible de toucher aux opinions des hommes sans toucher aussi aux principes fondamentaux de leur gouvernement. Pythagore, ayant la conception vague de l'Être suprême, dédaigna les cultes locaux et c'en fut assez pour qu'il rejetât les vieux modes de gouvernement et essayât de fonder une société nouvelle.

Anaxagore comprit le Dieu-Intelligence qui règne sur tous les hommes et sur tous les êtres. En s'écartant des croyances anciennes, il s'éloigna aussi de l'ancienne politique. Comme il ne croyait pas aux dieux du prytanée, il ne remplissait pas non plus tous ses devoirs de citoyen ; il fuyait les assemblées et ne voulait pas être magistrat. Sa doctrine portait atteinte à la cité ; les Athéniens le frappèrent d'une sentence de mort.

Les sophistes vinrent ensuite et ils exercèrent plus d'action que ces deux grands esprits. C'étaient des hommes ardents à combattre les vieilles erreurs. Dans la lutte qu'ils engagèrent contre tout ce qui tenait au passé, ils ne ménagèrent pas plus les institutions de la cité que les préjugés de la religion. Ils examinèrent et discutèrent hardiment les lois qui régissaient encore l'État et la famille. Ils allaient de ville en ville, prêchant des principes nouveaux, enseignant non pas précisément l'indifférence au juste et à l'injuste, mais une nouvelle justice, moins étroite et moins exclusive que l'ancienne, plus humaine, plus rationnelle, et dégagée des formules des âges antérieurs. Ce fut une entreprise hardie, qui souleva une tempête de haines et de rancunes. On les accusa de n'avoir ni religion, ni morale, ni patriotisme. La vérité est que sur toutes ces choses ils n'avaient pas une doctrine bien arrêtée, et qu'ils croyaient avoir assez fait quand ils avaient combattu des préjugés. Ils remuaient, comme dit Platon, ce qui jusqu'alors avait été immobile. Ils plaçaient la règle du sentiment religieux et celle de la politique dans la conscience humaine, et non pas dans les coutumes des ancêtres, dans l'immuable tradition. Ils enseignaient aux Grecs que pour gouverner un État, il ne suffisait plus d'invoquer les vieux usages et les lois sacrées, mais qu'il fallait persuader les hommes et agir sur des volontés libres. À la connaissance des antiques coutumes ils substituaient l'art de raisonner et de parler, la dialectique et la rhétorique. Leurs adversaires avaient pour eux la tradition ; eux, ils eurent l'éloquence et l'esprit.

Une fois que la réflexion eut été ainsi éveillée, l'homme ne voulut plus croire sans se rendre compte de ses croyances, ni se laisser gouverner sans discuter ses institutions. Il douta de la justice de ses vieilles lois sociales, et d'autres principes lui apparurent. Platon met dans la bouche d'un sophiste ces belles paroles : « Vous tous qui êtes ici, je vous regarde comme parents entre vous. La nature, à défaut de la loi, vous a faits concitoyens. Mais la loi, ce tyran de l'homme, fait violence à la nature en bien des occasions. » Opposer ainsi la nature à la loi et à la coutume, c'était s'attaquer au fondement même de la politique ancienne. En vain les Athéniens chassèrent Protagoras et brûlèrent ses écrits ; le coup était porté ; le résultat de l'enseignement des sophistes avait été immense. L'autorité des institutions disparaissait avec l'autorité des dieux nationaux, et l'habitude du libre examen s'établissait dans les maisons et sur la place publique.

Socrate, tout en réprouvant l'abus que les sophistes faisaient du droit de douter, était pourtant de leur école. Comme eux, il repoussait l'empire de la tradition, et croyait que les règles de la conduite étaient gravées dans la conscience humaine. Il ne différait d'eux qu'en ce qu'il étudiait cette conscience religieusement et avec le ferme désir d'y trouver l'obligation d'être juste et de faire le bien. Il mettait la vérité au-dessus de la coutume, la justice au-dessus de la loi. Il dégageait la morale de la religion ; avant lui, on ne concevait le devoir que comme un arrêt des anciens dieux ; il montra que le principe du devoir est dans l'âme de l'homme. En tout cela, qu'il le voulût ou non, il faisait la guerre aux cultes de la cité. En vain prenait-il soin d'assister à toutes les fêtes et de prendre part aux sacrifices, ses croyances et ses paroles démentaient sa conduite. Il fondait une religion nouvelle, qui était le contraire de la religion de la cité. On l'accusa avec vérité « de ne pas adorer les dieux que l'État adorait ». On le fit périr pour avoir attaqué les coutumes et les croyances des ancêtres, ou, comme on disait, pour avoir corrompu la génération présente. L'impopularité de Socrate et les violentes colères de ses concitoyens s'expliquent, si l'on songe aux habitudes religieuses de cette société athénienne, où il y avait tant de prêtres, et où ils étaient si puissants. Mais la révolution que les sophistes avaient commencée, et que Socrate avait reprise avec plus de mesure, ne fut pas arrêtée par la mort d'un vieillard. La société grecque s'affranchit de jour en jour davantage de l'empire des vieilles croyances et des vieilles institutions.

Après lui, les philosophes discutèrent en toute liberté les principes et les règles de l'association humaine. Platon, Criton, Antisthènes, Speusippe, Aristote, Théophraste et beaucoup d'autres, écrivirent des traités sur la politique. On chercha, on examina ; les grands problèmes de l'organisation de l'État, de l'autorité et de l'obéissance, des obligations et des droits, se posèrent à tous les esprits.

Sans doute la pensée ne peut pas se dégager aisément des liens que lui a faits l'habitude. Platon subit encore, en certains points, l'empire des vieilles idées. L'État qu'il imagine, c'est encore la cité antique ; il est étroit ; il ne doit contenir que 5 000 membres. Le gouvernement y est encore réglé par les anciens principes, la liberté y est inconnue ; le but que le législateur se propose est moins le perfectionnement de l'homme que la sûreté et la grandeur de l'association. La famille même est presque étouffée, pour qu'elle ne fasse pas concurrence à la cité. L'État seul est propriétaire ; seul il est libre ; seul il a une volonté ; seul il a une religion et des croyances, et quiconque ne pense pas comme lui doit périr. Pourtant au milieu de tout cela, les idées nouvelles se font jour. Platon proclame, comme Socrate et comme les sophistes, que la règle de la morale et de la politique est en nous-mêmes, que la tradition n'est rien, que c'est la raison qu'il faut consulter, et que les lois ne sont justes qu'autant qu'elles sont conformes à la nature humaine.

Ces idées sont encore plus précises chez Aristote. « La loi, dit-il, c'est la raison. » Il enseigne qu'il faut chercher, non pas ce qui est conforme à la coutume des pères, mais ce qui est bon en soi. Il ajoute qu'à mesure que le temps marche, il faut modifier les institutions. Il met de côté le respect des ancêtres : « Nos premiers pères, dit-il, qu'ils soient nés du sein de la terre ou qu'ils aient survécu à quelque déluge, ressemblaient, suivant toute apparence, à ce qu'il y a aujourd'hui de plus vulgaire et de plus ignorant parmi les hommes. Il y aurait une évidente absurdité à s'en tenir à l'opinion de ces gens-là. » Aristote, comme tous les philosophes, méconnaissait absolument l'origine religieuse de la société humaine ; il ne parle pas des prytanées ; il ignore que ces cultes locaux aient été le fondement de l'État. « L'État, dit-il, n'est pas autre chose qu'une association d'êtres égaux recherchant en commun une existence heureuse et facile. » Ainsi la philosophie rejette les vieux principes des sociétés, et cherche un fondement nouveau sur lequel elle puisse appuyer les lois sociales et l'idée de patrie[1].

L'école cynique va plus loin. Elle nie la patrie elle-même. Diogène se vantait de n'avoir droit de cité nulle part, et Cratès disait que sa patrie à lui c'était le mépris de l'opinion des autres. Les cyniques ajoutaient cette vérité alors bien nouvelle, que l'homme est citoyen de l'univers et que la patrie n'est pas l'étroite enceinte d'une ville. Ils considéraient le patriotisme municipal comme un préjugé, et supprimaient du nombre des sentiments l'amour de la cité.

Par dégoût ou par dédain, les philosophes s'éloignaient de plus en plus des affaires publiques. Socrate avait encore rempli les devoirs du citoyen ; Platon avait essayé de travailler pour l'État en le réformant. Aristote, déjà plus indifférent, se borna au rôle d'observateur et fit de l'État un objet d'études scientifiques. Les épicuriens laissèrent de côté les affaires publiques. « N'y mettez pas la main, disait Épicure, à moins que quelque puissance supérieure ne vous y contraigne. » Les cyniques ne voulaient même pas être citoyens.

Les stoïciens revinrent à la politique. Zénon, Cléanthe, Chrysippe écrivirent de nombreux traités sur le gouvernement des États. Mais leurs principes étaient fort éloignés de la vieille politique municipale. Voici en quels termes un ancien nous renseigne sur les doctrines que contenaient leurs écrits. « Zénon, dans son traité sur le gouvernement, s'est proposé de nous montrer que nous ne sommes pas les habitants de tel dème ou de telle ville, séparés les uns des autres par un droit particulier et des lois exclusives, mais que nous devons voir dans tous les hommes des concitoyens, comme si nous appartenions tous au même dème et à la même cité[2]. » On voit par là quel chemin les idées avaient parcouru de Socrate à Zénon. Socrate se croyait encore tenu d'adorer, autant qu'il pouvait, les dieux de l'État. Platon ne concevait pas encore d'autre gouvernement que celui d'une cité. Zénon passe par-dessus ces étroites limites de l'association humaine. Il dédaigne les divisions que la religion des vieux âges a établies. Comme il conçoit le Dieu de l'univers, il a aussi l'idée d'un État où entrerait le genre humain tout entier[3].

Mais voici un principe encore plus nouveau. Le stoïcisme, en élargissant l'association humaine, émancipe l'individu. Comme il repousse la religion de la cité, il repousse aussi la servitude du citoyen. Il ne veut plus que la personne humaine soit sacrifiée à l'État. Il distingue et sépare nettement ce qui doit rester libre dans l'homme, et il affranchit au moins la conscience. Il dit à l'homme qu'il doit se renfermer en lui-même, trouver en lui le devoir, la vertu, là récompense. Il ne lui défend pas de s'occuper des affaires publiques ; il l'y invite même, mais en l'avertissant que son principal travail doit avoir pour objet son amélioration individuelle, et que, quel que soit le gouvernement, sa conscience doit rester indépendante. Grand principe, que la cité antique avait toujours méconnu, mais qui devait un jour devenir l'une des règles les plus saintes de la politique.

On commence alors à comprendre qu'il y a d'autres devoirs que les devoirs envers l'État, d'autres vertus que les vertus civiques. L'âme s'attache à d'autres objets qu'à la patrie. La cité ancienne avait été si puissante et si tyrannique, que l'homme en avait fait le but de tout son travail et de toutes ses vertus ; elle avait été la règle du beau et du bien, et il n'y avait eu d'héroïsme que pour elle. Mais voici que Zénon enseigne à l'homme qu'il a une dignité, non de citoyen, mais d'homme ; qu'outre ses devoirs envers la loi, il en a envers lui-même, et que le suprême mérite n'est pas de vivre ou de mourir pour l'État, mais d'être vertueux et de plaire à la divinité. Vertus un peu égoïstes et qui laissèrent tomber l'indépendance nationale et la liberté, mais par lesquelles l'individu grandit. Les vertus publiques allèrent dépérissant, mais les vertus personnelles se dégagèrent et apparurent dans le monde. Elles eurent d'abord à lutter, soit contre la corruption générale, soit contre le despotisme. Mais elles s'enracinèrent peu à peu dans l'humanité ; à la longue elles devinrent une puissance avec laquelle tout gouvernement dut compter, et il fallut bien que les règles de la politique fussent modifiées pour qu'une place libre leur fût faite.

Ainsi se transformèrent peu à peu les croyances ; la religion municipale, fondement de la cité, s'éteignit ; le régime municipal, tel que les anciens l'avaient conçu, dut tomber avec elle. On se détachait insensiblement de ces règles rigoureuses et de ces formes étroites du gouvernement. Des idées plus hautes sollicitaient les hommes à former des sociétés plus grandes. On était entraîné vers l'unité ; ce fut l'aspiration générale des deux siècles qui précédèrent l'ère chrétienne. Il est vrai que les fruits que portent ces révolutions de l'intelligence, sont très-lents à mûrir. Mais nous allons voir, en étudiant la conquête romaine, que les événements marchaient dans le même sens que les idées, qu'ils tendaient comme elles à la ruine du vieux régime municipal, et qu'ils préparaient de nouveaux modes de gouvernement.

Chapitre 2

LA CONQUÊTE ROMAINE

Il paraît au premier abord bien surprenant que parmi les mille cités de la Grèce et de l'Italie il s'en soit trouvé une qui ait été capable d'assujettir toutes les autres. Ce grand événement est pourtant explicable par les causes ordinaires qui déterminent la marche des affaires humaines. La sagesse de Rome a consisté, comme toute sagesse, à profiter des circonstances favorables qu'elle rencontrait.

On peut distinguer dans l'œuvre de la conquête romaine deux périodes. L'une concorde avec le temps où le vieil esprit municipal avait encore beaucoup de force ; c'est alors que Rome eut à surmonter le plus d'obstacles. La seconde appartient au temps où l'esprit municipal était fort affaibli ; la conquête devint alors facile et s'accomplit rapidement.

1. *Quelques mots sur les origines et la population de Rome.*

Les origines de Rome et la composition de son peuple sont dignes de remarque. Elles expliquent le caractère particulier de sa politique et le rôle exceptionnel qui lui fut dévolu, dès le commencement, au milieu des autres cités.

La race romaine était étrangement mêlée. Le fond principal était latin et originaire d'Albe ; mais ces Albains eux-mêmes, suivant des traditions qu'aucune critique ne nous autorise à rejeter, se composaient de deux populations associées et non confondues : l'une était la race aborigène, véritables Latins ; l'autre était d'origine étrangère, et on la disait venue de Troie, avec Énée, le prêtre-fondateur ; elle était peu nombreuse, suivant toute apparence, mais elle était considérable par le culte et les institutions qu'elle avait apportés avec elle[1].

Ces Albains, mélange de deux races, fondèrent Rome en un endroit où s'élevait déjà une autre ville, Pallantium, fondée par des Grecs. Or, la population de Pallantium subsista dans la ville nouvelle, et les rites du culte grec s'y conservèrent[2]. Il y avait aussi, à l'endroit où fut plus tard le Capitole, une ville du nom de Saturnia, que l'on disait avoir été fondée par des Grecs[3].

Ainsi à Rome toutes les races s'associent et se mêlent : il y a des Latins, des Troyens, des Grecs ; il y aura bientôt des Sabins et des Étrusques. Voyez les diverses collines : le Palatin est la ville latine, après avoir été la ville d'Évandre ; le Capitolin, après avoir été la demeure des compagnons d'Hercule, devient la demeure des Sabins de Tatius. Le Quirinal reçoit son nom des Quirites sabins ou du dieu sabin Quirinus. Le Cœlius paraît avoir été habité dès l'origine par des Étrusques[4]. Rome ne semblait pas une seule ville ; elle semblait une confédération de plusieurs villes, dont chacune se rattachait par son origine à une autre confédération. Elle était le centre où Latins, Étrusques, Sabelliens et Grecs se rencontraient.

Son premier roi fut un Latin ; le second, suivant la tradition, fut un Sabin ; le cinquième était, dit-on, fils d'un Grec ; le sixième fut un Étrusque.

Sa langue était un composé des éléments les plus divers ; le latin y dominait ; mais les racines sabelliennes y étaient nombreuses, et on y trouvait plus de radicaux grecs que dans aucun autre des dialectes de l'Italie centrale. Quant à son nom même, on ne savait pas à quelle langue il appartenait. Suivant les uns, Rome était un mot troyen ; suivant d'autres, un mot grec ; il y a des raisons de le croire latin, mais quelques anciens le croyaient étrusque.

Les noms des familles romaines attestent aussi une grande diversité d'origine. Au temps d'Auguste, il y avait encore une cinquantaine de familles qui, en remontant la série de leurs ancêtres, arrivaient à des compagnons d'Énée[5]. D'autres se disaient issues des Arcadiens d'Évandre, et depuis un temps immémorial, les hommes de ces familles portaient sur leur chaussure, comme signe distinctif, un petit croissant d'argent[6]. Les familles Potitia et Pinaria descendaient de ceux qu'on appelait les compagnons d'Hercule, et leur descendance était prouvée par le culte héréditaire de ce dieu[7]. Les Tullius, les Quinctius, les Servilius étaient venus d'Albe après la conquête de cette ville. Beaucoup de familles joignaient à leur nom un surnom qui rappelait leur origine étrangère ; il y avait ainsi les Sulpicius Camerinus, les Cominius Auruncus, les Sicinius Sabinus, les Claudius Regillensis, les Aquillius Tuscus. La famille Nautia était troyenne ; les Aurélius étaient sabins ; les Cæcilius venaient de Préneste ; les Octavius étaient originaires de Vélitres.

L'effet de ce mélange des populations les plus diverses était que Rome avait des liens d'origine avec tous les peuples qu'elle connaissait. Elle pouvait se dire latine avec les Latins, sabine avec les Sabins, étrusque avec les Étrusques, et grecque avec les Grecs.

Son culte national était aussi un assemblage de plusieurs cultes, infiniment divers, dont chacun la rattachait à l'un de ces peuples. Elle avait les cultes grecs d'Évandre et d'Hercule ; elle se vantait de posséder le palladium troyen. Ses pénates étaient dans la ville latine de Lavinium. Elle adopta dès l'origine le culte sabin du dieu Consus. Un autre dieu sabin, Quirinus, s'implanta si fortement chez elle qu'elle l'associa à Romulus, son fondateur. Elle avait aussi les dieux des Étrusques et leurs fêtes, et leur augurat, et jusqu'à leurs insignes sacerdotaux.

Dans un temps où nul n'avait le droit d'assister aux fêtes religieuses d'une nation, s'il n'appartenait à cette nation par la naissance, le Romain avait cet avantage incomparable de pouvoir prendre part aux féries latines, aux fêtes sabines, aux fêtes étrusques et aux jeux olympiques[8]. Or la religion était un lien puissant. Quand deux villes avaient un culte commun, elles se disaient parentes ; elles devaient se regarder comme alliées, et s'entr'aider ; on ne connaissait pas, dans cette Antiquité, d'autre union que celle que la religion établissait. Aussi Rome conservait-elle avec grand soin tout ce qui pouvait servir de témoignage de cette précieuse parenté avec les autres nations. Aux Latins, elle présentait ses traditions sur Romulus ; aux Sabins, sa légende de Tarpeia et de Tatius ; elle alléguait aux Grecs les vieux hymnes qu'elle possédait en l'honneur de la mère d'Évandre, hymnes qu'elle ne comprenait plus, mais qu'elle persistait à chanter. Elle gardait aussi avec la plus grande attention le souvenir d'Énée ; car, si par Évandre elle pouvait se dire parente des Péloponnésiens, par Énée elle l'était de plus de trente villes répandues en Italie, en Sicile, en Grèce, en Thrace et en Asie Mineure, toutes ayant eu Énée pour fondateur ou étant colonies de villes fondées par lui, toutes ayant, par conséquent, un culte commun avec Rome. On peut voir dans les guerres qu'elle fit en Sicile contre Carthage, et en Grèce contre Philippe, quel parti elle tira de cette antique parenté.

La population romaine était donc un mélange de plusieurs races, son culte un assemblage de plusieurs cultes, son foyer national une association de plusieurs foyers. Elle était presque la seule cité que sa religion municipale n'isolât pas de toutes les autres. Elle touchait à toute l'Italie, à toute la Grèce. Il n'y avait presque aucun peuple qu'elle ne pût admettre à son foyer.

2. *Premiers agrandissements de Rome (753-350 avant Jésus-Christ).*

Pendant les siècles où la religion municipale était partout en vigueur, Rome régla sa politique sur elle.

On dit que le premier acte de la nouvelle cité fut d'enlever quelques femmes sabines : légende qui paraît bien invraisemblable, si l'on songe à la sainteté du mariage chez les anciens. Mais nous avons vu plus haut que la religion municipale interdisait le mariage entre personnes de cités différentes, à moins que ces deux cités n'eussent un lien d'origine ou un culte commun. Ces premiers Romains avaient le droit de mariage avec Albe, d'où ils étaient originaires, mais ils ne l'avaient pas avec leurs autres voisins, les Sabins. Ce que Romulus voulut conquérir tout d'abord, ce n'étaient pas quelques femmes, c'était le droit de mariage, c'est-à-dire le droit de contracter des relations régulières avec la population sabine. Pour cela, il lui fallait établir entre elle et lui un lien religieux ; il adopta donc le culte du dieu sabin Consus et en célébra la fête. La tradition ajoute que pendant cette fête il enleva les femmes ; s'il avait fait ainsi, les mariages n'auraient pas pu être célébrés suivant les rites, puisque le premier acte et le plus nécessaire du mariage était la *traditio in manum*, c'est-à-dire le don de la fille par le père ; Romulus aurait manqué son but. Mais la présence des Sabins et de leurs familles à la cérémonie religieuse et leur participation au sacrifice établissaient entre les deux peuples un lien tel que le *connubium* ne pouvait plus être refusé. Il n'était pas besoin d'un enlèvement matériel ; le chef des Romains avait su conquérir le droit de mariage. Aussi l'historien Denys, qui consultait les textes et les hymnes anciens, assure-t-il que les Sabines furent mariées suivant les rites les plus solennels, ce que confirment Plutarque et Cicéron [9]. Il est digne de remarque que le premier effort des Romains ait eu pour résultat de faire tomber les barrières que la religion municipale mettait entre eux et un peuple voisin. Il ne nous est pas parvenu de légende analogue relativement à l'Étrurie ; mais il paraît bien certain que Rome avait avec ce pays les mêmes relations qu'avec le Latium et la Sabine. Elle avait donc l'adresse de s'unir par le culte et par le sang à tout ce qui était autour d'elle. Elle tenait à avoir le *connubium* avec toutes les cités, et ce qui prouve qu'elle connaissait bien l'importance de ce lien, c'est qu'elle ne voulait pas que les autres cités, ses sujettes, l'eussent entre elles [10].

Rome entra ensuite dans la longue série de ses guerres. La première fut contre les Sabins de Tatius ; elle se termina par une alliance religieuse et politique entre les deux petits peuples[11]. Elle fit ensuite la guerre à Albe ; les historiens disent que Rome osa attaquer cette ville, quoiqu'elle en fût une colonie. C'est peut-être parce qu'elle en était une colonie, qu'elle jugea nécessaire à sa propre grandeur de la détruire. Toute métropole, en effet, exerçait sur ses colonies une suprématie religieuse ; or, la religion avait alors un tel empire que, tant qu'Albe restait debout, Rome ne pouvait être qu'une cité dépendante, et que ses destinées étaient à jamais arrêtées.

Albe détruite, Rome ne se contenta pas de n'être plus une colonie ; elle prétendit s'élever au rang de métropole, en héritant des droits et de la suprématie religieuse qu'Albe avait exercée jusque-là sur ses trente colonies du Latium. Rome soutint de longues guerres pour obtenir la présidence du sacrifice des féries latines. C'était le moyen d'acquérir le seul genre de supériorité et de domination que l'on conçût en ce temps-là.

Elle éleva chez elle un temple à Djana ; elle obligea les Latins à venir y faire des sacrifices ; elle y attira même les Sabins[12]. Par là elle habitua les deux peuples à partager avec elle, sous sa présidence, les fêtes, les prières, les chairs sacrées des victimes. Elle les réunit sous sa suprématie religieuse.

Rome est la seule cité qui ait su par la guerre augmenter sa population. Elle eut une politique inconnue à tout le reste du monde gréco-italien ; elle s'adjoignit tout ce qu'elle vainquit. Elle amena chez elle les habitants des villes prises, et des vaincus fit peu à peu des Romains. En même temps elle envoyait des colons dans les pays conquis, et de cette manière elle semait Rome partout ;

car ses colons, tout en formant des cités distinctes au point de vue politique, conservaient avec la métropole la communauté religieuse : or, c'était assez pour qu'ils fussent contraints de subordonner leur politique à la sienne, de lui obéir, et de l'aider dans toutes ses guerres.

Un des traits remarquables de la politique de Rome, c'est qu'elle attirait à elle tous les cultes des cités voisines. Elle s'attachait autant à conquérir les dieux que les villes. Elle s'empara d'une Junon de Veii, d'un Jupiter de Préneste, d'une Minerve de Falisques, d'une Junon de Lanuvium, d'une Vénus des Samnites et de beaucoup d'autres que nous ne connaissons pas[13]. « Car c'était l'usage à Rome, dit un ancien[14], de faire entrer chez elle les religions des villes vaincues ; tantôt elle les répartissait parmi ses *gentes*, et tantôt elle leur donnait place dans sa religion nationale. »

Montesquieu loue les Romains, comme d'un raffinement d'habile politique, de n'avoir pas imposé leurs dieux aux peuples vaincus. Mais cela eût été absolument contraire à leurs idées et à celles de tous les anciens. Rome conquérait les dieux des vaincus, et ne leur donnait pas les siens. Elle gardait pour soi ses protecteurs, et travaillait même à en augmenter le nombre. Elle tenait à posséder plus de cultes et plus de dieux tutélaires qu'aucune autre cité.

Comme d'ailleurs ces cultes et ces dieux étaient, pour la plupart, pris aux vaincus, Rome était par eux en communion religieuse avec tous les peuples. Les liens d'origine, la conquête du *connubium*, celle de la présidence des féries latines, celle des dieux vaincus, le droit qu'elle prétendait avoir de sacrifier à Olympie et à Delphes, étaient autant de moyens par lesquels Rome préparait sa domination. Comme toutes les villes, elle avait sa religion municipale, source de son patriotisme ; mais elle était la seule ville qui fît servir cette religion à son agrandissement. Tandis que, par la religion, les autres villes étaient isolées, Rome avait l'adresse ou la bonne fortune de l'employer à tout attirer à elle et à tout dominer.

3. *Comment Rome a acquis l'empire (350-440 avant Jésus-Christ).*

Pendant que Rome s'agrandissait ainsi lentement, par les moyens que la religion et les idées d'alors mettaient à sa disposition, une série de changements sociaux et politiques se déroulait dans toutes les cités et dans Rome même, transformant à la fois le gouvernement des hommes et leur manière de penser. Nous avons retracé plus haut cette révolution ; ce qu'il importe de remarquer ici, c'est qu'elle coïncide avec le grand développement de la puissance romaine. Ces deux faits qui se sont produits en même temps, n'ont pas été sans avoir quelque action l'un sur l'autre. Les conquêtes de Rome n'auraient pas été si faciles, si le vieil esprit municipal ne s'était pas alors éteint partout ; et l'on peut croire aussi que le régime municipal ne serait pas tombé si tôt, si la conquête romaine ne lui avait pas porté le dernier coup.

Au milieu des changements qui s'étaient produits dans les institutions, dans les mœurs, dans les croyances, dans le droit, le patriotisme lui-même avait changé de nature, et c'est une des choses qui contribuèrent le plus aux grands progrès de Rome. Nous avons dit plus haut quel était ce sentiment dans le premier âge des cités. Il faisait partie de la religion ; on aimait la patrie parce qu'on en aimait les dieux protecteurs, parce que chez elle on trouvait un prytanée, un feu divin, des fêtes, des prières, des hymnes, et parce que hors d'elle on n'avait plus de dieux ni de culte. Ce patriotisme était de la foi et de la piété. Mais quand la domination eut été retirée à la caste sacerdotale, cette sorte de patriotisme disparut avec toutes les vieilles croyances. L'amour de la cité ne périt pas encore, mais il prit une forme nouvelle.

On n'aima plus la patrie pour sa religion et ses dieux ; on l'aima seulement pour ses lois, pour ses institutions, pour les droits et la sécurité qu'elle accordait à ses membres. Voyez dans l'oraison funèbre que Thucydide met dans la bouche de Périclès, quelles sont les raisons qui font aimer Athènes : c'est que cette ville « veut que tous soient égaux devant la loi » ; c'est « qu'elle donne aux hommes la liberté et ouvre à tous la voie des honneurs ; c'est qu'elle maintient l'ordre public, assure aux magistrats l'autorité, protège les faibles, donne à tous des spectacles et des fêtes qui sont l'éducation de l'âme ». Et l'orateur termine en disant : « Voilà pourquoi nos guerriers sont morts héroïquement plutôt que de se laisser ravir cette patrie ; voilà pourquoi ceux qui survivent sont tout prêts à souffrir et à se dévouer pour elle. » L'homme a donc encore des devoirs envers la cité ; mais ces devoirs ne découlent plus du même principe qu'autrefois. Il donne encore son sang et sa vie, mais ce n'est plus pour défendre sa divinité nationale et le foyer de ses pères ; c'est pour défendre les institutions dont il jouit et les avantages que la cité lui procure.

Or ce patriotisme nouveau n'eut pas exactement les mêmes effets que celui des vieux âges. Comme le cœur ne s'attachait plus au prytanée, aux dieux protecteurs, au sol sacré, mais seulement aux institutions et aux lois, et que d'ailleurs celles-ci, dans l'état d'instabilité où toutes les cités se trouvèrent alors, changeaient fréquemment, le patriotisme devint un sentiment variable et inconsistant qui dépendit des circonstances et qui fut sujet aux mêmes fluctuations que le gouvernement lui-même. On n'aima sa patrie qu'autant qu'on aimait le régime politique qui y prévalait momentanément ; celui qui en trouvait les lois mauvaises n'avait plus rien qui l'attachât à elle.

Le patriotisme municipal s'affaiblit ainsi et périt dans les âmes. L'opinion de chaque homme lui fut plus sacrée que sa patrie, et le triomphe de sa faction lui devint beaucoup plus cher que la grandeur ou la gloire de sa cité. Chacun en vint à préférer à sa ville natale, s'il n'y trouvait pas les institutions qu'il aimait, telle autre ville où il voyait ces institutions en vigueur. On commença alors à émigrer plus volontiers : on redouta moins l'exil. Qu'importait-il d'être exclu du prytanée et d'être privé de l'eau lustrale ? On ne pensait plus guère aux dieux protecteurs, et l'on s'accoutumait facilement à se passer de la patrie.

De là à s'armer contre elle, il n'y avait pas très-loin. On s'allia à une ville ennemie pour faire triompher son parti dans la sienne. De deux Argiens, l'un souhaitait un gouvernement aristocratique, il aimait donc mieux Sparte qu'Argos ; l'autre préférait la démocratie, et il aimait Athènes. Ni l'un ni l'autre ne tenait très fort à l'indépendance de sa cité, et ne répugnait beaucoup à se dire le sujet d'une autre ville, pourvu que cette ville soutînt sa faction dans Argos. On voit clairement dans Thucydide et dans Xénophon que c'est cette disposition des esprits qui engendra et fit durer la guerre du Péloponèse. À Platées, les riches étaient du parti de Thèbes et de Lacédémone, les démocrates étaient du parti d'Athènes. À Corcyre, la faction populaire était pour Athènes, et l'aristocratie pour Sparte [15]. Athènes avait des alliés dans toutes les villes du Péloponnèse, et Sparte en avait dans toutes les villes ioniennes. Thucydide et Xénophon s'accordent à dire qu'il n'y avait pas une seule cité où le parti populaire ne fût favorable aux Athéniens, et l'aristocratie aux Spartiates [16]. Cette guerre représente un effort général que font les Grecs pour établir partout une même constitution, avec l'hégémonie d'une ville ; mais les uns veulent l'aristocratie sous la protection de Sparte, les autres la démocratie avec l'appui d'Athènes. Il en fut de même au temps de Philippe : le parti aristocratique, dans toutes les villes, appela de ses vœux la domination de la Macédoine. Au temps de Philopémen, les rôles étaient intervertis, mais les sentiments restaient les mêmes : le parti populaire acceptait l'empire de la Macédoine, et tout ce qui était pour l'aristocratie s'attachait à la ligue achéenne. Ainsi les vœux et les affections des hommes n'avaient plus pour objet la cité. Il y avait peu de Grecs qui ne fussent prêts à sacrifier l'indépendance municipale, pour avoir la constitution qu'ils préféraient.

Quant aux hommes honnêtes et scrupuleux, les dissensions perpétuelles dont ils étaient témoins, leur donnaient le dégoût du régime municipal. Ils ne pouvaient pas aimer une forme de société où il fallait combattre tous les jours, où le pauvre et le riche étaient toujours en guerre, où ils voyaient alterner sans fin les violences populaires et les vengeances aristocratiques. Ils voulaient échapper à un régime qui, après avoir produit une véritable grandeur, n'enfantait plus que des souffrances et des haines. On commençait à sentir la nécessité de sortir du système municipal et d'arriver à une autre forme de gouvernement que la cité. Beaucoup d'hommes songeaient au moins à établir au-dessus des cités une sorte de pouvoir souverain qui veillât au maintien de l'ordre et qui forçât ces petites sociétés turbulentes à vivre en paix. C'est ainsi que Phocion, un bon citoyen, conseillait à ses compatriotes d'accepter l'autorité de Philippe, et leur promettait à ce prix la concorde et la sécurité.

En Italie, les choses ne se passaient pas autrement qu'en Grèce. Les villes du Latium, de la Sabine, de l'Étrurie étaient troublées par les mêmes révolutions et les mêmes luttes, et l'amour de la cité disparaissait. Comme en Grèce, chacun s'attachait volontiers à une ville étrangère, pour faire prévaloir ses opinions ou ses intérêts dans la sienne.

Ces dispositions des esprits firent la fortune de Rome. Elle appuya partout l'aristocratie, et partout aussi l'aristocratie fut son alliée. Citons quelques exemples. La *gens* Claudia quitta la Sabine à la suite de discordes intestines, et se transporta à Rome, parce que les institutions romaines lui plaisaient mieux que celles de son pays. À la même époque, beaucoup de familles latines émigrèrent à Rome, parce qu'elles n'aimaient pas le régime démocratique du Latium et que Rome venait de rétablir le règne du patriciat[17]. À Ardée, l'aristocratie et la plèbe étant en lutte, la plèbe appela les Volsques à son aide, et l'aristocratie livra la ville aux Romains[18]. L'Étrurie était pleine de dissensions ; Veii avait renversé son gouvernement aristocratique ; les Romains l'attaquèrent, et les autres villes étrusques, où dominait encore l'aristocratie sacerdotale, refusèrent de secourir les Véiens. La légende ajoute que dans cette guerre les Romains enlevèrent un aruspice véien et se firent livrer des oracles qui leur assuraient la victoire ; cette légende ne laisse-t-elle pas entrevoir que les prêtres étrusques ouvrirent la ville aux Romains ?

Plus tard, lorsque Capoue se révolta contre Rome, on remarqua que les chevaliers, c'est-à-dire le corps aristocratique, ne prirent pas part à cette insurrection[19]. En 313, les villes d'Ausona, de Sora, de Minturne, de Vescia furent livrées aux Romains par le parti aristocratique[20]. Lorsqu'on vit les Étrusques se coaliser contre Rome, c'est que le gouvernement populaire s'était établi chez eux ; une seule ville, celle d'Arrétium, refusa d'entrer dans cette coalition ; c'est que l'aristocratie prévalait encore dans Arrétium[21]. Quand Annibal était en Italie, toutes les villes étaient agitées ; mais il ne s'agissait pas de l'indépendance ; dans chaque ville l'aristocratie était pour Rome, et la plèbe pour les Carthaginois[22].

La manière dont Rome était gouvernée peut rendre compte de cette préférence constante que l'aristocratie avait pour elle. La série des révolutions s'y déroulait comme dans toutes les villes, mais plus lentement. En 509, quand les cités latines avaient déjà des tyrans, une réaction patricienne avait réussi dans Rome. La démocratie s'éleva ensuite, mais à la longue, avec beaucoup de mesure et de tempérament. Le gouvernement romain fut donc plus longtemps aristocratique qu'aucun autre, et put être longtemps l'espoir du parti aristocratique.

Il est vrai que la démocratie finit par l'emporter dans Rome ; mais, alors même, les procédés et ce qu'on pourrait appeler les artifices du gouvernement restèrent aristocratiques. Dans les comices par centuries les voix étaient réparties d'après la richesse. Il n'en était pas tout à fait autrement des comices par tribus ; en droit, nulle distinction de richesse n'y était admise ; en fait, la classe pauvre, étant enfermée dans les quatre tribus urbaines, n'avait que quatre suffrages à opposer aux trente et un de la classe des propriétaires. D'ailleurs, rien n'était plus calme, à l'ordinaire, que ces réunions ; nul n'y parlait que le président ou celui à qui il donnait la parole ; on n'y écoutait guère d'orateurs ; on y discutait peu ; tout se réduisait, le plus souvent, à voter par oui ou par non, et à compter les votes ; cette dernière opération, étant fort compliquée, demandait beaucoup de temps et beaucoup de calme. Il faut ajouter à cela que le Sénat n'était pas renouvelé tous les ans, comme dans les cités démocratiques de la Grèce. Légalement, il était composé à chaque nouveau lustre par les censeurs ; en réalité, les listes se ressemblaient fort d'un lustre à l'autre, et les membres rayés étaient l'exception ; en sorte que le sénat était un corps viager, qui se recrutait à peu près lui-même, et où l'on peut remarquer que les fils succédaient ordinairement aux pères. Il était véritablement un corps oligarchique.

Les mœurs étaient encore plus aristocratiques que les institutions. Les sénateurs avaient des places réservées au théâtre. Les riches seuls servaient dans la cavalerie. Les grades de l'armée étaient en grande partie réservés aux jeunes gens des grandes familles ; Scipion n'avait pas seize ans qu'il commandait déjà un escadron[23].

La domination de la classe riche se soutint à Rome plus longtemps que dans aucune autre ville. Cela tient à deux causes. L'une est que l'on fit de grandes conquêtes, et que les profits en furent pour la classe qui était déjà riche ; toutes les terres enlevées aux vaincus furent possédées par elle ; elle s'empara du commerce des pays conquis, et y joignit les énormes bénéfices de la perception des impôts et de l'administration des provinces. Ces familles, s'enrichissant ainsi à chaque génération, devinrent démesurément opulentes, et chacune d'elles fut une puissance vis-à-vis du peuple. L'autre cause était que le Romain, même le plus pauvre, avait un respect inné pour la richesse. Alors que la vraie clientèle avait depuis longtemps disparu, elle fut comme ressuscitée sous la forme d'un hommage rendu aux grandes fortunes ; et l'usage s'établit que les prolétaires allassent chaque matin saluer les riches et leur demander la nourriture du jour.

Ce n'est pas que la lutte des riches et des pauvres ne se soit vue à Rome comme dans toutes les cités. Mais elle ne commença qu'au temps des Gracques, c'est-à-dire après que la conquête était presque achevée. D'ailleurs, cette lutte n'eut jamais à Rome le caractère de violence qu'elle avait partout ailleurs. Le bas peuple de Rome ne convoita pas très ardemment la richesse ; il aida mollement les Gracques ; il se refusa à croire que ces réformateurs travaillassent pour lui, et il les abandonna au moment décisif. Les lois agraires, si souvent présentées aux riches comme une menace, laissèrent toujours le peuple assez indifférent et ne l'agitèrent qu'à la surface. On voit bien qu'il ne souhaitait pas très vivement de posséder des terres ; d'ailleurs, si on lui offrait le partage des terres publiques, c'est-à-dire du domaine de l'État, du moins il n'avait pas la pensée de dépouiller les riches de leurs propriétés. Moitié par un respect invétéré, et moitié par habitude de ne rien faire, il aimait à vivre à côté et comme à l'ombre des riches.

Cette classe eut la sagesse d'admettre en elle les familles les plus considérables des villes sujettes ou des alliés. Tout ce qui était riche en Italie, arriva peu à peu à former la classe riche de Rome. Ce corps grandit toujours en importance et fut maître de l'État. Il exerça seul les magistratures, parce qu'elles coûtaient beaucoup à acheter ; et il composa seul le Sénat, parce qu'il fallait un cens très élevé pour être sénateur. Ainsi l'on vit se produire ce fait étrange, qu'en dépit des lois qui étaient démocratiques, il se forma une noblesse, et que le peuple, qui était tout-puissant, souffrit qu'elle s'élevât au-dessus de lui et ne lui fit jamais une véritable opposition.

Rome était donc, au troisième et au second siècle avant notre ère, la ville la plus aristocratiquement gouvernée qu'il y eût en Italie et en Grèce. Remarquons enfin que, si dans les affaires intérieures le Sénat était obligé de ménager la foule, pour ce qui concernait la politique extérieure il était maître absolu. C'était lui qui recevait les ambassadeurs, qui concluait les alliances, qui distribuait les provinces et les légions, qui ratifiait les actes des généraux, qui déterminait les conditions faites aux vaincus, toutes choses qui, partout ailleurs, étaient dans les attributions de l'assemblée populaire. Les étrangers, dans leurs relations avec Rome, n'avaient donc jamais affaire au peuple ; ils n'entendaient parler que du Sénat, et on les entretenait dans cette idée que le peuple n'avait aucun pouvoir. C'est là l'opinion qu'un Grec exprimait à Flamininus : « Dans votre pays, disait-il, la richesse gouverne, et tout le reste lui est soumis[24]. »

Il résulta de là que, dans toutes les cités, l'aristocratie tourna les yeux vers Rome, compta sur elle, l'adopta pour protectrice, et s'enchaîna à sa fortune. Cela semblait d'autant plus permis que Rome n'était pour personne une ville étrangère : Sabins, Latins, Étrusques voyaient en elle une ville sabine, une ville latine ou une ville étrusque, et les Grecs croyaient retrouver en elle des Grecs.

Dès que Rome se montra à la Grèce (199 avant Jésus-Christ), l'aristocratie se livra à elle. Presque personne alors ne pensait qu'il y eût à choisir entre l'indépendance et la sujétion ; pour la plupart des hommes, la question n'était qu'entre l'aristocratie et le parti populaire. Dans toutes les villes, celui-ci était pour Philippe, pour Antiochus ou pour Persée, celle-là pour Rome. On peut voir dans Polybe et dans Tite-Live que si en 198, Argos ouvre ses portes aux Macédoniens, c'est que le peuple y domine ; que, l'année suivante, c'est le parti des riches qui livre Opunte aux Romains ; que, chez les Acarnaniens, l'aristocratie fait un traité d'alliance avec Rome, mais que, l'année d'après, ce traité est rompu, parce que, dans l'intervalle, la démocratie a repris l'avantage ; que Thèbes est dans l'alliance de Philippe tant que le parti populaire y est le plus fort, et se rapproche de Rome aussitôt que l'aristocratie y devient maîtresse ; qu'à Athènes, à Démétriade, à Phocée, la populace est hostile aux Romains ; que Nabis, le tyran démocrate, leur fait la guerre ; que la ligne achéenne, tant qu'elle est gouvernée par l'aristocratie, leur est favorable ; que les hommes comme Philopémen et Polybe souhaitent l'indépendance nationale, mais aiment encore mieux la domination romaine que la démocratie ; que dans la ligue achéenne elle-même il vient un moment où le parti populaire surgit à son tour ; qu'à partir de ce moment la ligue est l'ennemie de Rome ; que Diæos et Critolaos sont à la fois les chefs de la faction populaire et les généraux de la ligue contre les Romains et qu'ils combattent bravement à Scarphée et à Leucopétra, moins peut-être pour l'indépendance de la Grèce que pour le triomphe de la démocratie.

De tels faits disent assez comment Rome, sans faire de très grands efforts, obtint l'empire. L'esprit municipal disparaissait peu à peu. L'amour de l'indépendance devenait un sentiment très rare, et les cœurs étaient tout entiers aux intérêts et aux passions des partis. Insensiblement on oubliait la cité. Les barrières qui avaient autrefois séparé les villes et en avaient fait autant de petits mondes distincts, dont l'horizon bornait les vœux et les pensées de chacun, tombaient l'une après l'autre. On ne distinguait plus, pour toute l'Italie et pour toute la Grèce, que deux groupes d'hommes : d'une part, une classe aristocratique ; de l'autre, un parti populaire ; l'une appelait la domination de Rome, l'autre la repoussait. Ce fut l'aristocratie qui l'emporta, et Rome acquit l'empire.

4. *Rome détruit partout le régime municipal.*

Les institutions de la cité antique avaient été affaiblies et comme épuisées par une série de révolutions. La domination romaine eut pour premier résultat d'achever de les détruire, et d'effacer ce qui en subsistait encore. C'est ce qu'on peut voir en observant dans quelle condition les peuples tombèrent à mesure qu'ils furent soumis par Rome.

Il faut d'abord écarter de notre esprit toutes les habitudes de la politique moderne, et ne pas nous représenter les peuples entrant l'un après l'autre dans l'État romain, comme de nos jours, des provinces conquises sont annexées à un royaume qui, en accueillant ces nouveaux membres, recule ses limites. L'État romain, *civitas romana*, ne s'agrandissait pas par la conquête ; il ne comprenait toujours que les familles qui figuraient dans la cérémonie religieuse du cens. Le territoire romain, *ager romanus*, ne s'étendait pas davantage ; il restait enfermé dans les limites immuables que les rois lui avaient tracées et que la cérémonie des Ambarvales sanctifiait chaque année. Deux choses seulement s'agrandissaient à chaque conquête : c'était la domination de Rome, *imperium romanum*, et le territoire appartenant à l'état romain, *ager publicus*.

Tant que dura la république, il ne vint à l'esprit de personne que les Romains et les autres peuples pussent former une même nation. Rome pouvait bien accueillir chez elle individuellement quelques vaincus, leur faire habiter ses murs, et les transformer à la longue en Romains ; mais elle ne pouvait pas assimiler toute une population étrangère à sa population, tout un territoire à son territoire. Cela ne tenait pas à la politique particulière de Rome, mais à un principe qui était constant dans l'antiquité, principe dont Rome se serait plus volontiers écartée qu'aucune autre ville, mais dont elle ne pouvait pas s'affranchir entièrement. Lors donc qu'un peuple était assujetti, il n'entrait pas dans l'État romain, *in civitate*, mais seulement dans la domination romaine, *in imperio*. Il ne s'unissait pas à Rome, comme aujourd'hui des provinces sont unies à une capitale ; entre les peuples et elle, Rome ne connaissait que deux sortes de lien, la sujétion ou l'alliance (*dedititii*, *socii*).

Il semblerait d'après cela que les institutions municipales dussent subsister chez les vaincus, et que le monde dût être un vaste ensemble de cités distinctes entre elles, et ayant à leur tête une cité maîtresse. Il n'en était rien. La conquête romaine avait pour effet d'opérer dans l'intérieur de chaque ville une véritable transformation.

D'une part étaient les sujets, *dedititii* ; c'étaient ceux qui, ayant prononcé la formule de *deditio*, avaient livré au peuple romain « leurs personnes, leurs murailles, leurs terres, leurs eaux, leurs maisons, leurs temples, leurs dieux ». Ils avaient donc renoncé, non seulement à leur gouvernement municipal, mais encore à tout ce qui y tenait chez les anciens, c'est-à-dire à leur religion et à leur droit privé. À partir de ce moment, ces hommes ne formaient plus entre eux un corps politique ; ils n'avaient plus rien d'une société régulière. Leur ville pouvait rester debout, mais leur cité avait péri. S'ils continuaient à vivre ensemble, c'était sans avoir ni institutions, ni lois, ni magistrats. L'autorité arbitraire d'un *præfectus* envoyé par Rome maintenait parmi eux l'ordre matériel[25].

D'autre part étaient les alliés, *fœderati* ou *socii*. Ils étaient moins mal traités. Le jour où ils étaient entrés dans la domination romaine, il avait été stipulé qu'ils conserveraient leur régime municipal et resteraient organisés en cités. Ils continuaient donc à avoir, dans chaque ville, une constitution propre, des magistratures, un sénat, un prytanée, des lois, des juges. La ville était réputée indépendante et semblait n'avoir d'autres relations avec Rome que celles d'une alliée avec son alliée. Toutefois, dans les termes du traité qui avait été rédigé au moment de la conquête, Rome avait inséré cette formule : *majestatem populi romani comiter conservato*[26]. Ces mots établissaient la dépendance de la cité alliée à l'égard de la cité maîtresse, et comme ils étaient très vagues, il en résultait que la mesure de cette dépendance était toujours au gré du plus fort. Ces villes qu'on appelait libres, recevaient des ordres de Rome, obéissaient aux proconsuls, et payaient des impôts aux publicains ; leurs magistrats rendaient leurs comptes au gouverneur de la province, qui recevait aussi les appels de leurs juges[27]. Or, telle était la nature du régime municipal chez les anciens qu'il lui fallait une indépendance complète ou qu'il cessait d'être. Entre le maintien des institutions de la cité et la subordination à un pouvoir étranger, il y avait une contradiction, qui n'apparaît peut-être pas clairement aux yeux des modernes, mais qui devait frapper tous les hommes de cette époque. La liberté municipale et l'empire de Rome étaient inconciliables ; la première ne pouvait être qu'une apparence, qu'un mensonge, qu'un amusement bon à occuper les hommes. Chacune de ces villes envoyait, presque chaque année, une députation à Rome, et ses affaires les plus intimes et les plus minutieuses étaient réglées dans le Sénat. Elles avaient encore leurs magistrats municipaux, archontes et stratèges, librement élus par elles ; mais l'archonte n'avait plus d'autre attribution que d'inscrire son nom sur les registres publics pour marquer l'année, et le stratège, autrefois chef de l'armée et de l'État, n'avait plus que le soin de la voirie et l'inspection des marchés[28].

Les institutions municipales périssaient donc aussi bien chez les peuples qu'on appelait alliés que chez ceux qu'on appelait sujets ; il y avait seulement cette différence que les premiers en gardaient encore les formes extérieures. À vrai dire, la cité, telle que l'Antiquité l'avait conçue, ne se voyait plus nulle part, si ce n'était dans les murs de Rome[29].

D'ailleurs Rome, en détruisant partout le régime de la cité, ne mettait rien à la place. Aux peuples à qui elle enlevait leurs institutions, elle ne donnait pas les siennes en échange. Elle ne songeait même pas à créer des institutions nouvelles qui fussent à leur usage. Elle ne fit jamais une constitution pour les peuples de son empire, et ne sut pas établir des règles fixes pour les gouverner. L'autorité même qu'elle exerçait sur eux n'avait rien de régulier. Comme ils ne faisaient pas partie de son État, de sa cité, elle n'avait sur eux aucune action légale. Ses sujets étaient pour elle des étrangers ; aussi avait-elle vis-à-vis d'eux ce pouvoir irrégulier et illimité que l'ancien droit municipal laissait au citoyen à l'égard de l'étranger ou de l'ennemi. C'est sur ce principe que se régla longtemps l'administration romaine, et voici comment elle procédait.

Rome envoyait un de ses citoyens dans un pays ; elle faisait de ce pays la *province* de cet homme, c'est-à-dire sa charge, son soin propre, son affaire personnelle ; c'était le sens du mot *provincia* dans l'ancienne langue. En même temps, elle conférait à ce citoyen l'*imperium* ; cela signifiait qu'elle se dessaisissait en sa faveur, pour un temps déterminé, de la souveraineté qu'elle possédait sur le pays. Dès lors, ce citoyen représentait en sa personne tous les droits de la république, et, à ce titre, il était un maître absolu. Il fixait le chiffre de l'impôt ; il exerçait le pouvoir militaire ; il rendait la justice. Ses rapports avec les sujets ou les alliés n'étaient réglés par aucune constitution. Quand il siégeait sur son tribunal, il jugeait suivant sa seule volonté ; aucune loi ne pouvait s'imposer à lui, ni la loi des provinciaux, puisqu'il était romain, ni la loi romaine, puisqu'il jugeait des provinciaux. Pour qu'il y eût des lois entre lui et ses administrés, il fallait qu'il les eût faites lui-même ; car lui seul pouvait se lier. Aussi l'*imperium* dont il était revêtu, comprenait-il la puissance législative. De là vient que les gouverneurs eurent le droit et contractèrent l'habitude de publier, à leur entrée dans la province, un code de lois qu'ils appelaient leur édit, et auquel ils s'engageaient moralement à se conformer. Mais comme les gouverneurs changeaient tous les ans, ces codes changèrent aussi chaque année, par la raison que la loi n'avait sa source que dans la volonté de l'homme momentanément revêtu de l'*imperium*. Ce principe était si rigoureusement appliqué que, lorsqu'un jugement avait été prononcé par le gouverneur, mais n'avait pas été entièrement exécuté au moment de son départ de la province, l'arrivée du successeur annulait de plein droit ce jugement, et la procédure était à recommencer[30].

Telle était l'omnipotence du gouverneur. Il était la loi vivante. Quant à invoquer la justice romaine contre ses violences ou ses crimes, les provinciaux ne le pouvaient que s'ils trouvaient un citoyen romain qui voulût leur servir de patron[31]. Car d'eux-mêmes ils n'avaient pas le droit d'alléguer la loi de la cité ni de s'adresser à ses tribunaux. Ils étaient des étrangers ; la langue juridique et officielle les appelait *peregrini* ; tout ce que la loi disait du *hostis* continuait à s'appliquer à eux.

La situation légale des habitants de l'Empire apparaît clairement dans les écrits des jurisconsultes romains. On y voit que les peuples sont considérés comme n'ayant plus leurs lois propres et n'ayant pas encore les lois romaines. Pour eux le droit n'existe donc en aucune façon. Aux yeux du jurisconsulte romain, le provincial n'est ni mari, ni père, c'est-à-dire que la loi ne lui reconnaît ni la puissance maritale ni l'autorité paternelle. La propriété n'existe pas pour lui ; il y a même une double impossibilité à ce qu'il soit propriétaire : impossibilité à cause de sa condition personnelle, parce qu'il n'est pas citoyen romain ; impossibilité à cause de la condition de sa terre parce qu'elle n'est pas terre romaine, et que la loi n'admet le droit de propriété complète que dans les limites de l'*ager romanus*[32]. Aussi les jurisconsultes enseignent-ils que le sol provincial n'est jamais propriété privée, et que les hommes ne peuvent en avoir que la possession et l'usufruit[33]. Or ce qu'ils disent, au second siècle de notre ère, du sol provincial, avait été également vrai du sol italien avant le jour où l'Italie avait obtenu le droit de cité romaine, comme nous le verrons tout à l'heure.

Il est donc avéré que les peuples, à mesure qu'ils entraient dans l'*empire* de Rome, perdaient leur religion municipale, leur gouvernement, leur droit privé. On peut bien croire que Rome adoucissait dans la pratique ce que la sujétion avait de destructif. Aussi voit-on bien que, si la loi romaine ne reconnaissait pas au sujet l'autorité paternelle, encore laissait-on cette autorité subsister dans les mœurs. Si on ne permettait pas à un tel homme de se dire propriétaire du sol, encore lui en laissait-on la possession ; il cultivait sa terre, la vendait, la léguait. On ne disait jamais que cette terre fût sienne, mais on disait qu'elle était comme sienne, *pro suo*. Elle n'était pas sa propriété, *dominium*, mais elle était dans ses biens, *in bonis*[34]. Rome imaginait ainsi au profit du sujet une foule de détours et d'artifices de langage. Assurément le génie romain, si ses traditions municipales l'empêchaient de faire des lois pour les vaincus, ne pouvait pourtant pas souffrir que la société tombât en dissolution. En principe on les mettait en dehors du droit ; en fait ils vivaient comme s'ils en avaient un. Mais à cela près, et sauf la tolérance du vainqueur, on laissait toutes les institutions des vaincus s'effacer et toutes leurs lois disparaître. L'*imperium romanum* présenta, surtout sous le régime républicain et sénatorial, ce singulier spectacle : une seule cité restait debout et conservait des institutions et un droit ; tout le reste, c'est-à-dire quatre-vingts millions d'âmes, ou n'avait plus aucune espèce de lois ou du moins n'en avait pas qui fussent reconnues par la cité maîtresse. Le monde alors n'était pas précisément un chaos ; mais la force, l'arbitraire, la convention, à défaut de lois et de principes, soutenaient seuls la société.

Tel fut l'effet de la conquête romaine sur les peuples qui en devinrent successivement la proie. De la cité, tout tomba : la religion d'abord, puis le gouvernement, et enfin le droit privé ; toutes les institutions municipales, déjà ébranlées depuis longtemps, furent enfin déracinées et anéanties. Mais aucune société régulière, aucun système de gouvernement ne remplaça tout de suite ce qui disparaissait. Il y eut un temps d'arrêt entre le moment où les hommes virent le régime municipal se dissoudre, et celui où ils virent naître un autre mode de société. La nation ne succéda pas d'abord à la cité, car l'*imperium romanum* ne ressemblait en aucune manière à une nation. C'était une multitude confuse, où il n'y avait d'ordre vrai qu'en un point central, et où tout le reste n'avait qu'un ordre factice et transitoire, et ne l'avait même qu'au prix de l'obéissance. Les peuples soumis ne parvinrent à se constituer en un corps organisé qu'en conquérant, à leur tour, les droits et les institutions que Rome voulait garder pour elle ; il leur fallut pour cela entrer dans la cité romaine, s'y faire une place, s'y presser, la transformer elle aussi, afin de faire d'eux et de Rome un même corps. Ce fut une œuvre longue et difficile.

5. *Les peuples soumis entrent successivement dans la cité romaine.*

On vient de voir combien la condition de sujet de Rome était déplorable, et combien le sort du citoyen devait être envié. La vanité n'avait pas seule à souffrir ; il y allait des intérêts les plus réels et les plus chers. Qui n'était pas citoyen romain n'était réputé ni mari ni père ; il ne pouvait être légalement ni propriétaire ni héritier. Telle était la valeur du titre de citoyen romain que sans lui on était en dehors du droit, et que par lui on entrait dans la société régulière. Il arriva donc que ce titre devint l'objet des plus vifs désirs des hommes. Le Latin, l'Italien, le Grec, plus tard l'Espagnol et le Gaulois aspirèrent à être citoyens romains, seul moyen d'avoir des droits et de compter pour quelque chose. Tous, l'un après l'autre, à peu près dans l'ordre où ils étaient entrés dans l'empire de Rome, travaillèrent à entrer dans la cité romaine, et, après de longs efforts, y réussirent.

Cette lente introduction des peuples dans l'État romain est le dernier acte de la longue histoire de la transformation sociale des anciens. Pour observer ce grand événement dans toutes ses phases successives, il faut le voir commencer au quatrième siècle avant notre ère.

Le Latium avait été soumis ; des quarante petits peuples qui l'habitaient, Rome en avait exterminé la moitié, en avait dépouillé quelques-uns de leurs terres, et avait laissé aux autres le titre d'alliés. En 340, ceux-ci s'aperçurent que l'alliance était toute à leur détriment, qu'il leur fallait obéir en tout, et qu'ils étaient condamnés à prodiguer, chaque année, leur sang et leur argent pour le seul profit de Rome. Ils se coalisèrent ; leur chef

Annius formula ainsi leurs réclamations dans le Sénat de Rome : « Qu'on nous donne l'égalité ; ayons mêmes lois ; ne formons avec vous qu'un seul État, *una civitas* ; n'ayons qu'un seul nom, et qu'on nous appelle tous également Romains[35]. » Annius énonçait ainsi dès l'année 340 le vœu que tous les peuples de l'Empire conçurent l'un après l'autre, et qui ne devait être complètement réalisé qu'après cinq siècles et demi. Alors une telle pensée était bien nouvelle, bien inattendue ; les Romains la déclarèrent monstrueuse et criminelle ; elle était, en effet, contraire à la vieille religion et au vieux droit des cités. Le consul Manlius répondit que, s'il arrivait qu'une telle proposition fût acceptée, lui, consul, tuerait de sa main le premier Latin qui viendrait siéger dans le Sénat ; puis, se tournant vers l'autel, il prit le dieu à témoin, disant : « Tu as entendu, ô Jupiter, les paroles impies qui sont sorties de la bouche de cet homme. Pourras-tu tolérer, ô dieu, qu'un étranger vienne s'asseoir dans ton temple sacré, comme sénateur, comme consul ? » Manlius exprimait ainsi le vieux sentiment de répulsion qui séparait le citoyen de l'étranger. Il était l'organe de l'antique loi religieuse, qui prescrivait que l'étranger fût détesté des hommes, parce qu'il était maudit des dieux de la cité. Il lui paraissait impossible qu'un Latin fût sénateur, parce que le lieu de réunion du Sénat était un temple et que les dieux romains ne pouvaient pas souffrir dans leur sanctuaire la présence d'un étranger[36].

La guerre s'ensuivit ; les Latins vaincus firent *dédition*, c'est-à-dire livrèrent aux Romains leurs villes, leurs cultes, leurs lois, leurs terres. Leur position était cruelle. Un consul dit dans le Sénat que, si l'on ne voulait pas que Rome fût entourée d'un vaste désert, il fallait régler le sort des Latins avec quelque clémence. Tite-Live n'explique pas clairement ce qui fut fait ; s'il faut l'en croire, on donna aux Latins le droit de cité romaine, mais sans y comprendre, dans l'ordre politique le droit de suffrage, ni dans l'ordre civil le droit de mariage ; on peut noter en outre que ces nouveaux citoyens n'étaient pas comptés dans le cens. On voit bien que le Sénat trompait les Latins, en leur appliquant le nom de citoyens romains ; ce titre déguisait une véritable sujétion, puisque les hommes qui le portaient avaient les obligations du citoyen sans en avoir les droits. Cela est si vrai que plusieurs villes latines se révoltèrent pour qu'on leur retirât ce prétendu droit de cité.

Une centaine d'années se passent, et, sans que Tite-Live nous en avertisse, on reconnaît bien que Rome a changé de politique. La condition de Latins ayant droit de cité sans suffrage et sans *connubium*, n'existe plus. Rome leur a repris le titre de citoyen, ou plutôt elle a fait disparaître ce mensonge, et elle s'est décidée à rendre aux différentes villes leur gouvernement municipal, leurs lois, leurs magistratures.

Mais, par un trait de grande habileté, Rome ouvrait une porte qui, si étroite qu'elle fût, permettait aux sujets d'entrer dans la cité romaine. Elle accordait que tout Latin qui aurait exercé une magistrature dans sa ville natale, fût citoyen romain à l'expiration de sa charge[37]. Cette fois, le don du droit de cité était complet et sans réserve : suffrages, magistratures, inscription au cens, mariage, droit privé, tout s'y trouvait. Rome se résignait à partager avec l'étranger sa religion, son gouvernement, ses lois ; seulement, ses faveurs étaient individuelles et s'adressaient non à des villes entières, mais à quelques hommes dans chacune d'elles. Rome n'admettait dans son sein que ce qu'il y avait de meilleur, de plus riche, de plus considéré dans le Latium.

Ce droit de cité devint alors précieux, d'abord parce qu'il était complet, ensuite parce qu'il était un privilège. Par lui, on figurait dans les comices de la ville la plus puissante de l'Italie ; on pouvait être consul et commander des légions. Il avait aussi de quoi satisfaire les ambitions plus modestes ; grâce à lui on pouvait s'allier par mariage à une famille romaine ; on pouvait s'établir à Rome et y être propriétaire ; on pouvait faire le négoce dans Rome, qui devenait déjà la première place de commerce du monde. On pouvait entrer dans les compagnies de publicains, c'est-à-dire prendre part aux énormes bénéfices que procurait la perception des impôts ou la spéculation sur les terres de l'*ager publicus*. En quelque lieu qu'on habitât, on était protégé très efficacement ; on échappait à l'autorité des magistrats municipaux, et on était à l'abri des caprices des magistrats romains eux-mêmes. À être citoyen de Rome on gagnait honneurs, richesse, sécurité.

Les Latins se montrèrent donc empressés à rechercher ce titre et usèrent de toutes sortes de moyens pour l'acquérir. Un jour que Rome voulut se montrer un peu sévère, elle découvrit que 12 000 d'entre eux l'avaient obtenu par fraude[38].

Ordinairement Rome fermait les yeux, songeant que par là sa population s'augmentait et que les pertes de la guerre étaient réparées. Mais les villes latines souffraient ; leur plus riches habitants devenaient citoyens romains, et le Latium s'appauvrissait. L'impôt, dont les plus riches étaient exempts à titre de citoyens romains, devenait de plus en plus lourd, et le contingent de soldats qu'il fallait fournir à Rome était chaque année plus difficile à compléter. Plus était grand le nombre de ceux qui obtenaient le droit de cité, plus était dure la condition de ceux qui ne l'avaient pas. Il vint un temps où les villes latines demandèrent que ce droit de cité cessât d'être un privilège.

Les villes italiennes qui, soumises depuis deux siècles, étaient à peu près dans la même condition que les villes latines, et voyaient aussi leurs plus riches habitants les abandonner pour devenir Romains, réclamèrent pour elles ce droit de cité. Le sort des sujets ou des alliés était devenu d'autant moins supportable à cette époque, que la démocratie romaine agitait alors la grande question des lois agraires. Or, le principe de toutes ces lois était que ni le sujet ni l'allié ne pouvait être propriétaire du sol, sauf un acte formel de la cité, et que la plus grande partie des terres italiennes appartenait à la république ; un parti demandait que ces terres, qui étaient occupées presque toutes par des Italiens, fussent reprises par l'État et partagées entre les pauvres de Rome. Les Italiens étaient donc menacés d'une ruine générale ; ils sentaient vivement le besoin d'avoir des droits civils, et ils ne pouvaient en avoir qu'en devenant citoyens romains.

La guerre qui s'ensuivit fut appelée la *guerre sociale* ; c'étaient en effet les alliés de Rome qui prenaient les armes pour ne plus être alliés et devenir romains. Rome victorieuse fut pourtant contrainte d'accorder ce qu'on lui demandait, et les Italiens reçurent le droit de cité. Assimilés dès lors aux Romains, ils purent voter au forum ; dans la vie privée, ils furent régis par les lois romaines ; leur droit sur le sol fut reconnu, et la terre italienne, à l'égal de la terre romaine, put être possédée en propre. Alors s'établit le *jus italicum*, qui était le droit, non de la personne italienne, puisque l'Italien était devenu Romain, mais du sol italique, qui fut susceptible de propriété, comme s'il était *ager romanus*[39].

À partir de ce temps-là, l'Italie entière forma un seul État. Il restait encore à faire entrer dans l'unité romaine les provinces.

Il faut faire une distinction entre les provinces d'Occident et la Grèce. À l'Occident étaient la Gaule et l'Espagne qui, avant la conquête, n'avaient pas connu le véritable régime municipal. Rome s'attacha à créer ce régime chez les peuples, soit qu'elle ne crût pas possible de les gouverner autrement, soit que, pour les assimiler peu à peu aux populations italiennes, il fallût les faire passer par la même route que ces populations avaient suivie. De là vient que les empereurs, qui supprimaient toute vie politique à Rome, entretenaient avec soin les formes de la liberté municipale dans les provinces. Il se forma ainsi des cités en Gaule ; chacune d'elles eut son sénat, son corps aristocratique, ses magistratures électives ; chacune eut même son culte local, son *Genius*, sa divinité poliade, à l'image de ce qu'il y avait dans l'ancienne Grèce et l'ancienne Italie. Or ce régime municipal qu'on établissait ainsi, n'empêchait pas les hommes d'arriver à la cité romaine ; il les y préparait au contraire. Une hiérarchie habilement combinée entre ces villes marquait les degrés par lesquels elles devaient s'approcher insensiblement de Rome pour s'assimiler enfin à elle. On distinguait : 1° les alliés, qui avaient un gouvernement et des lois propres, et nul lien de droit avec les citoyens romains ; 2° les colonies, qui jouissaient du droit civil des Romains, sans en avoir les droits politiques ; 3° les villes de droit italique, c'est-à-dire celles à qui la faveur de Rome avait accordé le droit de propriété complète sur leurs terres, comme si ces terres eussent été en Italie ; 4° les villes de droit latin, c'est-à-dire celles dont les habitants pouvaient, suivant l'usage autrefois établi dans le Latium, devenir citoyens romains, après avoir exercé une magistrature municipale. Ces distinctions étaient si profondes qu'entre personnes de deux catégories différentes il n'y avait ni mariage possible ni aucune relation légale. Mais les empereurs eurent soin que les villes pussent s'élever, à la longue et d'échelon en échelon, de la condition de sujet ou de celle d'allié au droit italique, et du droit italique au droit latin. Quand une ville en était arrivée là, ses principales familles devenaient romaines l'une après l'autre.

La Grèce entra aussi peu à peu dans l'État romain. Chaque ville conserva d'abord les formes et les rouages du régime municipal. Au moment de la conquête, la Grèce s'était montrée désireuse de garder son autonomie ; on la lui laissa, et plus longtemps peut-être qu'elle ne l'eût voulu. Au bout de peu de générations, elle aspira à se faire romaine ; la vanité, l'ambition, l'intérêt y travaillèrent.

Les Grecs n'avaient pas pour Rome cette haine que l'on porte ordinairement à un maître étranger ; ils l'admiraient, ils avaient pour elle de la vénération ; d'eux-mêmes ils lui vouaient un culte et lui élevaient des temples comme à un dieu. Chaque ville oubliait sa divinité poliade et adorait à sa place la déesse Rome et le dieu César ; les plus belles fêtes étaient pour eux, et les premiers magistrats n'avaient pas de fonction plus haute que celle de célébrer en grande pompe les jeux augustaux[40]. Les hommes s'habituaient ainsi à lever les yeux au-dessus de leurs cités ; ils voyaient dans Rome la cité par excellence, la vraie patrie, le prytanée de tous les peuples. La ville où l'on était né paraissait petite, ses intérêts n'occupaient plus la pensée ; les honneurs qu'elle donnait ne satisfaisaient plus l'ambition. On ne s'estimait rien, si l'on n'était pas citoyen romain. Il est vrai que, sous les empereurs, ce titre ne conférait plus de droits politiques ; mais il offrait de plus solides avantages, puisque l'homme qui en était revêtu acquérait en même temps le plein droit de propriété, le droit de mariage, l'autorité paternelle et tout le droit privé de Rome. Les lois que chacun trouvait dans sa ville, étaient des lois variables et sans fondement, qui n'avaient qu'une valeur de tolérance ; le Romain les méprisait et le Grec lui-même les estimait peu. Pour avoir des lois fixes, reconnues de tous et vraiment saintes, il fallait avoir les lois romaines.

On ne voit pas que ni la Grèce entière ni même une ville grecque ait formellement demandé ce droit de cité si désiré ; mais les hommes travaillèrent individuellement à l'acquérir, et Rome s'y prêta d'assez bonne grâce. Les uns l'obtinrent de la faveur de l'empereur ; d'autres l'achetèrent ; on l'accorda à ceux qui donnaient trois enfants à la société, ou qui servaient dans certains corps de l'armée ; quelquefois il suffit pour l'obtenir d'avoir construit un navire de commerce d'un tonnage déterminé, ou d'avoir porté du blé à Rome. Un moyen facile et prompt de l'acquérir était de se vendre comme esclave à un citoyen romain ; car l'affranchissement dans les formes légales conduisait au droit de cité[41].

L'homme qui possédait le titre de citoyen romain ne faisait plus partie civilement ni politiquement de sa ville natale. Il pouvait continuer à l'habiter, mais il y était réputé étranger ; il n'était plus soumis aux lois de la ville, n'obéissait plus à ses magistrats, n'en supportait plus les charges pécuniaires[42]. C'était la conséquence du vieux principe qui ne permettait pas qu'un même homme appartînt à deux cités à la fois[43]. Il arriva naturellement qu'après quelques générations il y eut dans chaque ville grecque un assez grand nombre d'hommes, et c'étaient ordinairement les plus riches, qui ne reconnaissaient ni le gouvernement ni le droit de cette ville. Le régime municipal périt ainsi lentement et comme de mort naturelle. Il vint un jour où la cité fut un cadre qui ne renferma plus rien, où les lois locales ne s'appliquèrent presque plus à personne, où les juges municipaux n'eurent plus de justiciables.

Enfin, quand huit ou dix générations eurent soupiré après le droit de cité romaine, et que tout ce qui avait quelque valeur l'eut obtenu, alors parut un décret impérial qui l'accorda à tous les hommes libres sans distinction.

Ce qui est étrange ici, c'est qu'on ne peut dire avec certitude ni la date de ce décret ni le nom du prince qui l'a porté ; on en fait honneur avec quelque vraisemblance à Caracalla, c'est-à-dire à un prince qui n'eut jamais de vues bien élevées ; aussi ne le lui attribue-t-on que comme une simple mesure fiscale. On ne rencontre guère dans l'histoire de décrets plus importants que celui-là : il supprimait la distinction qui existait depuis la conquête romaine entre le peuple dominateur et les peuples sujets ; il faisait même disparaître la distinction beaucoup plus vieille que la religion et le droit avaient marquée entre les cités. Cependant les historiens de ce temps-là n'en ont pas pris note, et nous ne le connaissons que par deux textes vagues des jurisconsultes et une courte indication de Dion Cassius[44]. Si ce décret n'a pas frappé les contemporains et n'a pas été remarqué de ceux qui écrivaient alors l'histoire, c'est que le changement dont il était l'expression légale était achevé depuis longtemps. L'inégalité entre les citoyens et les sujets s'était affaiblie à chaque génération et s'était peu à peu effacée. Le décret put passer inaperçu, sous le voile d'une mesure fiscale ; il proclamait et faisait passer dans le domaine du droit ce qui était déjà un fait accompli.

Le titre de citoyen commença alors à tomber en désuétude, ou, s'il fut encore employé, ce fut pour désigner la condition d'homme libre opposée à celle d'esclave. À partir de ce temps-là, tout ce qui faisait partie de l'Empire romain, depuis l'Espagne jusqu'à l'Euphrate, forma véritablement un seul peuple et un seul État. La distinction des cités avait disparu ; celle des nations n'apparaissait encore que faiblement. Tous les habitants de cet immense empire étaient également Romains. Le Gaulois abandonna son nom de Gaulois et prit avec empressement celui de Romain ; ainsi fit l'Espagnol ; ainsi fit l'habitant de la Thrace ou de la Syrie. Il n'y eut plus qu'un seul nom, qu'une seule patrie, qu'un seul gouvernement, qu'un seul droit.

On voit combien la cité romaine s'était développée d'âge en âge. À l'origine elle n'avait contenu que des patriciens et des clients ; ensuite la classe plébéienne y avait pénétré, puis les Latins, puis les Italiens ; enfin vinrent les provinciaux. La conquête n'avait pas suffi à opérer ce grand changement. Il avait fallu la lente transformation des idées, les concessions prudentes, mais non interrompues des empereurs, et l'empressement des intérêts individuels. Alors toutes les cités disparurent peu à peu ; et la cité romaine, la dernière debout, se transforma elle-même si bien qu'elle devint la réunion d'une douzaine de grands peuples sous un maître unique. Ainsi tomba le régime municipal.

Il n'entre pas dans notre sujet de dire par quel système de gouvernement ce régime fut remplacé, ni de chercher si ce changement fut d'abord plus avantageux que funeste aux populations. Nous devons nous arrêter au moment où les vieilles formes sociales que l'Antiquité avait établies furent effacées pour jamais.

Chapitre 3

LE CHRISTIANISME CHANGE LES CONDITIONS DU GOUVERNEMENT

La victoire du christianisme marque la fin de la société antique. Avec la religion nouvelle s'achève cette transformation sociale que nous avons vue commencer six ou sept siècles avant elle.

Pour savoir combien les principes et les règles essentielles de la politique furent alors changés, il suffit de se rappeler que l'ancienne société avait été constituée par une vieille religion, dont le principal dogme était que chaque dieu protégeait exclusivement une famille ou une cité, et n'existait que pour elle. C'était le temps des dieux domestiques et des divinités poliades. Cette religion avait enfanté le droit : les relations entre les hommes, la propriété, l'héritage, la procédure, tout s'était trouvé réglé, non par les principes de l'équité naturelle, mais par les dogmes de cette religion et en vue des besoins de son culte. C'était elle aussi qui avait établi un gouvernement parmi les hommes : celui du père dans la famille, celui du roi ou du magistrat dans la cité. Tout était venu de la religion, c'est-à-dire de l'opinion que l'homme s'était faite de la divinité. Religion, droit, gouvernement s'étaient confondus et n'avaient été qu'une même chose sous trois aspects divers.

Nous avons cherché à mettre en lumière ce régime social des anciens, où la religion était maîtresse absolue dans la vie privée et dans la vie publique ; où l'État était une communauté religieuse, le roi un pontife, le magistrat un prêtre, la loi une formule sainte ; où le patriotisme était de la piété, l'exil une excommunication ; où la liberté individuelle était inconnue, où l'homme était asservi à l'État par son âme, par son corps, par ses biens, où la haine était obligatoire contre l'étranger, où la notion du droit et du devoir, de la justice et de l'affection s'arrêtait aux limites de la cité ; où l'association humaine était nécessairement bornée dans une certaine circonférence autour d'un prytanée, et où l'on ne voyait pas la possibilité de fonder des sociétés plus grandes. Tels furent les traits caractéristiques des cités grecques et italiennes pendant la première période de leur histoire.

Mais peu à peu, nous l'avons vu, la société se modifia. Des changements s'accomplirent dans le gouvernement et dans le droit, en même temps que dans les croyances. Déjà, dans les cinq siècles qui précèdent le christianisme, l'alliance n'était plus aussi intime entre la religion d'une part, le droit et la politique de l'autre. Les efforts des classes opprimées, le renversement de la caste sacerdotale, le travail des philosophes, le progrès de la pensée avaient ébranlé les vieux principes de l'association humaine. On avait fait d'incessants efforts pour s'affranchir de l'empire de cette vieille religion, à laquelle l'homme ne pouvait plus croire ; le droit et la politique, comme la morale, s'étaient peu à peu dégagés de ses liens.

Seulement, cette espèce de divorce venait de l'effacement de l'ancienne religion ; si le droit et la politique commençaient à être quelque peu indépendants, c'est que les hommes cessaient d'avoir des croyances ; si la société n'était plus gouvernée par la religion, cela tenait surtout à ce que la religion n'avait plus de force. Or, il vint un jour où le sentiment religieux reprit vie et vigueur, et où, sous la forme chrétienne, la croyance ressaisit l'empire de l'âme. N'allait-on pas voir alors reparaître l'antique confusion du gouvernement et du sacerdoce, de la foi et de la loi ?

Avec le christianisme, non seulement le sentiment religieux fut ravivé, il prit encore une expression plus haute et moins matérielle. Tandis qu'autrefois on s'était fait des dieux de l'âme humaine ou des grandes forces physiques, on commença à concevoir Dieu comme véritablement étranger, par son essence, à la nature humaine d'une part, au monde de l'autre. Le divin fut décidément placé en dehors de la nature visible et au-dessus d'elle. Tandis qu'autrefois chaque homme s'était fait son dieu, et qu'il y en avait eu autant que de familles et de cités, Dieu apparut alors comme un être unique, immense, universel, seul animant les mondes, et seul devant remplir le besoin d'adoration qui est en l'homme. Au lieu qu'autrefois la religion, chez les peuples de la Grèce et de l'Italie, n'était guère autre chose qu'un ensemble de pratiques, une série de rites que l'on répétait sans y voir aucun sens, une suite de formules que souvent on ne comprenait plus, parce que la langue en avait vieilli, une tradition qui se transmettait d'âge en âge et ne tenait son caractère sacré que de son antiquité, au lieu de cela, la religion fut un ensemble de dogmes et un grand objet proposé à la foi. Elle ne fut plus extérieure ; elle siégea surtout dans la pensée de l'homme. Elle ne fut plus matière ; elle devint esprit. Le christianisme changea la nature et la forme de l'adoration : l'homme ne donna plus à Dieu l'aliment et le breuvage ; la prière ne fut plus une formule d'incantation ; elle fut un acte de foi et une humble demande. L'âme fut dans une autre relation avec la divinité : la crainte des dieux fut remplacée par l'amour de Dieu.

Le christianisme apportait encore d'autres nouveautés. Il n'était la religion domestique d'aucune famille, la religion nationale d'aucune cité ni d'aucune race. Il n'appartenait ni à une caste ni à une corporation. Dès son début, il appelait à lui l'humanité entière. Jésus-Christ disait à ses disciples : « Allez et instruisez *tous les peuples.* »

Ce principe était si extraordinaire et si inattendu que les premiers disciples eurent un moment d'hésitation ; on peut voir dans les Actes des apôtres que plusieurs se refusèrent d'abord à propager la nouvelle doctrine en dehors du peuple chez qui elle avait pris naissance. Ces disciples pensaient, comme les anciens Juifs, que le Dieu des Juifs ne voulait pas être adoré par des étrangers ; comme les Romains et les Grecs des temps anciens, ils croyaient que chaque race avait son dieu, que propager le nom et le culte de ce dieu c'était se dessaisir d'un bien propre et d'un protecteur spécial, et qu'une telle propagande était à la fois contraire au devoir et à l'intérêt. Mais Pierre répliqua à ces disciples : « Dieu ne fait pas de différence entre les gentils et nous. » Saint Paul se plut à répéter ce grand principe en toute occasion et sous toute espèce de forme : « Dieu, dit-il, ouvre aux gentils les portes de la foi. Dieu n'est-il Dieu que des Juifs ? non, certes, il l'est aussi des gentils… Les gentils sont appelés au même héritage que les Juifs. »

Il y avait en tout cela quelque chose de très-nouveau. Car partout, dans le premier âge de l'humanité, on avait conçu la divinité comme s'attachant spécialement à une race. Les Juifs avaient cru au Dieu des Juifs, les Athéniens à la Pallas athénienne, les Romains au Jupiter capitolin. Le droit de pratiquer un culte avait été un privilège. L'étranger avait été repoussé des temples ; le non-Juif n'avait pas pu entrer dans le temple des Juifs ; le Lacédémonien n'avait pas eu le droit d'invoquer Pallas athénienne. Il est juste de dire que, dans les cinq siècles qui précédèrent le christianisme, tout ce qui pensait s'insurgeait déjà contre ces règles étroites. La philosophie avait enseigné maintes fois, depuis Anaxagore, que le Dieu de l'univers recevait indistinctement les hommages de tous les hommes. La religion d'Éleusis avait admis des initiés de toutes les villes. Les cultes de Cybèle, de Sérapis et quelques autres avaient accepté indifféremment des adorateurs de toutes nations. Les Juifs avaient commencé à admettre l'étranger dans leur religion, les Grecs et les Romains l'avaient admis dans leurs cités. Le christianisme, venant après tous ces progrès de la pensée et des institutions, présenta à l'adoration de tous les hommes un Dieu unique, un Dieu universel, un Dieu qui était à tous, qui n'avait pas de peuple choisi, et qui ne distinguait ni les races, ni les familles, ni les États.

Pour ce Dieu il n'y avait plus d'étrangers. L'étranger ne profanait plus le temple, ne souillait plus le sacrifice par sa seule présence. Le temple fut ouvert à quiconque crut en Dieu. Le sacerdoce cessa d'être héréditaire, parce que la religion n'était plus un patrimoine. Le culte ne fut plus tenu secret ; les rites, les prières, les dogmes ne furent plus cachés ; au contraire, il y eut désormais un enseignement religieux, qui ne se donna pas seulement, mais qui s'offrit, qui se porta au-devant des plus éloignés, qui alla chercher les plus indifférents. L'esprit de propagande remplaça la loi d'exclusion.

Cela eut de grandes conséquences, tant pour les relations entre les peuples que pour le gouvernement des États.

Entre les peuples, la religion ne commanda plus la haine ; elle ne fit plus un devoir au citoyen de détester l'étranger ; il fut de son essence, au contraire, de lui enseigner qu'il avait envers l'étranger, envers l'ennemi, des devoirs de justice et même de bienveillance. Les barrières entre les peuples et les races furent ainsi abaissées ; le *pomœrium* disparut ; « Jésus-Christ, dit l'apôtre, a rompu la muraille de séparation et d'inimitié. » – « Il y a plusieurs membres, dit-il encore ; mais tous ne font qu'un seul corps. Il n'y a ni gentil, ni Juif ; ni circoncis, ni incirconcis ; ni barbare, ni Scythe. Tout le genre humain est ordonné dans l'unité. » On enseigna même aux peuples qu'ils descendaient tous d'un même père commun. Avec l'unité de Dieu, l'unité de la race humaine apparut aux esprits ; et ce fut dès lors une nécessité de la religion de défendre à l'homme de haïr les autres hommes.

Pour ce qui est du gouvernement de l'État, on peut dire que le christianisme l'a transformé dans son essence, précisément parce qu'il ne s'en est pas occupé. Dans les vieux âges, la religion et l'État ne faisaient qu'un ; chaque peuple adorait son dieu, et chaque dieu gouvernait son peuple ; le même code réglait les relations entre les hommes et les devoirs envers les dieux de la cité. La religion commandait alors à l'État, et lui désignait ses chefs par la voix du sort ou par celle des auspices ; l'État, à son tour, intervenait dans le domaine de la conscience et punissait toute infraction aux rites et au culte de la cité. Au lieu de cela, Jésus-Christ enseigne que son empire n'est pas de ce monde. Il sépare la religion du gouvernement. La religion, n'étant plus terrestre, ne se mêle plus que le moins qu'elle peut aux choses de la terre. Jésus-Christ ajoute : « Rendez à César ce qui est à César, et à Dieu ce qui est à Dieu. » C'est la première fois que l'on distinguait si nettement Dieu de l'État. Car César, à cette époque, était encore le grand pontife, le chef et le principal organe de la religion romaine ; il était le gardien et l'interprète des croyances ; il tenait dans ses mains le culte et le dogme. Sa personne même était sacrée et divine ; car c'était précisément un des traits de la politique des empereurs, que, voulant reprendre les attributs de la royauté antique, ils n'avaient garde d'oublier ce caractère divin que l'antiquité avait attaché aux rois-pontifes et aux prêtres-fondateurs. Mais voici que Jésus-Christ brise cette alliance que le paganisme et l'empire voulaient renouer ; il proclame que la religion n'est plus l'État, et qu'obéir à César n'est plus la même chose qu'obéir à Dieu.

Le christianisme achève de renverser les cultes locaux ; il éteint les prytanées, brise définitivement les divinités poliades. Il fait plus : il ne prend pas pour lui l'empire que ces cultes avaient exercé sur la société civile. Il professe qu'entre l'État et la religion il n'y a rien de commun ; il sépare ce que toute l'Antiquité avait confondu. On peut d'ailleurs remarquer que, pendant trois siècles, la religion nouvelle vécut tout à fait en dehors de l'action de l'État ; elle sut se passer de sa protection et lutter même contre lui. Ces trois siècles établirent un abîme entre le domaine du gouvernement et le domaine de la religion. Et comme le souvenir de cette glorieuse époque n'a pas pu s'effacer, il s'en est suivi que cette distinction est devenue une vérité vulgaire et incontestable que les efforts mêmes d'une partie du clergé n'ont pas pu déraciner.

Ce principe fut fécond en grands résultats. D'une part, la politique fut définitivement affranchie des règles strictes que l'ancienne religion lui avait tracées. On put gouverner les hommes sans avoir à se plier à des usages sacrés, sans prendre avis des auspices ou des oracles, sans conformer tous les actes aux croyances et aux besoins du culte. La politique fut plus libre dans ses allures ; aucune autre autorité que celle de la loi morale ne la gêna plus. D'autre part, si l'État fut plus maître en certaines choses, son action fut aussi plus limitée. Toute une moitié de l'homme lui échappa. Le christianisme enseignait que l'homme n'appartenait plus à la société que par une partie de lui-même, qu'il était engagé à elle par son corps et par ses intérêts matériels, que, sujet d'un tyran, il devait se soumettre, que, citoyen d'une république, il devait donner sa vie pour elle, mais que, pour son âme, il était libre et n'était engagé qu'à Dieu.

Le stoïcisme avait marqué déjà cette séparation ; il avait rendu l'homme à lui-même, et avait fondé la liberté intérieure. Mais, de ce qui n'était que l'effort d'énergie d'une secte courageuse, le christianisme fit la règle universelle et inébranlable des générations suivantes ; de ce qui n'était que la consolation de quelques-uns, il fit le bien commun de l'humanité.

Si maintenant on se rappelle ce qui a été dit plus haut sur l'omnipotence de l'État chez les anciens, si l'on songe à quel point la cité, au nom de son caractère sacré et de la religion qui était inhérente à elle, exerçait un empire absolu, on verra que ce principe nouveau a été la source d'où a pu venir la liberté de l'individu. Une fois que l'âme s'est trouvée affranchie, le plus difficile était fait, et la liberté est devenue possible dans l'ordre social.

Les sentiments et les mœurs se sont alors transformés aussi bien que la politique. L'idée qu'on se faisait des devoirs du citoyen s'est affaiblie. Le devoir par excellence n'a plus consisté à donner son temps, ses forces et sa vie à l'État. La politique et la guerre n'ont plus été le tout de l'homme ; toutes les vertus n'ont plus été comprises dans le patriotisme ; car l'âme n'avait plus de patrie. L'homme a senti qu'il avait d'autres obligations que celles de vivre et de mourir pour la cité. Le christianisme a distingué les vertus privées des vertus publiques. En abaissant celles-ci, il a relevé celles-là ; il a mis Dieu, la famille, la personne humaine au-dessus de la patrie, le prochain au-dessus du concitoyen.

Le droit a aussi changé de nature. Chez toutes les nations anciennes, le droit avait été assujetti à la religion et avait reçu d'elle toutes ses règles. Chez les Perses et les Hindous, chez les Juifs, chez les Grecs, les Italiens et les Gaulois, la loi avait été contenue dans les livres sacrés ou dans la tradition religieuse. Aussi chaque religion avait-elle fait le droit à son image. Le christianisme est la première religion qui n'ait pas prétendu que le droit dépendît d'elle. Il s'occupa des devoirs des hommes, non de leurs relations d'intérêts. On ne le vit régler ni le droit de propriété, ni l'ordre des successions, ni les obligations, ni la procédure. Il se plaça en dehors du droit, comme en dehors de toute chose purement terrestre. Le droit fut donc indépendant ; il put prendre ses règles dans la nature, dans la conscience humaine, dans la puissante idée du juste qui est en nous. Il put se développer en toute liberté, se réformer et s'améliorer sans nul obstacle, suivre les progrès de la morale, se plier aux intérêts et aux besoins sociaux de chaque génération.

L'heureuse influence de l'idée nouvelle se reconnaît bien dans l'histoire du droit romain. Durant les quelques siècles qui précédèrent le triomphe du christianisme, le droit romain travaillait déjà à se dégager de la religion et à se rapprocher de l'équité et de la nature ; mais il ne procédait que par des détours et par des subtilités, qui l'énervaient et affaiblissaient son autorité morale. L'œuvre de régénération du droit, annoncée par la philosophie stoïcienne, poursuivie par les nobles efforts des jurisconsultes romains, ébauchée par les artifices et les ruses du Préteur, ne put réussir complètement qu'à la faveur de l'indépendance que la nouvelle religion laissait au droit. On put voir, à mesure que le christianisme conquérait la société, les codes romains admettre les règles nouvelles, non plus par des subterfuges, mais ouvertement et sans hésitation. Les pénates domestiques ayant été renversés et les foyers éteints, l'antique constitution de la famille disparut pour toujours, et avec elle les règles qui en avaient découlé. Le père perdit l'autorité absolue que son sacerdoce lui avait autrefois donnée, et ne conserva que celle que la nature même lui confère pour les besoins de l'enfant. La femme, que le vieux culte plaçait dans une position inférieure au mari, devint moralement son égale. Le droit de propriété fut transformé dans son essence ; les bornes sacrées des champs disparurent ; la propriété ne découla plus de la religion, mais du travail ; l'acquisition en fut rendue plus facile, et les formalités du vieux droit furent définitivement écartées.

Ainsi, par cela seul que la famille n'avait plus sa religion domestique, sa constitution et son droit furent transformés ; de même que, par cela seul que l'État n'avait plus sa religion officielle, les règles du gouvernement des hommes furent changées pour toujours.

Notre étude doit s'arrêter à cette limite qui sépare la politique ancienne de la politique moderne. Nous avons fait l'histoire d'une croyance. Elle s'établit : la société humaine se constitue. Elle se modifie : la société traverse une série de révolutions. Elle disparaît : la société change de face. Telle a été la loi des temps antiques.

Notes

Livre I – Antiques croyances

Chapitre 1 – Croyances sur l'âme et sur la mort

1. *Sub terra consevant reliquam vitam agi mortuorum.* Cicéron, *Tusc.*, I, 16. Cette croyance était si forte, ajoute Cicéron, que, même lorsque l'usage de brûler les corps s'établit, on continua à croire que les morts vivaient sous la terre. – Cf. Euripide, *Alceste*, 163 ; *Hécube*, passim.

2. Virgile, *En.*, III, 67 : *Animamque sepulcro condimus.* – Ovide, *Fast.*, V, 451 : *Tumulo fraternas condidit umbras.* – Pline, *Ep.*, VII, 27 : *Manes rite conditi.* – La description de Virgile se rapporte à l'usage des cénotaphes ; il était admis que lorsqu'on ne pouvait pas retrouver le corps d'un parent, on lui faisait une cérémonie qui reproduisait exactement tous les rites de la sépulture, et l'on croyait par là enfermer, à défaut du corps, l'âme dans le tombeau. Euripide, *Hélène*, 1061, 1240. Scholiast. *ad Pindar. Pyth.*, IV, 234. Virgile, VI, 505 ; XII, 214.

3. *Iliade*, XXIII, 221. Euripide, *Alceste*, 479 : Κούφα σοι χθών ἐπάνωθεν πέσοι. Pausanias, II, 7, 2. – *Ave atque vale*, Catulle, C. 10. Servius, *ad Æneid*, II, 640 ; III, 68 ; XI, 97. Ovide, *Fast.*, IV, 852 ; *Métam.*, X, 62. – *Sit tibi terra levis ; tenuem et sine pondere terram* ; Juvénal, VII, 207 ; Martial, I, 89 ; V, 35 ; IX, 30.

4. Euripide, *Alceste*, 637, 638 ; *Oreste*, 1416-1418. Virgile. Én., VI, 221 ; XI, 191-196. – L'ancien usage d'apporter des dons aux morts est attesté pour Athènes, par Thucydide, II, 34 ; Εἰσφέρει τῷ ἑαυτοῦ ἕκαστος. La loi de Solon défendait d'enterrer plus de trois vêtements avec le mort (Plutarque, *Solon*, 21). Lucien parle encore de cet usage : « Que de vêtements et de parures n'a-t-on pas brûlés

ou enterrés avec les morts comme s'ils devaient s'en servir sous la terre ! » – Encore aux funérailles de César, dans une époque de grande superstition, l'antique usage fut observé ; on porta au bûcher les *munera*, vêtements. armes, bijoux (Suétone, *César*, 34) ; Cf. Tacite, *Ann.*, III, 3.

5. Euripide, *Iphig. en Tauride*, 163. Virgile, *Én.*, V, 76-80 ; VI, 225.

6. *Iliade*, XXI, 27-28 ; XXIII, 165-176. Virgile, *Én.*, X, 519-520 ; XI, 80-84 ; 197. – Même usage en Gaule, César, *B. G.*, V, 17.

7. Euripide, *Hécube*, 40-41 ; 107-113 ; 637-638.

8. Pindare, *Pythiq.*, IV, 284, édit. Heyne ; voir le Scholiaste.

9. Cicéron, *Tusculanes*, I, 16. Euripide, *Troy.*, 1085. Hérodote, V, 02. Virgile, VI, 371, 379. Horace, *Odes*, I, 23. Ovide. *Fast.*, V, 483. Pline, *Epist.*, VII, 27. Suétone, *Calig.*, 59. Servius, *ad Æn.*, III, 63.

10. *Iliade*, XXII, 358 ; *Odyssée*, XI, 73.

11. Plaute, *Mostellaria*, III, 2.

12. Suétone, *Caligula*, 59 ; *Satis constat, priusquam id fieret, hortorum custodes umbris inquietatos... nullam noctem sine aliquo terrore transactam.*

13. Voyez, dans l'*Iliade*, XXII, 338-344, Hector demandant à son vainqueur de ne pas le priver de la sépulture : « Je t'en supplie par tes genoux, par ta vie, par tes parents, ne livre pas mon corps aux chiens près des vaisseaux des Grecs ; accepte l'or que mon père t'offrira en abondance et rends-lui mon corps, afin que les Troyens et les Troyennes me donnent ma part des honneurs du bûcher. » – De même, dans Sophocle, Antigone affronte la mort « pour que son frère ne reste pas sans sépulture » (Soph., *Antigone*, 467). – Le même sentiment est exprimé par Virgile, IX, 213 ; Horace, *Odes*, I, 18, v. 24-36 ; Ovide, *Héroïdes*, X, 119-123 ; *Tristes*, III, 3, 45. – De même, dans les imprécations, ce qu'on souhaitait de plus horrible à un ennemi, c'était de mourir sans sépulture (Virgile, *En.*, IV, 620).

14. Xénophon, *Helléniques*, I, 7.

15. Eschyle, *Sept contre Thèbes*, 1013. Sophocle, *Antigone*, 198. Euripide, *Phén.*, 1627-1632. – Cf. Lysias, *Epitaph.*, 7-9. Toutes les cités anciennes ajoutaient au supplice des grands criminels la privation de la sépulture.

16. Cela s'appelait en latin *inferias ferre, parentare, ferre solemnia.* Cicéron, *De legibus*, II, 21 : *Majores nostri mortuis parentari voluerunt.* Lucrèce, III, 52 : *Parentant et nigras mactant pecudes et Manibus divis*

inferias mittunt. Virgile, *Én.*, VI, 380 : *Tumulo solemnia mittent ;* IX. 214 : *Absenti ferat inferias decoretque sepulcro*. Ovide, *Amor.*, I, 13, 3 : *Annua solemni caede parental avis*. – Ces offrandes auxquelles les morts avaient droit s'appelaient *Manium jura*. Cf. Cicéron, *De legib.*, II, 21. Cicéron y fait allusion dans le *Pro Flacco*, 38, et dans la première *Philippique*, 6. – Ces usages étaient encore observés au temps de Tacite (*Hist.*, II, 95) ; Tertullien les attaque comme étant encore en pleine vigueur de son temps : *Defunctis parentant, quos escam desiderare præsumant* (*De resurr. carnis*, I) ; *Defunctos vocas securos, si quando extra portam cum obsoniis et matteis parentans ad busta recedis* (*De testim. animæ*, 4).

17. Solemnes tum forte dapes et tristia dona
Libabat cineri Andromache manesque vocabat
Hectoreum ad tumulum.
(Virgile, *Én.*, III, 301-303.)

– Hic duo rite mero libans carchesia Baccho
Fundit humi, duo lacte novo, duo sanguine sacro
Purpureisque jacit flores ac talia fatur :
Salve, sancte parens, animæque umbræque paternæ.
(Virgile, *Én.*, V, 77-81.)

Est honor et tumulis ; animas placate paternas.
… Et sparsæ fruges parcaque mica salis
Inque mero mollita ceres violæque solutæ.
(Ovide, *Fast.*, II, 535-542.)

18. Euripide, *Iphigénie en Tauride*, 157-163.
19. Euripide, *Hécube*, 536 ; *Électre*, 505 et suiv.
20. Eschyle, *Choéphores*, 162.
21. Eschyle, *Choéphores*, 432-484. – Dans les *Perses*, Eschyle prête à Atossa les idées des Grecs : « J'apporte à mon époux ces mets qui réjouissent les morts, le lait, le miel doré, le fruit de la vigne ; appelons l'âme de Darius et versons ces breuvages que boira la terre et qui pénétreront chez les dieux d'en bas. » (*Perses*, 610-620). – Lorsque les victimes étaient offertes aux divinités du ciel, la chair était mangée par les mortels ; mais lorsqu'elles étaient offertes aux morts, la chair était brûlée tout entière (Pausanias, II, 10).
22. Lucien, *Charon*, 22. – Ovide, *Fastes*, II, 566 : *Posito pascitur umbra cibo.*

23. Lucien, *Charon*, 22 : « Ils creusent des fosses près des tombes et ils y font cuire des mets pour les morts. »

24. Festus, v° *Culina : Culina vocatur locus in quo epulæ in funere comburuntur.*

25. Plutarque, *Aristide*, 21 : Παρακαλεῖ τοὺς ἀποθανόντας ἐπὶ τὸ δεῖπνον καὶ τὴν αἱμοκουρίαν.

26. Lucien, *De luctu*, 9.

Chapitre 2 – Le culte des morts

1. Ὅσιον τοὺς μεθεστῶτας ἱεροὺς νομίζειν, Plutarque, *Solon*, 21.

2. Χρῆστοι, μάκαρες, Aristote, cité par Plutarque, *Quest. rom.*, 52 ; *grecq.*, 5. – Μάκαρες χθόνιοι, Eschyle, *Choéph.*, 475.

3. Euripide, *Phénic.*, 1321 : Τοῖς θανοῦσι χρὴ τὸν οὐ τεθνηκότα τιμὰς δίδοντα χθόνιον εὖ σέβειν θεόν. – Odyssée, X, 526 : Εὐχῇσι λίσῃ κλυτὰ ἔθνεα νεκρῶν. – Eschyle, *Choéph.*, 475 : « Ô bienheureux qui habitez sous la terre, écoutez mon invocation ; venez au secours de vos enfants et donnez-leur la victoire. » – C'est en vertu de cette idée qu'Énée appelle son père mort *Sancte parens, divinus parens* ; Virg., *Én.*, V, 80 ; V, 47. – Plutarque, *Quest. rom.*, 14 : Θεὸν γεγονέναι τὸν τεθνηκότα λέγουσι. – Cornelius Nepos, *Fragm.*, XII : *Parentabis mihi et invocabis deum parentem.*

4. Cicéron, *De legibus*, II, 22.

5. Saint Augustin, *Cité de Dieu*, VIII, 26 ; IX, 11.

6. Euripide, *Alceste*, 1015 : Νῦν δ'ἐστὶ μάκαιρα δαίμων· χαῖρ', ὦ πότνι', εὖ δὲ δοίης.

7. Cicéron, *De leg.*, II, 9 Varron, dans saint Augustin, *Cité de Dieu*, VIII, 26.

8. Virgile, *Én.*, IV, 34.

9. Euripide, *Troyennes*, 96 : Τύμβους θ'ἱερὰ τῶν κεκμηκότων, *Électre*, 505-510. – Virgile, *Én.*, VI, 177 : *Aramque sepulcri* ; III, 63 : *Stant Manibus aræ* ; III, 305 : *Et geminas, causam lacrimis, sacraverat aras* ; V, 48 : *Divini ossa parentis condidimus terra mæstasque sacravimus aras.* Le grammairien Nonius Marcellus dit que le sépulcre s'appelait un temple chez les anciens, et en effet Virgile emploie le mot *templum* pour désigner le tombeau ou cénotaphe que Didon a élevé à son époux (*Énéide*, IV, 457). – Plutarque, *Quest. rom.*, 14 : Ἐπὶ τῶν τάφων ἐπιστρέφονται, καθάπερ θεῶν ἱερὰ τιμῶντες τὰ τῶν πατέρων μνήματα. – On continua à appeler *ara* la pierre élevée sur le tombeau (Suétone,

Néron, 50). Ce mot est employé dans les inscriptions funéraires, Orelli, n° 4521, 4522, 4826.

10. Varron, *De lingua lat.*, V, 74.

11. *Lois de Manou*, I, 95 ; III, 82, 122, 127, 146, 189, 274.

12. Ce culte rendu aux morts s'exprimait en grec par les mots ἐναγίζω, ἐναγισμός, Pollux, VIII, 91 ; Hérodote, I, 167 ; Plutarque, *Aristide*, 21 ; *Caton*, 15 ; Pausanias, IX, 13, 3. Le mot ἐναγίζω se disait des sacrifices offerts aux morts, θύω de ceux qu'on offrait aux dieux du ciel ; cette différence est bien marquée par Pausanias, II, 10, 1, et par le scholiaste d'Euripide, *Phénic.*, 281. Cf. Plutarque, *Quest. rom.*, 34 : Χοὰς καὶ ἐναγισμοὺς τοῖς τεθνηκόσι..., χοὰς καὶ ἐναγισμὸν φέρουσιν ἐπὶ τὸν τάφον.

13. Voyez dans Hérodote, I, 167, l'histoire des âmes des Phocéens qui bouleversent toute une contrée jusqu'à ce qu'on leur voue un anniversaire, et plusieurs histoires semblables dans Hérodote et dans Pausanias, VI, 6, 7. De même, dans Eschyle, Clytemnestre, avertie que les mânes d'Agamemnon sont irrités contre elle, se hâte d'envoyer des aliments sur son tombeau. Voyez aussi la légende romaine que raconte Ovide, *Fastes*, II, 549-556 : « On oublia, un jour, le devoir des *parentalia*, alors les Âmes sortirent des tombeaux et on les entendit courir en hurlant dans les rues de la ville et les champs du Latium, jusqu'à ce que les sacrifices eussent été rendus à leurs tombes. » Cf. l'histoire que raconte encore Pline le Jeune, VII, 27.

14. Ovide, *Fast.*, II, 518 : *Animas placate paternas.* – Virgile, *Én.*, VI, 379 : *Ossa piabunt et statuent tumulum et tumulo solemnia mittent.* – Comparez le grec ἱλάσκομαι (Pausanias, VI, 6,8). – Tite-Live, I, 20 : *Justa funebria placandosque manes.*

15. Euripide, *Alceste*, 1004 (1016). – « On croit que si nous n'avons aucune attention pour ces morts et si nous négligeons leur culte, ils nous font du mal, et qu'au contraire, ils nous font du bien si nous nous les rendons propices par nos offrandes. » Porphyre, *De abstin.*, II, 37. Voy. Horace, *Odes*, II, 23 ; Platon, *Lois*, IX, p. 926, 927.

16. Eschyle, *Choéphores*, 122-145.

17. Il est possible que le sens primitif de ἥρως ait été celui d'homme mort. La langue des inscriptions, qui est celle du vulgaire, et qui est en même temps celle où le sens ancien des mots persiste le plus, emploie quelquefois ἥρως avec la simple signification que nous donnons au mot défunt : ἥρως χρῆστε, χαῖρε, Bœckh, *Corp. inscr.*,

n°s 1629, 1723, 1781, 1782, 1784, 1786, 1789, 3398 ; Ph. Lebas, *Monum. de Morée*, p. 205. Voyez Théognis, éd. Welcker, v. 513, et Pausanias, VI, 6, 9. Les Thébains avaient une vieille expression pour signifier mourir, ἥρωα γένεσθαι (Aristote, fragments, éd. Heitz, t. IV, p. 260 : Cf. Plutarque, *Proverb. quibus Alex. usi sunt*. c. 47). – Les Grecs donnaient aussi à l'âme d'un mort le nom de δαίμων. Euripide, *Alceste*, 1140 et Scholiaste. Eschyle, *Perses*, 620 : Δαίμονα Δαρεῖον. Pausanias, VI, 6 : Δαίμων ἀνθρώπου.

18. *Manes Virginia* (Tite-Live, III, 58). *Manes conjugis* (Virgile, VI, 119). *Patris Anchisæ Manes* (Id., X, 534). *Manes Hectoris* (Id., III, 303). *Dis Manibus Martialis, Dis Manibus Acutisæ* (Orelli, n°s 4440, 4441, 4447, 4459, etc. *Valerii deos manes* (Tite-Live, III, 19).

19. Apulée, *De deo Socratis*. Servius, *ad Æneid.*, III, 63.

20. Censorinus, *De die natali*, 3.

21. Cicéron, *Timée*, 11. – Denys d'Halicarnasse traduit *Lar familiaris* par : Κατ' οἰκίαν ἥρως (*Antiq. rom.*, IV, 2).

Chapitre 3 – Le feu sacré

1. Les Grecs appelaient cet autel de noms divers, βῶμος, ἐσχάρα, ἑστία ; ce dernier finit par prévaloir dans l'usage et fut le mot dont on désigna ensuite la déesse Vesta. Les Latins appelaient le même autel *vesta, ara* ou *focus. In primis ingressibus domorum vestæ, id est aræ et foci, solent haberi* (Nonius Marcellus, éd. Quicherat, p. 53).

2. *Hymnes homér.*, XXIX. *Hymnes orph.*, LXXXIV. Hésiode, *Opera*, 679. Eschyle, *Agam.*, 1056. Euripide, *Hercul. fur.*, 503, 599. Thucydide, I, 136. Aristophane, *Plut.*, 795. Caton, *De re rust.*, 143. Cicéron, *Pro domo*, 40. Tibulle, 1, 1,4. Horace, *Épod.*, II, 43. Ovide, *A. A.*, I, 637. Virgile, *Én.*, II, 512.

3. Virgile, VII, 71 : *Castis tædis*. Festus, v° *Felicis*. Plutarque, *Numa*, 9.

4. Euripide, *Herc. fur.*, 715. Caton, *De re rust.*, 143. Ovide, *Fast.*, III, 698.

5. Macrobe, *Saturn.*, I, 12.

6. Plutarque, *Numa*, 9 ; Festus, éd. Müller, p. 106.

7. Ovide, *A. A.*, I, 637 : *Dentur in antiquos thura merumque focos*. Plaute, *Captiv.*, II, 39-40 ; *Mercator*, V, 1,5. Tibulle, I, 3, 34. Horace, *Odes*, II, 23, 1-4. Caton, *De re rust.*, 143. Plaute, *Aululaire*, prologue.

8. *Hymnes orph.*, 84.

9. Virgile, *Én.*, II, 523. Horace, *Épit.*, I, 5. Ovide. *Trist.*, IV 8, 22.

10. Euripide, *Alceste*, 162-168.

11. Plaute, *Aululaire*, prologue.

12. Θεὸς κτήσιος, Eustathe, *in Odyss.*, p. 1756 et 1814. Le Ζεὺς κτήσιος, dont il est souvent fait mention, est un dieu domestique, c'est le foyer.

13. Isée, *De Cironis hered.*, 16 : Ηὔχετο ἡμῖν ὑγίειαν διδόναι καὶ κτῆσιν ἀγαθήν.

14. Eschyle, *Agam.*, 851-853.

15. Caton, *De re rust.*, 2. Euripide, *Hercul. fur.*, 523.

16. Virgile, *Én.*, I, 704 : *Flammis adolere Penates.*

17. Virgile, *Géorg.*, IV, 383-385 :

Ter liquido ardentem perfudit nectare vestam,
Ter flamma ad summum tecti subjecta reluxit.

Servius explique ainsi ces deux vers : *Id est, in ignem vinum purissimum fudit, post quod quia magis flamma convaluit bonum omen ostendit.*

18. Ovide, *Fast.*, VI, 315.

19. Plutarque, *Quest. rom.*, 64 : Ἱερόν τι ἡ τράπεζα. Id., *Symposiaca*, VII, 4, 7 : Τράπεζα ὑπ' ἐνίων ἑστία καλεῖται. Id., *ibid.*, VII, 4, 4 : Ἀπαρχὰς τῷ πύρι ἀποδίδοντας. – Ovide, *Fastes*, VI, 300 : *Et mensæ credere adesse deos* ; VI, 630 : *In ornatum fundere vina focum* ; II, 634 : *Nutriat incinctos mixta patella Lares.* Cf. Plaute, *Aulularia*, II, 7, 16 ; Horace, *Odes*, III, 23 ; *Sat.*, II, 3,166 ; Juvénal, XII, 87-90 ; Plutarque, *De Fort. Rom.*, 10. – Comparer *Hymne homérique*, XXIX, 6. Plutarque, *Fragments, Comm. sur Hésiode*, 44. Servius, *in Æneida*, I, 730 : *Apud Romanos, cena edita, silentium fieri solebat quoad ea quæ de cena libata fuerant ad focum ferrentur et igni darentur ac puer deos propitios nuntiasset.*

20. *Ante larem proprium vescor vernasque procaces Pasco libatis dapibus* (Horace, *Sat.*, II, 6,66). – Ovide, *Fastes*, II, 631-633. – Juvénal, XII, 83-90. – Pétrone, *Satir.*, c. 60.

21. Même prescription dans la religion romaine : *Pedem in focum non imponere*, Varron dans Nonius, p. 479, éd. Quicherat, p. 557.

22. Porphyre, *De abstin.*, II, p. 106 ; Plutarque, *De frigido*, 8.

23. *Hymnes hom.*, 29 ; *Ibid.*, 3, v. 33. Platon, *Cratyle*, 18. Hésychius, ἀφ' ἑστίας. Diodore, VI, 2. Aristophane, *Oiseaux*, 865.

24. Pausanias, V, 14.

25. Cicéron, *De nat. Deor.* II, 27. Ovide, *Fast.*, VI, 304.

26. Ovide, *Fast.*, VI, 291.

27. Hésiode, *Opera*, 678-680. Plutarque, *Comm. sur Hés.*, frag. 48.

28. Tibulle, II, 2. Horace, *Odes*, IV, 11, 6. Ovide, *Trist.*, III, 13 ; V, 5. Les Grecs donnaient à leurs dieux domestiques ou héros l'épithète de ἐφέστιοι ou ἑστιοῦχοι.

29. Plaute, *Aulul.*, II, 7, 16 : *In foco nostro Lari.* Columelle, XI, 1, 19 : *Larem focumque familiarem.* Cicéron, *Pro domo*, 41 ; *Pro Quintio*, 27, 28.

30. Servius, *in Æn.*, III, 134.

31. Virgile, *Én.*, II, 297 ; IX, 257-258 ; V, 744.

32. Euripide, *Oreste*, 1420-1422.

33. Servius, *in Æn.*, V, 64 ; VI, 152. Voy. Platon, *Minos*, p. 315 : Ἔθαπτον ἐν τῇ οἰκίᾳ τοὺς ἀποθανόντας.

Chapitre 4 – La religion domestique

1. La loi de Solon défendait de suivre en gémissant le convoi d'un homme qui n'était pas un parent (Plutarque, *Solon*, 21). Elle n'autorisait les femmes à accompagner le mort que jusqu'au degré de cousines, ἐντὸς ἀνεψιαδῶν (Démosthène, *In Macartatum*, 62-63. Cf. Cicéron, *De legibus*, II, 26. Varron, *L. L.*, VI, 13 : *Ferunt epulas ad sepulcrum quibus jus ibi parentare.* Gaius, II, 5, 6 : *Si modo mortui funus ad nos pertineat.*

2. Οὐκ ἔξεστιν ἐπ' ἀλλότρια μνήματα βαδίζειν (loi de Solon, dans Plutarque, *Solon*, 21). *Pittacus omnino accedere quemquam vetat in funus aliorum* (Cicéron, *De legib.* II, 26).

3. Pollux, III, 10.

4. Aussi lisons-nous dans Isée, *De Meneclis hered.*, 46 : « Si Ménéclès n'a pas d'enfants, les sacrifices domestiques n'auront pas lieu pour lui et personne ne portera l'offrande annuelle sur son tombeau. » D'autres passages du même orateur montrent que c'est toujours le fils qui doit porter les breuvages sur la tombe ; *De Philoct. hered.*, 51 *ibid.*, 65 ; *De Apollod. hered.*, 30.

5. Du moins à l'origine ; car ensuite les cités ont eu aussi leurs héros topiques et nationaux, comme nous le verrons plus loin. Nous verrons aussi que l'adoption créait une parenté factice et donnait le droit d'honorer une série d'ancêtres.

6. Lucien, *De luctu.*

7. *Lois de Manou*, III, 138 ; III, 274.

8. C'est ce que la langue grecque appelle ποιεῖν τὰ νομιζόμενα (Eschine, *In Timarch.*, 40 ; Dinarque, *In Aristog.*, 18). Cf. Plutarque, *Caton*, 15 : Χρὴ τοῖς γονεῦσιν ἐναγίζειν. Voyez comme Dinarque reproche à Aristogiton de ne pas faire le sacrifice annuel à son père qui est mort à Erétrie. Dinarq., *In Aristog.*, 18

9. L'antique usage des tombeaux de famille est attesté de la manière la plus formelle. Les mots τάφος πατρῷος, μνῆμα πατρῷον, μνῆμα τῶν προγόνων, reviennent sans cesse chez les Grecs comme chez les Latins *tumulus patrius, monumentum gentis.* Démosthène, *In Eubulidem*, 28 : Τὰ πατρῷα μνήματα ὧν κοινωνοῦσιν ὅσοιπερ εἰσὶ τοῦ γένους. La loi de Solon interdisait d'y ensevelir un homme d'une autre famille ; *ne alienum inferat* (Cic. *De leg.*, II, 26). Démosthène, *In Macartatum*, 79, décrit le tombeau « où reposent tous ceux qui descendent de Bousélos ; on l'appelle le monument des Bousélides ; c'est un grand emplacement entouré d'une clôture, suivant la règle antique ». Le tombeau des Lakiades, μνήματα Κιμώνια, est mentionné par Marcellinus, biographe de Thucydide, et par Plutarque, *Cimon*, 4. – Il y a une vieille anecdote qui prouve combien on jugeait nécessaire que chaque mort fût enterré dans le tombeau de sa famille ; on racontait que les Lacédémoniens, sur le point de livrer bataille aux Messéniens, avaient attaché à leur bras droit des marques particulières contenant le nom de chacun et celui de son père, afin qu'en cas de mort le corps pût être reconnu et transporté au tombeau paternel ; ce trait des mœurs antiques nous a été conservé par Justin, III, 5. Eschyle fait allusion au même usage lorsqu'il dit, en parlant de guerriers qui vont périr, qu'ils seront rapportés dans les tombeaux de leurs pères, τάφων πατρῴων λαχαί (*Sept contre Thèbes*, v. 914). – Les Romains avaient aussi des tombeaux de famille. Cicéron, *De offic.*, I, 17 : *Sanguinis conjunctio, eadem habere monumenta majorum, iisdem uti sacris, sepulcra habere communia.* Comme en Grèce, il était interdit d'y ensevelir un homme d'une autre famille ; Cicéron, *De legib.*, II, 22 : *Mortuum extra gentem inferri fas negant.* Voyez Ovide, *Tristes*, IV, 3,45 ; Velléius, II, 119 ; Suétone, *Néron*, 50 ; *Tibère*, 1 ; Cicéron, *Tuscul.*, I, 7 ; *Digeste*, XI, 7 ; XLVII, 12, 5.

10. Euripide, *Hélène*, 1163-1168.

11. Chez les Étrusques et les Romains il était d'usage que chaque famille religieuse gardât les images de ses ancêtres rangées autour de

l'atrium. Ces images étaient-elles de simples portraits de famille ou des idoles ?

12. Ἑστία πατρῷα, *Focus patrius*. De même, dans les Védas, Agni est encore invoqué quelquefois comme dieu domestique.

13. Isée, *De Cironis hereditate*, 15-18.

14. Cette enceinte était appelée ἕρκος.

15. Θεοὶ μύχιοι, *dii Penates*. Cicéron, *De nat. Deor.*, II, 27 : *Penates, quod penitus insident*. Servius, in *Æn.*, III, 12 : *Penates ideo appellantur quod in penetralibus ædium coli solebant.*

16. Cicéron, *De arusp. resp.*, 17.

17. Varron, *De ling. lat.*, VII, 88.

18. Hésiode, *Opera*, 701. Macrobe, *Sot.*, I,16. Cic., *De legib.*, II, 11 : *Ritus familiæ patrumque servare.*

19. *Rig-Véda*, tr. Langlois, t. I, p. 113. Les lois de Manou mentionnent souvent les rites particuliers à chaque famille : VIII, 3 ; IX, 7.

20. Sophocle, *Antig.*, 199 ; *Ibid.*, 659. Rapprocher Πατρῷοί θεοί dans Aristophane, *Guêpes*, 388 ; Eschyle, *Pers.*, 404 ; Sophocle, *Électre*, 411 ; Θεοὶ γενέθλιοι, Platon, *Lois*, V, p. 729 ; *Di generis*, Ovide, *Fast.*, II, 631.

21. Les Védas appellent le feu sacré la cause de la postérité masculine. Voy. le *Mitakchara*, trad. Orianne, p. 139.

Livre II – La famille

Chapitre 1 – La religion a été le principe constitutif de la famille ancienne

1. Il est bien entendu que nous parlons ici du droit le plus ancien. Nous verrons dans la suite que ces vieilles lois ont été modifiées.

2. Hérodote, V, 73, pour dire 700 familles, emploie l'expression ἑπτακόσια ἑπιστία. Ailleurs, I, 176 pour désigner 80 familles, il dit ὀγδώκοντα ἑστίαι. Même expression dans Plutarque, *Romulus*, 9.

Chapitre 2 – LE MARIAGE

1. Dicéarque, cité par Étienne de Byzance, v° πάτρα.
2. Θύειν γάμον, *sacrum nuptiale.*
3. Pollux, III, 3, 38.
4. Προτέλεια, προγάμια, Pollux, III, 38.
5. Hérodote, VI, 130. Isée, *De Philoclem. hered.*, 14. Démosthène donne quelques mots de la formule : Ἐγγυῶ ἐπί δικαίοις δάμαρτα εἶναι (*In Stephanum*, II, 18). Cette partie de l'acte du mariage s'appelait aussi ἔκδοσις, *traditio*, Pollux, III, 35, Démosthène, *Pro Phormione*, 32.
6. Pollux, III, 41.
7. Plutarque, *Quest. grecq.*, 27.
8. Plutarque, *Quest. rom.*, 29. Photius, *Lex.*, p. 52 : Παραλαβόντες αὐτὴν ἐκ τῆς πατρῴας ἑστίας ἐπὶ τὴν ἁμάξαν ἄγουσιν εἰς τὴν τοῦ γαμοῦντος.
9. Iliade, XVIII, 492. Hésiode, *Scutum*, 275. Euripide, *Iphig. à Aulis*, 732 ; *Phéniciennes*, 344 ; *Hélène*, 722-725. Pollux, III, 41. Lucien, *Aétion*, 5.
10. Iliade, XVIII, 495. Hésiode, *Scutum*, 280. Aristophane, *Ois.*, 1720 ; *Paix*, 1332. Pollux, III, 37 ; IV, 80. *Photius, Biblioth.*, c. 239.
11. Plutarque, *Lycurgue*, 15 : Ἐγάμουν δι' ἁρπαγῆς. Denys d'Halicarnasse, II, 30 : Οὐκ ἐφ' ὕβρει τῆς ἁρπαγῆς, ἀλλ' ἐπὶ γάμῳ γενομένης, ἑλληνικὸν καὶ ἀρχαῖον τὸ ἔθος καὶ τρόπον συμπάντων καθ' οὓς συνάπτονται γάμοι ταῖς γυναῖξιν ἐπιφανέστατον.
12. *Ignem undamque jugalem* (Valer. Flaceus, *Argonaut.*, VIII, 245).
13. Plutarque, *Solon*, 20 ; *Præe, conjug.*, I. Même usage chez les Macédoniens ; Quinte-Curce, VIII, 16 : *Jussit afferri patrio more panem ; hoc erat apud Macedones sanctissimum cœuntium pignus ; quem divisum gladio uterque libabat.*
14. De là cette expression de Platon, ταῖς μετὰ θεῶν καὶ ἱερῶν γάμων ἐλθούσαις εἰς τὴν οἰκίαν (*Lois*, VIII, p. 841), et cette autre de Plutarque, εἰς κοινωνίαν γένους ἐλθεῖν τὰ μέγιστα καὶ τιμιώτατα λαμβάνοντας καὶ δίδοντας (*Vie de Thésée*, 10). Le même écrivain dit ailleurs qu'il n'est pas de lieu plus sacré que le mariage, οὔκ ἐστι ἱερωτέρα κατάζευξις (*Amatorius*, 4).
15. Sur les formes singulières de la *traditio*, de la *sponsio* en droit romain, voyez le texte si curieux de Servius Sulpicius dans Aulu-Gelle,

IV, 4. – Cf. Plaute, *Aululaire*, II, 2, 41-49 ; II, 3, 4 ; *Trinummus*, V, 4 ; Cicéron, *Ad Atticum*, I, 3.

16. Ovide, *Fastes*, II, 558-561.

17. Plutarque, *Romulus*, 15.

18. Varron, *De ling. lat.*, V, 61. Plutarque, *Quest. rom.*, 1. Servius, *ad Æneida*, IV, 167.

19. Plutarque, *Quest. rom.*, 29 ; *Romulus*, 15. Macrobe, *Saturn.*, I, 15. Festus, v° *rapi.*

20. Pline, *Hist. nat.*, XVIII, 3,10 : *In sacris nihil religiosius confarrcationis vinculo erat, novæque nuptæ farreum præforebant.* Denys d'Halicarn., II, 25 ; Ἐκάλουν τοὺς ἱεροὺς γάμους φαρράκια ἀπὸ τῆς κοινωνίας τοῦ φαρρός. – Tacite, *Ann.*, IV, 16 ; XI, 26-27. Juvénal, X, 329-336. Servius, *ad Æn.*, IV, 103 ; *ad Georg.*, I, 31. Gaius, I,110-112.Ulpien, IX. *Digeste*, XXIII, 2, 1. – Chez les Étrusques aussi, le mariage s'accomplissait par un sacrifice (Varron, *De re rust.*, II, 4). – Mêmes usages chez les anciens Hindous (*Lois de Manou*, III, 27-30, 172 ; V, 152 ; VIII, 227 ; IX, 194. *Milakchara*, trad. Orianne, p. 166, 167, 236).

21. Nous parlerons plus tard des autres formes de mariage qui furent usitées chez les Romains et où la religion n'intervenait pas. Qu'il nous suffise de dire ici que le mariage sacré nous parait être le plus ancien ; car il correspond aux plus anciennes croyances, et il n'a disparu qu'à mesure qu'elles se sont affaiblies.

22. *Digeste*, XXIII, 2. *Code de Just.*, IX, 32, 4. Denys d'Halic., II, 25 : Κοινὸς χρημάτων καὶ ἱερῶν.

23. Au moins à l'origine. Denys d'Halicarnasse, II, 25, dit expressément que rien ne pouvait dissoudre un tel mariage. – La faculté du divorce paraît s'être introduite d'assez bonne heure dans le droit attique.

24. Festus, v° *Diffarreatio*. Pollux, III, c. 3 : Ἀποπομπή. On lit dans une inscription : *Sacerdos confarreationum et diffarreationum.* Orelli, n° 2648.

25. Φρικώδη, ἀλλόκοτα, σκυθρώπα. Plutarque, *Quest. rom.*, 50.

Chapitre 3 – De la continuité de la famille. Célibat interdit. Divorce en cas de stérilité. Inégalité entre le fils et la fille

1. *Bhagavad-Gita*, I, 40.

2. Isée, *De Apollod. hered.*, 30 ; Démosthène, *In Macart.*, 75.

3. Cicéron, *De legibus*, II, 19 : *Perpetua sint sacra*. Denys, IX, 22 : Ἵνα μὴ ἱερὰ ἐκλείφθη πατρῷα.

4. Isée, VII, *De Apollod. her.*, 30. Cf. Stobée, *Serm.*, LXVII, 25 : Εἰ γὰρ ἐκλίποι τὸ γένος, τίς τοῖς θεοῖς θύσει.

5. Denys d'Halicarnasse, IX, 22.

6. Cicéron, *De legib.*, III, 2.

7. Plutarque, *Lycurg.*, 15 ; *Apophth. des Lacédémoniens* ; Cf. *Vie de Lysandre*, 30 : Ἀγαμίου δίκη.

8. Pollux, III, 48.

9. Isée, VI, *De Philoct. her.*, 47. Démosthène, *In Macartatum*, 51.

10. Ménandre, *Fragm.* 185. Démosthène, *In Neæram*, 122. Lucien, *Timon*, 17. Eschyle, *Agamemnon*, 1207. Alciphron, I, 16.

11. *Lois de Manou*, IX, 81.

12. Hérodote, V, 39 ; VI, 61.

13. Aulu-Gelle, IV, 3. Valère-Maxime, II, 1, 4. Denys, II, 25.

14. Plutarque, *Solon*, 20. – C'est ainsi qu'il faut comprendre ce que Xénophon et Plutarque disent de Sparte ; Xén., *Resp. Laced.*, I ; Plutarque, *Lycurgue*, 15. – Cf. *Lois de Manou*, IX, 121.

15. *Lois de Manou*, IX, 69, 146. De même chez les Hébreux, *Deutéronome*, 25.

16. Eschyle, *Choéph.*, 264 (262). – De même, dans Euripide (*Phénic.*, 16), Laïus demande à Apollon de lui accorder des enfants mâles, παίδων ἀρσένων κοινωνίαν.

17. Aristophane, *Oiseaux*, 922. Démosthène, *In Bœot. de dote*, 28. Macrobe, *Sat.*, I, 17. *Lois de Manou*, II, 30.

18. Platon, *Thééthète*. Lysias, dans Harpocration, v° Ἀμφιδρόμια.

19. *Puer lustratur*, Macrobe, *Sat.* I, 17.

Chapitre 4 – De l'adoption et de l'émancipation

1. *Lois de Manou*, IX, 10.

2. Isée, *De Menecl. hered.*, 10-46. Le même orateur, dans le plaidoyer pour l'héritage d'Astyphilos, c. 7, montre un homme qui avant de mourir a adopté un fils afin que celui-ci ἐπὶ τοὺς βωμοὺς τοὺς πατρῴους βαδιεῖται καὶ τελευτήσαντι αὐτῷ καὶ τοῖς ἐκείνου προγόνοις τὰ νομιζόμενα ποιήσει.

3. *Lois* de *Manou*, IX, 168, 174. *Dallaca-Sandrica*, tr. Orianne, p. 260.

4. Voy. aussi Isée, *De Meneclis hered.*, 11-14.

5. Cicéron, *Pro domo*, 13, 14. Comparer ce que dit Aulu-Gelle relativement à l'adrogation, qui était l'adoption d'un *homo sui juris* : *Arrogationes non temere nec inexplicate committuntur ; nam comitia, arbitris pontificibus præbentur ; ætasque ejus qui arrogare vult an liberis gignendis idonea sit consideratur* (Aulu-Gelle, V, 19).

6. Ἐπὶ τὰ ἱερὰ ἄγειν, Isée, *De Apollod, her.*, 1. *Venire in sacra*, Cicéron, *Pro domo*, 13 ; *In penates adsciscere*, Tacite, *Hist.*, I, 15.

7. Valère-Maxime, VII, 7. Cicéron, *Pro domo*, 13 : *Est heres sacrorum.*

8. *Amissis sacris paternis*, Cicéron, *Pro domo.*

9. Tite-Live, XLV, 40 : *Duo filii quos, duobus aliis datis in adoptionem, solos sacrorum heredes retinuerat domi.*

10. Isée, *De Philoct. her.*, 45 ; *De Aristarchi her.*, 11. Démosthène, *In Leocharem*, 68. Antiphon, *fragm.* 15. Harpocration, éd. Bekker, p. 140. – Comparer *Lois de Manou*, IX, 142.

11. *Consuetudo apud antiquos fuit ut qui in familiam transiret prius se abdicaret ab ea in qua natus fuerat.* Servius, *ad Æn.*, II, 156.

12. Aulu-Gelle, XV, 27. Comparer ce que les Grecs appelaient ἀποκήρυξις. Platon, *Lois*, XI, p. 928 : Ὑπὸ κήρυκος ἐναντίον ἁπάντων ἀπείπεῖν υἱόν, κατὰ νόμον μηκέτι εἶναι. Cf. Lucien, XXIX, *Le fils déshérité.* Pollux, IV, 93. Hésychius, v° Ἀποκηρυκτός.

Chapitre 5 – De la parenté. De ce que les Romains appelaient agnation

1. Platon, *Lois*, V, p. 729 : Ξυγγένεια, ὁμογνίων θεῶν κοινωνία.

2. Plutarque, *De frat. amore*, 7.

3. *Patris, non matris familiam sequitur. Digeste*, liv. 50, tit. 14, § 196.

4. *Lois de Manou*, V, 60 ; *Mitakchara*, tr. Orianne, p. 213.

5. Gaïus, I, 156 : *Sunt agnati per virilis sexus personas cognatione juncti, veluti frater ex eodem patre natus, fratris filius, neposve ex eo, item patruus et patrui filius et nepos ex eo*. Id., III, 10. Ulpien, XXVI. *Institutes* de Justinien, III, 2.

Chapitre 6 – Le droit de propriété

1. Quelques historiens ont émis l'opinion qu'à Rome la propriété avait d'abord été publique et n'était devenue privée que sous Numa. Cette erreur vient d'une fausse interprétation de trois textes, de Plutarque (*Numa*, 16), de Cicéron (*République*, II, 14) et de Denys (II, 74). Ces trois auteurs disent, en effet, que Numa distribua certaines terres aux citoyens ; mais ils indiquent très clairement qu'il n'eut à faire ce partage qu'à l'égard des terres que les dernières conquêtes de son prédécesseur avaient ajoutées au premier territoire romain, *agri quos bello Romulus ceperat*. Quant à l'*ager Romanus*, c'est-à-dire au territoire qui entourait Rome à cinq milles de distance (Strabon, V, 3, 2), il était propriété privée depuis l'origine de la ville. Voy. Denys, II, 7 ; Varron, *De re rustica*, I, 10 ; Nonius Marcellus, éd. Quicherat, p. 61.

2. Ainsi en Crète chacun donnait pour les repas communs la dixième partie de la récolte de sa terre (Athénée, IV, 22). De même, à Sparte, chacun devait fournir sur son bien propre une quantité déterminée de farine, de vin, de fruits, pour les dépenses de la table commune (Aristote, *Polit.*, II, 7, éd. Didot, p. 515 ; Plutarque, *Lycurgue*, 12 ; Dicéarque, dans Athénée, IV, 10).

3. Ἑστία, ἵστημι, *stare*. Voy. Plutarque, *De primo frigido*, 21 ; Macrobe, I, 23 ; Ovide, *Fast.*, VI, 299.

4. Ἕρκος ἱερόν. Sophocle, *Trachin.*, 606.

5. À l'époque où cet ancien culte fut presque effacé par la religion plus brillante de Zeus, et où l'on associa Zeus à la divinité du foyer, le dieu nouveau prit pour lui l'épithète de ἑρκεῖος. Il n'en est pas moins vrai qu'à l'origine le véritable protecteur de l'enceinte était le dieu domestique. Denys d'Halicarnasse l'atteste (I, 67) quand il dit que les θεοὶ ἑρκεῖοι sont les mêmes que les Pénates. Cela ressort, d'ailleurs, du rapprochement d'un passage de Pausanias (IV, 17) avec un passage d'Euripide (*Troy.*, 17) et un de Virgile (*En.*, II, 514) ; ces

trois passages se rapportent au même fait et montrent que le Ζεὺς ἑρκεῖος n'est autre que le foyer domestique.

6. Festus, v° *Ambitus*. Varron, *L. L.*, V, 22. Servius, *ad Æn.*, II, 469.

7. Diodore, V, 68. Cette même croyance est rapportée par Eustathe, qui dit que la maison est issue du foyer (Eust., *ad Odyss.*, XIV, v. 158 ; XVII, v. 156).

8. Cicéron, *Pro domo*, 41.

9. Ovide, *Fastes*, V, 141.

10. Telle était du moins la règle antique, puisque l'on croyait que le repas funèbre servait d'aliment aux morts. Voy. Euripide, *Troyennes*, 381 (389).

11. Cicéron, *De legib.*, II, 22 ; II, 26. Gaïus, *Instit.*, II, 6. *Digeste*, liv. XLVII, tit. 12. Il faut noter que l'esclave et le client, comme nous le verrons plus loin, faisaient partie de la famille, et étaient enterrés dans le tombeau commun. – La règle qui prescrivait que chaque homme fût enterré dans le tombeau de la famille souffrait une exception dans le cas où la cité elle-même accordait les funérailles publiques.

12. Lycurgue, *Contre Léocrate*, 25. À Rome, pour qu'une sépulture fût déplacée, il fallait l'autorisation des pontifes. Pline, *Lettres*, X, 73.

13. Cicéron, *De legib.*, II, 24. *Digeste*, liv. XVIII. tit. 1, 6.

14. *Loi de Solon*, citée par Gaïus, au *Digeste*, X, 1, 13. Plutarque, *Aristide*, 1, *Cimon*, 19. Marcellinus, *Vie de Thucydide*, § 17.

15. Démosthène, *In Calliclem*, 13, 14. Il décrit ailleurs le tombeau des Rusélides, « tertre assez étendu et enclos suivant l'antique usage, où reposent en commun tous ceux qui sont issus de Busélos » (Dém., *In Macart.*, 79).

16. Siculus Flaccus, édit. Goez, p. 4, 5. Voy. *Fragm. terminalia*, édit. Goez, p. 147. Pomponius, au *Digeste*, liv. XLVII, tit. 12, 5. Paul, au *Digeste*, VIII, 1, 14. *Digeste*, XIX, 1, 53 : *Si vendidisti fundum in quo sepulcrum habuisti* ; XI, 7, 2, § 9 ; XI, 7, 43 et 46.

17. Même tradition chez les Étrusques : *Cum Jupiter terram Etruriæ sibi vindicavit, constituit jussitque metiri campos signarique agros. Auctores rei agrariæ*, au fragment qui a pour titre : *Idem Vegoiæ Arrunti*, édit. Lachmann, p. 350.

18. *Lares agri custodes*, Tibulle, I, 1, 23. *Religio Larum posita in fundi villæque conspectu*. Cicéron, *De legib.*, II, 11.

19. Cicéron, *De legib.*, I, 21.

20. Caton, *De re rust.*, 141. *Script, rei agrar.*, édit. Goez, p. 308. Denys d'Halicarnasse, II, 74. Ovide, *Fast.*, II, 639. Strabon, V, 3.

21. Siculus Flaccus, *De conditione agrorum*, édit. Lachmann, p. 141 ; édit. Goez, p. 5.

22. *Lois de Manou*, VIII, 245. Vrihaspati, cité par Sicé, *Législat. hindoue*, p. 159.

23. Varron, *L. L.*, V, 74.

24. Pollux, IX, 9. Hésychius, ὅρος. Platon, *Lois*, VIII, p. 842. Plutarque et Denys traduisent *terminus* par ὅρος. D'ailleurs, le mot τέρμων existait aussi dans la langue grecque (Euripide, *Électre*, 96).

25. Ovide, *Fast.*, II, 677.

26. Festus, v° *Terminus*, éd. Müller, p. 363 : *Qui terminum exarasset, et ipsum et boves sacros esse.*

27. *Script, rei agrar.*, édit. Goez, p. 258 ; éd. Lachmann, p. 351.

28. Platon, *Lois*, VIII, p. 842.

29. Aristote, *Politique*, II, 6, 10 (éd. Didot, p. 512). Héraclide de Pont, *Fragm. hist. græc.*, éd. Didot, t. II, p. 211. Plutarque, *Instituta laconica*, 22.

30. Aristote, *Politique*, II, 4, 4.

31. Aristote, *Politique*, II, 3, 7. Cette loi du vieux législateur ne visait pas l'égalité des fortunes ; car Aristote ajoute : « bien que les propriétés fussent inégales ». Elle visait uniquement au maintien de la propriété dans la famille. – À Thèbes aussi, le nombre des propriétés était immuable. Aristote, *Pol.*, II, 9, 7.

32. L'homme qui avait aliéné son patrimoine, ὁ τὰ πατρῷα κατεδηδοκώς, était frappé d'ἀτιμία. Eschine, *In Timarchum*, 30 ; Diogène Laërce, *Solon*, I, 55. Cette loi qui n'était certainement plus observée au temps d'Eschine subsistait pour la forme, comme un vestige de l'antique règle ; il y eut toujours une δίκη κατεδηδοκέναι τὰ πατρῷα (Bekker, *Anecdota*, p. 199 et 310).

33. Aristote, *Polit.*, VI, 2, 5 : Ἦν τὸ γ'ἀρχαῖον ἐν πολλαῖς πόλεσι νενομοθετημένον μὴ πωλεῖν ἐξεῖναι τους πατρῴους (alias πρώτους) κλήρους.

34. *Mitakchara*, trad. Orianne, p. 50. Cette règle disparut peu à peu quand le brahmanisme devint dominant.

35. Fragment de Théophraste cité par Stobée, *Serm.* 42.

36. Cette règle disparut dans l'âge démocratique des cités.

37. Une loi des Éléens défendait de mettre hypothèque sur la terre : Aristote, *Polit.*, VII, 2. L'hypothèque était inconnue dans

l'ancien droit de Rome. Ce qu'on dit de l'hypothèque sans le droit athénien avant Solon s'appuie sur un mot mal compris de Plutarque. Le terme ὅρος, qui signifia plus tard une borne hypothécaire, signifiait au temps de Solon la borne sainte qui marquait le droit de propriété. Voyez plus loin, liv. IV, c. 6. L'hypothèque n'apparut que plus tard dans le droit attique, et seulement sous la forme de vente à condition de rachat.

38. Dans l'article de la loi des Douze Tables qui concerne le débiteur insolvable, nous lisons *Si volet suo vivito* : donc le débiteur, devenu presque esclave, conserve encore quelque chose à lui ; sa propriété, s'il en a, ne lui est pas enlevée. Les arrangements connus en droit romain sous les noms de *mancipation avec fiducie* et de *pignus* étaient, avant l'action Servienne, des moyens détournés pour assurer au créancier le payement de la dette ; ils prouvent indirectement que l'expropriation pour dettes n'existait pas. Plus tard, quand on supprima la servitude corporelle, il fallut trouver moyen d'avoir prise sur les biens du débiteur. Cela n'était pas facile ; mais la distinction que l'on faisait entre la *propriété* et la *possession* offrit une ressource. Le créancier obtint du Préteur le droit de faire vendre, non pas la propriété, *dominium*, mais les biens du débiteur, *bona*. Alors seulement, par une expropriation déguisée, le débiteur perdit la jouissance de sa propriété.

Chapitre 7 – LE DROIT DE SUCCESSION

1. Cicéron, *De legibus*, II, 19-20. Telle était l'importance des *sacra* que le jurisconsulte Gaïus écrit encore ce curieux passage : *Quare autem tam improba possessio et usucapio concessa sit, illa ratio est quod voluerunt veteres maturius hereditates adiri, ut essent qui sacra facerent, quorum illis temporibus summa observatio fuit* (Gaïus, II, 55). – Festus, v° *Everriator* (éd. Müller, p. 77). *Everriator vocatur qui, accepta hereditate, justa facere defuncto debet : si non fecerit, suo capite luat.*

2. Isée, VI, 51. Platon appelle l'héritier διάδοχος θεῶν, *Lois*, V, p. 740.

3. *Lois de Manou*, IX, 186.

4. *Digeste*, liv. XXXVIII, tit. 16, 14.

5. *Institutes*, III, 1, 3 ; III, 9, 7 ; III, 19, 2.

6. Dans Isée, *In Xenœnetum*, 4, nous voyons un père qui laisse un fils, deux filles et un autre fils émancipé ; le premier fils hérite seul.

Dans Lysias, *Pro Mantitheo*, 10, nous voyons deux frères qui se partagent le patrimoine et qui se contentent de doter leurs deux sœurs. La dot n'était d'ailleurs, dans les usages d'Athènes, qu'une faible partie de la fortune paternelle. Démosthène, *In Bœotum, de dote*, 22-24, montre aussi que les filles n'héritent pas. Enfin, Aristophane, *Ois.*, 1653-1654, indique clairement qu'une fille n'hérite pas, si elle a des frères.

7. Gaïus, III, 1-2 ; *Institutes* de Justinien, II, 19, 2.

8. C'est ce qu'a très bien montré M. Gide, dans son *Étude sur la condition de la femme*, p. 114.

9. Gaïus, I, 192.

10. *Institutes*, III, 1, 15 ; III, 2, 3. *Ita jura constitui ut plerumque hereditates ad masculos confluerent.*

11. Cicéron, *De rep.*, III, 7.

12. Cicéron, *In Verr.*, II, I, 42 : *Ne quis heredem virginem neque mulierem faceret.* Id., 43 : *Si plus legarit quam ad heredes perveniat, non licet.* Cf. Tite-Live, *Epitom.*, XLI ; Gaïus, II, 226 et 274 ; saint Augustin, *De civit. Dei*, III, 21 : *Ne quis heredem feminam faceret, nec unicam filiam.*

13. Démosthène, *In Eubulidem*, 20. Plutarque, *Thémistocle*, 32. Cornélius Népos, *Cimon*, I. Il faut noter que la loi ne permettait pas d'épouser un frère utérin, ni un frère émancipé. On ne pouvait épouser que le frère consanguin, parce que celui-là seul était héritier du père.

14. Isée, *De Pyrrhi hereditate*, 68.

15. Cette disposition du vieux droit attique n'était plus en pleine vigueur au quatrième siècle. On en trouve pourtant la trace visible dans le plaidoyer d'Isée, *De Cironis hereditate*. L'objet du procès est celui-ci : Ciron étant mort et ne laissant qu'une fille, le frère de Ciron réclamait l'héritage. Isée plaida pour la fille. Nous n'avons pas le plaidoyer de l'adversaire qui soutenait évidemment, au nom des vieux principes, que la fille n'avait aucun droit ; mais l'auteur de l'ὑποθέσις placée en tête du discours d'Isée nous avertit que ce très habile avocat soutenait ici une mauvaise cause ; sa thèse, dit-il, est conforme à l'équité naturelle, mais elle est contraire à la loi.

16. Isée, *De Pyrrhi hered.*, 64, 72-75 ; Isée, *De Aristarchi hered.*, 5 ; Démosthène, *In Leocharem*, 10. La fille unique était appelée ἐπίκληρος, mot que l'on traduit à tort par héritière ; la signification primitive et essentielle du mot est *qui est à côté de l'héritage*, que l'on

prend avec lui. En droit strict, la fille n'est pas héritière ; en fait, l'héritier prend l'héritage σὺν αὐτῇ, comme dit la loi citée dans le plaidoyer de Démosthène, *In Macartatum*, 51. Cf. Isée, III, 42 : *De Aristarchi hered.*, 13. – La condition d'ἐπίκληρος n'était pas particulière au droit athénien ; on la retrouve à Sparte (Hérodote, VI, 57 ; Aristote, *Politique*, II, 6, 11), et à Thurii (Diodore, XII, 18).

17. Isée, *De Pyrrhi hered.*, 64 ; *De Aristarchi hered.*, 19.

18. Démosthène, *In Eubulidem*, 41 ; *In Onetorem*, I, argument.

19. Toutes ces obligations s'adoucirent peu à peu. En fait, à l'époque d'Isée et de Démosthène, le plus proche parent pouvait se dispenser d'épouser l'épicière, pourvu qu'il renonçât à la succession et qu'il dotât sa parente (Démosth., *In Macart.*, 54 ; Isée, *De Cleonymi hered.*, 39).

20. *Lois de Manou*, IX, 127, 136. Vasishta, XVII, 16.

21. Isée, *De Cironis hereditate*, 1, 15, 16, 21, 24, 25, 27.

22. On ne l'appelait pas petit-fils ; on lui donnait le nom particulier de θυγατριδοῦς.

23. Isée, *De Cironis her.*, 31 ; *De Arist. her.*, 12. Démosthène, *In Stephanum*, II, 20.

24. *Lois de Manou*, IX, 186, 187.

25. Démosthène, *In Macart.*, 51 ; *In Leocharem.* Isée, VII, 20.

26. *Institutes*, III, 2, 4.

27. *Ibid.*, III, 3.

28. Isée, *De Aristarchi hered.*, 45 et 11 ; *De Astyph. hered.*, 33.

29. Harpocration, v° Ὅτι οἱ ποιητοί. Démosthène, *In Leocharem*, 66-68.

30. Plutarque, *Solon*, 21.

31. Isée, *De Pyrrh. hered.*, 68. Démosthène, *In Stephanum*, II, 14.

32. Plutarque, *Agis*, 5.

33. Aristote, *Polit.*, II, 3, 4.

34. Platon, *Lois*, XI.

35. *Uti legassit, ita jus esto.* Si nous n'avions de la loi de Solon que les mots διάθεσθαι ὅπως ἂν ἐθέλῃ, nous supposerions aussi que le testament était permis dans tous les cas possibles ; mais la loi ajoute ἂν μὴ παῖδες ὦσι.

36. Ulpien, XX, 2. Gaïus, I, 102, 119. Aulu-Gelle, XV, 27. Le testament *calatis comitiis* fut sans nul doute le plus anciennement pratiqué ; il n'était déjà plus connu au temps de Cicéron (*De orat.*, I, 53).

37. *Lois de Manou*, IX, 105-107, 126. Cette ancienne règle a été modifiée à mesure que la vieille religion s'est affaiblie. Déjà dans le code de Manou on trouve des articles qui autorisent et même recommandent le partage de la succession.

38. Aristote, *Polit.*, II, 9, 7 ; II, 3, 7 ; II, 4, 4.

39. Πρεσβεία, Démosthène, *Pro Phorm.*, 34. À l'époque de Démosthène, la πρεσβεία n'était plus qu'un vain mot et, depuis longtemps, la succession se divisait par portions égales entre les frères.

40. Démosthène, *In Bœotum, de nomine.*

41. La vieille langue latine a conservé un vestige de cette indivision qui, si faible qu'il soit, mérite pourtant d'être signalé. On appelait *sors* un lot de terre, domaine d'une famille ; *sors patrimonium significat*, dit Festus ; le mot *consortes* se disait donc de ceux qui n'avaient entre eux qu'un lot de terre et vivaient sur le même domaine ; or la vieille langue désignait par ce mot des frères et même des parents à un degré assez éloigné : témoignage d'un temps où le patrimoine et la famille étaient indivisibles (Festus, v° *Sors*. Cicéron, *In Verrem*, II, 3, 23. Tite-Live, XLI, 27. Velleius, I, 10. Lucrèce, III, 772 ; VI, 1280).

Chapitre 8 – L'AUTORITÉ DANS LA FAMILLE

1. Plaute, *Mercator*, V, 1, 5 : *Dii Penates familiæque Lar Pater.* – Le sens primitif du mot *Lar* est celui de seigneur, prince, maître. Cf. *Lar Porsenna, Lar Tolumnius.*

2. Festus, éd. Müller, p. 125 : *Materfamiliæ non ante dicebatur quam vir ejus paterfamiliæ dictus esset… Nec vidua hoc nomine appellari potest.*

3. *Lois de Manou*, V, 147, 148.

4. Démosthène, *In Onetorem*, I, 7 ; *In Bæotum, de dote*, 7 ; *In Eubulidem*, 40. Isée, *De Meneclis hered.*, 2 et 3. Démosthène, *In Stephanum*, II, 18.

5. Elle y rentrait en cas de divorce, Démosthène, *In Eubul.*, 41.

6. Démosthène, *In Stephanum*, II, 20 ; *In Phænippum*, 27 ; *In Macartatum*, 75. Isée, *De Pyrrhi hered.*, 50. – Cf. *Odyssée*, XXI, 350-353.

7. Gaïus, I, 145-147, 190 ; IV, 118 ; Ulpien, XI, 1 et 27.

8. Démosthène, *In Aphobum*, I, 5 ; *Pro Phormione*, 8.

9. Cicéron, *Topic.*, 14. Tacite, *Ann.*, IV, 16. Aulu-Gelle, XVIII, 6. On verra plus loin qu'à une certaine époque et pour des raisons que

nous aurons à dire on a imaginé des modes nouveaux de mariage et qu'on leur a fait produire les mêmes effets juridiques que produisait le mariage sacré.

10. Lorsque Gaïus dit de la puissance paternelle : *Jus proprium est civium Romanorum*, il faut entendre qu'au temps de Gaïus le *droit romain* ne reconnaît cette puissance que chez le *citoyen romain* ; cela ne veut pas dire qu'elle n'eût pas existé antérieurement ailleurs et qu'elle n'eût pas été reconnue par le droit des autres villes. Cela sera éclairci par ce que nous dirons de la situation légale de sujets sous la domination de Rome. Dans le droit athénien antérieur à Solon, le père pouvait vendre ses enfants (Plutarque, *Solon*, 13 et 23).

11. Aulu-Gelle, V, 12 : *Jupiter... Sic et Neptunuspater conjuncte dictus est et Saturnuspater et Marspater.* Lactance, *Instit.*, IV, 3 : *Jupiter a precantibus pater vocatur, et Saturnus et Janus et Liber et ceteri*. Pluton était appelé *Dis Pater* (Varron, *De ling. lat.*, V, 66 ; Cicéron, *De nat. deor.*, II, 26). Le même mot est appliqué au dieu Tibre dans les prières ; *Tiberine Pater, te, Sancte, precor* (Tite-Live, II, 10). Virgile appelle Vulcain *Pater Lemnius*, le dieu de Lemnos.

12. Ulpien, au *Digeste* I, 6, 4 : *Patresfamiliarum sunt qui sunt suæ potestatis, sive puberes, sive impuberes.*

13. Hérodote, I, 59. Plutarque, *Alcibiade*, 23 ; *Agésilas*, 3.

14. Démosthène, *In Eubul.*, 40 et 43. Gaïus, I, 155. Ulpien, VIII, 8. *Institutes* I, 9. *Digeste*, liv. I, tit. 1, 11.

15. Gaïus, II, 98. Toutes ces règles du droit primitif furent modifiées par le droit prétorien. – De même à Athènes, au temps d'Isée et de Démosthène, la dot était restituée en cas de dissolution du mariage. Nous n'entendons parler, dans ce chapitre, que du droit le plus antique.

16. Cicéron, *De legib.*, I, 20. Gaïus, II, 87. *Digeste*, liv. XVIII, tit. 1, 2.

17. Plutarque, *Solon*, 13. Denys d'Halic., II, 26. Gaïus, I, 117, 132 ; VI, 79. Ulpien, X, 1. Tite-Live, XLI, 8. Festus, v° *Deminutus.*

18. Gaïus, I, 140 : *Quem pater ea lege vendidit ut sibi remanciparetur, tunc pater potestatem propriam reservare sibi videtur.*

19. *Si pater filium ter venumduit, filius a patre liber esto* (apud Ulpian., *Fragm.*, X, 1).

20. Quand le fils avait commis un délit, le père pouvait se dégager de sa responsabilité en le livrant à titre d'indemnité à la personne lésée. Gaïus, I, 140 : *Quem pater ex noxali causa mancipio dedit, velut*

qui furti nomine damnatus est et eum mancipio actori dedit... hunc actor pro pecunia habet. Le père en ce cas perdait sa puissance. Voy. Cicéron, *Pro Caecina*, 34 ; *De Oratore*, I, 40.

21. Plutarque, *Publicola*, 8.

22. Gaïus, II, 96 ; IV, 77, 78.

23. Il vint un temps où cette juridiction fut modifiée par les mœurs ; le père consulta la famille entière et l'érigea en un tribunal qu'il présidait. Tacite, *Ann.* XIII, 32 ; *Digeste*, liv. XXIII, tit. 4, 5. Platon, *Lois*, IX.

24. Tite-Live, XXXIX, 18.

25. Caton, dans Aulu-Gelle, X, 23 ; Valère-Maxime, VI, 1, 3-6. – De même, la loi athénienne permettait au mari de tuer sa femme adultère (Schol. *ad Horat., Sat.*, II, 7, 62), et au père de vendre en servitude sa fille déshonorée (Plutarque, *Solon*, 23).

Chapitre 9 – L'ANTIQUE MORALE DE LA FAMILLE

1. Ἑστίᾳ θύεις. Pseudo-Plutarch., édit. Dübner, V, 167. Eustathe, *in Odyss.*, VII, 247 : Παροιμία τῇ ἑστίᾳ θύομεν ἐφ'ὧν οὐκ ἔστι μεταδοῦναι οὐδέ ἐξενέγκειν.

2. Plutarque, *Quest. rom.*, 51. Macrobe, *Sat.*, III, 4.

3. Ἁγνοῖς ἑστίας βάθροις, Euripide, *Hercul. fur.*, 705.

4. Hérodote, I, 35. Virgile, *En.*, II, 719. Plutarque, *Thésée*, 12.

5. Hérodote, *ibidem* ; Eschyle, *Choéph.*, 96 ; la cérémonie est décrite par Apollonius de Rhodes, IV, 704-707.

6. Isée, *De Philoct. heredit.*, 47 ; Démosthène, *In Macartatum*, 51 : Νόθῳ δὲ μή εἶναι ἀγχιστείαν μήθ' ἱερῶν μήθ' ὁσίων. La religion des temps postérieurs défendit encore au νόθος d'officier comme prêtre. Voy. Ross, *Inscr. gr.*, III, 52.

7. *Lois de Manou*, III, 175.

8. Démosthène, *In Neær.*, 86. Il est vrai que, si cette morale primitive condamnait l'adultère, elle ne réprouvait pas l'inceste ; la religion l'autorisait. Les prohibitions relatives au mariage étaient au rebours des nôtres : il était louable d'épouser sa sœur (Cornélius Népos, *procemium* ; id., *Vie de Cimon*, c. 1 ; Minucius Félix, *Octavius*, 30), mais il était défendu, en principe, d'épouser une femme d'une autre ville.

9. Caton, *De re rust.*, 143 : *Rem divinam faciat... Focum purum habeat.* Macrobe, I, 15, *in fine* : *Nupta in domo viri rem facit divinam.* Comparer Denys d'Halicarnasse, II, 22.

10. Xénophon, *Gouv. de Lacéd.*, IX, 5 : Γυναικὸς κενὴν ἑστίαν.

11. Plutarque, *Quest. rom.*, 50. Cf. Denys d'Halicarnasse, II, 22.

12. Aussi se trompe-t-on beaucoup quand on parle du triste assujettissement de la femme romaine *in manu mariti*. Le mot *manus* implique l'idée, non de force brutale, mais d'autorité, et il s'applique assi bien à celle du père sur la fille ou du frère sur la sœur qu'à celle du mari sur la femme. Tite-Live, XXXIV, 2 : *Feminas in manu esse parentum, fratrum, virorum.* La femme mariée suivant les rites était une maîtresse de maison. *Nupta in domo viri* DOMINIUM *adipiscitur* (Macrobe, I, 15, *in fine*) ; Denys d'Halicarnasse, II, 25, exprime nettement la situation de la femme : « En obéissant en tout à son mari, elle était la maîtresse de la maison comme lui-même. »

13. Denys d'Halicarnasse, II, 20, 22.

14. Cicéron, *De legib.*, II, 1 ; *Pro domo*, 41.

15. De là la sainteté du domicile, que les anciens réputèrent toujours inviolable ; Démosthène, *In Androt.*, 52 ; *In Evergum*, 60. *Digeste, De in jus voc.*, II, 4.

16. Est-il besoin d'avertir que nous avons essayé, dans ce chapitre, de saisir la plus ancienne morale des peuples qui sont devenus les Grecs et les Romains ? Est-il besoin d'ajouter que cette morale s'est modifiée ensuite avec le temps, surtout chez les Grecs ? Déjà dans l'*Odyssée* nous trouverons des sentiments nouveaux et d'autres mœurs ; la suite de ce livre le montrera.

Chapitre 10 – LA *GENS* À ROME ET EN GRÈCE

1. Démosthène, *In Neær.*, 71. Voy. Plutarque, *Thémist.*, 1. Eschine, *De falsa legat.*, 147. Bœckh, *Corp. inscr.*, n° 385. Ross, *Demi Attici*, 24. La *gens* chez les Grecs est souvent appelée πάτρα : Pindare, *passim.*

2. Harpocration, v° Γεννῆται : Ἑκάστη τῶν φρατριῶν διήρητο εἰς γένη τριάκοντα, ἐξ ὧν αἱ ἱερωσύναι αἱ ἑκάστοις προσήκουσαι ἐκληροῦντο. Hésychius : Γεννῆται, οἱ τοῦ αὐτοῦ γένος μετέχοντες καί ἄνωθεν ἀπ' ἀρχῆς ἔχοντες κοινὰ ἱερά.

3. Plutarque, *Thémist.*, I. Eschine, *De falsa legat.*, 147.

4. Cicéron, *De arusp. resp.*, 15. Denys d'Halicarnasse, XI, 14. Festus, v° *Propudi*, éd. Müller, p. 238.

5. Tite-Live, V, 46 ; XXII, 18. Valère-Maxime, I, 1, 11. Polybe, III, 94. Pline, XXXIV, 13. Macrobe, III, 5.

6. Cicéron, *Pro domo*, 13.

7. Démosthène, *In Macart.*, 79 ; *In Eubul.*, 28.

8. Suétone, *Tiberius*, I. Velléius, II, 119.

9. Gaïus, III, 17. *Digeste*, III, 3, 1.

10. Tite-Live, V, 32. Denys d'Halic., *Fragm.*, XIII, 5. Appien, *Annib.*, 28.

11. Tite-Live, III, 58. Denys, XI, 14.

12. Denys d'Halicarnasse, II, 7.

13. Idem, IX, 5.

14. Bœckh, *Corp. inscr.*, n°s 397, 399. Ross, *Demi Attici*, 24.

15. Tite-Live, VI, 20. Suétone, *Tibère*, 1. Ross, *Demi Attici*, 24.

16. Cicéron essaye une définition de la *gens* : *Gentiles sunt qui inter se eodem nomine sunt, qui ab ingenuis oriundi sunt, quorum majorum nemo servitutem servivit* (Cic., *Topiques*, 6). Cette définition est incomplète ; elle indique quelques signes extérieurs plutôt que les caractères essentiels. Cicéron, qui appartenait à l'ordre plébéien, paraît avoir eu des idées très vagues sur la *gens* des temps antiques ; il dit que le roi Servius Tullius était son *gentilis* (*meo regnante gentili, Tusculanes*, I, 16), et qu'un certain Verrucinus était presque le *gentilis* de Verrès (*In Verrem*, II, 77).

17. Démosthène, *In Macart.*, 79. Pausanias, I, 37. *Inscription des Amynandrides*, citée par Ross, p. 24.

18. Festus, v^is^ *Cœculus, Calpurnii, Clœlia.*

19. Tite-Live, II, 46 : *Genus Fabium.*

20. Philochore, dans les *Fragm. hist. græc.*, t. I, p. 399 : Γεννῆται, οἱ ἐκ τοῦ αὐτοῦ τῶν τριάκοντα γένων, οὓς καὶ πρότερόν φησι Φιλόχορος ὁμογάλακτας καλεῖσθαι. – Pollux, VIII, 11 : Οἱ μετέχοντες τοῦ γένους γεννῆται καὶ ὁμογάλακτες.

21. Nous n'avons pas à revenir sur ce que nous avons dit plus haut (liv. II, ch. 5) de l'*agnation*. On a pu voir que l'*agnation* et la *gentilité* découlaient des mêmes principes et étaient une parenté de même nature. Le passage de la loi des Douze Tables qui assigne l'héritage aux *gentiles* à défaut d'*agnati* a embarrassé les jurisconsultes et a fait penser qu'il pouvait y avoir une différence essentielle entre ces deux sortes de parenté. Mais cette différence essentielle ne se voit dans aucun texte. On était *agnatus* comme on était *gentilis*, par la descendance masculine et par le lien religieux. Il n'y avait entre les deux qu'une différence de degré, qui se marqua surtout à partir de l'époque où les branches d'une même *gens* se séparèrent. L'*agnatus* fut membre de la branche, le *gentilis* de la *gens*. Il s'établit alors la

même distinction entre les termes de *gentilis* et d'*agnatus* qu'entre les mots *gens* et *familia. Familiam dicimus omnium agnatorum*, dit Ulpien au *Digeste*, liv. L, tit. 16, § 195. Quand on était agnat à l'égard d'un homme, on était à plus forte raison son *gentilis* ; mais on pouvait être *gentilis* sans être agnat. La loi des Douze Tables donnait l'héritage, à défaut d'agnats, à ceux qui n'étaient que *gentiles* à l'égard du défunt, c'est-à-dire qui étaient de sa *gens* sans être de sa branche ou de sa *familia*. – Nous verrons plus loin qu'il est entré dans la *gens* un élément d'ordre inférieur, la clientèle : de là s'est formé un lien de droit entre la *gens* et le client ; or, ce lien de droit s'est appelé aussi *gentilitas*. Par exemple, dans Cicéron, *De oratore*, I, 39, l'expression *jus gentilitatis* désigne le rapport entre la *gens* et les clients. C'est ainsi que le même mot a désigné deux choses que nous ne devons pas confondre.

22. Il est vrai que plus tard la démocratie substitua le nom du dème à celui du γένος, ce qui était une manière d'imiter et de s'approprier la règle antique.

23. Démosthène, *In Stephanum*, I, 74. Aristophane, *Plutus*, 768. Ces deux écrivains indiquent clairement une cérémonie, mais ne la décrivent pas. Le scholiaste d'Aristophane ajoute quelques détails. Voyez, dans Eschyle, comment Clytemnestre reçoit une nouvelle esclave : « Entre dans cette maison, puisque Jupiter veut que tu partages les ablutions d'eau lustrale, avec mes autres esclaves, auprès de mon foyer domestique » (Eschyle, *Agamemnon*, 1035-1038).

24. Aristote, *Économiques*, I, 5 : « C'est pour les esclaves encore plus que pour les personnes libres qu'il faut accomplir les sacrifices et les fêtes. » Cicéron, *De legibus*, II, 8 : *Ferias in famulis habento.* Aux jours de fêtes, il était interdit de faire travailler l'esclave (Cic., *De legib.*, II, 12).

25. Cicéron, *De legib.*, II, 11 : *Neque ea, quæ a majoribus prodita est cum dominis tum famulis religio Larum, repudianda est.* L'esclave pouvait même accomplir l'acte religieux au nom de son maître ; Caton, *De re rustica*, 83.

26. Sur les obligations des affranchis en droit romain, voyez *Digeste*, XXXVII, 14, *De jure patronalus* ; XII, 15, *De obsequiis parentibus et patronis præstandis* ; XIII, 1, *De operis libertorum*. – Le droit grec, en ce qui concerne l'affranchissement et la clientèle, s'est transformé beaucoup plus tôt que le droit romain. Aussi nous est-il resté fort peu de renseignements sur l'ancienne condition de ces classes

d'hommes ; voir pourtant Lysias, dans Harpocration, au mot Ἀποστασίον, Chrysippe dans Athénée, VI, 93, et un passage curieux de Platon, *Lois*, XI, p. 915. Il en résulte que l'affranchi avait toujours des devoirs envers son ancien maître.

27. Clientèle chez les Sabins (Tite-Live, II, 16 ; Denys, V, 40) ; chez les Étrusques (Denys, IX, 5) ; chez les Grecs, ἔθος ἑλληνικὸν καὶ ἀρχαῖον (Denys, II, 9).

28. Loi des Douze Tables, citée par Servius, *ad Æn.*, VI, 609. Cf. Virgile : *Aut fraus innexa clienti.* – Sur les devoirs des patrons, voy. Denys, II, 10.

29. *Clienti promere jura.* Horace, *Épit.* II, 1, 104. Cicéron, *De orat.*, III, 33.

30. Caton, dans Aulu-Gelle, V, 3 ; XXI, 1 : *Adversus cognatos pro cliente testatur* ; *testimonium adversus clientem nemo dicit.*

31. Aulu-Gelle, XX, 1 : *clientem tuendum esse contra cognatos.*

32. Cette vérité, à notre avis, ressort pleinement de deux traits qui nous sont rapportés, l'un par Plutarque, l'autre par Cicéron. C. Hérennius, appelé en témoignage contre Marius, allégua qu'il était contraire aux règles antiques qu'un patron témoignât contre son client ; et, comme on s'étonnait apparemment que Marius, qui avait été déjà tribun, fût qualifié de client, il ajouta qu'en effet « Marius et sa famille étaient de toute ancienneté clients de la famille des Hérennius. » Les juges admirent l'excuse, mais Marius, qui ne se souciait pas d'être réduit à cette situation, répliqua que, le jour où il avait été élu à une magistrature, il avait été affranchi de la clientèle ; « ce qui n'était pas tout à fait vrai, ajoute l'historien, car toute magistrature n'affranchit pas de la condition de client ; il n'y a que les magistratures curules qui aient ce privilège » (Plut., *Vie de Marius*, 5). La clientèle était donc, sauf cette unique exception, obligatoire et héréditaire ; Marius l'avait oublié, les Hérennius s'en souvenaient. – Cicéron mentionne un procès qui fut débattu de son temps entre les Claudius et les Marcellus ; les premiers, à titre de chef de la *gens* Claudia, prétendaient, en vertu du droit ancien, que les Marcellus étaient leurs clients ; en vain ceux-ci étaient-ils depuis deux siècles au premier rang dans l'État : les Claudius persistaient à soutenir que le lien de clientèle n'avait pas pu être brisé. – Ces deux faits échappés à l'oubli nous permettent de juger ce qu'était la clientèle primitive.

Livre III – La cité

Chapitre 1 – La phratrie et la curie. La tribu

1. Ce mode de génération de la phratrie est nettement indiqué dans un curieux fragment de Dicéarque (*Fragm. hist. gr.*, éd. Didot, t. II, p. 238) ; après avoir parlé du culte de famille, qui ne se communiquait pas même par le mariage, il ajoute : Ἑτέρα τις ἐτέθη ἱερῶν κοινωνικὴ σύνοδος ἣν φρατρίαν ὠνόμαζον. Les phratries sont signalées dans Homère comme une institution commune à la Grèce ; *Iliade*, II, 362 : Κρῖν' ἄνδρας κατὰ φῦλα, κατὰ φρήτρας, Ἀγάμεμνον, ὡς φρήτρη φρήτρηφιν ἀρήγῃ, φῦλα δὲ φύλοις. – Pollux, III, 52 : Φρατρίαι ἦσαν δυοκαίδεκα, καὶ ἐν ἑκάστῃ γένη τριάκοντα. Démosthène, *In Macartatum*, 14 ; Isée, *De Philoci. hered.*, 10. – Il y avait des phratries à Thèbes (scholiaste de Pindare, *Isthm.*, VI, 18), à Corinthe (ibid., *Olymp.*, XIII, 127) ; en Thessalie (ibid., *Isthm.*, X, 85) ; à Néapolis (Strabon, V, p. 246) ; en Crète (Bœckh, *Corp. inscr.*, n° 2555). Quelques historiens pensent que les ὠβαι de Sparte correspondent aux phratries d'Athènes. – Les mots phratrie et curie étaient regardés comme synonymes ; Denys d'Halicarnasse (II, 85) et Dion Cassius (fragm. 14) les traduisent l'un par l'autre.

2. Démosthène, *In Macart.*, 14, et Isée, *De Apollod. hered.*, mentionnent l'autel de la phratrie et le sacrifice qui s'y faisait. Cratinus (dans Athénée, XI, 3, p. 460) parle du dieu qui préside à la phratrie, Ζεὺς φράτριος. Pollux, III, 52 : Θεοὶ φράτριοι. Τὸ ἱερὸν ἐν ᾧ συνήεσαν φράτορες, φράτριον ἐκαλεῖτο, φράτριος αἴξ, ἡ θυομένη τοῖς φράτορσι.

3. Φρατριακὰ δεῖπνα (Athénée, V, 2) ; *Curiales mensæ* (Festus, p. 64).

4. Cicéron, *De orat.*, I, 7 : *Dies curiae, convivium.* Ovide, *Fast.*, VI, 305. Denys, II, 65.

5. Denys, II, 23. Quoi qu'il en dise, quelques changements s'étaient introduits. Les repas de la curie n'étaient plus qu'une vaine formalité, bonne pour les prêtres. Les membres de la curie s'en dispensaient volontiers, et l'usage s'était introduit de remplacer le repas commun par une distribution de vivres et d'argent ; Plaute, *Aululaire*, V, 69 et 137.

6. Isée, *De Apollod hered.*, 15-17, décrit un de ces repas ; ailleurs (*De Astyph. hered.*, 33) il parle d'un homme qui, étant sorti de sa phratrie par suite d'une adoption, y était considéré comme étranger ;

en vain se présentait-il à chaque repas sacré, on ne lui donnait aucune part des chairs de la victime. Cf. Lysias, *Fragm.*, 10 (éd. Didot, t. II, p. 255) : « Si un homme né de parents étrangers se joint à une phratrie, tout Athénien pourra le poursuivre en justice. »

7. Démosthène, *In Macartatum*, 13-15. Isée, *De Philoct. hered.*, 21-22 ; *De Cironis hered.*, 18. – Rappelons qu'une adoption régulière produisait toujours les mêmes effets que la filiation légitime et qu'elle en tenait lieu.

8. Cette même opinion est le principe de l'hospitalité antique. Il n'est pas de notre sujet de décrire cette curieuse institution. Disons seulement que la religion y eut une grande part. L'homme qui avait réussi à atteindre le foyer ne pouvait plus être regardé comme un étranger, il était devenu ἐφέστιος (Sophocle, *Trachin.*, 262 ; Euripide, *Ion*, 654 ; Eschyle, *Euménides*, 577 ; Thucydide, I, 137). Celui qui avait partagé le repas sacré était pour toujours en communauté religieuse avec son hôte ; c'est pour cela qu'Évandre dit aux Troyens : *Communem vocale Deum* (Virgile, *Enéide*, VIII, 275). – Ici se voit un exemple de ce qu'il y a toujours de sagement illogique dans l'âme humaine : la religion domestique n'est pas faite pour l'étranger ; par essence, elle le repousse, mais par cela même l'étranger qui y est une fois admis est d'autant plus sacré. Dès qu'il a touché le foyer, il faut de toute nécessité qu'il cesse d'être un étranger. Le même principe qui l'écartait hier exige qu'il soit aujourd'hui et pour toujours un membre de la famille.

9. Sur le *curio* ou *magister curiæ*, voy. Denys, II, 64 ; Varron, *De ling. lat.*, V., 83 ; Festus, p. 126. Le phratriarque est mentionné dans Démosthène, *In Eubul.*, 23. La délibération et le vote sont décrits dans Dém., *In Macart.*, 82. Plusieurs inscriptions contiennent des décrets rendus par des phratries ; voy. *Corpus inscr. attic.*, t. II, éd. Kohler, n°s 598, 599, 600.

10. Φυλίων θεῶν ἱερά (Pollux, VIII, 110).

11. Φυλετικὰ δεῖπνα (Athénée, V, 2) ; Pollux, III,67 ; Démosthène, *In Bœot., de nom.*, 7. Sur les quatre anciennes tribus d'Athènes et sur leurs rapports avec les phratries et les γένη, voy. Pollux, VIII, 109-111, et Harpocration, v° Τριττύς, d'après Aristote. L'existence d'anciennes tribus, au nombre de trois ou quatre, est un fait commun à toutes les cités grecques, doriennes ou ioniennes ; *Iliade*, II, 362 et 668 ; *Odyssée*, XIX, 177 ; Hérodote, IV, 161 ; V, 68 et 69 ; voy. Otf. Müller, *Dorier*, t. II, p. 75. Il y a une distinction à faire entre les tribus

religieuses des premiers temps et les tribus simplement locales des temps postérieurs ; nous y reviendrons plus loin. Les premières seules sont en rapport avec les phratries et les γένη.

12. Pollux, VIII, 111 : Οἱ φυλοβασιλεῖς, ἐξ Εὐπατριδῶν ὄντες μάλιστα τῶν ἱερῶν ἐπεμελοῦντο. Cf. Aristote, fragment cité par Photius, v° Ναυκραρία.

13. L'organisation politique et religieuse des trois tribus primitives de Rome a laissé peu de traces dans les documents. Tout ce qu'on sait, c'est qu'elles étaient composées de curies et de *gentes* et que chacune d'elles avait son *tribunus*. Leurs noms de Ramnes, Tities, Luceres, se sont conservés, ainsi que quelques cérémonies de leur culte. Ces tribus étaient d'ailleurs des corps trop considérables pour que la cité ne fît pas en sorte de les affaiblir et de leur ôter l'indépendance. Les plébéiens aussi ont travaillé à les faire disparaître.

Chapitre 2 – NOUVELLES CROYANCES RELIGIEUSES

1. Sophocle, *Antigone*, v. 879. Les Védas expriment souvent la même idée.

2. Est-il nécessaire de rappeler toutes les traditions grecques et italiennes qui faisaient de la religion de Jupiter une religion jeune et relativement récente ? La Grèce et l'Italie avaient conservé le souvenir d'un temps où les sociétés humaines existaient déjà et où cette religion n'était pas encore formée. Ovide, *Fast.*, II, 289 ; Virgile, *Géorg.*, I, 126 ; Eschyle, *Euménides* ; Pausanias, VIII, 8. Il y a apparence que chez les Hindous les *Pitris* ont été antérieurs aux *Dévas.*

3. S'il arrivait souvent que plusieurs noms représentassent une même divinité ou une même conception de l'esprit, il arrivait aussi qu'un même nom cachât souvent des divinités fort différentes : Poséidon Hippios, Poséidon Phytalmios, Poséidon Erechthée, Poséidon Ægéen, Poséidon Héliconien, étaient des dieux divers qui n'avaient ni les mêmes attributs ni les mêmes adorateurs.

4. Ἑστιοῦχοι, ἐφέστιοι, πατρῷοι. Ὁ ἐμὸς Ζεύς, Euripide, *Hécube*, 345 ; *Médée*, 395. Sophocle, *Ajax*, 492. Virgile, VIII, 543. Hérodote, I, 44.

5. Tite-Live, IX, 29 : *Potitii, gens cujus familiare fuerat sacerdotium Herculis.* Denys, II, 69. De même la famille des Aurelii avait le culte domestique du Soleil (Fostus, v° *Aureliam...*, éd. Müller, p. 23).

6. Hérodote, V, 64, 65 ; VII, 153 ; IX, 27. Pindare, *Isthm.*, VII, 18. Xénophon, *Hellén.*, VI, 8. Platon, *Lois*, VI, p. 759 ; *Banquet*, p. 40. Plutarque, *Thésée*, 28 ; *Vie des dix orateurs, Lycurgue*, c. 11. Philochore, *fragm.* 158, p. 411. Diodore, V, 58. Pausanias, I, 37 ; IV, 15 ; VI, 17 ; X, 1. Apollodore, III, 13. Justin, XVIII, 5. Harpocration, v^is^ Ἐτεοβουτάδαι, Εὐνεῖδαι. – Cicéron, *De divinatione*, I, 41. Strabon, IX, p. 421 ; XIV, p. 634. Tacite, *Annales*, II, 54.

Chapitre 3 – LA CITÉ SE FORME

1. Homère, *Iliade*, II, 362. Varron, *De ling. lat.*, V, 89. L'usage subsista à Athènes de ranger les soldats par tribus et par dèmes : Hérodote, VI, 111 ; Isée, *De Meneclis hered.*, 42 ; Lysias, *Pro Mantitheo*, 15.

2. Denys d'Halicarnasse, II, 23.

3. Aulu-Gelle, XV, 27.

4. Pollux, VIII, 111.

5. Ἀμυνῶ ὑπὲρ ἱερῶν καὶ ὁσίων... καὶ ἱερὰ τὰ πάτρια τιμησω. (Pollux, VIII, 105-106).

6. Isée, *De Cironis hered.*, 19 ; *Pro Euphileto*, 3. Démosthène, *In Eubulidem*, 46. La nécessité d'être inscrit dans une phratrie, au moins dans les temps antiques, avant de faire partie de la cité, ressort d'une loi citée par Dinarque (*Oratores attici*, coll. Didot, t. II. p. 462, fr. 82).

7. Κατὰ γένη, Plutarque, *Thésée*, 24 ; *ibid.*, 13.

8. Pausanias, I, 15 ; I, 31 ; I, 37 ; II, 18.

9. Pausanias, I, 31 : Τῶν ἐν τοῖς δήμοις φάναι πολλοὺς ὡς καὶ πρὸ τῆς ἀρχῆς τῆς Κέκροπος ἐβασιλεύοντο.

10. Plutarque, *Thésée*, 13.

11. Plutarque, *Thésée*, 14. Pollux, VI, 105. Étienne de Byzance, v° Ἐχελίδαι.

12. Philochore, cité par Strabon, IX, p. 609 : Κέκροπα πρῶτον ἐς δώδεκα πόλεις συνοικίσαι τὸ πλῆθος. Thucydide, II, 15 : Ἐπὶ Κέκροπος ἐς Θησέα ἀει ἡ Ἀττικὴ κατὰ πόλεις ᾠκεῖτο πρυτανεία τε ἔχουσα καὶ ἄρχοντας... αὐτοὶ ἕκαστοι ἐπολιτεύοντο καὶ ἐβουλεύοντο, καὶ τινες καὶ ἐπολέμησάν ποτε αὐτῶν. – Cf. Pollux, VIII, 111.

13. Pausanias, I, 38.

14. Thucydide, II, 15 : Ὁ Θησεὺς καταλύσας τῶν ἄλλων πόλεων τὰ βουλευτήρια καὶ τὰς ἀρχὰς... ἓν βουλευτήριον ἀποδείξας καὶ πρυτανεῖον... Plutarque, *Thésée*, 24 : Ἓν ποιήσας ἅπασι κοινὸν πρυτανεῖον... καὶ Παναθήναια θυσίαν ἐποίησε κοινήν· ἔθυσε δὲ καὶ Μετοίκια, ἣν ἔτι καὶ νῦν θύουσι. Cf. Pausanias, VIII, 2, 1.

15. Plutarque et Thucydide disent que Thésée détruisit les prytanées locaux et abolit les magistratures des bourgades. Toutefois, s'il essaya de le faire, il est certain qu'il n'y réussit pas, car longtemps après lui nous trouvons encore les cultes locaux, les assemblées, les *rois de tribus*. Bœckh, *Corp. inscr.*, 82, 85. Démosthène, *In Theocrinem*. Pollux, VIII, 111. – Nous laissons de côté la légende d'Ion, à laquelle plusieurs historiens modernes nous semblent avoir donné trop d'importance en la présentant comme le symptôme d'une invasion étrangère dans l'Attique. Cette invasion n'est indiquée par aucun document. Si l'Attique eût été conquise par ces Ioniens du Péloponese, il n'est pas probable que les Athéniens eussent conservé si religieusement leurs noms de Cécropides, d'Érechthéides, et qu'ils eussent, au contraire, considéré comme une injure le nom d'Ioniens (Hérodote, I, 143). À ceux qui croient à cette invasion des Ioniens et qui ajoutent que la noblesse des Eupatrides vient de là, on peut encore répondre que la plupart des grandes familles d'Athènes remontent à une époque bien antérieure à celle où l'on place l'arrivée d'Ion dans l'Attique. Est-ce à dire que les Athéniens ne soient pas des Ioniens, pour la plupart ? Ils appartiennent assurément à cette branche de la race hellénique, Strabon nous dit que dans les temps les plus reculés l'Attique s'appelait *Ionia* et *Ias*. Mais on a tort de faire du fils de Xuthos, du héros légendaire d'Euripide, la tige de ces Ioniens ; ils sont infiniment antérieurs à Ion, et leur nom est peut-être beaucoup plus ancien que celui d'Hellènes. On a tort de faire descendre de cet Ion tous les Eupatrides et de présenter cette classe d'hommes comme une population conquérante qui eût opprimé par la force une population vaincue. Cette opinion ne s'appuie sur aucun témoignage ancien.

16. Hérodote, IV, 161. Cf. Platon, *Lois*, V, 738 ; VI, 771. Ainsi, lorsque Lycurgue réforme et renouvelle la cité de Sparte, la première chose qu'il fait est de bâtir un temple, la seconde de partager les citoyens en φῦλαι et en ὠβαί : ses lois politiques ne viennent qu'après (Plutarque, *Lycurgue*, 6).

Chapitre 4 – LA VILLE

1. Tite-Live, I, 8 : *Vetere consilio condentium urbes.*

2. Tite-Live, I, 8 : c'est après avoir raconté la fondation de la ville sur le Palatin après avoir parlé de ses premières institutions et de ses premiers agrandissements, que Tite-Live ajoute : *Deinde asylum aperit.*

3. La ville, *urbs*, occupait le Palatin ; cela est formellement affirmé par Denys, II, 69 ; Plutarque, *Romulus*, 9 ; Tite-Live, I, 7 et 33 ; Varron, *De ling. lat.*, VI, 34 ; Festus, V° *Quadrata*, p. 258 ; Aulu-Gelle, XIII, 14. Tacite, *Annales*, XII, 24, donne le tracé de cette enceinte primitive, dans laquelle le Capitolin n'était pas compris. – Au contraire, l'*asylum* était situé sur la pente du Capitolin ; Tite-Live, I, 8 ; Strabon, V, 3, 2 ; Tacite, *Histoires*, III, 71 ; Denys, II, 15 ; c'était d'ailleurs un simple *lucus* ou ἱερὸν ἄσυλον, comme il en existait partout en Italie et en Grèce.

4. Cicéron, *De divin.*, I, 17. Plutarque, *Camille*, 32. Pline, XIV, 2 ; XVIII, 12.

5. Denys, I, 88.

6. Plutarque, *Romulus*, 11. Dion Cassius, *Fragm.*, 12. Ovide, *Fast.*, IV, 821. Festus, V° *Quadrata.*

7. Plutarque, *Romulus*, 11 : Καλοῦσι δὲ τὸν βόθρον τοῦτον μοῦνδον. Festus, éd. Müller, p. 156 : *Mundum... inferiorem ejus partem consecratam diis manibus.* Servius, *ad Æn.*, III, 134 : *Aras Inferorum (vocant) mundos.*

8. *L'expression mundus patet* désignait ces trois jours où les mânes sortaient de leurs demeures. Varron, dans Macrobe, *Saturn.*, I, 16 : *Mundus cum patet, Deorum tristium atque inferum quasi janua patet.* Festus, éd. Müller, p. 156 : *Mundum ter in anno patere putabant... clausum omni tempore præter hos tres dies quos religiosos judicaverunt quod his diebus ea quæ occulta religionis deorum manium essent, in lucem adducerentur.*

9. Ovide, *Fastes*, IV, 822. *Fossa repletur humo plenæque imponitur ara, Et novus accenso fungitur igne focus.* Le foyer fut déplacé plus tard. Lorsque les trois villes du Palatin, du Capitolin et du Quirinal, s'unirent en une seule, le foyer commun ou temple de Vesta fut placé sur un terrain neutre entre les trois collines.

10. Plutarque, *Romulus*, 11. Denys d'Halic., I, 88. Ovide, *Fastes*, IV, 825 et suiv. – Varron, *De ling. lat.*, V, 143 : *Oppida condebant in Latio, Etrusco ritu ; junctis bobus, tauro et vacca interiore, aratro*

circumagebant sulcum ; *hoc faciebant religionis causa, die auspicato. Terram unde exculpserant fossam vocabant et introrsum jactam murum.* Festus, éd. Müller, p. 375 : *Urvat... ab eo sulco qui fit in urbe condenda sulco aratri.* Ces règles étaient tellement connues et usitées que Virgile, décrivant la fondation d'une ville, commence par décrire cette pratique : *Interea Æneas urbem designat aratro* (V, 755).

11. Plutarque, *Quest. rom.*, 27 : Τὸ τεῖχος ἱερόν· οὕτω γὰρ δοκεῖ Ῥωμύλος ἀποκτεῖναι τὸν ἀδελφὸν ὡς ἄβατον καὶ ἱερὸν τόπον ἐπιχειροῦντα δαπηδᾷν καὶ ποιεῖν βέβηλον.

12. Caton, cité par Servius : *Urbem designat aratro* ; *quem Cato in Originibus dicit morem fuisse* ; *conditores enim civitatis taurum in dextra, vaccam intrinsecus jungebant* ; *et incincti ritu Sabino, id est, togæ parte caput velati, parte succincti, tenebant stivam incurvam ut glebæ omnes intrinsecus caderent* ; *et ita sulco ducto loca murorum designabant, aratrum suspendentes circa loca portarum* (Servius, *ad Æn.*, V, 755).

13. Cicéron, *De nat. deorum*, III, 40 : *Muri urbis quos vos, pontifices, sanctos esse dicitis, diligentiusque urbem religione quam mœnibus cingitis.* – Gaïus, II, 8 : *Sanctæ quoque res, velut muri et portæ, quodammodo divini juris sunt.* – *Digeste*, I, 8, 8 : *muros esse sanctos* ; ibid., 11 : *Si quis violaverit muros, capite punitur.*

14. Varron, V, 143 : *Postea qui fiebat orbis, urbis principium : ... postmoerium dictum, quo urbana auspicia finiuntur. Cippi pomœrii stant circum Romam.* Tite-Live, I, 44 : *pomœrium... locus quem in condendis urbibus quondam Etrusci certis terminis inaugurato consecrabant, ut neque interiore parte ædificia mœnibus continuarentur ac extrinsecus puri aliquid ab humano cultu pateret soli... Neque habitari neque arari fas est.* – Aulu-Gelle, XIII, 14, donne la définition qu'il a trouvée dans les livres des augures : *Pomœrium est locus intra agrum effatum per totius urbis circuitum pene muros, regionibus* (*religionibus*) *certis determinatus, qui facit finem urbani auspicii.*

15. Plutarque, *Romulus*, 12 : Καὶ τὴν ἡμέραν ταύτην ἑορτάζουσι Ῥωμαῖοι γενέθλιον τῆς πατρίδος ὀνομάζοντες. Pline, *Hist. nat.*, XVIII, 66, 247 : *XI Kalendas maias urbis Romæ natalis.* Cf. *Corpus inscript. lat.*, t. I, p. 340-341 : *Natalis dies urbis Romæ.*

16. Caton, dans Servius, V, 755. Varron, *L. L.*, V, 143. Festus, V° *Rituales*, p. 285 : *Rituales nominantur Etruscorum libri in quibus præscriptum est quo ritu condantur urbes, aræ, ædes sacrentur, qua sanctitate muri.*

17. Hérodote, IV, 156 ; Diodore, XII, 12 ; Pausanias, VII, 2 ; Athénée, VIII, 62.

18. *Idem*, V, 42.

19. Thucydide, V, 16.

20. *Idem*, III, 24.

21. Pausanias, IV, 27.

22. Plutarque, *Thésée*, 24 : Ἔθυσε τά Μετοίκια, ἣν ἔτι καὶ νῦν θύουσι. – Cicéron, *Pro Sextio*, 63, fait remarquer qu'il débarqua à Brindes le jour où la ville fêtait son jour natal : *Idem dies natalis coloniæ Brundisinæ.*

23. Ἴλιος ἱρη (*Iliade*), ἱεραὶ Ἀθῆναι (Aristophane, *Chev.*, 1319), Λακεδαιμόνι δίῃ (Théognis, v.837) ; ἱερὰν πόλιν, dit Théognis en parlant de Mégare. Pausanias, I, 26 : Ἱερὰ τῆς Ἀθηνᾶς ἐστιν ἡ πόλις.

24. *Neptunia Troja*, θεόδμητοι Ἀθῆναι. Voy. Théognis, v. 755 (Welcker).

Chapitre 5 – LE CULTE DU FONDATEUR : LA LÉGENDE D'ÉNÉE

1. Pindare, *Pyth.*, V, 117-132 ; *Olymp.*, VII, 143-145. Pindare appelle le fondateur « père des cérémonies sacrées » (*Hyporchemes*, *fr.* 1). L'usage d'instituer un culte pour le fondateur est attesté par Hérodote, VI, 38 : Μιλτιάδει τελευτήσαντι Χερσονησῖται θύουσιν, ὥς νόμος οἰκιστῇ. Diodore de Sicile, XI, 78 : Ἵερων ἐτελεύτησε καὶ τιμῶν ἡρωικῶν ἔτυχεν, ὡς ἂν κτίστης γεγονὼς τῆς πόλεως. Plutarque, *Aratus*, 53, décrit les honneurs religieux et les sacrifices qu'on institua pour Aratus après sa mort, et il ajoute ὥσπερ οἰκιστὴν ἐκήδευσαν.

2. Plutarque, *Romulus*, 29. Denys, II, 63 : Τὸν Ῥωμύλον ἱεροῦ κατασκευῇ καὶ θυσίαις διετησίοις ἔταξε γεραίρεσθαι. Ovide, *Fastes*, II, 475-510. Cicéron, *De rep.*, II, 10 ; I, 41. Il n'est guère douteux que des hymnes n'aient été composés dès ce moment en l'honneur du fondateur ; nous serions tenté de voir un écho de ces vieux chants dans quelques vers d'Ennius que cite Cicéron :

Simul inter
Sese sic memorant : O Romule, Romule die,
Qualem te patriæ custodem Di genuerunt !
O pater, o genitor, o sanguen Dis oriundum,
Tu produxisti nos intra luminis oras.

3. Hérodote, I,168. Pindare, *Pythiques*, IV. Thucydide, V, 11. Strabon, XIV, 1. Cicéron, *De nat. Deorum*, III, 19. Plutarque, *Quest. grecques*, 28. Pausanias, I, 34 ; III, 1.

4. Hérodote, VI, 38. Diodore, XI, 78. Le culte du fondateur paraît avoir existé aussi chez les Sabins : *Sabini etiam regem suum primum Sangum retulerunt in Deos* (saint Augustin, *Cité de Dieu*, XVIII, 19).

5. Nous n'avons pas à examiner ici si la légende d'Énée répond à un fait réel ; il nous suffit d'y voir une croyance. Elle nous montre ce que les anciens se figuraient par un fondateur de ville, quelle idée ils se faisaient du *penatiger*, et pour nous c'est là l'important. Ajoutons que plusieurs villes, en Thrace, en Crète, en Épire, à Cythère, à Zacynthe, en Sicile, en Italie, croyaient avoir été fondées par Énée et lui rendaient un culte.

Chapitre 6 – LES DIEUX DE LA CITÉ

1. Le prytanée était, avant tout, le bâtiment qui contenait le foyer. Pollux, I, 7 : Ἑστία... οὕτω δ' ἂν κυριώτατα καλοίης τὴν ἐν πρυτανείῳ, ἐφ' ἧς τὸ πῦρ τὸ ἄσβεστον ἀνάπτεται. Pausanias, V, 15, 5 : ἐν αὐτῷ τῷ πρυτανείῳ, οἴκημα ἔνθα ἡ ἑστία. Denys d'Halicarnasse, II, 23, dit que dans les prytaneés des Grecs se trouvait le foyer commun des phratries, ὥσπερ ἐν τοῖς ἑλληνικοῖς πρυτανείοις ἑστία κοινὴ τῶν φρατριῶν. Cf. Scholiaste de Pindare, *Néméennes*, XI ; Scholiaste de Thucydide, II. 15. – Il y avait un prytanée dans toute ville grecque ; à Athènes (Thucyd., II, 15 ; Pausanias, I, 18) ; à Sicyone (Hérod., V, 67) ; à Mégare (Pausan., I, 43) ; à Hermione (Pausan., II, 35) ; à Élis (Pausan., V, 15) ; à Siphnos (Hérod., III, 57) ; chez les Achéens Phthiotes (Hérod., VII, 197) ; à Rhodes (Polybe, XXIX, 5) ; à Mantinée (Pausan., VIII, 9) ; à Thasos (Athénée, I, 58) ; à Mitylène (Athénée, X, 24) ; à Cyzique (Tite-Live, XLI, 20) ; à Naucratis (Athénée, IV, 32) ; à Syracuse (Cicéron, *In Verrem, De signis*, 53), et jusque dans les Îles de Lipari qu'habitait la race grecque (Diodore, XX, 101). – Denys d'Halicarnasse dit qu'on ne regardait pas comme possible de fonder une ville sans établir d'abord le foyer commun (II, 65). Il y avait à Sparte une prêtresse qui portait le titre de ἑστία πόλεως (Bœckh, *Corp. inscr. gr.*, t. I, p. 610).

2. À Rome, le temple de Vesta n'était pas autre chose que le foyer sacré de la ville. Cicéron, *De legibus*, II, 8 : *Virgines Vestales custodiunto ignem foci publici sempiternum. Ibid.*, II, 12 : *Vesta quasi focus urbis.*

Ovide, *Fastes*, VI, 291 : *Nec tu aliud Vestam quam vivam intellige flammam.*

3. Tite-Live, XXVI, 27 : *Conditum in penetrali fatale pignus romani imperii.* Cicéron, *Philippiques*, XI, 10 : *Quo salvo salvi sumus futuri.*

4. *Virgines sanctæ* (Horace, *Odes*, I, 2, 27), *sanctissimum sacerdotium* (Cicéron, *Pro domo*, 53). Cf. Cic., *Pro Fonteio*, 20.

5. Tite-Live, XXVIII, 11. Festus, p. 106. *Ignis Vestæ si quando interstinctus esset, virgines verberibus afficiebantur a pontifice.* Le feu ne pouvait être rallumé que par un procédé antique et religieux. *Mos erat tabulam felicis materiæ tamdiu terebrare quousque ignem cribro æneo virgo in ædem ferret* (Festus, *ibidem*).

6. Tite-Live, XXVI, 27.

7. Ἱερὰ ἀπορρητά, ἀθέατα, ἄδηλα, Plutarque, *Numa*, 9 ; *Camille*, 20 ; Denys d'Halic., II, 66. Virgile, *Énéide*, III, 408. Pausanias, V, 15. Appien, *G. civ.*, I, 54.

8. *Penates publici* (Tite-Live, III, 17) ; *Lares publici* (Pline, *H. N.*, XXI, 8, 8). *Et vigilant nostra semper in urbe Lares* (Ovide, *Fastes*, II, 616). Cicéron, *Pro Sextio*, 20 : *Te, patria, testor, et vos, Penates patriique dii.* Macrobe, *Saturn.*, III, 4 : *De diis Romanorum propriis, id est, Penatibus.* Servius, *ad Æn.*, II, 351 : *Genio urbis Romæ.*

9. Plutarque, *Aristide*, 11 : Οἱ μὲν γὰρ ἥρωες, οἷς ἐκέλευε θύειν, ἀρχηγέται Πλαταιέων ἦσαν. – Sophocle, *Antigone*, 199 : Γῆν πατρῴαν καὶ θεοὺς τοὺς ἐγγενεῖς. Ces dieux sont souvent appelés δαίμονες ἐγχώριοι. Comparer, chez les Latins, les *dii indigetes* (Servius, *ad Æn.*, XII, 794 ; Aulu-Gelle, II, 16).

10. Plutarque, *Solon*, 9 : Ἀρχηγούς χώρας θυσίαις ἥρωας ἐνοίκους ἵλασο, οἳ φθίμενοι δέρκονται ἐς ἠέλιον δύνοντα. Ces derniers mots font allusion à l'usage qu'avaient les Athéniens d'enterrer les morts en les tournant vers le soleil couchant (Plutarque, *Solon*, 10).

11. Lycurgue avait à Sparte un temple, des prêtres, des fêtes sacrées et des hymnes (Hérodote, I, 65 ; Plutarque, *Lycurgue*, 31 ; Ephore, dans Strabon, VIII, 5, 5). Thésée était un dieu à Athènes, qui éleva un temple à ses ossements. Aristomène était honoré d'un culte chez les Messéniens (Pausanias, IV, 32) ; les Éacides à Égine (Hérodote, V, 80). On peut voir dans Pausanias le nombre des héros topiques que chaque cité vénérait.

12. Pausanias, IX, 18.

13. Hérodote, VII, 117.

14. Diodore, IV. 62.

15. Pausanias, X, 23 ; Pindare, *Néméennes*, VII, 65 et suiv.
16. Hérodote, V, 47.
17. Euripide, *Héraclides*, 10, 32.
18. Sophocle, *Œdipe à Colone*, 627.
19. Idem, *ibidem*, 1524, 1525.
20. Idem, *ibidem*, 621-622. On montrait à Athènes le tombeau où reposaient les ossements d'Œdipe et l'ἡρῷον où il recevait les honneurs funèbres (Pausanias, I, 26 ; I, 30). Il va sans dire que les Thébains avaient sur Œdipe une autre légende.
21. Pausanias, I, 43. Une légende semblable et la même pratique se retrouvent dans la ville grecque de Tarente (Polybe, VIII, 30)
22. Pausanias, IV, 32, VIII, 9 ; VIII, 36.
23. Hérodote, I, 67-68. Pausanias, III, 3.
24. On appelait ces dieux θεοὶ πολίεις (Pollux, IX, 40), πολιοῦχοι (Eschyle, *Sept*, 109), πολῖται (Eschyle, *ibid.*, 253), ἀστύνομοι (Eschyle, *Agam.*, 88). – Ils exerçaient une protection spéciale sur la ville ; Vitruve, I, 7 : *Quorum deorum in tutela civitas videtur esse.* Macrobe, III, 9 : *Constat omnes urbes in alicujus dei esse tutela.* Hésychius : Πολιοῦχοι, οἱ τὴν πόλιν σώζοντες καὶ οἱ ἄρχοντες αὐτῆς. Virgile exprime cette même idée : *Di patrii, quorum semper sub numine Troja est* (IX, 246). La nécessité pour toute ville nouvelle de se donner d'abord une divinité poliade est marquée dans Aristophane, *Ois.*, v. 826 : Τίς δαὶ θεὸς πολιοῦχος ἔσται ; – Ces divinités habitaient la contrée, la possédaient ; Démosthène, *Pro corona*, 141 : Θεοὶ ὅσοι τὴν χώραν ἔχουσι τὴν Ἀττικὴν. Plutarque, *Aristide*, 18 : Θεοὶ οἳ τὴν Πλαταιΐδα ἔχουσι. Lycurgue, *In Leocratem*, 26 : Ἀθηνᾶν τὴν χώραν εἰληχυῖαν.
25. Thucyd., I, 134 ; Pausanias, III, 17.
26. *Iliade*, VI, 88.
27. Il y avait une Ἀθηνὴ πολιάς à Athènes, et il y avait aussi une Ἀθηνὴ πολιάς à Tégée : celle-ci avait promis aux Tégéates que leur ville ne serait jamais prise (Pausanias, VIII, 47).
28. Tite-Live, V, 21, 22 ; VI, 29. – Voy. dans Dion Cassius, LIV, 4, une histoire qui montre Jupiter Capitolin et Jupiter Tonnant comme deux dieux différents.
29. Hérodote, V, 72 ; VI, 81. Sparte avait une Athéné et une Héra (Plutarque, *Lycurgue*, 6 ; Pausanias, III) ; mais un Spartiate n'avait pas le droit de pénétrer dans le temple de l'Athéné poliade d'Athènes ou de la Héra poliade d'Argos.

30. Ils n'acquirent ce droit qu'après la conquête de la ville, Tite-Live, VIII, 14.

31. Il n'existait de cultes communs à plusieurs cités que dans le cas de confédérations ; nous en parlerons ailleurs.

32. Eschyle, *Suppl.*, 858.

33. Eschyle, *Sept chefs*, v. 69-73, 105, 109, 139, 168-170.

34. *Iliade*, I, 37 et suiv. ; VI. 93-96.

35. Eschyle, *Sept chefs*, 76-77, 176-181.

36. Théognis, éd. Welcker, v. 750 ; éd. Boissonade, v. 777.

37. Il n'est sans doute pas nécessaire d'avertir que ces règles antiques se sont fort adoucies avec le temps ; on a des inscriptions qui montrent des étrangers adressant des offrandes aux divinités athéniennes ; mais ces inscriptions sont d'une date relativement récente.

38. Euripide, *Héraclides*, 347.

39. Hérodote, V, 65 ; V, 80.

40. Suétone, *Caligula*, 5 ; Sénèque, *De vita beata*, 36.

41. Virgile, *Énéide*, I, 68 : *Victosque Penates.*

42. Virgile, *Énéide*, II, 351 :

Excessere omnes, adytis arisque relictis,
Di, quibus imperium hoc steterat.

43. Eschyle, *Sept chefs*, 217-220. « Étéocle : On le dit, quand une ville est prise, les dieux l'abandonnent. Le chœur : Veuillent les dieux qui sont ici ne jamais nous quitter, et que je ne voie pas Thèbes prise d'assaut et livrée aux flammes ! »

44. Macrobe, *Saturnales*, III, 9. Pline, *Hist. nat.*, XXVIII, 4, 18 : « *In oppugnationibus ante omnia solitum a Romanis sacerdotibus evocari deum in cujus tutela id oppidum esset promittique illi eumdem aut ampliorem apud Romanos cultum.* »

45. Sur la puissance des formules, ἐπαγωγαί ou καταδέσεις voy. Platon, *Lois*, XI, p. 933 ; Euripide, *Suppliantes*, 39. Ces formules étaient tellement antiques, que beaucoup de mots n'étaient plus compris et n'appartenaient même plus à la langue grecque ; voyez Hésychius, au mot Ἐφεσία. Les anciens croyaient qu'ils pouvaient obliger les dieux et les contraindre ; c'est la pensée que Virgile exprime dans ces vers :

Junonis magnæ primum prece numen adora ;
Junoni cane vota libens, dominamque potentem
Supplicibus supera donis (*Én.*, III, 427-440).

L'énoncé de la prière, *preces*, les promesses, *vota*, les offrandes, *dona*, voilà les trois armes par lesquelles ont peut vaincre, *superare*, la malveillance d'une déesse.

46. Thucydide, II, 74.
47. Hérodote, V, 83.
48. Idem, V, 99.
49. Plutarque, *Solon*, 9.
50. Pline, *Hist. nat.*, XXVIII, 4, 18 : *Constat ideo occultatum in cujus dei tutela Roma esset, ne qui hostium evocarent.* – Macrobe, *Sat.*, III, 9 : *Ipsius urbis nomen etiam doctissimis ignotum est, caventibus Romanis ne, quod saepe adversus urbes hostium fecisse se noverant, idem ipsi hostili evocatione paterentur, si tutelæ suæ nomen divulgaretur.* – Servius, *ad Æn.*, II, 351 : « *Romani celatum esse voluerunt in cujus dei tutela Roma sit, ne suis nominibus dii Romani appellarentur, ne exaugurari possint.* »

Chapitre 7 – La religion de la cité

1. Σωτήρια τῶν πόλεων σύνδειπνα. Athénée, V, 2. Pollux, I, 34, mentionne les δημοθοινίαι ou πανθοινίαι au nombre des fêtes religieuses.
2. *Odyssée*, III, 5-9 ; 43-50 ; 339-341.
3. Athénée, X, 49, d'après Phanodème.
4. Xénophon, *Resp. Athen.*, 3 ; Θύουσι δημοσίᾳ ἡ πόλις ἱερεῖα πολλά, ἔστι δὲ ὁ δῆμος εὐωχούμενος καὶ διαλαγχάνων τὰ ἱερεῖα. Cf. Scholiaste d'Aristophane, *Nuées*, 386. Plutarque, *Périclès*, 11, et Isocrate, *Aréopagitique*, 29, mentionnent l'usage des ἑστιάσεις à Athènes.
5. Athénée, V, 2 : Οἱ νομοθέται τά τε φυλετικὰ δεῖπνα καὶ τὰ δημοτικὰ προσέταξαν καὶ τὰ φρατριακά. Le même écrivain mentionne à Argos les δημόσιαι θοῖναι, et, à Sparte, des repas κατὰ τὰς ἑορτάς qui sont distincts des φειδίτια quotidiens (Athénée, XI, 66). Il donne une longue description des repas sacrés des villes de Phigalie et de Naucratis ; il mentionne les rites qu'on y suivait, les libations, les hymnes (IV, 32). Il parle de ceux de Tarente : Ἡ πόλις καθ' ἕκαστον μῆνα βουθυτεῖ καὶ δημοσίᾳ ἑστιάσεις ποιεῖται (IV, 61). Il fait encore allusion à cet usage, X, 25. Pindare, dans la XIe Néméenne, décrit les repas sacrés de Ténédos. Cf. Diodore, XI, 72.
6. Athénée, V, 2 : Συνεδείπνουν ὁσημέραι οἱ περὶ πρύτανιν σώφρονα καὶ σωτήρια τῶν πόλεων σύνδειπνα.

7. Voyez un décret cité par Athénée, VI, 26 : Ὃς ἂν μὴ θέλῃ παρασιτεῖν, εἰσαγέτω εἰς τὸ δικαστήριον.

8. Plutarque, *Solon*, 24 : Ἴδιον δὲ τοῦ Σόλωνος καὶ τὸ περὶ τῆς ἐν δημοσίῳ σιτήσεως, ὅπερ αὐτὸς παρασιτεῖν κέκληκε. – Athénée, VI, 26 : Τό τοῦ παρασίτου ὅπομα πάλαι ἦν σεμνὸν καὶ ἱερόν... Ἐν τοῖς παλαίοις νόμοις αἱ πλεῖσται τῶν πόλεων ἔτι καὶ τήμερον ταῖς ἐντιμοτάταις ἀρχαῖς συγκαταλέγουσι παρασίτους. – Philochore, *frag.* 156 ; Clitodème, *fr.* 11. Pollux, VI, 35.

9. Démosthène, *Pro corona*, 53. Aristote, *Politique*, VII, 1, 19. Pollux, VIII, 155. Pausanias, V, 15.

10. Fragment de Sapho, dans Athénée, XV, 16.

11. Fragment de Chaerémon, dans Athénée, XV, 19.

12. Platon, *Lois*, XII, 956. Cicéron, *De legib.*, II, 18. Virgile, V, 70, 774 ; VII, 135 ; VIII, 274. De même chez les Hindous, dans les actes religieux, il fallait porter une couronne et être vêtu de blanc. *Lois de Manou*, IV, 66, 72.

13. Hormias, dans Athénée, IV, 32 : Τοῦ ἱεροκήρυκος τὰς πατρίους εὐχὰς καταλέγοντος, συνσπένδοντες.

14. Voyez les auteurs cités par Athénée, I, 58 ; IV, 31 et 32 ; XI, 66.

15. Athénée, IV, 19 ; IV, 20.

16. Aristote, *Politique*, VII, 9, 2-3, éd. Didot, p. 611.

17. Virgile, VII, 174 et suiv. ; VIII, 102-111, 283-305.

18. Denys, II, 23. Aulu-Gelle, XII, 8. Tite-Live, XL, 59.

19. Cicéron, *De oratore*, III, 19 : *Pontifices veteres, propter sacrificiorum multitudinem tres viros epulones esse voluerunt... ut illud ludorum epulare sacrificium facerent.* Le mot *epulum* se disait proprement des repas en l'honneur des dieux. Festus, éd. Müller, p. 78 : *Epulones... datum his nomen quod epulas indicendi Jovi cæterisque diis potestatem haberent.* Voy Tite-Live, XXV, 2 ; XXVII, 36 ; XXIX, 38 ; XXXIII, 42 ; XXXIX, 46, *in quo toto foro strata triclinia*. Cicéron, *Pro Murena*, 36 : *Cum epulum populo romano daret.*

20. Denys, II, 23 : Μὴ καταλιπεῖν τὸν παραστάτην, ᾧ συνέσπεισε καὶ συνέθυσε καὶ κοινῶν ἱερῶν μετέσχε. L'historien applique cela aux repas communs des Spartiates qu'il compare d'ailleurs aux repas communs des Romains.

21. Festus, v° *Amburbiales*, éd. Müller, p. 5. Macrobe, *Sat.*, III, 5. La description de la fête est dans Tibulle, liv. II, élégie 1.

22. Plutarque, *Numa*, 14 : Μὴ σπένδειν θεοῖς ἐξ ἀμπέλων ἀτμήτων. Varron, *L. L.* VI, 16 : *Aliquot locis vindemiæ primum ab sacerdotibus publice fiebant, ut Romae etiam nunc ; nam flamen dialis auspicatur vindemiam et, ut jussit vinum legere, agna Jovi facit.* – Pline, XVIII, 2 : *Nec degustabant nova vina ante quam sacerdotes primitias libassent.* – Pour les fêtes qui devaient précéder la moisson, voy. Virgile, *Géorgiques*, I, 340-350.

23. Platon, *Lois*, II, p. 584. Démosthène, *In Midiam*, 10. Démosth., *In Timocratea*, 29 : Μὴ χρηματίζειν ὅτι ἂν μὴ περὶ τῆς ἑορτῆς ᾖ. – Cicéron, *De legibus*, II, 12 : *Feriarum ratio in liberis requietem habet litium et jurgiorum, in servis operum et laborum.* Macrobe, I, 16 : *Affirmabant sacerdortes pollui ferias, si opus aliquod fieret.*

24. Démosthène, *In Timocratea*, 29. Même prescription à Rome ; Macrobe, *Sat.*, I, 15 : *In feriis vim cuiquam inferre piaculare est.* Cf. Cic., *De leg.*, II, 12 : *requietem jurgiorum.*

25. Varron, *De ling. lat.*, VI, 27. Servius, *ad Æn.*, VIII, 654. Macrob. *Saturn.*, I, 14 ; I, 15.

26. Ceusorinus, *De die natali*, 22.

27. On appelait cette opération καθαίρειν ou ἁγνεύειν πόλιν. Hipponax, édit. Dergk, fragment 60. – On disait en latin *lustrare*. Cicéron, *De divin.*, I, 45 : *Cum censor populum lustraret.* – Servius, *ad Æn.*, I, 283 : *Post quinquennium unaquæque civitas lustrabatur.*

28. Diogène Laerce, *Socrate*, c. 23 : Ἕκτῳ Θαργηλιῶνος : ὅτε καθαίρουσι τὴν πόλιν Ἀθηναῖοι. Harpocration, v° Φάρμακος : Δὺο ἄνδρας Ἀθήνησιν ἐξῆγον καθάρσια ἐσομένους τῆς πόλεως ἐν τοῖς Θαργηλίοις, ἕνα μὲν ὑπὲρ τῶν ἀνδρῶν, ἕνα δὲ ὑπὲρ τῶν γυναικῶν. De même, on purifiait chaque année le foyer domestique : Eschyle, *Choéphores*, 966.

29. Varron, *De ling. lat.*, VI, 86, 87.

30. Tite-Live, I, 44 : *Suovetaurilibus lustravit.* Denys d'Halic., IV, 22 : Κελεύσας τοὺς πολίτας ἅπαντας συνελθεῖν... καθαρμὸν αὐτῶν ἐποιήσατο ταύρῳ καὶ κρίῳ καὶ τράγῳ. Cicéron, *De oratore*, II, 66 : – *Lustrum condidit et taurum immolavit.* – Servius, *ad Æn.*, III, 279 : *Lustrato populo dii placantur.* Cf. *ibid.*, VIII, 183. Valère-Maxime résume la prière qui était prononcée par le censeur : *Censor, cum lustrum conderet, inque solito fieri sacrificio scriba ex publicis tabulis solenne ei precationis carmen præiret, quo dii immortales ut populi romani res meliores amplioresque faceront rogabantur* (Valère-Maxime, IV, 1, 10). Ces usages persistèrent jusque sous l'empire ; Vopiscus,

Aurélien, 20 : *Lustrata urbs, cantata carmina.* – Tite-Live, I, 44, semble croire que la cérémonie de la lustration a été instituée par Servius. Elle est aussi vieille que Rome. Ce qui le prouve, c'est que la *lustratio* du Palatin, c'est-à-dire de la ville primitive de Romulus, continua à s'accomplir d'année en année. Varron, *De ling. lat.*, VI, 34 : *Februatur populus, id est, lupercis nudis lustratur antiquum oppidum Palatinum gregibus humanis cinctum.* Servius Tullius a peut-être appliqué le premier la *lustratio* à la ville agrandie par lui, il a surtout institué le cens qui accompagnait la lustration, mais qui ne se confondait pas avec elle.

31. Il pouvait être frappé de verges et vendu comme esclave ; Denys, IV, 15 ; V, 75 ; Cicéron, *Pro Cæcina*, 34. Les citoyens absents de Rome devaient y revenir pour le jour de la lustration ; aucun motif ne pouvait les dispenser de ce devoir. Telle était la règle à l'origine ; elle ne fut adoucie que dans les deux derniers siècles de la république ; Velléius, II, 7, 7 ; Tite-Live, XXIX, 37 ; Aulu-Gelle, V, 19.

32. Cicéron, *De legibus*, III, 3 ; *Pro Flacco*, 32. Tite-Live, I, 43. Denys, IV, 15 V, 75. Varron, *De ling. lat.*, VI, 93. Plutarque, *Cato major*, 16.

33. Sur cette pensée des anciens, voyez Cassius Hémina dans Macrobe, I, 16.

34. Sur les jours néfastes chez les Grecs, voyez Hésiode, *Opera et dies*, v. 710 et suivants. Les jours néfastes s'appelaient ἡμέραι ἀπόφραδες (Lysias, *Pro Phania*, fragm., éd. Didot, t. II, p. 278). Cf. Hérodote, VI, 106. Plutarque, *De defectu oracul.*, 14 ; *De* εἰ *apud Delphos*, 20.

35. Cicéron, *Pro Murena*, 1. Tite-Live, V, 14 ; VI, 41 ; XXXIX, 15. Denys, VII, 59 ; IX, 41 ; X, 32. Pline, dans le Panégyrique de Trajan, 63, rappelle encore le *longum carmen comitiorum.*

36. Eschine, *In Timarchum*, 23 : Ἐπειδὰν τὸ καθάρσιον περιενέχθη καὶ ὁ κήρυξ τὰς πατρίους εὐχὰς εὔξηται. Id,. *In Ctesiph.*, 2-6. Pollux, VIII, 104 : περιεστίαρχοι ἐκάθαιρον χοιριδίοις τὴν ἐκκλησίαν. De là le mot d'Aristophane, *Acharn.*, 44 : Ἐντὸς τοῦ καθάρματος, pour désigner le lieu de l'assemblée. Cf. Dinarque, *In Aristog.*, 14.

37. Démosthène rappelle cette prière, sans en citer la formule, *De falsa legat.*, 70. On s'en fera une idée d'après la parodie qu'en donne Aristophane dans les *Thesmophoriazousæ*, v. 295-350.

38. Aristophane, *Acharniens*, 171 : Διοσημία ἐστί.

39. Idem, *Thesmoph.*, 381, et Scholiaste : Στέφανον ἔθος ἦν τοῖς λέγουσι στεφανοῦσθαι πρῶτον. C'était l'usage ancien. – Cicéron, *In Vatinium*, 10 : *In Rostris, in illo augurato templo.* – Servius, *ad Æn.*, XI, 301, dit que chez les anciens tout discours commençait par une prière, et il cite comme preuve les discours qu'il possédait de Caton et des Gracques.

40. Varron, dans Aulu-Gelle, XIV, 7 : *Nisi in loco per augures constituto, quod templum appellaretur, senatusconsultum factum fuisset, justum id non esse.* Cf. Servius, *ad Æn.*, I, 446 ; VII, 153 : *Nisi in auguste loco consilium senatus habere non poterat.* Cf. Cicéron, *Ad diversos*, X, 12.

41. Varron, dans Aulu-Gelle, *ibid.* : *Immolare hostiam prius auspicarique debere qui senatum habiturus esset.* – Suétone, *Augustus*, 35. Dion Cassius, LIV, 30.

42. Andocide, *De suo reditu*, 15 ; *De mysteriis*, 44 ; Antiphon, *Super choreula*, 45 ; Lycurgue, *In Leocratem*, 122. Démosthène, *In Midiam*, 114. Diodore, XIV, 4. Xénophon, *Hellén.*, II, 3, 52.

43. Aristophane, *Vespæ*, 860-865. Cf. *Iliade*, XVIII, 504.

44. On peut voir dans Tite-Live, I, 32, les « rites » de la déclaration de guerre. Comparer Denys, II, 72 ; Pline, XXII, 2,5 ; Servius, *ad Æn.*, IX, 52 ; X, 14. – Denys, I, 21, et Tite-Live, 1, 32, assurent que cette institution était commune à beaucoup de villes italiennes. – En Grèce aussi, la guerre était déclarée par un κήρυξ, Thucydide, I, 29 ; Pausanias, IV, 5, 8. Pollux, IV, 91.

45. Tite-Live, I, 19 ; la description exacte et minutieuse de la cérémonie est dans Virgile, VII, 601-617.

46. Denys, IX, 57 : Οἱ ὕπατοι εὐχὰς ποιησάμενοι τοῖς θεοῖς καὶ καθήραντες τὸν στρατὸν ἐξῄεσαν ἐπὶ τοὺς πολεμίους. Xénophon, *Hellen.*, III, 4, 3 ; IV, 7, 2 ; V, 6, 5. Voy., dans Xénophon, *Resp. Laced.*, 13 (14). la série de sacrifices que le chef d'une armée spartiate faisait avant de sortir de la ville, avant de franchir la frontière, et qu'il renouvelait ensuite chaque matin avant de donner aucun ordre de marche. – Au départ d'une flotte, les Athéniens, comme les Romains, offrent un sacrifice ; comparer Thucydide, VI, 32, et Tite-Live, XXIX, 27.

47. Hérodote, IX, 19. Xénophon, *Resp. Lac.*, 13. Plutarque, *Lycurgue*, 22. À la tête de toute armée grecque marchait un πύρφορος portant le feu sacré (Xénoph., *Resp. Lac.*, 13 ; Hérod., VIII, 6 ; Pollux, I, 35 ; Hésychius, v° Πύρφορος). De même dans un camp romain il y avait toujours un foyer allumé (Denys, IX, 6). Les Étrusques aussi

portaient un foyer dans leurs armées (Plutarque, *Publicola*, 17) ; Tite-Live, II, 12, montre aussi un *accensus ad sacrificium foculus*. Sylla lui-même avait un foyer devant sa tente (Julius Obsequens, 116).

48. Hérodote, IX, 61-62.

49. Eschyle, *Sept chefs*, 252-260. Euripide, *Phénic.*, 573.

50. Diodore, IV, 5. Photius : Θρίαμβος ἐπίδειξις νίκης, πομπή.

51. Tite-Live, XLV, 39 : *Diis quoque, non solum hominibus, debetur triumphus... Consul proficiscens ad bellum vota in Capitolio nuncupat ; victor, perpetrato bello, in Capitolio triumphans ad eosdem deos, quibus vota numcupavit, merita dona populi romani traducit.* – Tite-Live, V, 23 ; X, 7. Varron, *De ling. lat.*, VI, 68. Pline, *H. N.*, VII, 56 ; XXXIII, 7, 36.

Chapitre 8 – LES RITUELS ET LES ANNALES

1. Plutarque, *De defectu oraculor.*, 14 : Ἃ δρῶσιν ἄνθρωποι μηνίματα δαιμόνων, ἀφοσιούμενοι καὶ πραΰνοντες οὓς ἀλάστορας καὶ παλαμναίους ὀνομάζουσι.

2. Sur les vieux hymnes que les Grecs continuaient à chanter dans les cérémonies, voy. Pausanias, I, 18 ; VII, 15, *in fine* ; VII, 21 ; IX, 27, 29, 30. Cicéron, *De legibus*, II, 15, fait remarquer que les villes grecques étaient attentives à conserver les rythmes anciens, *antiquum vocum servare modum*. Platon, *Lois*, VII, p. 799-800, se conforme aux anciennes règles, quand il prescrit que les chants et les rythmes restent immuables. – Chez les Romains, les formules de prières étaient fixées par un rituel ; voyez Varron, *De ling. lat.*, et Caton, *passim*. Quintilien, I, 11 : *Saliorum carmina, vix sacerdotibus suis intellecta, mutari vetat religio et consecratis utendum est.*

3. Démosthène, *In Neæram*, 116, 117. Varron cite quelques mots des *libri sacrorum* qui se conservaient à Athènes, et dont la langue était archaïque (*De ling. lat.*, V, 97). – Sur le respect des Grecs pour les vieux rites, voyez quelques exemples curieux dans Plutarque, *Quest. grecq*, 26, 31, 35, 36, 58. La pensée ancienne est bien exprimée par Isocrate, *Aréopagitique*, 29-30, et dans tout le plaidoyer contre Néère.

4. Pausanias, IV, 27. Plutarque, *Contre Colotès*, 17. Pline, *H. N.*, XIII, 21. Valère-Maxime, I, 1, 3. Varron, *L. L.*, VI, 16. Censorinus, 17. Festus, v° *Rituales*.

5. Pollux, VIII, 128 : Δέλτοι χαλκαῖ, αἷς ἦσαν πάλαι ἐντετυπωμένοι οἱ νόμοι οἱ περὶ τῶν ἱερῶν καὶ τῶν πατρίων. On sait que l'une des significations les plus anciennes du mot νόμος est celle de rite ou règle religieuse. – Lysias, *In Nicomachum*, 17 : Χρὴ θύειν τὰς θυσίας τὰς ἐκ τῶν κυρβέων καὶ τῶν στηλῶν κατὰ τὰς ἀναγραφάς.

6. Athénée, XIV, 68, cite les hymnes antiques d'Athènes ; Élien, II, 39, ceux des Crétois ; Pindare, *Pythiq.*, V, 134. ceux de Cyrène ; Plutarque, Thésée, 16, ceux des Bottiéens ; Tacite, *Ann.*, IV, 43, les *vatum carmina* que conservaient les Spartiates et les Messéniens.

7. Πάτριόν ἐστιν ἡμῖν. Ces mots reviennent fréquemment chez Thucydide et chez les orateurs attiques.

8. Denys, II, 49. Tite-Live, X, 33. Cicéron, *De divin.*, II, 41 ; I, 33 ; II, 23. Censorinus, 12, 17. Suétone, *Claude*, 42. Macrobe, I, 12 ; V, 19. Solin, II, 9. Servius, VII, 678 ; VIII, 398. Lettres de Marc-Aurèle, IV, 4.

9. Les vieilles annales de Sparte, ὧροι, παλαιόταται ἀναγραφαί, sont mentionnées par Plutarque, *Adv. Coloten*, 17 ; par Athénée, XI, 49 ; par Tacite, *Ann.* IV, 43. Plutarque, *Solon*, 11, parle de celles de Delphes. Les Messéniens eux-mêmes avaient des *Annales* et des *monumenta seulpta ære prisco*, qui remontaient, disaient-ils, à l'invasion dorienne (Tacite, *ibidem*). Denys d'Halic., *De Thucyd. hist.*, éd. Reiske, t. VI, p. 819 : Ὅσαι διεσῴζοντο παρὰ τοῖς ἐπιχωρίοις μνῆμαι κατὰ ἔθνη καὶ κατὰ πόλεις εἴτ' ἐν ἱεροῖς εἴτ' ἐν βεβήλοις ἀποκείμεναι γραφαί. – Polybe signale aussi les δημοσίαι τῶν πόλεων ἀναγραφαί (XII, 10).

10. Cicéron, *De oratore*, II, 12 : *Res omnes singulorum annorum mandabat litteris pontifex et proponebat domi ut potestas esset populo cognoscendi.* Cf. Servius, *ad Æn.*, I, 373. Denys déclare qu'il connaît les livres sacrés et les annales secrètes de Rome (XI, 62). – En Grèce, dès une époque assez ancienne, il y eut des *logographes* qui consultèrent et copièrent les annales sacrées des villes ; voy. Denys, *De Thucyd. histor.*, c. 5, éd. Reiske, p. 819.

Chapitre 9 – Gouvernement de la cité. Le roi

1. Aristote, *Politique*, VI, 5, 11 (Didot, p. 600). – Denys d'Halic., II, 65 : Τὰ καλούμενα πρυτανεῖα ἐστὶν ἱερὰ καὶ θεραπεύεται πρὸς τῶν ἐχόντων τὸ μέγιστον ἐν ταῖς πόλεσι κράτος.

2. Suidas, v° Χάρων.

3. Eschyle, *Suppliantes*, 369 (357). On sait quel rapport étroit il y avait chez les anciens entre le théâtre et la religion. Une représentation théâtrale était une cérémonie du culte, et le poète tragique devait célébrer, en général, une des légendes sacrées de la cité. De là vient que nous trouvons dans les tragiques tant de vieilles traditions et même de vieilles formes de langage.

4. Euripide, *Oreste*, 1594-1597.

5. Nicolas de Damas, dans les *Fragm. hist. græc.*, t. III, p. 394.

6. Démosthène, *In Neæram*, 74-81. Xénophon, *Resp. Lac.*, 13-14. Hérodote, VI, 57. Aristote, *Pol.*, III, 9, 2 : Τὰ πρὸς τοὺς θεοὺς ἀποδέδοται βασιλεῦσι.

7. Virgile, X, 175. Tite-Live, V, 1. Censorinus, 4.

8. Cicéron, *De nat. Deor.*, III, 2 ; *De rep.*, II, 10 ; *De divinat.*, I. 17 ; II, 38. Voyez les vers d'Ennius, dans Cic., *De div.*, I, 48. – Les anciens ne représentaient pas Romulus en vêtement de guerre, mais en costume de prêtre, avec le bâton augural et la trabée, *lituo pulcher trabeaque Quirinus* (Ovide, *Fastes*, VI, 375 ; cf. Pline, *Hist. nat.*, IX, 39, 136).

9. Tite-Live, I, 20. Servius, *ad Æn.*, III, 268 : *Majorum haec erat consuetudo ut rex esset etiam sacerdos et pontifex.*

10. Tite-Live, I, 18. Denys, II, 6 ; IV, 80. – De là vient que Plutarque, résumant un discours de Tibérius Gracchus, lui fait dire : Ἥ γε βασιλεία ταῖς μεγίσταις ἱερουργίαις καθωσίωται πρὸς τὸ θεῖον (Plut., *Tiberius*, 15).

11. Thucydide, V, 16, *in fine.*

12. Plutarque, *Agis*, 11.

13. Aristote, *Pol.*, VI, 5, 11 : Ἀπὸ τῆς κοινῆς ἑστίας ἔχουσι τὴν τιμήν.

14. Pindare, *Néméennes*, XI, 1-5.

15. Aristote, *Politique*, III, 9.

16. Nous ne parlons ici que du premier âge des cités. On verra plus loin qu'il vint un temps où l'hérédité cessa d'être la règle : à Rome, la royauté ne fut jamais héréditaire ; cela tient à ce que Rome est de fondation relativement récente et date d'une époque où la royauté était attaquée et amoindrie partout.

17. Hérodote, I, 142-148. Pausanias, VII, 1-5.

18. Sophocle, *Œdipe roi*, 34.

19. Strabon, XIV, 1, 3 : Καὶ ἔτι νῦν οἱ ἐκ τοῦ γένους Ἀνδρόκλου ὀνομάζονται βασιλεῖς ἔχοντές τινας τιμάς, προεδρίαν ἐν ἄγωσι καὶ

πορφύραν ἐπίσημον τοῦ βασιλικοῦ γένους, σκίπωνα ἀντὶ σκήπτρου, καὶ τὰ ἱερὰ τῆς Δήμητρος. – Athénée, XIII, 36, p. 576.

20. Tite-Live, III, 39 : *Nec nominis (regii) homines tum pertæsum esse, quippe quo Jovem appellari fas sit, quod sacris etiam ut solemne retentum sit. – Sanctitas regum* (Suétone, *Julius*, 6).

21. Cicéron, *De rep.*, I,33 : *Cur enim regem appellem, Jovis Optimi nomine, hominem dominandi cupidum aut populo oppresso dominantem, non tyrannum potius ?*

Chapitre 10 – LE MAGISTRAT

1. À Mégare, à Samothrace. Tite-Live, XLV, 5. Bœckh, *Corp. inscr. gr.*, n° 1052.

2. Pindare, *Néméennes*, XI.

3. Plutarque, *Quest. rom.*, 40.

4. Plutarque, *Aristide*, 21.

5. Thucydide, VIII, 70. Apollodore, *Fragm.* 21 (coll. Didot, t. I, p. 432).

6. Démosthène, *In Midiam*, 33. Eschine, *In Timarch.*, 19.

7. On portait la couronne dans les chœurs et les processions : Plutarque, *Nicias*, 3 ; *Phocion*, 37. Cicéron, *In Verr.*, IV, 50.

8. Pollux, VIII, ch. IX, n°s 89 et 90 ; Lysias, *De Ev. prob.*, 6-8 ; Démosth., *In Neæram*, 74-79 ; Lycurgue, coll. Didot, t. II, p. 362 ; Lysias, *In Andoc.*, 4.

9. L'expression οἱ ἐν τέλει ou τὰ τέλη est aussi bien employée pour désigner les magistrats de Sparte que ceux d'Athènes. Thucydide, I, 58 ; II, 10 ; III, 36 ; IV, 65 ; VI, 88 ; Xénophon, *Agésilas*, I, 36 ; *Hellén.*, VI, 4, 1. Comparez : Hérodote, I, 133 ; III, 18 ; Eschyle, *Pers.*, 204 ; *Agam.*, 1202 ; Euripide, *Trach.*, 238.

10. Cicéron, *De lege agr.*, II, 34. Tite-Live, XXI, 63 ; IX, 8 ; XLI, 10. Macrobe, *Saturn.*, III, 3.

11. Tite-Live, XXVII, 40.

12. Tite-Live, XXVII, 44 : *Castra relicta sine imperio, sine auspicio.*

13. Varron, *L. L.*, VI, 54. Athénée, XIV, 79.

14. Platon, *Lois*, III, p. 690 ; VI, p. 759. Les historiens modernes ont conjecturé que le tirage au sort était une invention de la démocratie athénienne, et qu'il a dû y avoir un temps où les archontes étaient élus par la χειροτονία. C'est une pure hypothèse qu'aucun texte n'appuie. Les textes, au contraire, représentent le tirage au sort,

κλῆρος, τῷ κυαμῷ λαχεῖν, comme très ancien. Plutarque, qui écrivait la vie de Périclès d'après des historiens contemporains comme Stésimbrote, dit que Périclès ne fut jamais archonte, parce que cette dignité était donnée au sort de toute antiquité, ἐκ παλαίου (Plut., *Périclès*, 9). Démétrius de Phalère, qui avait écrit des ouvrages sur la législation d'Athènes et en particulier sur l'archontat, disait formellement qu'Aristide avait été archonte par la voie du sort (Démétrius, cité par Plutarque, *Aristide*, 1). Il est vrai qu'Idoménée de Lampsaque, écrivain postérieur, disait qu'Aristide avait été porté à cette charge par le choix de ses concitoyens ; mais Plutarque, qui rapporte cette assertion (*ibidem*), ajoute que, si elle est exacte, il faut entendre que les Athéniens firent une exception en faveur du mérite éminent d'Aristide. Hérodote, VI, 109, montre bien qu'au temps de la bataille de Marathon, les neuf archontes et parmi eux le Polémarque étaient nommés par la voie du sort. Démosthène, *In Leptinem*, 90, cite une loi d'où il résulte qu'au temps de Solon le sort désignait déjà les archontes. Enfin Pausanias, IV, 5, fait entendre que l'archontat annuel avec tirage au sort succéda immédiatement à l'archontat décennal, c'est-à-dire en 683. Solon, il est vrai, fut choisi pour être archonte, ᾑρέθη ἄρχων ; Aristide peut-être le fut aussi ; mais aucun texte n'implique que la règle d'élection ait jamais existé. Le tirage au sort paraît être aussi ancien que l'archontat lui-même ; au moins devons-nous le penser en l'absence de textes contraires. Il n'était pas d'ailleurs un procédé démocratique. Démétrius de Phalère dit qu'au temps d'Aristide on ne tirait au sort que parmi les familles les plus riches, ἐκ τῶν γένων τῶν τὰ μέγιστα τιμήματα ἐχόντων. Avant Solon, on ne tirait au sort que parmi les Eupatrides. Même au temps de Lysias et de Démosthène, les noms de tous les citoyens n'étaient pas mis dans l'urne (Lysias, *De invalido*, 13 ; *In Andocidem*, 4 ; Isocrate, II. ἀντιθόσεως, 150). On ne sait pas bien les règles de ce tirage au sort, qui d'ailleurs était confié aux thesmothètes en exercice ; tout ce qu'on peut affirmer, c'est qu'à aucune époque les textes ne signalent la pratique de la χειροτονία pour les neuf archontes. – Il est digne de remarque que, lorsque la démocratie prit le dessus, elle créa les stratèges et leur donna toute l'autorité ; pour ces chefs, elle ne songea pas à pratiquer le tirage au sort et préféra les élire par ses suffrages. De sorte qu'il y avait tirage au sort pour les magistratures qui dataient de l'âge aristocratique, et élection pour celles qui dataient de l'âge démocratique.

15. Valère-Maxime, I, 1, 3. Plutarque, *Marcellus*, 5. Tite-Live, IV, 7.

16. Ces règles de l'ancien droit public de Rome, qui tombèrent en désuétude dans les derniers siècles de la république, sont attestées par des textes nombreux. Denys, IV, 84, marque bien que le peuple ne vote que sur les noms proposés par le président des comices : Ὁ Λουκρέτιος ἄνδρας αἱρεῖται δύο, Βροῦτον καὶ Κολλάτινον, καὶ ὁ δῆμος καλούμενος κατὰ λόχους ἐπεκύρωσε τοῖς ἄνδρασι τὴν ἀρχὴν. Si quelques centuries votaient pour d'autres noms, le président pouvait ne pas tenir compte de ces suffrages ; Tite-Live, III, 21 : *Consules edicunt ne quis L. Quinctium consulem faceret ; si quis fecisset, se id suffragium non observaturos.* Tite-Live, VII, 22 : *Consules... rationem ejus se habituros negabant.* Ce dernier fait est déjà de l'année 352 av. J.-C., et le récit de Tite-Live montre le droit du président fort méconnu cette fois par le peuple. Ce droit, qui fut désormais lettre morte, ne fut pourtant pas légalement aboli, et plus d'un consul, dans la suite, osa le rappeler. Aulu-Gelle, VI, 9 ; *Fulvium pro tribu ædilem curulem renuntiaverunt ; at ædilis qui comitia habebat negat accipere* ; ici, le président qui est un simple édile, refuse d'accepter et de compter les suffrages. Ailleurs, le consul Porcius déclare qu'il n'acceptera pas tel candidat, *non accipere nomen ejus* (Tite-Live, XXXIX, 39). Valère-Maxime, III, 8, 3, raconte qu'à l'ouverture des comices on demande au président, C. Pison, si, dans le cas où les suffrages du peuple se porteraient sur Lollius Palicanus, il le proclamerait élu ; Pison répond qu'il ne le proclamera pas, *non renuntiabo* ; et l'assemblée porte alors ses suffrages sur un autre candidat. Nous voyons dans Velléius, II, 92, un président de comices défendre à un candidat de se présenter, *profiteri vetuit*, et, comme celui-ci persiste, déclarer que, fût-il élu par les suffrages du peuple entier, il ne reconnaîtra pas le vote. Or, la proclamation du président, *renuntiatio*, était indispensable, et sans elle il n'y avait pas d'élection.

17. Tite-Live, II, 42 ; II, 43. Denys, VIII, 87.

18. On voit deux exemples de cela dans Denys, VIII, 82, et Tite-Live, II, 64.

19. Cicéron, *De legibus*, III, 3 : *Auspicia patrum sunto, ollique ex se produnto qui comitiatu creare consules rite possint.* On sait que dans le *De legibus*, Cicéron ne fait guère que reproduire et expliquer les lois de Rome.

20. Δοκιμασία ou ἀνάκρισις ἀρχόντων. Les diverses questions qui étaient posées dans cet examen se trouvent énumérées dans Dinarque, *In Aristogitonem*, 17-18, et dans Pollux, VIII, 85-86. Cf. Lycurgue, *fragm.* 24 et Harpocration, v° Ἕρκειος.

21. Εἰ φράτορες εἰσὶν αὐτῷ καὶ βῶμοι Δίος ἑρκείου καὶ Ἀπόλλωνος πατρῴου (Dinarque, dans Harpocration). Εἰ Ἀπόλλων ἐστὶν αὐτοῖς πατρῷος καὶ Ζεὺς ἕρκειος (Pollux, VIII, 85).

22. Εἰ ἤρια πατρῷα ἐστί (Dinarque, *In Aristog.*, 17-18). On demandait aussi à l'archonte s'il avait fait toutes les campagnes pour lesquelles il avait été commandé et s'il avait payé tous les impôts.

23. Platon, *Lois*, VI, p. 759 : Ὡς ὅτι μάλιστα ἐκ τῶν καταρευουσῶν οἰκήσεων. – Pour des raisons analogues, on écartait de l'archontat tout homme infirme ou difforme (Lysias, *De invalido*, 13). C'est qu'un défaut corporel, signe de la malveillance des dieux, rendait un homme indigne de remplir aucun sacerdoce, et, par conséquent, d'exercer aucune magistrature.

24. Denys, II, 73 : Οἱ ποντίφικες... τὰς ἀρχὰς ἁπάσας ἐξετάζουσι. Nous n'avons pas besoin d'avertir que dans les derniers siècles de la république, cet examen, à supposer qu'il se fît encore, n'était plus qu'une vaine formalité.

Chapitre 11 – La loi

1. Cicéron, *De legibus*, II, 19 : *Pontificem neminem bonum esse nisi qui jus civile cognoscit.*

2. Cicéron, *De legibus*, II, 9, 19, 20, 21 ; *De aruspic. resp.*, 7 ; *Pro domo*, 12, 14. Denys, II, 73. Tacite, *Annales*, I, 10 ; *Hist.*, I, 15. Dion Cassius, XLVIII, 44. Pline, *Hist. nat.*, XVIII, 2. Aulu-Gelle, V, 19 ; XV, 27. Pomponius, au *Digeste, De origine juris.*

3. De là est venue cette vieille définition que les jurisconsultes ont conservée jusqu'à Justinien : *Jurisprudentia est rerum divinarum atque humanarum notitia.*

4. Isée, *De Apollod. hered.*, 30.

5. Pollux, VIII, 90. Andocide, *De mysteriis*, 111.

6. Denys, IX, 41 : Τὰς φρατριαρχικὰς ψηφηφορίας ἔδει προβουλευσαμένης τῆς βουλῆς, καὶ τοῦ πλήθους κατὰ φρατρίας τὰς ψήφους ἐπενέγκαντος, καὶ μετ' ἀμφότερα ταῦτα τῶν παρὰ τοῦ Δαιμονίου σημείων καὶ

οἰωνῶν μηδὲν ἐναντιωθέντων, τότε κυρίας εἶναι. Cette règle, très rigoureusement observée dans le premier siècle de la république, disparut plus tard ou fut éludée.

7. Denys, X, 4 : Τίνος ὑμῖν μέτεστι τῶν ἱερῶν, ὧν ἕν τι καὶ νόμος ἦν. Cf. Tite-Live, III, 41 : *Nec plebem nec tribunos legem ferre posse.*

8. Andocide, *De mysteriis*, 82 : Ἔδοξε τῷ δήμῳ, Τισάμενος εἶπε, πολιτεύεσθαι Ἀθηναίους κατὰ τὰ πάτρια, νόμοις δὲ χρῆσθαι τοῦ Σόλωνος, χρῆσθαι δὲ καὶ τοῖς Δράκοντος θέσμοις, οἷσπερ ἐχρώμεθα ἐν τῷ πρόσθεν χρόνῳ. Cf. Démosthène, *In Evergum*, 71 ; *In Leptinem*, 158. Pollux, IX, 61. – Aulu-Gelle, XI, 18 : *Draconis leges, quoniam videbantur acerbiores, non decreto jussoque, sed tacito, illiteratoque Atheniensium consensu obliteratæ sunt.*

9. Varron, *De ling. lat.*, VI, 16.

10. Denys, X 1 : Ἐν ἱεραῖς βίβλοις ἀποκείμενα.

11. Élien, *H. V.*, II, 39.

12. Aristote, *Probl.*, XIX, 28.

13. Tite-Live, I, 26 : *Lex horrendi carminis erat.*

14. Νέμω, partager ; νόμος, division, mesure, rhythme, chant ; voy. Plutarque, *De musica*, p. 1133 ; Pindare, *Pyth.*, XII, 41 ; *Fragm.*, 190 (édit. Heyne). Scholiaste d'Aristophane, *Chev.*, 9 : Νόμοι καλοῦνται οἱ εἰς θεοὺς ὕμνοι.

15. Gaïus, *Insitit.*, IV, 11.

Chapitre 12 – LE CITOYEN ET L'ÉTRANGER

1. Aristote, *Politique*, II, 6, 21 (II, 7).

2. Bœckh, *Corp. inscr.*, n° 3641 *b*, t. II, p. 1131. De même, à Athènes, l'homme qui avait été désigné pour prendre part aux repas publics et qui ne s'acquittait pas de ce devoir était jugé et puni ; voyez une loi citée par Athénée, VI, 26.

3. Denys, IV. 15 ; V, 75. Cicéron, *Pro Cæcina*, 34. Velléius, II, 15. On admit une exception pour les soldats en campagne ; encore fallut-il que le censeur envoyât prendre leurs noms, afin qu'inscrits sur le registre de la cérémonie ils y fussent considérés comme présents.

4. Οὓς ἡ πόλις νομίζει θεοὺς νομίζων (Xénophon, *Mémor.*, I, 1).

5. Sur les sacrifices que les prytanes faisaient chaque jour au nom de la ville, voy. Antiphon, *Super choreuta*, 45.

6. Καὶ τὰ ἱερὰ τὰ πάτρια τιμήσω... ἀμυνῶ δὲ ὑπὲρ ἱερῶν. La formule entière de ce serment est dans Pollux, VIII, 105-106.

7. Décret relatif aux Platéens, dans Démosthène, *In Neæram*, 104. Cf. *ibidem*, 113 : Τελετῶν καὶ ἱερῶν καὶ τιμῶν μετέχειν. Voy. encore Isocrate *Panégyr.*, 43, et Strabon, IX, 3, 5.

8. Virgile, *Én.*, III, 406. Festus, v° *Exesto : Lictor in quibusdam sacris clamitabat, hostis exesto.* On sait que *hostis* se disait de l'étranger (Macrobe, I, 17 ; Varron, *De ling. lat.*, V, 3 ; Plaute, *Trinummus*, I, 2, 65) ; *hostilis facies*, dans Virgile, signifie le visage d'un étranger.

9. *Digeste*, liv. XI, tit. 6, 36.

10. On peut voir un exemple de cette règle, pour la Grèce, dans Plutarque, *Aristide*, 20, et, pour Rome, dans Tite-Live, V, 50.

11. Ces règles des temps antiques se sont adoucies plus tard ; les étrangers ont obtenu le droit d'entrer dans les temples de la cité et d'y déposer des offrandes, Encore est-il resté certaines fêtes et certains sacrifices d'où l'étranger a toujours été exclu ; voy. Bœckh, *Corp. inscr.*, n° 101 : Πειραιεῦσι νόμινόν ἐστιν εἰσίεναι ἄλλῳ δὲ μή.

12. Hérodote, IX, 33-35. Toutefois Aristote dit que les anciens rois de Sparte avaient accordé assez volontiers le droit de cité (*Politique*, II, 9, 12).

13. Démosthène, *In Neæram*, 89, 91, 92, 113, 114.

14. Plutarque. *Solon*, 24. Cicéron, *Pro Cæcina*, 34.

15. Aristote, *Politique*, III, 1, 3. Platon, *Lois*, VI.

16. Démosthène, *In Neæram*, 49. Lysias, *In Pancleonem*, 2, 5, 13. Pollux, VIII, 91. Harpocration, v° Πολέμαρχος.

17. Xénophon, *De vectigal.*, II, 6. L'étranger pouvait obtenir par faveur individuelle ce que le droit grec appelait ἔγκτησις, ce que le droit romain appelait *jus commercii.*

18. Démosthène, *In Neæram*, 16. Aristophane, *Oiseaux*, 1652. Aristote, *Polit.*, III, 3, 5. Plutarque, *Périclès*, 37. Pollux, III, 21. Athénée, XIII, 38. Tite-Live, XXXVIII, 36 et 43. Gaïus, I, 67. Ulpien, V, 4-9. Paul, II, 9. – Il fallait une loi spéciale de la cité pour donner aux habitants d'une autre ville l'ἐπιγαμία ou le *connubium.*

19. Ulpien, XIX, 4. Démosthène. *Pro Phorm.*, 6 ; *In Eubulidem*, 31.

20. Cicéron, *Pro Archia*, 5. Gaïus, II, 110.

21. Pausanias, VIII, 43.

22. *Digeste*, liv. XI, tit. 7, 2 ; liv. XLVII, tit. 12, 4.

23. Harpocration, v° Προστάτης. Pollux, III, 56. Lycurgue, *In Leocratem*, 21. Aristote, *Politique*, III, 1, 3.

24. Sur l'ἀτιμία, à Athènes, voyez Eschine, *In Timarchum*, 21 ; Andocide, *De Mysteriis*, 73-80 ; Plutarque, *Phocion*, 26, 33, 34, 37. – Sur l'ἀτιμία, à Sparte, Hérodote, VII, 231 ; Thucydide, V, 34 ; Plutarque, *Agésilas*, 30. – La même pénalité existait à Rome ; on l'exprimait par les termes *infamia* ou *tribu movere*, Tite-Live, VII, 2 ; XXIV, 18 ; XXIX, 37 ; XLII, 10 ; XLV, 15 ; Cicéron, *Pro Cluentio*, 43 ; *De oratore*, II, 67 ; Valère-Maxime, II, 9, 6 ; Ps.-Asconius, éd. Orelli, p. 103 ; *Digeste*, liv. III, tit. 2. Denys, XI, 63, traduit *infames* par ἄτιμοι, et Dion Cassius, XXXVIII, 13, rend *tribu movere* par ἀτιμάζειν.

25. Eschine, *In Timarchum* : Μὴ ἐξέστω αὐτῷ ἱερωσύνην ἱεράσασθαι, μήδ' εἰς τὸ δημοτέλη ἱερὰ εἰσίτω, μήδ' ἐν ταῖς κοιναῖς στεφανηφορίαις στεφανούσθω, μήδ' ἐντὸς τῶν τῆς ἀγορας περιρραντηρίων πορευέσθω. – Lysias, *In Andocidem*, 24 : Εἴργεσθαι τῆς ἀγορᾶς καὶ τῶν ἱερῶν.

26. Plutarque, *Agésilas*, 30 : Παίει ὁ βουλόμενος αὐτούς. – Lysias, *In And.*, 24 : Ὥστε μήδ' ἀδικουμενον ὑπὸ τῶν ἐχθρῶν δύνασθαι δίκην λαβεῖν. – Démosthène, *In Midiam*, 92 : Ἀτιμία νόμων καὶ δικῶν καὶ πάντων στέρησις. Le plaidoyer contre Néère, 26-28, marque que l'ἄτιμος n'était même pas admis à déposer en justice.

27. À Sparte, il ne pouvait ni acheter ni vendre, ni contracter un mariage régulier, ni marier sa fille à un citoyen. Thucydide, V, 34. Plutarque, *Agésilas*, 30.

Chapitre 13 – LE PATRIOTISME. L'EXIL

1. De là la formule du serment que prononçait le jeune Athénien : Ἀμυνῶ ὑπὲρ τῶν ἱερῶν. Pollux, VIII, 105. Lycurgue, *In Leocratem*, 78.
2. Cicéron, *Pro domo*, 18. Tite-Live, XXV, 4. Ulpien, X, 3.
3. Festus, éd. Müller, p. 2.
4. Hérodote, VII, 231.
5. Sophocle, *Œdipe roi*, 229-250. – Il en était de même dans l'ἀτιμία, qui était une sorte d'exil à l'intérieur.
6. Platon, *Lois*, IX, p. 881 : Φευγέτω ἀειφυγίαν ἐξ ἄστεος καὶ πάντων ἱερῶν εἰργέσθω... Ἐὰν δέ τις τῷ τοιούτῳ συμφάγῃ ἤ τινα ἄλλην κοινωνίαν κοινωνήσῃ, ἢ καὶ μόνον ἐντυγχάνων προσάπτηται, μήτε εἰς ἱερὸν ἔλθῃ μήτ' εἰς ἀγορὰν πρότερον ἢ καθήρηται.
7. Ovide, *Tristes*, I, 3, 4 : *Exstinctos focos.*

8. Tite-Live, III, 58 ; XXV, 4. Denys, XI, 46. Démosthène, *In Midiam*, 43. Thucydide, V, 60. Plutarque, *Thémistocle*, 25. Pollux, VIII, 99. – Cette règle fut quelquefois adoucie ; les biens pouvaient être en certains cas laissés à l'exilé ou être transmis à ses enfants. Platon, *Lois*, IX, p. 877. Il ne faut d'ailleurs confondre en rien l'ostracisme avec l'exil ; le premier n'entraînait pas la confiscation.

9. *Institutes* de Justinien, 1, 12, 1. Gaïus, I, 128 : *Cui aqua et igni interdicitur, proinde ac mortuo eo liberi desinunt in potestate esse*. De même l'exilé n'était plus en puissance de son père (Gaïus, *ibidem*). Les liens de famille étant rompus, les droits à l'héritage disparaissaient.

10. Voyez dans Denys, VIII, 41, les adieux de Coriolan à sa femme : « Tu n'as plus de mari ; puisses-tu trouver un autre mari plus heureux que moi ! » Il ajoute que ses enfants n'ont plus de père. Ce n'est pas là une déclamation de rhéteur ; c'est l'expression du droit antique.

11. Horace, *Odes*, III, 5. – Les mots *capitis minor* s'expliquent par la *capitis deminutio* du droit romain, qui était la conséquence de l'exil. – Cf. Gaïus, I, 129 : *Si ab hostibus captus fuerit parens, pendet jus liberorum*. Régulus, qui était prisonnier sur parole, était légalement *servus hostium*, suivant l'expression de Gaïus (*ibidem*), et par conséquent n'avait plus ni les droits de cité ni les droits de famille : voyez encore Cicéron, *De officiis*, III, 27.

12. Thucydide, I, 188.

13. C'est la pensée qu'expriment Euripide, *Électre*, 1315 ; *Phénic.*, 388, et Platon, *Criton*, p. 52.

Chapitre 14 – DE L'ESPRIT MUNICIPAL

1. Pollux, III, 21 : Νόθος ὁ ἐκ ξένης ἢ παλλάκιδος – ὃς ἂν μὴ ἐξ ἀστῆς γένηται νόθον εἶναι (loi citée par Athénée, XIII, 38). Démosthène, *In Neæram*, 16. Plutarque, *Périclès*, 37.

2. Lysias, *De antiqua reip. forma*, 3. Démosthène, *Pro corona*, 91. Isocrate, *Plataic.*, 51. – Gaïus, I, 67. Ulpien, V, 4. Tite-Live, XLIII, 3 ; XXXVIII, 36.

3. Plutarque, *Thésée*, 26. Platon, *Lois*, VIII, p. 842. Pausanias, *passim*. Pollux, I, 10. Bœckh, *Corp. inscript.*, t. II, p. 571 et 837. – La ligne des bornes sacrées de l'*ager romanus* existait encore au temps de

Strabon, et sur chacune de ces pierres les prêtres faisaient chaque année un sacrifice (Strabon, V, 3, 2).

4. On voit assez que nous ne parlons ici que de l'âge antique des cités. Ces sentiments se sont fort affaiblis avec le temps.

Chapitre 15 – RELATIONS ENTRE LES CITÉS

1. Ἐπὶ τὰς ἱερὰς ἐτάττοντο σημείας, Denys, X, 16.
2. Macrobe, *Saturnales*, III, 9.
3. Tite-Live, XLII, 57 ; XLV, 34.
4. Plutarque, *Agésilas*, 23 ; *Apophthegmes des Lacédémoniens*. Aristide lui-même ne fait pas exception ; il paraît avoir professé que la justice n'est pas obligatoire d'une cité à l'autre : voyez ce que dit Plutarque, *Vie d'Aristide*, c. 25.
5. Thucydide, III, 50 ; III, 68.
6. Tite-Live, VI, 31 ; VII, 22 : *Cum agris magis quam cum hominibus urendo populandoque gesserunt bella.*
7. Tite-Live, II, 34 ; X, 15. Pline, *Hist. nat.*, XXXV, 12.
8. Euripide, *Troyennes*, 25-28 : Νοσεῖ τὰ τῶν θεῶν οὐδὲ τιμᾶσθαι θέλει. Quelquefois, le vainqueur emportait les dieux chez lui. D'autres fois, s'il s'établissait sur la terre conquise, il s'arrogeait comme un droit le soin de continuer le culte aux dieux ou aux héros du pays. Tite-Live rapporte que les Romains, maîtres de Lanuvium « lui rendirent ses cultes », preuve que par le seul fait de la conquête ils les lui avaient enlevés ; ils mirent seulement cette condition qu'ils auraient le droit d'entrer dans le temple de Juno Lanuvina (Tite-Live, VIII, 14).
9. Les vaincus perdaient le droit de propriété sur leurs terres. Thucydide, I, 98 ; III, 50 ; III, 58. Plutarque, *Périclès*, 11. – Siculus Flaccus, *De cond. agror.*, dans les *Gromatici*, édit. Lachmann, p. 138 : *Bellis gestis victores populi terras omnes ex quibus victos ejecerunt publicavere.* Siculus Flaccus, p. 136 : *Ut vero Romani omnium gentium potiti sunt, agros ex hoste captos in victorem populum partiti sunt.* Cicéron, *In Verrem*, II, III, 6 ; *De lege agraria*, I, 2 ; II, 15. Appien. *Guerres civiles*, I, 7. C'est en vertu de ce principe que le *solum provinciale* appartenait en droit au peuple romain ; Gaïus, II, 7 : *In provinciali solo dominium populi romani est.*
10. Tite-Live, I, 38 ; VII, 31 ; XXVIII, 34. Polybe, XXXVI, 2. On trouve la formule de dédition même dans Plaute, *Amphitryon* :

Urbem, agrum, aras, focos seque uti dederent (v. 71) ; *deduntque se, divina humanaque omnia, urbem et liberos* (v. 101).

11. *Iliade*, III, 245-301.

12. Κατὰ ἱερῶν τελείων, Thucydide, V, 47. Cf. Xénophon, *Anabase*, II, 2, 9 : Σφάξαντες ταῦρον καὶ κάπρον καὶ κρίον, καὶ βάπτοντες ξίφος.

13. Thucydide, II, 71.

14. Idem, V, 47 : Ὀμνύντων τὸν ἐπιχώριον ὅρκον ἕκαστοι.

15. Idem, V, 19.

16. Virgile, XII, v. 13, 118-120, 170-174, 200-215. Cf. VIII, 641 : *Et cæsa jungebant fœdera porca.*

17. Tite-Live, IX, 5. Le même historien donne ailleurs, I, 24, la description complète de la cérémonie et une partie de la *precatio*. On la trouvera aussi dans Polybe, III, 25.

18. Cicéron ; *De nat. Deorum*, III, 19.

19. Thucydide, II, 71.

20. Idem, V, 23. Plutarque, *Thésée*, 25, 33.

21. Tite-Live, VIII, 14.

22. Pausanias, V, 15, 12.

23. Ainsi, Athènes priait pour Chios et réciproquement. Voy. Aristophane, *Oiseaux*, v. 880, et un curieux fragment de Théopompe, cité par le scholiaste sur le même vers.

24. Virgile, *Énéide*, III, 15 : *Sociique penates*. Cf. Tite-Live, I, 45 : *Deos consociatos.*

25. Tite-Live, V, 50. Aulu-Gelle, XVI, 13.

Chapitre 16 – Les confédérations. Les colonies

1. Ἑστία κοινὴ τῶν Ἀρκάδων. Pausanias, VIII, 53.

2. Hérodote, I, 143.

3. Strabon, VIII, 7, 2.

4. Hérodote, I, 148 : Συλλεγόμενοι Ἴωνες ἄγεσκον ὀρτήν, τῇ ἔθεντο οὔνομα Πανιώνια. Strabon, XIV, I, 20 : Πανιώνια, κοινὴ πανήγυρις τῶν Ἰώνων συντελεῖται τῷ Ποσειδῶνι καὶ θυσία. – Diodore, XV, 49.

5. Hérodote, I, 144. Aristide de Milet, dans les *Fragmenta hist. graec.*, éd. Didot, t. IV, p. 324.

6. Pausanias, IX, 34.

7. Idem, VII, 24.

8. Strabon, VIII, 6, 14. Avec le temps, des changements se produisirent ; les Argiens prirent la place de Nauplie dans la cérémonie sacrée, et les Lacédémoniens celle de Prasies.

9. Thucydide, III, 104 : Ἦν δὲ τὸ πάλαι μεγάλη σύνοδος ἐς τὴν Δῆλον τῶν Ἰώνων καὶ νησιωτῶν· σὺν γύναιξι καὶ παισὶν ἐθεώρουν, καὶ ἀγὼν ἐποιεῖτο, χόρους τε ἄνηγον αἱ πόλεις. – Cette amphictyonie fut rétablie au cinquième siècle par Athènes, mais dans un tout autre esprit.

10. Eschine, *De falsa legat.*, 116, énumère les peuples qui partageaient la possession du temple, ἔθνη μετέχοντα τοῦ ἱεροῦ ; c'étaient les Thessaliens, les Béotiens, les Doriens de la tétrapole, les Ioniens, les Perrhèbes, les Magnètes, les Dolopes, les Locriens, les Œtéens, les Phthiotes, les Maliens, les Phocéens. Sparte y figurait comme colonie de la Doride, Athènes, comme partie du peuple ionien. Cf. Pausanias, X, 8 ; Harpocration, v° Ἀμφικτύονες.

11. Strabon, IX, 5, 17 : Δήμητρος ἱερὸν ἐν ᾧ θυσίαν ἐτέλουν οἱ ἀμφικτύονες.

12. Idem, IX, 3, 6. Meineke a pensé que ce passage était interpolé et l'a retranché de son édition. Il est assurément d'un ancien et très probablement de Strabon. La même pensée d'ailleurs est exprimée par Denys d'Halicarnasse, IV, 25.

13. Platon, *Lois*, XII, p. 950 : Θεωρούς... Πυθῶδε τῷ Ἀπόλλωνι καὶ εἰς Ὀλυμπίαν Δίι καὶ ἐς Νεμέαν καὶ ἐς Ἰσθμὸν χρὴ πέμπειν, κοινωνοῦντας θυσιῶν καὶ ἀγώνων τούτοις τοῖς θεοῖς.

14. Τὰ ἱερὰ τὰ κοινὰ τῆς Ἕλλαδος (Thucyd., III, 58). Θεοὶ ὁμοβόμιοι καὶ κοινοὶ τῶν Ἑλλήνων (Id., III, 59 ; V, 18).

15. Aristophane, *Lysistrata*, v. 1130 et suiv.

16. Ce n'est que tard, et au temps de Philippe de Macédoine, que les Amphictyons se sont occupés d'intérêts politiques.

17. Denys, IV, 49 : Ἵνα συνερχόμενοι πανηγυρίζωσι καὶ ἑστιῶνται καὶ κοινῶν ἱερῶν μεταλαμβάνωσι. Varron, VI, 25 : *Latinæ feriæ, a Latinis populis quibus ex sacris carnem petere jus fuit cum Romanis.* Pline, *H. n.*, III, 9, 69 : *Cum his carnem in monte Albano soliti accipere populi.* Cf. Tite-Live, XLI, 16. Denys, IV, 49 : Ἑνὸς ταύρου κοινῶς ὑπὸ πασῶν θυομένου, μέρος ἑκάστη τὸ τεταγμένον λαμβάνει.

18. Tite-Live, V, 1.

19. *Etymologicum magnum*, v° Πρυτανεῖα ; Hérodote, I, 136.

20. Hérodote, I, 146 ; Thucydide, I, 24 ; VI, 3-5 ; Diodore, V, 53, 59, 81, 83, 84 ; Plutarque, *Timoléon.*

21. Thucydide, III, 34 ; VI, 4. Varron, *De lingua lat.*, V, 143 : *Coloniæ nostræ item conditæ ut Roma.*

22. Les Athéniens sont appelés *pères* des Ioniens par Hérodote, VII, 51 ; VIII, 22.

23. Cette pensée est maintes fois exprimée par les anciens. Polybe, XII, 10 ; Denys, III, 7 ; Tite-Live, XXVII, 9 ; Platon, *Lois*, VI ; Thucydide, I, 38.

24. Polybe, XXII, 7, 11 ; Plutarque, *Timoléon*, 15.

25. Thucydide, VI, 4 ; Polybe, IX, 7 ; Strabon, IV, 1, 4.

26. Hérodote, I, 147 ; VII, 95.

27. Thucydide, I, 25 ; Scholiaste d'Aristophane, *Nuées*, 385 ; Isocrate, *Panégyrique*, 7, 31.

28. Diodore, XII, 30 ; Thucydide, VI, 3.

29. Varron, *De lingua lat.*, V, 144 ; Denys, II, 52 ; Plutarque, *Coriolan*, 28.

30. Ἔθος ἦν ἀρχιέρεας ἐκ μητροπόλεως λαμβάνειν, Scholiaste de Thucydide, I, 25.

31. Ce lien politique, à peine essayé par Corinthe (Thucydide, I, 56), ne fut vraiment constitué que dans les *clérouchies* d'Athènes et les colonies de Rome ; les unes et les autres sont d'une date relativement récente, et nous n'avons pas à en parler ici.

Chapitre 17 – LE ROMAIN. L'ATHÉNIEN

1. Sur la procession des *tensæ*, voy. Tite-Live, V, 41 ; Suétone, *Vespasien*, 5. Festus, éd. Müller, p. 364.

2. Tite-Live, XXXIV, 55 ; XL, 37 ; Pline, XXXII, 2, 10.

3. Plaute, *Amphitryon*, II, 2, 145 ; Ovide (*Fastes*, V, 421 et suiv.) décrit les rites usités pour chasser les revenants ; il faut se lever à minuit, traverser pieds nus la maison, faire claquer le doigt du milieu avec le pouce, se mettre dans la bouche des fèves noires et les jeter à terre en détournant la tête et en disant : « Voilà ce que je donne, par ces fèves je me rachète. » Les esprits ramassent les fèves, et, satisfaits, s'en vont. Tel est le rite antique.

4. Juvénal, *Sat.*, X, 55. C'est ce dont nous trouvons encore le témoignage dans les tablettes de plomb trouvées à Delphes par M. Carapanos.

5. Cicéron, *De divin.*, I, 2 : *Nihil publice sine auspiciis nec domi nec militiæ gerebatur.* Valère-Maxime, II, 2, 1 : *Apud antiquos, non*

solum publice, sed etiam privatim, nihil gerebatur sine auspicio prius sumpto.

6. Tite-Live, XXIV, 10 ; XXVII, 4 ; XXVIII, 11, et *alias, passim.*

7. Voyez, entre autres, les formules que donnent Caton, *De re rust.*, 160, et Varron, *De re rust.*, II, 1 ; I, 37. Cf. Pline, *H. n.*, XXVIII, 2-5 (4-23). – La loi des Douze Tables punit l'homme *qui fruges excantassit* (Pline, XXVIII, 2, 17 ; Servius, *ad Eclogas*, VIII, 99 : cf. Cicéron, *De rep.*, IV, 10).

8. Tite-Live, V, 23 : *Curru albis equis juncto… Jovis Solisque equis.* Id., X, 7 : *Qui Jovis Optimi Maximi ornatu decoratus, curru curato vectus in Capitolium.* Pline, *H. N.*, XXXIII, 7, 36 : *Jovis simulacri faciem minio inlini solitum triumphantiumque corpora.* Denys, II, 34 ; V, 47. Appien, *Guerres puniques*, 66. Cf. Juvénal, X, 38 : *In tunica Jovis.*

9. Hérodote, VI, 106 : « À la nouvelle du débarquement des Perses, il plut aux Spartiates de secourir les Athéniens ; mais il leur était impossible de le faire sur-le-champ ; ils ne voulaient pas violer la règle (τὸν νόμον, la règle religieuse) ; ils diront qu'ils ne se mettraient en campagne que le jour où la lune serait dans son plein. » L'historien ne dit pas que ce fût là un prétexte. Nous devons juger les anciens d'après leurs idées et non d'après les nôtres.

10. Xénophon, *Resp. ath.*, III, 2. Sophocle dit qu'Athènes est la plus pieuse des cités (*Œdipe à Colone*, 1007), Pausanias remarque, I, 24, que les Athéniens étaient plus attentifs que les autres peuples à ce qui concernait le culte des dieux.

11. Aristophane, *Nuées*, 305-309.

12. Platon, *Alcibiade*, II, p. 148.

13. Plutarque, *Solon*, 21.

14. Voyez ce qu'Isocrate dit de la fidélité des ancêtres aux vieux rites, *Aréopagitique*, 29-30. Cf. Lysias, *Adv. Nicomach.*, 19 : Τὰ ἐκ τῶν κύρϐεων θύοντες. Démosthène rappelle aussi le vieux principe qui exige que les sacrifices soient faits suivant les rites des anciens sans qu'il y ait rien d'omis ni rien d'innové (*In Neæram*, 75).

15. Plutarque, *Thésée*, 20, 22, 23.

16. Platon, *Lois*, VII, p. 800 : Ἡμέραι μὴ καθαραὶ ἀλλ' ἀπόφραδες. Philochore, *Fragments*, 183. Xénophon, *Helléniques*, I, 4, 12.

17. Aristophane, *Paix*, 1084.

18. Thucydide, II, 8. Platon parle aussi « des sacrificateurs ambulants et des devins qui assiègent les portes des riches » (*Politique*, II).

19. Aristophane et le scholiaste, *Ois.*, 721. Euripide, *Ion*, 1189.

20. Aristophane, *Ois.*, 596.

21. Aristophane, *Ois.*, 718, Xénophon, *Mémorables*, I, 1, 3 : « Ils croient à la divination, ils interrogent les oiseaux, les voix, les signes, les entrailles des victimes. » Xénophon assure que Socrate croyait aux augures et recommandait l'étude de la divination ; *ibidem*, I, 1, 6 ; IV, 7, 10. Il était lui-même très superstitieux ; il croyait aux songes (*Anabase*, III, 1 ; IV, 3) ; il consultait les entrailles des victimes (*ibid.*, IV, 3), il était entouré de devins (*ibid.*, V, 2, 9 ; VI, 4, 13). Voyez dans l'*Anabase* (III, 2) la scène de l'éternuement.

22. C'est à propos de Périclès lui-même que Plutarque nous donne ce détail (Plut., *Périclès*, 37, d'après Théophraste).

23. Aristophane, *Acharniens*, 171.

24. Plutarque, *Thésée*, 22.

25. Aristophane, *Ois.*, 436.

26. Lycurgue, *In Leocratem*, 1. Aristophane, *Chevaliers*, 903, 999, 1171, 1179.

27. Plutarque, *Nicias*, 4, 5, 6, 13.

28. Plutarque, *Nicias*, 23. Thucydide, VI, VII. Diodore, XII, XIII.

Chapitre 18 – DE L'OMNIPOTENCE DE L'ÉTAT. LES ANCIENS N'ONT PAS CONNU LA LIBERTÉ INDIVIDUELLE

1. Thucydide, I, 105 ; Plutarque, *Phocion*, 24 ; Pausanias, 1,26. – Xénophon, *Helléniques*, VI, 4, 17.

2. Aristote, *Économ.*, II. L'auteur cite des exemples de Byzance, d'Athènes, de Lampsaque, d'Héraclée Pontique, de Chios, de Clazomène, d'Éphèse.

3. Pollux, III, 48 : Ἦσαν καὶ ἀγαμίου δίκαι πολλαχοῦ, καὶ ὀψιγαμίου καὶ κακογαμίου ἐν Λακεδαίμοσι. Cf. VIII, 40 : Γραφὴ ἀγαμίου. Plutarque, *Lysandre*, 30. – À Rome, un arrêt des censeurs frappa les célibataires d'une amende. Valère-Maxime, II, 9 ; Aulu-Gelle, I, 6 ; II, 15. Cicéron dit encore : *Censores... cœlibes esse prohibento* (*De legib.*, III. 3).

4. Plutarque, *Lycurgue*, 24. Pollux, VIII, 42. Théophraste, *fragment* 99.

5. Athénée, X, 33. Elien, *H. V.*, II, 38. Théophraste, *fr.* 117.

6. Xénophon, *Resp. Lac.*, 7. Thucydide, I, 6. Plutarque, *Lycurgue*, 9. Héraclide de Pont, *Fragmenta*, éd. Didot, t. II, p. 211. Plutarque, *Solon*, 21.

7. Athénée, XIII, 18. Plutarque, *Cléomène*, 9. – « Les Romains ne croyaient pas qu'on dût laisser à chacun la liberté de se marier, d'avoir des enfants, de vivre à sa guise, de faire des festins, de suivre ses goûts, sans subir une inspection et un jugement. » Plutarque, *Caton*, 23.

8. Cicéron, *De legib.*, III, 8 ; Denys, II, 15 ; Plutarque, *Lycurgue*, 16.

9. Plutarque, *Solon*, 20.

10. Aristophane, *Nuées*, 960-965.

11. Platon, *Lois*, VII.

12. Aristophane, *Nuées*, 966-968. De même à Sparte : Plutarque, *Lycurgue*, 21.

13. Xénophon, *Mémor.*, I, 2, 31. Diogène Laërce, *Théophr.*, c. 5. Ces deux lois ne durèrent pas longtemps : elles n'en prouvent pas moins quelle omnipotence on reconnaissait à l'État en matière d'instruction.

14. L'acte d'accusation portait : Ἀδικεῖ Σωκράτης οὓς ἡ πόλις νομίζει θεοὺς οὐ νομίζων. (Xénophon, *Mémorables*, I, 1.) Sur la γραφὴ ἀσεβείας, voyez Plutarque, *Périclès*, 32 ; le plaidoyer de Lysias contre Andocide ; Pollux, VIII, 90.

15. Pollux, VIII, 46. Ulpion, *Schol. in Demosth., in Midiam.*

16. Aristote, *Politique*, III, 8, 2 ; V, 2, 5. Diodore, XI, 87. Plutarque, *Aristide*, 1 ; *Thémistocle*, 22. Philochore, éd. Didot, p. 396. Schol. d'Aristophane, *Chevaliers*, 855.

17. Plutarque, *Publicola*, 12.

18. Cicéron, *De legib.*, III, 3.

Livre IV – Les révolutions

Chapitre 1 – Patriciens et clients

1. Cicéron, *De oratore*, I, 39 ; Aulu-Gelle, V, 13.

2. Diodore, I, 28 ; Pollux, VIII, 3 ; *Etymologicum magnum*, p. 395. – Denys d'Halicarnasse, II, 9 ; Tite-Live, X, 6-8 ; IV, 2 ; VI, 41.

3. Harpocration, v° Ζεὺς ἑρκεῖος, d'après Hypéride et Démétrius de Phalère.

4. Aristote, *Politique*, V, 5, 3.

5. Aulu-Gelle, XV, 27. Nous verrons que la clientèle s'est transformée plus tard : nous ne parlons ici que de celle des premiers siècles de Rome.

6. Denys, II, 10 : Οὔτε ὅσιον οὔτε θέμις ψῆφον ἐναντίαν φέρειν.

7. Thucydide, II, 15-16, décrit ces anciennes mœurs qui avaient subsisté en Attique jusqu'à son temps : Τῇ κατὰ χώραν αὐτονόμῳ οἰκήσει μετεῖχον οἱ Ἀθηναῖοι, ἐν τοῖς ἀγροῖς πανοικησίᾳ οἰκήσαντες. C'est seulement au début de la guerre du Péloponnèse qu'ils quittèrent οἰκίας καὶ ἱερὰ ἃ διὰ παντὸς ἦν αὐτοῖς ἐκ τῆς κατὰ τὸ ἀρχαῖον πολιτείας πάτρια.

Chapitre 2 – LES PLÉBÉIENS

1. Tite-Live, II, 64.

2. Tite-Live, II, 56.

3. Denys, VI, 46 ; VII, 19 ; X, 27.

4. Tite-Live, XXIX, 27 : *Ut ea mihi populo plebique romanæ bene verruncent.* – Cicéron, *Pro Murena*, I : *Ut ea res mihi magistraturque meo, populo plebique romanæ bene atque feliciter eveniat.* – Macrobe (*Saturn.*, I, 17) cite un vieil oracle du devin Marcius qui portait : *Prætor qui jus populo plebique dabit.* Que les écrivains anciens n'aient pas toujours tenu compte de cette distinction essentielle entre le *populus* et la *plebs*, c'est ce dont on ne sera pas surpris, si l'on songe que cette distinction n'existait plus quand ils écrivaient. Au temps de Cicéron, il y avait longtemps que la *plebs* faisait partie du *populus*. Mais les vieilles formules restaient comme des vestiges du temps où les deux populations ne se confondaient pas.

5. Aulu-Gelle, XIII, 14 ; Tite-Live, I, 33.

6. On ne constate l'existence de *gentes* plébéiennes que dans les trois derniers siècles de la république. La plèbe alors se transformait, et de même qu'elle acquérait les droits des patriciens, elle prenait aussi leurs mœurs et se modelait à leur image.

7. Varron, *De ling. lat.*, V, 55 ; Denys, II, 7.

8. Denys. X, 32 ; cf. Tite-Live, III, 31.

9. Denys, IV, 43.

10. Denys, VI, 89 : Ὡς ἕνα τῶν πολλῶν. L'expression οἱ πολλοί est celle que Denys emploie fréquemment pour désigner la plèbe.

Chapitre 3 – PREMIÈRE RÉVOLUTION

1. Aristote, *Politique*, III, 9, 8. Plutarque, *Quest. rom.*, 63.
2. Strabon, XIV, 1, 3. Diodore, IV, 29.
3. Thucydide, I, 18. Hérodote, I, 65.
4. Strabon, VIII, 5. Plutarque, *Lycurgue*, 2.
5. Plutarque, *Lycurgue*, 5. Cf. *ibid.*, 8.
6. Aristote, *Politique*, V, 10, 3, éd. Didot, p. 589. Héraclide, dans les *Fragments des historiens grecs*, coll. Didot, t. II, p. 210.
7. Aristote, *Politique*, III, 1, 7.
8. Xénophon, *Resp. Lac.*, 8, 11, 15 ; *Helléniques*, II, 4, 36 ; VI, 4, 1. Les éphores avaient la présidence de l'assemblée, Thucydide, I, 87. Ils décrétaient les levées de soldats, Xénophon, *Resp. Lac.*, 11 ; *Hellén.*, VI, 4, 17. Ils avaient le droit de juger les rois, de les mettre en prison, de les condamner à l'amende, Hérodote, VI, 85, 82 ; Thucydide, I, 131 ; Plutarque, *Lycurgue*, 12 ; *Agis*, 11 ; *Apophth. lac.*, p. 221. Aristote appelle l'éphorat ἀρχὴ κυρία τῶν μεγίστων (*Polit.*, II, 6, 14). – Les rois avaient conservé quelques attributions militaires ; mais on voit maintes fois les éphores les diriger dans leurs expéditions ou les rappeler à Sparte (Xénophon, *Hell.*, VI, 4, 1 ; Thucydide, V, 63 ; Plutarque, *Agésilas*, 10, 17, 23, 28 ; *Lysandre*, 23).
9. Hérodote, VI, 56, 57 ; Xénophon, *Resp. Lac.*, 14. Aristote, *Politique*, III, 9, 2 : Τὰ πρὸς τοὺς θεοὺς ἀποδέδοται βασιλεῦσι.
10. Xénophon, *Resp. Lac.*, 13-15. Hérodote, VI, 56.
11. Hérodote, V, 92. Aristote, *Polit.*, V, 10. Isocrate, *Nicoclès*, 24. Plutarque, *De unius in rep. dominatione*, c. 3.
12. Plutarque, *Thésée*, 25 ; Aristote, cité par Plutarque, *ibidem* ; Isocrate, *Hélène*, 36 ; Démosthène, *In Neæram*. 75. La légende de Thésée avait été sans nul doute altérée par le temps et surtout par l'esprit démocratique.
13. Plutarque, *Thésée*, 25 et 32. Diodore, IV, 62.
14. Voy. les *Marbres de Paros* et rapprochez Pausanias, 1, 3, 2 ; IV, 5, 10 ; VII, 2, 1 ; Platon. *Ménéxène*, p. 238 *c ;* Élien, *H. V.*, V, 13.
15. Pausanias, IV, 5, 10.
16. Héraclide de Pont, dans les *Fragmenta*, t. II, p. 208 ; Nicolas de Damas, *Fragm.*, 51. Suidas, v° Ἱππομένης. Diodore. *Fragm.*, liv. VIII.
17. Pausanias, II, 19.
18. Hérodote, IV, 161. Diodore, VIII, *Fragm.*

19. Diodore, VII ; Hérodote, V, 92 ; Pausanias. II, 3 et 4. La *gens* des Bacchiades comprenait à peu près 200 membres.

20. Cicéron, *De republ.*, II, 8.

21. Tite-Live, I, 15 : *Multitudini gratior quam Patribus.*

22. Tite-Live, I, 17 : *Fremere plebs multiplicatam servitutem, centum pro uno dominos factos, nec ultra nisi regem et ab ipsis creatum videbantur passuri.* Cicéron, *De rep.*, II, 12 : *Senatus tentavit ut ipse gereret sine rege rempublicam ; populus id non tulit et regem flagitare non destitit.*

23. Cicéron, *De rep.*, II, 13 : *Quanquam populus eum curiatis comitiis regem esse jusserat, tamen ipse de suo imperio curiatam legem tulit.* Cf. *ibidem*, II, 17 : *Tullus Hostilius, rex creatus, populum de imperio consuluit curiatim ;* II, 20 : *Cunctis populi suffragiis rex est creatus L. Tarquinius, isque de suo imperio legem tulit.* Si ces hommes, déjà rois régulièrement, ont encore besoin de proposer une loi qui leur confère l'*imperium*, c'est que la royauté et l'*imperium* sont choses distinctes. Il faut observer que le mot *imperium* ne désignait pas le commandement militaire exclusivement, mais s'appliquait aussi bien à l'autorité civile et politique ; voyez des exemples de cette signification : Tite-Live, I,17 ; I,59 ; XXVI, 28 ; XXVII, 22 ; XXXII, 1 ; Cicéron, *De rep.*, II, 13 ; Tacite, *Annales*, VI, 10 : Dion Cassius, XXXIX, 19 ; LII, 41.

24. La famille Junia était patricienne. Denys, IV, 60. Les Junius qu'on rencontre plus tard dans l'histoire sont des plébéiens.

25. Denys, V, 26, 53, 58, 59, 63, 64. Tite-Live n'indique pas ces faits, mais il y fait allusion quand il dit que les patriciens furent obligés de faire des concessions à la plèbe, *inservire plebi* (II, 21).

Chapitre 4 – L'ARISTOCRATIE GOUVERNE LES CITÉS

1. Thucydide, II, 15-16.
2. Pindare, *Isth.*, I, 41 ; Pausanias, VIII, 11 ; IX, 5.
3. Plutarque, *Quest. gr.*, 1.
4. Aristote. *Politique*, V, 5, 2.
5. Idem, *ibid.*, III, 9, 8 ; VI, 3, 8.
6. Idem, *ibid.*, V, 5, 4.
7. Ἱππόϐοται. Hérodote, V, 77. Plutarque, *Périclès*, 23. Strabon, X, 1, 8 : ἡ τῶν ἱπποϐοτῶν καλουμένη πολιτεία ἐπεκράτει, προέστησαν γὰρ ἀπὸ τιμημάτων ἄνδρες ἀριστοκρατικῶς ἄρχοντες. Aristote, *Politique*, IV,

3, 2 : Ἐπὶ τῶν ἀρχαίων χρόνων ὅσαις πόλεσιν ἐν τοῖς ἵπποις ἡ δύναμις ἦν, ὀλιγαρχίαι παρὰ τούτοις ἦσαν.

8. Hérodote, VII, 155. Diodore, VIII, 5. Denys, VI, 62.

Chapitre 5 – DEUXIÈME RÉVOLUTION ; CHANGEMENTS DANS LA CONSTITUTION DE LA FAMILLE ; LE DROIT D'AÎNESSE DISPARAÎT ; LA *GENS* SE DÉMEMBRE

1. Le partage du patrimoine est déjà de règle, à Rome, au milieu du Ve siècle ; la loi des Douze Tables accorde l'*actio familiae erciscundæ* (Gaïus, au *Digeste*, X, 2, 1).
2. Aristote, *Politique*, V, 5, 2, édit. Didot, p. 571.
3. Tite-Live, II, 1 : *Primoribus equestris gradus lectis.*
4. Voy. Belot, *Histoire des chevaliers romains*, liv. I, ch. 2.
5. Tite-Live, II, 1 : *Qui patres quique conscripti essent.* Festus, éd. Müller, p. 41 : *Conscripti dicebantur qui ex equestri ordine patribus ascribebantur.* On distingua pendant plusieurs siècles les *patres* des *conscripti* ; voy. Plutarque, *Questions romaines*, 58.

Chapitre 6 – LES CLIENTS S'AFFRANCHISSENT

1. Plutarque, *Romulus*, 13. Denys, II, 9-10.
2. Voyez sur ce point un fait rapporté par Plutarque dans la *Vie de Marius*, 5. Cf. Cicéron, *De oratore*, I, 39.
3. Tite-Live, XXXIX, 19.
4. Denys, V, 20 ; IX, 5. Tite-Live, II, 16.
5. Festus, v° *Patres*, éd. Müller, p. 246.
6. Caton. *De re rust.*, 143. Columelle, XI, 1, 19.
7. Ce mot est employé avec le sens de serviteur par Hésiode, *Opera et dies*, v. 563, et dans l'*Odyssée*, IV, 644. Denys d'Halicarnasse, II, 9, assimile les anciens thètes d'Athènes aux clients de Rome.
8. Plutarque, *Solon*, 13 : Ἐγεώργουν τοῖς πλουσίοις ἕκτα τῶν γενομένων τελοῦντες, ἑκτηόριοι προσαγορευόμενοι καὶ θῆτες. Pollux, IV, 165 : Ἑκτημόριοι δ'οἱ πέλαται παρ' Ἀττικοῖς. Idem, VII, 151 : Ἐπίμορτος γῆ ἐπὶ Σολῶνι, ἡ ἐπὶ μέρει γεωργουμένη.
9. Solon, édition Bach, p. 104, 105 : Γῆ δουλεύουσα. Plutarque, *Solon* 15, Γῆ ὑποκειμένη.
10. Plutarque parle d'ὅροι. Au temps de Plutarque et déjà au temps de Démosthène, il y avait des ὅροι hypothécaires. À l'époque de Solon, l'ὅρος n'était et ne pouvait être que le *terminus*, emblème et

garantie du droit de propriété. Dans le cas qui nous occupe, l'ὅρος marquait, sur le champ occupé par le thète, le domaine éminent de l'eupatride.

11. La propriété appartenait encore à la famille plutôt qu'à la personne. C'est plus tard que le droit de propriété est devenu un droit individuel. Alors seulement l'hypothèque a pu être usitée ; encore ne s'est-elle introduite dans le droit athénien que par le détour de la vente à condition de rachat.

12. Aristote, *Politique*, II, 9, 2 : Καὶ δουλεύοντα τὸν δῆμον παῦσαι.

13. L'affranchi devenait un client. L'identité entre ces deux termes est marquée par un passage de Denys, IV, 23.

14. *Digeste*, liv. XXV, tit. 2, 5 ; liv. L, t. 16, 195. Valère Maxime, V, 1, 4. Suétone, *Claude*, 25. Dion Cassius, LV. La législation était la même à Athènes ; voy. Lysias et Hypéride dans Harpocration, v° Ἀποστασίου. Démosthène, *In Aristogitonem*, et Suidas, v° Ἀναγκαῖον. Les devoirs des affranchis sont énumérés dans Platon, *Lois*, XI, p. 915. Il est assez visible, toutefois, qu'au temps de Platon ces vieilles lois n'étaient plus observées.

15. Festus, v° *Patres.*

16. *Institutes* de Justinien, III, 7.

17. Tite-Live, II, 16 : *Atti Clausi clientibus civitas data.* II, 64 : *Per patres clientesque patrum consules creati.*

18. Tite-Live, II, 56.

19. Denys, VII, 19 ; X, 27.

20. *Inculti per secessionem plebis agri*, Tite-Live, II, 34.

21. Tite-Live, VI, 48.

22. Cicéron, *De oratore*, I, 39.

Chapitre 7 – TROISIÈME RÉVOLUTION. LA PLÈBE ENTRE DANS LA CITÉ

1. Le nom de roi fut quelquefois laissé à ces chefs populaires, lorsqu'ils descendaient de familles religieuses. Hérodote, V, 92.

2. Hérodote, V, 92. Aristote. *Polit.*, V, 9, 22. Diodore, VII, 2. Pausanias, II, 3-4. Nicolas de Damas, *fr.* 58.

3. Hérodote, I, 20 ; V, 67, 68 ; Aristote, *Polit.*, III, 8, 3 ; V, 4, 5 ; V, 8, 4 ; Plutarque, *Solon*, 14.

4. Hérodote, VII, 155. Diodore, XIII, 22. Aristote, V, 2, 6.

5. Aristote a fait cette remarque que dans toutes les anciennes cités où la cavalerie avait été l'arme dominante la constitution avait été oligarchique, *Politique*, IV, 3, 2.

6. Varron, *De ling. lat.*, VI, 13.

7. Denys, IV, 5. Platon, *Hipparque*. Harpocration, v° Ἑρμαί.

8. Héraclide, dans les *Fragments des hist. grecs*, coll. Didot, t. II, p. 217.

9. Nous faisons exception pour Rome, chez qui la noblesse, en se transformant, a conservé prestige et force.

10. Plutarque, *Solon*, 12. Diogène Laërce, I, 110. Cicéron, *De leg.*, II, 11. Athénée, XIII, 76.

11. Sur les quatre classes nouvelles et sur les τιμήματα, voy. Plutarque *Solon*, 18 ; Aristote, cité par Harpocration, v° Ἵππας ; Pollux, VIII, 129.

12. Euripide, *Phéniciennes*. Alexis, dans Athénée, IV, 49.

13. Sur l'alliance de Pisistrate avec les classes inférieures, voy. Hérodote, I, 59, Plutarque, *Solon*, 29, 30 ; Aristote, *Politique*, V, 4, 5, éd. Didot, p. 571.

14. Hérodote, I, 59, et Thucydide, VI, 54, affirment que Pisistrate conserva la constitution et les lois établies, c'est-à-dire les lois et la constitution de Solon.

15. Hérodote, V, 63-65 ; VI, 123 ; Thucydide, I, 20 ; VI, 54-59. Ces deux historiens montrent très clairement que la tyrannie fut renversée, non par Armodius et Aristogiton, mais par les Spartiates. La légende athénienne a altéré les faits.

16. Hérodote, V, 66-69, donne une idée très nette de la lutte de Clisthènes contre Isagoras et de son alliance avec les classes inférieures ; cf. Isocrate, Περὶ ἀντιδόσεως, c. 232.

17. Hérodote, I, 66, 69.

18. Eschine, *In Ctesiph.*, 30. Démosthène, *In Eubul.* Pollux, VIII, 19, 95, 107.

19. Aristote, *Politique*, III, 1, 10. Scholiaste d'Eschine, édit. Didot, p. 511.

20. Les phratries anciennes et les γένη ne furent pas supprimés ; ils subsistèrent, au contraire, jusqu'à la fin de l'histoire grecque ; les orateurs en parlent (Démosth., *In Macart.*, 14, 57 ; *In Neæram*, 61 ; *In Eubulid.*, 23, 54 ; Isée, *De Cironis her.*, 19). Les inscriptions mentionnent encore leurs actes et leurs décrets (Bœckh. t. I, p. 106 ; t. II, p. 650 ; Ross, *Demi*, p. 24 ; Kohler, n°s 598, 599, 600) ; mais ces

phratries et ces γένη ne furent plus que des cadres religieux sans aucune valeur dans l'ordre politique.

21. Hérodote, V, 67, 68. Aristote, *Politique*, VII, 2, 11. Pausanias, V, 9.

22. Aristote, *Politique*, VI, 2,11, éd. Didot, p. 594, 595.

23. Tite-Live, I, 47. Denys, IV, 13. Déjà les rois précédents avaient partagé les terres prises à l'ennemi ; mais il n'est pas sûr qu'ils aient admis la plèbe au partage.

24. Denys, IV, 13 ; IV, 43.

25. Idem, IV, 26.

26. Les historiens modernes comptent ordinairement six classes. Il n'y en a en réalité que cinq : Cicéron, *De republ.*, II, 22 ; Aulu-Gelle, X, 28. Les chevaliers d'une part, de l'autre les prolétaires, étaient en dehors des classes. – Notons d'ailleurs que le mot *classis* n'avait pas, dans l'ancienne langue, un sens analogue à celui de notre mot classe ; il signifiait corps de troupe (Fabius Pictor, dans Aulu-Gelle, X, 15 ; ibid., I, 11 ; Festus, éd. Müller, p. 189 et 225). Cela marque que la division établie par Servius fut plutôt militaire que politique.

27. Denys d'Halicarnasse décrit en quelques mots la physionomie de ces assemblées centuriates : Συνήει τὸ πλῆθος εἰς τὸ Ἄρειον πεδίον, ὑπὸ λοχαγοῖς καὶ σημείοις τεταγμένον, ὥσπερ ἐν πολέμῳ (VII, 59). Cf. Id., IV, 84 : Ἔχοντας τὰ ὅπλα.

28. Il nous paraît incontestable que les comices par centuries n'étaient pas autre chose que la réunion de l'armée romaine. Ce qui le prouve, c'est 1° que cette assemblée est souvent appelée l'*armée* par les écrivains latins : *urbanus exercitus*, Varron, VI, 93 ; *Cum comitiorum causa exercitus eductus esset*, Tite-Live, XXXIX, 15 ; *Miles ad suffragia vocatur et comitia centuriata dicuntur*, Ampélius, 48 ; 2° que ces comices étaient convoqués exactement comme l'armée, quand elle entrait en campagne, c'est-à-dire au son de la trompette (Varron, V, 91), deux étendards flottant sur la citadelle, l'un rouge pour appeler l'infanterie, l'autre vert foncé pour la cavalerie ; 3° que ces comices se tenaient toujours au champ de Mars, parce que l'armée ne pouvait pas se réunir dans l'intérieur de la ville (Aulu-Gelle, XV, 27) ; 4° qu'ils se composaient de tous ceux qui portaient les armes (Dion Cassius, XXXVII, 28) et qu'il paraît même qu'à l'origine on s'y rendit en armes (Denys, IV, 84, *in fine*) ; 5° que l'on y était distribué par centuries, l'infanterie d'un côté, la cavalerie de l'autre ; 6° que chaque centurie avait à sa tête son centurion et son enseigne, ὥσπερ ἐν

πολέμῳ, Denys, VII, 59 ; 7° que les sexagénaires, ne faisant pas partie de l'armée, n'avaient pas non plus le droit de voter dans ces comices, au moins dans les premiers siècles : Macrobe, I, 5 ; Festus, v° *Depontani.* Ajoutons que dans l'ancienne langue le mot *classis* signifiait corps de troupe et que le mot *centuria* désignait une compagnie militaire. – Les prolétaires ne paraissaient pas d'abord dans cette assemblée ; pourtant, comme il était d'usage qu'ils formassent dans l'armée une centurie employée aux travaux, ils purent aussi former une centurie dans ces comices.

29. Cassius Hémina, dans Nonius, liv. II, v° *Plevitas.*

30. Varron, *De ling. lat.*, VII, 105. Tite-Live, VIII, 28. Aulu-Gelle, XX, 1. Festus, v° *Nexuri.*

31. Denys, VI, 45 ; VI, 79.

32. Tite-Live, IV, 6 : *Fœdere icto cum plebe.* Denys, VI, 89, nomme formellement les féciaux. Le texte de ce traité, qu'on appela *lex sacrata*, se conserva longtemps à Rome ; Denys en cite des extraits (VI, 89 ; X, 32 ; X, 42) ; cf. Festus p. 318.

33. Tite-Live, II, 33 : *Concessum ut plebi sui magistratus essent.*

34. Denys, X, 4.

35. Plutarque, *Questions romaines*, 81 : Κώλυσιν ἀρχῆς μᾶλλον ἢ ἀρχήν. Tite-Live, II, 56, montre qu'aux yeux du patricien le tribun était un *privatus, sine imperio, sine magistratu.* C'est donc par un abus de langage que le mot *magistratus* a été appliqué quelquefois aux tribuns. Le tribunat s'était bien transformé quand Cicéron, dans un mouvement oratoire, à la vérité, l'appelait *sanctissimus magistratus* (*Pro Sextio*, 38).

36. Tite-Live omet de parler de cette cérémonie au moment de l'institution du tribunat, mais il en parle au moment de son rétablissement, en 449 : *Ipsis quoque tribunis, ut sacrosancti viderentur, relatis quibusdam cærimoniis, renovarunt et inviolatos eos quum religione tum lege fecerunt* (III, 55). Denys marque avec la même netteté l'intervention de la religion : Ἱερὰν καὶ μεγάλαις ἠσφαλισμένην ἐκ θεῶν ἀνάγκαις (IX, 47).

37. Denys, VI, 89 : Δημάρχων σώματα ἱερὰ καὶ παναγῆ. Id., IX, 48 : Σώμασιν ἱεροῖς.

38. Idem, VI, 89. Τῷ ἄγει ἐνέχεσθαι, Zonaras, t. I, p. 56.

39. Plutarque, *Quest. rom.*, 81 : Πᾶσι νόμος ἐστὶ καθαίρεσθαι καὶ ἁγνίζεσθαι τὸ σῶμα καθάπερ μεμιασμένον.

40. Denys, VI, 89 ; Tite-Live, III, 55.

41. Denys, X, 32 : Οὔτε ἄρχοντι οὔτε ἰδιώτῃ συνεχωρεῖτο πράττειν οὐδὲν ἐναντίον δημάρχῳ. Denys présente cette phrase comme un des articles de la *lex sacrata.*

42. Idem, VI, 89 : Ὡς ἄγει τῷ μεγίστῳ ἐνόχοις.

43. *Tribuni antiquitus creati, non juri dicundo nec causis querelisque de absentibus noscendis, sed intercessionibus faciendis quibus* PRÆSENTES *fuissent, ut injuria* QUÆ CORAM FIERET *arceretur.* Aulu-Gelle, XIII, 12.

44. Plutarque, *Quest. rom.*, 81 : Ὥσπερ βῶμος.

45. Aulu-Gelle, XV, 27. Denys, VIII, 87 ; VI, 90.

46. Tite-Live, II, 56, 12 : *Tribunos non populi, sed plebis.*

47. Tite-Live, II, 60. Denys, VII, 16. Festus, v° *Scita plebis.* Il est bien entendu que nous parlons des premiers temps. Les patriciens étaient inscrits dans les tribus, mais ils ne figuraient sans doute pas dans des assemblées qui se réunissaient sans auspices et sans cérémonie religieuse et auxquelles ils ne reconnurent longtemps aucune valeur légale.

48. Qu'il y eût une législation écrite bien avant les décemvirs, c'est ce qui est attesté par des textes nombreux ; Denys, X, I ; III, 36 ; Cicéron, *De rep.*, II. 14 ; Pomponius, au *Digeste*, I, 2. Plusieurs de ces vieilles lois sont citées par Pline, XIV, 12 ; XXXII, 2 ; par Servius, *ad Eclogas*, IV, 43 ; *ad Georg.*, III, 387 ; par Festus, *passim.*

49. Tite-Live, III, 31. Denys, X, 4.

50. Julius Obsequens, 16.

51. Tite-Live, V, 12 ; VI, 34 ; VI, 39.

52. Tite-Live, VI, 41.

53. Tite-Live, IV, 49.

54. Tite-Live, VI, 42.

55. Tite-Live, X, 6 : *Deos visuros ne sacra sua polluantur.* Tite-Live semble croire que cet argument n'était qu'une feinte : mais les croyances n'étaient pas tellement affaiblies à cette époque (301 avant notre ère) qu'un tel langage ne pût être très sincère dans la bouche de beaucoup de patriciens.

56. Les dignités de roi des sacrifices, de flamines, de saliens, de vestales, auxquelles ne s'attachait aucune importance politique, furent laissées sans danger aux mains du patriciat, qui resta toujours une caste sacrée, mais qui ne fut plus une caste dominante.

Chapitre 8 – Changements dans le droit privé. Le code des Douze Tables. Le code de Solon

1. Tite-Live, VII, 17 ; IX, 33, 34.

2. Gaïus, III, 17 ; III, 24. Ulpien, XVI, 4. Cicéron, *De invent.*, I, 5.

3. Gaïus, au *Digeste*, X, 2, 1.

4. Ulpien, *Fragm.*, X, 1.

5. Il y avait bien le testament *in procinctu* ; mais nous ne sommes pas bien renseignés sur cette sorte de testament ; peut-être était-il au testament *calatis comitiis* ce que l'assemblée par centuries était à l'assemblée par curies.

6. Gaïus, I, 113-114.

7. Gaïus, I, 111 : *Quæ anno continuo* NUPTA *perseverabat*. La *coemptio* était si peu un mode de mariage que la femme pouvait la contracter avec un autre que son mari, par exemple avec un tuteur.

8. Gaïus, I, 117, 118. Que cette mancipation ne fût que fictive au temps de Gaïus, c'est ce qui est hors de doute ; mais elle put être réelle à l'origine. Il n'en était pas d'ailleurs du mariage par simple *consensus* comme du mariage sacré, qui établissait entre les époux un lien indissoluble.

9. Aulu-Gelle, XI, 18. Dimosthène, *In Leptinem*, 158. Porphyre, *De abstinentia*, IX.

10. Démosthène, *In Evergum*, 68-71 ; *ln Macartatum*, 37.

11. Θεσμοὺς δ' ὁμοίως τῷ κακῷ τε κἀγαθῷ ἔγραψα. Solon, éd. Boissonade, p. 105.

12. Isée, *De Apollod. hered.*, 30 ; *De Pyrrhi hered.*, 51. Démosthène, *In Macart.*, 51 ; *In Bœotum de dote*, 22-24.

13. Isée, *De Aristarchi hered.*, 5 ; *De Cironis her.*, 31 ; *De Pyrrhi her.*, 74 ; *De Cleonymi her.*, 39. Diodore signale XII, 18, une loi analogue de Charondas.

14. Isée, *De Hagniæ hereditate*, 11-12 ; *De Apollod. hered.*, 20. Démosthène *In Macartatum*, 51.

15. Plutarque, *Solon, 21* : Ἐν τῷ γένει τοῦ τεθνηκότος ἔδει τὰ χρήματα καταμένειν.

16. Isée, *De Pyrrhi hered.*, 68. Démosthène, *In Stephanum*, II, 14. Plutarque, *Solon*, 21.

17. Plutarque, *Solon*, 13.

18. Plutarque, *Solon*, 23.

19. Isée, *De Pyrrhi hered.*, 8-9, 37-38. Démosthène, *In Onctorem*, 7, 8 ; *In Aphobum*, I, 15 ; *In Bœotum de dote*, 6 ; *In Phœnippum*, 27 ; *In Neæram*, 51, 52. – On ne saurait affirmer que la restitution de la dot ait été établie dès le temps de Solon ; elle est de règle au temps d'Isée et de Démosthène. Il y a pourtant cette remarque à faire : le vieux principe qui voulait que le mari fût propriétaire des biens apportés par la femme restait inscrit dans la loi (ex. : Dém., *In Phœnippum*, 27) ; mais le mari se constituait débiteur, vis-à-vis des κύριοι de la femme, d'une somme égale à la dot, et engageait ses biens en garantie ; Pollux, III, 36 ; VIII, 142 ; Bœckh, *Corpus inscript. gr.*, n°s 1037 et 2261.

20. Plutarque, *Solon*, 18.

Chapitre 9 – Nouveau principe de gouvernement. L'intéret public et le suffrage

1. Plutarque, *Solon*, 25. Suivant Hérodote, I, 29. Solon se serait contenté de faire jurer aux Athéniens qu'ils observeraient ces lois pendant dix ans.

2. Dinarque, *In Demosthenem*, 71.

Chapitre 10 – Une aristocratie de richesse essaye de se constituer ; établissement de la démocratie ; quatrième révolution

1. Plutarque, *Solon*, 1 et 18 ; *Aristide*, 13. Aristote cité par Harpocration, aux mots Ἵππεις, Θῆτες. Pollux, VIII, 129. Cf. Isée, *De Apollod. her.*, 39, Ὡς ἵππαδα τελῶν ἄρχειν ἠξίου τὰς ἀρχάς.

2. Tite-Live, I, 43 ; Denys, IV, 20. Ceux dont le cens n'atteignait pas 11 500 as (as d'une livre) ne formaient qu'une seule centurie, n'avaient par conséquent qu'un seul suffrage sur 193, et tel était d'ailleurs le mode de votation que cette centurie n'était jamais appelée à donner son suffrage.

3. Aristote, *Politique*, III, 3, 4 ; VI, 4,5 ; Héraclide, dans *les Fragments des hist. gr.*, t. II, p. 217 et 219. – Cf. Théognis, vers 8, 502, 525-529.

4. Pour Athènes, voy. Xénophon, *Hipparque*, I, 9. Pour Sparte, Xénophon, *Helléniques*, VI, 4, 10. Pour les villes grecques en général, Aristote, *Politique*, VI, 4, 3, éd. Didot, p. 597. Cf. Lysias, *In Alcibiad.*, I, 8 ; II, 7.

5. Ce sont là les ὁπλῖται ἐκ καταλόγου dont parle Thucydide, VI, 43 et VIII, 24. – Aristote, *Polit.*, V, 2, 8, fait cette remarque que, dans la guerre du Péloponnèse, les défaites sur terre décimèrent la classe riche à Athènes, διὰ τὸ ἐκ καταλόγου στρατεύεσθαι. – Pour Rome, voy. Tite-Live, I, 42 ; Denys, IV, 17-20 ; VII, 59 ; Salluste, *Jugurtha*, 86 ; Aulu-Gelle, XVI, 10.

6. Θῆτες οὐκ ἐστρατεύοντο, Harpocration, d'après Aristophane.

7. Deux passages de Thucydide montrent que, de son temps encore, les quatre classes étaient distinctes pour le service militaire. Les hommes des deux premières, pentacosiomédimnes et chevaliers, servaient dans la cavalerie ; les hommes de la troisième, zeugites, étaient hoplites ; aussi l'historien signale-t-il comme une exception singulière qu'ils aient été employés comme marins dans un besoin pressant (III, 16). Ailleurs, Thucydide comptant les victimes de la peste, les range en trois catégories, les cavaliers, les hoplites, et enfin ὁ ἄλλος ὄχλος, la vile multitude (III, 87). – Peu à peu, les thètes furent admis dans l'armée, (Thucyd., VI, 43 ; Antiphon, dans Harpocration, v° Θῆτες).

8. Aristote, *Politique*, V, 2, 3.

9. Voyez ce que raconte Thucydide, IV, 80.

Chapitre 11 – RÈGLES DU GOUVERNEMENT DÉMOCRATIQUE ; EXEMPLE DE LA DÉMOCRATIE ATHÉNIENNE

1. Dinarque, *Adv. Demosthenem*, 71 : Τοὺς νόμους προλέγειν τῷ στρατηγῷ, τὴν παρὰ τοῦ δήμου πίστιν ἀξιοῦντι λαμβάνειν, παιδοποιεῖσθαι κατὰ τοὺς νόμους καὶ γῆν ἐντὸς ὅρων κεκτῆσθαι.

2. Ce n'est pas à dire que le magistrat d'Athènes ait été respecté et surtout redouté à l'égal des éphores de Sparte ou des consuls de Rome. Non seulement tout magistrat athénien devait rendre ses comptes à l'expiration de sa charge, mais, dans l'année même de sa magistrature, il pouvait être destitué par un vote du peuple (Aristote, dans Harpocration, v° Κυρία ; Pollux, VIII, 87 ; Démosthène, *In Timotheum*, 9). Les exemples d'une pareille destitution sont relativement assez rares.

3. Eschine, *In Ctesiph.*, 2. Démosthène, *In Neæram*, 3. Lysées, *In Philon.*, 2. Harpocration, v° Ἐπιλαχών.

4. Eschine, *In Timarch.*, 23 ; *In Ctesiph.*, 2-6. Dinarque, *In Aristogit.*, 14 : Ὁ νόμος κελεύει εὐξάμενον τὸν κήρυκα μετ' εὐφημίας πολλῆς,

οὕτως ὑμῖν τὸ βουλεύεσθαι δίδοναι. Démosthène, *De falsa légat.*, 70 : Ταῦθ' ὕπερ ὑμῶν καθ' ἑκαστὴν τὴν ἐκκλησίαν εὔχεται ὁ κήρυξ νόμῳ προστεταγμένα. Cf. Aristophane. *Thesmoph.*, 25-350. Pollux, VIII, 160.

5. Δοκιμασία ῥητόρων. Eschine, *In Timarchum*, 27-33. Dinarque, *In Demosthenem*, 71.

6. C'est du moins ce que fait entendre Aristophane, *Guêpes*, 691 : Φέρει τὸ συνηγορικόν, δραχμήν. Le scholiaste ajoute : Ἐλάμβανον οἱ ῥήτορες δραχμὴν ὅτε συνηγόρουν ὑπὲρ τῆς πόλεως.

7. Aristophane, *Chevaliers*, 1119.

8. Pollux, VIII, 94. Philochore, *Fragm.*, coll. Didot, p. 497.

9. Athénée, X, 73. Pollux, VIII, 52. Voy. G. Perrot, *Hist. du droit public d'Athènes*, chap. II.

10. Voyez sur ces points de la constitution athénienne les deux discours de Démosthène, contre Leptine et contre Timocrate ; Eschine, In *Ctesiphontem*, 38-40 ; Andocide, *De mysteriis*, 83-84 ; Pollux, VIII, 101.

11. Thucydide, III, 43. Démosthène, *In Timocratem.*

12. On croit qu'il y avait 6 000 héliastes sur environ 18 000 citoyens ; mais il faut retrancher de ce dernier chiffre tous ceux qui n'avaient pas trente ans, les malades, les absents, les hommes qui faisaient campagne, ceux qui étaient frappés d'atimie, ceux enfin qui étaient manifestement incapables de juger.

Chapitre 12 – RICHES ET PAUVRES. LA DÉMOCRATIE PÉRIT. LES TYRANS POPULAIRES

1. Μισθὸς ἐκκλησιαστικός, Aristophane, *Eccles.*, 280 et suiv. – Μισθὸς δικαστικός, Aristote, *Polit.*, II, 9, 3 ; Aristophane, *Chevaliers*, 51, 255 ; *Guêpes*, 682.

2. Xénophon, *Resp. Ath.*, I, 13 : Χορηγοῦσιν οἱ πλούσιοι, χορηγεῖται δὲ ὁ δῆμος, τριηραρχοῦσι καὶ γυμνασιαρχοῦσιν οἱ πλούσιοι, ὁ δὲ δῆμος τριηραρχεῖται καὶ γυμνασιαρχεῖται. Ἀξιοῖ οὖν ἀργύριον λαμβάνειν ὁ δῆμος καὶ ᾄδων καὶ τρέχων καὶ ὀρχούμενος, ἵνα αὐτός τε ἔχῃ καὶ οἱ πλούσιοι πενέστεροι γίγνωνται. Cf. Aristophane. *Chevaliers*, v. 293 et suiv.

3. Plutarque, *Quest. grecq.*, 18.

4. Aristote, *Politique*, V, 4, 3.

5. Thucydide, VIII, 21.

6. Plutarque, *Dion*, 37, 48.

7. Polybe, XV, 21, 3 : Ἵνα διαιρῶνται τὰς ἀλλήλων οὐσίας.
8. Polybe, VII, 10, éd. Didot.
9. Aristote, *Politique*, V, 7, 19. Plutarque, *Lysandre*, 19.
10. Héraclide de Pont, dans Athénée, XII, 26. – Il est assez d'usage d'accuser la démocratie athénienne d'avoir donné à la Grèce l'exemple de ces excès et de ces bouleversements. Athènes est, au contraire, presque la seule cité grecque à nous connue qui n'ait pas vu dans ses murs cette guerre atroce entre les riches et les pauvres. Ce peuple intelligent et sage avait compris, dès le jour où la série des révolutions avait commencé, que l'on marchait vers un terme où il n'y aurait que le travail qui pût sauver la société. Elle l'avait donc encouragé et rendu honorable. Solon avait prescrit que tout homme qui n'aurait pas un travail fût privé des droits politiques. Périclès avait voulu qu'aucun esclave ne mît la main à la construction des grands monuments qu'il élevait, et il avait réservé tout ce travail aux hommes libres. La propriété était d'ailleurs tellement divisée qu'à la fin du cinquième siècle on comptait dans le petit territoire de l'Attique plus de dix mille citoyens qui étaient propriétaires fonciers contre cinq mille seulement qui ne l'étaient pas (Denys d'Halic., *De Lysia*, 32). Aussi Athènes, vivant sous un régime économique un peu meilleur que celui des autres cités, fut-elle moins troublée que le reste de la Grèce. La guerre des pauvres contre les riches y exista comme ailleurs, mais elle y fut moins violente et n'engendra pas d'aussi graves désordres ; elle se borna à un système d'impôts et de liturgies qui ruina la classe riche, à un système judiciaire qui la fit trembler et l'écrasa, mais du moins elle n'alla jamais jusqu'à l'abolition des dettes et au partage des terres.
11. Aristote, *Politique*, V, 8, 2-3 ; V, 4, 5.

Chapitre 13 – RÉVOLUTIONS DE SPARTE

1. Thucydide, I, 18.
2. Idem, V, 68.
3. Plutarque, *Lycurgue*, 8.
4. Idem, *ibid.*, 5 : Τοὺς ἀρίστους προσῆγε.
5. Aristote, *Politique*, V, 10, 3 (éd. Didot, p. 589).
6. Aristote, *Politique*, II, 6, 18 et 11, Cf. Plutarque, *Agis*, 5.
7. Myron de Priène, dans Athénée, VI.
8. Théopompe, dans Athénée, VI.

9. Athénée, VI, 102. Plutarque, *Cléomène*, 8. Élien, XII, 43.

10. Aristote, *Politique*, VIII, 6 (V, 6). Xénophon, *Helléniques*, V, 3, 9.

11. Xénophon, *Helléniques*, III, 3, 6.

12. Idem, *ibid.*, III, 3, 5.

13. Idem, *Resp. Lac.*, 10.

14. Démosthène, *In Leptinem*, 107.

15. Ἆθλον ou Νικητήριον τῆς ἀρετῆς. Aristote, II, 6, 15 ; Démosthène, *In Lept.*, 107 ; Plutarque, *Lycurgue*, 26.

16. Aristote, *Polit.*, II, 6,18, qualifie ce mode d'élection de puéril, παιδαριωδής ; il est décrit par Plutarque, *Lycurgue*, 26.

17. Aristote, *Polit.*, II, 6, 5 ; V, 6, 7.

18. Démosthène, *In Leptin.*, 107. Xénophon, *Gouv. de Lacéd.*, 10.

19. Aristote. *Politique*, V, 6, 2.

20. Idem, *ibid.*, V, 1, 5. Thucydide, I, 13, 2.

21. Aristote, *Politique*, II, 6, 14.

22. Xénophon, *Helléniques*, III, 3.

23. Plutarque, *Agis*, 5.

24. Polybe, XIII, 6 : XVI, 12 : Tite-Live, XXXII, 38, 40 ; XXXIV, 26, 27.

Livre V – LE RÉGIME MUNICIPAL DISPARAÎT

Chapitre 1 – NOUVELLES CROYANCES ; LA PHILOSOPHIE CHANGE LES RÈGLES DE LA POLITIQUE

1. Aristote, *Politique*, II, 5, 12 ; IV, 5 ; IV, 7, 2 ; VII, 4 (VI, 4).

2. Pseudo-Plutarque, *Fortune d'Alexandre*, 1.

3. L'idée de la cité universelle est exprimée par Sénèque, *Ad Marciam*, 4 ; *De tranquillitate*, 14 ; par Plutarque, *De exsilio* ; par Marc-Aurèle : « Comme Antonin, j'ai Rome pour patrie ; comme homme, le monde. »

Chapitre 2 – LA CONQUÊTE ROMAINE

1. L'origine troyenne de Rome était une opinion reçue avant même que Rome fût en rapports suivis avec l'Orient. Un vieux devin, dans une prédiction qui se rapportait à la seconde guerre punique, donnait au Romain l'épithète de *trojugena*, Tite-Live, XXV, 12.

2. Tite-Live, I, 5 et 7. Virgile, VIII. Ovide, *Fast.*, I, 579. Plutarque, *Quest. rom.*, 76. Strabon, V, 3, 3. Denys, I, 31, 79, 89.

3. Denys, I, 45 ; 1, 85. Varron, *De lingua lat.*, V, 42. Virgile, VIII, 358. Pline. *Hist. nat.*, III, 68.

4. Des trois noms des tribus primitives, les anciens ont toujours cru que l'un était un nom latin, l'autre un nom sabin, le troisième un nom étrusque.

5. Denys, I, 85 : Ἐκ τοῦ τρωικοῦ τὸ εὐγενέστατον νομιζόμενον, ἐξ οὗ γενεαί τινες ἔτι περιῆσαν εἰς ἐμέ, πεντήκοντα μάλιστα οἶκοι. – Cf. Juvénal, I, 99 ; Servius, ad *Æn.*, V, 117, 123.

6. Plutarque, *Quest. rom.*, 76.

7. Tite-Live, I, 7 : IX, 29.

8. Les Romains affectèrent de bonne heure de rattacher leur origine à Troie ; voy. Tite-Live, XXXVII, 37 : XXIX, 12. De même ils témoignèrent de bonne heure de leur parenté avec la ville de Ségeste (Cicéron, *In Verrem*, IV, 33 ; V, 47), avec l'île de Samothrace (Servius, *ad Æn.*, III, 12), avec les Péloponnésiens Pausanias, VIII, 43), avec les Grecs (Strabon, V, 3, 5).

9. Denys, II, 30 ; Plutarque, *Romulus*, 14, 15, 19 ; Cicéron. *De rep.*, II, 7. Si l'on observe avec attention les récits de ces trois historiens et les expressions qu'ils emploient, on reconnaîtra tous les caractères du mariage antique ; aussi sommes-nous porté à croire que cette légende des Sabines, qui est devenue avec le temps l'histoire d'un rapt, était à l'origine la légende de l'acquisition du *connubium* avec les Sabins. C'est ainsi que Cicéron semble l'avoir comprise : *Sabinorum connubia conjunxisse, De orat.*, I, 9.

10. Tite-Live, IX, 43 : XXIII, 4.

11. *Sacris communicatis*, Cicéron, *De rep.*, 11, 7.

12. Tite-Live, I, 45. Denys, IV, 48, 49.

13. Tite-Live, V, 21,22 ; VI, 29. Ovide, *Fast.* III, 837,843. Plutarque, *Parallèle des hist. gr. et rom.*, 75.

14. Cincius, cité par Arnobe, *Adv. gentes*, III, 38.

15. Thucydide, III, 69-72 ; IV, 46-48 ; III, 82.

16. Thucydide, III, 47. Xénophon, *Helléniques*, VI.

17. Denys, VI, 2.
18. Tite-Live, IV, 9, 10.
19. Tite-Live, VIII, 11.
20. Tite-Live, IX, 24, 25.
21. Tite-Live, IX, 32 ; X, 3.
22. Tite-Live, XXIII, 13, 14, 39 ; XXIV, 2 : *Unus velut morbus invaserat omnes Italiæ civitates, ut plebs ab optimatibus dissentiret, senatus Romanis faveret, plebs ad Pœnos rem traheret.*
23. Pline, XIV, 1, 5 : *Senator censu legi, judex fieri censu, magistratum ducemque nihil magis exornare quam censum.* Ce que Pline dit ici ne s'applique pas seulement aux derniers temps de la république. À Rome, il y eut toujours un cens pour être sénateur, un cens pour être chevalier et même pour être légionnaire ; dès qu'il y eut un corps de juges, il fallut être riche pour en faire partie, en sorte que le droit de juger fut toujours le privilège des classes supérieures.
24. Tite-Live, XXXIV, 31.
25. Tite-Live, I, 38 ; VII, 31 ; IX, 20 ; XXVI, 16 ; XXVIII, 34. Cicéron, *De lege agr.*, I, 6 ; II, 32. Festus, v° *Præfecturæ.*
26. Cicéron, *Pro Balbo*, 16.
27. Tite-Live, XLV, 18. Cicéron, *Ad Att.*, VI, 1 ; VI, 2. Appien, *Guerres civiles*, I, 102. Tacite, XV, 45.
28. Philostrate, *Vie des sophistes*, I, 23. Bœckh, *Corp. inscr.*, passim.
29. Plus tard, Rome a relevé partout le régime municipal ; mais il faut bien entendre que ce régime municipal de l'empire ne ressemblait que par les dehors à celui des temps antérieurs ; il n'en avait ni les principes ni l'esprit. La cité gauloise ou grecque du siècle des Antonins est autre chose que la cité antique.
30. Gaïus, IV, 103-106.
31. Sur l'institution de patronage et de clientèle appliquée aux villes sujettes taux provinces, voy. Cicéron, *De officiis*, II, 11 ; *In Cæcilium*, 4 ; *In Verrem*, III, 18 ; Denys, II, 11 ; Tite-Live, XXV, 29 ; Valère-Maxime, IV, 3, 6 : Appien, *Guerres civiles*, II, 4.
32. Et plus tard, de l'*ager italicus.*
33. Gaïus, II, 7 : *In provinciali solo dominium populi romani est.* Cf. Cicéron, *Pro Flacco*, 32.
34. Gaïus, I, 54 ; II, 5, 6, 7.
35. Tite-Live, VIII, 3, 4, 5.
36. Tite-Live, VIII, 5 ; la légende ajoutait que l'auteur d'une proposition si impie, si contraire aux vieux principes des religions

poliades, avait été frappé par les dieux d'une mort subite au sortir de la curie.

37. Appien, *Guerres civiles*, II, 26. Cf. Gaius, I, 95.

38. Tite-Live, XXXIX, 3.

39. Aussi est-il appelé dès lors, en droit, *res mancipi*. Ulpien, XIX, 1. Le *jus italicum*, qui existait, suivant toute apparence, au temps de Cicéron, n'est mentionné pour la première fois que par Pline, *Hist. nat.*, III, 3, 25 ; III, 21,139 ; il s'applique déjà, par une extension naturelle, au territoire de plusieurs villes situées au milieu des provinces. Voy. *Digeste*, liv. L, titre 15.

40. Les Grecs avaient élevé des temples à la déesse Rome, dès l'année 195, c'est-à-dire avant d'être conquis. Tacite, *Annales*, IV, 56 ; Tite-Live, XLIII, 6.

41. Suétone, *Néron*, 24. Pétrone, 57. Ulpien, III. Gaius, I, 16, 17.

42. Il devenait un étranger à l'égard de sa famille même, si elle n'avait pas comme lui le droit de cité. Il n'héritait pas d'elle. Pline, *Panégyrique*, 37.

43. Cicéron, *Pro Balbo*, 28 ; *Pro Archia*, 5 ; *Pro Cæcina*, 36. Cornelius Nepos, *Atticus*, 3. La Grèce avait depuis longtemps abandonné ce principe ; mais Rome s'y tenait fidèlement.

44. *Antoninus Pius jus romanæ civitatis omnibus subjectis donavit* (Justinien, *Novelles*, 78, ch. 5). *In orbe romano qui sunt, ex constitutione impe, ratoris Antonini, cives romani effecti sunt* (Ulpien, au *Digeste*, lib. I, tit. 5-17). On sait d'ailleurs par Spartien que Caracalla se faisait appeler Antonin dans les actes officiels. Dion Cassius dit (LXVII, 9) que Caracalla donna à tous les habitants de l'Empire le droit de cité romaine pour généraliser l'impôt du vingtième sur les affranchissements et sur les successions, que les *peregrini* ne payaient pas. La distinction entre pérégrins, Latins et citoyens n'a pas entièrement disparu ; on la trouve encore dans Ulpien et dans le Code ; il parut, en effet, naturel que les esclaves affranchis ne devinssent pas aussitôt citoyens romains, mais passassent par tous les anciens échelons qui séparaient la servitude du droit de cité. On voit aussi à certains indices que la distinction entre les terres italiques et les terres provinciales subsista encore assez longtemps (*Code*, VII, 25 ; VII, 31 ; X, 39 ; *Digeste*, liv. L, tit. 1). Ainsi la ville de Tyr en Phénicie, encore après Caracalla, jouissait par privilège du droit italique (*Digeste*, liv. V, tit. 15) ; le maintien de cette distinction s'explique par l'intérêt des empereurs, qui ne voulaient pas se priver des tributs que le sol provincial payait au fisc.

Annexes

Leçon d'ouverture du cours d'histoire de la faculté de Strasbourg (Strasbourg, 1862).

Après s'être félicité du règlement qui oblige le professeur d'histoire à parler successivement de l'Antiquité, du Moyen Âge et des Temps modernes, après avoir rappelé que l'histoire est une science, ayant pour objet l'homme, il poursuit :

« L'Antiquité sera donc notre terrain pour cette année. Je dois vous dire, dès le début de nos réunions, que parmi les peuples anciens, j'aurai particulièrement les yeux fixés sur la Grèce et sur Rome. La raison de ma préférence est que ces deux peuples ont exercé une plus puissante action qu'aucun autre sur les destinées générales du genre humain, soit comme créateurs soit comme propagateurs de vérités. Toutefois je serai souvent forcé par la nature même de mon sujet de jeter les yeux sur d'autres nations ; il faudra que je vous parle quelquefois des peuples italiques, des Étrusques, parfois même des Celtes ou des Thraces. Je serai même contraint de porter votre attention vers l'Orient et surtout vers l'Inde, où nous trouverons des hommes qui appartenaient à la même race que les Grecs et les Romains ; beaucoup d'institutions de la Grèce et de Rome ne pourront vous être expliquées que par les institutions des anciens Hindous ; les analogies et les différences mêmes que nous rencontrerons jetteront une vive lumière sur notre étude.

Parmi les grands sujets que Rome et la Grèce offrent à nos recherches et à vos méditations, j'ai choisi spécialement la famille et l'État, c'est-à-dire les institutions domestiques, civiles et politiques, et les différentes parties du droit qui s'y rapportent. Ce sera là la matière de nos entretiens, du moins pour les samedis.

Il n'est pas besoin d'être familier avec ces peuples anciens pour savoir que leurs institutions étaient fort différentes des nôtres. Vous avez tous entendu parler de cités, de républiques, de liberté, de sénat, d'assemblées populaires, de consuls ou d'archontes, de rois de temps en temps, de tyrans quelquefois, d'aristocratie et de démocratie ; toutes choses, Messieurs, dont il est fort nécessaire de se faire une idée juste et sur lesquelles il y a grand risque de se tromper ; car dans chacun de ces mots il y a matière à plusieurs erreurs.

Nous sommes nourris, dès l'enfance, de la Grèce et de Rome. Ces noms sont presque les premiers que nous entendions prononcer dans les écoles, et ceux qui y sont le plus fréquemment répétés. Nous connaissons, comme dit Montaigne, le Capitole avant le Louvre et le Tibre avant la Seine. Et cependant, Messieurs, quand on y réfléchit un peu sérieusement, on s'aperçoit que cette histoire est pour nous pleine de problèmes et d'embarras. Je ne parle pas seulement de l'incertitude des temps primitifs ; ce n'est encore là, à mon avis, qu'un point secondaire ; je parle des institutions, et je dis que celles-ci, même les plus authentiques et les mieux attestées, dès qu'on y regarde de près, semblent obscures et incompréhensibles. Ouvrez un livre sur l'histoire romaine et encore plus sur l'histoire grecque, et vous serez arrêtés à chaque page par des contradictions et des difficultés ; et il vous arrivera presque inévitablement, devant chacun de ces mots que je vous énumérais tout à l'heure, consuls, sénat, assemblée, république, liberté, démocratie, de vous arrêter surpris, déconcerté, et de vous demander : Se peut-il que ce soit là la vérité et la comprenons-nous bien ?

Permettez-moi, à ce sujet, de vous parler de moi-même ; vous trouverez peut-être à tirer quelque profit de mes aveux. Il n'y a pas encore bien longtemps, quand j'étais jeune comme le plus jeune d'entre vous, et que, sortant des écoles, muni de ce bagage assez léger qu'on y prend, mais fort des bonnes habitudes qu'on y contracte, je me mis à réfléchir sur cette ancienne histoire, je fus embarrassé à chaque pas par des faits qui me paraissaient étranges, qui déroutaient toutes mes idées, et dont je ne pouvais pas parvenir à me rendre compte. – Ainsi, j'avais entendu parler fort souvent de la liberté des cités anciennes, et je voyais que le citoyen athénien, par exemple, n'était le maître ni de sa fortune, qu'il devait sacrifier sans réserve dès que le sort l'avait désigné pour construire un vaisseau à lui seul ou pour entretenir un chœur de musique au théâtre, ni de son corps, puisqu'il devait à l'État le service militaire pendant trente-trois ans, ni de sa parole et de ses sentiments, puisqu'on pouvait à tout moment le traduire en justice pour crime d'incivisme, ni de sa conscience, car il devait croire aux divinités de l'État et en pratiquer le culte, et il ne lui était pas permis de penser qu'il n'y eût qu'un Dieu. Et je me demandais alors où elle était cette liberté dont on m'avait si souvent parlé. – Pour ce qui est de Rome, j'avais lu maintes fois que les Tarquins avaient été chassés et la liberté mise à leur place ; je l'avais cru ; quelle fut ma surprise quand le premier historien latin qui me tomba sous la main m'apprit que, trois mois après leur expulsion, la grande majorité du peuple romain les regrettait et regrettait la liberté avec eux ! Et je me disais alors : pourquoi les a-t-on chassés, et quelle était donc au vrai l'intention de ceux qui changèrent alors la forme du gouvernement ? – On m'avait parlé de patriciens et de plébéiens comme si, un jour, les hommes s'étant réunis, les neuf dixièmes d'entre eux s'étaient placés à droite, le dixième restant à gauche, et que ce dixième eût dit aux neuf autres : “Convenons qu'à partir de ce jour nous serons les patriciens et vous les plébéiens, que nous aurons des droits politiques et que vous n'en aurez pas, que nous aurons des lois civiles et que les lois n'existeront pas pour vous, que nous posséderons les magistratures et les sacerdoces, et que vous ne serez, vous, ni magistrats ni prêtres. Vous ne serez pas précisément nos esclaves, mais vous serez nos clients." Et ces distinctions, dont je ne m'expliquais ni l'origine ni la nature, me paraissaient fort singulières. Ce qui augmentait encore mon embarras, c'est que je retrouvais ces mêmes distinctions ailleurs qu'à Rome et dans presque toutes les cités anciennes. – Partout aussi je trouvais des assemblées populaires, et, suivant l'opinion personnelle des divers historiens, ces assemblées étaient présentées tantôt comme l'idéal du bon gouvernement, et tantôt comme le type le plus achevé du désordre politique ; mais ni les uns ni les autres ne songeaient à expliquer comment elles fonctionnaient. – Tous me parlaient de démocratie, comme d'une chose toujours bonne ou comme d'une chose toujours mauvaise ; et je n'avais pas besoin d'une observation bien scrupuleuse pour m'apercevoir que la démocratie d'une époque ne ressemblait en rien à celle d'une autre époque, et pour conjecturer en conséquence que le même nom me cachait deux partis ou deux classes fort différentes. – J'avais lu, soit chez des historiens, soit chez des jurisconsultes, que Rome avait créé le droit civil, que ce droit, chose inconnue jusqu'alors dans le monde, avait été imaginé par le génie romain. Je me faisais pourtant cette objection, que si les Romains pour vivre en société avaient eu besoin de lois, les autres cités de l'Italie ou de la Grèce n'avaient guère pu s'en passer, et que, comme elles étaient plus vieilles que Rome, il y avait apparence qu'elles avaient eu un droit civil avant Rome. – Dans ce droit romain lui-même, il y avait des lois, par exemple celles qui concernent la succession, qui m'embarrassaient au plus haut point ; et j'étais bien étonné encore de retrouver ces mêmes lois, si bizarres en apparence, chez d'autres peuples et notamment chez les Athéniens. – Je ne m'expliquais pas non plus pourquoi les Romains distinguaient si radicalement la possession de la propriété et je ne comprenais rien aux lois agraires. – Étais-je plus heureux sur l'histoire de Sparte ? Mais d'après la manière dont je l'avais apprise, il semblait que Sparte n'eût jamais changé, que ses lois eussent été immuables, que ses institutions fussent toujours restées les mêmes, que pour elle enfin le temps n'eût pas coulé. Et, sans avoir encore une bien grande expérience des choses humaines et de leur perpétuelle mobilité, il me paraissait bien invraisemblable qu'un peuple fût demeuré si longtemps immobile. Que ses révolutions intérieures nous fussent restées cachées, qu'accomplies pacifiquement elles n'eussent pas saisi les imaginations, comme celles qui, surgissant tout à coup avec fracas, forcent les hommes à se souvenir d'elles longtemps, je pouvais bien le croire ; mais qu'il n'y eût pas eu du tout de révolution, il me semblait impossible de l'admettre. – Du reste, ce qui m'inquiétait surtout et me portait à douter, c'est que la plupart de ceux qui me parlaient des Romains ou des Grecs semblaient parler des Français ou des Anglais de leur temps. Ils supposaient presque toujours ces hommes vivant dans les mêmes conditions sociales que nous, et pensant comme nous sur presque toutes choses. Puis après les avoir présentés comme semblables à nous, on me disait brusquement : "Voici comment ils se gouvernaient." En sorte que ma première pensée était naturellement celle-ci : Pourquoi ne sommes-nous pas gouvernés comme eux ? – On ne m'expliquait pas, en effet, comment ces formes de gouvernement s'étaient produites, à quels besoins sociaux elles avaient répondu, dans quelles conditions elles avaient pu subsister, quelles idées enfin ou quelles habitudes leur avaient donné l'autorité sur l'esprit des hommes et avaient permis à ces institutions d'exercer l'empire sur les volontés individuelles et de rendre les hommes heureux.

Je ne vous énumérerai pas, Messieurs, toutes les difficultés que je rencontrais ainsi. C'était une suite de problèmes insolubles. Cette histoire, même dans ses faits les plus avérés, me paraissait incompréhensible, et cependant le mystère tentait ma curiosité.

Je me décidai alors à ne plus avoir d'autres maîtres sur la Grèce que les Grecs, sur Rome que les Romains, et je résolus courageusement de lire les écrivains anciens. Je dis courageusement ; il n'y eut de courage que dans l'intention, et il ne m'en fut pas besoin, je vous assure, pour l'exécution. Car elle fut soutenue par un plaisir plus grand que je ne l'avais imaginé ;

elle fut facile, et ne me donna pas un moment de dégoût ni d'ennui. Les écrivains des deux langues se suivirent devant mes yeux avec une grande variété et un agrément sans cesse renouvelé ; les histoires alternèrent avec les orateurs et les orateurs avec les poètes ; tantôt la tribune et tantôt le théâtre. Il se trouva que je m'étais condamné à lire ce qu'il y a de plus charmant au monde. Et je goûtai ainsi pendant trois ans deux des plus vifs plaisirs qui soient donnés à l'homme, celui de lire de belles choses et celui de trouver des vérités.

Peu à peu, je connus mieux ces anciens ; je vis leurs habitudes, leurs opinions, leurs besoins, leurs lois. De petits détails, en apparence insignifiants et inaperçus, m'éclairèrent sur leurs institutions. Je ne fus pas longtemps sans m'apercevoir que si ces institutions sont souvent mal comprises par nous, cela vient de ce que nous les étudions toutes seules comme des abstractions, sans tenir compte des nécessités au milieu desquelles elles prirent naissance, et surtout sans songer à l'état des esprits et aux croyances des hommes pour lesquels elles étaient faites. Étant bien persuadé que les lois extérieures et sensibles qui paraissent parmi les hommes ne sont que les signes et les symptômes des faits moraux qui se produisent dans notre âme, je m'attachai à étudier les croyances de la Grèce et de Rome, et bientôt je crus voir qu'entre ces croyances et les institutions il y avait un lien tellement étroit que les unes expliquaient les autres.

À partir de ce moment, les faits devinrent plus clairs pour moi. Remontant aux premiers âges de cette race, je fus frappé de l'opinion fort remarquable que l'homme s'était faite alors sur lui-même, sur sa personnalité, sur son âme, sur une sorte d'existence après celle-ci. Il me semblait évident que l'opinion que l'on se fait sur l'être humain doit influer beaucoup, dans toute société, sur la manière dont l'homme vit et se gouverne. Si l'homme se considère simplement comme un être matériel, vivant cette courte vie d'ici-bas et rien de plus, il y a grande apparence que les institutions ne seront que le résultat de la force ou tout au plus de l'intérêt bien entendu. Mais si, à une certaine époque et dans une certaine race, on s'est représenté l'homme comme un être immortel, qui, après cette existence, n'allait pas vivre à la vérité dans un autre monde, mais restait toujours dans celui-ci, invisible, mais présent et puissant, comme ombre, comme génie, comme divinité tutélaire veillant sur ses descendants, il me semble que les institutions domestiques ont dû être le fruit de cette croyance ou du moins être intimement liées avec elle. Je reconnus, en effet, que cet ensemble d'opinions sur l'homme, devenu une véritable religion en Grèce, en Italie, comme chez les anciens Hindous, avait constitué à l'origine la famille grecque et romaine, avait établi les cérémonies du mariage, avait fixé les liens de la parenté suivant un certain ordre qui ne ressemblait pas tout à fait au nôtre, avait fondé le droit de la propriété, et avait enfin consacré le droit d'héritage, suivant ce mode de succession, qui m'avait d'abord paru si étrange et qui me sembla dès lors très logique. Je vis ensuite ce même ensemble de croyances, après avoir élargi et étendu la famille, former une association plus grande, la cité. Famille et cité, c'étaient d'ailleurs la même constitution, les mêmes lois, les mêmes usages ; et c'est pour cela que je les ai réunies dans cette étude comme étant inséparables. J'entrevis alors la constitution à la fois politique et religieuse de ces cités, un culte rendu à l'État, des usages sacrés, des fêtes qui étaient des cérémonies saintes, des sacerdoces qui étaient en même temps des magistratures, une aristocratie de prêtres qui étaient en même temps des guerriers, enfin la religion si complètement confondue avec le gouvernement qu'on ne pouvait plus l'en distinguer. Tout cela, vous le voyez, me transportait bien loin de nos idées et de nos habitudes modernes ; mais tout cela expliquait les institutions et les usages de ces peuples anciens. – Puis ces constitutions une fois comprises, la série de révolutions se déroulait dans un ordre naturel. Les cités se transformaient peu à peu suivant un mode à peu près uniforme et par des causes faciles à saisir. Ces croyances, dont je viens de vous parler, se modifiant avec le temps, les institutions politiques, les lois civiles et le droit privé lui-même se modifiaient comme elles, et les transformations sociales suivaient régulièrement les transformations de l'intelligence.

Veuillez remarquer, Messieurs, qu'il n'est pas tout à fait sans importance d'avoir une idée vraie de cette Antiquité ou de s'en faire une idée fausse ; il n'est pas aussi indifférent qu'on peut le croire de se tromper sur elle ou de ne pas se tromper. Les destinées des peuples modernes ont quelquefois dépendu de la manière dont on a compris l'Antiquité, et de grands malheurs ont été la conséquence d'une erreur historique. La génération qui vivait en France il y a quatre-vingts ans avait étudié l'antiquité avec un long préjugé d'admiration ; elle parlait sans cesse du forum, des consuls, du sénat, des tribuns. Elle vantait beaucoup les vertus antiques et remettait en usage le nom de citoyen. Rome, Athènes, Sparte lui paraissaient les plus parfaits modèles sur lesquels on pût se régler. De l'admiration à l'imitation il n'y a pas loin. Le jour où les anciennes institutions françaises tombèrent d'elles-mêmes et par des causes naturelles que je n'ai pas à dire ici, le jour enfin où la France se trouva presque sans institutions, au lieu de chercher celles qui nous convenaient le mieux, on songea à nous donner celles des Romains et des Grecs. Or on les connaissait fort mal. Surtout on ne s'était pas demandé si elles étaient en rapport avec la situation matérielle ou morale des générations nouvelles. On les exhumait sans penser qu'elles appartenaient à une autre époque, qu'à une autre époque elles avaient vécu, et qu'à la nôtre elles n'avaient pas chance de vivre. [« J'aurai l'occasion de vous dire plus tard, lorsque je vous parlerai de la liberté chez les anciens, ou plutôt de l'absence complète de liberté, combien cette exhumation a été funeste à la liberté chez nous, et combien les doctrines introduites en 1792 sur l'État, doctrines calquées en grande partie sur celles des anciens, ont été infiniment moins libérales que celles que nous avions dans l'ancienne France. Sous d'autres rapports, l'imitation maladroite de l'Antiquité n'a pas été moins désastreuse ; c'est *un peu* à elle que nous avons été redevables de la Terreur ; car si la vengeance et la haine contre des adversaires sont de toutes les époques et de tous les partis, c'est seulement alors qu'on a vu proclamer en France, comme à Rome et en Grèce, que c'était un devoir et une vertu de faire mourir ses adversaires politiques[1]. »] Il est résulté de là les plus fâcheuses contradictions et les plus déplorables méprises. Au nom de la liberté on a rétabli la vieille accusation d'incivisme. Au nom de la liberté on a donné à l'État l'omnipotence, on a gouverné par la dictature, et parce que les anciens punissaient de mort tout homme qui était réputé ennemi de l'État, on a cru que c'était un devoir et une vertu de faire mourir des adversaires politiques ; l'imitation maladroite de l'Antiquité nous a conduits à la Terreur. Certes si l'Antiquité eût été mieux étudiée on aurait reconnu tant et de si grandes différences entre elle et nous, entre nos idées et les siennes, entre elle et nous, entre nos idées et les siennes, entre son état social et le nôtre, qu'on n'aurait pas eu la tentation d'emprunter ses pensées, son langage et ses formes de gouvernement. Les démocrates en particulier, c'est-à-dire ceux qui étaient les plus ardents admirateurs de ces vieilles époques, auraient été bien surpris, je suppose, si une vue impartiale des faits leur eût montré à Rome et à Sparte, c'est-à-dire dans l'objet même de leur naïf enthousiasme, l'aristocratie la plus impérieuse, la plus tenace, la plus oppressive qui fut jamais. Leur admiration sans nul doute eût été bien refroidie. Il aurait été certainement bien désirable qu'on eût étudié l'Antiquité sans préjugé, sans parti pris, non pour la faire revivre chez nous et pour greffer ses lois sur notre état social, mais simplement au point de vue historique et philosophique, pour savoir ce que pensaient ces anciens hommes en matière de gouvernement et de droit civil, et pour connaître ainsi l'un des âges les plus curieux de notre humanité.

Ce serait assurément une étude à faire et qui pourrait profiter à beaucoup. Celui qui se préoccupe des questions politiques y verrait que, quelle que soit son opinion, ce n'est pas

1. Passage mis entre crochets par Fustel.

sur l'Antiquité qu'il doit l'appuyer. Celui qui étudie particulièrement les lois et qui consulte l'histoire en légiste, s'y convaincrait de l'alliance étroite qu'il y a nécessairement entre nos lois et l'état de notre âme, et combien les unes changent quand l'autre se modifie. Enfin celui qui observe les faits historiques en philosophie et simplement pour connaître l'homme, y verrait comment l'homme se forme ses croyances, comment de ses croyances il tire ses institutions, quelle route ses pensées et ses lois ont suivie, combien les historiens des anciens temps différaient de ceux du nôtre, et quel chemin l'humanité a parcouru en trente siècles.

Je ne me flatte certainement pas, Messieurs, de répondre à tous ces vastes problèmes. Je les poserai seulement devant vous ; je vous présenterai les faits qui pourront vous aider à les résoudre, et je les livrerai à vos réflexions. »

25 novembre 1862.

*

Voici les deux lettres adressées à L.A. Warnkoenig (conservées à la bibliothèque de Strasbourg et publiées, pour la première fois, par L. Halkin, dans les Mélanges Bidez, *Bruxelles, 1934, pp. 465-474). Warnkoenig était un juriste de l'école historique allemande et l'auteur, entre autres, d'une* Encyclopédie du droit. *E. Laboulaye, professeur d'histoire des législations comparées au Collège de France, lui signale la parution de* La Cité *et lui suggère d'en faire un compte rendu. « Ce livre, lui écrit-il, est le développement des idées que vous et moi nous avons exposées sur la ressemblance primitive du droit indien et du droit romain, culte des mânes, foyer domestique, etc. L'auteur ne semble pas avoir connu nos indications. Dans quelques jours, quand j'aurai terminé sa lecture, j'écrirai à l'auteur et je lui conseillerai de vous adresser son ouvrage ; puisque vous ne faites rien en ce moment, il vous serait peut-être agréable d'en rendre compte. » Warnkoenig accepta et fit paraître un long compte rendu, favorable, dans une revue juridique d'Erlangen* (Jahrbuch der deutschen Rechtswissenschaft, *XI, 1865, pp. 81-94).*

Strasbourg, 25 octobre 1864

« Monsieur le Professeur,

« Je viens de publier un livre, et je vous en envoie un exemplaire, que je vous prie d'agréer comme hommage.

Ce livre a pour titre *La Cité antique*. Je me suis efforcé de comprendre les institutions et le droit de la Grèce et de Rome. Je me suis appuyé sur la comparaison du vieux droit grec et du vieux droit romain avec le droit hindou. J'ai surtout essayé de montrer la relation étroite qu'il y a eu entre le droit des anciens et leurs croyances, comme entre leur droit et leur politique.

Douze années de recherches et de méditations m'ont amené à la conception d'une théorie qui explique clairement l'histoire ancienne. Je soumets mon travail aux savants de l'Allemagne ; je serai heureux que quelques jurisconsultes ou quelques historiens de votre pays veuillent bien examiner et discuter mon livre. Ils me montreront, peut-être, que je me suis trompé ; alors je le reconnaîtrai sincèrement ; si, au contraire, ils m'approuvent, alors mon travail n'aura pas été inutile à l'avancement de la science.

M. Ed. Laboulaye, notre jurisconsulte historien, m'a fait l'honneur de m'écrire et de me féliciter de mon ouvrage. C'est lui qui m'a engagé à vous faire hommage d'un exemplaire. Il me recommande à vous, et par votre intermédiaire, à l'Allemagne savante.

Veuillez agréer, Monsieur, mes sentiments de haute considération.

FUSTEL DE COULANGES,
professeur à l'université de Strasbourg.

Je vous prie d'excuser, Monsieur, mon ignorance de la langue allemande. »

Strasbourg, 4 novembre 1864

« Monsieur,

« Je dois commencer par vous remercier de la lettre si bienveillante dont vous m'avez honoré. Rien ne pouvait m'être plus agréable que votre approbation. J'ai déjà reçu un assez grand nombre de lettres de mes compatriotes ; mais aucune d'elles n'a plus de prix à mes yeux que la vôtre. Car je suis convaincu qu'en matière de science historique, le jugement de l'Allemagne est d'un très grand poids.

Vous me faites l'honneur de me demander si, dans ces études sur la cité antique, je puis m'appuyer de l'autorité de quelques écrivains modernes. Je ne puis mieux vous répondre qu'en vous racontant en toute sincérité comment ce livre s'est fait.

Il y a quatorze ans, je fus frappé de la multitude de problèmes et d'énigmes qu'il restait encore à résoudre dans cette histoire de l'Antiquité. Je ne pouvais me rallier ni au système de Niebuhr, ni à celui qui prévaut dans les écoles de France. Je pris la résolution de recommencer mes études sur l'Antiquité ; j'oubliai, comme Descartes, ce qu'on m'en avait appris, et je me mis à lire tous les écrivains anciens ; travail que je fis avec la plus grande attention, et auquel j'employai neuf années.

Je m'imposai la loi de ne rien lire de ce qu'avaient écrit les modernes. D'après cette résolution, je n'ai pris connaissance de quelques travaux allemands, et, particulièrement, de ceux de M. Mommsen, qu'après que mon livre était presque achevé.

Vous voyez donc, Monsieur, que mes études sont toutes personnelles, ou du moins que je ne les ai faites qu'en compagnie des anciens. Si je me suis trompé, j'en suis seul responsable.

Quant à cette synthèse que vous avez remarquée dans mon livre, voici comment elle s'est formée dans mon esprit. À mesure que je me plongeais, par la lecture, dans cette antiquité, lisant ses historiens, ses poètes, ses orateurs, une foule de petits détails me frappaient par leur rapprochement et se groupaient ensemble.

Comme, d'ailleurs, j'étais porté à me demander toujours la raison des choses, et à croire que, dans ces grands corps vivants qu'on appelle sociétés, il y a toujours un principe invisible qui fait la vie, je cherchais, au-dessous des formes extérieures et des phénomènes, les idées qui avaient dû engendrer et soutenir l'ordre social. Ce ne fut qu'après dix années de patientes lectures, de recherches, de méditations, que je crus avoir trouvé ces croyances et ces idées que je cherchais.

À partir de ce moment, tout me parut clair, simple, et nettement enchaîné dans cette vieille histoire. Je crus voir la solution de plusieurs énigmes. La naissance des sociétés et leurs révolutions s'expliquèrent.

Pourtant je me défiais de moi et je craignais fort d'être dans l'erreur. Alors, pendant près d'une année, je m'éloignai de mes auteurs grecs et latins, et me mis à étudier, un peu, les antiquités orientales, en cherchant surtout quelles avaient été les premières croyances et le droit primitif des Hindous. Or, chaque point que j'observais était pour moi un sujet de comparaison avec la Grèce et Rome. Un mot du Rig-Véda me rappelait un vers d'Euripide ; un texte de Manou me reportait à une loi des Douze Tables ou à un passage d'Isée ou de Lysias. Comparant toujours, je m'aperçus que les ancêtres des Hindous, des Italiens et des Grecs avaient eu, à une époque lointaine, des croyances et des institutions communes. Vous-même, il y a quelques années, vous avez indiqué ces similitudes dans votre Encyclopédie.

Cela me confirma dans les résultats que ma lecture des écrivains grecs et latins m'avait déjà fournis. Alors cette synthèse s'affermit ; mon opinion devint une conviction, et je conçus la pensée d'écrire un livre pour soumettre au monde savant ce que je crois être la vérité.

Avant d'écrire ce livre, j'en fis l'objet d'un cours public à Strasbourg. Ce cours s'adressait à un auditoire déjà instruit. Plusieurs professeurs de droit me firent l'honneur d'y assister. Je les priai de me proposer leurs objections et leurs doutes, et ils eurent l'obligeance de le faire. Leurs avis m'ont fait rectifier plusieurs erreurs ;

leur approbation m'a soutenu dans ce difficile travail et c'est sur leur conseil que je me suis enfin décidé à publier mon livre.

Voilà, Monsieur, toute mon histoire ; puisque vous daignez vous occuper de moi, j'ai cru qu'il vous était utile de la connaître. J'ai cherché sincèrement la vérité scientifique. Mon genre d'esprit est tel que je ne puis pas me contenter de détails isolés et sans lien ; j'ai senti vivement le besoin d'expliquer et de coordonner les faits, et c'est ainsi qu'une synthèse s'est construite en moi, lentement et consciencieusement.

Je serai très heureux d'avoir le jugement de l'Allemagne, et je vous remercie vivement de la bonté avec laquelle vous voulez bien me présenter à vos compatriotes.

Daignez agréer l'assurance de ma haute considération en même temps que de ma reconnaissance, et me croire votre très humble et très obéissant serviteur,

FUSTEL DE COULANGES. »

Table analytique

Table

Livre premier
Antiques croyances

Livre II
La famille

Livre III
La cité

Livre IV
Les révolutions

Livre V
Le régime municipal disparaît

Composition et mise en pages

NORD COMPO
multimédia

N° d'édition : L.01EHQN000336.N001
Dépôt légal: novembre 2009
Imprimé Espagne par Novoprint